中国・国家哲学社会科学成果文庫
NATIONAL ACHIEVEMENTS LIBRARY
OF PHILOSOPHY AND SOCIAL SCIENCES
（2014 年度中国国家社会科学基金中華学術外訳項目）

中国詩歌史通論

（日本語版）

趙 敏俐　主編

（日本語訳主編）
李 均洋・佐藤利行・小池一郎

白帝社

教育部人文社會科學重點研究基地
首都師範大學中國詩歌研究中心成果

主編　趙　敏俐（首都師範大学中国詩歌研究中心）

執筆者

序　論　趙　敏俐　　第一章　李　炳海　　第二章　趙　敏俐　　第三章　銭　志熙
第四章　呉　相洲　　第五章　韓　経太　　第六章　張　晶　　第七章　左　東嶺
第八章　王　小舒　　第九章　王　光明　　第十章　呉　思敬　　第十一章　梁　庭望

日本語訳主編　李　均洋（首都師範大学中国詩歌研究中心）
佐藤　利行（広島大学）　小池　一郎（同志社大学）

日本語訳執筆者

前書き　佐藤　利行（訳）　　序　論　李　均洋（訳）
第一章・第二章　木村　守（訳）　　第三章　張　立新（訳）
第四章・第五章　李　均洋（訳）　　第六章・第七章　張　璇（訳）　濱田　亮輔（校正）
第八章　李　均洋（訳）　　第九章　張　立新（訳）　谷口　孝介（校正）
第十章　閻　金鍾（訳）　谷口　孝介（校正）　　第十一章　金　国敏（訳）　谷口　孝介（校正）

索引　張　錦

中国語版まえがき

二〇〇四年、首都師範大学の中国詩歌研究センターが先頭に立って、中国国内大学の著名な学者らとともに、国家社会科学基金の重大プロジェクトへの申請を行いました。そして、同プロジェクトの成果は、私と呉思敬教授との主編による計十一巻の『中国詩歌通史』として、二〇一二年六月、人民文学出版社によって出版されました。

同書は中華民族の詩歌をその起源から20世紀まで収録し、かつ漢民族および少数民族の詩歌をも収録した八一七万字にも及ぶ歴史上最大規模の中国詩歌史の巨著であります。

同書の編集作業は、プロジェクトメンバーにとって極めて困難なものでありました。八年の間に学術会議を十回も行い、詩歌史の作成過程で出現した各種の問題をめぐって詳しく検討を重ねてきました。

この詩歌史を作成することによって、我々メンバーは研究、勉学、思考および認識などの力が次第に高まっていく過程を経験いたしました。具体的には、「どのような基本原則に基づいて中国詩歌通史を書くのか」への検討、また、「各時代における詩歌の発展特徴」への再認識、「漢民族の詩歌と少数民族の詩歌との繋がり」への考慮などを行うという経験であります。

以上のような編集作業を通じて『中国詩歌通史』を作成する過程における指導的思想と、新たな中国詩歌観を確立する事ともなりました。我々が目を向けたこの着眼点を基本とした編集作業を通じて、この作業を編集だけに終わらせるのではなく、広く読者の皆様にこの中国詩歌観を紹介する必要があると痛感するにいたりました。なぜなら、この著書を手にされた詩歌史を学ぼうとする読者の皆様に、より分かりやすく詩歌通史の手掛かりを把握してもらうこと、次に同書をたたき台にして新世紀の中国詩歌史観をめぐる大いなる論議と学術研究の促進・発展を期待するからであります。

『中国詩歌通史』の完成後、同書の総序と各巻の序論を再編集し、『中国詩歌通史導論』という学術書も出版いたしました。この学術書は二〇一二年の全国哲学社会科学優秀成果文庫にも登録申請を行い、全国哲学社会科学企画室の専門家から学術的な価値が高いと評価していただくという栄誉を受けました。さらに、この著書を成果文庫に収録するうえで、専門家から「同書の独立性と鮮明なる学術的趣旨を具体的に示すために、題名を再考する必要がある」との適切なご意見をもいただくこととなりました。

このような専門家からの御意見を真剣に検討したうえで、再び同書を編集しなおし、最終的に『中国詩歌史通論』と命名する事といたしました。本著書の著作名の再検討にあたり、その構成内容から題名を考えるという検討も行いました。本書は『中国詩歌通史』の総序および各巻の序論に基づく二部構成となっております。第一部は序言であり、その内容は我々の詩歌史観、中国詩歌通史の全体観、および『中国詩歌通史』の基本的な指導的思想を記述しております。

また、第二部では各章の内容を考察するとともに、その内容を時代順ごとに検討し、重要な歴史時期における基本問題について理論的な論述をしております。

本書の著者は次のようになっています。序論　趙敏俐、第一章　李炳海、第二章　趙敏俐、第三章　銭志熙、第四章　呉相洲、第五章　韓経太、第六章　張晶、第七章　左東嶺、第八章　王小舒、第九章　王光明、第十

章　呉思敬、第十一章　梁庭望。参考文献の編集および全書の統一に関する仕事は趙敏俐が責任者を務めております。

最後に、本書の出版にあたり、人民文学出版社の多大なる御尽力に感謝申し上げるとともに、目次の英文翻訳をして下さった尹文涓副教授、引用文の校正に当たった王霄蛟、焦悦、何江波、史文、谷芃らの大学院生に感謝いたします。また、本書の出版に関心を持ってくださった関係各位にも心より御礼申し上げます。

趙敏俐

二〇一二年十二月二二日

中国詩歌史通論　目次

中国語版まえがき

日本語訳『中国詩歌史通論』凡例

一、日本語訳の底本

中国「国家哲学社会科学成果文庫」に選定された、

趙　敏俐主編『中国詩歌史通論』北京・人民文学出版社　二〇一三年三月第一版

二、注釈について

原著の注釈を各章の文末におく。

訳注を文中（　）におくものと文末に「訳注」と明記している二種類がある。

序章　グローバルな視点からみた中国詩歌史

中国は詩の国であり、その源流ははるか昔に遡ることができる。伝説の皇帝炎帝、黄帝の時代から二十一世紀の今日にいたるまで、人々は絶えず詩をつくりつづけてきた。五十六の民族からなる中華民族には、様々なことばやスタイルの詩が、貴重な財産として豊富に残されている。(1) つまり、詩歌は中国文学発展史において長く続いてきた最も代表的な文学様式と言えよう。詩歌は、中華民族の悠久な歴史を記録し、彼らの豊かで多彩な生活を描き出し、人々の心情を生き生きと再現し、中華民族の優雅な品格や芸術的資質を示している。ゆえに、中国詩歌発展の悠久な歴史を正しく叙述することは、中国文学史家が果たすべき責務なのである。

二十一世紀の今、中国詩歌史を語るには、同時にグローバルな視点が必要である。現在の中国はもはや自国のみで存在しうる閉鎖的な国家ではなく開かれた国家となり、多くの文化が流入し、世界の一部分となっている。そのため、世界的な文化という視点から中国詩歌の民族的特色を見直し、世界の文学史における固有の価値を認識することは、歴史が我々に示した新たな要求であり、中国の学者がこの中国詩歌通史の叙述を自覚することでもある。

一、中国詩歌の基本特徴と「詩は志を言う」伝統

詩歌は万国共通の文学芸術の様式であるが、国によって詩歌に対する理解は異なり、詩歌はそれぞれの民族の伝統をうけついでいる。「歌咏所興、宜自生民始也。」（歌咏の興る所、宜しく生民自《よ》り始まるべきなり）（2）とあるように、はるか昔の伝説の上古時代から、中華民族は詩を歌い始めている。例えば、『呉越春秋』の「弾歌」、『禮記』郊特牲の「蠟辞」、『尚書』益稷の「賡歌」、『呂氏春秋』音初の「侯人歌」、『周易』卦爻辞の「古歌」、及び堯舜時代のものとされる「卿雲歌」、「南風歌」、「撃壌歌」などは、記録に残る上古の詩歌である。これらの詩歌には、確かに存在していたものや伝承されてきたもの、また、後人の擬作などもあるが、多角的に見れば、どれもみな中国早期の詩歌の形態を示している。

形式的には「歌舞」がその基本的な特徴であり、内容的には人々の生活に関係している。たとえば、労働、祭祀、トーテム、戦争の歌、愛情や婚姻を題材とした歌、さまざまな世俗的なくらしを表現した歌などがある。すなわち、上古の詩歌は、人々の生活の一部分であり、どんな場面でも詩の歌唱がある。『呂氏春秋』古楽篇に「昔葛天氏之楽、三人摻牛尾、投足以歌八闋。一曰『載民』、二曰『玄鳥』、三曰『遂草木』、四曰『奮五穀』、五曰『敬天常』、六曰『達帝功』、七曰『依帝徳』、八曰『総万物之極』。」（昔、葛天氏の楽は、三人　牛尾を摻《と》り、足を投じて以て八闋を歌ふ。一を「載民」と曰ひ、二を「玄鳥」と曰ひ、三を「遂草木」と曰ひ、四を「奮五穀」と曰ひ、五を「敬天常」と曰ひ、六を「達帝功」と曰ひ、七を「依帝徳」と曰ひ、八を「総万物之極」と

曰ふ)(3)とある。ここでは、上古の歌舞がさかんに行われている場面を簡潔に描写している。それは、中華民族は生来の詩を歌う気質をもっていて、詩歌は早くから中国人の豊富で多彩な現実生活に現れ、人々の喜怒哀楽の感情を表現している。こうして、中国詩歌の基本的な特徴が定まり、何千年もの中華民族の詩歌の伝統がはじまったのである。

中華民族の詩歌の伝統の形成は、人々が住む独特な地理環境と文明起源の類型とに密接な関わりがある。中国は東アジア大陸に位置し、東南両辺は海に面し、西はヒマラヤ山脈という天然の障壁があり、北は寒冷の東シベリアに隣接しているように、封鎖的な地理区域が自ずと形成されたものだ。これによって、中東アジア、北アフリカ、ヨーロッパとは異なる東アジア文明を形成したのである。

この広大な土地に、六千–七千年前、南から北まで、河姆渡文化、仰韶文化、紅山文化など多くの新石器時代文化が生まれた。湿潤で暖かい気候の黄河と長江流域には、紀元前三〇〇〇年頃、炎帝や黄帝を首領とする部落が現れ、高度な農耕文明を基礎とした古代国家を建てた。農業の起源は、中国人が天地運行と万物の成長の規則を把握したことに始まり、中国人の「天人合一」や「以人為本」(人を以て本と為す)といった宇宙観や人生観を培ってきた。したがって、中国人には、西洋人のような宗教意識が形成されることはなく、西洋のキリスト教のような神も現れなかった。中国文化では、人々の運命は初めから自分自身で把握してきた。彼らは早くから詩歌という芸術形式を把握し、自らの喜怒哀楽をその詩歌に託してきた。そうすることで詩歌を世俗のくらしと人生の心情を表現する芸術や、自己をうたい、現実を直視する芸術へと高めていった。現存する上古の歌謡は、すでにこうした民族の特色を表わしはじめており、『詩経』時代には基本的なスタイルとなった。その中の祭祀、農事、饗宴、戦争・兵役、政治の美化・風刺、婚姻・愛情及び様々な世俗のくらしをうたった詩などは、肉親への思い、愛国心、懐旧の思い、故郷への思いなどの様々な喜怒哀楽をあますことなく表現し、詩人は自らの現実生活で直面した各種の感情を自由自在に叙述している。『詩経』以降、楚辞、漢代の楽府、魏晋六朝時代の詩歌、唐詩、宋詞、元曲、明清から現代までの新体詩は、漢民族と全ての少数民族がその伝統を承継してきた。これらの詩歌では、人々は生活の中心で、詩歌に歌われているそのものであり、人々のすべての心情がうつし出されている。人々がいるところどこでも、詩歌があり、人々の生活の中に、それにふさわしい詩歌が作られる。詩は中国の人々の生き様であり、中国文化独特の表現形態である。いわば、中華民族は古代から「詩の中に生きる」民族なのである。

　中国人はこうした詩の中で生き、古くから詩歌芸術の本質を理解していた。中国で最古の、すなわち文字がうまれる以前の詩歌は歌舞と一体となり、口承の形で存在していた。音楽は詩を表現する重要な媒体であり、そのため中国人は詩を楽の一部としたのである。「天人合一」の影響を受け、中国人は、詩歌は人の心が外物に感化された結果だと考えているため、中国での最初の詩歌起源論は、心霊感動説、あるいは感物説であった。『禮記』楽記に曰く、「凡音之起、由人心生也。人心之動、物使之然也。感於物而動、故形於声。声相応、故生変。変成方、謂之音。比音而楽之、及干戚羽旄、謂之楽。」（凡《およ》そ音《おん》の起るは、人心に由《よ》りて生ずるなり。人心の動くは、物、之《これ》をして然《しか》らしむるなり。物に感じて動く、故《ゆゑ》に声に形《あらは》る。声相応《あひおう》ず、故《ゆゑ》に変《へん》を生ず。変《へん》じて方《はう》を成《な》す、之《これ》を音と謂《い》ふ。音を比《ひ》して之《これ》を楽し、干戚羽旄《かんせきうぼう》に及《およ》ぶ、之《これ》を楽《がく》と謂《い》ふ。[4]）

　また、中国の詩歌は、現実に直面し、心を表出したものであるため、はやくから「詩言志」（詩は志を言ふ）理論が言いだされ、「和」が最高の芸術的理想となっているのである。『尚書』舜典には、「帝曰、『夔、命汝典楽、教冑子。直而温、寛而栗、剛而無虐、簡而無傲。詩言志、歌永言、声依永、律和声。八音克諧、無相奪倫、神人以和。』」夔曰、『於、予撃石拊石、百獣率舞。』」（帝曰《いは》く、「夔《き》よ、汝《なんぢ》に楽《がく》を典《つかさど》り、冑子《ちうし》を教《をし》ふることを命ず。直なるも而《よ》く温《をん》、寛《くわん》なるも而《よ》く栗《りつ》、剛《がう》なるも而《よ》く虐《そこな》ふこと無《な》く、簡《かん》なるも而《よ》く傲《おご》ること無かれ。詩は志《こころざし》を言ひ、歌《か》は言《げん》を永《えい》し、声《せい》は永《えい》に依《よ》り、律《りつ》は声《こゑ》に和す。八音《はちいん》克《よ》く諧《かい》し、倫《りん》を相奪《あひうしな》ふこと無くんば、神人《しんじん》以《もっ》て和せん。」と。夔《き》曰《いは》く、「於《ああ》、予《われ》石を撃《う》ち石を拊《う》てば、百獣率《みな》舞ふ。」と）[5]とある。[6]

『尚書』舜典では、中国詩学の最初の綱領は「詩言志」（詩は志を言ふ）としている。「志」とは何か。『毛詩』序には、「在心為志、発言為詩」（心に在りて志と為す、言に発して詩と為す）という。つまり、「志」とは、人が心に思うことのすべてであるとする。人の心の思いが豊富であればあるほど、詩の内容も豊富になったのだ。人の思いは心情だけではなく、社会の中で得たすべての経験と知識が含まれる。聞一多は、「志」を「記憶」、「記録」、「懐抱」という三つの意義に解釈し、中国の早期の詩歌には記憶と記録の役わりがあり、それは漢語の詩歌、たとえば『商頌』玄鳥、『詩経』大雅・生民などの詩によってこの両民族の起源がわかるだけではなく、他の少数民族の詩歌、例えば『格薩爾王伝』や『江格爾』などの長篇史詩からもそれぞれの民族のことがわかる。しかし、中国文化の伝統の中で、「志」ということばの真の意味は、人の意志、思想や感情を示す。言わば、人々の社会に対する認識つまり人々の心を示すのである。それゆえ、数千年にわたる中国の詩歌には、「記憶」と「記録」は十分に備わっているが、やはりその中心は「懐抱」を叙述した抒情詩なのである。数千年の漢民族の詩歌には、多くの場合、「記憶」と「記録」とを「懐抱」の中に含みこんで、中国詩歌の抒情を中心とした独特な風格を形成していくのである。中国詩歌史においては、詩歌は、中華民族の心を生き生きと再現し、中国人のすばらしい生活の理想を託し、中国人の知恵と芸術的才能を表現しただけではなく、かつ、中華民族の歴史を芸術的方法によって記録し、中華文化独特の魅力を表出してきた。

農耕社会は中国人の「天人合一」という哲学観を養い、さらには中国人の詩的思考をも養ってきた。中国人にとって人間社会はすべて自然の摂理に従って作られ、人と自然界との調和が最良の状態なのである。大自然との調和の中でこそ、人は、万物を心で感じることができるのだから、宇宙万物についての知識は、すべて「観天法地」（天を観て地に法《のっと》る）によって手に入れ、「万物之象」によって知りうるのである。『周易』繋辞に、「聖人有以見天下之賾、而擬諸其形容、象其物宜。是故謂之象。」（聖人、以て天下の賾《さく》を見る有り、而して諸《これ》を其の形容に擬《なぞら》へ、其の物宜に象《かたど》る。是《こ》の故に之を象《しやう》と謂ふ[7]）とある。

これこそが中国人の知恵と思考なのである。自然から社会、社会から人間、あるいは、人間から社会、社会から自然というように、かたちあるものを通して世界を把握するのである。つまり、中国詩歌は中国人の詩的思考の特徴を最も典型的に表しているのである。その「感物而動」（物に感じて動く）という創作スタイル及びその実践によって、中国人の「天人合一」という宇宙観と認識論が実証され、「比興」を基礎として発展してきた創作方法と芸術世界の形成は、中国人の「人化自然」すなわち人格化された自然を特徴とする美の理想追求を表わしている。したがって、中国詩歌は単に生活の記録や心情の叙述にとどまるものではなく、中国人の宇宙や人生に対する詩的で審美的な理解を含んでおり、深い哲学もある。例えば、陶淵明は言うまでもなく、晋宋を代表する詩人であるが、彼は同時に一人の思想家でもあり、彼の詩歌は魏晋玄学の最高境地を表しているといわれている。中国詩歌の伝統の中で、すぐれた詩歌は常に哲学的内容を含んでいる。詩人はいつでも思想家であり哲学家なのである。こうしたことを考えると、中国詩歌の形式と内容は、文学や芸術の域を超えていて、単に詩歌史からだけではなく、同時に中国人の自然や社会や人生に対する認識や評価を含めた、芸術的な中国特有の哲学史ともいえよう。

二、中国詩歌の文化的役割と詩人の社会的責任

今日の考え方では、「詩」は文学の範疇に属し、あるいは「ことばの芸術」ともいわれる。しかし、古代では、中国人は常に「詩」を「単純」な芸術とはせず、詩に様々な文化的役割を担わせている。中国の古代社会において詩の存在しないところはなく、社会生活のいたるところに存在していた。人々はいつでも詩を必要としていたため、詩はどこにでも存在するのである。中国古代には早くから「採詩献詩」（詩を採りて詩を献ず）があったといわれる。『国語』周語には「故天子聴政、使公卿至于列士献詩」（故《ゆゑ》に天子は政《まつりごと》を聴《き》くに、公卿《こうけい》より列士に至るまで詩を献ぜしむ）とある。同じく『国語』晋語六には「在列者献詩使勿兜、風聴臚言於市、辨祅祥於謠。」（列に在《あ》る者は詩を献じて兜《まど》ふ勿《な》からしめ、臚言《ろげん》を市に風聴《ふうてい》し、祅祥《えうしやう》を謠《うた》に辨《わか》つ[8]）とある。『左伝』には春秋時代の諸侯国の外交使者が詩を賦し、志を言ったということを多く記載している。『周禮』春官・宗伯には「以楽徳教国子、中・和・祇・庸・孝・友。以楽語教国子、興・道・諷・誦・言・語。」（楽徳を以て国子に、中・和・祇・庸・孝・友を教ふ。楽語を以て国子に、興・道・諷・誦・言・語を教ふ）「教六詩、曰風、曰賦、曰比、曰興、曰雅、曰頌。」（六詩を教ふるは、風と曰ひ、賦と曰ひ、比と曰ひ、興と曰ひ、雅と曰ひ、頌と曰ふ[9]）とある。

このように、中国古代を代表する詩集『詩経』の採録および編集は、様々な意義をもち、宗教、儀式、教育、政治、風刺、娯楽などに活用されたのである。孔子曰く、「小子何莫学夫詩。詩可以興、可以観、可以羣、可

以怨。邇之事父、遠之事君。多識於鳥獣草木之名。」（小子、何《なん》ぞ夫《か》の詩を学ぶこと莫《な》きや。詩は以《もっ》て興《おこ》す可《べ》く、以て観《み》る可く、以て羣《ぐん》す可く、以て怨む可し。之《これ》を邇《ちか》くしては父に事《つか》へ、之《これ》を遠くしては君《きみ》に事ふ。多く鳥獣草木の名を識《し》る[10]）と。これによると、孔子も「詩三百」を純粋な芸術と考えていたわけではなく、様々な実用的な役割を強調していたようである。孔穎達も、「夫詩者、論功頌徳之歌、止僻防邪之訓、雖無為而自発、乃有益於生霊。六情静於中、百物盪於外、情縁物動、物感情遷。若政遇醇和、則歓娯被於朝野、時当惨黷、亦怨刺形於詠歌。作之者所以暢懐舒憤、聞之者足以塞違従正。発諸情性、諧於律呂。故曰『感天地、動鬼神、莫近於詩』。此乃詩之為用、其利大矣。」（夫《そ》れ詩なる者は、功を論じ徳を頌するの歌、僻を止め邪を防ぐの訓《をし》へにして、無為にして自ら発すと雖も、乃ち生霊に有益なり。六情は中に静まり、百物は外に盪《うご》くも、情は物に縁りて動き、物は情に感じて遷る。若《も》し政《まつりごと》醇和に遇はば、則ち歓娯は朝野を被ひ、時惨黷に当たらば、亦た怨刺は詠歌に形《あら》はる。之を作る者は懐を暢べ憤を舒ぶる所以にして、之を聞く者は以て違を塞ぎ正に従ふに足る。諸《これ》を情性に発して、律呂に諧《かな》ふ。故に曰く、『天地を感ぜしめ、鬼神を動かすは、詩より近きは莫《な》し』と。此れ乃ち詩の用為《た》る、其の利は大なるかな）という[11]。

『詩経』の題材が多様化したことと、豊富で多彩な内容をもつことが、『詩経』が様々な意義を持っている証拠である。『詩経』以降、どの時代の中国詩歌も、このような伝統を受け継ぎ、社会生活の中で様々な役割を担ってきた。昭明太子が『文選』を編纂した際には、詩歌を題材ごとに「献詩」、「公宴」、「祖餞」、「詠史」、「百一」、「遊仙」、「招隠」、「反招隠」、「遊覧」、「詠懐」、「哀傷」、「贈答一」、「贈答二」、「贈答三」、「贈答四」、「行旅上」、「行旅下」、「軍戎」、「郊廟」、「楽府上」、「楽府下」、「挽歌」、「雑歌」、「雑詩上」、「雑詩下」、「雑擬上」、「雑擬下」など二十七に分類している。現在の基準から見れば、分類方法はきわめて煩雑であるが、当時の詩歌の創作方法にはぴたりと適合しているのだ。中でも、「贈答」、「祖餞」、「公宴」、「献詩」などの題材がかなりの比率を占めるのは、詩歌が当時の文人士大夫層のコミュニティの中で重要な役割を果たしていたことを示している。さらに『史記』、『漢書』、『後漢書』などの歴史書にある多くの民歌・民謡が時事政治について作られているのは、一般の民衆の間でも詩歌はやはり社会を批判する重要な役割をもっていたことを明らかにしているのである。唐代は中国詩歌が最もさかんな時代であり、詩歌はすでに唐の人々の生活の一部となっており、いたるところに詩が存在した。人々は詩歌で自らの考えや思いを伝えられるようになり、「言志」、「述懐」のほか、「伝聞」、「陳情」、「干謁」、「要請」、「公告」などの社会活動も詩の形で表現され、詩歌の社会的役割がさらに広がった。宋代以降も、こうした状況は発展してゆき、詩人が詩歌を用いて「美刺」、「説理」、「交際」、「応酬」、「消遣」、「娯楽」などを行い、才能を発揮するのである。中国詩歌のこうした特徴は、少数民族の詩歌の中にもはっきりとあらわれており、同じく「審美」、「抒情」、「教育」、「伝授」、「刺政」、「恋愛」、「娯楽」、「交際」など社会生活の中で重要な役割を果たしているのである。

中国詩歌が抒情を主として、様々な役割を兼ねそなえていることは、明らかな民族的特色となっている。詩歌は抒情的な芸術であり、詩情は人の心の中から生れ出るものであるため、『漢書』「芸文志」に「哀楽之心感、而歌詠之声発」（哀楽の心感じ、而して歌詠の声発す）というのである。詩歌には強い生命力があり、人は皆だれもが詩人である。様々な実用的役割を備え、現実生活としっかりつながっている。「飢者歌其食、労者歌其事」（飢うる者は其の食を歌ひ、労する者は其の事を歌ふ）と『春秋公羊伝』宣公十五年の何休の注にある。そのため、詩歌には幅広い社会基盤があり、現実世界の隅々にまでゆきとどき、いつでも詩歌が聞こえてくるのである。すなわち、中国の詩歌を理解したければ、中国人の情感、生活、風俗、習慣を理解し、中国文化の中で、詩は芸術であり、心の歴史であり、生活の万華鏡であり、社会の百科全書でもあることを知らなければならない。詩には、芸術の審美的価値があり、さらに社会を認識できる価値もある。つまり、心をうごかす力があり、更に生活や教育といった力もあるのである。

　中国詩歌史上、詩人が特殊で重要な地位にあるのは、単に、詩人が詩歌の主体であるのみならず、中国人が崇高な詩歌の為す所の理想を追求できるからなのである。中国人は詩の発生を心の外物に対する感動であると見なすし、誰でも詩人となる天性を備えていると思われるが、しかし、それですべての心の思いが優美な詩章になるわけではないし、誰もが偉大な詩人になることもない。『禮記』楽記に、「夫物之感人無窮、而人之好悪無節、則是物至而人化物也。人化物也者、滅天理而窮人欲者也。」（夫《そ》れ物の人を感ぜしむること窮《きはまり》無くして、人の好悪《かうを》節無ければ、則《すなは》ち是《こ》れ物至《いた》りて人 物に化《くわ》せらるるなり。人 物に化せらるるは、天理を滅して人欲を窮《きは》むる者なればなり(12)）とある。

　従って、すぐれた詩歌を作るためには、立派な人生の価値観が必要であり、すぐれた人格修養や正しい道徳探究も必要となる。これは創作主である詩人に対して極めて高い要求が示されている。『禮記』「正義」中に、「楽者楽也。君子楽得其道、小人楽得其欲。以道制欲、則楽而不乱。以欲忘道、則惑而不楽。徳者、性之端也。楽者、徳之華也。金石糸竹、楽之器也。詩言其志也、歌詠其声也、舞動其容也。三者本於心、然後楽器従之。是故情深而文明、気盛而化神。」（楽《がく》とは楽《らく》なり。君子は其の道を得るを楽しみ、小人は其の欲を得るを楽しむ。道を以て欲を制すれば、則ち楽しみて乱れず。欲を以て道を忘るれば、則ち惑ひて楽しまず。徳とは、性の端なり。楽とは、徳の華なり。金石糸竹は、楽の器なり。詩は其の志を言ふなり、歌は其の声を詠ずるなり、舞は其の容を動かすなり。三者は心に本づき、然る後に楽器は之に従ふ。是の故に情深くして文明らかに、気盛んにして神を化す(13)とある。

詩歌芸術の極みは、人としての美徳の体現であるべきなのである。そうしてはじめて、「楽」となり、人々は美を享受できる。これは詩人のたゆまない心の浄化によって自らの創作の中に実現されるのである。

中国古代の詩人が、外国の詩人や現代の詩人と異なるところは、中国古代社会の政治構造と密接に関連していることである。中国古代では、詩歌創作の主体は文人であるが、文人の生き方は主君を補佐し、天下を治めさせる賢臣になることであるから、中国古代の詩人はいつでも高貴な社会的責任を自覚し、聖人としての心情を持っている。劉勰『文心雕龍』に、文章の中枢は「原道」、「徴聖」、「宗経」であると述べられている。ここでいう「原道」とは文学芸術の本質を体現することであり、「徴聖」は聖人に学ぶことであり、「宗経」とは聖人の文章を法《のり》とすることである。また、ここで大切なのは「徴聖」である。つまり、聖人の心情さえもっていれば、正しく道を体現でき、「文以載道」（文は以て道を載す）により、よい詩文を作ることができるのである。中国の歴史の中で、道徳の聖人は堯舜、文化の聖人は孔子、詩の聖人は杜甫であるといわれる。杜甫が後世の人々から「詩聖」と尊ばれるのは、詩歌芸術の技巧がすぐれていることはもとより重要ではあるが、最も根本的な要因は、憂国憂民の思いや「民胞物与」（民は同胞、物は同類）即ち人類と全ての物を愛する、という精神を持って、すぐれた詩歌を作り出したことである。杜甫は後世の人々にとって詩作の手本となっただけでなく、人としての手本ともなったのである。

それゆえ、中国詩歌史は、詩歌そのものの発展の歴史であるばかりではなく、同時にそれは中国の詩人たちの成長の歴史でもある。中国での詩歌の評価は、従来詩人の評価でもあり、詩人の考え方や生き方が重視される。司馬遷『史記』屈原賈生列伝に、「屈平之作『離騒』、蓋自怨生也。『国風』好色而不淫、『小雅』怨誹而不乱。若『離騒』者、可謂兼之矣。上称帝嚳、下道齊桓、中述湯武、以刺世事。明道德之廣崇、治亂之條貫、靡不畢見。其文約、其辭微、其志絜、其行廉。其称文小而其指極大。擧類邇而見義遠。其志絜、故其称物芳。其行廉、故死而不容自疎。濯淖汚泥之中、蝉蛻於濁穢、以浮游塵埃之外、不獲世之滋垢、皭然泥而不滓者也。推此志也、雖与日月争光可也」(屈平の「離騒」を作る、蓋《けだ》し怨み自《よ》り生ぜしなり。「国風」は色を好めとも淫せず、「小雅」は怨誹すれども乱せず。「離騒」の若《ごと》きは、之を兼ぬと謂ふべし。上は帝嚳を称し、下は齊桓《せいくわん》を道《い》ひ、中ごろは湯《たう》・武《ぶ》を述べ、以《もっ》て世事を刺《そし》る。道徳の廣崇《くわうしゆう》、治亂の條貫《でうくわん》を明らかにし、畢《ことごと》くは見《あらは》れざる靡《な》し。其の文は約、その辭は微《び》、其の志《こころざし》は絜《けつ》、其の行《おこな》ひは廉《れん》。其の文を称すること小にして而《しか》も其の指《し》は極《きは》めて大なり。類《るゐ》を擧《あ》ぐること邇《ちか》くして而《しか》も義《ぎ》を見《しめ》すこと遠し。其《そ》の志《こころざし》や絜《けつ》、故に其の物を称するは芳し。其の行ひや廉、故《ゆゑ》に死して自ら疎んずるを容《い》れず。汙泥《をでい》の中《うち》に濯淖《たくたう》して、濁穢《だくあい》を蝉蛻《せんぜい》し、以《もっ》て塵埃の外に浮游《ふいう》し、世《よ》の滋垢《じこう》を獲《え》ず、皭然《しやくぜん》として泥《でい》すれども滓《けが》れざる者なり。此《こ》の志《こころざし》を推《お》せば、日月《じつげつ》と光《ひかり》を争《あらそ》ふと雖《いへど》も可《か》なり(14))とある。漢代の人々から見れば、屈原の「離騒」のすばらしさは、豊富な歴史、文化、思想を内含し、高い芸術的水準で、屈原の高尚な社会的理想とすぐれた人格節操があふれていることである。まさしく「離騒」は屈原の血と涙の結晶による生命の歌であるから、「与日月争光」(日月と光を争ふ)に達したのである。詩の品格とは人格であり、詩はその人そのものである。これが中国人の詩歌評価の重要な原則の一つである。

「言志」を伝統とする中国古代の詩歌は、自ずとどこかに詩人のくらしや文化が表現され、その詩人の人生観が体現されている。例えば、『詩経』風雅の伝統、「離騒」に現れた「香草美人」のイメージと「美政」の理想、漢代の騒体抒情詩に現れた不遇を嘆く声、建安詩歌に形成された悲憤慷慨の風骨、陶淵明の詩歌表現に託された隠逸の心と田園風景、盛唐の辺塞詩に描かれた功業を建てようとする志、李白の詩に誇張された個性、杜甫の詩に見える憂国憂民の懐い、蘇東坡の詩に現われた儒・道・禅思想の融合と楽観的な人生観などは、すべて例外なく詩人の人生の理想と生活の価値観念を表したものである。後世の詩人が提唱した多くの創作技法は、例えば江西詩派の「才学を以て詩を為《つく》る」や、明代前後七子の復古主義、公安派と性霊派が提唱した性霊詩学などは、みな同じように文化や理想を託したものである。清代初期の遺民の詩に表現された国家亡失の痛みについては、黄遵憲・王国維・胡適・郭沫若・聞一多・徐志摩・戴望舒・艾青・穆旦ら近現代著名詩人の詩歌名篇には、更に中国の詩人たちの深い懐いと強い社会的責任感が現われており、そこには中国古典詩歌が現代に移行していく過程で追い求めてきた自由・民主・平等・博愛といった精神を示し、詩人たちの詩歌という文学様式に対する特別な認識が表現されている。だからこそ、中国の詩人を理解しなければ、中国の詩歌を理解することができないのである。中国詩歌史とは、実は中国詩人の心の歴史であり、思想の歴史なのである。

三、中国詩歌の形式美と詩体の多様性

中国の詩歌が世界中で特別な地位を保っているのは、その独特な形式にもよる。その主たる道具である漢字は、象形文字を中心に、一字一音、一音一義、そしてアクセントをもち、句法は自由で、声に出せば抑揚やリズムがあり、もとより音楽的な美を備えている。中国人は生まれつき詩的な思考を具え、物に感じて動くという創作方法によって客観的外物と主観的心情とが一体化しやすく、象形文字によって生き生きとした様相を表わしたり詩意を描写したりするのに適している。そのため、中国古典詩歌に最も多く用いられる詩体形式は文

字数を基本として詩句をつくることである。その中には、四言詩、五言詩、七言詩を中心に、偶数句末を必ず押韻させることなど、自然と音の対称と句の対偶をつくる。それが漢語詩歌の独特な形式美なのである。

中国語の文字が本来的に声律に適っていることは、早くは、『詩経』にはっきりと現われている。

参差荇菜、左右流之。窈窕淑女、寤寐求之

参差《しんし》たる荇菜《かうさい》は、左右《さいう》に之を流《もと》む。窈窕《えうてう》たる淑女《しゅくじょ》は、寤寐《ごび》に之を求む。

(『詩経』「周南・関雎」)

四句の短い詩ではあるが、前の二句と後の二句とは非常に整った対偶となっている。「参差」と「窈窕」は、どちらも形容詞で、「参差」は双声、「窈窕」は畳韻である。「荇菜」と「淑女」は、いずれも名詞で、「荇菜」は植物、「淑女」は人物である。「左右」と「寤寐」は、方位と状態で、いずれも修飾語としてはたらく。また「左右」は反義語あり、「寤寐」も反義語である。「流」と「求」は、いずれも動詞である。さらに、リズムや韻律からみても、整った四言形式で、二字二字のリズム、偶数句末は同じ「之」字で結び、句末より二字目の「流」と「求」は、同じ幽部で押韻し音調が整えられている。中国詩歌の言語形式は、『詩経』の時代からすでにこれほどまでに整っており、驚きを禁じえない。詩の意味から見ると、左右両側に、水の中のまばらな荇菜を採ることを、詩人が寝ても覚めても女性のことを心に気にかけていることに喩えている。「毛伝」によれば淑女が採った荇菜は祭祀に使うものなので、荇菜から淑女の思いを連想させる。こうしたものに感じて動くという叙述方法は、中国の詩歌創作の文化伝統や当時の社会の生活習慣に適い、起承転結、一気呵成、自然で適切な表現といえる。

中国詩歌において声律のことが言われるようになるのは、南北朝の斉梁時代に入ってからといわれるが、それは漢語の四声の平仄や音律が意識されるようになったにすぎない。形式をもった詩の要素、例えば文字の対偶、句末の押韻、詩句のリズムなどは、それ以前の詩人らもよくわかっていた。『詩経』にも多くの例がある。たとえば、「昔我往矣、楊柳依依。今我來思、雨雪霏霏。」（昔　我往《ゆ》きしとき、楊柳　依依たり。今　我来《きた》る、雪雨《ふ》ること　霏霏たり）（『小雅』「采薇」）、「就其深矣、方之舟之。就其淺矣、泳之游之。」（其《そ》の深《ふか》きに就《つ》きては、方《いかだ》し舟す。其《そ》の淺《あさ》きに就きては、泳《もぐ》り游《うか》びたり）（『邶風』「谷風」）、「鳳凰鳴矣、于彼高崗。梧桐生矣、于彼朝陽。」（鳳凰《ほうわう》鳴《な》く、于《ここ》に彼《か》の高崗《かうかう》に。梧桐《ごたう》生《しやう》ず、于《ここ》に彼《か》の朝陽《てうやう》に）（『大雅』「巻阿」）。

漢代以降になると、整った対偶と流れるようなリズムを求めることは、もはや詩歌創作の基本原則となっている。「凱風吹長棘、夭夭枝葉傾。黄鳥飛相追、咬咬弄音声。」（凱《がい》風は長棘《ちやうきよく》を吹き、夭夭《えうえう》として枝葉は傾く。黄鳥は飛んで相追ひ、咬咬《かうかう》として音声を弄《かな》づ）「百川東到海、何時復西帰。少壮不努力、老大徒傷悲。」（百川《ひやくせん》東《ひがし》して海に到《いた》らば、何《いづ》れの時か復《ま》た西に帰《かへ》らん。少壮《せうさう》努《ど》力《りよく》せずんば、老大《らうだい》徒《だづら》に傷悲《しやうひ》せん）。漢代の楽府の流れるようなリズムとひとつづきの詩意の中には、すでに言語の整った対偶が含まれている。四言詩から五言詩、または七言詩まで、あるいは騒体から楽府、または詞や曲まで、この間には詩体に多少変化があったとしても、音韻のリズミカルな点、字句の対偶、偶数句末の押韻、詩句のリズム、平仄の重視などといった基本的なことはずっと変わっていない。これが中国古典詩歌の形式の基本的な特徴であり魅力である。

中国詩歌のリズムの美は、音楽とも密接につながっている。中国文化の伝統の中に、「詩楽同源」すなわち中国詩歌は作られたその時から歌うことができる。音楽は中国詩歌にとって必要不可欠なものなのである。「詩言志、歌永言、声依永、律和声」（詩は志《こころざし》を言ひ、歌《か》は言を永《えい》し、声《せい》は永《えい》に依《よ》り、律《りつ》は声《こゑ》に和《わ》す）、つまり、「歌詩」は中国古代の詩歌では重要な表現方法の一つなのである。中国詩歌は音楽的な美しさを具えているので、歌うことができるだけではなく、誦《そら》んじたり吟じたりすることもできる。『周禮』「春官宗伯・大司楽」に、「以楽語教国子、興・道・諷・誦・言・語。」（楽語を以て国子に、興・道・諷・誦・言・語を教ふ）とあり、鄭玄の注に「以声節之曰誦」（声節を以てするを之《こ》れ誦と曰ふ）とある。「九章」漁夫に、「屈原既放、游於江潭、行吟沢畔。」（屈原《くつげん》既《すで》に放《はな》たれて、江潭《かうたん》に游《あそ》び、行《ゆく》ゆく沢畔《たんはん》に吟《ぎん》ず(15)）とある。また、『塩鉄論』相刺に、「故曾子倚山而吟、山鳥下翔。師曠鼓琴、百獣率舞。」（だから曾子（曾参）が山のかたわらで歌うと、山の鳥がかけおり、師曠が琴をひくと、あらゆる動物がそれにつれて舞った(16)）とある。

これらの記述から、誦んじたり吟じたりすることも、音楽のリズムをもつ表現方法であることがわかる。中国語の四声と音楽の五音とは相互に対応していることを、古代の人は認識していた。三国時代の李登が編纂した『声類』や晋代の呂静が編纂した『韻集』は、宮商角徴《ち》羽によって分類されている。唐代の段安節撰『楽府雑録』、徐景安撰『楽書』、宋代の姜夔撰『大楽議』などにも、四声と五音との関係について述べられている(17)。だからこそ、中国詩歌のそれぞれの形式は、もともと歌と関わりがあったものの、今では音楽から離れて徒詩となったのである。例えば、四言詩は、『詩経』時代にはすべて歌われていたものであり、楚辞体の源流は楚歌であり、現存する最古の五言詩もすべて歌うことができたものである。文人たちの作る五言詩の源は楽府にあり、漢代の典型的な雑言詩は、『漢鼓吹鐃歌』十八曲であり、詞も曲も本来は歌うものだったのである。

ただし、漢代以前に作られた七言詩だけは、音楽との関連がはっきりしない。しかし、多様な詩型の中で、七言詩の「二二三」のリズムが最も多く用いられており、詩人たちが音楽的なリズムを充分に把握した後に、定着していったものと思われる。これは中国古典詩歌のそれぞれの形式が音楽によって洗練されてゆき、典型的なリズムの美しさを具えるようになったといえる。

中国詩歌の芸術的な形式の美しさは、営造された「審美意象」であり、古代の人の天人に対する基本的な認識によるものである。『周易』繋辞下に、「古者包犠氏之王天下也、仰則観象於天、俯則観法於地、観鳥獣之文与地之宜、近取諸身、遠取諸物。於是初作八卦、以通神明之徳、以類万物之情。」（古者《いにしへ》、包犠氏の天下に王たるや、仰ぎては則ち象を天に観、俯しては則ち法を地に観、鳥獣の文と地との宜しきを観て、近きは諸《これ》を身に取り、遠きには諸《これ》を物に取る。是《ここ》に於て、初めて八卦を作り、以て神明の徳に通じ、以て万物の情を類す[18]）とある。

『周易』中の「八卦」は、もともと古代の人々が符号として用いていたものが、のちに文字となったものである。古代の人々にとっては、中国の漢字も同様にかたちが意味をもつようになったものである。許慎の「説文解字叙」の冒頭に、『周易』の文言を引用して、「倉頡之初作書、蓋依類象形、故謂之文。其後形聲相益、即謂之字。文者物象之本、字者言孳乳而浸多也。」（倉頡の初めて書を作るや、蓋《けだ》し類に依りて形を象る、故に之を文と謂ふ。其の後、形と声とは相益《あひ》し、即ち之を字と謂ふ。文とは物象の本なり、字とは孳《う》み乳《そだ》てて浸やく多きを言ふなり[19]）という。また、中国人は、詩歌は人の心に感じるものがあって生まれ、心の感動がまさしく外に表れたものと考えている。そのため、主客一体となり、宇宙万物の描写を通して詩人の内なる心の声を伝えることは、中国詩歌創作の最も重要なスタイルとなり、これが『詩経』でいう「比興」である。中国の文字と中国の詩歌とは「取象於物」（象を物に取る）という点で同じであるといえる。従って、外の物象の描写を通して詩人の豊かな心の内の世界を表現し、さらに文字によってことばの意味を深め、ことばの意味を通して美の境地に至り、詩人の深い心の思いを現わすのである。これこそが中国詩歌の美学の基本的な特徴であり、中国古典詩歌が外国の詩歌と大きく異なる点でもある。劉勰『文心雕龍』物色篇に、「是以詩人感物、聯類不窮。流連万象之際、沈吟視聴之區。写気図貌、既随物以宛転、属採附声、亦与心而徘徊。故『灼灼』状桃花之鮮、『依依』尽楊柳之貌、『杲杲』為出日之容、『瀌瀌』擬雨雪之状、『喈喈』逐黄鳥之声、『喓喓』學草虫之韻、『皎日』・『嘒星』、一言窮理、『参差』・『沃若』、両字窮形。並以少総多、情貌無遺矣。雖復思経千載、将何易奪。」（是《ここ》を以て詩人の物に感ずる、類を聯《つら》ねて窮《きはま》らず。万象《ばんしやう》の際《さい》に流連《りうれん》し、視聴《しちやう》の區《く》に沈吟《ちんぎん》す。気《き》を写《うつ》し貌《ばう》を図《ゑが》けば、既《すで》に物《もの》に随《したが》つて以て宛転《ゑんてん》し、采《さい》を属《ぞく》し声《こゑ》を附《ふ》すれば、亦《ま》た心と与《とも》に徘徊《はいくわい》す。故《ゆゑ》に灼灼《しやくしやく》は桃花《たうくわ》の鮮《あざ》やかなるを状《の》べ、依依《いい》は楊柳《やうりう》の貌《かたち》を尽《つ》くし、杲杲《かうかう》は出日《しゆつじつ》の容《よう》を為《な》し、瀌瀌《へうへう》は雪《ゆき》を雨《ふ》らすの状《じやう》に擬《ぎ》し、喈喈《かいかい》は黄鳥《くわうてう》の声《こゑ》を逐《お》ひ、喓喓《えうえう》は草虫《さうちゆう》の韻《ゐん》を学《まな》び、皎日《けうじつ》・嘒星《けいせい》は、一言《いちげん》にして理《り》を窮《きは》め、参差《しんし》・沃若《よくじやく》は、両字《りやうじ》にして形《かたち》を窮《きは》む。並《なら》びに少《せう》を以て多《た》を総《す》べ、情貌遺《のこ》す無《な》し。復《ま》た思は千載を経《ふ》と雖《いへど》も、将《は》た何《なん》ぞ易奪《えきだつ》せんや[20]）とある。

こうした名言について、今日、『詩経』における物象描写の特色を分析する際に多く引用されるが、実際には、中国古代詩歌の全てに適用できるのである。また、それは、西洋近代学者が「擬人化された自然」と言い出した哲学的問題を、すでに中国人は数千年も前に深く認識していたことなのであった。

「擬人化された自然」は、詩歌芸術上の表現では「自然の擬人化」である。形象的特徴をもつ漢字を用いて表現することで、かたちと意義を形成し、創作し実践する中でたえず発展しつづけてきた。『詩経』の「比興」から、『楚辞』の「香草美人」や劉勰の「物色」論に到る流れ、また、『周易』の「設卦観象」（卦を設けて象を観る）から、荘子の「得意忘言」（意を得て言を忘る）や魏晋六朝の「言意之辨」に到る流れ、この二つの流れが合流して、唐代以降、しだいに詩人の感性によって、詩歌における「意」と「境」とがあわせもつ美しさを味わう系統的な詩歌の理論を形成してきた。王昌齢「三境説」（「物境」・「情境」・「意境」）、皎然「取境論」、厳羽「妙悟論」から、明代中晩期の「性霊観」、王漁洋「神韻説」、王国維「境界論」に到るまで、詩人たちは中国詩歌の芸術的美学に対する実践を絶えず深めることで、中国詩歌芸術の独特の美しさを広く深く表現してきたのである。これは、創作論と批評論と鑑賞論の統一であり、中国詩歌理論は早くから「言志」・「載道」を主とする功利観から、のちの「意境」・「韻味」・「性霊」を主とする審美観へと変化している。これは中国詩歌の特有の芸術美学であり、世界の詩歌芸術に対する貢献も大きい。それは、中国人の「天人合一」の宇宙観と「人化自然」との芸術論によるものであり、目指すところは一つの宇宙感や心的浄化を特徴とする美学規範のみではなく、詩にこめられた人々の生活スタイルである。より高い視点が中華民族の文化的特徴を表現し、古来よりずっと求めつづけてきた「詩意のすみか」たる社会の理想を実現しようとしているのである。

中国詩歌がこのような審美的理想を追求する過程で、様々な詩のスタイルを形成し、その盛衰をくり返すことで、中国詩歌発展の歴史がつくられてきた。そもそも漢語詩歌には、主に四言詩、五言詩、七言詩、楽府詩、楚辞体詩、詞、曲などがある。これらの様々な詩体がつくられるようになった時期は異なるが、『詩経』時代に四言が主としてつくられていたころから楚辞体の生まれたころまでが、先秦時代の詩歌の主な詩のスタイルである。五言詩、七言詩、楽府詩は、漢代から唐代までの主な詩のスタイルである。詞は唐代に生れて宋代に盛んにつくられ、曲は唐宋時代に生まれて、元代に盛んにつくられた。こうして、中国古典詩歌の基本スタイルが出揃った。詩のスタイルが生まれるのには、いつでも特別な時代背景や社会文化的要因があり、その時代の言語生活と密接に関連している。それぞれのスタイルには、それぞれのスタイルの特徴があり、美的風格も異なる。まさにこのように新しいスタイルの詩が絶えず生み出されていくことは、中国詩歌の歴史も絶えず新しい時代へと移りかわっていくことを示している。したがって、詩歌のスタイルや風格の探究、すなわち用辞、格律、章法、意象、風格、流派などに対する研究及び着目は、中国詩歌史上において重要であり、「弁体」は明清時代の詩歌史上において議論された重要な命題であった。許学夷は、『詩源弁体』「自序」で、

> 仲尼曰、「中庸其至矣乎。民鮮能久矣。」後進言詩、上述斉梁、下称晩季、於道為不及。昌穀諸子、首推『郊祀』、次挙『鐃歌』、於道為過。近袁氏鐘氏出、欲背古師心。詭誕相尚、於道為離。予『弁体』之作也、実有所懲云。賞謂、詩有源流、体有正変。於篇首既論其要矣、就過不及而揆之、斯得其中。

> 仲尼曰く、「中庸 其れ至れるかな。民 能《よ》く久しくすること鮮《すくな》し」と。後進 詩を言ひ、上は斉梁を述べ、下は晩季を称し、道に於いて及ばずと為す。昌穀諸子、首《はじ》めに『郊祀』を推し、次に『鐃歌』を挙げ、道に於いて過ぎたりと為す。近ごろ袁氏・鐘氏出で、古の師の心に背かんと欲す。詭誕 相尚び、道に於いて離れたりと為す。予が『弁体』の作や、実に懲らす所有りと云ふ。賞して謂ふ、詩に源流有り、体に正変有りと。篇首に於いて既に其の要を論じたれば、過ぎたること及ばざるとに就きて之《これ》を揆《はか》りて、斯《ここ》に其の中を得たり。(21)

と述べている。詩のスタイルの興亡をよく観察することは、中国詩歌の発展の道筋を把握するためには重要だったのである。ここで注意すべきは、中国の歴史において一つの新詩体が生まれることは、以前の詩のスタイルの消失を意味しているのではなく、詩歌のスタイルが絶えず増えていくことを意味している。これは中国詩のスタイルの独特な創作方法となった。つまり、伝承しつつ改造され復古に向かいつつ創新していくのであ

る。様々な詩のスタイルがある時代に共存するのは、詩歌創作の多様性を示しているだけではなく、往往にして文学的思想の表現と社会的役割の負担のバランスを反映しているのである。いわば、前時代的な詩のスタイルはしだいに古雅に傾いていくが、新時代の詩は、新鮮で通俗的なものへと傾いていくと言ってよい。例えば、漢代の四言詩は、宗廟祭祀と頌美諷諫の叙述に多く、『詩経』の雅頌のスタイルをはっきりと継承している。楚辞体の詩は詩人個人の心情や思いの叙述に多く用いられ、屈原の「離騒」の精神を受けついでいる。楽府詩は雑言と五言が多く用いられ、更に多くの審美的及び娯楽的効果を担っている。文人による五言詩は楽府に始まり、表現された多くは文人たちのくらしや心情などである。七言詩は、漢代よりすでに大量につくられたが、主に辞書や鏡の銘に用いられ、実用的な文体の特徴をはっきりと示している。魏晋以降、五言詩は新俗体から徐々に高雅なものへと変わり、文人たちがつくる抒情詩の主要なスタイルとなった。七言詩もまた機能的なスタイルから抒情的なものへ変化していく。楽府詩は清商楽から呉声西曲に発展したし、くらしの中で娯楽の役わりをも担っている。唐代以降、五言詩、七言詩は格律化され、楽府古題も古雅のスタイルへと変わり、ともに「言志」を中心とする中国抒情詩の伝統を担っている。詞という新しい文体は、もともと楽府が担っていたくらしの中での娯楽の役わりを担うようになる。「詩荘詞媚」(詩は荘《おごそ》かに詞は媚《なまめか》し)説は、正確な表現とは言えないが、およそ唐代から宋代までの間に、詩と詞という二種類のスタイルが徐々に役割を分担しつつ芸術的美しさを求めていったのである。宋代以降は、詞という文体がしだいに標準となり詩のスタイルに近付いてゆき、またこのころ、曲というスタイルも盛んにつくられるようになった。明代以降、中国古代社会では新たなスタイルは生まれなかったが、詩人たちは、これまでのスタイルの中に新しさを求めていくので、「弁体」は重要度を増し、復古主義と性霊詩学は、明清時代においての主な詩歌発展の流派となっていくのである。この二つの大きな流れは、近代社会の変革の中で互いに対立し、白話新体詩が生まれた。新体詩はここ百年来の歴史変革によって与えられた文化的責任を担いつつも、詩のスタイルの形成の過程において、古典詩歌に習うことでそのスタイルが完成する。これは中国詩の歴史において、絶えずくり返してきたことであり、それは詩体の興衰の交替であり、事実、中国古代詩歌の内容は時代とともに遷りかわり、社会の美的風潮にしたがって変化していく。正にこのような変化によって、中国詩歌特有の芸術的形式美は強化され、中国古典詩歌の形式美学理論は完成した。ゆえに、中国詩歌の歴史は、中国詩歌形式が絶えず変化し、発展してきた歴史といってよいのであろう。

四、中華文化の多元一体と詩歌の多民族性

中国詩歌は、世界の詩歌史において独特な個性を持っている。これは中国が、多民族国家であることと密接に関わる。広大な東アジアにおいて、中国は、古くから漢民族を中心に中華大国家を形成し、漢語を主体に、他の少数民族の言語とともに、詩歌史の伝統を築いてきた。時間的には、数千年にわたり、地域的には、現在五十六民族を包含する。詩歌に用いられる言語からいえば、古来七十種以上の言語と四百種以上の方言が用いられている。このような例は、世界の文学史上、ほとんど見られない。

しかし、実は、漢語を主たる言語とする詩歌通史は、単に漢民族の詩歌史ではない。正確には、漢字はそもそも漢民族のみに属するものではなく、中華民族という大家庭に属している。中華民族は多くの民族の融合体

である。近代以降の考古学的発掘によって明らかになったように、紀元前五千年ごろに、中国大地には、仰韶文化や紅山文化や河姆渡文化など多くの文化が共存し、それらがみな中華文明の起源なのである。伝説の中の皇帝、炎帝・黄帝は、本来、鳳と龍をトーテムとした二つの大部族であり、殷商と姫周は同じ民族ではない。春秋時代、いわゆる南蛮・北狄・西戎・東夷は、中原各国と雑居していたため、先秦時代は本来漢民族文化の多元的共生時代だったといえる。秦による統一以降、中華大陸において、先秦時代の各民族は、しだいに融合して一つの民族となり、漢代には新たな多源融合型の民族となり、「漢人」や「漢族」と呼ばれるようになったのである。魏晋南北朝時代には、晋人は南へ渡り、南越人と融合し、北方では「五胡十六国」の王朝交替があった。こうして、中国歴史上、四百年にわたる多民族融合の時期を経ることとなる。隋唐時代に至って、再び統一され、南北朝時代の少数民族が再び漢民族と融合し、漢民族の多元性がさらに特徴的となる。北宋時代には西夏や遼と、南宋時代は金や元と対立する。フビライ・ハンの北京建都および清朝満族の中原進出は、いずれもまた多民族融合において、重要な時期となる。したがって、漢語で記載された中華民族の歴史は、本来多民族融合の歴史なのである。こうした言語環境の下で生まれた中国詩歌は、いうまでもなく歴史上の各民族の人々による創作も含んでいるのである。「越人歌」や「木蘭辞」などは、すべて当時「少数民族」の人々の傑作である。大いなる詩人である屈原の創作は荊蛮民族の影響を強く受け、陶淵明は渓族出身ともいわれる。劉禹錫は匈奴の後裔であり、元稹は鮮卑族の後裔である。『全金詩』と『全元詩』および『全金元詞』に収められる作品の多くは、金人とモンゴル人によって作られ、清代満族の人々によって作られた漢語の詩詞は数えきれない。これ以外にも、他の多くの少数民族が漢語で詩歌を作っていた記録がある。つまり、伝統的な漢語詩歌を中心に編纂した詩歌史であっても、それは漢民族の詩歌史というわけではなく、たくさんの民族が創作した詩歌を含んだ中国詩歌史なのである。

このような多くの民族の融合は、漢語詩歌の内容をとても豊富にしただけでなく、漢語詩歌のスタイルも豊富にした。これら漢語詩歌の多くの詩体も、多民族融合の過程で徐々につくられていったといえる。中国で最も早く成立したスタイルは四言詩であるが、四言詩そのものは上古の民族文化の融合による産物である。四言詩を基礎にしてつくられた楚辞体詩は、当時の南方民族の詩歌の言語特徴を吸収している。秦の始皇帝時代の班壹は、楼煩に出かけた時、難を避けてその地の影響を受け、鼓吹楽を作った。漢の博望侯張騫は西域に行き、『摩訶兜勒』を持ち帰った。李延年がそれをもとに「新声二十八解」を作り出し、その影響を受けて生まれた『漢鼓吹鐃歌』十八曲はすべて雑言詩であり、字数の整っている騒体詩とは全く異なったものである。つまり、中国の雑言詩は多民族文化の影響を受けて生まれたといえる。仏典の翻訳によって中国人が音韻学の知識を得たことで、それは詩人たちが新しい詩律を表現することに役立てることができた[22]。

詞の発生と散曲の創作は、程度の差こそあれ、それぞれ西域や北方の少数民族の言語の影響を受けたものである。現代中国の新詩体である白話詩の発生も漢訳された西洋詩歌の影響をより強く受けたためである。多民族文化が漢語詩歌に対して多大な影響を与えたことは、詩歌のスタイルの変遷からだけ見てもわかる。中華民族が形成される過程で、漢語漢字を基礎とする中原文化が、国家と民族の統一に大きな役割を果たした。しかし、歴史的には、多くの少数民族が漢族家庭に融合し、しだいに漢語文字を用いるようになっていく。しかしながら、多くの少数民族は彼ら自身の言語文字を捨てることはせず、たくさんの詩歌を創作し、漢語詩歌とともに繁栄させつつ、中国詩歌の発展を支えている。これらの少数民族の詩歌はそれぞれの民族の盛隆時期の違いによって民族の文明発展の歴史も異なるとはいえ、漢語詩歌とは異なることを示しており、これらの詩歌を漢語詩歌の歴史カードと整合させるのは難しい。とはいえ、中華民族の歴史地理版図の上に同居しているため、互いに少なからぬつながりを持っている。中華民族の文化地理の現状によれば、中国の各少数民族の居住地域の分布によって中原旱地文化圏、北方森林草原狩猟遊牧文化圏、西南高原農牧文化圏、江南稲作文化圏のように、大きく四つに分けることができる。この四つの文化圏で生活しているそれぞれの少数民族は、使用する言語と詩歌形式については、たいてい多くの共通性を持っている。歴史的な考察を通して、これらの少数民族の詩歌発展の過程を知ることができるだけではなく、さらには、それぞれの文化圏における政治体制、経済活動、文化協力や血縁関係などをよく理解し、総合的な中華民族の詩歌創作における多元一体の文化構造を認識することもできる。

少数民族の詩歌は多くの異なる言語を用いているのみではなく、詩歌形式も多様である。西北地域に住む少数民族は、古くから「自然風光歌」や「節日歌」や「狩猟歌」などの作品を生み出したことが、『突厥語大詞典』に記されている。西南少数民族によって作られた、「蓋房歌」は早期の彝族の先住民が巣居や穴居から屋居までの住居の変化を描写している。納西《ない》族の「犁牛歌」は言葉使いが単純で、耕牛を呼ぶ声だけで作られていて、原始の詩歌の特徴が鮮明に表れている。雲南の少数民族には、「祭火神」、「祭鍋荘」、「敬竹詞」、「祭樹歌」などの祭祀歌がたくさん残っている。壮族や侗族の神話短歌は、短い素朴な歌詞で神話の内容をまとめたもので、例えば、侗族の「棉婆孵蛋」などは、こうした短歌による創世史詩の初めといえる。康熙六十年（一七二一）黄叔璥が巡視台湾御史となり、人員を組織して台湾西部の各地で歌曲を採録しつつ、漢字で発音を擬して記録し、漢語に翻訳した。これらの当時台湾でよく知られていた三十四曲の歌曲は頌祀歌・耕猟歌・納餉歌・祝年歌・抒情歌の六種類に分けられ、歌のスタイルは多様で、台湾の古代詩歌を研究するための貴重な資料となっている。(23) 各民族の長篇詩歌のスタイルも豊富で、創世史詩・英雄史詩・叙事長篇詩・抒情長篇詩・倫理道徳長詩・文論長詩・套歌など十種類に大きく分けられる。これらの長篇詩は、一つの民族に数百篇あるいは千篇以上と少なくない。その中の漢民族が題材で作った大量の少数民族民間の長篇詩が含まれ、それらは中原地域の漢語詩歌に少なかった民間の長篇詩を補うことができた。各少数民族の詩歌は、言語や言語系が異なるため、詩を構成する音律の特徴も異なる。少数民族の詩歌の韻律からいうと、漢族詩歌が偶句末韻を押韻するのに対し、苗族と瑶族の詩歌は声調をそろえる。また、ある民族詩歌は頭韻を押すが、これはアルタイ語系のウイグル族やモンゴル族の詩歌に最も多い。ある民族は尾頓韻・局部反復韻・調韻・頭脚韻・局部韻及び複合韻などを用いたりもする。このように、中華民族の詩歌の宝庫は非常に充実しており、芸術的スタイルをもって中華民族の多元統一的な文化特徴を現している。

五、中国詩歌と「生生不息」の民族精神

中国は古代世界の四大文明国の一つで、数千年来、中華民族の歴史の中で数えきれないほどの王朝の交代があり、何度も文化の災禍を経てきたが、最終的には強大な生命力で文明を中断しなかったばかりか、より高い文明国となった。これは世界の文明の歴史から見て唯一無二である。詩歌は中華民族において最初に生み出された文学芸術である。綿綿と続いてきた中華文明の中で、中華民族の強い民族精神を十分に表している。「文変染乎世情、興廢繫乎時序」（文変は世情に染まり、興廢は時序に繫る）［劉勰『文心雕龍』「時序」］のように、

詩歌は芸術というスタイルをとって歴史の変遷を記録し、人々の意思を表出し、民族の心を叙述し、人々の理想を託してきたのである。

この歴史発展の過程において、三度の大きな歴史文化の変遷は最も重視すべきことである。一度目は、殷周交替の時の革命、二度目は、秦漢の帝政制度の確立、三度目は、辛亥革命による清王朝の崩壊である。王国維は、「中国制度と文化との変革は、殷周交替の時ほど大きくなかったことはない」といい、それは単に一族の興亡ということだけではなく、「旧制度が廃されて、新制度が興り、旧文化が廃れて、新文化が興ったのである」という。(24) 中華文明の歴史からいえば、周代は中華民族の熟成の始まりといってよい。それは、上古の政治制度を完全にし、家族血縁を中心とする法治国家を立て、禮楽の規範を制定し、西周建国から戦国時代周王朝の滅亡まで、約八百年続いた。そして、中国社会が上古から積み重ねてきた文化を全面的に総括し、『詩』・『書』・『易』・『禮』・『楽』・『春秋』を代表とする「六経」の完成もこの時である。また、孟子・老子・荘子を代表とする諸子百家の学説もこの時に生まれた。世界の文明を眺めてみると、周代は「人類の軸」の時期と言われ、中華民族の思想文化と文明の源として、その恩恵が、広く後世に及んでいる。同時に、この時代は中国詩歌の発端の時期であり、中国詩歌の伝統の基盤がつくられた時期でもある。この時期の詩歌芸術を代表するものは『詩経』であり、それは中国の現存する最古の詩集である。四言詩を主として、二言・三言・五言などの詩句で構成され、詩体の規範や句法の整備、また内容の豊富さや創作手法の巧みさなどの点からみても、極めて高いレベルに達している。中国上古の詩歌をまとめたり昇華させたりしたもので、上古詩歌を代表するものである。それは、中華民族の詩歌の始まりから完成までの道標であり、中国後世の詩歌の源泉ともいえる。『詩経』から三百年を経て、屈原が生まれ、その手に成る「九歌」「離騒」を代表とする楚辞体は、先秦詩歌のもう一つの頂点であり、文人士大夫の中国詩歌創作の模範とされている。劉勰『文心雕龍』「弁騒」に、「自『風』『雅』寝聲、莫或抽緒。奇文鬱起、其『離騒』哉。固已軒翥詩人之後、奮飛辞家之前。豈去聖未遠、而楚人之多才乎」（風雅聲《せい》を寝《や》めて自《よ》り、緒《しょ》を抽《ぬ》くもの或《あ》る莫《な》し。奇文鬱《きぶんうつ》として起るは、其《そ》れ離騒なる哉《かな》。固《もと》より已《すで》に詩人の後に軒翥《けんしょ》し、辞家《じか》の前に奮飛《ふんび》す。豈《あ》に聖を去ること未《いま》だ遠からずして、楚人の多才《たさい》なるか）(25)とある。

四言体と楚辞体が並び立ち、いずれも中国詩歌として永く伝えられる芸術作品となった。『詩経』と『楚辞』の中国詩歌史における地位と中国後世詩歌への影響は、その中に累積されている上古文化の内容と後世に語りつがれる芸術精神にある。共に綿々たる上古文化を継承して、中国詩歌の「言志」を核とする抒情詩の伝統を切り開いた。また、共に豊富多彩な上古社会のくらしや生活に立脚しているため、「国風」や「九歌」のような華やかな作品となったのである。さらに、世襲的貴族社会の中で生まれ、貴族文化精神を鮮明に現わしているので、『詩経』の「雅」・「頌」や、『楚辞』の「離騒」は、貴重な作品といえる。要するに、両者は芸術的な表現手法を継承しつつ、『詩経』の「比興」から『楚辞』の「香草美人」まで、いずれも「感物而動」（物に感じて動く）という中国人の詩的思想と芸術的創作方法を高めていったのである。こうして上古社会の詩歌は、後世に偉大な精神財産となったのである。

中国社会における二度目の重大な政治変革は、秦漢の帝政制度の確立である。戦国時代の二百年以上続いた激動の時代を経て、中央から地方に及ぶ官僚政治制度を確立した。この制度はたいへん先進的な政治制度であり、歴代王朝が絶えず改革と改善を繰り返し、秦始皇、漢武帝、唐太宗、宋太宗、ジンギスカン、そして明清時代まで、二千年以上続いた。しかし、この制度にも欠点がある。つまり、皇帝の絶対的権力と官僚の特権のバランスが不安定で、幾度となく、反乱と政権回復とを繰り返した。こうして、先天的宿命により王朝交替がおこり、中国国民に災難をもたらし続けたのである。しかしながら、中華民族は、二千年を経てなお衰えることなく、ますます国土を広げ、民族を増やしてきた文化共同体である。それは、綿々と続いてきた中華文化が、強力な力となっているからなのである。中国詩歌は正にこの偉大な文化の重要な一部分であり、詩経・離騒の精神を受けついで、人々の暮らしに関心をもち、乱れた政治を批判し、社会の調和を求め、すばらしい人生を叙述することを詩歌創作の主要な方針として、この社会の規範となり、現状を打開していく希望となり、中華民族が団結する重要な精神的支えとなったのである。詩歌のスタイルから見れば、上古時代の詩騒体から変化して五七言古体と近体格律詩を主とするようになった。詩歌の創作者から見れば、文人士大夫を主とする詩人たちが、この時期の詩歌創作の中心となり、陶淵明、李白、杜甫、蘇軾など中華民族史における多くの偉大な詩人たちを生み出した。王朝が交替する時には、詩歌は強い力を持ち、特に国民が苦難にさらされると、往々にして詩歌が盛んにつくられる。漢末、建安、安史の乱、明清交替の際など、それぞれ中国詩歌の歴史に輝かしい一ページを遺している。中国古典詩歌の伝統は、この二千年の間に集められて流れのやむことのない大河となり、形式、内容ともに古典詩歌の美を極めた。どの時代にも多くの異なる詩歌の流派が生まれ、そのたびに新しい詩歌の規範がつくられ、それぞれの時代の特色を示した。それとともに、中国古典詩歌理論もこの時期に発展し定着した。同様に、流派も多く、いずれも高い水準に達していた。注意しなければならないのは、この時代も少数民族の詩歌がたくさん漢民族の詩歌に融合された時期であり、南北朝時代の北朝の各民族の王朝、遼、金、清王朝においては各民族詩歌との融合が最高潮に達する。一方で、各少数民族においても、自言語での詩歌の創作が盛んに行われ、中華民族の詩歌の言語の多様化と詩歌スタイルの多様化の特徴が更に表面化した。この時期は中国詩歌の発展の歴史において重要な段階であり、われわれが詩歌通史として最も描写したい部分でもある。つまり中国詩歌史の全体を鑑賞、認識、そして研究する主要部分でもある。

　辛亥革命に象徴される二十世紀初頭は、中国の歴史上、三度目の重大な変革時期である。中国二千年の皇帝統治が終結し、代って起こったのは現代的な新しい中国である。「周雖旧邦、其命維新」（周は旧邦なりと雖も、其の命は維《こ》れ新たなり）とあるように、この転覆的な歴史変革は、前述した二度の歴史変革よりもっと意義深いといえる。なぜならば、この時期から中華民族はもはや東アジア大陸上の独立した文明形態ではなく、すでに世界文化の中に融合していたからである。長期にわたる帝政時期には、インドからの仏教文化の影響を受けたり、漢代に開通したシルクロードを通して西洋文明の種も中国に入ってきたりしたが、総じて、それほど大きな影響があったとは言えず、中国文化の特徴を変えるにはいたらなかった。しかし、辛亥革命という中国近代の変革は、西洋文化の影響の下に発生し、古今文化の矛盾のぶつかり合いと闘争の激しさは、中国の歴史上の如何なる時期をも超越している。詩歌史という角度から見ると、次のような鮮明な特徴が浮かび上がる。第一に、封建官僚社会の滅亡によってそれと共に生きた文人士大夫階層も解体され、中国詩歌の創作主体に大きな変化が生じた。それに代って新しい知識人が出てきた。第二に、白話文の興盛によって、数千年来にかけて形成されてきた古典詩歌のスタイルは、もはや主流の地位にはなく、それに代わって興ったのが、現代漢語で作った新体詩である。第三に、中国と西洋との文化交流によって、中国詩歌の長期にわたる封鎖的文化環境のもとで形成された詩歌美学の伝統が衰え、西洋化及び現代化が、中国詩壇の新しい審美規範の確立により強い影響を与えるようになったのである。この段階の中国詩歌は、基本的にこの三点をめぐって、「詩体」と「詩質」との両面から変革と再建がすすめられた。この過程で、中国現代詩歌は伝統と完全には切り離されず、この百年来の中国社会の大きな変革を通して、現代詩人は中国古代士大夫文人の社会に関心を抱くというその資質をうけついだため、詩人たちの創作はこれまで同様、古典詩歌中の「言志」と「載道」のすぐれた伝統を受けつぎ、辛亥革命、五四運動、抗日戦争から二十世紀五十年代以降の一連の政治運動と「新時期」以来の改革開放まで、詩人たちは積極的に社会活動に参与するのである。同時に、漢語詩歌のリズムの鮮明な民族的特徴を強化し、含蓄があって意味深い詩のスタイルを作ることには、やはり現代詩人も努力し追求した。それによっていくつかの新しい規範も生まれたのである。注目すべきは、中国詩歌の現代化の過程において、科学技術の進歩とメディアの発達によって、詩と音楽との融合が再び中国詩歌発展の一つの重要な方向となり、いくつかのすぐれた詩作が歌とともに流行し、ますます社会に影響を与えていることである。歌詞も現代詩歌による新しいスタイルとなり、今後ますます重視されていくであろう。一方、古典詩歌の形式はここ百年近く絶えることなく、すぐれた詩人と作品が生まれ、特にこの二十年来は、復興のきざしも見える。こうした現象は、伝統的な力の強さや旧詩体の現代における使命を果たす役割また新しい詩歌の規範の形成は古い形式からすぐれた点を吸収する必要があることをも示している。中国詩歌の発展のこの新しい歴史的段階に期待したい。

『周易』「繫辞上」に、「日新之謂盛徳。生生之謂易。」（日びに新たなるを、之れ盛徳と謂ふ。生生するを、之れ易と謂ふ）と言い、『正義』に、「聖人以能変通体化、合変其徳、日日增新。是徳之盛極、故謂之聖徳也。」（聖人は能《よ》く変通体化するを以て、其の徳を合変し、日日に増ます新たなり。是れ徳の盛極なり、故に之を聖徳と謂ふなり）「生生、不絶之辞。陰陽変転、後生次於前生。是万物恒生、謂之易也。」（生生とは、絶えざるの辞なり。陰陽 変転し、後生は前生に次ぐ。是れ万物 恒に生ずるなり、之を易と謂ふ[26]）とある。「生生不息」とは、単純なくりかえしではなく、絶えず新しく変化することなのである。数千年来の中国詩歌が、永く盛隆し、衰えないのは、中華文化のこの「生生」発展の精神を示している。つまり、代々伝承し、絶えず更新する。いわゆる「文律運周、日新其業。変則其久、通則不乏。」(文律 運周して、日《ひび》に其の業を新《あらた》にす。変すれば則ち其れ久しく、通ずれば則ち乏《とぼ》しからず）である（『文心雕龍』「通変」)。しかしながら、この「生生」発展の変化には、一つの不変性も含んでいる。それは、中国詩歌の、現実に直面し志を描写し調和の美を追求する基本的精神なのである。中国詩歌は、現実生活に直接触れて深く入りこみ、人々の生活の中で経験した出来事を描写するという飾り気のない親近感がある。人々の心の声を描写し、現代の読者の心に強く鳴り響くのである。中国詩歌の求める調和の美は、人と人との調和や人と自然との調和なのである。時代は絶えず変化しているが、調和を求めるのは、古今の共通の理想なのである。したがって、中国詩歌は時間と空間を越えた力を持ち、現代社会においても、非常に大きな社会認識的価値、思想教育的価値、芸術審美的価値をそなえ、現代生活を導びくすぐれた素材なのである。曹操が戦乱の時に作った「白骨露於野、千里無雞鳴。」(白骨　野に露され、千里　雞鳴無し）という社会の惨状を描写した詩は、貪欲で野蛮な人々の暴行に対して警告したものである。杜甫の「朱門酒肉臭、路有凍死骨」(朱門には酒肉臭《くさ》きに、路には凍死の骨あり）は、社会の不平等と封建官僚制度の腐敗を明らかにし、「民胞物与」(民は同胞、物は同類）即ち人類と全ての物を愛する、という精神の偉大さを示している。現代の工業社会において、人間関係や自然と人間の関係が常に崩壊していく状況にあって、調和を美とする中国詩歌の伝統は、現代社会を改善する力をそなえ、「意境優美」たる中国古典詩歌は、「詩意棲息」の世界を実現している。例えば、「江南可採蓮、蓮葉何田田、魚戯蓮葉間。魚戯蓮葉東、魚戯蓮葉西、魚戯蓮葉南、魚戯蓮葉北。」(江の南に蓮《れん》を採る可し、蓮の葉は何ぞ田田たる、魚は戯《たはむ》る蓮の葉の間。魚は戯る蓮の葉の東、魚は戯る蓮の葉の西、魚は戯る蓮の葉の南、魚は戯る蓮の葉の北）『楽府詩集』巻二十六「江南可採蓮」。この詩の意境は、現代人が夢の中で求めたり心酔したりする自由な世界であり、今、世界中のどこを探しても見つけることのできない心の庭園ではないだろうか。「莫笑農家臘酒渾、豊年留客足鶏豚。山重水複疑無路、柳暗花明又一村。蕭鼓追随春社近、衣冠簡朴古風存。従今若許閑乗月、拄杖無時夜叩門。」（笑ふこと莫《な》かれ農家の臘酒《ろうしゅ》の渾《にご》れるを、豊年《ほうねん》客を留むるに鶏豚《けいとん》足《た》れり。山重《かさ》なり水複《ふく》して路無《な》きかと疑ふも、柳《やなぎ》暗く花《はな》明らかにしれ又《また》一村あり。蕭鼓追随して春社近く、衣冠簡朴《かんぼく》にして古風存す。今従《いまよ》り若《も》し閑《のど》かに月に乗ずるを許《ゆる》さば、杖《つえ》を拄《つ》き時と無く夜に門を叩《たた》かん）［陸游「遊山西村」］。この詩に描写されているのは、現代の人が憧れる豊かで素朴な調和社会の美しい風景ではないだろうか。屈原の「好修為常」（好修常と為す）という高尚な人格、陶淵明の「心遠地自偏」（心遠《とお》ければ地自《おのづか》ら偏《へん》なり）という心の安寧、李太白の「安能摧眉折腰事権貴」（安《いづく》んぞ能《よ》く眉を摧き腰を折りて権貴に事《つか》へん）という個性の独立、蘇東坡の「休将白髪唱黄鶏」（白髪を将《もっ》て黄鶏と唱するを休《や》めよ）という達観など、すべて現代人にとってなかなか辿り着くことのできない人生観なのである。中国詩歌が描写するものは、人類社会の美しい理想の生活の追求であり、それは永遠に失われるものではない。

六、中国詩歌史研究の歴史と本書の構成について

中国古代には早くから詩歌史の意識があった。中国古代最初の詩歌集『詩経』は孔子が編纂したと言われるが、漢代には「毛詩序」において歴史的角度から『詩経』を評価するようになり、「風雅正変」の詩歌史理論

のモデルがつくられた。鄭玄の「詩譜序」は西周の歴代帝王の政治変遷と合わせて『詩経』創作の盛衰を論じてこの理論を発展させた。班固は『漢書』「芸文志」詩賦略において、屈原から漢代の「賦」までの創作及び漢の武帝の楽府設立と歌謡採録について論じているが、これはこの時期の詩歌発展史の簡単なまとめと言ってよい。その後、沈約『宋書』「謝霊運伝論」、劉勰『文心雕龍』「時序」、鍾嶸『詩品』「序」も、詩歌史の簡単な論考である。明代の許学夷『詩源辯体』は、周漢・六朝・唐・宋・元と時代を区分し歴代詩歌の発展と詩人や作品について論じたもので、正に簡明な中国詩歌史の著作と言える。

当然、現代の中国詩歌史の著作は、二十世紀に入ってからのものであり、現代の人々の歴史意識と審美観念によって、数千年来の中国詩歌を新たに論述している。しかし、近年の中国詩歌史に対する叙述の多くは文学史の著作に分類されている。一九二七年に出版された陳鐘凡『中国韻文通論』[27]は、『詩経』から金元以来の散曲まで、詩・詞・曲・賦などの各文体を包括し、現代中国の最初の詩歌史と言えるが、宋代以降の文人詩歌に触れていないのは、残念なことである。

初めて「詩史」と名付けられた著作は、李維の『詩史』(北平石棱精舍。一九二八年出版)であり、わずか十一万字ほどで、詩歌の起源から清末までについて論述している。陸侃如・馮沅君の『中国詩史』(上冊、一九三一年一月出版、中冊、同年七月出版、下冊十二月出版、大江書舗印行。一九五六年新版出版、一九八三年人民文学出版社。一九九六年山東大学出版社。一九九九年百花文芸出版社増刷)も、比較的有名であり、詩経・楚辞から楽府・詞・元明清の散曲まで、まとめられているが、やはり残念ながら、陳鐘凡の著作と同じく宋代以降の文人詩歌には触れられていない。この他、同時期の王易の『中国詞曲史』、劉敏盤の『詞史』、羅根澤の『楽府文学史』、蕭滌非の『漢魏六朝楽府文学史』、朱謙之の『中国音楽文学史』、梁啓超の『中国之美文及其歴史』などは、詩のスタイル別の詩歌史であるが、それぞれに特徴がある。総じて、この時期は、各種文体についての著作は多いが、中国詩歌史についての著作はまだ少ない(28)。

一九四九年以降、特に一九七九年以来、中国文学史の編纂が新たな流行となり、多くの『中国文学史』が出版されたが、中国詩歌史については、依然、時代別の詩歌史がほとんどで、通史的な著作は、張松如『中国詩歌史論叢書』(29)のみである。これは、主に中国詩歌論の歴史について論じたものである。現在は、各文体の中国文学史の研究は大いに進展してきていて、戯曲・小説・散文などについての通史的にまとめた著作もある。しかし、いまだ系統的な大型の中国詩歌通史はなく、これは「詩の国」である我々にとって極めてふさわしくないことである。

大規模な中国詩歌通史が今までなかった根本的な原因は、研究対象を全面的系統的に把握するのが難しかったためである。近代西洋文化の影響を受け、この百年来の中国文学史研究も思惟方法がある程度、固定化してきた。重要なのは文学史発展の規則性を見つけようとしている点である。実は、文学発展の歴史において、自然科学のような何度もくり返しあてはめることのできる規則性は決して存在しない。各時代、各民族と詩人一人一人がつくる一つ一つの詩歌は、すべて全く異なっている。後世の詩人が前世の詩人に学ぶのは、彼らの経験や技巧であって、その目的は自分自身の詩歌を作り出すためである。この点から言うと、詩歌史の目的は規則性を見つけることではなく、詩歌発展のプロセスをまとめることなのである。悠久な歴史、豊富な内容、多様な形式をもつ中国詩歌は、世界の文明史において巨大な芸術の宝庫といえるため、いかにしてこの宝を発掘し、いかにして目の前の中国ないし世界の詩人及び詩歌を愛する人々に、披露できるか、そして詩歌創作や批評という貴重な経験を積みかさね、多くの優れた詩歌を創りだせるかが、詩歌史の責務なのであり、時代がわれわれに与えてくれた使命でもある。したがって本書は、これまでの文学史の著作の基礎をまとめただけではなく、明確な詩歌史観をもって、中国詩歌史をとらえる基本姿勢を見いだした。その核心は「通」である。

「通」の第一の意味は、古代詩歌と現代詩歌の断絶が通じたり、漢民族詩歌と少数民族詩歌との境界が通じたりすることである。今までの詩歌史の著作をみると、古今が通じることは極めて少なく、漢民族詩歌と少数民族詩歌を合わせて論じたものは全くない。これは明らかに中華民族の多元一体の文化構造に合わない。中華民族の数千年来続いてきた文化伝承を示すこともできない。中華民族は五十六民族からなるが、漢民族自体も多民族の融合による複合体であるため、まさにこの多元一体の文化構造によって中華民族の偉大さが形成され、豊富で多彩な中国詩歌が形成された。中国詩歌は古代から現代に至るまで、ひとつづきの歴史であるから、中国古代詩歌の発展を理解しなければ、中国現代詩歌の発生要因も分からないのである。同様に、中国現代詩歌の情況を理解しなければ、中国古代詩歌の意義も正しく認識できないのである。だからこそ、多元一体と古今が通じることは、この『中国詩歌通史』を著す第一の理由なのである。これによって、本書の基本構成を決めた。すなわち、歴史を縦軸に、各少数民族との関係を横軸にして、先秦・両漢・魏晋南北朝隋代・唐五代・宋代・遼金元・明代・清代・近代・現代・少数民族の十一巻に分けた。一～十巻は主に漢民族の詩歌を論述しつつ、各時期の民族の文化融合の過程を記し、漢民族の詩本来の多元一体文化構造の成果を説明した。最終の一巻では主として特徴的な少数民族の詩歌を論述しつつ、同時に史実をもとにその発展の過程を記し、中華民族の詩歌全体における少数民族の詩歌の地位及び漢民族の詩歌との影響関係を説明した。本書は、五十六民族を包括し、古今に通じた「詩歌通史」である。

古今に通じさせ、詩歌史の視野を拡大し、よりはっきりと「一代に一代の文学あり」ということを本書は意識した。つまり、各時代の詩歌は、すべて前代や後代とは異なる文体形式や、異なる歴史文化をもち、異なる時代思想を表し、異なる審美規範を形成しているのである。また、漢民族の詩歌と少数民族の詩歌との境界を通じさせ、よりはっきりと中国詩歌の多民族的特徴が見え、中華民族の詩歌の多元一体の文化構造を認識した。そのため、できるだけ中国詩歌の発展の原点に戻り、詩歌テクストと創作主体である詩人の民族文化の解読につとめた。そして、詩歌史を細かく研究したり、各歴史時期の詩歌の発展における特徴や表現方法を見出したりすることによって、深く詩歌史を理解した。すなわち、中国詩歌の全体的な特徴は、個々の時代や個々の民族と個々の詩人の個性に富む詩歌創作を通して表出されたのである。この数巻にわたる詩歌史では、まず各時代の中国詩歌の発展の独特なかたちを見出そうとした。例えば、先秦は詩騒体が主流だった。両漢は歌詩と誦詩が分かれた。魏晋南北朝隋代は文人の地位が顕著になった。唐代は詩の世界だ。宋代は詩と詞とが共に発展した。遼金元は詩の文化が多元化した。明代は詩歌流派が紛らわしくなった。清代は前代の各文体の集大成である。近代は古体から新詩すなわち白話詩へ転換した。現代は再び詩歌のスタイルを新たに探求し始めている。少数民族詩歌の言語は多様、詩体は豊富で、漢民族詩歌と互いに影響しあっている。まさに右記のような時代ごとの詩歌の特徴を集めてこそ、中華民族詩歌の全体像を表しうるのである。

「通」の第二の意味は、二十一世紀の世界文化の図式における歴史家の「通識」である。綿綿と続いてきた豊富で多彩な中国詩歌は、中国国民の貴重な精神的財産であるだけではなく、世界の文化の重要な一部分なのである。二十一世紀に生きる中国人の生活方式や風俗習慣また意識、思想はすでに世界全体に溶け込んでいるため、古代の人のように純粋に中国文化の立場に立ったままで中国詩歌を考えることはできず、現代と世界をしっかりと意識しなければならない。偉大なる歴史家、司馬遷が、『史記』を著述した目的は「欲以究天人之際、という「究天人之際、通古今之変、成一家之言」（以て天人の際を究《きは》め、古今の変に通じ、一家の言を成さんと欲す）である『文選』巻四十一司馬遷「報任少卿書」）。今日の歴史家にとっては、「成一家之言」（一家の言を成す）を実現したければ、「欲以究天人之際、通古今之変」（以て天人の際を究め、古今の変に通ぜんと欲す）ることが必要なだけではなく、「観中西之別」（中西の別を観る）ことも必要となる。つまり、中国文化と世界の文化との比較の中で、中国詩歌の民族的特徴を見いださなければいけない。この百年来の中国文学研究を顧みると、かつて西洋文化の影響を強く受け、西洋の文学理論、文学史観・文学研究方法に没頭しつつ、その時代の政治の需要に応じて中国文学を解釈し、「民間文学正統論」、「階級闘争」を主とする意識形態論、文学すなわち人学という人性論などを理論の骨格とする詩歌史を構築してきた。そして、「文学」という概念さえも強く西洋理論の色彩を帯び、中国文学と西洋文学との区別をあまりよく考えなかったのである。にもかかわらず、百年以上の歴史の発展を経て、しだいに世界の文学をよりしっかり理解し、認識した上で、反って中国文学を見てみると、もっと高い視点で中国詩歌と西洋詩歌との相違点を見つけることができる。したがって、「究天人之際、通古今之変」（天人の際を究め、古今の変に通ず）の基本に立って「観中西之別」（中西の別を観る）ことは、自ずと中国詩歌通史を著述する際のもう一つの重要な基本姿勢となるのである。

「観中西之別」が意味することは、中国詩歌通史の著述には、以前の詩歌史の著述の枠組みを超えて、中国詩歌が生まれた文化形態を知り、中国詩歌の原典を新たに読み解き、中国詩歌の民族的特徴を見つけることである。中華文明はもともと西洋から独立した文明形態であった。この文明の下で生まれた中国詩歌は、特徴的な発生の要因があり、中国人は詩歌に対して西洋人とは異なる感覚をもっている。中国人は、詩は人の心から生まれたと考え、「言志」を核とする抒情詩の伝統を形成してきた。農業文明は、中国人の「天人合一」の宇宙観や人生観を養い、「以人為本」（人を以て本と為す）という生活態度を確立したため、詩歌は、現実直視あるいは人生描写の芸術として現実生活の中で様々な役割を背負っているのである。中国人は、詩歌に生活の理想を託し、古代から人と自然、人と社会との調和を追求し、「詩意的棲息」といった生き方を探求してきた。中国人は詩歌を心の表出とし、詩の品格と人の品格との統一を強調したため、詩歌は、人生修養のための重要な要素となり、人性の理想として輝いている。中国詩歌は、独有の芸術形式を持ちながら、一字一音の漢字には、自ら詩のリズムの美しさを具えており、「感物而動」（物に感じて動く）の創作スタイルと「天人合一」の思考方法によって、中国詩歌には鮮明な形と深い意味といった美学規範がそなわった。多元一体の文化構造は、中国詩歌の内容の広大さや形式の豊富さをもたらし、「生生不息」の民族精神は、中国詩歌の伝統継承において絶えず創造を生み出している。これらはすべて、中国詩歌の民族的特徴であり、東方文化の知恵と美学規範を示している。また一方で、これは中国詩歌の世界文学への多大な貢献でもあり、中国文化が現代の世界文化の建設に寄与するための重要な資源でもあると言える。

注

（1）古今、中国人は詩歌をいくつ作ったのか、完全には統計できない。司馬遷（前一四五頃～前八六頃）は周時代には「詩三千余篇あり」といったが、『詩三百』に収められた詩歌はただ三〇五首のみである。現存する『全唐詩』は清時代に編集され、詩歌を四万余首収集しているが、唐時代の詩歌全部までには、はるかに及ばない。『全宋詩』、『全元詞』、『全明詩』などは、みな今人によって編集されたのであるから、それぞれの詩歌数量は極めて多くなっているのであるが、現存する故人の詩歌を収録しただけであり、同じくそれぞれの時代の詩歌実数にはるかに達していない。この推測の根拠は、現存する清時代の詩歌数量がおそらくそれ以前の歴代現存する詩歌の総数をもはるかに超えていたと思われるからである。二十世紀の中国の詩歌数量となれば、確実な統計はより困難であろう。こうした漢民族の詩歌の状況に対して、中国少数民族の詩歌は歴史と文化との要因によって、多くを逸したのであるが、現存する各少数民族の詩歌はやはり確実には統計できない。詩体の形式も多様化している。民間長篇詩だけを例としても、創世史詩、英雄史詩、民間叙事長篇詩、抒情長篇詩、歴史長篇詩、信歌、経詩、文論詩、套詩、哲理長篇詩などなどがある。古今、中国詩歌に使用する言語は、漢語以外、七十以上の少数民族の言語、四百以上の方言と準方言もあり、これは世界各国詩歌に比べてみて、まれな現象だと言ってよい。

(2) 沈約『宋書』「謝霊運伝」、中華書局、一九七四年、一七七八頁。
(3) 陳奇猷『呂氏春秋校釈』、学林出版社、一九八四年、二八四頁。
(4) 鄭玄注・孔頴達疏『礼記正義』、『十三経注疏』、中華書局、一九八〇年、一五二七頁。
(5) 孔安国伝・孔頴達疏『尚書正義』、『十三経注疏』、中華書局、一九八〇年、一三一頁。
(6) 現在の学術界は普通『舜典』は舜時代の作ではなく、後人の伝聞による追記であると認める。それはそれとして、遅くとも戦国時代前期の書物であり、依然として中国早期の重要な詩歌理論文献であることから、それ以前の中国人の詩楽観を整理したものとして、初期における詩楽の本質に対する中国人の認識を表している。
(7) 韓康伯注・孔頴達正義『周易正義』、『十三經注疏』、中華書局、一九八〇年、七九頁。
(8) 徐元誥撰、王樹民・沈長云点校『国語集解』、中華書局、二〇〇二年、十一頁、三八七〜三八八頁。
(9) 鄭玄注・賈公彦疏『周禮注疏』、『十三經注疏』、中華書局、一九八〇年、七八七、七九六頁。
(10) 何晏集解、邢昺疏『論語注疏』、『十三經注疏』、中書書局、一九八〇年、二五二五頁。
(11) 孔頴達『毛詩正義序』、『十三経注疏』、中華書局、一九八〇年、二六一頁。
(12) 鄭玄注・孔頴達疏『禮記正義』、『十三経注疏』、中華書局、一九八〇年、一五二九頁。

(13) 孔穎達疏『十三経注疏』、中華書局、一九八〇年、一五二九頁。
(14) 司馬遷『史記』、中華書局、一九五九年、二四八二頁。
(15) 洪興祖『楚辞補注』、中華書局、一九八三年、一七九頁。
(16) 桓寛撰、王利器校注『塩鉄論校注』中華書局、一九八六年、二五四頁。
(17) 中国最古の韻書は三国時期、李登編『声類』と晋代、呂静編『韻集』であるが、早く佚書となった。『魏書』江式伝には「(呂) 静別放故左校令李登『声類』之法、作『韻集』五巻、宮商角徴羽各為一篇」((呂) 静別に故の左校令李登『声類』の法に放《なら》ひ、『韻集』五巻を作りて、宮商角徴羽各一篇と為す) とある。また、唐代、封演『聞見記』の記載によると、『声類』は「以五声命字、不立諸部」(五声を以て字に命じ、諸部を立てず) とある。段安節『楽府雑録』によると、「太宗朝、三百般楽器内、挑糸竹為胡部。用宮・商・角・羽、并分平・上・去・入四声。其徴音有其声、無其調。」(太宗の朝、三百般の楽器の内、糸竹を挑ぶを胡部と為す。宮・商・角・羽を用ひ、並びに平・上・去・入の四声に分かつ。其の徴音に其の声有り、其の調無し) と。徐景安『楽書』には上平声を宮、下平声を商、上声を祉 (徴)、去声を羽、入声を角と為している。姜夔『大楽議』によると、「七音之協四声、各有自然理。今以平・入配重濁、以上・去配軽清、奏之多不諧協。」(七音之れ四声に協ひて、各おの自然の理有り。今、平・入を以て重濁に配し、上・去を以て軽清に配するは、之を奏して諧協せざること多し) という。
(18) 韓康伯注、孔穎達正義『周易正義』、『十三経注疏』、中華書局、一九八〇年、八七頁。
(19) 許慎撰、段玉裁注『説文解字注』、上海古籍出版社、一九八一年、七五四頁。
(20) 王利器『文心雕龍校証』、上海古籍出版社、一九八〇年、二七八頁。
(21) 許学夷『詩源弁体』、人民文学出版社、一九八七年、一頁。
(22) 漢語四声の発見は、主に中国詩歌の伝唱の特徴にかかわっている、と呉相洲教授は論述する。また、南北朝の仏経誦読は四声に特に注視して、漢語四声への認識及び格律詩の誕生にも役立ったはずである。

(23) 黄叔璥の三十四首番曲は『台海使槎録』(『台湾文献叢刊』第四種)の「番俗六考」諸篇に収められている。
(24) 王国維「殷周制度論」、『観堂集林』、中華書局、一九五九年、四五一〜四五三頁。
(25) 王利器『文心雕龍校証』、上海古籍出版社、一九八〇年、二七頁。
(26) 韓康伯注、孔穎達正義『周易正義』、『十三経注疏』、中華書局、一九八〇年、七八頁。
(27) 陳鐘凡『中国韻文通論』、上海中華書局、一九二七年。また、類似著作には、龍榆生の『中国韻文史』があり、枚数は多くないが、先秦から元明清の詩と詞曲までを包括している。商務印書館、一九三四年。
(28) 王易著『中国詞曲史』、一九二六年、心遠大学にて編集した教材、初版年不詳、一九三二年五月、神州光社で再版され、一九四四年十二月、上海中国連合出版会社で重印発行、後に増刷された。劉敏盤著『詞史』、一九三一年二月、上海群衆図書会社発行、後に増刷された。羅根澤著『楽府文学史』、北平文化学社印行、一九三一年出版。蕭滌非著『漢魏六朝楽府文学史』、一九三三年、清華研究院卒業論文、一九四四年十月に重慶中国文化服務社印行、人民文学出版社、一九八四年新版。朱謙之著『中国音楽文学史』、商務印書館、一九三五年出版。梁啓超著『中国之美文及び歴史』、中華書局、一九三六年三月出版。
(29) 張松如監修『中国詩歌史論叢書』、吉林教育出版社、一九九五年。叢書は、『先秦詩歌史論』、『漢代詩歌史論』、『魏晋南北朝詩歌史論』、『隋唐五代詩歌史論』、『宋代詩歌史論』、『遼金元詩歌史論』、『明清詩歌史論』、『中国近代詩歌史論』、『中国現代詩歌史論』九部分に分け、総字数三百万程度。

第一章　中国詩歌文化の発生と多元化

先秦は中国古代詩歌が発生した時期で、『詩経』や『楚辞』といったその時代を代表する不朽の名作が次々と生まれ出た。先秦の詩歌のスタイルは、悠久な歴史の移り変わりの中で、詩歌創作の波はありつつも大いに発展してきた。先秦の詩歌と音楽との融合や分離、作り手と受け手との役割交代など、いずれも詩歌史上重要なことがらである。先秦の詩歌は中国古代詩歌の礎であり、多くの芸術の原型はいずれも先秦詩歌の中から生み出され、後世の芸術が模範たりうる拠り所となっている。先秦の詩歌は、多種多様な文化の要素を内在し、原始と文明を兼ね備え、自然の営みや農業文明そして儀礼音楽や部族文化などの要素を含んでいるため、多方面的価値を持つ文化の宝庫なのである。

一、先秦詩歌の詩体の変遷

先秦詩歌は長い年月を経て変化し発展してきたが、その中でも詩体の変遷が最も甚だしい。先秦詩歌の詩体の発展は、はっきりと二つの段階に分けることができる。それは、二言から四言への段階と『楚辞』の詩体の段階である。前者は『詩経』に代表され、後者は屈原の作品に代表される。

先秦詩歌の詩体の変遷は、句型で言えば、いずれの場合も短句から長句へと発展している。二言、三言から四言に至るし、四言から『楚辞』詩体へも同様である。これらの発展の趨勢は叙事詩と叙情詩の需要に応じて、詩の表現能力が次第に強まり、伝える内容も簡素なものから複雑なものとなった。このように、句形が次第に長くなるのにはその合理性と必然性があったのだ。

詩歌には詩の形式があり、それは一定の基準に則っている。先秦詩歌の詩体は、その変遷の過程で新しい基準が生み出されていく。二言や三言の詩は句ごとに押韻していたが、四言の詩では一行おきに隔句で押韻するようになり、それが基本原則となって後世に踏襲されていく。通常、二言句・三言句・四言句は整拍律、つまり一句毎に一拍あるいは二拍とする。出だしは二字で始め、詩中に半拍のリズムは用いない。しかし、『楚辞』の詩体ではこの原則を破り、整拍律に従わずに時々半拍のリズムを用いた。詩の出だしであっても、時には単字が用いられる。整拍律の原則に従わないことは、五言詩や七言詩出現の前兆であった。三言や四言の詩では、通常虚詞は句尾に置き、句中に置くことはほとんどない。しかし、『楚辞』「九歌」では、虚詞を句中に置き、従来の原則に従わなかった。先秦詩歌のこれら二つの段階の詩体には大きな違いが表れているが、これらは、先秦詩歌の詩体の大いなる発展であり、詩体の豊かさの現れでもある。

先秦詩歌の詩体は二言、三言から四言へ、そしてさらに『楚辞』詩体へと発展したように、新しい詩体が次々と生み出された。しかし、どの詩体も理由もなく生まれたわけではなく、もとの詩体の基礎の上に生み出された。つまり、三言は二言の発展型であり、四言は二言を二つ重ねたものである。屈原の創作した『楚辞』にあっては、従来の詩体を活用し発展させたものである。「離騒」「九歌」「九章」は、いずれも三言を二組、あるいは三言と二言、あるいはまた二組の三言の間に虚詞を置いている。「招魂」「大招」の本文の主たる部分は、前半は四言、後半は三言となっている。「天問」は基本的にすべて四言である。二言、三言、四言といった詩体が楚辞体の重要な要素となっており、それらを十二分に活用し自由自在に組み合わせて用いている。『荀子』「成相」では、三言・四言、あるいは三言・四言を組み合わせて、三言・四言・七言の雑言体の詩を作り出すなど、七言詩の出現となる条件が整えられていった。

先秦詩歌の変遷は新陳代謝を示しているが、新しい詩体が生み出されると古い詩体が完全に消滅してしまうわけではなく、様々なかたちで新しい詩体の中に組み込まれて残っている。古い詩体は新しい詩体の一部となったり、時には古い詩体のまま新しい詩体の中に溶け込んでいたりする。句毎に押韻することは、二言・三言の詩では基本原則であり、四言の詩や『楚辞』詩体の中にも依然としてそれは見られる。『詩経』「斉風・甫田」の前半二章の各四句は、二・四句で押韻し、隔句で押韻するスタイルとなっている。しかし、最後の一章はスタイルが異なる。

婉兮孌兮、總角丱兮。未幾見兮、突而弁兮。
婉《えん》たり孌《れん》たり、総角《あげまき》丱《かん》たり。未だ幾《いくばく》ならずして見れば、突として弁［冠］せり

この章の四句は全ての句で押韻し、かつ句末も全て虚詞が用いられていて、四言の詩の隔句押韻という基本的なスタイルになっていない。このように各句で押韻する古い詩歌のスタイルが用いられたのは、作品の最終章は、叙情性が強く、感情の高まりを最高潮にもっていく必要があったためであろう。さらに、三言の詩の基本的なスタイルは三句で一章をなすもので、後の四言の詩のように偶数句から成るものはない。しかし、『詩経』の中には「周南」麟之趾、「召南」甘棠のように依然として三句で一章をなすものがある。三句で構成されるリズムと偶数句で構成されるものは明らかに異なるものである。これが三句の詩が存在し続ける理由であり、その特殊な表現上の効果が当時の人々に必要とされていたのである。

先秦の詩体は長い時間をかけて変化発展してきた。いかなる詩体もその誕生から成熟までには長い時間を要する。四言詩は夏の太康年間にはすでに現われ、広く伝わる「五子之歌」も太康滅亡の時期に生まれた。しかし、四言詩の成熟は周代に入ってからで、夏の太康年間から数百年時代が下る。『国語』「晋語三」の「恭世子誦」は、晋の恵公が即位した魯・僖公十年（前六五〇年）に作られた。この詩歌の後半部分は、虚詞が偶数句の末尾に置かれている。このようなスタイルは、『詩経』「召南」の「摽有梅」や「鄭風」の「野有蔓草」の末章などに見られるが、数としては多くはない。こうしたスタイルは、『楚辞』「招魂」「橘頌」になって確立したが、はじめの出現から成熟まで数百年を要した。

先秦詩歌の詩体の変遷は、各地域によって差があることが、『詩経』の中にはっきりと表れている。「周南」

の「麟之趾」、「召南」の「甘棠」「騶虞」はいずれも三句で章をなす。その他、「周南」の「麟之趾」、「召南」の「殷其雷」「摽有梅」「江有汜」もみな三言句ではある。しかし、その中で「江有汜」だけは全ての章が三言の四句であるのは、『詩経』中にただこの一例のみである。三言三句で章をなすのが三言詩のスタイルで、他の地域の「風」詩と比べて「周南」「召南」に残されている古い詩体の要素が多く、これらの詩が作られた年代が早かったことと関係があるだろう。「商頌」の「長発」は四章七句、「殷武」は二章七句であり、このようなスタイルは『詩経』の衛の作品の中によく見られる。「邶風」の「北門」、「鄘風」の「柏舟」「桑中」「定之方中」、「衛風」の「碩人」はいずれも七句で章をなす。その他の地域の作品では七句で章をなすものはほとんどない。このことは、衛がかつて殷の都で、七言句で章をなすスタイルが「商頌」に近いという地域性が現れている。「斉風」は全十一篇のうち「還」「著」のスタイルが非常に特殊である。この二首の出だしは以下のとおりである。

子之還兮、遭我乎猺之間兮。並駆従両肩兮、揖我謂我儇兮。（「還」）
子の還《すみ》やかなる、我と猺《だう》の間に遭ふ。並び駆けて両肩［野猪］を従《お》ふ、我に揖して我を儇《すばや》しと謂ふ。

俟我于著乎而、充耳以素乎而、尚之以瓊華乎而。（「著」）
我を著に俟《ま》つ、充耳［耳飾り］素を以てし、之に尚《くは》ふるに瓊華［美玉］を以てす。

この二首の出だしは長句であるだけではなく、全句に虚詞が用いられている。「著」においては、句中にもイルから次の新しいスタイルが創り出されるのは、斉と魏から始まる。

先秦詩歌の詩体の変遷は散文と密接に関わっている。早くに流行した詩歌のほとんどが散文中に現れる。「五子之歌」は『尚書』に見られ、殷末の箕子が作った「洪範」には、ところどころ詩句が入り交じっている。先周の時期には、詩歌と散文はだいたい同一のテキストの中に出現し両者は共存していたが、『詩経』が編纂されたことで、詩歌と散文がはっきり区別され、詩歌の創作が急速に散文を弱体化させていった。「周頌」中の「大武歌詩」「成王告廟詩」のような早期の詩歌には、まだある程度、散文らしさが残っていたが、後期の作品は基本的に四言詩で、詩としての特徴がしだいに明確になっていった。春秋時代になると、再び詩歌は散文化に向かうが、このことは「鄭風」に最も顕著に現れている。「緇衣」「将仲子」「遵大路」「女曰鶏鳴」「狡童」「溱洧」などの作品は、散文のような句となっているだけではなく、詩歌全体のスタイルも散文体に近いため、『楚辞』散文化傾向の先駆と見なすことができる。

屈原のころになると詩歌の散文化傾向はさらに明確になり、「離騒」から「九章」まで多くの作品は依然として詩の体裁はとっているものの、全体のスタイルは散文に限りなく近くなる。こうした散文化が更に発展して宋玉の創作した賦になると、もはや詩歌ではなく散文の類に属する。『荀子』の「賦」篇に至っては、詩の体裁ではあるが散文臭さが濃厚である。ちょうど詩歌の創作における散文化の傾向がしだいに強まってくると、それと同時期の散文には詩歌化の傾向が見られるようにもなる。『老子』は基本的には哲理詩であるが、『逸周書』「武寤解」は全て四言句の詩であり、「時訓解」などの篇も多くが四言句の詩となっている。つまり、先秦時期の詩歌と散文は、互いに影響しあい、ともに付かず離れず発展していったのである。

二、詩歌と音楽の関係

先秦時期の詩歌は、音楽と深い関係がある。原始歌謡から『詩経』創作の時期まで、詩・楽・舞は三位一体であり、詩歌と音楽は総合芸術を構成する基本的な要素である。『楚辞』「九歌」は音楽に合わせて歌われ、「離騒」「九章」は楽章の体裁の名残がある。荀子の「成相」は、歌い手が太鼓に合わせて歌う歌詞として登場し、戦国の楚の地の詩歌も音楽と関連が強い。

先秦時期の多くの詩歌は全て歌うことができ、歌唱の時期、状況、効用によって、詩歌の歌唱は、作品の創作時期の歌唱と、のちに儀礼として用いられた歌唱の二つに分けられる。

『詩経』「国風」において、儀礼に用いられる作品の数はわずかで、「周南」の「関雎」「葛覃」「巻耳」、「召南」の「鵲巣」「采蘩」「采蘋」の計六首のみである。それらが多くの礼楽歌唱の歌曲となったのは、その創作年代が比較的早いことと大いに関係があろう。「国風」のその他の作品については、儀礼の際に歌われることはほとんどない。しかし「雅」はそれとは異なり、礼書中に明確に示された儀礼の場で用いられる歌詩以外の多くの詩篇も、関連する儀礼及び場面で用いられる。「風」と「雅」は儀礼に用いられる頻度の寡多が、「風」「雅」それぞれの文体を異なった風貌に見せているのである。

「国風」の「周南」で儀礼に用いられる歌詩は、「関雎」「葛覃」「巻耳」であり、「召南」では「鵲巣」「采蘩」「采蘋」である。それらの篇章の構成は以下のとおりである。

「国風」で用いられる儀礼歌唱作品の篇章構成

篇名	各章句数	全篇章数
関雎	4	5
葛覃	6	3
巻耳	4	4
鵲巣	4	3
采蘩	4	3
采蘋	4	3

この表から分かるように、「関雎」「葛覃」「巻耳」の章句の構成には統一された規則は存在しない。各章篇の数は異なり、章句の数も四句あるいは六句で、全てが一致しているわけではない。一方、「鵲巣」「采蘩」「采蘋」は各章四句、各詩三章で、偶数句で章を構成し、奇数章で篇を成すという原則を厳格に守っている。この六首の詩は、全て儀礼の際に歌うもので、当時の詩歌創作をリードした。こうして、「国風」の構成は多種多様な形態を見せることとなった。多くの作品が、偶数句で章を成し奇数章で篇を成すという原則に従ってはいたものの、具体的に各章を何句とするかという厳格な基準は無く、各種の詩篇の長さにはかなり大きな差がある。要するに、「国風」は多くの地域の詩歌で構成されるが、儀礼に用いられる詩篇の数は限られ、篇章の構成にはきちんと整っているものとそうでないものが混在している状況となっている。そのため、「国風」の文体やスタイルは多種多様で異彩を放っている。

「雅」は「風」と比べて儀礼に用いられる頻度がかなり高い。各種の儀礼が行われるレベルによって決まりがあり、異なる儀礼に用いられる歌詩は、篇の長短により区別を表した。このようにしてスタイルを構成し、いくつかのタイプが作られていった。各篇は十六句・二十四句・三十二句・三十六句・四十八句・六十四句・七十二句の計七種のタイプに分けられ、その作品は四十篇に及び、「雅」の主要なスタイルとなっている。これらの作品は、一貫して例外なく偶数句で章を成し、また偶数章で篇を成し、各章句の数は同じといった基本原則を守っている。この基本原則の他、各タイプの作品には、それぞれの章句の構成における個別の規則もある。礼の基本理念は秩序及び規則を強調することである。「雅」は頻繁に儀礼での歌唱に用いられることで、そのスタイルが規範や厳正を表すものとなっていった。しかし、儀礼で音楽を用いることが「雅」詩の規範化をもたらすとしても、直ちに効果が表われるわけではなく、それは徐々に実現されていくものである。礼書には、はっきりと儀礼に用いられた「雅」が記されているが、そのスタイルについては定まった規則はない。

「礼書」に明記された儀礼の時の歌唱の「雅」の篇章構成について、具体的な数は以下のとおりである。

篇名	各章句数	各篇章数	総句数
鹿鳴	8	3	24
四牡	5	5	25
皇皇者華	4	5	20
魚麗	前三章4、後三章2	6	18
南有嘉魚	4	4	16
南山有台	6	5	30
文王	8	7	56
大明	奇数章6、偶数章8句	8	56
綿	6	9	54

右表から、「南有嘉魚」が偶数句で章を成し、偶数章で篇を成し、各章の句数が同じという原則を守っていることを除くと、その他の各詩は統一された篇章の構成モデルを持つに至ってはいないということがわかる。

それらの詩は、作られた年代が早いため、多くの儀礼に用いることがはっきり規定されているが、創作時期が早いことで、厳格な規則ではなかったのである。その後に登場した「雅」は、各種の儀礼の時に歌唱に用いられることで次第にいくつかの固定化された篇章構成のモデルが作られていき、そのスタイルは標準化、類型化されていった。

音楽は詩歌の篇章構成に影響を及ぼすのと同時に、伝統的な篇章構成モデルを崩す作用も有する。孔子は「鄭風は淫蕩である」と批判したが、それは「鄭風」の曲調が奔放すぎて、「雅」「頌」の楽曲が表す中和の美には相応しくない、と考えていたからである。鄭の楽曲は奔放で、「鄭風」の多くの詩篇は明らかに散文化の傾向にあり、標準的な四言詩のスタイルとは大きく異なっていた。これは明らかに、奔放的楽曲の特徴によるもので、鄭の楽曲は鄭詩のスタイルに大きな影響を与え、伝統的なスタイルを崩してしまったのである。さらに、戦国の楚の楽曲は「激楚」といわれ、その旋律は早く、リズムは明快で、緩やかな「雅」「頌」の音楽の特徴とは明らかに異なる。そのため、音楽に歌唱を合わせる「九歌」は、その章句構成に定まった規則がなく、多くが無秩序に並べられ、また伝統的詩歌のスタイルから外れたものとなっている。「楚声」と「鄭声」は新声に属し、共に伝統的詩歌のスタイルを崩してしまうことがある。

音楽は、詩歌のスタイルの構築に明確な影響を与え、同時に詩歌も用いる音楽を自ずと選択することになる。詩歌の内容と表現スタイルは、その詩歌が選択した楽曲のタイプを決定する。これは、『左伝』「襄公二十九年」に、季札が楽曲を鑑賞した際の評論があることから検証できる。季札は、鑑賞した「国風」の「周南」から「召南」「陳風」に至るまで、全てに具体的な評を付している。実際の状況から考察すると、前述の「国風」の中に収録された作品が全て歌唱を伴っていたとは考えにくく、代表的な詩篇を選択したのみだった。儀礼の際に用いる音楽の慣例から、通常は各地の「風」の最初の三篇に配された作品が選択される。季札が音楽を鑑賞した頃、『詩経』の基本的な編集体裁はすでに定まっていたので、その篇目の順番は、現在見られる『詩経』とほぼ一致していたはずである。

「周南」と「召南」について、季札は次のように評している。「美哉。始基之矣。猶未也、然勤而不怨矣。」（美なるかな。始めて之を基せり。猶ほ未だし、然れども勤めて怨まず）。「周南」と「召南」が儀礼の歌唱に用いられる詩歌の順番は、「関雎」「葛覃」「巻耳」、「鵲巣」「采蘩」「采蘋」である。季札が「美なるかな」と評したのは、曲調が優美であるということである。これらの作品の中の「関雎」と「采蘋」では、召使の女性が祭祀のために野生の植物を採集する様子を叙述し、働くことの楽しさや誇りを表現している。この四首で使用された曲調は、ありのままの楽しさと優美さであり、季札はそれらと周公、召公の政治とを結びつけたのである。「勤而不怨」という言葉は「巻耳」と「葛覃」のことを言っている。「巻耳」は人を思慕する詩であり、「葛覃」は召使の女性の労働の苦労を表現している。それらに選択されている楽曲は、憂いや悲しみを伴うことを避けられない。

「王風」については次のように評している。「美哉。思而不懼。其周之東乎。」（美なるかな。思ひて懼れず。其れ周の東せるか）。季札は「王風」の曲調が感動的であることを称え、またその中に憂いや苦しみの意識があることも感じ取っている。「王風」の最初の三篇の作品は、順に「黍離」「君子于役」「君子陽陽」である。前の二首はどちらも憂いと苦しみの意識に満ちており、用いられる歌唱の曲調は必然的に沈んだものとなる。これが、季札の言う「思」であり、憂いと苦しみを指している。「君子陽陽」は歌舞が繰り広げられるもので歌唱は必然的に楽しげで軽快なものとなる。これが、季札の言う「不惧」であり、恐れのないことを指している。

「鄭風」については次のように評している。「美哉。其細已甚。民弗堪也。是其先亡乎。」（美なるかな。其の細已に甚だし。民堪へざらん。是れ其れ先づ亡びんか）。季札は、「鄭風」の美しさを称賛すると同時に「其細已甚」とした。「細」は当時の音楽用語で曲調が清らかで澄んでいることを表している。「鄭風」の最初の三首は、順に「緇衣」「将仲子」「叔于田」である。「緇衣」は、客人へ衣を送ることを叙述したもので、「将仲子」は女性の恋心を表現している詩である。「叔于田」は共叔段の素晴らしさと勇猛さを称えたものである。これら三首の詩は、強い個人的感情の色彩を帯びており、選択されたのは清らかで澄んだ曲調であり、低く濁った感じのする音楽ではない。清らかで澄んだ音調が抒情を表すのに適していたためである。当時は、清らかで澄んだ音調は哀しみに通ずるという考え方があったため、季札はそのように評したのであろう。

「斉風」については次のように評している。「美哉。泱泱乎、大風也哉。表東海者、其大公乎。」（美なるかな。泱泱乎として、大風なるかな。東海に表たりし者は、其れ大公か）。「秦風」については次のように評している。「此之謂夏聲。夫能夏則大。大之至也。其周之旧也。」（此《これ》を之《こ》れ夏聲と謂ふ。夫《そ》れ能く夏なれば則ち大なり。大の至りなり。其れ周の旧か）。季札は、「斉風」と「秦風」に対して共に「大」という語で称えた。「大」も当時の音楽用語で、「細」に比べて曲調が重厚で濁った感じの音を用いたものである。『国語』「周語下」では「大不逾宮、細不過羽。」（大にして宮を逾えず、細にして羽を過ぎず）としている。「細大不逾曰平」（細大にして逾えざるを平と曰ふ）とも評しており、「細」「大」はそれぞれ清らかで澄んだ音と、沈んで濁った音を指す。「斉風」の初めの三篇は「鶏鳴」「環」「著」の順である。後の二首は長句を多用しており、三首の詩は全てに感傷や悲しみといった感情が見られずとても豪放な詩である。歌唱に用いられる楽曲は重々しく雄渾で、詩歌の風格と一致する。「秦風」の初めの三篇は、「車隣」「駟驖」「小戎」の順である。初めの詩は君主夫婦が団欒し楽しんでいる詩であり、二首目は狩猟と遊覧とを描き、三首目は兵車の出征を題材としている。「斉風」「秦風」それぞれの初めの三首は、豪放快活で狩猟や出征の武威をも表現している。このことから、これらの詩が選択した曲調も、重厚さを基調に据えたもので清らかな音を用いた歌ではない。

「唐風」については次のように評している。「思深哉。其有陶唐氏之遺民乎。不然、何其憂之遠也。」（思ひ深きかな。其れ陶唐氏の遺民有るか。然らずんば、何ぞ其の憂ふることの遠きや）。「唐風」の初めの三篇は、「蟋蟀」「山之枢」「揚之水」の順である。初めの二首は、時節の楽しみを記し人生の常ならぬありさまがにじみ出ている。「揚之水」は恋情の詩で、「我聞有命、不敢以告人」（我命有るを聞けり、敢へて以て人に告げず）という結びは惧れに満ちている。この三首はかなり沈んだ調子で、選ばれた楽曲も物憂げな感じに満ちており、季札に重く沈んだ憂患の感情を抱かせたのであろう。

上述してきたように、詩歌に関する季札の評論の分析から、詩歌作品によって歌唱の曲調の選択される際の明確な傾向、例えば清らかさ、重厚さ、快活さ、憂い、悲しみといったものがあることが見てとれる。詩歌の基調は、選ばれる楽曲のタイプを決定づけるものなのである。

先秦の時期は、詩歌と音楽は絡み合い、そして離れていくという過程である。原始歌謡や『詩経』の中のほとんど全ての作品は歌唱に用いることができる。また、『詩経』の中に歌唱に用いることのできない篇目もあるが、それは主に「変雅」に見られる。これは、詩歌と音楽が分離したものの先駆けである。春秋時代になり、「雑辞」が登場するが、その多くは音楽と関わりはなかった。屈原の生きた戦国時代中後期には、詩歌と音楽の分離が主流となっており、それは文学が独立した表現方法として歩み始めたということでもある。

三、多様な文化の共存

先秦詩歌は、さまざまな文化の変遷と融合によって作られてきた。そのため多様な文化的要素を兼ね備えた、早期民族文化の重要な担い手である。これらの文化的要素は、作品の題材、内容、表現スタイル、思考モデル等、あらゆる部分に浸透しており、彩色を施した壮観で立体的な景観を呈している。

先秦時期は古代からの時間も長く隔たっておらず、原始社会の風俗習慣を未だ残しており、それが詩歌中にも映し出されている。そのため、多様な文化的要素が混じり合い併存するという現象がおこった。

第一に、宗教的精神と理性的精神の交錯である。人間と神との交流は、原始宗教における最も基本的な特徴である。先人たちは、人間世界と神霊世界を、お互いに行き来のできる二つの世界であるとみなし、多くの神を創造してきた。先秦の詩歌は、人間が存在する現実世界を映し出すことを主とし、文明社会が日増しに自覚していく理性的精神を体現しようとしているのである。同時に、原始宗教が創造した神霊世界に対しては、依然として交流することが可能な彼岸世界とみなしている。原始的なまじないや呪文は神に対して行われるものである。『詩経』や「九歌」の祭祀に用いられた詩歌も同様に神に捧げるために作られたもの、または祭祀と関連するものである。それが時代の変化にしたがって、人間と神との交流を表現する方法としてますます豊かになり更には詩意も豊富になっていった。原始的なまじないや呪文は、先人が神に向かって発した言葉や祈祷であり、それらは一方的に発せられるものであった。『詩経』の中の祭祀詩は、人と神との交流の神秘や荘厳な雰囲気を描き出し、人と神との関係を引き寄せ近づけている。『楚辞』に至ると、神霊は人格化され描かれる主人公も半神半人としての性質を有するようになる。『詩経』と『楚辞』は、どちらも現実性の強い作品が多く、理性的精神に富み文明社会の特徴を反映している。一方で人と神との交流も重要な題材として繰り返し登場しており、継承されているものは原始宗教の伝統である。宗教的精神と理性的精神の交錯が表すものは、野蛮と文明という二つの文化を兼ね備える融合文化なのである。

第二に、象徴的な思考と論理的な思考との共存である。原始的な思考の主な特徴は象徴性である。すなわち、様々な物事についてそれ自身を見るのではなく、そこにより深い意味を与えることである。もちろん、原始的な人間が論理的な思考に乏しいというわけではないが、象徴的な思考には及ばない。文明社会になると、人々は原始的な象徴的思考を継承しつつも、論理的思考がしだいに強まり主たる思考法となる。先秦の詩歌は、原始と文明という二つの歴史的な段階を経て、象徴的思考と論理的思考とを兼ね備え、二つの思考の融合を実現した。詩の特徴をもつ『周易』「卦爻辞」は、先秦詩歌の象徴的思考と論理的思考の融合の先駆けである。そこでは関連する対象に象徴的な意味を付加するとともに、陰と陽、柔と剛の二つのタイプに大別し対象を分類する。『詩経』の象徴性は主に「比」「興」の使い方にあるが、そのプロセスには明確な分類方法や枠組みがあり、かなり厳密な論理的思考が働いている。例えば、「山濕対挙」は、『詩経』に繰り返し見られる比興の手法を用いた句のスタイルで、男女の婚姻と愛情を表現し、山やそこに生育する植物によって男性の象徴とし、濕とそこに生育する植物によって女性の象徴とした。このような表現スタイルは象徴的で、原始的思考を継承している。こうした作品に用いられるのは象徴的思考であり、同時に明確な分類もそこにある。同じ詩の中で、山や濕の植物がともに目に見えるもの、食べられるもの、道具を作ることができることを際立たせることで、非常に細かく分類しようとしている。同様の例は『詩経』の中に数多く見られ、「比」「興」を用いる際には必ず守らねばならない分類の規則である。『楚辞』になると、作品の象徴的な表現が示している明らかな論理が、広く誰にでもわかるようになる。王逸の『楚辞章句』に次のように書かれている。

「離騒」之文、依「詩」取興、引類譬喩。故善鳥香草、以配忠貞。悪禽獣臭物、以比讒佞。霊脩美人、以媲于君。宓妃佚女、以譬賢臣。虬龍鸞凰、以後託君子。飄風雲霓、以為小人。

「離騒」の文、「詩」に依り興を取り、類を引きて譬喩す。故に善鳥香草、以て忠貞に配す。悪禽臭物、以て讒佞に比す。霊脩美人、以て君に媲す。宓妃佚女、以て賢臣に譬ふ。虬龍鸞凰、以て君子を託す。飄風雲霓、以て小人と為す。

王逸の結論と「離騒」の実際の状況とは完全に一致しているわけではない。しかし、王逸が指摘した、「離騒」は「引類譬喩」という点は正しい。象徴性のある表現手段を用いてタイプによって明確に分類する。これは原始的思考と文明社会の論理の絶妙な組み合わせである。

第三は、原始の婚姻の習俗と文明社会の礼法の共存である。原始社会は群婚、対偶婚という段階を経て、未婚の若い男女は「奔者不禁」（奔る者は禁ぜず）という時代を経験する。こうした習俗は先秦詩歌が生まれた時期にはまだ残っており、且つ『周礼』「媒氏」には、明確な記録が残されている。『詩経』の大多数の作品は周代に作られた。周代に創造されたものは礼楽文明で、それは両親の指示、媒酌の言葉が婚姻において重要な要素であることを強調している。そうすると、必然的に原始の「奔者不禁」という習俗とは矛盾しており、『詩経』の多くの恋愛詩に映し出されるものは、その原始の婚姻習俗と文明社会の礼法の矛盾なのである。屈原の「九歌」の男神と女神の婚姻や恋愛も、同様に前述のような矛盾があることが見て取れる。

先秦詩歌はまた、はっきりとした自然の営みと農業文明の特性を有している。先秦詩歌の自然の営みは主に次の三点である。

第一に、人間と客観的自然との関係についての表現である。そこに現れているのは、生命の一体化という概念であり、人と自然の親和関係である。『詩経』には多くの自然世界に存在する事物が登場するが、その多くは動植物である。これらの自然物は、表現を引き出すため間接的に用いられることもあれば、直接的に表現されることもある。自然物がどのような方法で表されるにせよ、往々にしてそこには生命の一体化という概念が貫かれており、人と自然界に存在する生命と相通ずるものがある。『楚辞』に描かれる自然物も同様に人の生命と関わっているが、純粋に客観的な自然物としては表現されていない。先秦詩歌に登場する動植物のイメージの数は最も多く、生物学の百科事典と言ってもいいほどであるが、それは自然の営みを母体として生まれたものだからである。先秦詩歌は、しばしば事物や気候を示して季節を表すことがあるが、やはりそれもまた、同様に自然の営みから生み出されたものなのである。そして、作品が狩猟、漁獲、伐採、採集等の事柄に及ぶのは、自然の営みの様子を見せる画廊のようなものである。

第二に、人と人との血縁関係が重視されていること。そこには自然の営みの特質が映し出されている。先秦時代のほぼ全ての時期、人々はまだ原始共同体のつながりから脱しておらず、血縁関係が人々を緊密につなぎとめている。周代に打ち立てられた宗族社会は、血縁関係と政治関係が一体化したものである。非常に長い歴史の段階においては、先秦時期の人々は、一族による集団生活を営んでおり、独立した核家族が単位ではなかった。このように血統、親族関係を重視していることが先秦詩歌の特徴である。『詩経』には、出征した夫の郷愁を歌う作品が数多くあるが、主人公がしばしば懐かしく思うのは父母や兄弟のことであり、自分と血縁関係が最も近い関係の人間で、後世の出征した夫や故郷を離れた人が第一に妻を懐かしく思い出すのとは異なる。『詩経』の宴飲詩「小雅」の「伐木」は、家族を背景に、宴会に父系、母系のメンバーの年長者を招くことで血縁の絆が強いことを表している。「小雅」の「常棣」は、友達が兄弟に及ばないことを何度も繰り返し強調しており、やはり親族関係を第一としているのである。

第三に、自然神に対する崇拝である。先秦詩歌には、数多くの神々が登場するが、自然神が最も多い。自然の営みが作り出した自然神は、『楚辞』中の作品でも同様である。『楚辞』は『詩経』のように自然の営みと直接関わりは持たないが、依然として数多くの自然神を表現の対象としている。「離騒」「天問」「九歌」中の神も基本的に全て自然神である。

自然の営みには、採集業、遊牧業、漁労業、農業等さまざまな形がある。周代に起こったのが農業文明であり、甲骨文字の「周」の字は「農田」をかたどったものである。それが族名となり、農業文明を特徴づけるものとなっている。先秦詩歌の農業文明の特徴は、主に以下の点に表されている。

まず第一に、作品に表われている故郷への離れ難い思いである。農業文明は、遊牧や商業とは違い頻繁に生活圏を移動させない。安定した住居が必要なので定住して農業生産に従事する。先秦詩歌の故郷への離れ難い思いは、主に二種類の題材による作品を通じて表される。一つは宮殿に関する詩であり、もう一つは故郷を思う詩である。『詩経』には多数の宮殿建築に関する詩がある。有名なものに「鄘風」の「定之方中」、「小雅」

の「斯干」がある。これ以外にも、周族の祖先の頌歌である「大雅」の「緜」「公劉」は、いづれも周族が移動を続ける中、宮殿の建築について華美な描写を行っている。「小雅」の「魚藻」、「大雅」の「霊台」は、周王の宮殿における享楽の様子を叙述しており、「小雅」の「湛露」は、祖先の霊廟落成式典の後に催される宴会の様子を述べている。『楚辞』「招魂」は、宮殿の居所について詳細に述べ、さまよえる死者の魂を呼び寄せた。こうした宮殿詩と全く対照的なのが望郷詩である。兵役につく者や難民のような普通の人だけでなく、公務で都を離れる役人もみな強い望郷の念を持つ。こうした望郷の念と故郷を離れ難く思う気持ちとは、相互に関連している二つの要素なのである。屈原の望郷の念に至っては、もとより彼が左遷され、流刑に処せられたことと直接関係あるが、こうした思いは故郷に対する感情であり、農業文明によって生まれたものなのである。

第二は、作品で繰り広げられる敬老の情景である。農業生産は経験に頼るところが多い。高齢者は年を重ねて経験も豊富で、農業生産においては最も強い発言権を有し、常に尊重されている。同時に、血縁のつながりが堅固なことも、敬老の伝統が形成される重要な原因であった。夏・殷・周の三代ともに敬老の礼があり、先秦詩歌にも敬老の情景がしばしば登場する。『詩経』「周頌」の「絲衣」では、もっぱら敬老の礼を用いた歌唱を行う。農神の祭祀に用いた「周頌」の「載芟」でも、「有椒其馨、胡考之寧」（椒たる其の馨、胡考の寧《やす》からんことを）と称え、高齢者の安寧こそが国の繁栄の象徴であるとしている。

第三は、作品の戦争に対する態度である。農業生産は安定した環境を必要とする。戦争は農業生産に多大な被害を与えてきたため、農業文明は戦争を尊重せず、兵を持って武力に訴えることに反対してきた。先秦詩歌には戦争を題材としたものが多くある。その中の多くの戦争は、周王朝が積極的に出兵したのではなく、自衛のためにやむを得ず行ったものである。参戦した兵士たちは英雄の気概に溢れているが、同時に厭戦の心理も吐露されている。これは農業文明が培ってきた故郷への離れ難い思いと関係があり、同時に農業文明と戦争が相容れないことを示している。

第四は、農業活動に対する具体的な表現である。周族の祖先を歌った「頌」に出てくる最初の男性である后稷は作物を育てる達人で、彼の名前は農作物に由来している。公劉、古公亶父の農業についての功績も具体的に叙述されている。『詩経』中に農事詩の数はとても多く、いずれも農作業の過程や情景、そして先人の感慨を直接表現していることなど、これらは典型的な農業文明の産物である。

先秦詩歌においては、主に周代の詩歌が礼楽文化の特徴を鮮明に帯びている。周代に作られたのが農業文明であり、またその農業文明を母体にして作られたのが礼楽文明である。先秦詩歌に現れる礼楽文明は、主に以下の点に現れている。

第一に、仁を核心とした文徳の美である。周の人は徳を尊び、特に崇め尊ぶものが文徳である。諸侯が覇権争いを繰り広げた春秋時代でさえ、人々は文徳を最も追求した。『国語』「斉語」では、春秋時代の最初の覇者である桓公について「隠武事、行文事」（武事を隠め、文道を行ふ）「文事勝矣」（文事勝れり）と評した。文徳を表現することは先秦の詩歌の基本であり、西周初めには、主に文王の徳を繰り返し賞賛した。時代が下り、戦争のことが叙述されるものでさえ、そこに表れる文徳が強調された。『詩経』「大雅」の「江漢」は、周の宣王が召虎を南征させた時の詩であるが、詩の締めくくりに次のようにある。「明明天子、令聞不已。矢其文徳、洽此四国。」（明明たる天子、令聞已《や》まず。其の文徳を矢し、此の四国に洽せしむ）。つまり、戦争の勝利は文徳が発揮された結果だと言うのである。こうした表現は「魯頌」の「泮水」にも見られ、この詩の終わりに淮夷が魯の国に供物を献上することを「懐我好音」（我に好音を懐《おく》る）と表現する。これは、実際には戦争に勝利したために行われたことである。文徳を崇め尊ぶため、先秦の戦争詩は、『楚辞』「国殤」を除き、基本的に殺戮の場面はなく、戦争の血生臭さや残酷さを避け、軍隊の威厳さを大げさに表現する。先秦詩歌に現れるプラスの面は、態度が穏やかで立ち居振る舞いが上品な君子であり、まさに『詩経』「国風・衛風」の描写にある「有匪君子、如金如錫、如圭如璧。」（匪たる君子は、金の如く錫の如く、圭の如く璧のごとし）なのである。君子はさながら滑らかな玉器のごとく、文徳を一身に集め仁愛の心に満ち溢れているのである。

第二は、徳を内に秘めた威儀の美である。『詩経』「大雅」の「抑」に「抑抑威儀、維徳之隅」（抑抑たる威儀は、維《こ》れ徳の隅）とある。徳とは威儀の内なるものであり、威儀は徳が外に表れ出たものである。周代の礼楽文明が崇め尊ぶ威儀の美は、様々な側面から表現されている。『左伝』「襄公三十一年」によれば、衛国の北宮文子が威儀について次のように説明している。「故君子在位可畏、施舎可愛、進退可度、周旋可則、容止可観、作事可法、徳行可象、声気可楽、動作有文、言語有章、以臨其下。謂之有威儀也。」（故に君子は、位に在りて畏る可く、施舎 愛す可く、進退 度とす可く、周旋 則る可く、容止 観る可く、作事 法とす可く、徳行 象る可く、声気 楽しむ可く、動作 文有り、言語 章有り、以て其の下に臨む。之を威儀有りと謂ふなり）。これは、人に対する場合や物事を取り扱う際の挙止や振る舞いにおける威儀について説明したものである。『礼記』「少儀」も、威儀の美について次のようにはっきり述べている。「言語之美、穆穆皇皇。朝廷之美、済済翔翔。祭祀之美、斉斉皇皇。車馬之美、匪匪翼翼。鸞和之美、粛粛雍雍。」（言語の美、穆穆皇皇たり。朝廷の美、済済翔翔たり。祭祀の美、斉斉皇皇たり。車馬の美、匪匪翼翼たり。鸞《らん》和《か》の美は、粛粛雍雍たり）。これは、様々な場所、様々な器物の威儀の美について述べたものである。威儀の美は、身分制度を基礎として、秩序、規則を重んじ、形式的には美しく整っている。先秦詩歌の威儀の美についての表現は、まさしく前述したさまざまな点を中心に展開され、登場するものは威儀高貴たる君子であり、整然として秩序だっている情景である。それに対して、威儀を失う振る舞いについては指摘や批判を加えている。『詩経』では、威儀に言及する詩歌の数が多く、重要な題材の一つとなっている。『楚辞』に登場する良いイメージのものは、人であれ神であれ、全て威儀の美を備えている。「離騒」に描かれる主人公を例にとれば、政治において挫折を味わった後も身なりや振る舞いを乱すことなく、かえって心を砕いて身なりを美しく整えている。せいぜい出仕する際の礼服に飾る玉佩を香りのよい草花にしたぐらいなものである。旅に出る際に神霊の加護があることも威儀の美を示すもので、その中には車馬の美、鸞和の美があり、さらに実生活の中でも目に見えない神界の威儀の美も描かれている。

先秦詩歌の創作は、原始社会の段階と夏・殷・周の三つの時代を経てきた。夏・殷・周は前後する三王朝であると同時に、かつて共存していた三部族でもある。先秦詩歌は、こうした歴史の中で生まれ発展してきた。先秦詩歌は部族文化の産物であり、多数の部族の文化的要素を受け継いでいる。

先秦詩歌に表現される部族文化の共存は二つの状態で表される。一つは、分離併存の状態、もう一つは混合共存の状態である。

まず分離併存の状態とは、殷と周の文化的並立がはっきりと表している。殷は長期にわたって遊牧生活の段階にあり、武力を崇め尊ぶことが早期文化の基本的な特徴であった。周族が作り出した農業文明は、故郷への離れ難い思いと文徳を崇め尊ぶ伝統である。殷の人々の祭祀は音楽を貴び、周の人々は香りを貴ぶ。このことは礼書にもはっきり記されている。殷・周の文化における特徴は、「商頌」及び周族の祖先の頌歌の中にそれぞれ表されている。殷・周文化の芸術的な表現は、『詩経』中に併存する状態で現れるが、それは容易に見分けられる。

次に混合共存の状態とは、先秦詩歌の中によく見られるが、異なる部族文化の要素が混じり合った状態で、それぞれを簡単には区別することができない。殷の人々の祭祀は音を貴び、周の人々の祭祀は香りを貴んだが、『詩経』であれ『楚辞』であれ、多くの祭祀が映し出しているものは、音を貴びまた香りを貴ぶという両側面も持っている状況で、殷周の祭祀文化が混じり合っているのである。例えば、夏の人々は黒を、殷の人々は白を、周の人々は赤を貴んだが、『詩経』はこの三色を基本に構成されており、そこに表現されるのは三色の世界であり、それぞれの色の役割が違うだけである。黒は厳粛さを表し、白は閑暇や悲哀を表し、赤は高貴を象徴する。いくつかの作品には、同時に多くの色彩が表現され、部族文化の境界があいまいになっている。さらに、婚姻の習俗に関していえば、殷族のかつての居住地である東部地区では、秋冬が結婚の時期であったが、夏族や周族が居住する西部地区では、春秋が結婚の時期であった。また、夏族の婚礼は夕暮れ時に行われ、殷族や周族では昼間に行われた。『詩経』中に収められる新婚詩には、秋冬のものもあれば春のものもある。また、夕暮れに行われる詩もあれば、昼間に行われる詩もある。三大部族の異なる婚姻習俗は、『詩経』の中ではっきりと区別することができなくなっている。さらにまた、殷に属する東夷族の家は東向きで東門を主たる通路としている。周族の家は北にあって南を向いている。このように、東門・南山・南畝は『詩経』にたびたび登場する言葉であるが、こうした方位が表す部族の文化的要素も、早い時期に全体的に融合していったのである。

『詩経』の中では、部族文化が混ざり合い融合しており、先秦詩歌が様々な文化的要素を受け入れ、共存させ、且つそれを融合させていくという機能を持っていることがわかる。殷・周の祖先の頌詩が表現する二つの文化の並存の構造は、これらの詩歌が生まれた年代が比較的早い時期で、古代の記憶をまだ残していたために二つの文化が混じり合うには至らなかったのである。『詩経』中における部族文化の融合の促進は、『楚辞』に至っても継続していく。「離騒」「天問」に言及される多くの歴史伝説は、虞・夏・殷・周の四代、そして夏・殷・周の三大部族に及んでいる。屈原は、夏・商・周の明君賢臣に対して肯定的な態度をとり彼らの業績を詩に読み込んでいる。しかし、楚族の祖先である顓頊《せんぎょく》については「離騒」の冒頭で言及した以外、他の作品では直接触れることはない。部族文化の完全な融合により、屈原も再び部族文化を本位とすることなく、さらなる広範な文化的背景の上に、華夏族全体を基点として各部族文化を詳細に観察することとなったのである。

四、芸術の原型の多元的生成

先秦は中国古代文学の新たな出発点であり、多くの芸術の原型はその時期に生まれた。いわゆる原型とは、胚胎のように初期においては輪郭を形作るのみで未成熟であるが、のちの発展のための基礎となり、雛形が確立する根拠となるものである。先秦詩歌が生み出した芸術の原型の種類は非常に多い。主なものは以下のとおりである。

（一）詩体の原型。先秦時代の主な詩体は二種類ある。一つは四言詩、もう一つは楚辞体である。この二種類の詩体は、先秦時期において原型が生み出されただけでなく、既に雛形として成熟していた。後に登場した四言詩と楚辞体の作品は、形式においては先秦時期の『詩経』と『楚辞』を根本的に超えるようなものではない。『詩経』『楚辞』は、原型と雛形の両方を兼ね備えていて、その雛形としての完成度も高い。

先秦詩歌が生み出した詩体の原型については、偶数句で篇を成すことと、隔句で押韻する規則にも表れている。『詩経』『楚辞』の多くの作品は、偶数句で篇を成し、隔句で押韻している。この種の形式は、後の五、七言詩に至るまで変わらず用いられ、詩歌の基本規則となった。また、原始歌謡と四言詩は、基本的に整拍律を守っているため、すべて句首は二文字で始まる。後の五、七言詩も同様で、詞が登場して初めてこの規則が崩された。屈原の『楚辞』には二つの組詩「九歌」「九章」がある。その一つ「九歌」は、入念に構築された組詩で、十一首の詩が有機的なひとつのまとまりを構成している。このような組詩のスタイルは、詩歌史上初めて登場したものであり、重要な原型である。つまり、先秦が詩歌形式において生み出した原型は、作品の多くの部分に染み込んでおり、また非常に安定した形で後世の詩歌に継承され模範とされ、中国の古代詩歌の遺伝子となって受け継がれていくのである。

（二）テーマの原型。先秦詩歌の内容は豊富で多くの重要なテーマに及んでいる。相反する存在でありながらも並存しているテーマもある。主なものには以下の七組がある。

①功徳を歌うことと悲しみに乱れ憂うこと。功徳を歌頌するテーマは、虞舜時期の「賡歌」の中ですでにその始まりが見られる。『詩経』に至ってこのテーマの作品が多く登場した。功徳を歌頌するテーマの作品には三種類ある。一つめは、祭祀に用いられる歌詩で、『毛詩』「序」は「頌」を概括して「美、盛、徳の形容」であるとし、「頌」が功を歌い徳を頌する主旨を明らかにした。［周・魯・商］三頌はいずれも同様である。二つめは、祖先への頌歌で、主に『詩経』「大雅」に見られ、周族の英雄的祖先の輝かしい業績を述べている。三つめは、明主賢臣への頌詩で、これは周の宣王の中興時期の作品に多い。功徳を歌頌するテーマの詩歌は、基本的に全て廟堂で用いられ、歴史上の発展期や太平の世に多く作られた。両漢初期の「安世房中楽」は先秦詩の功徳を歌頌するテーマを直接継承している。その詩題から、その繁栄の世の賛歌の内容が見てとれる。功徳を歌頌す

るテーマとは、明らかに対照的なのが悲しみに乱れ憂うことをテーマとしたものである。先秦時期のこのような作品は、夏代の「五子之歌」に始まり、西周の厲王・幽王の世に最も盛んに創作された。屈原の「九章」にも、悲しみに乱れ憂うことをテーマとした作品がある。このような政治批判詩の矛先は、主に三つの標的に向けられる。すなわち、(一)暗君、(二)佞臣、(三)讒言である。後漢の後期に至り、趙壱の「刺世疾邪賦」は詩題にこのテーマの主旨を明示した。

②功績を立て出世することと、世を捨てて隠遁すること。先秦詩歌では、先人が積極的に現実に参画するという人の世における精神を表わしたため、功績を立て出世することをテーマとする作品が大量に出現した。『詩経』「小雅」の「皇皇者華」「采薇」「出車」等の作品は、全て自らが述べる形で、功績を立て出世する志を表現したものである。こうした作品は、主人公の苦悩を表すこともあったが、全体的な方向性としては積極的に実社会に関わること、国の利益のために奔走し、奮闘することで人生の価値を実現するものとなっている。功績を立て出世するというテーマと相反するものは世を捨てて隠遁することをテーマとしたものである。早期の作品としては『周易』「卦爻辞」に見られる。「遯」「明夷」は、まさに隠遁することを卦名としている。「蛊」の九則には「不事王侯。高尚其事。」(王侯に事《つか》へず。其の事を高尚にす)としている。先秦の隠逸詩の数は少なく、代表作としては、「陳風」の「衡門」がある。これ以外では、「衛風」の「考槃」、「小雅」の「鶴鳴」も隠逸に言及している。

③聖君賢臣の出会いと士の不遇を悲しむこと。聖君賢臣の運命的な出会いをテーマとする詩歌は、『詩経』「大雅」に見られる。これは、明君賢臣が阿吽の呼吸で政治を行っていることを映し出したものである。しかし明確な理念として直接に表現されてはいない。聖君賢臣が運命的に出会うことを理想とし、それを自覚的に詩歌

の中に表現しているのは、屈原の一連の作品が初めてであろう。屈原は、賢臣であると自覚しながらも、明君と出会うことがないために、才能が有りながらも不遇であるとの思いを幾度となく表現している。君臣の出会いと、士の不遇を悲しむこと、この二つのテーマが一緒になって、屈原の作品の中で十分に表現されているのである。宋玉の「九辯」、荀子の「成相」は、どちらもこの二つのテーマが混ざり合って、一つの詩の中で表現されている。漢代になって、王褒の「聖主得賢臣頌」、董仲舒の「士不遇賦」、司馬遷の「悲士不遇賦」まで、この二つの主題ははっきりと篇名となって示される。その他、東方朔・揚雄等の文人が作った設辞も、士の不遇を悲しむことをテーマとしているものである。

④苦境の中で奮い立つことと想像の中で探し求めること。苦境の中で奮い立つテーマの詩歌は比較的早く、西周の厲王・幽王の治世に大量に登場した。これらは、政治批判詩の副産物であり、作者はみな西周王朝の大臣であった。彼らは苦境にありながら依然しっかりとした志を持ち続け、自身の気高い品格を維持し、さらに政に勤しみ同僚を鼓舞したのである。このような苦境の中で奮い立つようなテーマは、屈原が左遷され流刑に処せられていた期間に作った「九章」の中のいくつかの詩の中で、さらに深く掘り下げられていった。苦境の中で奮い立つテーマと相反しながらも成立したのが、想像の中で帰るべき場所を探し求めるというテーマである。詩の主人公は、現実世界の煉獄にいるのではなく、想像の中で最終的に帰すべき場所を探し求めたのである。屈原の「離騒」にはすでに想像の中で探し求めるという内容が描かれ、「遠遊」ではこのテーマを詳細に表現している。前漢の司馬相如の「大人賦」は「遠遊」を大いに手本としている。

⑤不変の愛情と婚姻関係の変化への批判。恋愛詩が『詩経』「国風」中に占める割合はわりと大きく、この二つの相互補完関係の性質を持つテーマは、「国風」に繰り返し登場する。これ以外にも、「小雅」の「我行其野」

「白華」がこのテーマに属する。不変の愛情に固執する作品の主人公には女性もいれば男性もいる。また、婚姻関係の変化を批判するテーマについては、女性が主人公であることが多い。代表とされる作品は、夫に捨てられる女性の詩である。屈原の「九歌」の「湘君」「湘夫人」「大司命」「小司命」「山鬼」は、全て不変の愛情を表現する要素が含まれている。

⑥帰郷を念ずることと、遠くにいる人を思うこと。この二つのテーマも互いに関係があり、互いに呼応する二つの要素で構成されている。先秦詩歌の帰郷を念じる詩の主人公には、出征する将兵や宮廷の役人、さらに徴兵された民や異郷に住む難民もいる。遠くにいる人を思う詩の主人公には、女性が多いが男性の場合もある。このテーマが表現するものは、すべて家を離れて他郷にある苦しみと、故郷を離れた人への帰郷の期待である。漢代の「古詩十九首」に至り、このテーマの作品の主人公は、故郷を離れた人と出征した夫を思う女性となり、そのイメージは絞られていく。

⑦生を好むことと亡き人を悼むこと。生を好み死を悪《にく》むことは、人類普遍の傾向であり、このため人生の楽しさを表現し、死に対する哀しみを描き出すことは、先秦詩歌の重要なテーマとなった。人生の楽しみを表現することをテーマとした作品は、『詩経』に大量に存在する。それらの多くは、宴飲、遊楽、狩猟等の場面であり、通常の人生の楽しみである。また少数ながら、時節に合わせた行楽をテーマとした詩歌もある。例えば、「唐風」の「蟋蟀」「山有枢」、「秦風」の「車隣」、「小雅」の「頍」である。こうした作品には、人生における無常感があり、感傷文学の早期の表現と言える。『詩経』における亡き人を悼むことをテーマとした作品には、「邶風」の「緑衣」、「唐風」の「葛生」、「陳風」の「防有鵲巣」がある。屈原の「九歌」「国傷」は、先秦詩歌における亡き人を悼むテーマの作品の集大成である。漢代の楽府詩及び騒体賦に至り、生を好み亡き人を悼むテーマ

の作品が次々と現れるが、それらは先秦詩歌の伝統的テーマを受け継いだのである。

先秦詩歌が生み出したものには、ほかに役柄の原型がある。先秦詩歌には、多くの役柄を持った人物が登場し、その中の多くの役柄はイメージが定着して、後世の詩歌の中でもしばしば見ることができる。また、基本的に先秦詩歌における固有の特徴を維持したまま、役柄の原型となっているのである。先秦詩歌が生み出した役柄の原型は非常に多く、主に以下の数タイプがある。

股肱の臣の原型。このタイプの原型は、「賡歌《こうか》」に初めて見られるが、まだぼんやりとしたもので、細部まで描かれていない。『詩経』の中に登場する股肱の臣には、役柄の原型となっているものもある。例えば、「大雅」の「烝民」で歌われ称えられた仲山甫で、彼は「夙夜匪解、以事一人。」（夙夜して解《おこた》るに匪《あら》ず、以て一人に事《つか》ふ）、「柔亦不茹、剛亦不吐。不侮矜寡、不畏強禦。」（柔も亦《ま》た茹《く》らはず、剛も亦《ま》た吐かず。矜寡《よわき》を侮らず、強禦《つよき》を畏れず）とされ、仲山甫は美徳と善い行いの象徴であり、後世の詩歌でも朝廷の股肱の臣を描く際には、往々にして仲山甫を原型として描き出した。また、「小雅」の「六月」の主人公である尹吉甫は、「文武吉甫、万邦為憲」（文武の吉甫、万邦憲《のり》と為す）とされ、彼は文武両道に秀でた人で、後世の詩歌においては、このタイプの役柄の原型となったのである。班固の「趙充国頌」には尹吉甫の影響が見え、史孝山の「出師頌」では直接、尹吉甫に言及し、後漢の出征する将校たちを褒め称える時、「允文允武」であるとしているのは、明らかに尹吉甫を念頭に置いて、自分たちの歌い称える対象としているのである。

貴族君子の原型。このタイプの役柄は、そのほとんどを『詩経』に見ることができ、彼らは礼楽文化の影響のもとで形作られてきた。地位の高低に関わらず、良好な文化的素養を有し、威厳ある美を備えていた。彼らの言語、行動、振る舞い、ひいては儀仗の服飾まで、多くの要素が原型となり、後世の詩歌の中に絶えず現れ、君子のイメージを形作るため用いられる重要な要素となった。
才有りながらも不遇、また、覚悟を持ち孤高を保つという、左遷された官吏と憂い多き詩人の原型。この原型は屈原により作られたもので、漢代に絶えず繰り返し歌われてきた。「九」体を代表とし、全て屈原をもとに作り上げられ、一貫して、「離騒」の主人公を原型としている。後世の騒体作品に至ってはこうした状況がさらによく見られる。左遷された官吏と憂い多き詩人の原型が生み出されたのは比較的遅いものの、後世の詩歌への影響は絶大である。

平民の原型。先秦詩歌の中に登場する平民の多くは、一瞬姿を見せるだけだが、しかしその中の一部のイメージは、役柄の基本的な特徴を見せており、このために原型となるのである。「邶風」の「匏有苦葉」は最古の船乗りの歌で、その主人公の経験や知識の豊かさ、ユーモアがあり、機知に富んでいる様子は、後世の詩歌における船乗りの原型となった。「魏風」の「伐檀」は最古の樵の詞で、樵の素直さや素朴さは後世の詩歌における樵の原型となった。「小雅」の「無羊」は最古の牧羊曲で、詩歌の主人公の放牧している羊をよく理解している様子、自分の放牧生活への陳述、そして理想への期待についても後世の放牧詩にその影響を垣間見ることができる。

隠士、遺民の原型。先秦詩歌における隠士、遺民の役柄の数には限りがあるが、却ってこのタイプの人物の特色を際立たせていると言える。「衛風」の「考槃」の中の隠士の生活は清貧で、「陳風」の「衡門」の隠士は自らを楽しんでおり、「小雅」の「鶴鳴」の隠士は自分の才を見せびらかすことはない。孔子が会った接輿は冷めた目で世の中を見ていた。以上が表しているのは、全て隠士、遺民の基本的な特徴で、これにより後世の詩歌の役柄の原型となった。

悪い役柄の原型。先秦詩歌に最も多く登場する悪役は佞臣、讒言を行う者で、彼らが君主を欺き、人を中傷して陥れることを批判している。『詩経』の変雅、戦国の楚の地の文人の詩歌は、全てこの二つの面から彼らを描き出している。後世の詩歌の中の佞臣、讒言を行う者は、基本的に全て先秦詩歌が生み出した原型を基礎としている。

先秦詩歌が生み出したものには、またイメージの原型がある。先秦詩歌のイメージの原型は最も豊富で、構成するイメージの原型には、自然界が生み出したもの、気象現象があり、また具体的な事象もある。

自然界に存在するものから生み出されたイメージの原型は、先秦詩歌に占める割合が最も多い。孔子は、山を楽しみ水を楽しむという論を展開したことがある。先秦詩歌では、山水から生み出されたイメージの原型は多種多様である。孔子は「仁者楽山」（仁者は山を楽しむ）、「仁者寿」（仁者は寿《いのちなが》し）と称え、『詩経』「小雅」の「天保」でも「如南山之寿」（南山の寿きが如く）と称え、山は長寿の象徴となっており、南山のように長生きをするという言い方は、古代において慣用句となったのである。『詩経』の中の恋愛詩には、水を背景としたものが多くある。水は双方を隔てる象徴として登場したのである。「小雅」の「沔水」にもまた「沔彼流水、朝宗于海」（沔《みん》たる彼の流水は、海に朝宗《てうそう》す）の句が見られる。それは、人が帰る場所を探し求めるイメージとなっているのである。山水イメージのこうした内容は、後世の詩歌の中でも、しばしば見られる。この他、虎は勇敢さ、鷹は逞しさを象徴し、魚が水中を泳ぐことは、人が自ら楽しんでいる様子を比喩している。これらのイメージの原型は全て、先秦詩歌の中で生まれたものである。

気象現象から生み出されたイメージの原型には、風雨雷電、季節の推移等がある。風雨で人の喜怒や無常を表し、雷鳴を通じて人の恐怖感を表す。このタイプのイメージは先秦詩歌の中にしばしば登場する。季節の推移から人の命に限りがあることを連想し、寂しげな秋の様子を感じて悲しむイメージを生み出した。最初の秋の様子を感じて悲しむイメージは、「唐風」の「蟋蟀」に見られ、宋玉の「九辯」で最終的にスタイルが固まった。

さらに、具体的な事象から生まれたイメージについて見てみる。『詩経』「召南」の「鵲巣」は新婚詩で、「陳風」の「防有鵲巣」は亡き人を悼む詩である。鵲の巣は、家庭の象徴として表されているのである。このイメージが内包するものはほぼ変化せず、後世の詞牌に至っては、全て「鵲橋仙」と命名され、鵲は往々にして家庭の幸福と関連づけられた。「離騒」には、蘭を植え育てるという語があり、後世の詩歌の中では、弟子を育てるという意味の慣用句となった。

先秦詩歌が生み出したものには、他に叙事抒情モデルの原型がある。『詩経』の基本表現手法である「賦」「比」「興」を用いた多くの作品が原型となった。「賦」を例にとると、このタイプの直接に事を吟ずるという手法は、先秦詩歌の中で、二つの原型を生み出した。一つめは、時間の推移に従って描写する方法で、これは『詩経』「豳風」の「七月」を代表とし、「大雅」の「韓奕」も比較的典型的なものといえる。もう一つは、空間の方向性に基づき展開されるもので、これは『楚辞』の「招魂」「大招」を代表とする。この二種類の叙事抒情様式はみな重要な原型で、後世に強い影響を与えた。陸機の「百年歌十首」は、人の十歳から百歳までを描き、時間の推移に従っている。欧陽脩の「漁家傲」十二月は、一月から十二月までを順に描き、「豳風」の「七月」の叙事構造と極めて似ている。張衡の「四愁詩」は、東南西北の方向に従って順に展開され、実のところ「招魂」「大招」から生まれたものである。「招魂」「大招」のタイプ別に展開していく叙事手法も、後世の詩歌の中でモデルとなった。さらに、同様に亡き人を悼む詩については、「邶風」の「緑衣」は、物を見て人を思い、「唐風」の「葛生」では、草木の生い茂る様子で、墓地の寂しさを際立たせている。この二種類の叙事抒情の手法も、古代の亡き人を悼む詩の原型となったのである。

先秦詩歌の原型は、多くの経路から作り上げられ、数も多く対象範囲も広い。あるものは一度で出来上がり、またあるものはぼんやりした段階を経て、はっきりと安定した状態になるという過程を経ている。各タイプの原型は、それぞれが個別に存在しているわけではなく、お互いに影響しあい、補完しあっているのである。具体的な作品について言えば、一首の詩というものは、一つの原型をもとに成り立っているわけではなく、多くの原型がその詩の中に共存しているのである。当然ながら、同じ一つの原型が、何首もの詩の中に現れるということもある。先秦詩歌の、中国詩歌史上における基礎としての役割は、主に多くのタイプの原型を生み出したということで、後世の詩歌のモデルの確立というのは、往々にして先秦詩歌が生み出した原型を根拠としているのである。

五、創作、伝播の主体と詩の趨勢の起伏

中華民族は早熟な民族であり、中国古代詩歌も早熟な詩歌である。夏の前期には、早くも四言詩の雛型が存在しており、かつ詩歌の個人による創作の時代が始まっている。実のところ、虞舜時代の「賡歌」は初歩の段階ではあるが、既に個人創作の兆しを見せている。「五子之歌」の登場は、個人創作時代が始まったことを示している。「五子之歌」五首は、太康の五人の弟の手によるもので、一人が一首作ったことは明らかであり、

また個人の創作であることも明らかである。

『詩経』の多くの詩篇は、作者の姓名を残していないが、だからといって、当時依然として集団での創作段階であったとは断定できず、二者の間には必然的な関係はない。実際の状況は正反対のもので、『詩経』は我々に向けて個体創作の変化の軌跡を見せており、先秦詩歌の個体創作について考察するにあたり重要な根拠となっている。

個体詩歌の創作が大量に表れたのは周代である。西周初年に始まり、詩歌の創作ができる朝廷の大臣が次々に現れた。周公は礼を制定して楽を作り、『詩経』の中の少なからぬ篇目が彼の名に帰している。例えば「豳風」の「鴟鴞」、「周頌」の「清廟」及び大武歌詩である。実際の状況から考えるに、上述の作品は周公の手による可能性が非常に大きく、そうでなければ「周頌」関連の篇目がこれほど重視されるはずがなく、高級儀礼用の楽を伴った歌唱の歌詩にはなりえない。召康公姫と周公は西周初期の朝廷の柱となる重臣で、「大雅」の「巻阿」は召康公の作だと言われている。さらに成王が祭祀用の詩を作った頃、当時の西周の朝廷には、既に詩歌創作のグループが形成されている一方で、多くの人は自身で独立して創作した詩歌を有していた。

今日伝わってきている作者名のわかる歌詩は、厲王・宣王・幽王年間に多い。まず宣峰年間の状況について見てみると、「大雅」の「嵩高」「烝民」で明確に表示されているのは、尹吉甫の作だということである。これ以外にも「大雅」の「江漢」の『詩経』「毛序」に、「尹吉甫美宣王也。」(尹吉甫、宣王を美するなり) と記され、「大雅」の「韓奕」の『詩経』「毛序」にも「尹吉甫美宣王也。」(尹吉甫、宣王を美するなり) と記されている。このように、尹吉甫の名に帰する詩は四首ある。同時に、周宣王の時期に作られた詩、「大雅」の「雲漢」の「毛序」には、「仍叔美宣王也。」(仍叔、宣王を美するなり) とあり、「大雅」の「常武」の「毛序」には、「召穆公美宣王也。」（召の穆公、宣王を美するなり）とある。このようにして見ると、周宣王の時に形成された詩歌創作の集団は、西周初年の規模よりもさらに大きく、創作に従事する者の多くが朝廷の重臣であり、また諸侯国君主であったようだ。「小雅」の「六月」では、尹吉甫が兵を率いて北伐に向かったことを叙述しており、詩の中に「文武吉甫、万邦為憲」（文武なる吉甫は、万邦憲《のり》と為さん）との言葉が見え、尹吉甫本人の作ではないことが明らかである。詩の末章では、「吉甫燕喜、既多受祉。来帰自鎬、我行永久。」（吉甫 燕喜し、既に多く祉を受く。鎬自《よ》り来たり帰るも、我が行 永く久し）と記されている。詩の作者は、尹吉甫と共に鎬の戦地より帰郷したのだが、はっきりとしているのは、尹吉甫に随行した出征兵士で、「六月」の詩は彼が作ったものであるということだ。尹吉甫自身も詩を能くし、彼に従って出征した部下も、このようなレベルの高い詩を作ることができたのである。この詩の作者は後世の事務方の幕僚にあたるが、従軍したのであった。宣王の時代は、多くの戦争詩が作られ伝えられてきているが、軍の幕僚がこの分野の創作を担ったのであろう。

厲王・幽王の時代は、変雅が大量に作られた時期である。これらの政治批判詩は、一部の作品については、作者名が記されている。例えば、「小雅」の「節南山」は家父の作で、「小雅」の「巷伯」は寺人孟子が作ったものである。また中には、姓名が残されていないものもあるが、『詩経』「毛序」で詩の作者が記されているものもある。例えば「小雅」の「何人斯」は蘇公が暴公を風刺したものである。「大雅」の「板」、「大雅」の「桑柔」は芮伯《ぜいはく》が厲王を風刺したものである。「大雅」の「瞻卬《せんぎょう》」は凡伯が幽王を風刺したものである。このようにして見ると、厲・幽時期の個人詩歌創作にもグループが出現し、多くの政治批判詩を残したのであろう。

厲・幽時期の詩歌創作グループの中では、「小雅」の「白華」の作者は申后と伝えられている。すなわち、周幽王によって廃された皇后で、詩の中に反映された環境、心情で、それが申后の作であると証明できるのである。彼女は、中国詩歌史上、最初に名前の記載のある女性作者である。春秋に入りさらに二人の女性の詩歌の作者が登場する。それは「邶風」の「燕燕」の作者荘姜と、「鄘風」の「載馳」の作者許穆夫人である。荘姜は衛の荘公の妻で、許穆夫人は衛国の公主である。詩歌創作に女性も参加していたことは、先秦詩歌において出現した新たな出来事である。

春秋以前の詩歌の創作主体である貴族をみると、多くが朝廷の高官か諸侯国君主で、平民は「飢者歌其食、労者歌其事」（飢ゑる者は其の食を歌ひ、労する者は其の事を歌ふ）という状況であった。各階層の人々について言えば、詩歌創作は彼らの生活の中で、決して主要な位置を占めているわけではなく、詩歌を創作することを、思いのたけを託す主要な手段とは見ていなかった。戦国中後期における楚の地の詩人の登場がこの状況を一変させた。屈原の一部の詩は、朝廷での任職中に書かれたものだが、屈原はすでに楚王からは疎遠になっており何の権力も持っていなかった。また、一部の詩は左遷され流刑に処せられた期間に作られている。宋玉は朝廷で任職していたものの、事務方の幕僚に過ぎなかった。荀子のいくつかの詩は隠居期間中の作である。楚の国の何人かの詩人は、政治上で挫折を経験し、その後詩歌の制作に転じたが、それは仕方のない選択だったのである。しかし、政治上の不遇は、却って彼らを詩歌制作により打ち込ませることとなった。詩作を、思いのたけを託すものとすることで、詩歌制作をすることの自覚というものが芽生えたのである。また同一の段階において、詩歌は総合芸術の母体から分離し独立した文学の様式となった。これは個体詩歌創作の自覚的な時代が到来したことを表している。

先秦詩歌は、早くから個体創作の段階に入っていたことから、詩歌作品の個性の発展を促進した。詩歌作品の個性については、「五子之歌」の中にその端緒が垣間見える。時を悲しみ、乱れたさまを憂うという点では同じではあるが、しかし五首の詩の切り口は異なる。第一首の詩の風格は、他の四首とははるかに異なる。歴史の移り変わりに伴い、詩歌の個性化も、絶えず進められてきた。同様に、宣王の中興の功と徳を称える作品には、召虎の手による「常武」と、尹吉甫の手による「江漢」とがある。同じように各章は八句計六章ではあるが、叙事の風格、構成は明らかに異なる。厲・幽時期の変雅はみな政治批判詩で、同様に風格は多様で創作主体の個性の表現の仕方の違いは、極めて明らかである。屈原・宋玉・荀子の詩歌の違いに至っては、さらに際立っている。

詩歌には、オリジナルと再創作がある。再創作とはすでにある作品に手を加え、新たな様式を作ることである。周公が礼を定め楽を作ったのは、歴史上の重大事件であった。「周頌」は、周公が礼を定め楽を作ったことを境界線として、前後の二つの時期の作品には、明らかな違いがある。前期には規則が欠けており、後期は秩序が見られる。このことから、周公当時、すでにあったいくつかの詩歌に対し改作を施し、儀礼としての条件に合うようにしたのだろうと推測できる。『詩経』は朝廷楽官が編纂したものである。彼らは先秦詩歌の再創作における重要なメンバーで、『詩経』の二組の詩は明らかに楽師による改作を経ている。一つは「小雅」の「信南山」「大田」「甫田」である。この三篇の作品は、全て農事詩で題材は同じである。描写している事象もほぼ類似している。なぜこのような状況になったのだろうか。明らかなのはこれらが同一の母体から発生しているということで、書き直して三首の詩とされ、歌唱の条件に合うようにしたということである。「信南山」は六章で、各章は六句である。「甫田」は四章で、各章は十句である。「大田」は四章で、前二章は各八句で、後の二章は各九句である。この三首の詩の各篇句の数は、三四から四十の間で差は大きくない。しかし各篇各章句数は異なり、異なる曲調の歌唱に用いられたことは、歴然としている。楽師はもともとある農事詩の基礎の上に、詩句を再構成し、曲調の異なる三首の歌詩としたのである。もう一つは、「周頌」の「載芟《さいさん》」と「良耜《りょうい》」で、これらもまた農事詩であり、重複する点が多い。比較してわかるのは、「載芟」は生活の息遣いが濃く、農事に参加している者の口調で叙述が行われていることである。「良耜」は三人称の口調を借りて叙述が行われており、生活の息遣いは前者ほど濃くはない。さらに比較をするならば、「載芟」は三一句で、二句で一組、あるいは三句で一組となっており、句の組み合わせに規則がないことが分かる。「良耜」は二三句で前の一六句は全て各二句を一組とし、最後の四句も二句で一組となっており、中間には一つの三句の組み合わせの例が見られるが、これは詩全体の総数を奇数とするという制約を受けているためである。「良耜」の句は組み合わせは整然としており、二句一組という規則を守っている。このことから導き出せる結論は、「載芟」がオリジナルで、生活の息遣いが濃く現れているが、句の組み合わせには規則がない。「良耜」は再創作で、「載芟」を改作したものであり、簡潔且つ規則性のあるものになっているが、生活の息遣いは、薄まっているということである。上述の農事詩は、もともと全て豳の地に発したもので、「小雅」と「周頌」に収められた後、祭祀と歌唱の条件に合うように、楽師がオリジナルを元に、書き直したのである。あるものは、いくつかの詩になり、あるものはオリジナルと改作後の詩が、共に残された。楽師の再制作は、詩歌を規範性のあるものにしたが、文学的価値としての要素は、幾分失われたのであった。

先秦詩歌創作の主体の社会的な役割は、歴史の推移に従い変化していった。先秦詩歌の伝播主体の社会的役割も、同様に歴史的な変遷があった。西周時期、詩歌の伝播者の主なものは二種類の人間だった。一つは朝廷の大臣で、もう一つは朝廷の楽師である。前者は詩の引用によって、後者は音楽を通じて詩歌を広めた。春秋時期に至り、詩歌伝播者の主役は各諸侯国の大夫となり、彼らが詩を引用し詩を賦したことは社会の流行となった。このような伝播方法の参画者は、前期においては少数の諸侯国の君主であったが、後期になってからは、君主が詩を引用し、詩を賦すことは見られなくなった。しかし、周王朝及び諸侯国の楽師が、歌唱という方法で、詩歌を伝播し続けたのであった。

戦国に入ってから、士大夫が詩を賦し詩を引用する傾向は、弱くなり、やがてなくなった。官府の楽師が詩を歌うことも、非常に珍しくなった。替わって始まったのは、諸子が詩を語り、詩を引用することである。この風潮は、孔子の時代には既に始まっていて、詩歌は私学教育の重要な科目となっていた。同時に諸子の著作では、しばしば詩を引用しつつ論を展開したため、『詩経』は重要な古典となったのだった。特に、儒学者が詩を語り詩を引用することについては、孔子が詩を論じたことに始まり「孔子詩論」まで、さらに孟子が詩を語ったこと、最終的には荀子が詩を引用したことまで、同じ流れを受け継いでおり、詩に意味を託しては教え、また詩に意味を託しては著述をすることが、彼らの詩歌伝播における主な方法となった。戦国時期に現れた、鍾子期や雍門周等の民間の楽師には、政治的な責務は無く、また彼らの琴の演奏は、細やかで味わいがあることで知られていた。彼らから伝え始められた詩もあり、後世に伝わった琴曲の歌辞が、彼らと関連があることが想像できよう。また、詩歌の民間における伝播は、戦国時期にも比較的流行していた。「郢中対」（『広文選』所収）の記載によると、楚国の首都で歌われたものには、「下里」「巴人」「陽阿」「采薇」「陽春」「白雪」等多くの曲があり、雅なものもあれば俗なものもある。伝えられてきた戦国の歌謡の一部は、民間で伝播されてきたものである。

先秦詩歌の創作には隆盛期もあれば衰退期もある。西周は、詩歌創作の隆盛期であり、西周初年と厲王・宣王・幽王の時期には前後して、二度の詩歌創作の高まりがみられた。康王・穆王の時期に生まれた多くの詩歌については、すでに記録が失われている。しかし、西周初期から末期までの間に高まった創作の機運から判断すると、康王・穆王時期の詩壇も寂しいものではなく、多くの作品を世に問うていたはずである。「雅」には、多くの創作時期が確定できない作品がある。康王・穆王期間に、最終的に書かれる状態になった可能性は大いにある。春秋時期に入り、諸侯国の詩歌創作が盛んになるという現象が見られた。衛の地、斉の地、鄭の地で、相次いでまとまった作品が生まれた。衛の地の詩歌は現在まで保存、伝えられてきたものが最も多く、当時も広く伝播されたのであろう。衛国の多くの作品は、春秋の後期に作られ、春秋詩歌創作の最後を飾るものとなった。戦国時期に突入し、詩歌の創作は停滞時期に入った。戦国初年から戦国中期の前段において、一百五十年に及ぶ長い歳月の間、基本的に詩歌作品は見られない。屈原の作品が登場するに至り、詩歌制作は再び高まりを見せ、楚の地は詩歌制作の中心となったのである。

全体から見て、春秋後期から戦国中期の前段に至るまで、詩歌創作は停滞しており、低調期といえる。但し、詩歌の伝播は決して収束してはおらず、依然行われていた。ただ、方法を変えていただけである。詩歌創作と伝播の起伏は、歩みを全く同じくしていたわけではない。

西周早期と宣王時期は、繁栄した太平の世と言える。また、厲王・幽王の時期は、衰退する乱世であったと言える。両者の社会環境の差は極めて大きかったが、共に詩歌創作の隆盛期を迎えている。ただ生み出された作品には、『詩経』における正雅と変雅の違いがあるだけである。詩歌創作において、高潮と低潮、太平の世か、乱世かということは、正反対に位置するものとは限らない。太平の世には詩歌創作の高まりがみられるが、衰退時期の乱世にも、同様の事態が見られる可能性があるのである。全体的に見て、西周は、詩情に溢れた時代で、その文化的な状態は、詩歌の発生と成長に適していた。春秋段階にはまだ、いくらか西周の詩情を残していたものの、すでに弱まっており、生み出された作品の数には限りがある。戦国期全体としては、散文化の時期であり、その作り上げられた文化の状況は、既にかつての詩情を消し去っていた。ただ、人々が主流の社会以外に身を置き、時代の喧騒と距離を置き、自分自身と心を取り戻した後、初めて新たに詩情を探し当てることができ、創作の意欲が湧いたのである。この意味からいえば、戦国の南楚の詩人の創作は、決してその散文化時期の産物ではなく、その副産物なのである。この創作グループの登場は、長く停滞していた詩壇に復活の兆しをもたらし、漢詩の発展に栄養と動力を与えることになったのである。

第二章　漢代詩歌の文体変化と文人誕生の意味

本書でいう漢代詩歌とは、紀元前二〇五年から紀元後一九五年までの四百年間、つまり前漢の高祖元年から後漢の献帝の興平二年までの詩歌のことである。歴代王朝の変遷で言えば、後漢が滅亡したのは紀元後二二〇年、すなわち献帝の延康元年（建安二十五年）である。ただ、献帝の建安元年（一九六年）から後漢滅亡までの期間を建安文学と称し、魏晋文学史に組み入れて論じるのが慣例である。[1]これは文学史の時代区分と王朝の時代区分とが完全には一致しないことを示すと同時に、文学の発展が結局は重要な政治変革と密接に関係していることをも物語っている。

漢代の社会の変化が漢代詩歌にもたらした影響は、あらゆる面に及んでいる。新しい創作主体の出現も、詩人の心の変化も、詩歌の内容や形式の革新も、みな秦漢以降の社会の変化と深く関わっている。すべての変化は、最終的に漢代詩歌の文体の変化として現れる。それゆえ、漢代詩歌およびその文学史上の地位を明確に認識すべく、まずは文体の区別から論を始めよう。

一、歌詩、誦詩の区分と詩賦の文体区別

漢代詩歌の概念には広義、狭義の別がある。班固『漢書』芸文志に「詩賦略」があり、「歌詩」と「賦」との二種類の文献を載せる。広義の漢代詩歌はこの両者を含むが、狭義の漢詩は漢賦を含まない。中国詩歌の発展史全体から見れば、漢賦を漢代詩歌の一部とするのは、確かに歴代の詩歌の分類ではあまり例を見ない。これは、漢賦の代表的なスタイルである散文体と後世の詩歌とは文体の特徴に明らかな違いがあるだけではなく、賦という文体の独立した地位が後世広く受け入れられたことによる。魏晋南北朝から唐宋、元明清に至るまで、賦の伝統は連綿と受け継がれた。賦は漢代以降の各時代の文学発展の過程で、詩歌や散文などと同等の一文体と見なされ、賦体単独の文学史を書くこともできる。このように、後人が漢代詩歌について論じる際に漢賦を除外して狭義の漢詩の概念を取るのには、十分な理由がある。今日の各種『中国文学史』や各種の漢代詩歌総集及び選集では、基本的に上述のごとく漢代詩歌を扱っている。

しかし、別の角度から考えると、中国の詩歌の発展自体が一つの流れであり、こうした流れの発展や変化は、文体の盛衰や変化に顕著に現れる。この中には四言詩、騒体詩、楽府詩から五言詩、七言詩への変化だけでなく、詩と賦、詩と詞、詞と曲、及びその他文体間における相互の浸透や影響も含まれる。特に漢代では、詩と賦の分合は中国の詩歌発展史上、殊に重要な一環である。詩歌史の面から見れば、詩と賦の分合関係の分析は、漢代詩歌の発展ないし中国の詩歌形式の変遷を知る上で重要な要素なのである。

賦の誕生については、班固が『漢書』芸文志の中で明確に述べている。

傳曰、「不歌而誦、謂之賦。登高能賦可以為大夫。」言感物造耑、材知深美、可與圖事。故可以為列大夫也。古者諸侯卿大夫交接鄰國、以微言相感、當揖讓之時、必稱『詩』以喩其志。蓋以別賢不肖、而觀盛衰焉。故孔子曰、「不學『詩』、無以言也」。春秋之後、周道寖壞。聘問歌詠不行於列國、學詩之士逸在布衣、而賢人失志之賦作矣。大儒孫卿及楚臣屈原、離讒憂國、皆作賦以諷。咸有惻隱古詩之義。其後宋玉、唐勒、漢興枚乘、司馬相如、下及揚子雲、競為侈麗閎衍之詞、沒其風喩之義。是以揚子悔之、曰、「詩人之賦麗以則。辭人之賦麗以淫。如孔氏之門［人］用賦也、則賈誼登堂、相如入室矣。如其不用何」。

伝に曰く、「歌はずして誦する、之《これ》を賦と謂ふ。高きに登りて能く賦せば、以て大夫と為すべし」と。物に感じて耑《はし》［端］を造し、材知深く美しければ、与《とも》に事を図るべし。故に以て列大夫と為すべきを言ふなり。古は諸侯卿大夫の隣国に交接するに、微言を以て相感ぜしめ、揖譲の時に当たりて、必ず詩を称して以て其の志を喩《たと》ふ。蓋し以て賢不肖を別かちて、盛衰を観るなり。故に孔子曰く、「詩を学ばざれば、以て言ふ無きなり」と［『論語』季氏篇］。春秋の後、周道寖《ようや》く壊る。聘問の歌詠、列国に行はれず、詩を学ぶの士、逸して布衣に在り、而して賢人志を失ふの賦作《おこ》る。大儒孫卿［荀子］、及び楚臣屈原、讒《ざん》に離《あ》ひ国を憂ひ、皆賦を作りて以て諷す。咸《みな》惻隠古詩の義有り。其の後宋玉、唐勒、漢興りて枚乗、司馬相如より、下は揚子雲に及ぶまで、競いて侈麗閎衍《しれいこうえん》の詞を為《つく》り、其の風諭の義を没す。是を以て揚子［揚雄］之を悔いて曰く、「詩人の賦は、麗にして以て則《のり》あり。辞人の賦は、麗にして以て淫なり。如《も》し孔氏の門［人］に賦を用いなば、則ち賈誼は堂に登り、［司馬］相如は室に入らん。其の用ひざるを如何せん」と。

班固の「両都賦序」［『文選』巻一］にも重要な記述がある。

或曰、賦者、古詩之流也。昔成康没而頌聲寢、王沢竭而詩不作。大漢初定、日不暇給。至於武宣之世、乃崇礼官、考文章。内設金馬石渠之署、外興楽府協律之事、以興廃繼絶、潤色鴻業。是以衆庶悦豫、福応尤盛。白麟赤雁、芝房宝鼎之歌、薦於郊廟、神雀五鳳、甘露黄龍之瑞、以為年紀。故言語侍従之臣、若司馬相如、虞丘寿王、東方朔、枚皋、王褒、劉向之属、朝夕論思、日月献納。而公卿大臣、御史大夫倪寛、太常孔臧、太中大夫董仲舒、宗正劉徳、太子太傅蕭望之等、時時間作。或以抒下情而通諷喩、或以宣上徳而尽忠孝。雍容揄揚、著於後嗣。抑亦「雅」「頌」之亜也。故孝成之世、論而録之。蓋奏御者千有余篇。而後大漢之文章、炳焉與三代同風。

或ひと曰く、賦は古詩の流なりと。昔、成康没して頌声寝《や》み、王沢竭《つ》きて詩作《おこ》らず。大漢初めて定まりて、日《ひび》に給するに暇あらず。武・宣の世に至りて、乃ち礼官を崇び、文章を考ふ。内には金馬石渠の署を設け、外には楽府協律の事を興し、以て廃れたるを興し絶えたるを継ぎ、鴻業を潤色す。是を以て衆庶悦豫して、福応尤も盛なり。白麟赤雁、芝房宝鼎の歌、郊廟に薦《すす》め、神雀五鳳、甘露黄龍の瑞《きざし》、以て年紀と為す。故に言語侍従の臣の、司馬相如、虞丘寿王、東方朔、枚皋、王褒、劉向の若《ごと》き属《やから》、朝夕に論思して、日月に献納す。而して公卿大臣、御史大夫倪寛、太常孔臧、太中大夫董仲舒、宗正劉徳、太子太傅蕭望之等、時時 間に作る。

或は以て下情を抒《の》べて諷諭を通じ、或は以て上徳を宣べて忠孝を尽す。雍容揄揚して、後嗣に著せり。抑《そも》そも亦た雅頌の亜なり。故に孝成の世、論じて之を録す。蓋し奏御せる者千有余篇なり。而る後、大漢の文章、炳焉《へいえん》として三代と風を同じくせり。

これら二つの記述から、以下の二点が分かる。

第一に、「賦」の文体の特徴は「不歌而誦」(歌はずして誦す）ことであり、「古詩」の中から変化して生まれたのである。「賦」は『詩経』の時代では文体の一種ではなく、詩の表現方法の一つに過ぎなかった。本来、『詩経』の中の詩はみな歌えるものであり、音楽に合わせる楽歌であった。しかし、春秋時代では、諸侯や卿大夫が外交の場でも、しばしば詩歌を引用する形でその思想を表現した。これが後世に言う「賦詩言志」(詩を賦して志を言ふ）である。このような引用を行う際、音楽から切り離して朗読のみをする場合もあった(2)。春秋以降は、礼楽が崩壊し、「聘問歌詠」が諸侯国間の交流で用いられることもなくなり、楚臣屈原や儒家の孫卿などは、古人の「賦詩言志」の方法を模して「不歌而誦」(歌はずして誦す）詩を作り、自身の「賢人失志」(賢人志を失ふ）の情を表現した。これが「賦」の起源である。この文体が宋玉、唐勒、枚乗、司馬相如などに模倣され、漢代には代表的な文体となった。

第二に、以上からも分かるように、後人から見れば賦と詩とはすでに文体上大きな違いがあるが、漢代の人々から見れば、両者の間にはまだ不可分な関係が残っていた。賦は漢代ではもはや歌うことはできなかったが、上古の詩歌の役割を依然として一部有していた。特に武帝の盛世には、士大夫が「或は以て下情を抒べて諷諭を通じ、或は以て上徳を宣べて忠孝を尽す」のに最適な文体となり、その効果は『詩経』の「雅」や「頌」

に匹敵するほどであった（「抑そも亦た『雅』『頌』の亜なり」）。したがって、本質的には依然として詩に属し、詩の一部だったので、「賦体詩」と言ってもよい。

漢代の人々は賦が古詩が変化して生まれたもので、賦と詩の違いはただ「歌わずして誦す」ことだけだと考えていた。それゆえ、我々が漢代の詩歌の概念について考える際には、「賦」を漢代詩歌史の中に入れて論じなければならず、賦が漢代詩歌の一部でなければならない。このため、現代の学者が中国詩歌史を書く際、こうした立場を取る人もいる(3)。

以上のように、狭義の漢詩概念によって漢代詩歌を論じるのも、広義の漢詩概念によるのも、ともに十分な理由がある。前者は後世の文体発展の立場から漢代の詩歌と賦の関係をとらえ、後者は漢代の人々の立場で漢代の詩歌と賦を認識しているのである。ただ、漢代詩歌を扱うこの二種類の方法には、いずれも一面的な点があるのは明らかである。前者は、歌詩と賦という二種類の文体が漢代では同質の一面を具えていたことを考慮せず、後者は、歌詩と賦という二種類の文体の漢代における違いを考慮していない。したがって、いずれも歌詩と賦の漢代における発展の実情を完全には把握しておらず、漢代における歌詩と賦の複雑な関係を説き明してもいない。このため、漢代詩歌の発展の実情に結びつけて、この問題を新たに検討する必要があろう。それも、班固の『漢書』芸文志から始めなくてはならない。

班固が『漢書』芸文志で賦を四種に分類しているのによれば、その一は屈原賦、二は陸賈賦、三は荀卿賦、四は雑賦である。なぜ漢賦をそのように分類したのか、班固が説明していないため、後人の様々な憶測を招いた。いずれにせよ、このことが漢代における賦という表現形式の複雑さを十分に示している。後世の観点からすると、漢賦は独立した一つの文体で、詩の範疇には属さない。『文心雕龍』詮賦に「然賦也者、受命於詩人、拓宇于楚辭也。於是荀況『禮』『智』、宋玉『風』『釣』、爰錫名號、與詩畫境。六義附庸、蔚成大國。」(然れば賦なる者は、命を詩人に受《さず》け、宇を楚辞に拓《ひら》きしなり。是に於いて、荀況の礼・智、宋玉の風・釣、爰《ここ》に名号を錫《たま》ひ、詩と境を画す。六義の附庸、蔚として大国を成す）とある。これは、六朝時代では確かに賦を独立した一つの文体として見なしていたことを示している。しかし、それが漢代の人々の観点を代表しているわけではなく、漢代における賦と詩が混在する実情にも符合しない。班固が集録した「賦」の中には、多くの詩を見ることができる。たとえば、屈原の作品や荀子の「成相雑辞」等は班固によって「賦」に分類されたが(4)、後人から見るといずれも「詩」の範疇に属すべきものである。このことは、漢代の人々が思い描く「賦」という文体と、魏晋六朝以降の人々が思い描く「賦」の概念には開きがあることを物語っている。この中には、散体賦など、後人から見ると確かに「賦」に属すものが含まれているほか、騒体賦など、後人が「詩」と呼ぶものも一部含まれている。このうち漢代の人々が屈原の「離騒」や「九歌」の文体を模倣した作品、すなわち後にいう楚辞は、漢代の典型的な抒情詩である。

　文体の特徴を手がかりに考察すると、漢代における賦は基本的に二つの部分からなっている。一つは屈原の「離騒」などの作品を代表様式とする騒体抒情詩である。これらは漢代では「賦」と呼ばれたが、本質的にはやはり詩である。もう一つは宋玉、唐勒、枚乗、司馬相如らの作品を代表とする散体賦である。これらは詩との複雑な関係を残しつつも、すでに新しい文体へと変化している。実際、騒体抒情詩と散体賦の違いについて、漢代の人々はある程度認識していた。司馬遷は『史記』屈原賈生列伝の中で「屈原至於江浜……乃作『懐沙』之賦。」(屈原江浜に至り……乃ち懐沙の賦を作る）と述べている。また、「屈原既死之後、楚有宋玉、唐勒、景差之徒者。皆好辞而以賦見称。」(屈原既に死せしの後、楚に宋玉、唐勒、景差の徒なる者有り。皆な辞を好みて賦を以て称せらる）とも述べている。以上から、司馬遷は本伝では屈原の作品と宋玉の作品を「賦」と称しているが、詳しく比べてみれば、屈原の作とされる作品のうち、「卜居」と「漁父」が他の各篇と大きく異なることに気づくだろう。宋玉の作品にも二つの状況が見られる。「九弁」は明らかに屈原の「離騒」を模倣した痕跡があり、騒体に属するが、他の「賦」と名づけられた作品、たとえば「高唐賦」、「神女賦」、「登徒子好色賦」などは、みな散体に属す。司馬遷はこれらの作品をすべて「賦」と称しているが、騒体賦のうち、屈原の「離騒」や「九章」を模倣し、屈原に代わって申し述べることを特色とする作品には、さらに別称がある。それが「楚辞」である。司馬遷が、宋玉らは屈原を学び、その結果「皆好辞而以賦見称」（皆な辞を好みて賦を以て称せらる）と述べているのは、司馬遷がすでに「辞」と「賦」の違いを認識していたことを示す。『史記』酷吏列伝に「荘助使人言買臣。買臣以楚辞与助倶幸」（荘助、人をして買臣を言はしむ。買臣、楚辞を以て助と倶に幸せらる）とあり、『漢書』地理志には以下のようにある。

始楚賢臣屈原被讒流放、作「離騒」諸賦以自傷悼。後有宋玉、唐勒之属、慕而述之。皆以顕名。漢興、高祖王兄子濞於呉、招致天下之娯遊子弟。枚乘、鄒陽、厳夫子之徒興于文、景之際、而淮南王安亦都寿春、招賓客著書。而呉有厳助、朱買臣。貴顕漢朝、文辞並発。故世伝『楚辞』。

始め楚の賢臣屈原、讒《こうむ》を被りて放流せられ、「離騒」の諸賦を作りて以て自ら傷悼す。後に宋玉、唐勒の属、慕ひて之《これ》を述ぶる有り。皆な以て名を顕す。漢興りて、高祖は兄の子濞を呉に王たらしめ、天下の娯游の子弟を招き致す。枚乘、鄒陽、厳夫子の徒は文・景の際に興し、而して淮南王安亦《ま》た寿春に都し、賓客を招いて書を著す。而して呉に厳助、朱買臣有り。漢朝に顕貴して、文辞並びに発す。故に世に『楚辞』を伝ふ。

以上から、漢の初めにはすでに、楚辞とは「離騒」を代表とする屈原の作品と、戦国末期から漢代初期に作られたその模倣作を指していたことが分かる。湯炳正氏の考証によると、楚辞という名称の確立はその編纂と直接関わりがあるという。その最初の編者は宋玉である可能性が高く、最初の編目は「離騒」と「九歌」のみだったが、漢代に何度も増補して、徐々に屈原のその他の作品や、宋玉の作とされる「招魂」、景差の作とされる「大招」を加え、さらに淮南小山の「招隠士」、賈誼の作とされる「惜誓」、王褒の「九懐」、東方朔の「七諫」、劉向の「九歎」、王逸の「九思」を次々と加えていった[5]。漢代のこれらの作品は、基本的に「離騒」の流れを汲んでおり、独特な感情表現と文体形式を有する。しかし、同じく宋玉の作品である「高唐賦」や「神女賦」などは、漢代では「楚辞」とは呼ばず、『楚辞』という作品集の中にも収めなかった。漢代の人々は屈原の作品を「賦」と総称してはいるが、それらの作品の文体や感情表現の特徴にも気づいていたことがうかがえる。淮南王劉安が書いたといわれる「離騒伝」に「『國風』好色而不淫、『小雅』怨誹而不亂。若『離騷』者、可謂兼之矣。」(『国風』は色を好めども淫せず、『小雅』は怨誹すれども乱れず。『離騒』の若《ごと》きは、之を兼ぬと謂ふべし)とある〔『史記』屈原賈生列伝〕。「離騒」等の屈原の作品は、戦国時代に生まれた偉大なる詩篇であり、中国の詩歌史上『詩経』を継承する偉大な伝統のさらなる大きな発展であり、正真正銘の「詩」である。同様に、屈原の「離騒」を学習や模倣の対象とした漢代の楚辞類作品、さらに騒体で書かれた賦は、「騒体抒情詩」と総称できよう[6]。漢代の人々が「楚辞」と呼んだか「賦」と呼んだかを問わず、それらを中国詩歌史の範疇から除くことはできない。

散体賦はその初期段階では明らかな詩の特徴が見える。たとえば、宋玉の「高唐賦」［『文選』巻十九］には騒体の句が多用されている。

惟高唐之大體兮、殊無物類之可儀比。巫山赫其無疇兮、道互折而曽累。登巉巌而下望兮、臨大阺之稸水。遇天雨之新霽兮、観百谷之倶集。濞洶洶其無聲兮、潰淡淡而並入。滂洋洋而四施兮、蓊湛湛而弗止。長風至而波起兮、若麗山之孤畝。

惟《こ》れ高唐の大体、殊に物類の儀比す可き無し。巫山は赫として其れ疇無し、道互折にして曽《かさな》り累《つも》れり。巉巌に登りて下に望んで、大阺の稸《たくは》へたる水に臨めり。天雨の新たに霽《は》れたるに遇ひ、百谷の倶《とも》に集まるを観る。濞として洶洶として其れ声無く、潰《し》として淡淡として並びに入る。滂として洋洋として四もに施し、蓊として湛湛として止まず。長風至りて波起こり、麗山の孤畝《こぼう》の若し。

同じく［宋玉］「神女賦」［『文選』巻十九］には、騒体の句が多用されているほか、その他の句にも同様に詩の韻律がある。

其始來也、耀乎若白日初出照屋樑。其少進也、皎若明月舒其光。須臾之間、美貌横生。曄兮如華、溫乎如瑩。五色並馳、不可殫形。詳而視之、奪人目精。其盛飾也、則羅紈綺繢盛文章。極服妙采照萬方。振繡衣、被袿裳。穠不短、纖不長。歩裔裔兮曜殿堂、忽兮改容、婉若遊龍乗雲翔。

其れ始めに来たるや、耀たる白日の初めて出でて屋梁を照らすが若《ごと》し。其の少しく進むや、皎たること明月の其の光を舒ぶるが若し。須臾の間に、美貌横《あふ》れ生ず。曄たること華の如く、温たること瑩《えい》の如し。五色並びに馳せ、形を殫《つ》くすべからず。詳かにして之を視れば、人の目精を奪ふ。其の盛飾は、則ち羅紈綺績もて文章を盛んにせり。極服妙采、万方を照らす。繡衣を振ひ、袿《けい》裳を被る。穠《あつ》けれども短かからず、纖《ほそ》けれども長からず。歩みて裔裔として殿堂を曜《かがや》かし、忽として容を改め、婉たること遊龍の雲に乗りて翔るが若し。

明らかに、宋玉のこの種の作品には、はっきりとした詩的韻律がある。漢が興って後、枚乗・司馬相如・揚雄・班固・張衡等の散体長賦は、依然として整った語句や押韻があり、詩歌との切り離せない関わりもあったが、すでに宋玉の作品のような明らかな詩的特徴はなくなり、徐々に朗読に適した散体を主とする新しい文体が形成されていった。このような文体変化の史実に立脚すればこそ、我々は騒体抒情詩と散体賦を切り離す必要性を感じ、騒体抒情詩を漢代詩歌史の論述範疇に留めて、散体賦を漢代に発展した詩歌以外の新しい文体と位置づけるのである。(7)

歌詩、誦詩の区別と騒体叙情詩、散体詩の分合は、漢代詩歌史上の重要な現象であり、中国詩歌の発展は漢代以降に重大な変化があったことを示している。先秦時代では歌えることが詩歌の重要な特徴の一つだとすると、漢代では一部の詩歌が徐々に音楽から離れて独自の発展の道を歩み出したと言える。

実は、漢代で朗読しかできない詩は騒体抒情詩一種だけではなく、一部の四言詩も含まれる。たとえば前漢の韋孟の「諷諫詩」や「在鄒詩」、韋玄成の「自劾詩」や「誡子孫詩」、後漢の傅毅の「迪志詩」などである。異なる点は、漢代の四言詩はもともと『詩経』を直接継承した文体であるため、歌えるか否かに関わらず、漢代では依然として「詩」と呼ばれたことで、これらの詩の帰属問題に関しては後人も異論を唱えてはいない。漢代に隆盛した五言詩と七言詩は、歌えるか否かに関わらず、やはり詩と見なされた。これは漢代では詩歌の名称をあまり統一せずに用いたことを示すと同時に、中国の詩歌形式の発展や変遷の複雑さを示している。

つまり歌えるか否かの角度から、漢代詩歌を以下の二種類に分けることができる。

1、賦誦類、漢代ではすでに歌えなくなった四言詩と叙情を主とする騒体抒情詩、及びその他の歌えない詩歌形式を含む。たとえば文人五言詩、七言詩等である。

2、歌詩類、漢代のすべての歌える詩を含む。すなわち広義の楽府詩で、歌える詩騒体、漢代に新興した雑言詩や五言詩等を含む。

歌と誦の区別は、漢代詩歌の発展を知る上で重要な手がかりであり、中国詩歌発展の過程を把握する上でも役に立つ。中国の詩歌発展の歴史から見れば、先秦時代は詩と歌が一体化していた時代と言える。漢代以降は詩と歌が徐々に分離する時代である。『詩経』体と『楚辞』体は、先秦時代では基本的に歌えたが、漢代になると、そこから派生した歌わず朗誦する新しい文体―散体賦のほか、詩歌自体が歌うことを主とする詩（漢魏六朝楽府、唐代歌詩、宋詞、元曲等）と、朗誦を主とする詩（特に文人が机上で書いた作品が主体である）という二種類の新しい文体に変わっていった。これは、文字を媒体とする詩歌が、漢代以降は徐々に歌唱と朗誦という二つの道に沿って平行して発展したことを示している。以後、歌詩と誦詩は中国詩歌史を研究する際に同時に考慮しなければならない二大事項となった。漢代のみならず、魏晋六朝以降も同様にいずれか一方を欠いてはならないのである。

二、作者群の分化と詩歌の役割の変化

歌詩と誦詩の違いは、単に表現法の変化だけではなく、同時に作者群の分化や詩歌の役割の変化をもさす。これも漢代詩歌を知る上で重要な要素の一つである。この問題を説明するために、かつて我々はおよそ考証可能な漢代詩歌をその類別、作品の体裁、作者、内容、時代をもとに比較分析した。その結果、現存する漢代の作者名のある賦誦類詩歌は、その作者は漢武帝と班婕妤・班昭・徐淑の四人を除けば、他はみな文人や士大夫であり、彼らがこの詩歌文体を使用する場合、表現する内容がほぼ同じであることも分かった。『楚辞』に収録されているいくつかの作品は、基本的には屈原の代弁をする形で書かれた叙情作であり、その構成にはおおむね決まった様式があるが、漢代の文人が自ら書いた騒体抒情詩は、漢の武帝（劉徹）の「李夫人賦」と司馬相如の「長門賦」以外は、基本的に、時代に恵まれず不遇をかこつ自身の思いを表現している。音楽に合わせない四言詩や騒体詩は、内容はより複雑ではあるが、秦嘉と徐淑夫妻の贈答詩を除けば、基本的に、文人の日常における比較的厳粛な感情を述べている。「古詩十九首」などの文人五言詩は、叙情の主体は前述の作者名のある文人賦詩の多くとは異なり、遠方から妻に寄せるや思い、人生の短さ、折々の楽しみなどの世事を述べたもので、その感情面は漢楽府抒情詩と基本的に同じであり、世俗的傾向が顕著である。七言詩に至っては、文人の手になるものは少なく、武帝時代の柏梁台聯句から張衡や馬融等までの七言詩を見ると、漢代では基本的に朗誦するもので、歌うものではなく、その役割も叙情を主とするものではない。しかし、歌詩類の作品は

これとは大きく異なる。

第一に、作者群から見れば、音楽に合わせない誦詩の大半は文人士大夫の作とは正反対で、作者名のある詩のうち、数首を除けば、その大半は漢代の帝王か宮中の婦人が書いたものである。ここから作者群の明らかな違いが見て取れるが、これは偶然なことではなさそうだ。漢代の帝王の詩歌の中では、楚地の歌がその形式の中心である。これらの楚歌が後世に残ったのは、高祖唐山夫人の「安世房中歌」十七章以外の詩は、みな当時の宮廷内の闘争と深い関わりがあるため、『史記』や『漢書』などの史書に記載され、それが幸いしたのである。別の角度から考えれば、以下の提示とも受け取れる。すなわち、漢代詩歌という芸術の制作と鑑賞の間には特別なシステムがあり、帝王が詩歌鑑賞の最大特権を持ち、朝廷の楽府機構は基本的に彼らのために仕え、彼らは芸術制作に最も必要な物的、人的資源を占有していた。それゆえ、自身が作った詩を随時音楽に合わせて歌うことができたのは、彼らだけである。しかも、それらの詩歌が基本的に楚歌であったことが、楚歌の伝統が宮廷内では特別な地位にある歌の表現形式だったことを示している。それに次ぐのが四言体歌詩である。伝統的な歌詩形式の一種で、比較的厳粛な内容を表現する際に用いた。城陽王劉章の四言詩は政治闘争と関わりがあるが、他の三首は国外で作られた頌歌の訳詩である。

第二に、その他の五言や雑言形式で書かれた作者名のある歌詩作品、たとえば楊惲・馬援・梁鴻の三首の歌詩作品は、内容から見れば文人の誦詩に通じるところがある。しかし、注目すべきは、わずかに残存する作者名がある歌詩の中には、張衡の「同声歌」、辛延年の「羽林郎」、宋子侯の「董嬌饒」のような世俗の情を表現する作品や、李延年の「北方有佳人」のような歌詩も含まれる点である。しかも、これらの歌詩作品は例外なく五言詩である。このことは、漢代の文人五言詩の誕生が、初めは世俗的な感情の表現や娯楽と直接関係があったことを暗に示している。

第三に、さらに現存する漢代の作者名のない楽府歌詩作品を見てみれば、二つの突出した特徴に気づくだろう。その一つは、これらの歌詩は「郊祀歌」十九章を除き、その内容は基本的に様々な世俗の生活や、様々な世俗の情を描いている点である。二つめは、これらの歌詩に用いられている形式は基本的に雑言体と五言体であって、琴曲歌辞を除き、基本的に楚歌体と四言詩は無い点である。民間に伝わる雑歌謡辞に至っては、現存するものの大半は各史書の記録に見えるもので、基本的に庶民の政治への賛辞や風刺と各級官吏に対する評価であり、史官の記録と史実を論評する材料ではあるが、かなり断片的で、民間歌謡のすべての内容を代表しているわけではない。

つまり、以上の詩歌の分類比較を通じて明らかなのは、漢代の人々は詩歌の文体及び役割について明確な解説をしていない、あるいは関連する文章を残してはいないが、実際の使用においては、歌う歌詩と賦誦類の詩歌を比較的明確に区別し、二つの異なる芸術と見なしていたことである。それぞれが担う役割は大きく異なり、携わる者の社会的地位も大いに異なる。騒体抒情詩や四言詩などの伝統的な詩歌形式は文人が自身の思想や感情を表すものであり、楚歌や楽府は国家の宗教儀礼の中で使用するほか、その最大の役割は漢代の統治者及び社会各階層の娯楽に供されることである。このため、中国の詩歌を研究する際には、異なる作者群の感情の表現や内容の違いに注意するだけでなく、彼らが用いる文体の違い及び各文体の役割の違いにも注意しなくてはならない。

漢代の人々が賦誦類詩歌と歌える歌詩の役割に対し異なる扱いをしたことから、この二種類の詩歌の発展もそれぞれ別の道を歩み、異なる発展の軌跡を残した。

まずは賦誦類詩歌から見ていこう。この詩歌形式が基本的に継承するのは『詩経』体と『楚辞』体であるため、作者の大半は漢代の文人であり、彼らも自覚的に詩騒の精神を継承し、それを自身の詩騒体詩歌の創作の中で貫いた。特に前漢時代では、班婕妤の作とされる「怨詩」が五言である以外、現存する文人の賦誦類詩歌はみな詩騒体を用いている。同時に、詩騒体の形式が基本的に定着したことで、この二種類の詩歌形式の漢代における発展や変化が大きくないことに気づく。後漢になると、文人五言詩は徐々に数を増す。現存する漢代の文人五言詩の数に限りがあるため、この文体の発展の過程について、まだ詳しく記すことはできないが、ここではやはり以下の三点に注目すべきだろう。

第一に、漢代の文人の叙情はみな詩騒体によって体現されるものであり、特に騒体抒情詩の創作は、漢代の文人が個々の感情を述べる上で重要な部分であるため、これらの作品を漢代詩歌史の中から排除することはできない。もしこれらの作品を排除すれば、漢代詩歌史についての記述は全面的ではなくなる。現代の学者が漢代詩歌について考察する際、その大半は狭義の漢詩概念によって、騒体抒情詩を排除するため、往々にして漢代の文人は詩情に乏しいとの結論を出す。たとえば「漢代は詩的思想の止まった時代だ」、「当時の文人の歌には力がない」、「『詩経』から四百年ほど経た漢代は、中国詩壇の衰弱の時代だ」などという者もいる。(8) 明らかに、これらは漢代の文人に対する誤解であり、漢代詩歌に対する誤解であると同時に、中国の詩歌発展史に対する一面的な視点である。

第二に、前漢末と後漢末の二度の大きな災禍によって、両漢の文人の叙情の詩作はほとんど残っていないが、だからといって漢代の文人詩の豊富さを否定することはできない。実際、漢代の文人は賦を詩歌の一種として用いるため、広義の詩歌の範疇からいえば、散体賦を含むすべての賦体文学は、漢代の文人による詩歌創作が盛んであったことを示す重要な要素であり、この中には詠物の作品や、功徳を頌える作品が多数あるほか、感情を表し志を述べる作品も数多い。これらの作品は前漢の成帝の時にすでに千篇あまりが集録され、後漢は、数に関する記録はないものの、班固や張衡等の賦体に対する情熱と大量の作品から推測すると、その数も決して少なくないはずだ。まして、後漢の文人は詩作にことのほか熱心で、范曄『後漢書』文苑列伝の記載だけでも、杜篤・王隆・史岑・夏恭・夏牙・傅毅・黄香・李尤・李勝・蘇順・曹衆・曹朔・劉珍・葛龔・王逸・王延寿・崔琦・辺韶・張升・趙壹・辺譲・酈炎・高彪・張超・禰衡等二十六人の名前があり、それぞれに詩賦の作品がある。中でも王逸は「漢詩を作ること百二十三篇」といい、漢代の文人の詩作が大変盛んであったことがうかがい知れる。

第三に、漢代賦誦類の文人詩歌を考察する際、漢代の文人五言詩を排除することはできない。漢代詩歌の各文体の発展を総合的に見れば、前漢時代の枚乗や李陵・蘇武がそれぞれ五言詩を作ったという伝説はあまり信用できない。なぜなら、現存する資料によると、五言詩は新しい詩体として、漢代の詩歌の中から初めて生まれたのであり、誦詩の中から生まれたものではないからだ。漢初の高祖戚夫人の「春歌」から李延年の「北方有佳人」まで、さらに成帝の時代に流布した「長安為伊賞歌」や「黄雀謡」まで、同時に前漢の作と認定できる五言楽府詩数首も合わせて見れば、現存する初期の五言詩はすべて歌える歌詩である。したがって、前漢時代では文人が五言詩を作った可能性は極めて低いと考えられる。しかし、後漢以降、状況は大きく変わった。五言詩は徐々に楽府詩の中から分離して、文人が叙情に用いる詩体となった。このような叙情体が文人たちに広く用いられたのは、班固の「詠史詩」を指標とすれば、およそ後漢前期と考えられる。(9) それゆえ、文体の盛衰の角度から文人詩の発展を見ると、基本的に後漢時代を文人詩歌が詩騒体中心から徐々に五言詩中心に移行する時期であると同時に、五言詩を徐々に誦詩へと向かわせた時期と見なすことができる。だからこそ、文体の役割の面から見ても、初期の文人五言詩と詩騒体にはやはり違いがあるのである。詩騒体は主に文人の政治に対するより厳粛な思いを表すが、五言詩は文人の世俗的な感情を表すものが多い。この点に関しては、「古詩十九首」を代表とする文人五言詩と騒体叙情詩の比較の中からはっきり見て取れる。

次に詩歌類作品について見る。この種の詩篇は後人が定義した狭義の漢詩にほぼ該当する。ただ、これらの詩歌はすべて歌えるものであり、後世のいわゆる詩歌とはかなり異なるため、歌うという特徴と必ず結びつけて検討しなければならない。

賦誦類の作品との違いは、この種の詩歌は漢代に、より顕著で大きな発展や変化があった点である。時系列で言えば、漢代で最初に流行したのは楚歌である。高祖は楚の生まれで、楚の音楽を好み、漢代初期の帝王もみな楚歌を好んだ。この時期に流行した歌詩形式も楚歌が中心で、高祖唐山夫人が書いた「安世房中歌」も楚歌であり、楚歌は漢代初期の歌詩、特に宮廷歌詩に大きな影響を与えたことが分かる。その影響は後漢後期まで続き、霊帝（劉宏）の「招商歌」や、少帝（劉弁）の「悲歌」及び唐姫の「起舞歌」はみな楚歌体であり、楚歌は両漢の宮廷で特に重要な地位に置かれていた。ただ、漢代初期の歌詩の中にも新たな変化はあった。たとえば、高祖戚夫人の「舂歌《しょう》」は五言形式に属すほか、この時期の作とされる「薤露」と「蒿里」[『楽府詩集』巻二十七「相和歌辞二」]は雑言詩作に属す(10)。

武帝の時代になると、歌詩の形式に重要な変化が起こり始める。その変化の兆しとも言える「郊祀歌」十九章、「鼓吹鐃歌」十八首、「北方有佳人」といった作品が、戦国時代の娯楽を主とする新しい音楽が徐々に伝統雅楽にとって代わり、漢代詩歌を主導する新しい様式となることを前もって示している。中でも、李延年の「北方有佳人」は代表的な作品である。当時有名な音楽家だった李延年の作で、「新声変曲」に属し、その詩体も詩騒体とは全く違う新しい形式、すなわち五言形式である。武帝が李延年に新しい「郊祀歌」に音楽をつけさせたことで、漢代の祭祀音楽に新声俗楽の風格が融合し、その詩体にも大きな変化をもたらした。「郊祀歌」十九章は武帝の時代に誕生したが、一時期に作られた作品ではなく、完成まで前後数十年の時間差があり、その早期の楽歌は四言と騒体を主としたが、後期になると、五言と雑言も加わった。異民族の音楽の影響を受けつつ、武帝・宣帝の時代に誕生した「鼓吹鐃《どう》歌」十八首は、完全に雑言を主とする形式に変わった。このことは、春秋戦国以来のいわゆる雅楽と鄭声、古楽と新声の争いが「新声変曲」の勝利に終わり、その変革を促したのが漢帝国の統一された強大さと社会経済の繁栄だったことを物語っている。同時に、多民族文化の融合も新しい詩体の誕生に新たな活力を与えたことも示している。

武・宣の時代は俗楽歌詩が隆盛した時期であり、その後、哀帝の楽府廃止や、後漢の楽府機構改革を経て、新声俗楽に象徴される漢代歌詩は、漢代初期の古いスタイルには戻らずに、新たな流れに沿って発展していった。その発展の過程において、相和歌辞の誕生は大きな意義がある。記録によれば、相和はもともと古い歌唱法の一つで、先秦時代にはすでに誕生しており、基本的に人の声と声を合わせるものと、人の声と楽器の音を合わせるものの二種類の形式があり、漢代になると、それをもとにした新しい音楽歌詩の演奏方法へと発展していった。初めは「最先一人唱、三人和」(最も先に一人唱し、三人和す)形式の「但歌」で、次いで「絲竹更《こもご》相和、執節者歌」(糸竹更も相和し、節を執る者歌ふ)という相和曲に発展し、さらに清調曲・平調曲・瑟調曲・楚調曲・大曲などに代表される各種の複雑な演奏形式へと発展した。現存する相和歌辞の内容を見ると、前漢はおおむね相和曲中心の時代で、後漢以降は相和諸調曲が大いに発展した時期である。相和歌辞の誕生は、まさに漢代楽府詩の最高の成果を代表している。この時期、名もない音楽家たちが漢代歌詩の発展に果たした貢献は不滅のものである。同時に、後漢以降は文人が楽府詩の制作にかかわることが多くなり、文人の楽府詩が数多く現れた。たとえば、張衡の「同声歌」、宋子侯の「董嬌鐃」、辛延年の「羽林郎」及び楽府の「君子行」「満歌行」などの無名人作の歌詩である。これは、五言と雑言を主とする楽府歌詩が漢代歌詩の主な詩体となっただけでなく、漢代文人の誦詩にも大いに影響したことを意味する。「古詩十九首」を代表とする文人五言詩は、五言の漢楽府詩から派生したものである。

以上が漢代歌詩形式の発展や変化の過程についての概要である。ここから、漢代詩歌の発展史上、賦誦体と歌詩体は二つの基本型であったことが分かる。両者の間にはある程度重なる部分や互いに影響しあう部分があるが、総体的に言えば、両者は二種類の異なる詩歌系統に属し、異なる役割を担い、異なる制作及び鑑賞者群を有する。賦誦類詩歌は主に漢代の文人の叙情の役割を担い、その主な制作者と鑑賞者は当時の文人であり、歌詩類の作品は主に宮中の貴族と社会の各階層の観賞や娯楽に供され、その主な制作者は歌舞芸術に秀でた人材であり、主な鑑賞者は宮中の貴族である。前者は文人階層が漢代に出現したことと直接関係があり、後者は漢代の歌舞や娯楽の風潮の高まりと密接に関わっている。それゆえ、中国の詩歌の発展や変化を十分に反映した漢代詩歌史を書くのであれば、漢代詩歌の形式変化という角度から始めるのが最も基本的で、最も手っ取り早い方法なのである。

三、楽府歌詩形成の環境と制作の特徴

漢代詩歌の形式の変化は、漢代詩歌史を理解する際のよい突破口となると同時に、歌詩と誦詩という二種類の詩体の異なる発展過程をより深く認識する際の助けにもなる。

（1）宮廷から民間の歌舞娯楽の盛況

漢代の歌詩芸術の隆盛は、経済の繁栄と密接に関わる。歌詩芸術は本質的には感覚に訴える芸術であり、大衆の娯楽的鑑賞に供するために誕生したものである。このような芸術形式を発展させるには、前提として物質的条件を十分に満たす必要がある。始皇帝は中国を統一すると、六国の音楽を咸陽に集め、各地の歌詩や音楽を収集、整理した。一つには、秦王朝の功徳を頌える楽曲と歌舞を作る目的で、一つには、自身の五感を満足させるためである。「秦始皇既兼天下、大侈靡。……関中離宮三百所、関外四百所、皆有鐘磬帷帳、婦女倡優」（秦の始皇既に天下を兼ね、大いに侈靡す。……関中の離宮三百所、関外四百所、皆な鐘磬帷帳、婦女倡優有り）、「婦女倡優、数巨万人、鐘鼓之楽、流漫無窮」（婦女倡優、数巨万人、鐘鼓の楽、流漫して窮まり無し）[11]。これらの記載からも秦の歌舞芸術の繁栄がうかがえるが、近年の考古学的発見が何よりの証明となる。一つは一九七七年に始皇帝陵付近から秦代の黄金の飾りを施した甬《よう》［鍾の柄］が出土し、表面に「楽府」の二文字が刻まれていた。これが秦に楽府という機関があったことを裏付ける最も信頼性の高い証拠である。もう一つは一九九九年春、秦陵考古チームが陵墓東南の内外壁の間から様々な姿をした十一体の色彩半裸百戯俑を発掘した(12)。これも実物資料が、秦の歌舞芸術全体の水準を物語っているものである。

短命に終わった秦王朝が歌詩芸術の上で見せたこれらの新たな展開は、新たな歌詩のブームは必ず新たな社会制度の繁栄とともに訪れることを予言している。前漢末と後漢末の戦乱以外は、両漢四百年の歴史は基本的に安定し、中でも前漢の武帝の前後と後漢の明・章の治世は、中国史上稀に見る盛世である。経済の発展は商品生産の交流や拡大を促進し、それが商業の繁栄をもたらして、都市の発展を刺激した。「自京師東西南北、歴山川、經郡国、諸殷富大都、無非街衢五通、商賈之所湊、万物之所殖者」（京師自《よ》り東西南北して、山川を歴て、郡国を経るに、諸《もろ》もろの殷富せる大都は、街衢五通し、商賈の湊《あつま》る所、万物の殖《ふ》ゆる所に非ざるもの無し）であり、中でも規模の大きい都市は、「燕之涿・薊、趙之邯鄲、魏之温・軹、韓之滎陽、齊之臨淄、楚之宛・陳、鄭之陽翟、三川之二周、富冠海内、皆為天下名都」（燕の涿《たく》・薊《けい》、趙の邯鄲、魏の温・軹《し》、韓の滎陽《けいよう》、斉の臨《りん》淄《し》、楚の宛・陳、鄭の陽翟《ようたく》、三川の二周は、富めること海内に冠たりて、皆な天下の名都為《た》り）であった(13)。これらの商業都市は同時に政治や文化の中心でもあり、官僚や貴族、豪商の主な住居地である。そのため都市と農村の間に大きな格差が生じた。それは同時に生産や消費の差、労働と享受の差でもあった。多くの農民が生み出した富はどんどん都市に流れ込み、統治者は労働の成果である贅沢品を身の周りに置いて、自身の感性を磨いていた。したがって、歌舞芸術鑑賞の需要は大いに高まった。「於是既庶且富、娯樂無疆。都人士女、殊異乎五方、游士擬于公侯、列肆侈于姫姜」（是に於て既に庶にして且つ富み、娯楽すること疆《かぎ》り無し。都人士女は、五方に殊異にして、遊士は公侯に擬し、列肆《し》［店］は姫姜［貴婦人］よりも侈《おご》れり(14)）、「公卿列侯親属近臣……奢侈逸豫、務広第宅、治園池、多畜奴婢、被服綺縠、設鐘鼓、備女楽」（公卿列侯親属近臣、……奢侈逸豫し、務めて第宅を広めて、園池を治め、多く奴婢を畜へ、綺穀を被服し、鐘鼓を設けて、女楽を備ふ(15)、「富者鐘鼓五楽、歌兒數曹。中者鳴竽調瑟、鄭舞趙謳」（富める者は鐘鼓五楽、歌児数曹。中ほどなる者は竽を鳴らし瑟を調し、鄭舞ひ趙謳《うた》ふ(16)）。

四百年近く続いた太平の世は、漢代歌詩の制作と鑑賞のほぼ完璧なシステムを育み、合わせて漢代の歌舞芸術制作関係を構築する二大主体―鑑賞者側から見れば、宮廷や皇室、公卿や大臣、富豪や官吏からなる大規模な鑑賞者群。制作者側から見れば、主に歌舞の芸人からなる芸術制作者集団―を生み出した。

漢代においては、宮廷や皇室が歌詩芸術の主な鑑賞者であり、同時に歌舞芸術の制作を支える主な経済実体でもある。高祖劉邦をはじめ、漢代の帝王はその大半が歌舞や詩楽を好み、宮中の皇后や妃の中には歌舞に長じた者が多かった。たとえば、文帝は歌舞を好み、寵妃の慎夫人は邯鄲生まれで、やはり歌舞が得意だった(17)。歌舞を好んだ漢代の皇帝の中で、武帝は典型的な代表であり、その現存する作品には「瓠子歌」、「秋風辞」、「天馬歌」、「西極天馬歌」、「李夫人歌」、「思奉車子侯歌」、「落葉哀蝉曲」の七首がある。皇后の衛子夫は卑賤の出身で、かつては平陽公主に仕える「謳者」（歌い手）であり、歌舞が得意な人物である(18)。寵妃の李夫人はもとは芸妓で、有名な音楽家李延年の妹であり、「妙麗善舞」（妙麗にして舞ひを善《よ》くし）たため寵愛を得た(19)。昭帝も歌舞の愛好者である(20)。元帝（劉奭）は、「鼓琴瑟、吹洞簫。自度曲、被歌声、分刌節度、窮極幼眇」（琴瑟を鼓し、洞簫を吹く。自ら曲を度《はか》り、歌声を被《かうむ》り、節度を分け刌《き》りて、幼［要］眇を窮極《きは》む(21)）と言い、昌邑王は帝位に即くや享楽に耽ったと言う(22)。成帝の時代には宮中にまた歌舞の得意な妃が二人現れた。このうち、趙飛燕は身が軽く舞いが得意なことで歴史に名を残し、その妹も同じ理由で寵愛を受け、二人とも婕妤に封じられた(23)。後漢では、章帝は「親著歌詩四章、列在食擧、又制雲台十二門詩」（親《みづか》ら歌詩四章を著し、列して食挙に在らしめ、又た雲台十二門詩を制す)[24] と言い、桓帝は「好音樂、善琴笙」(音楽を好み、琴笙を善くす)[25] と言う。さらに霊帝も歌舞や娯楽を好み、[26] 少帝劉弁も歌詩を残している。[27] この他、漢代の各諸侯、たとえば趙王劉友・城陽王劉章・広川王劉去・武帝の二人の息子である燕王劉旦と広陵王劉胥なども、みな歌が得意であった。[28] これらの漢代の統治者は、その政治特権と庶民の財産を巻き上げることによって、多くの歌舞芸人を養い、自身の鑑賞や娯楽に供することができ、しかもそれが客観的には漢代の歌舞芸術の発展を大いに促進した。

漢代の高官や豪商による歌舞芸術の愛好も、貴族のそれに少しも劣らない。漢の始めから、彼らは役者や芸人を自ら養い、歌舞を存分に楽しんでいた。しかも、地位が高く、財産が多い者ほど、養う芸人も多かった。史書にも「始皇之末、班壹避地于楼煩、致馬牛羊数千群。値漢初定、与民無禁。当孝恵、高后時、以財雄邊。出入弋獵、旌旗鼓吹」(始皇の末に、班壹は地を楼煩に避け、馬・牛・羊、数千群を致す。漢初めて定まるに値《あ》ひて、民に禁ずること無し。孝恵・高后の時に当たりて、財を以て辺に雄たり。弋猟《よくりょう》に出入するに、旌旗鼓吹あり)[29] とある。太中大夫の陸賈は、病で職を辞して故郷に帰ると「常乗安車駟馬、従歌鼓瑟侍者十人」(常に安車駟馬に乗り、歌に従ひ瑟を鼓す侍者十人)[30] といい、儒家を自称する漢初の著名な文人も、晩年はこのように歌舞や娯楽を好み、一般的な儒者のイメージとはまったく異なり、その暮らしぶりは実に瀟洒である。丞相の田蚡は「治宅甲諸第、田園極膏腴。市買郡縣器物相属于道。前堂羅鐘鼓、立曲旃。後房婦女以百数。諸奏珍物狗馬玩好、不可勝数」(宅を治むること諸第に甲たりて、田園は膏腴を極む。市に郡県の器物を買ひて道に相属《およ》ぶ。前堂には鐘鼓を羅《つら》ね、曲旃《きょくせん》［柄を曲げた旗］を立つ。後房の婦女は百を以て数ふ。諸奏・珍物・狗馬・玩好、勝《あ》げて数ふべからず)[31] と言い、丞相の張禹は「性習知音声。内奢淫、身居大第、後堂理絲竹管弦」(性習 音声を知る。内は奢淫にして、身《みづか》ら大第に居し、後堂には絲竹管弦を理《をさ》む) と言う。張禹はまた弟子を大勢育てたが、中でも戴崇はその位は少府九卿に達し、やはり歌舞音曲をたいへん好み、張禹の家を訪れると決まって、師である張禹に頼み「置酒設楽与弟子相娯。禹将崇入後堂飲食、婦女相對、優人管弦鏗鏘極樂、昏夜乃罷」（置酒して楽を設けて弟子と相娯しむ。禹、崇を将《もつ》て後堂に入れて飲食し、婦女相対し、優人管弦鏗鏘《こうしょう》として楽しみを極め、昏夜に乃ち罷《や》む[32]）と言う。元帝の時には「五侯群弟、争為奢侈、賂遺珍寶、四面而至。後庭姫妾、各数十人。僮奴以千百数。羅鐘磬、舞鄭女、作倡優、狗馬馳逐」（五侯の群弟、争ひて奢移を為し、賂遺珍宝、四面よりして至る。後廷の姫妾、各おの数十人。僮奴は千百を以て数ふ。鐘磬を羅ね、鄭女を舞はしめ、倡優を作し、狗馬馳せ逐ふ[33]）と言い、博学多才の馬融は「善鼓琴、好吹笛、……常坐高堂、施絳紗帳、前授生徒、後列女楽」（善く琴を鼓し、笛を吹くことを好み、……常に高堂に坐し、絳紗の帳を施し、前には生徒に授け、後には女楽を列《なら》ぶ[34]）と言う。

漢代の宮中の貴族、高官や豪商及び庶民による歌舞芸術の享楽的な鑑賞の需要に応えるには、客観的に見て、歌舞を専門とする大規模な芸人の一団が必要である。『漢書』礼楽志の記録によると、漢の哀帝即位時に、朝廷の楽府だけで各種の歌舞芸人が八二九人いたといい、これには太楽所属の人数は含まれない。高官や豪商が個人で養っていた芸人は、数人単位から、多ければ数十人から数百人いて、「内多怨女、外多曠夫」（内に怨女多く、外に曠夫［独身男子］多し）と言われるほどであった。宮廷内での祭祀や祝宴、日常の娯楽のために養っていた歌舞芸人に至っては、その数を知るよしもない。これらすべての人数を合わせてみれば、漢代全体で歌舞芸術の専門要員がいかに多かったか、想像できよう。

両漢のこうした専門芸術家の出身には、主に三つあった。一つは民間から、二つめは宮廷の音楽機関の楽師が代々継承する場合、三つめは官僚や貴族の子弟が音楽の教育を受けた場合である。この中で、漢代の歌舞音曲の発展により大きく影響を及ぼしたのは、俗楽新声を扱う民間出身の歌舞芸人である。国力の増大、都市の繁栄、庶民の富裕化、宮廷の贅沢嗜好などによって、漢代では歌舞や娯楽の風潮が盛んであった。このような状況でなければ、歌舞音曲の活動が一大産業になり得なかったであろう。地域によっては、これを生計をたてる手段とする者まで現れ、その地域特有の民間風習や伝統を形成した。その中で最も典型的なのは、燕と趙の境に位置する中山である。これに関しては、司馬遷が『史記』貨殖列伝の中で具体的に描いている。

　中山地薄人衆、猶有沙丘紂淫地餘民、民俗懁急、仰機利而食。丈夫相聚遊戯、悲歌慷慨、起則相随椎剽、休則掘塚作巧姦冶、多美物、為倡優。女子則鼓鳴瑟、跕屣、游媚貴富、入後宮、遍諸侯。

　中山は地薄く人衆《おほ》く、猶ほ沙丘紂の淫地の余民有り、民俗懁急《けんきふ》にして、機利を仰いで食す。丈夫相聚《あつ》まりて遊戯し、悲歌慷慨し、起てば則ち相随ひて椎剽《ついひょう》［殺人強盗］し、休めば則ち冢を掘り巧を作して姦冶し、美物多く、倡優を為す。女子は則ち鳴瑟を鼓し、屣《くつ》を跕《ひ》きて、貴富に遊媚し、後宮に入り、諸侯に遍《あまね》し。[35]

　今夫趙女鄭姫、設形容、揳鳴琴、揄長袂、躡利屣、目挑心招、出不遠千里、不擇老少者、奔富厚也。

　今夫《そ》れ趙女・鄭姫、形容を設け、鳴琴を揳《ひ》き、長き袂を揄《たら》し、利《するど》き屣《くつ》を躡《ふ》み、目にて挑み心に招き、出づるに千里を遠しとせず、老少を択ばざるは、富厚に奔るなり。［司馬遷『史記』三二七一頁[36]］

中山の歌舞芸人以外に、他所出身の歌舞芸人も数多く、地方から都市へ続々と流れ込んだ。彼らの地位は低く、そのため史書にはその名前の大半は残らない。ただ、それでも史書の中からかすかな手がかりを見つけ、その盛況を推測することはできる。たとえば『漢書』礼楽志に哀帝が楽府を廃止したことを記す中で、意図せず貴重な名簿を残してくれている。そこには「邯鄲鼓員、江南鼓員、淮南鼓員、巴兪鼓員、楚厳鼓員、梁皇鼓員、臨淮鼓員、茲邡鼓員、鄭四会員、沛吹鼓員、陳吹鼓員、東海鼓員、楚鼓員、秦倡員、楚四会員、銚四会員、斉四会員、蔡謳員、斉謳員」などが含まれる。歌舞の上演に携わる人が、必ずしもこれらの地域出身とは限らないが、その大半がこれらの地域から都に来たと確信することはできる。

両漢の貴族や高官、豪商を主とする歌舞の娯楽的鑑賞の需要が、漢代において歌舞上演を生業とする芸術制作者を多数生み出した。この両者が漢代特有の歌舞芸術制作を巡る関係を築き、それが両漢の歌舞芸術制作を大きく推進して、相和を中心とする漢楽府歌舞芸術の誕生につながった。このことは、階級社会が始まって以来、芸術の発展や繁栄は、基本的に社会生産の一般原則による制限を受けていることを今一度、示している。漢代の一般的な生産関係が、漢代の芸術制作関係を左右するのである。物質生産の不平等な分業と、財産の不平等的な分配は、すぐさま芸術制作の不平等な分業と、精神的享受の不平等な分配を生み出す。芸術制作は、一定の経済条件を基礎としなければならないが、両漢の物的財産の大半は貴族や高官、豪商が独占しており、彼らが自ずと歌舞芸術の主な鑑賞者となり、あまたの庶民は統治者のような芸術鑑賞の権利は奪われ、奴隷のように終日働き、糊口を凌ぐしかなかった。芸術家たちは統治者の歌舞享楽の道具となり、彼らの芸術家としての生涯は、美の追求のためというより、生きていくために最低限必要であったといえよう。同時に、社会全体の物質生産水準の制限も受け、両漢の歌舞芸術、特に専門芸術家の高水準の専門演技は、社会全体に普及することはなく、富貴な上流階層だけが独占できた。そのため、圧倒的多数の庶民はより質の高い専門的な芸術や演技を観賞する機会を奪われた。このような制作者と鑑賞者の特殊な関係があるため、我々が漢代詩歌の制作について研究し、認識する際には、宮廷の貴族に目を向けるしかなく、真に質の高い大衆芸術や民間芸術は、当時はまだ成立困難であった。

しかし、西周や春秋時代の封建領主式の貴族社会と比べると、両漢の地主制社会は一定程度、進歩はしている。世襲式の貴族社会の等級による制約を打破し、新たに地主階級が出現し、大規模な封建官僚社会の仕組みが誕生し、都市の商人が増加して、市民階層が出現したことによって、漢代の社会は先秦の貴族社会に比べ、より多くの人が歌舞芸術の鑑賞者側に加われるようになった。その一方で、社会全体の物質生産力の向上と物的財産の増加によって、より多くの人が芸術制作に携われるようにもなった。しかも、空前の規模の国家統一、民族文化の融合、前代の芸術遺産のより多くの継承なども、両漢の歌舞芸術の制作を様々な面から豊富にし、推進した。まさにこれらすべてが漢代の歌舞芸術の繁栄を促したのである。

（2）楽官制度の設立と楽府の盛衰

両漢社会において宮廷から民間に至る歌舞娯楽の繁栄は、漢代の歌詩芸術に大きな発展をもたらした。この過程の中で、漢代の礼節と音楽の機関「楽府」が重大な役割を果たした。班固の『漢書』芸文志には、「自孝武立楽府而采歌謡、于是有代趙之謳、秦楚之風。皆感于哀楽、縁事而發。亦可以觀風俗、知薄厚云」（孝武、楽府を立てて歌謡を采《と》りて自《よ》り、是に于《おい》て代・趙の謳、秦・楚の風有り。皆な哀楽に感じ、事に縁りて発す。亦た以て風俗を観て、薄厚を知るべしと云ふ[37]）とあり、ここから後代の学者は漢代の「歌詩」を「楽府」、あるいは「楽府詩」と呼ぶ。

三代以来、特に周代に礼楽文化が形成されてから、礼楽制度は中国古代の封建社会における政治制度の重要な要素になったことは知られている。しかし、秦漢以降、春秋後期と戦国時代以来の俗楽の発展と礼楽制度の衰退により、国家の礼楽組織の制定に変化が現れ、音楽が社会生活の中で担う役割によって、太常と少府の二つの機関が責任を負うこととなった。その中で、太常は国が宗廟で行う祭祀と各種儀礼の中で用いる雅楽を、少府は宮廷内部で用いる儀式用の音楽と娯楽用の音楽を掌り、この役割は非常に明確であった。しかし、漢の武帝の時代に入ると、この構造に重大な変化が現れた。『漢書』礼楽志には以下のようにある。

至武帝定郊祀之礼、祠太一于甘泉、就乾位也。祭后土于汾陰、澤中方丘也。乃立樂府、采詩夜誦。有趙、代、秦、楚之謳。以李延年為協律都尉、多擧司馬相如等數十人造為詩賦、略論律呂、以合八音之調、作十九章之歌。以正月上辛用事甘泉圜丘、使童男女七十人倶歌、昏祠至明。夜常有神光如流星、止集於祠壇、天子自竹宮而望拜、百官侍祠者數百人、皆肅然動心焉。

武帝の郊祀の礼を定むるに至りて、太一を甘泉に祠《まつ》りて、乾位［都の西北］に就《つ》くるなり。后土を汾陰に祭るは、沢中の方丘なり。乃ち楽府を立て、詩を采して夜誦す。趙・代・秦・楚の謳有り。李延年を以て協律都尉と為し、多く司馬相如等数十人を挙げて詩賦を造り為し、律呂を略論し、以て八音の調に合はせ、十九章の歌を作りたり。正月上辛［郊天日］を以て甘泉の圜丘に用事し、童男女七十人をして倶《とも》に歌はしめ、昏《くれ》に祠りて明《あけ》に至る。夜常《つね》に神光の流星の如き有りて、祠壇に止り集まり、天子竹宮自《よ》りして望拝すれば、

百官と祠に侍る者数百人、皆な粛然として心を動かせり。(38)

ここから分かるように、郊祀の礼に合わせるために、漢の武帝は以下のことを行った。第一に、当時「新声変曲」で有名な音楽家であった李延年に楽府を統括させた。第二に、司馬相如など数十名の有名な文人を登用し、新しく神を賛美する歌詩を作り、律呂を簡略にまとめ、八音の調に合わせて十九章の歌を作った。第三に、人を派遣して各地の歌詩を収集し、夜に誦するのに用い、歌人七十人を集め、歌舞を訓練させ、二十五弦と空侯琴瑟を作った。中国史においては、帝王が功績を遂げた後、音楽を作るのは珍しいことではなく、後世の封建社会の各王朝は、どれも新しい祭祀用の礼楽を作ったが、なぜ後代の学者たちは漢の武帝が郊祀の音楽製作のために、楽府を拡充したことにだけ、特別に注目しているのだろうか。その原因には以下の二点がある。

一、漢の武帝は「新声変曲」に音楽をつけ郊祀に用いたことは、客観的に見て先秦以来、正式な場に登場できなかった世俗音楽、つまり新声（鄭声）の合法的な地位を認めたことを意味し、新声の漢代における順調な発展に道を開くこととなった。

新声は「鄭声」とも呼ばれ、元々は春秋後期から発展してきた世俗芸術であり、それは上演形式にせよ、内容にせよ伝統的な雅楽の精神とは異なるので、孔子は憎らしげにこう言った、「悪紫之奪朱也、悪鄭聲之亂雅樂也。」（紫の朱を奪ふを悪《にく》むなり、鄭声の雅楽を乱すを悪むなり）［『論語』「陽貨」］。さらに「放鄭聲、遠佞人。鄭聲淫、佞人殆」（鄭声を放ち、佞人を遠ざく。鄭声は淫にして、佞人は殆《あやふ》し）［『論語』「衛霊公」］と主張した。孔子の弟子である子夏は鄭声を新楽と称し、その特徴について活き活きと叙述した。「今夫新樂、進俯退俯、姦聲以濫、溺而不止。及優侏儒獶雜、子女不知父子、楽終不可以語、不可以道古。此新樂之發也」（今夫《そ》れ新楽は、進むも俯し退くも俯し、姦声以て濫《あふ》れ、溺れて止まらず。〔俳〕優・侏儒の獿《い》り雑《まじ》り、子女の父子を知らざるに及んで、楽終《つひ》に以て語る可からず、以て古を道《い》ふ可からず。此れ新楽の発すればなり）〔『礼記』楽記〕。新声は儒家の文芸に対する審美標準には合わなかったが、新興地主階級の娯楽的な需要を満たした。よって新楽は戦国時代に大きな発展を遂げたのである。最も古代を好んだ君主、魏文侯は「端冕聴古樂、則唯恐臥、聴鄭衛之聲、則不知倦。」（端冕《たんべん》〔礼装〕して古楽を聴けば、則ち唯だ臥することを恐れ、鄭衛の音を聴けば、則ち倦むを知らず）〔『礼記』楽記〕と言い、斉王は孟子の前で直接「寡人非能好先王之楽也、直好世俗之楽耳」（寡人、能《よ》く先王の楽を好むに非ざるなり、直《た》だ世俗の楽を好むのみ）〔『孟子』梁恵王下〕と言ったほどであった。

新声は戦国以降の社会で幅広く流行っていたが、儒家の正統思想の影響があるため、正式的な場には登場できないので、その発展がずっと大きく制限されていた。漢武帝が楽府を掲げる一つの重要な措置は、歌舞芸人である李延年を協律都尉に任命し、新声によって朝廷の祭祀歌詩に音楽を配したことである。私たちは、礼儀を制定し音楽を作ることは、朝廷の厳かな大事であって、先秦から漢代までの国家の祭祀音楽で演奏されたのは全部雅楽であり、その楽舞も皆「出身良き若者」を採用したことを知っている[39]。しかし、漢武帝は太一天地などの祠を設立したときに、製氏と河間献王の雅楽を使ってそれに配することはなく、また儒学者を任用して復古の論証や模造をすることもしないで、低い階層出身の歌舞芸人である李延年を「協律都尉」に引き上げて、もともと雅楽の範疇に属する郊外祭祀音楽に「新声曲」を配した。これは、秦、春秋末期以来の「雅楽」と「新声」との間の闘争が、新興地主階級の興起と漢帝国の繁栄につれて、雅楽の衰微と「新声」の旺盛、及び合法的地位の取得に終わったことの客観的なしるしとなっているのである。

二、漢武帝が「新声変曲」を利用して、郊外祭祀のために音楽を加えることは、芸術生産の角度からいえば、行政的力を借りて、先秦時代から誕生した世俗音楽、すなわち新声の発展を推し進めた。

芸術生産理論によれば、封建社会の宗教歌舞芸術も当時の芸術生産の重要な部分であり、しかも比較的特殊なものである。なぜかというと、封建社会では、宗教芸術は朝廷の中で本来とても重要な地位を占め、特に漢武帝が郊外祭祀の儀礼を定めるような重大な宗教歌舞礼儀の創設は、客観的にはひとつの時代の歌舞芸術の発展に大きな推進作用があるからである。それも二つの面に現れる。
一、厳かな朝廷祭祀活動には多く専門芸術人材が必要であり、これがある程度、朝廷の人材育成の温室だと考えられる。この点に関しては、歴史上に明確な記載がある。たとえば上にも引用した『漢書』礼楽志の中には漢武帝が正月に甘泉に祭祀する時に「童男女七十人倶歌」とあり、また歌舞の上演を行う時には「千童羅舞成八溢、合好效歡虞泰一。九歌畢奏斐然殊、鳴琴竽瑟会軒朱」（千童羅《なら》び舞ひて八溢［縦横八人の舞列］を成し、合して好しく歓びを効《いた》して泰一［太一］を虞《たの》しましむ。九歌 畢《ことごと》く奏して斐然として殊たり、鳴琴竽瑟 軒の朱なるに会《つど》ふ）とある。(40) 武帝の時代に楽府の中で使われる歌舞芸人がどのぐらいいたのかは、史書の中に明確な記載がないが、哀帝時代に楽府を廃止するとき、一度に四四一人減らし、その他三八八人を太楽に配属させたということから、当時の歌舞芸人の多さを窺い知ることができる。哀帝から後漢までは、朝廷には楽府の官署がないが、朝廷の祭祀儀礼音楽を統領する太楽あるいは太予楽などの機構はまだ設置されていた。『東観漢記』楽志には蔡邕の「礼楽志」を引用し、「漢楽四品、一曰大予樂。典郊廟、上陵殿諸食挙之樂。……二曰周頌雅樂。典辟雍、饗射、六宗、社稷之樂。……三曰黄門鼓吹。天子所以宴樂群臣也。……其短簫鐃歌、軍楽也」（漢楽四品、一は大予楽と曰ふ。典郊廟・上陵殿諸食挙の楽なり。……二は周頌雅楽と曰ふ。典辟雍・饗射・六宗・社稷の楽なり。……三は黄門鼓吹と曰ふ。天子の宴して群臣を楽しましむる所以《ゆゑん》なり。……其の短簫鐃歌は、軍楽なり）[41]という。「四品」は、大体、朝廷雅楽の範疇に属する。この四品楽の正常な上演を保つには、国家に厖大な歌舞音楽チームがなければならない。

二、漢武帝が楽府を拡大した主な理由は、宗教祭祀のために新しい宗教祭祀の歌をたくさんを作ったが、同時に先秦の旧制を模倣し、各地へ歌謡を採集に行って夜に歌うなどして、それで漢楽府はこれから単なる宗教祭祀活動に奉公する朝廷の音楽機関だけではなく、各種歌詩芸術を採集し、保存し演じる多機能な音楽機関になったがためである。

歌謡の採集についてだけでも、『漢書』芸文志に、「自孝武立楽府而采歌謡、于是有趙代之謳、秦楚之風。皆感于哀楽、縁事而発。亦可以観風俗、知厚薄云」（孝武、楽府を立てて歌謡を采《と》りて自《よ》り、是に于《おい》て趙・代の謳、秦・楚の風有り。皆な哀楽に感じ、事に縁りて発す。亦た以て風俗を観て、厚薄を知るべしと云ふ）という（上記）。「観風俗、知厚薄」（風俗を観て、厚薄を知る）などは、実はその機能の一部だけであり、そのほかにも当時の各階級の貴族、後宮女子、文人および歌舞芸人の歌をたくさん採集し保存したので、客観的には、漢楽府は漢代各種歌詩の収集の場となった。班固が『漢書』芸文志を書く時、歌詩二十八家、三百十四篇を記載した。これから漢楽府が漢代歌詩芸術の発展に大きく貢献したことが分かる。漢哀帝が楽府を廃止させてから後漢末期まで、朝廷は再び楽府を設立しなかったが、楽府の影響は依然として存在する。後漢の蔡邕のいう「漢楽四品」は名義上は雅楽のことであるが、品ごとに俗楽の成分が含まれる。とくに天子が群臣を楽しませる黄門鼓吹の中には、俗楽がすでに大きな比重を占めていた。いわゆる短簫鐃歌は、さらに前漢時代の俗楽が雅化してできたものである。宮廷貴族、大官、富豪大商人などの間に大量に流行っていた享楽を主とする俗楽に至っては、後漢以降、相和歌を主とする芸術形式を形成し、両漢時代の礼楽制度の建設とも大きな関係がある。

後世の人が漢代以降の音楽や歌舞と結合した芸術を楽府と称することは、ちょうど、漢代社会楽官制度の建設が中国古代詩歌芸術の発展に貢献したことに対する最もよい説明となる。

（3）漢代歌詩芸術生産の基本的な特徴

両漢社会の歌詩芸術生産は先秦社会の芸術生産の上に発展したのであり、先秦時代の歌詩生産の伝統を部分的に受け継いでいる。生産力水準の低下と財産分配制度の不平等により、両漢時代では、国家の宗教政治の需要と統治者の享楽はやはり両漢社会歌詩芸術生産の主な消費主体であり、それに応じた詩歌芸術生産形式はやはり歌舞芸人の寄食式（あるいは支配階級による囲い込み制または官養制）を主とする。当時、朝廷に寄食する雅楽人材にはいくつかの分類があった。第一は先秦からの世襲の音楽家であり、第二は先秦の政策を受け継いで新しくできた楽府機構の中の役人と音楽人材であり、第三は開国の君主劉邦を記念するために特設された寺院の歌舞芸人である。これらは膨大な集団である。この集団は武帝と宣帝の時代の発展を経て甚大な人数となった。具体的な人数は、『漢書』礼楽志によれば、哀帝が最初に即位した時、楽府だけでも八二九人にのぼり、他にもまだ太楽と掖廷楽の中の音楽者が含まれる。このことから、当時朝廷に寄食していた歌舞芸人の人数だけではなく、同時にこれらの歌舞芸術人員の職務もわかる。つまり、その中には楽器を演奏する人もいるし、踊りや歌などの演技を専門とする人もいるし、またそれに関わるさまざまな役割を担う人々がいる。

先秦時代と異なり、俗楽の生産を主とする寄食式生産方式は漢代社会で大きな発展を遂げた。漢代では、宮廷に寄食する歌舞芸人が大勢いただけではなく、大官、豪族などの家に寄食する歌舞芸人の人数も明らかに増加していた。たとえば、『西京雑記』に、漢高祖時代の戚夫人は「善為翹袖折腰之舞、歌『出塞』、『入塞』、『望帰』

之曲、侍婦数百皆習之。後宮斉首高唱、声入雲霄」（善《よ》く翹袖折腰の舞を為し、「出塞」、「入塞」、「望帰」の曲を歌ひ、侍婦数百は皆な之を習ふ。後宮首《かうべ》を斉《ひと》しくして高唱し、声は雲霄に入る）[42]とある。漢武帝の時代に近郊祭祀の歌舞を演じる時も、「千童羅舞成八溢、合好效歓虞泰一」（既出）とある。その時の歌舞享楽の旺盛さが窺い知れる。そして、「公卿列侯親属近臣……奢侈逸予、務広第宅、治園池、多畜奴婢、被服綺縠、設鐘鼓、備女楽[43]」、「富者鐘鼓五楽、歌児数曹。中者鳴竽調瑟、鄭舞趙謳」（既出）[44]ともある。成帝と哀帝の境には歌舞がもっと盛んになった。「黄門名倡丙彊、景武之属、富顕於世、貴戚五侯定陵・富平外戚之家、淫侈過度、至与人主争女楽」（黄門の名倡丙彊・景武の属は、富は世に顕はれ、貴戚の五侯定陵・富平外戚の家は、淫侈は度を過ぎ、人主と女楽を争ふに至る）[45]。漢代社会の経済の発展と統治者の娯楽需要の増強につれて、それらの宮廷、貴族、大官、大富豪の家に寄食する歌舞芸人は、客観的には新声の生産と伝播の主な芸術生産者になり、この厖大な集団は、漢代歌詩芸術を新しい方向へと発展させる主動的推進力となった。その中でも最も優れた代表が李延年である。彼の漢代詩歌の発展史における役割は四つ挙げられる。第一は、新声曲を創作したことである。『史記』佞幸列伝、『漢書』李夫人伝によれば、李延年は「性知音、善歌舞」であり、「毎為新声変曲、聞者莫不感動」（既出）という。明らかに李延年は優れた歌舞芸人で、非凡な芸術才能を持ち、数多くの新曲を創作した。中でも「北方に佳人有り」は絶唱と言える。その詩に、「北方有佳人、絶世而独立。一顧傾人城、再顧傾人国。寧不知傾城与傾国、佳人難再得」（北方に佳人あり、世を絶して独り立つ。一顧して人の城を傾け、再顧して人の国を傾く。寧《いづく》んぞ傾城と傾国とを知らざらん、佳人再びは得難し）とある。漢武帝はこの詩を大いに気に入り、それによって著者の妹の李夫人も漢武帝に寵愛された。これは美人を描写し性情を表現する娯楽作であり、当時の宮廷享楽歌舞芸術の代表作として見ることができる。第二は、寺院での祭事詩歌に音楽を加えたことである。漢代初期、雅楽が衰微し、それに漢武帝は河間献王の奉った雅楽が気に入らないので、李延年に「郊祀歌」十九章に音楽をつけさせた。それは新声曲を朝廷の祭りに使う先例を作った。これらの新しい音楽は、強い創造性と芸術観賞性が備わっており、いわゆる「造此新音永久長」（此の新音を造りて永久に長からん）であり、これは後世の神社音楽に大きな影響を与えた。第三は、西域から伝来した胡楽、すなわち横吹曲を脚色し、西域音楽を中国で広く伝播させたことである。横吹曲はもともと漢代から流行った西域の音楽で、その伝播過程について、西晋の崔豹は『古今注』音楽の中で「横吹、胡楽也。張博望入西域、伝其法於西京、唯得『摩訶兜勒』一曲。李延年因胡曲、更造新聲二十八解、乗輿以為武楽。後漢以給辺将、和帝時、万人将軍得用之」（横吹は、胡楽なり。張博望、西域に入り、其の法を西京に伝へしに、唯だ『摩訶兜勒』一曲を得しのみ。李延年は胡曲に因りて、新声二十八解を更《あらた》め造り、輿に乗じて以て武楽と為したり。後漢以て辺将に給し、和帝の時に、万人将軍之《これ》を用いるを得たり）(46)という。李延年は異域の音楽を吸収、脚色、伝播させた点で大きな貢献をした。第四に、世俗音楽を脚色したことである。漢代には、「薤露」「蒿里」という二首の有名な詩がある。崔豹『古今注』に「並喪歌也。出田横門人。横自殺、門人傷之、為作悲歌。言、人命如薤上之露、易晞滅也。亦謂、人死魂魄鬼帰於蒿裡。故有二章。……至孝武時、李延年乃分二章為二曲、『薤露』送王公貴人、『蒿里』送士大夫庶人」（並びに喪歌なり。田横の門人に出づ。横自ら殺し、門人は之を傷みて、為に悲歌を作る。言はく、人の命は薤の上の露の如し、晞《かは》きて滅び易きなり、と。亦た謂はく、人死せば魂魄蒿里に帰す、と。故《もと》二章有り。……孝武の時に至りて、李延年乃ち二章を分かちて二曲と為し、『薤露』は王公貴人に送り、『蒿里』は士大夫庶人に送りたり）(47)とある。一例だけではあるが、これによって李延年が当時民間に伝わっていた歌詩作品を創作し、編集したことがわかる。以上の四点は、李延年が漢代歌詩の生産史に貢献したものであり、同時に寄食式が漢代歌詩生産に大きな影響を与えたことを示している。

寄食式は漢代社会の歌詩芸術生産においては主流のしくみである。同時に、漢代都市の繁栄と商品経済の発展につれて、他の資本主義社会の性質を持った歌詩芸術生産方式、すなわち売芸式もある程度発展したことは注目すべきことである。

両漢時代に、芸を売って生活する演出団体があるかどうかは、歴史に直接的な記載はないが、関連史料から推測することができる。『宋書』楽志に「凡楽章古辞、今之存者、並漢世街陌謡謳。『江南可采蓮』、『烏生』、『十五』、『白頭吟』之属是也」（凡そ楽章の古辞にて、今の存する者は、並びに漢の世の街陌謡謳なり。『江南可采蓮』、『烏生』、『十五』、『白頭吟』の属《たぐひ》は是《これ》なり(48)）とあり、『晋書』楽志にも、「『相和』、漢旧歌也。糸竹更相和、執節者歌」（『相和』は、漢の旧歌なり。糸竹更《こもご》も相和し、節を執る者歌ふ(49)）とある。この二つの言葉を分析すれば、第一に、「江南可采蓮」「烏生十五子」「白頭吟」などは「街陌謡謳」に属すること、第二に、当時この類の歌は相和曲に属し、歌の演奏は「糸竹更相和、執節者歌」であることがわかる。この二種類の状況について合理的に解釈できるのは、それらは当時、芸を売って生活する民間歌舞団体が作ったということである。『漢書』周勃伝に、周勃は最初「常以吹簫給喪事」（常に簫を吹くを以て喪事《ごと》に給す）とあり、顔師古注に「吹簫以楽喪賓、若楽人也」（簫を吹きて以て喪賓を楽しましむること、楽人の若きなり(50)）とある。周勃のような楽人は当時、葬式に服務する民間団体に属するはずである。『塩鉄論』散不足にも「今俗因人之喪以求酒肉、幸与小坐而責辦、歌舞俳優、連笑伎戯」（今の俗、人の喪に因りて以て酒肉を求め、幸ひに小坐に与《あづか》れば責辦《せきべん》「酒食を要求」するは、歌舞・俳優、連笑・伎戯なり(51)）とあり、これも当時の社会でこのような民間で活躍している歌舞団体が存在することを証明している。そうでなければ、誰かの家に葬式があったらといって、どうしてすぐ歌舞芸人伎を雇って、いろいろな出し物を演じることができたであろうか。情理から推測すれば、漢代社会では大官貴族、大富豪の家は完全に自分に仕える歌舞芸人を養えるが、もっと大勢の中下層商人、地主及び官吏はこのような歌舞芸人を養えるわけではなく、自らの歌舞音楽の需要を満たそうとすれば、最もよい方法は臨時に民間の歌舞団体を雇って出し物を演じてもらうことだろう。現存する文献記載と出土文物から、漢代歌舞芸術の上演は、場面が大きく、出し物も多い時があり、それらは、全て私人歌人の上演とは限らず、民間の芸を売って生計を立てていた歌舞芸術団体も含まれていたはずである。

寄食式と売芸式芸術生産方式の他に、自己娯楽式も漢代芸術生産のもう一種の重要な方式である。本来、芸術生産の源から言えば、自己娯楽式はもっとも古く、もっとも原始的な芸術生産方式である。祖先の芸術生産は最初は自己娯楽式である。階級と分業が誕生してから、寄食式が芸術生産水準を代表する主な方式となった。しかし、自己娯楽式がそれで消えたのではなく、新しい形式で前に向かって発展していった。一つは数多い群衆の自己娯楽式の歌詩芸術生産、一つは宮廷貴族及び官僚文人の自己娯楽式の歌唱である。発展し続ける寄食式、ある程度の規模を見せはじめた売芸式、世俗の情を書く自己娯楽式は、漢代歌詩生産の三大方式であり、漢代歌詩生産の基本的な特徴でもある。それらは異なる面から、漢代歌詩生産を前に向かって発展するよう推進し、それぞれに漢代歌詩生産の繁栄を促進した(52)。

以上、私たちは、漢代歌詩の発展盛況、漢武帝が楽府を設立した意義、漢代歌詩芸術生産の基本的な特徴の三つの方面から、歴史文化転換後の両漢歌詩生産の総体状況を総括して論述した。そして、社会生産の一部門としての両漢詩歌の発展は、主に文人や士大夫が作った誦詩とは確かに異なる特徴があることを説明した。ここで、私たちが特に両漢社会の歌詩芸術生産を強調するのは、生産者と消費目的両面の分類は、私たちが漢代詩歌を認識する際に重要な意味を持つからである。生産者の角度から言えば、私たちは漢代の歌詩を、帝王貴族歌詩、文人詩歌、民間詩歌と無名氏芸人歌詩の四つの主な状況に分けることができ、その中で、無名氏の芸人歌詩は主体的位置を占めるが、これは芸術消費の重要な特徴の一つである。消費目的の違いからは、私たちは漢代の歌詩を、主に祭祀宴会用の宮廷雅楽歌詩と社会各階層の芸術消費用俗楽歌詩に分けることができる。音楽の形式からは、私たちはそれらを先秦雅楽、楚声、戦国新声に基づいて発展した新楽（相和歌辞、琴曲歌辞、舞曲歌辞、雑曲歌辞を含む）および域外から輸入した異族音楽（横吹曲と鼓吹曲を含む）の四種類に分けられる。両漢楽府歌詩の発展における歌詩類作品から言えば、私たちはこの描写の中からそれの盛衰交代の大体の脈絡が分かる。漢代初期は楚歌を主とした時代であり、漢代帝王の叙情作品であれ朝廷の礼儀楽歌であれ、全て楚辞体歌詩を主な形式としている。漢武帝時代になると、周りの民族文化と漢帝国自体の経済文化の発展の影響をともに受けて、歌詩の形式に大きな変化があり、二種の新しい歌詩芸術形式が誕生した。その一種は「漢鼓吹鐃《どう》歌」十八曲を主とした西域と北方民族の情調を帯びた歌詩で、もう一種は漢帝国本土で発展してきた相和歌詩である。相和歌そのものから言えば、前漢から後漢にかけて、まだなお徐々に発展変化する過程にある。総じて、前漢は相和曲を主とした時代であり、後漢はその他の相和諸調曲が大いに発展した時代である。

四、文人の誕生と文人詩創始の意義

中国詩歌史上、文人詩は重要な地位を占め、特に魏晋南北朝以降は、文人詩は中国詩歌史上で主導的地位を占めた。これは彼らの世の中に伝わっている作品がもっとも多く、芸術水準がもっとも高いだけではなく、文人詩は中国古典詩歌の審美伝統と発展方向を代表しているからである。中国の文人が集団として文学史の舞台に登場するのは、漢代が初めてであり、漢代詩歌史を認識する際の重要な点でもある。

（1）文人の漢代における集団としての出現

中国古代文人の詩の誕生について討論するには、まず「文人」という言葉の誕生について考えなければならない。

文献上では、「文人」という名称は、『尚書』『詩経』の中に見られる。『尚書』文侯之命に「追孝於前文人」（前文人を追孝《ついかう》す）という句があり、孔安国は「文人」を「文徳の人」と解釈する。『詩経』大雅の「江漢」には「告於文人」とある。「毛伝」は「文人、文徳之人也。」（文人とは、文徳の人なり）といい、鄭玄はさらに「有徳美見記者」（徳の美有りて記さ見《れ》し者）と解釈を加えた。明らかに、先秦時代では「文人」は「徳を有する人」のことを指していて、現在の「文人」とは異なる。しかも、「文人」という名称は、現存する先秦文献の中ではこの二箇所のみで[53]、その使用範囲の狭さが分かる。現存の前漢諸子と『史記』『漢書』の場合でも、「文人」という言葉はない。実際に最も多く「文人」という言葉を使用し、その身分について定めたのは後漢早期の王充である。『論衡』超奇篇の中で次のように言っている。

通書千篇以上、萬卷以下、弘暢雅閑、審定文讀、而以教授為人師者、通人也。杼其義旨、損益其文句、而以上書奏記、或興論立説、結連篇章者、文人、鴻儒也。……故夫能説一經者為儒生、博覽古今者為通人、采摭傳書、以上書奏記者為文人、能精思著文、連結篇章者為鴻儒。故儒生過俗人、通人勝儒生、文人逾通人、鴻儒超文人。故夫鴻儒、所謂超而又超者也。

書に通づること千篇以上、万巻以下、弘暢雅閑にして、審らかに文読を定めて、而して教授するを以て人の師為《た》る者は、通人なり。其の義旨を杼《の》べ、其の文句を損益して、以て上書・奏記し、或いは論を興し説を立て、篇章を結び連ぬる者は、文人・鴻儒なり。……故に夫《か》の能く一経を説く者は儒生為《た》り、古今を博覧する者は通人為り、伝書を采摭《さいてつ》して、以て上書・奏記する者は文人為り、能く精思して文を著し、篇章を連結する者は鴻儒為り。故に儒生は俗人に過ぎ、通人は儒生に勝り、文人は通人を踰え、鴻儒は文人を超ゆ。故に夫の鴻儒は、所謂超えて又超ゆる者なり。(54)

王充は、「儒生」「通人」「文人」「鴻儒」を、その学問の大小と書く能力の水準によって排列し、文人はただ普通の読書人とは異なり、書籍を通読したり、他人に教えたりすることができるだけではなく、「采摭傳書、以上書奏記者」(伝書を采摭して、以て上書奏記する者)であると考える。これは基本的に、文人の特性を概括し、後世の人たちがいう「文人」の概念ともおおよそ一致する。異なるところは、王充がここで強調した文人の「書」は、主に漢代の各種文章のことを指し、いわゆる「上書奏記」(書を上り記を奏し)、「興論立説」(論を興し説を立て)「結連篇章」(篇章を結連する)などは、現在の「文学」のことを指しているのではない。しかも、王充から見れば、読書人の最高境界は「文人」ではなく、「鴻儒」であり、「大道の要体」が分かり、国家のために貢献できる人を指す。

王充が「文人」と「鴻儒」をこのように理解しているから、彼は唐勒・宋玉といった人たちのことを軽視し、[55]孔子・董仲舒のような人を模範としている。そのため文を書く原則や理想を定め、「孔子曰、『文王既歿、文不在茲乎』。文王之文、傳在孔子。孔子為漢制文、傳在漢也。受天之文、文人宜遵。五經六藝為文、諸子傳書為文、造論著説為文、上書奏記為文、文德之操為文。」（孔子曰く、『文王 既に歿したれども、文茲《ここ》に在らざらんか』と『論語』子罕篇）。文王の文は、伝はりて孔子に在り。孔子は漢の為に文を制し、伝はりて漢に在《あ》り。天の文を受くれば、文人宜《よろ》しく遵《したが》ふべし。五経・六芸は文為《た》り、諸子伝書は文為り、造論・著説は文為り、上書・奏記は文為り、文徳の操は文為り）、「夫文人文章、豈徒調墨弄筆、為美麗之觀哉。載人之行、傳人之名也。善人願載、思勉為善、邪人惡載、力自禁裁。然則文人之筆、勸善懲惡也。」（夫れ文人の文章は、豈《あ》に徒《た》だに墨を調し筆を弄し、美麗の観を為すのみならんや。人の行ひを載せ、人の名を伝ふるなり。善人は載せられんことを願ひて、勉めて善を為さんことを思ひ、邪人は載せられんことを悪《にく》んで、自ら禁裁せんことを力《つと》む。然らば則ち文人の筆は、善を勧め悪を懲らすなり）、「『詩』三百、一言以蔽之、曰、「思無邪。」」『論衡』篇以十數、亦一言也、曰、「疾虚妄。」」（『詩』三百、一言にして以て之を蔽《おほ》へば、曰く、『思ひ邪《よこしま》無し』と。『論衡』は篇十を以て数ふるも、亦た一言なるや、曰く『虚妄を疾《にく》む』[56]）という。

以上のように、王充のいう「文人」についての議論は、彼自身の人生の理想を表しただけではなく、後漢時代の読書人集団の人生の理想をも表したものである。しかし実生活の中では、漢代の読書人の中で、人生の最高目標である「鴻儒」になった人は本当に少なく、王充本人も叶わなかった。大部分の人は、一生一介の書生のままで終わり、「通人」になるのはとても困難であり、「文人」になれる人はごくわずかである。だから、当時の社会では、「文人」は人々に次のような印象を残していた。

著書之人、博覽多聞、學問習熟、則能推類興文。文由外而興、未必實才與文相副也。且淺意于華葉之言、無根核之深、不見大道體要、故立功者希。安危之際、文人不與、無能建功之驗、徒能筆説之效也。

著書の人は、博覧多聞にして、学問 習熟すれば、則ち能く類を推し文を興こす。文は外由《よ》りして興こり、未だ必ずしも実才と文と相副《そ》はざるなり。且つ意を華葉の言に浅くすれば、根核の深き無く、大道の体要を見ず、故に功を立つる者希《まれ》なり。安危の際に、文人与《あづか》らず、能く功を建つる験《しるし》無く、徒《た》だ筆説の効を能くするのみなり(57)。

この言葉は、王充が『論衡』超奇篇の中で繰り返し述べようとした観点として記録したのであるが、それがかえって漢代文人の社会的イメージを生き生きと描きだしている。王充のような大志を抱く「文人」は、社会的には認められなかった人々の「文人」に対する「誤解」を解き、「文人」の志向の高さと才能の非凡さを説明しようとした。しかし、客観的には王充のような「文人」が漢代社会での機能していない状況にあることを示している。彼らは学識に満ちているが、発揮する空間がなく、功績を立てる機会がなく、それで人々に、文章を作って遊ぶことしかできない連中だというイメージを与えた。その客観的原因は、秦漢時代にできたこの新しい封建社会政治制度である。さらに、「文人」というこの社会集団の誕生も、秦漢時代の政治制度の成立によるのである。そのため、「文人」という集団の誕生のルーツと彼らの抱く人生の理想を明らかにするためには、彼らの本来の社会身分から考えなくてはならない。

漢代文人集団のルーツは、先秦社会の「士」である。「士」の周代での身分は各級貴族であり、子供のころからよい貴族教育を受け、文武兼修し、大人になれば世襲式で政治に参与する。[58] 春秋後期になると、上古詩、書、礼、楽文化伝統を継承する「文士」が決起し、中国古代の知識階層となり、彼らは「体道」（道を体する）を自らの責務とし、「三不朽」〔立徳・立功・立言。『左伝』襄公二四年にもとづく〕を自らの人生理想とし、積極的に国家政治に参与することを実践の要務とする。戦国時代の大変革は彼らに人生の理想をかなえる最高の社会舞台を提供し、百家争鳴の学術環境は彼らの思想と個性を現した。[59]

秦漢帝国の設立は、新たに中国社会政治制度を規範化し、百家争鳴の学術自由環境はもはや存在しなかった。これは漢代の「士」が読書を通じて役人になって、儒家の道徳統治理想を実現させるのに秩序に整った舞台を提供した一方、彼らに必ず封建政治制度建設の需要に従って自らを改造するよう要求した。これは最終的には儒生と文吏の融合を形成し、封建士大夫政治を定型化させた。このような封建士大夫政治定型化の過程の中で、儒生は間違いなく最大の受益者である。なぜかというと、漢初期の百年近くに渡る政治体制改良過程の中で、国家の政治統治は、専ら覇道に任せることから王者と覇道を共に使う過程、文官治国から儒生治国に変化した過程を経たのである。儒生が文官に代わって社会政治の主体となるのは、これは儒家の徳政思想と法家の法制体制を有機的に統一し、それで「内儒外法」という政治文化の模式《スタイル》が形成されたからであり、「この政治文化の模式では、上位に居る人はその下位者に対し、同時に官長、兄、師長といった三重の身分があり、同時に統治、愛情、教育の三重の義務がある。『尊を尊び、親を親とし、賢を賢とする』相互救済、吏道・父道・師道の相互浸透、『君・親・師』の三位一体の関係、これらは、再び王朝がそれに頼って自己調節し、社会を再編する、国家の維持装置となった。あわせて、これによって特別な専制官僚政治――士大夫政治が出来上がり、『君子治国』の政治思想、『士・農・工・商』の階層概念は、以後ずっと中華帝国の末期まで維持された[60]」。

しかし、漢代社会のこのような「士大夫政治」の確定は、先秦からきた「士」にとっては、身分上の順調な変化だけではなく、心身上の辛い苦難をもたらすものであった。なぜかというと、このような政治体制は先秦儒家が標榜する単純な「王道之治」ではなく、法家の「覇道」も絡んでいて、「王道」と「覇道」の結合であり、儒家の仁政思想と法家の官僚政治体制の結合であるからである。漢代の書生は官途に進もうとすると、この二方面の要求に適応しなければならなかった。王道政治は彼らに五経六義などの儒家治国の大要に熟するよう要求し、覇道政治は彼らに同時に高い行政と法治方面の管理才能を完備するよう要求する。その最高の模式は単純な儒生ではなく、「儒生」と「文官」の結合であり、これは王充が特に商鞅・陸賈・桓譚・劉向・魯連・鄒陽などの人物を崇拝する原因である。

明らかに、漢代の「文人」にとっては、「鴻儒」の境界に至るのは安易ではない。まずは歴史伝統の面から言えば、儒家の仁政礼治と法家の暴政統治との間にはずっと鋭い矛盾が存在し、これは漢代の「文人」が儒家の道徳統治理想を維持する一方、現実の中では官僚政治に服従するよう要求され、この方面で辛い改造を行う。このような改造そのものは社会実践の過程であるが、現実社会は彼らにまず実践してから政治に従事する条件を与えないで、彼らに役人になった時点でこのような能力を持つよう要求するが、それは大部分の人にとっては無理である。次は現実社会はこれらの「文人」に「官途」に進む条件を提供したが、本当に政治の高位まで登った人は一握りであり、大部分の「文人」は政治生活の下層にあり、彼らには官僚政治管理に参与する条件はなく、大体は些細なことに明け暮れ、書いた「文」も当然ながら実用性がなく、机上の空論でしかない。だから、漢代では、これらの「文人」は人々に「立派な言葉に浅はかな意味を持たせ、根の深さがない」と嘲られるのも理解できる。その結果は必ず「大道体要が見えず、ゆえに功績を立てたものは少ない」。だから、「文人」のこの称呼は、「論点を見せ、立説し、篇を連結する」角度から見れば、えらそうに見えるが、それを漢代政治社会においてある人に対する称呼とすると、多少マイナスの意味が含まれる。この点に関しては、それを「士大夫」という称呼と比較する際に一層明らかに見え、士大夫は「文人」と謙遜する時が多いが、「士大夫」こそはこの人たちが求める本当の社会身分であり、功績を立てるのも「文人」の理想的な最高の人生となる。「士大夫」は「文人」が求める本当の社会身分であり、自らの人生理想をかなえる唯一の道であるため、漢代のこれらの「文人」は自分の「文人」身分には満足しない。実は、漢代「文人」はいくら文章が上手であっても、「文を書く」そのものでは社会職業にはなれないし、「文人」の最終理想でもなく、彼らの固体能力の表れでしかない。彼は本当に一生文章で有名であっても（たとえば司馬相如・司馬遷・揚雄・張衡など）、彼の社会職業は必ず「文人」ではない。「文人」は彼が自らの社会職業の他に得た特別な称呼でしかない。それで、私たちは再び王充の心の中の「文人」に戻る際、彼が「鴻儒」を人生の最高追求とするのは、理解できるだろう。

客観的にいえば、漢代の人の心の中で「文人」の社会的地位が高くないのは、功績を立てる角度から評価するからであり、いわゆる「文章」、「墨」はもともと価値がない。三国時代、曹植は「辞賦小道。固未足以揄揚大義、彰示来世也。昔揚子雲、先朝執戟之臣耳。猶稱『壯夫不為也』。吾雖薄德、位為蕃侯、猶庶幾戮力上國、流惠下民、建永世之業、流金石之功。豈徒以翰墨為勳績、辞頌為君子哉」（辞賦は小道なり。固より未だ以て大義を揄揚《ゆよう》［称揚］し、来世に彰示するに足らざるなり。昔、揚子雲は、先朝の執戟［侍衛の官］の臣なるのみ。猶ほ「壮夫は為さざるなり」と称せしなり。吾は薄徳にして、位は蕃侯為《た》りと雖も、猶ほ力を上国に戮《あ》はせ、恵みを下民に流し、永世の業を建て、金石の功を流さんと庶幾《こひねが》ふ。豈に徒《た》だに翰墨を以て勲績《くんせき》と為し、辞頌もて君子と為すのみならんや）という。[61]確かに、揚雄のような文人にしても、辞賦をそこまで価値がないと見るし、曹植のような才子はいうまでもない。しかし、人は政治上の理想が実現できない時、「文人」は文化修養のない人よりは、後世に名を残す条件があり、それは彼には文章で自らの才能、思想を現すことができるし、もしかしたら「一家の説」になるかもしれない。「若吾志不果、吾道不行、亦將采庶官之實錄、辯時俗之得失、定仁義之衷、成一家之言。雖未能藏之于名山、將以傳之于同好」（若《も》し吾が志果たされず、吾が道行はれざれば、亦た将《まさ》に庶官の実録を采《と》り、時俗の得失を弁じ、仁義の衷を定めて、一家の言を成さんとす。未だ之を名山に蔵する能はずと雖も、将に以て之を同好に伝へんとす）(62)。彼らのこの美しい願いがかなえられるかどうかは別として、彼らのこの「興論立説、連結篇章」（論点を見せ、立説し、篇を連結する）という在り方は、すでに「文人」の称呼に値するものなのである。

（2）文人誕生の詩歌史上における意義

「文人」は漢代社会の政治的身分から見ればあまり高くない。漢代の書生が求める理想的社会身分は「士大夫」であって「文人」ではない。「文を書く」ことは彼らが自らの学識、理想を表す方法でしかない。しかし、詩歌史の角度から言えば「文人」の誕生は画期的な意味を持つ。なぜなら、それは漢代から「文人」が中国詩歌創作の主体となったしるしであり、彼らは士大夫という階層の詩歌領域での代表だからである。文人は士大夫の予備隊であり、士大夫は文人の身分でその才能と思想を表し、彼らは先秦以来の士大夫の伝統的文化精神を詩歌に注ぎ、それに彼らの政治理想と人生理想を託し、彼らの高い文章力を表している。彼らは詩歌領域に介入し、一部詩歌で有名になった集団が分裂したことにより、徐々に後世詩歌の主な創造者になり、後世詩歌の主流となってその発展方向を主導した。

中国古代詩歌は確かに最も味のある芸術であり、その中にたくさんの内容が含まれているから、「純文学」言語環境下の現代詩歌とまったく違う。この点を正しく認識しようとすれば、「文人」と「詩歌」との関係から歴史的に考察する必要がある。

歴史的にみれば、「文人」は遥か先から詩歌創作に介入していた。中国古代の詩歌芸術の一般認識から見れば、「文人」は他の社会メンバーと同じように、最初の詩歌創作者である。「毛詩大序」に「詩者、志之所之也。在心為志、發言為詩。情動于中而形于言。言之不足、故嗟嘆之。嗟嘆之不足、故永歌之。永歌之不足、不知手之舞之、足之蹈之」(詩は、志の之《ゆ》く所なり。心に在るを志と為し、言に発するを詩と為す。情、中に動きて言に形《あら》はる。之を言ひて足らず、故に之を嗟嘆す。之を嗟嘆して足らず、故に之を永く歌ふ。之を永く歌ひて足らず、手の之を舞ひ、足の之を蹈むを知らざるなり）という。

これは詩歌は人の天性から生まれることを説明している。どんな人にせよ、心に感触さえあれば、みな詩となり、「文人」もその例外ではない。しかし、以上の考証からすれば、「文人」が社会の階層として生まれたのは漢代のことであり、彼らの遠い源は先秦時代の「士」であり、「士」は社会階層としては、『詩経』の中に重要な役割を演じていた。

最初に、「士」は『詩経』作品の中で歌われる重要人物であり、抒情詩の中の主人公の一人であり、彼らのイメージは大量に「国風」の中に現れただけではなく、「雅」、「頌」にも多く現れている。『詩経』の中の「士」を分析すると、「雅」、「頌」の中では一般的に周代社会の各級貴族を指し、「国風」が指すのは大体男子の別称であるが、詳しくその社会身分を考察すれば、おおよそ下層貴族である。(63) これは「士」が『詩経』時代の抒情詩の中で最も活発な社会グループであることを示す。

次に、「士」は『詩経』の作者である。歴史的原因で、『詩経』の中の詩篇の大多数は作者の名前を残していないので、私たちがその作者の名前を考察する際に大きな困難が増えた。しかし、それにしても、詩篇そのものからも、私たちは『詩経』の中の詩、特に「大雅」と「小雅」の中の数多い詩篇の作者は、周代社会の士の階層であると思われ、ここには下層の「士」もいれば、上層の「卿」、「士大夫」もいる。それは、当時では、「士」階層は幅広く詩歌の創作に取り掛かかり、自らの感情を表し、それを自らの政治見解を表す重要な方法としていたことを物語る。これは後世の学者が『詩経』の記載中にある詩教観を指摘する根拠でもある。

第三には、先秦儒家の「士」による『詩経』の文化精神についての解釈である。「士」階層は『詩経』作品及び創作の中で重要な役割を担うだけではなく、同時に『詩経』文化精神の解釈者である。最初に『詩経』の豊富な文化的内容について系統的に解釈したのは、周代社会の士大夫階層である。孔子曰く、「『詩』三百、一言以蔽之、曰、『思無邪。』」(『詩』三百、一言以て之を蔽へば、曰く、『思ひ邪《よこしま》無し』と)[『論語』為政篇]。また曰く、「小子何莫學夫詩。詩、可以興、可以觀、可以群、可以怨。邇之事父、遠之事君。多識于鳥獸草木之名。」(小子、何ぞ夫《か》の詩を学ぶこと莫《な》きや。詩は、以て興こすべく、以て観るべく、以て群すべく、以て怨むべし。之を邇《ちか》くしては父に事《つか》へ、之を遠くしては君に事ふ。多く鳥獣草木の名を識る)[『論語』陽貨篇]と。さらに、『礼記』経解に、「孔子曰、入其国、其教可知也。其為人也、温柔敦厚、『詩』教也。其為人也、温柔敦厚而不愚、則深于『詩』者也。」(孔子曰く、其の国に入りては、其の教へを知る可きなり。其の人と為《な》りや、温柔敦厚なるは、詩の教へなり……其の人と為りや、温柔敦厚にして愚かならざるは、則ち詩に深き者なり)とある。孔子の『詩経』に対するこれらの論述は、中国古代『詩経』解釈学の門を開いただけでなく、中国古代詩歌の伝統の方向を定めた。それは後世文人の詩学観およびその詩歌の創作に大きな影響をもたらした。

まずその影響を受けたのは屈原をはじめとした辞人である。彼らは礼儀、音楽が崩壊する戦国時代に生まれ、当時の政治舞台では、陰謀による権力闘争の露骨な利益交換が、品のある詩を書いて志を言う風潮に取って代わったが、屈原を代表とした辞人は直接周代貴族士大夫の詩学精神を継承し、新しい詩体、すなわち楚辞で自らの政治感情と個人の境遇を表し、『詩経』の叙情、志を言う伝統を継承し、発展させ、直接的に漢代文人の詩の始まりを作った。

漢代文人は創作主体にせよ創作精神にせよ、先秦貴族士大夫の詩学伝統を継承し、さらに発展させる上で、中国詩歌発展の真新しい時代を開拓した。これには以下の点が含まれる。

まずは「文人」が漢代から特別な社会集団として歴史舞台に登場し、彼らは先秦時代の「士大夫」とは違う身分で詩歌の創作に参画した。先秦時代から士大夫は積極的に詩歌の創作に参画しただけではなく、中国儒家の詩学伝統の基礎まで作ったが、周代社会の士大夫と漢代の文人は社会身分の上では大きな差があり、その中で最も重要なところは、周代の士大夫は政治に従事する前には、その身分は基本的に貴族であり、その中には屈原も含まれる。彼らは世襲式社会制度の中を生き、子供のころから貴族教育を受け、大人になったら政治に従事するのは当然のことであった。それで、春秋以前は、「士大夫」という名称における「士」の貴族身分と「大夫」の官職は基本的に統一されている。しかし、戦国以降は、「士」の主体はすでに基本的に下層平民であり、彼らは「大夫」の階層の主な予備人材であるが、彼らは将来必ず役人になって「大夫」になるとは限らない。漢代になると、封建官僚政治制度が最終的に確立するにつれて、「士大夫」という名称は各級官僚の代用名となり、「文人」はただ読書人のことを指すだけで、両者に大きな関連はあるが、すでに統一体ではない。勉強の目的と進路は役人になることにあるが、その目的と理想をかなえることのできる人は少なく、大部分の書生はいくら勉強しても一介の平民でしかない。このような社会制度下にあって、「文人」は特別な社会集団になったのである。だから、彼らは先秦時代の「士」とは違う社会身分で社会活動に参与し、詩歌を創作する。

次に、漢代社会の中で勉強して役人になった幸運者からいっても、彼らが封建社会官僚政治体制の下で担う「士大夫」の官職は、先秦貴族社会の中の「士大夫」官職とは大きな差がある。周代社会においては、天子の卿から諸侯の大夫まで、彼らは一級官員だけではなく、ある地方、あるいは城の領主でもあり、天子、諸侯と切り離せない血縁関係があるかもしれない。彼らは世襲である土地とそこの庶民を統治し、世襲式である固定の官位を保っていて、彼らの経済地位と政治地位は基本的に固定し、それで世々代々貴族の各種特権を有する。漢代の官吏は完全にそうではなく、彼らの中の大部分は役人になる前は一介の平民でしかなく、役人になってから朝廷の官吏となったが、官吏の俸禄しかもらえず、世襲の土地もないし、世襲の貴族地位もない(64)。官職上の不安定は彼らがいつでも「士大夫」の身分から一介の平民に戻り得ることを前もって示している。そしていつでも変わり得る「士大夫」の官職と比べ、この人たちの平民「文人」の身分は比較的安定しており、そのため、彼らには先秦社会「士大夫」の貴族感情がない。だから詩歌創作の中で、彼らは「文人」の身分で現れる場合が多いのである。

第三に、以上の二つの違いがあるから、漢代「文人」たちの先秦『詩経』の伝統と儒家詩教への継承は、楚臣である屈原を含んだ周代社会の貴族詩人とは大きな違いがある。彼らは自分の生まれた時代に立ち、自身の社会実践、及び自分の生活に対する認識を結合し、「詩」、「騒」精神を新しく解釈し、理解していて、漢代詩歌発展の新しい方向を開拓した。これもまた三つの点に現れる。

一、彼らは「雅」、「頌」の中の賛美、風刺の伝統を継承し、さらに発展させ、漢代社会を情熱的に歌った。

国家政治に対する賛美と風刺は、本来は『詩経』雅頌の中の二大主題であり、その中で、周代社会治世に対する謳歌は『詩経』、特に雅頌の中でまた特に重要な地位を占める。司馬相如などをはじめとした漢代賦家の漢帝国へ情熱的な謳歌が、このような文化心理から発生したのである。彼らにとっては、漢代社会の繁栄は、三代の治世と比べることのできるものである。それによって誕生した文学―漢代散体大賦は、漢代文人が自覚的に『詩経』の伝統を継承し、詩歌を道具として、政治に参画し、自らの社会政治に対する関心を表し、自らの社会理想を書く芸術実践なのである。

二、彼らは『楚辞』の哀怨精神を継承し、さらに発展させ、自らの政治上の不平を悲しむ情を書いた。「毛詩大序」に「乱世之音怨以怒」（乱世の音は怨みて以て怒る）、「亡国之音哀以思」（亡国の音は哀しみて以て思ふ）とある。周社会末期に誕生した風変雅変はもともと悲しみと憎みの音に満ち、楚臣の屈原のところではこの伝統はさらに発展を遂げた。漢代の文人は乱世あるいは亡国の時期に生まれた人は少ないが、封建集権の官僚政治制度は彼らの個体生命に重い抑圧となった。そのため、治世に生まれなかったことと、才能があるが必要とされないことを悲しむのは、漢代文人の最も重要な叙情主題となった。彼らが屈原のために何かをいうか、自らの感慨を表すか、政治を風刺するか、老子・荘子に思いを寄せるかの特徴は、漢代騒体抒情詩（賦）の中に最も強く表され、漢代以降の文人抒情詩にも大きな影響を与えた。

三、彼らは『詩経』の風詩伝統を継承しながらも漢楽府の影響を受け、十分に自らの世俗的感情を表した。『詩経』「国風」はもともと世俗の歌であり、男女恋愛感情の叙情と各種世俗生活の描写が、その基本主題である。漢代文人は先秦詩歌の伝統を継承する過程の中で、『詩経』「国風」は彼らに大きな影響を与えた。政治に関心を示し、自らの政治感情を書くと同時に、世俗生活への注目を忘れてはいない。彼らは積極的に漢楽府の創作に参与するほか、「古詩十九首」を代表とした文人の五言詩を書いた。しかも、漢代文人楽府詩にせよ五言詩にせよ、男女の情、享楽、人生の短さなどは共通した叙情主題である。それらは他の面から漢代文人の生活と生命に対する態度を表し、内容、形式の両面から同時に後世文人五言詩の基礎を作り、後世の文人の五言詩の模範となった。

以上の論述からも、「文人」の誕生の、中国詩歌史における意味の大きさが分かる。漢代の「文人」集団は、先秦の「士」階層の延長上で変化してきたのであるが、その誕生には最初から鮮明な時代の刻印がある。漢代文人の特徴は最初は「文」ができることであり、この点から言えば、その存在そのものは漢代の「文学」と切り離せない縁がある。同時に、漢代の「文人」たちは最初から「文人」になることを自分の人生の最高理想とはしていないので、彼らは「文学」の中に深い政治感情を託し、『詩経』以来形成された中国詩歌の伝統と儒家の詩学精神を継承し、発展させた。同時に、漢代の「文人」はすでに先秦時代の「士」ではなく、彼らは漢代以来の封建社会官僚政治体制のもとで成長した新しい社会集団であり、秦漢政治制度が中国後世封建社会にとって創造性があるように、漢代文人の時代的遭遇と思想的感情は、後世の文人にとって多くの共同性と代表性がある。だからこそ、漢代文人が定めた中国詩歌の文化内容、叙情モデルは魏晋以降の文人文学に創造的な意味があるのである。

漢代文人が先秦詩騒伝統を継承する上で行った詩歌創作は、新しい文化内容と叙情モデルを表示しただけではなく、新しい文体形式をも表した。漢代文人詩は広義上で言えば以下の類型がある。第一は四言詩、第二は騒体詩、第三は五言詩、第四は七言詩、第五は楽府詩である。以上五種類の中で、楽府詩が歌詩に属するほかは全て誦詩に属する。これは、漢代詩歌が歌と誦の二つの方向へと発展する大切な時期に、文人が大きな役割を果たしたということである。彼らは楽府歌詩の創作に参与する他、誦詩の主な創作者でもある。彼らは『詩経』以来の四言詩を誦詩に変化させ、屈原・宋玉が築いた基礎の上に立って散体賦を「古詩之流」から漢代の主な代表的文学文体に変更し、騒体賦を個人の感情を書く最も重要な詩歌スタイルに変化させた。彼らは積極的に五言詩、七言詩の創作に参画しただけではなく、この二種類の詩歌の叙情様式を定め、魏晋以降におけるこの二種類の詩歌発展のためにしっかりと基礎を固めた。

以上、私たちは歌詩と誦賦とが異なる道筋を取ったという角度から、漢代詩歌の文体変化、及びその創作主体の変遷等の問題について概要分析をした。漢代詩歌の文体変化及び創作主体の変遷は、漢代社会の歴史変遷と緊密に関わっている。中国古代社会発展史上、漢代社会は前の時代のあとを受け継ぎ、新しく発展させる偉大な時代であり、前は秦王朝を受け継ぎ、秦王朝は中国封建地主制社会制度を開拓したとすれば、漢代はその社会制度を定着させた時代である。政治史の角度から言えば、漢代以降から清王朝滅亡まで、皇帝を中心とした中央集権式の社会制度は変化したことがない。この意味から、秦漢時代の社会変革を中国古代歴史上の後世二千年に影響を及ぼした変革と称する。詩歌史もそうであり、漢代の残された作品は多くないが、それが表してきた詩歌史変革の意味は同様に重大である。これは主に三つの点に現れる。第一は、詩体の変化である。私たちは文体の盛衰の角度から中国詩歌史を区分するならば、先秦は詩騒体時代であり、漢代から唐代までは楽府詩と五言詩、七言詩を主とする時代である。このような詩体の変化の中から、漢代詩歌の開拓的意義が十分に理解できる。第二は、文人集団の誕生である。私たちは詩歌創作主体の角度から考えれば、中国封建社会詩歌創作の主体は封建士大夫文人であり、これらの封建士大夫文人集団は、漢代封建社会政治制度ができてから誕生したのである。社会身分から言えば、漢代に誕生する文人階層は先秦時代の『詩経』「大雅」「小雅」の作者及び屈原を代表とする貴族詩人とは社会地位は大きく違い、彼らの文化に対する心理も大きく異なる。漢代のこのような文人士大夫の誕生があってから、漢代詩歌に一連の新しい時代叙情主体が誕生し、魏晋六朝以降の文人詩歌の基礎を定めたのである。第三は、審美様式の変化である。中国詩歌は春秋後期と戦国初期にまで発展すると、周代の審美様式を突破した新声俗楽が誕生し、この種類の新声俗楽は漢代社会で堂々と正式の場に出るようになり、漢代社会の主導作用のある芸術様式となった。このような芸術審美風格が典型的な形態としているのは、横吹曲、鼓吹曲、相和歌を中心とした漢楽府であり、魏晋以降の商清音楽ないし隋唐燕楽は、みなこの伝統から発展し、変化してきたのであり、それらを切り離して考えることはできない。五言詩と七言詩が徐々に後世文人詩歌創作の主要文体となったのも、漢代から始まった審美風格の変化と直接関係がある。以上の三つを根拠に、漢代詩歌を中国上古詩歌の終わり、中国中古詩歌の始まりとして捉えることができる。この歴史発展の変化の面から漢代詩歌が表した時代特徴についてよりよく把握し、一歩ずつ漢代詩歌の世界に踏み込んでいけるのである。

注

（1）漢語漢代詩歌史の時期をこのように区切るのは、ただ記述上の便宜のためである。詩歌史を書くに際しては、習慣的に問題を処理することがある。たとえば、孔融や曹操の詩の幾首かは建安以前に作られているが、しかし一般にそれらを建安文学に含めて論述し、「孔雀東南飛」は、どんなに早くても建安時代になってからの発生であるが、文学史では一般に漢代楽府の中に含めて論述している。

（2）春秋時代の「賦詩言志」は決して完全な「不歌而誦」ではなく、ただ断章取義して引用したにすぎない。引用の中で時には配楽演唱したり、時には「不歌而誦」したこともあったであろう。

（3）張松如先生の『中国詩歌史論』（吉林大学出版社、一九八五年）、趙敏俐の『漢代詩歌史論』（吉林教育出版社、一九九五年）は共にこのような広義の「漢詩」概念を採用している。

（4）『漢書』芸文志には「成相雑辞」十一篇が有る。現行本『荀子』では「成相篇」と題している。

（5）湯炳正「楚辭編纂者及其成書年代的探索」、『江漢學報』一九六三年第十期。

（6）騒体抒情詩の範疇問題については、現代の各家で見解が分かれている。たとえば馬積高『賦史』（上海古籍出版社、一九八七年）は屈原の作品全てを内に含めている。龔克昌『中国辞賦研究』（山東大学出版社、二〇〇三年）、曲徳来『漢賦綜論』（遼寧人民出版社、一九九三年）、万光治『漢賦通論』（巴蜀書社、一九八九年）、趙敏俐『漢代詩歌史論』、袁済喜『賦』（人民文学出版社、一九九四年）等は漢人が楚辞を模倣した作品および賦と名づけられた騒体の総称を騒体賦としている。ただし屈原・宋玉の作品は含めない。褚斌傑『中国古代文体概論』（北京大学出版社、一九八四年）、費振剛『全漢賦』（北京大学出版社、一九九三年）、郭建勛『楚辞与中国古代韻文』（湖南大学出版社、二〇〇一年）等では、漢人が騒体をまねた作品だけを一類と見なし、それらは騒体賦には属さないと考えている。聶石樵『先秦両漢文学史稿』はただ漢人擬騒の作だけを騒体賦と呼ぶことができるとし、漢人が楚辞を模倣して賦と名づけた作品は詩でもなく文でもない文賦と見なした。本書は龔克昌などの観点に同意し、本書を書き進めるに当たって記述上の便宜のために、それらを統一して騒体抒情詩と名づけ、騒体賦および漢人が楚辞をまねた作品の大部分をこれに含める。

（7）騒体賦の問題に関しては、前人および今人がすでに多くの関心を寄せている。たとえば、郭建勛『漢魏六朝騒体文学研究』（湖南教育出版社、一九九七年）は、これらの作品を単独に取り出して、中国文学史上の一つの独特な文体として研究している。本書において、郭建勛は散体と騒体の区別問題に対しても優れた分析をしている。しかし、郭建勛は散体賦と騒体賦二者の区分に注目しつつも、騒体賦を一つの独立した文体として認識し、これを「騒体文学」と並称していて、騒体賦と「歌詩」の間の関係については際だった注意を払っていないし、詩歌史の角度から問題を考慮するということもない。李大明などの人たちは論著において、騒体賦は本質から言って、漢代文人の抒情詩である、と認めている。しかし、騒体賦とその他の文体の間の分合推移については、特別な論述はしていない。比較して言えば、現代で最も早く騒体賦と散体賦を切り離して並べ、それを中国詩歌史体系の中に組み入れたのは、倪其心の『漢代詩歌新論』（百花洲文芸出版社、一九九二年、一三一頁）である。彼は、騒体賦を「実質的には抒情詩である」と見なしている。ただ、この書は騒体賦の源流問題に対しては突き進んだ説明はしていない。趙敏俐『漢代詩歌史論』（吉林教育出版社、一九九五年、一一四、一三四頁）は散体賦と騒体賦をすべてその中に組み入れ、二者は同じく賦という名であるが、しかし違った文体の特性をもっている、と見なした。彼は三つの方面から二者の違いについて述べ、騒体賦は更に多く屈原と宋玉『九辯』の伝統を継承していて、漢代文人の個人人格を表現した抒情詩であると考えている。しかし、まさに、上述の議論が皆「騒体賦」の概念を使用していて、しかもこの概念は漢人の擬騒体詩歌を包み込んでゆくのが難しく、読者に理解上の不都合を容易に与えてしまうが故に、本書は詩歌史の角度から、これらの騒体賦と漢人の擬楚辞を統一して「騒体抒情詩」と名づけている。

（8）鄭振鐸『中國俗文學史』、作家出版社、一九五四年、四六頁。余冠英『漢魏六朝詩論叢』、上海古典文學出版社、一九五六年、十四頁。楊生枝『楽府詩史』、青海人民出版社、一九八五年、二頁。

（9）本章のここでは概括的な論証を行っているにすぎない。詳細な論証については後頁の専章を見られたい。また、趙敏俐「論班固的『詠史詩』与文人五言詩発展成熟問題」（『北方論叢』一九九四年第一期）を参照のこと。

（10）崔豹『古今注』に「『薤露』、『蒿里』は並びに喪歌なり。田横の門人に出づ。横自ら殺し、門人之《これ》を傷みて、これが為に悲歌す。言はく、人の命は薤の上の露の如し、晞きて滅び易きなり、と。亦た謂はく、人死せば魂魄蒿里に帰す、と。……孝武の時に至りて、李延年乃ち分かちて二曲と為し、『薤露』は王公貴人に送り、「蒿里」は士大夫庶人に送りたり。柩を挽《ひ》く者をしてこれを歌は使《し》めたれば、世に呼びて挽歌と為す」とある（掃葉山房本『百子全書』、浙江古籍出版社影印、一九九八年、一一〇二頁）。この記載から、この二詩は漢初に作られて、おそらく後に李延年の手を経て潤色されたものであろうと推測される。

(11) 向宗魯『説苑校証』、中華書局、一九八七年、五一六～五一七頁。

(12) 詳しくは、段清波「秦陵発現十二尊彩絵半神裸百戯俑」（『中国文物報』一九九九年十月十三日第一版）を参照。

(13) 王利器『塩鉄論校注』、中華書局、一九九二年、二九、四一頁。

(14) 蕭統編、李善注『文選』巻一「西都賦」、中華書局、一九七七年、二三頁。

(15) 班固『漢書』成帝紀、中華書局、一九六二年、三二四～三二五頁。

(16) 王利器『塩鉄論校注』、中華書局、一九九二年、三五三頁。

(17) 『漢書』張釈之伝によると、ある時、文帝は彼女と霸陵までやって来て、「上は慎夫人に新豊道を指し示して言った、『此れが邯鄲に行く道だ』と。慎夫人に瑟を弾かせ、上自身は瑟に寄りそうて歌ったが、その思いは辛く悲しいものであった」。（班固『漢書』、二二〇九頁）

(18) 班固『漢書』孝武衛皇后、顔師古注に言う、衛皇后の死後、「杜門外大道の東に葬り、倡優雑伎千人を以て其の園を楽しましむ、故に千人聚と号す」。（班固『漢書』、中華書局、一九六二年、三九五〇頁）

(19) 『漢書』孝武李皇后に「孝武李夫人、もと倡（妓）を以て進む。初め、夫人の兄延年、性《うま》れながらにして音を知り、歌舞を善くして、武帝これを愛す。毎《つね》に新声変曲を為《つく》り、聞く者感動せざる莫し。延年上《しょう》に侍して起ちて舞い、歌いて曰く、『北方に佳人有り、世を絶ちて独り立ち、一たび顧れば人城を傾け、再び顧れば人国を傾く。寧んぞ傾城と傾国とを知らざる、佳人は再び得難し』と。上歎息して曰く、『善し、世に豈に此の人有るや』と。平陽主因りて延年に女弟有るを言ひ、上乃ち召してこれを見れば、実に妙麗にして舞ひを善くす、是に由りて幸せらるるを得たり」（『漢書』三九五一頁）とあるのによる。

（20）王嘉『拾遺記』巻六に「（前漢昭帝）始元元年、淋池を穿つ、広さ千歩。……帝時に命じて水に嬉《たわむ》れしめ、游宴すること永日。……宮人をして歌は使めて曰く、『秋は素景にして洪波に泛び、纖手を揮ひて芰荷を折る、涼風凄凄として棹歌を揚げ、雲光曙を開きて月は河に低し、万歳楽しみを為すとも豈に多しと云はん』と。帝乃ち大いに悦ぶ」（中華書局、一九八一年、一二八頁）［『太平広記』巻二三六］。また晋・葛洪『西京雑記』（四、五頁）によれば、同年、黄鵠が太液池に下り、漢の昭帝はまた自ら「黄鵠」の歌を作った、という。

（21）班固『漢書』「元帝紀」、中華書局、一九六二年、二九八頁。

（22）『漢書』霍光伝に「大行［先帝の柩］前殿に在りしに、楽府の楽器を発《ひら》いて、昌邑の楽人を引き内《い》れ、撃鼓歌吹して俳倡と作す。会《たま》たま下り還りて、前殿に上り、鐘磬を撃ちて、泰壹宗廟の楽人を輦道牟首に召し内れ、鼓吹歌舞して、悉く衆楽を奏せしめたり」（班固『漢書』、二九四〇頁）。

（23）『漢書』漢成趙皇后伝に「孝成趙皇后は、もと長安宮の人なり、初め生れし時、父母とり挙げざるも、三日死せず、乃ち収めてこれを養へり。壮となるに及んで、陽阿主の家に属し、歌舞を学んで、号して飛燕と曰ふ。成帝嘗て微《ひそ》かに行き出で、陽阿主に過りて、楽を作す。上《しょう》飛燕を見てこれを悦び、召して宮に入れ、大いに幸す。女弟有り復た召し入れて、倶に倢伃《しょうよ》［高位の女官］と為し、貴びて後宮を傾けしむ」（『漢書』三九八八頁）。

（24）司馬彪『続漢書』礼儀志中の劉昭注引蔡邕『礼楽志』、『後漢書』、中華書局、一九六五年、三一三二頁。

（25）范曄『後漢書』「桓帝紀」、三二〇頁。

（26）王嘉『拾遺記』巻六に「（霊帝）初平三年、西園に遊び、裸遊館十間を起こし、緑苔を採りて階を被《おお》い、渠水（運河）を引きて以て砌《みぎり》に繞らせば、周り流れて澄澈たり。船に乗りて以て游び漾《ただよ》い、宮人をしてこれに乗ら使む。玉色軽体なる者を選び、以て篙《さお》と楫を執りて、渠中に揺れ漾へり。其の水清澄たり、盛暑の時を以て、舟をして覆没せ使め、宮人の玉色を視る。また『招商』の歌を奏して、以て涼気を来《まね》きしなり」（一四四頁）。［『太平広記』巻二三六］

(27) 範曄『後漢書』「皇后紀」、四五一頁。
(28)『史記』呂后本紀、斉悼恵王世家、『漢書』「広川恵王越伝」、「燕刺王伝」、「広陵王劉胥伝」など参照。
(29) 班固『漢書』「敘伝」、四一九七、四一九八頁。
(30) 班固『漢書』「陸賈伝」、二一一四頁。
(31) 班固『漢書』「田蚡伝」、二三八〇頁。
(32) 班固『漢書』「張禹伝」、三三四九頁。
(33) 班固『漢書』「元後伝」、四〇二三頁。
(34) 範曄『後漢書』「馬融列伝」、一九七二頁。
(35) 司馬遷『史記』、中華書局、一九五九年、三二六三頁。
(36) 漢代の歌舞芸人の多くが燕・趙・中山の出身であったことは、『史記』貨殖列伝の記載以外にも、多くの証明がある。我々が上文で引いたように、漢文帝の寵妃慎夫人は邯鄲の人であり、能く歌い善く舞った。楊惲は自ら「家は本《もと》秦なり」と言い、秦声を為すことができた。妻は趙の女で、雅やかに善く瑟を鼓した。『塩鉄論』通有篇に「趙・中山は……民は淫し末を好んで、侈靡にして本を務めず。田疇は修めず、男女は矜り飾り、家に斗筲無く、鳴琴室に在り」(王利器『塩鉄論校注』四二頁)。楽府詩「相逢行」に「堂上に樽酒を置き、邯鄲の倡を作使す」(郭茂倩『楽府詩集』、中華書局、一九七九年、五〇八頁)。また「古詩十九首」に「燕趙に佳人多し、美しき者は顔玉の如し。被服は羅裳衣、戸に当りて清曲を理む」(蕭統編、李善註『文選』巻二十九、五四一頁)。また『史記』佞幸列伝および『漢書』外戚伝の記載によれば、漢武帝の時の著名な音楽家李延年は外でもなく中山の人であり、その父母および実の兄弟と娘は、皆「元倡」であり、つまりは、李延年は中山の倡伎の家の出身であって、彼の家族はみな代代歌舞芸伎に従事して生きてきたのである。李延年は新声変曲に広く長じており、彼の妹はといえば妙麗で舞を善くし、それで漢武帝の寵愛を得た。また『漢書』外戚伝の記載によれば、漢宣帝の母親王翁須はもと歌舞芸伎の出身であり、やはり燕趙（漢時の涿郡、今は河北涿州）の人であった。

(37) 班固『漢書』「芸文志」、一七五六頁。
(38) 班固『漢書』「禮楽志」、一〇四五頁。
(39)『後漢書』「百官志」二注引盧植『礼』注、『漢書』「礼楽志」、杜佑『通典』楽六「清楽」など参照。
(40)『漢書』「禮楽志」引「郊祀歌十九章・天地」（班固『漢書』、一〇五八頁）を見られたい。
(41) 劉珍等撰、呉樹平校注『東観漢記校注』、中華書局、二〇〇八年、一五八、一五九頁。
(42) 葛洪『西京雑記』巻二、中華書局、一九八五年、二頁。
(43) 班固『漢書』「成帝紀」、三二四〜三二五頁。
(44) 王利器『塩鉄論校注』、三五三頁。
(45) 班固『漢書』「禮楽志」、一〇七二頁。
(46) 崔豹『古今注』、掃葉山房本『百子全書』、浙江古籍出版社影印、一九九八年、一一〇二頁。
(47) 同上書、一一〇二頁。注10参照。
(48) 沈約『宋書』「楽志」、中華書局、一九七四年、五四九頁。
(49) 房玄齢等『晉書』「楽志」、中華書局、一九七四年、七一六頁。
(50) 班固『漢書』「周勃伝」、二〇五〇頁。
(51) 王利器『塩鉄論校注』、三五三頁。
(52) 趙敏俐「中國古代歌詩芸術生産的理論思考」（『中國詩歌研究』第二輯、中華書局、二〇〇三年）参照。
(53) 以上の統計は『中国文学史電子史料庫』の検索結果に基づき、近年の出土文献は含まない。
(54) 黄暉『論衡校釈』「超奇篇」、中華書局、一九九〇年、六〇六、六〇七頁。
(55)『論衡』超奇篇に「孔子曰く、『文王既に没せり、文ここに在らざるか』と。文王の文は孔子に在り、孔子の文は（董）仲舒に在り。仲舒既に死せり、豈に長生の徒に在らんか。何をかこれ卓殊と言ふ、文の美麗なるなり。唐勒、宋玉もまた楚の文人なり。竹帛紀せざる者、屈原其の上に在るなり」。（『論衡校釈』六一四、六一五頁）

(56) 黄暉『論衡校釈』「佚文篇」、八六七～八七〇頁。

(57) 黄暉『論衡校釈』「超奇篇」、六一〇～六一一頁。

(58) 西周時代の「士」の身分に関しては、顧頡剛は、主として下層貴族を指し、かつ最も早期の「士」は武芸を習うことを主としたであろう、そしてそれ以後始めて文士が出現したであろう、と見なしている。詳しくは顧頡剛の論文「武士与文士之蛻化」（『史林雑識初編』、中華書局、一九六三年）参照。しかし、先秦の文献と文化から見て、私は西周時代の「士」は各級貴族を指すはずであると考える。その教育方式は文武兼修であり、これは即ち「六芸」（礼、楽、射、御、書、術）の教えと言われるものである。『礼記』王制に「楽は正に四術を崇び、四教を立つ。先王の詩、書、礼、楽に順ひ、以て士を造る。春秋は教ふるに礼・楽を以てし、冬夏は教ふるに詩・書を以てす」とある。『詩経』、『春秋』、『左伝』等の先秦文献を見れば、当時の貴族が高い教養を有していたことが分かる。

(59) 士階層の発生と発展については、余英時に次の重要論文二篇がある。「古代知識階層的興起與発展」、「道統與政統之間―中國知識分子的原始形態」（『士與中國文化』、上海人民出版社、一九八七年、所載）。

(60) 閻歩克『士大夫政治演生史稿』、北京大學出版社、一九九六年、四七七頁。

(61) 曹植「與楊徳祖書」、『三國志』魏書「任城陳蕭王伝」注引『典略』、中華書局、一九五九年、五五九頁。

(62) 同上書、五五九頁。

(63) 58引の顧頡剛論文参照。

(64) もちろん、漢代でも、一部の人たちは皇帝の親族や手柄を立てた高官となって、一定の爵位や土地を獲得し、子孫もきっとそのお蔭でそれ相応の官職を得たであろう。しかし、これは周代社会の分封制度および世襲の卿禄とは相当大きな区別がある。漢初の諸侯王の場合は、ただ爵位と土地を有するだけで、行政官職は有していないことが多かった。さらに、地方官の監督と規制を受けることもあり、高官の「おかげ」を蒙った子孫でも父祖たちの官職を世襲することはなく、ただ特別な配慮として、彼らにかなり下級の官位が与えられるに過ぎなかった。さらに、たとえこのような制度でも、漢代以後の封建社会の中の補助的制度でしかなく、決して漢代以来の封建官僚制度の主体を代表するものではなかった。

第三章　魏晋南北朝時代の詩歌総論

一、詩歌史の時代区分及び伝統構造

魏晋南北朝詩歌史の時代区分[1]は漢代の末期である建安時代から隋時代までである。建安時代に活躍していた作家、例えば曹操、王粲らの建安時代前の創作も、この時期に取り入れている。しかし、隋代から唐代に活躍した詩人、例えば魏徴、虞世南らは原則的には本総論の範囲に取り入れない。もちろん、隋時代の詩歌史を論述する際、これらの詩人のすべての時期の創作が論述する対象になるであろう。次にはこの詩歌史の時代区分の根拠について簡単に述べてみたい。

建安（一九六~二一九）とは漢代の献帝の年号である。しかし、その政治は曹魏時代の基礎となった。文化面において、建安文化は漢代の規制を受けたものの、漢代末期の大乱を経て、漢代全盛期の文化は大いに破壊されていた。従って、この時期の文化は再建という性質を持ち、また、ある範囲では復興の色彩もある。[2]漢代全盛期の文化に比べ、建安文化は新しい起点であり、魏晋時代の文化の始まりとも言えよう。このことは、詩歌の面から見ても同じことになると思われる。後漢時代の中後期以来、文人の創作した新体五言詩、あるいは新しい風格の四言詩が盛んになったにもかかわらず、魏晋時代の詩潮が決定的になった節目は、やはり建安期であろう。［梁］劉勰は「建安の初めに曁《およ》びて、五言騰踊す」と言う。(3)［梁］鍾嶸《しょうこう》はまた「彬彬の盛んなる、時に大いに備われり」(4)と建安期を評価した。実際、これらは建安期を魏晋詩歌史の始まりと定めたものであろう。

隋代の詩歌と言うと、文学史においては、常に唐代と関連させて、隋唐詩歌と称する。何故かと言えば、隋は南北を統一して、文学史上でも南北の特徴を融合し、唐代の詩歌発展の今後の方向性を示したからである。さらに、唐代初期の詩人は、多く、隋から唐に入った者で、所謂「前代の才を借りた」と言うことでもある。それ故、隋代の詩歌を唐代の詩歌の前に置いて論述するのも合理的である。隋代の詩歌のみならず、筆者の考えでは、初唐詩歌のその基本形式、風格及び創作方法も、やはり斉梁陳隋の範疇に属するものである。(5)よって、詩歌史の自然な区分けということから言えば、南斉武帝の永明年間から唐玄宗の先天年間までを、一つ大きな発展の段階と見てよいであろう。しかし、本書ではやはり伝統的な王朝の分け方に従って、魏晋南北朝を一つの論述単位にする。それで我々は、魏晋南北朝時代の詩歌史の合理的な始まりと終わりの時期を探さなければならない。魏晋南北朝時代の詩歌史の発展趨勢から見れば、隋代の詩歌はちょうど南北朝時代後期の北周・北斉・陳（後梁も含む）という三流派詩風の合流したものであり、その重要作家も皆、南北朝時代の三方面から来ている。従って、南北朝時代の詩歌史を論述する場合、自然に隋代のことを述べなければならなくなる。唐代初期の李延寿『北史』文苑伝序においても隋代の文学を北朝文学の後に置い論じている。その外、唐代初期では陳・隋の体勢を引き継いだものの、太宗君臣らは、南北朝時代の詩風を融合し、その偏弊を正し、本朝詩風を形成する自覚を持っていた。その上、政治文化方面からの新しい要素の影響を受けた詩歌史の学者も少なくなかった。これが、唐代詩歌史の新しい起点となり、また同時に隋代詩歌は南北朝時代詩風の総まとめであるという印象を強めることになった。だから、「魏晋南北朝時代の文学史」の時代分けをする際には、隋代をその最後の一つの発展段階にすべきなのである。

上に述べてきたのは、本書の文学史時代区分の方法とその理由である。中古詩歌史の構成の中には、また、他の時代区分の仕方が存在する。例えば、詩歌史研究の中、中古詩歌史の大体の範囲の分け方は、「中古詩」（劉師培『中古文学史講義』、陸侃如『中古文学編年』）、「漢魏六朝詩」（余冠英『漢魏六朝詩選』）、「八代詩」（王闓運『八代詩選』、葛暁音『八代詩史』）などというように、これらは皆、中古時期の詩歌全体を一つの対象にしたものである。(6) 日本の学術界では、よく「六朝詩」、「六朝文学」という言い方を用いる。違う時代の分け方はそれぞれ違う趣きを持っていると思われる。「中古詩歌」、「八代詩史」という概念は中古時期の詩歌を全体的に把握するように学者を導いた。そして、「漢魏六朝詩歌史」という概念は本時期の詩歌を漢魏と六朝という二つの時期に分けることを暗に示している。「魏晋南北朝詩歌史」は主に魏晋と南北朝という二つの時期のことを言っている。しかし、「六朝文学」、「六朝詩歌」という概念は、漢・魏を含まないだけではなく、西晋でさえ、その範囲に入らないことになる。六朝は一つの歴史概念として、都を南方に置く東呉・東晋・宋・斉・梁・陳という六つの王朝を指している。共通するところは、みな、中原の統治が出来ず、辺鄙な南方に居する政治局面を展開している点にある。「六朝文学」とは、実際、このような政治局面と南方の地理環境の中で誕生した文学風格の一つである。その中の東呉は文人詩歌の実績が少ないにもかかわらず、東晋と南朝で流行した呉声・西曲は、その源が東呉にあったのである。七言詩の面においては「白紵舞歌詩」も呉の地に起源があった可能性が大きい。また、陸機の「百年歌」も呉の地の雑歌形式を用いていると思われる。呉声・西曲は自身の成就が優れているばかりではなく、また、東晋以降の文人詩の発展史にも重要な影響があり、斉・梁の詩風変革を促す重要な要素でもある。六朝の初めての朝廷としての東呉は、詩歌史上でも、実質的な内容を有しているのが分かる。こうして見てみれば、六朝詩歌史はある程度、独立性のある一段階と見てもよいであろう。一歩進めて言えば、六朝文学という概念は中国文化と文学の南方体系という要素を含んでいる。同時に、芸術的価値判断においては中心が斉梁文学に偏っていると言えよう。日本学界で、よく「六朝文学」という概念が用いられるのも、上述の価値判断の傾向を表していると思われる。ただし、使用習慣から言えば、日本の学界では、大体、魏晋南北朝の文学を総じて「六朝文学」と略称している。これに対して、中国の学界では、よく「漢魏六朝詩歌」、「魏晋南北朝詩歌」という概念を用いて、伝統的な漢魏、または、魏晋の文学を中心とする文学観を表している。また、南北文学の角度から見れば、漢魏西晋期の文学史の重心が北方にあるので、漢魏或いは魏晋を核心とする中古文学史観は、北方文学伝統に偏る判断基準を含む。こうして、上述した中古詩歌史の違う略称方式の時代区分はみな、違う把握角度を表し、甚だしきに至っては、違う判断基準も含まれる。

もちろん、更にもう一種類、内在的な詩歌史の時代区分がある。つまり、完全に詩歌史内部の源流変化から把握しようとする方法である。例えば、聞一多の文学史の時代区分がそれである。彼は建安元年から唐玄宗の天宝十四年までを一時期と見なし、「詩の黄金時代」と称した。(7)これと同じように、南斉永明から唐玄宗の先天年間までの詩歌を詩歌史のある独立段階と見なしている。本書では、「魏晋南北朝詩歌史」を主な概念としているが、それと同時に、できるだけ、他の詩歌史の時代区分と観察角度なども参考にして、魏晋南北朝詩歌史を中国古代詩歌発展史の中で把握しようとする。

詩歌史及び一般的な文学史の構築は、実際、多くの場合、一つの歴史の積み重ねとなるであろう。詩歌史の研究の源は、漢代儒者に遡る。そして、南朝の文論家によって継承され、魏晋南北朝詩歌史の構成と内部の時代分けなどは、南朝から唐初期までの歴史学者によって定められた。本時代の詩歌史における彼らの重要な観点は、後人の研究の基礎となった。

現存する文献から見れば、最も早く、本時代の詩歌史を分析したのは、劉宋期の檀道鸞の『続晋陽秋』と宋斉梁にわたる沈約の『宋書』謝霊運伝論である。

及至建安、而詩章大盛。逮乎西朝之末、潘、陸之徒、雖時有質文、而宗歸不異也。正始中、王弼、何晏好莊老玄勝之談、而俗遂貴焉。至江左李充尤盛。故郭璞五言、始會合道家之言而韻之。詢及太原孫綽轉相祖尚、又加以三世之辭。而詩騷之體盡矣。詢、綽並為一時文宗、自此作者悉體之。

建安に至るに及んで、詩章大いに盛んなり。西朝［西晋］の末に逮《およ》んでや、潘［岳］・陸［機］の徒、時に質・文有りと雖も、宗帰は異ならざるなり。［魏］正始中、王弼・何晏は荘老玄勝の談を好んで、而して俗遂《つひ》に焉《これ》を貴ぶ。江左［東晋］の李充に至りて尤も盛んなり。故に郭璞の五言は、始め道家の言に会合して之に韻したり。［許］詢及び太原の孫綽は転《うた》た相祖尚して、又た加ふるに三世の辞［仏教の輪廻説］を以てす。而して詩［経・離］騒の体尽きたり。詢・綽並びに一時の文宗［文学の大家］と為り、此れ自《よ》り作る者悉《ことごと》く之を体す。

（『世説新語』劉孝標注引『続晋陽秋』(8)）

自漢至魏、四百餘年、辭人才子、文體三變。相如巧為形似之言、二班長於情理之說。子建、仲宣以氣質為體、並摽能擅美、獨映當時。是以一世之士、各相慕習。原其飆流所始、莫不同祖風、騷。徒以賞好異情、故意製相詭。降及元康、潘陸特秀。律異班賈、體變曹王、縟旨星稠、繁文綺合。綴平臺之逸響、采南皮之高韻、遺風餘烈、事極江右。有晉中興、玄風獨振、為學窮於柱下、博物止乎七篇、馳騁文辭、義殫乎此。自建武暨乎義熙、曆載將百、雖比響聯辭、波屬雲委、莫不寄言上德、託意玄珠。遒麗之辭、無聞焉爾。仲文始革孫許之風、叔源大變太原之氣。爰逮宋氏、顏謝騰聲。靈運之興會標舉、延年之體裁明密。並方軌前秀、垂範後昆。

漢自《よ》り魏に至るまで、四百余年、辞人才子、文体三変す。［司馬］相如は巧みに形の似たる言を為し、二班（班彪・班固）は情理の説に長ず。子建［曹植］、仲宣［王粲］は気質を以て体と為し、並びに摽として能く（能を標し）美を擅《ほしい》ままにし、独り当時に映えたり。是を以て一世の士、各おの相慕ひ習ふ。其の飆流［流派］の始まる所を原《たづ》ぬるに、同じく［国］風・［離］騒を祖とせざるは莫し。徒《いたづ》らに異情を賞好するを以てするのみ、故に意製［創製］相詭《たが》ふ。降りて［西晋］元康に及びて、潘［岳］・陸［機］は特《ひと》り秀づ。律は班［固］・賈［誼］に異なり、体は曹・王と変はり、縟旨［装飾］は星稠［きらびやか］にして、繁文は綺合［絢爛］す。平台の逸響を綴り、南皮の高韻を采れば、遺風に余烈ありて、事は江右［西晋］に極まる。有晋中興するに、玄風のみ独り振ひ、学を為すは柱下に窮し［老子を真似る］、物を博くするは七篇［荘子内篇］に止めて、文辞を馳騁し、義は此《ここ》に殫《つ》く。［東晋］建武自《よ》り義熙に暨《いた》るまで、載《とし》を歴ること将《まさ》に百ならんとするに、響を比べ辞を聯ね、波のごとく属《つづ》け雲のごとく委《つ》むと雖も、言を上徳［老子］に寄せ、意を玄珠［荘子］に托せざるは莫し。遒麗《しゅうれい》［しっかりとして美しい］の辞は、焉《これ》を聞くこと無きのみ。［殷］仲文始めて孫［綽］・許［詢］の風を革《あらた》め、叔源［謝混］大いに［東晋武帝］太元の気を変へたり。爰《ここ》に宋［劉］氏に逮《およ》んで、顔［延年］・謝［霊運］声を騰《あ》ぐ。霊運の興会は標挙して、延年の体裁は明密たり。並びに軌を前秀に方《なら》べ、範を後昆［後世］に垂る。

（『宋書』謝霊運伝論[9]）

こうして、魏晋の詩歌史を建安、西晋（即ち西朝）、東晋（即ち江を渡った後）という幾つかの段階に分けていた。檀道鸞と沈約は詩歌史を論述する際、一つの同じような着眼点があった。それは詩騒の体である。檀氏は詩歌史が玄言詩の時期に発展すると「詩騒の体尽きたり」と言う。彼の考えでは、これ以前の漢・魏・西晋の詩は皆、詩騒の体を引き継いだものである。沈約は「漢から魏に至って」文体が三変したと言えども、「同《とも》に風騒を祖にせざるは莫し」と言う。両者は見る角度は異なるが、風騒の体を讃えることで一致している。中国古代詩論において、初めて詩騒の体を讃えたこと、そして、これをもって詩歌史源流の正変を判断したこと、これは檀・沈の論から始まっていると言えよう。具体的な詩歌史の時代分けにおいて、檀・沈はそれぞれ同じことも異なることもある。同じことは、両氏が共に、建安・西晋・［劉宋］元嘉を詩歌史発展の三つの重要な時期と見なしていること、そして東晋を「玄言独り盛ん」にして、「風騒旨尽く」の時期としたことである。檀氏は元嘉という時期を論じていないが、劉宋期の歴史学者として玄言詩を批評する基準は、正に元嘉詩歌の審美観から来ている。それゆえ、上述した彼の時代分けは劉宋という時期を含んでいると言えよう[10]。もちろん、檀・沈の関心を持つところはそれぞれ違う。それで、詩歌史の変化に注目するところも違う。上述した檀道鸞の論述の中には、最も注目すべきところは次のことであろう。つまり、彼の見方では、西晋詩歌は建安詩歌に比べて、言語風格上、より繁雑であるが、それでもやはり、詩騒の体に従って創作されている。この詩騒体の核心的なものが、抒情と比興である。西晋の詩風は繁雑、模擬的になりつつあるが、やはり、上述した抒情と比興を原則にしていたわけである。東晋になって初めて、玄言詩の創作は抒情と比興という宗を捨てたのである。檀氏の詩歌史観の中では、建安から西晋までは一つの段階である。沈約となると、檀道鸞に比べて、体制の変化をもっと重要視していた。だから、西晋の詩風と建安詩風の違うところに着眼したのである。西晋は独立した詩史段階として、沈氏の時代区分の中ではもっと鮮明になっている。

鍾嶸と劉勰は、檀道鸞・沈約の後を継いで、建安から劉宋に至る詩歌史の時代区分を完全なものにしていた。それは、後世のこの時期の詩歌史時代区分の基礎となっている。また、その各時代の詩歌特徴についての論述は、多く後世によって継承されている。その多くの結論は、今日でもまたよく引用されている。次の論述を見てみよう。

降及建安、曹公父子、篤好斯文、平原兄弟、鬱為文棟。劉楨、王粲、為其羽翼。次有攀龍託鳳、自致于屬車者、蓋將百計。彬彬之盛、大備于時矣。爾後陵遲衰微、迄于有晉。太康中、三張二陸、兩潘一左、勃爾復興、踵武前王。風流未沫、亦文章之中興也。永嘉時、貴黃老、稍尚虛談。於是篇什、理過其辭、淡乎寡味。爰及江表、微波尚傳。孫綽、許詢、桓庾諸公詩、皆平典似『道德論』、建安風力盡矣。先是郭景純用雋上之才、變創其體、劉越石仗清剛之氣、贊成厥美。然彼衆我寡、未能動俗。逮義熙中、謝益壽斐然繼作。元嘉初、有謝靈運、才高詞盛、富豔難蹤。固已含跨劉郭、淩轢潘左。故知陳思為建安之傑、公幹、仲宣為輔。陸機為太康之英、安仁、景陽為輔。謝客為元嘉之雄、顏延年為輔。斯皆五言之冠冕、文詞之命世也。

降りて建安に及ぶや、曹公父子は、篤く斯文を好み、平原兄弟［曹植・曹彪］は、鬱として文棟為《た》り。劉楨・王粲は、其の羽翼と為れり。次に龍に攀ぢ鳳に託して、自ら属車［侍者の車］に致す者有り、蓋し百を将《もっ》て計《かぞ》ふ。彬彬の盛んなる、大いに時に備はれり。爾《しか》る後《のち》、陵遅衰微し、有晋に迄《およ》ぶ。［西晋］太康中に、三張［張載・張協・張亢］二陸［陸機・陸雲］、両潘［潘岳・潘尼］一左［思］、勃爾として復た興こり、武《あと》を前王に踵《つ》ぐ。風流未だ沫《や》まず、亦た文章の中興なり。［東晋］永嘉の時、黄老を貴び、稍《よう》やく虚談を尚ぶ。是に於いて篇什［詩文］、理は其の辞に過ぎ、淡乎《たんこ》として味寡《すく》なし。爰《ここ》に江表［宋斉梁陳］に及びて、微波［余波］尚ほ伝はれり。孫綽、許詢、桓［温］、庾［亮］の諸公の詩は、皆な平典［平板質実］にして『道徳論』［老子道徳経］に似て、建安の風力尽きたり。先づ是れ郭［璞］景は純《もっぱ》ら雋上の才を用いて、其の体を変へ創り、劉［琨］越石は清剛の気に仗《よ》りて、厥《そ》の美に賛成（賛助して完成させる）したり。然れども彼は衆《おほ》くして我は寡《すく》なく、未だ俗を動かすこと能《あた》はざりき。［東晋末］義熙の中に逮《およ》びて、謝［混］益寿は斐然として継ぎ作る。［劉宋］元嘉の初、謝霊運有り、才は高く詞は盛んにして、富艶蹤《したが》ひ難し。固より已に劉［琨］・郭［璞］を含み跨え、潘［岳］・左［思］を淩ぎ轢《ふ》みたり。故に知る、陳思［曹植］は建安の傑為《た》り、公幹［劉楨］・仲宣［王粲］は輔為り。陸機は太康の英為り、安仁［潘岳］・景陽［張協］は輔為り。謝客は元嘉の雄為りて、顔延年は輔為り。斯れ皆な五言の冠冕［首位］にして、文詞の命世［著名人］なり。

（『詩品』序）(11)

暨建安之初、五言騰踴。文帝陳思、縱轡以騁節、王徐應劉、望路以爭驅。並憐風月、狎池苑、述恩榮、敘酣宴、慷慨以任氣、磊落以使才。造懷指事、不求纖密之巧。驅辭逐貌、唯取昭晰之能。此其所同也。乃正始明道、詩雜仙心、何晏之徒、率多浮淺。唯嵇志清峻、阮旨遙深。故能標焉。若乃應璩『百一』、獨立不懼、辭譎義貞、亦魏之遺直也。晉世群才、稍入輕綺。張潘左陸、比肩詩衢、采縟於正始、力柔于建安。或析文以為妙、或流靡以自妍。此其大略也。江左篇製、溺乎玄風、嗤笑徇務之志、崇盛忘機之談。袁孫已下、雖各有雕采、而辭趣一揆、莫與爭雄。所以景純仙篇、挺拔而為俊矣。宋初文詠、體有因革。莊老告退、而山水方滋。儷采百字之偶、爭價一句之奇。情必極貌以寫物、辭必窮力而追新。此近世之所競也。

建安の初めに曁《およ》びて、五言騰踊《とうよう》す。文帝と陳思［曹植］は、轡を縦《ほしい》ままにして以て節を騁せ、王・徐・応・劉は、路を望んで以て争ひ駆く。並びに風月を憐れみ、池苑に狎《な》れ、恩栄を述べ、酣宴を叙《の》べて、慷慨して以て気に任《まか》せ、磊落《らいらく》にして以て才を使ふ。懐ひを造り事を指すに、纖密の巧を求めず。辞を駆り貌を逐ひ、唯だ昭晰の能を取るのみ。此れ其の同じくする所なり。乃ち［魏］正始の明道［老荘の徒］は、詩は仙心を雑《まじ》へ、何晏の徒は、率《おほむ》ね浮浅多し。唯だ嵆［康］は志清峻にして、阮［籍］は旨遥深なるのみ。故に能く標たり。若《も》し乃ち応璩の百一［詩］、独り立ちて懼れず、辞譎にして義貞しきは、亦た魏の遺直なり。晋の世の群才は、稍《や》や軽綺に入る。張・潘［岳］・左［思］・陸［機］、肩を詩衢《く》［大道］に比《なら》べ、采は正始より縟にして、力は建安より柔かなり。或いは文を［分］析して以て妙と為し、或いは流靡［過度の華美］以て自ら妍《うつく》しとなす。此れ其の大略なり。江左［東晋］の篇製、玄風に溺れ、徇務［精勤］の志を嗤笑《あざ》ひ、忘機［恬淡］の談を崇び盛んにす。袁孫已下、各おの雕采有りと雖も、辞趣は一揆にして、与《とも》に雄を争ふもの莫し。景純［郭璞］の仙篇、挺抜《ぬきん》でて俊為《た》る所以《ゆゑん》なり。宋初の文詠、体に因革（依ると改めると）有り。荘老退くを告げて、而して山水方《まさ》に滋《しげ》し。采を百字の偶に儷《なら》べ、価を一句の奇に争ふ。情は必ず貌を極めて以て物を写し、辞は必ず力を窮めて新しきを追ふ。此れ近世の競ふ所なり。

（『文心雕龍』「明詩」）(12)

魏晋から南朝前期（劉宋）までの詩歌史変化に対する鍾・劉の論述は、檀・沈に比べて大いに系統的であるが、彼らの基本詩観は、檀・沈と同じものである。違うところと言えば、五言詩自身の芸術伝統をもっと重視し、風騒の旨の意識は少し薄いということであろう。具体的な時代分けにおいて、鍾嶸は、建安から元嘉までの詩風を、建安・太康・永嘉から、江左・義熙・元嘉までという幾つかの段階に分けていた。劉勰となると、彼は、建安・正始・晋世（西晋）・江左・宋の初期、というように分けていた。玄言詩については、鍾嶸は西晋の末期（永嘉）に盛んであり、東晋の初期までに影響したと認識していた。この考え方は、檀道鸞のと同じように思われるが、檀氏はただ、玄言詩の形成原因が正始時期の玄学に由来していると認識しているに過ぎない。玄言詩の詩風は正始からということではないようである。玄言詩の詩風を論じる時には、彼の着眼するところは、やはり東晋においてである。今日、我々の把握している玄言詩の発展状況から見れば、檀・沈・劉などの考え方は比較的に事実に合っていると思われる。しかし、鍾嶸の言う「永嘉の時、黄老を貴び、稍《よう》やく虚談を尚ぶ、是に於いて篇什、理は其の辞に過ぎ、淡乎《たんこ》として味寡《すく》なし」は、十分な証拠を見つけることが出来ない。ところが、檀道鸞は郭璞の詩歌も玄言詩の中に入れていることに対して、沈・鍾は郭璞を玄言詩風とは違う詩風の持ち主であると見ている。一つの言い方には、「まず、郭景純は優れた才能を用いて、その体を変化して創造し、劉越石は爽やかで正直的な風格を用いて、その美しさを讃えていた。しかし、彼れ衆く我寡しで、その俗体を変えることが出来なかった」。もう一つの言い方は、「景純［郭璞］の仙篇、挺抜《ぬきん》でて俊為る所以《ゆえん》なり」。この点では、両者の考えは、普通の評論家と違うところとなるであろう。彼らは、郭璞の「游仙詩」と玄言詩との本質的な違いを見出すことが出来、漢・魏詩風の伝承者としての郭氏が、そのあとの晋・宋時期の詩風への影響を及ぼしたことも分かっていた[13]。この点において、沈・鍾の考え方は、檀道鸞の考えより有益であるに違いない。詩歌史の源流変化から見れば、郭璞の『游仙詩』は建安から西晋までの五言詩の主流的な芸術に属し、抒情と比興を旨にしていて、この時期の文人游仙詩の集成と発展となるであろう。これに対して、玄言詩は建安から西晋までの五言詩伝統からの離脱となるであろう。

上述してきた檀・沈・鍾・劉の論じた詩歌史は劉宋時代までであった。檀道鸞時代は割に早く、後の斉・梁詩風への予測は当然、出来なかったわけである。沈約本人は斉・梁詩風の創設者で、もちろん、この時期の詩風への歴史的な判断も出来なかった。鍾・劉という二者は沈約の後輩として、斉時代と梁の初期の詩風に対して、いくらか評価を出した。彼らと大体同時代の蕭子顕は、宋・斉時期の流行った三種類の詩風に対して評論をした。『南斉書』文学伝論に、次の論述がある。

五言之制、獨秀衆品。習玩為理、事久則瀆、在乎文章、彌患凡舊。若無新變、不能代雄。建安一體、『典論』短長互出。潘陸齊名、機岳之文永異。江左風味、盛道家之言。郭璞舉其靈變、許徇極其名理、仲文玄氣、猶不盡除。謝混情新、得名未盛。顏謝並起、乃各擅奇、休鮑後出、咸亦標世。朱藍共妍、不相祖述。今之文章、作者雖衆、總而為論、略有三體。一則啟心閑繹、託辭華曠。雖存巧綺、終致迂回。宜登公宴、本非準的。而疏慢闡緩、膏肓之病。典正可采、酷不入情。此體之源、出靈運而成也。次則緝事比類、非對不發、博物可嘉、職成拘制。或全借古語、用申今情。崎嶇牽引、直為偶說。唯覩事例、頓失清采。此則傅咸五經、應璩指事、雖不全似、可以類從。次則發唱驚挺、操調險急、雕藻淫豔、傾炫心魂。亦猶五色之有紅紫、八音之有鄭衛。斯鮑照之遺烈也。三體之外、請試妄談。若夫委自天機、參之史傳、應思悱來、勿先構聚。言尚易了、文憎過意。吐石含金、滋潤婉切。雜以風謠、輕唇利吻、不雅不俗、獨中胸懷。輪匾斲輪、言之未盡。文人談士、罕或兼工。

五言の制、独り衆品に秀でたり。習玩もて理と為すも、事久しければ則ち瀆《けが》れ、文章に在りてや、弥いよ凡旧を患ふ。若《も》し新変無ければ、代りて雄たること能はず。建安の一体、『典論』短長互いに出だしたり。潘［岳］陸［機］は名を斉しくするも、機岳の文は永へに異なれり。江左の風味、道家の言を盛んにす。郭璞は其の霊変を挙げ、許詢は其の名理を極め、仲文の玄気、猶ほ尽《ことごと》くは除かれず。謝混の情新、名を得るも未だ盛んならず。顔［延年］、謝［霊運］並び起ちて、乃ち各おの奇を擅《ほしい》ままにし、［恵］休・鮑［照］後に出でて、咸《みな》亦た世に標《あらは》る。朱［色］藍［色］共に妍《うつく》しきも、相ひ祖述せず。今の文章、作る者は衆しと雖も、総べて論を為せば、略《ほ》ぼ三体有り。一は則ち心を閑繹［喜悦］に啓き、辞を華曠に託す。巧綺を存すと雖も、終《つひ》に迂回を致《まね》く。宜しく公宴に登すべくして、本より準的に非ず。而して疏慢にして闡緩たるは、膏肓の病なり。典正なるは採る可きも、酷《はなは》だしく情に入らず。此の体の源は、霊運に出でて成るなり。次は則ち事を緝《あつ》め類を比《なら》べて、対に非ずんば発せず、物を博くするは嘉《よみ》す可きも、職《ただ》に拘制を成すのみ。或いは全て古語に借り、用《もつ》て今の情を申ぶ。崎嶇牽引して、直《ただ》に偶説を為すのみ。唯だ事例を覩《み》るに、頓《とみ》に清采を失へり。此れ則ち傅咸の五経、応璩の指事、全く似るにあらずと雖も、以て類従す可し。次には則ち発唱驚挺し、調を操ること険急にして、雕藻は淫艶、心魂を傾け炫《まど》はす。亦た猶ほ五色の紅紫有り、八音の鄭衛有るがごとし。斯《こ》れ鮑照の遺烈なり。三体の外、請ふらくは試みに妄談せん。若《も》し夫《そ》れ天機自《よ》りするに委ねて、之を史伝に参《まじ》え、思ひに応じて悱《うら》み来たるも、先んじて構聚する勿《な》し。言は了《りょう》し易《やす》きを尚び、文は意に過ぐるを憎む。石を吐き金を含みて、滋潤婉切たり。雑ふるに風謡を以てし、軽ろき唇に利《するど》き吻《もの》いい、雅ならず俗ならず、独り中胸に懐ふ。輪扁《りんぺん》［車造りの名人］の輪を斮《き》るがごとく、之を言ふも未だ尽くさず。文人談士、罕《まれ》に或いは工を兼ぬ(14)。

蕭子顕の玄言詩盛衰に対する論評は、孫盛の『晋陽秋』の論調とほぼ同じである。彼は郭璞を玄言詩風格の詩人にして、「其の霊変を挙げる」と形容しているが、それは游仙詩の特徴を見つけたのである。蕭氏の貢献は、諸家の後に継ぎ、元嘉から斉・梁までのこの時期の詩歌史をもう一歩進めて構築出来たことである。そして、この時期の詩歌史は、顔・謝と休・鮑を中心とすると指摘した。顔・謝は玄言以前の西晋主流の詩風を回復したが、「典正」であるが「酷だしく情に入らず」と発展したのに対して、休・鮑は民間新声の芸術を借用して、漢・魏の抒情芸術を回復して、晋・宋体から斉・梁体へと変化した一つの過渡期となったと言えよう。しかし、蕭氏の話では、斉・梁の時期、詩歌風格の主体は、やはり元嘉以来の三宗派のものを引き継いだということであろう。彼の言う三体以外の論調は、実際、沈約を代表とする永明体詩歌の理想を受け継ぎ、そして、それを完璧なものにした。これは、彼の強調した、新変が沈約の影響を受けたということと一致している。彼の論評からも分かるように、少なくとも、斉時代では、永明体がまだ詩壇において、盛んな局面に達していなかった。斉時代の詩壇は、全体的な状況から見れば、やはり、晋・宋体から斉・梁体へと変換する時期に属すると言えよう。

上述した南朝の歴史学者、文学論家は皆、その時代の人で、全体の南北朝詩歌史について、全体的な論述をすることが出来ていない。だから、南北朝時代の詩歌史の全体的な構築は唐代の人に任すしかなかった。しかし、唐代の人、唐の初期の歴史学者が南朝文論の伝統を継承したほか、其の後の唐代の詩家は現代詩歌を発展させる立場から、南北朝の詩歌風格を論評した。彼らはこの時期の詩歌風格に対して、客観的な研究と細かい時代区分などをあまりしていなかった。

　南北朝時代の文学論家の構築した建安から元嘉までの詩歌史は、基本的な内容として次のように概括できる。風・騒を旨に、漢・魏を正統にして、西晋の後、体の変化があった。両晋の境に、玄風が盛んになり、漢・魏の正統から離れた。しかし、東晋の末期から元嘉までは、玄言を超えて、漢・魏・西晋の詩歌伝統を回復しているが、回復の中に変化も見られた。諸学者の論評から見れば、玄言詩歌への批判は実際、南朝文学論家における本時代詩歌史の中心となることであろう。

　唐代初期の歴史学者は南北朝時代詩歌史について、比較的系統的な論述を行った。特に、斉・梁から陳・隋までの詩歌風格は彼らの注目する重要な部分であった。それと同時に彼らはまた、南北朝詩歌風格の相互影響と異同などの問題にも関心を寄せた。

　南北朝文学論者の構築した建安から元嘉までの詩歌史の中、淡くて味わいがないと玄言詩を批判した。それに対して、南北朝に始まり、唐の初期に完成した歴史学者と文学論者の南北朝詩歌史の構成においては、斉・梁の綺靡［美文］文学風格が批判の対象となっていた。まず、この詩風に対して、明らかな批判的意見を出したのが、隋時代の政治家と文学論者であった。隋文帝は浮華を禁じていた。李諤の「隋文帝に上る書」は当時の批判派の考えを集中的に表したものであった。彼は浮華文風の起源を次のように遡った。「魏の三祖（曹操・曹丕・曹叡）、更に文詞を尚《たっと》び、君人の大道を忽《おろそ》かにし、雕虫の小芸を好む」。このようにして、魏晋以降の文学を疑ったが、主に斉・梁以降の文壇の風格を批判する対象にした。「江左の斉梁、其の弊弥《いよ》いよ甚し、貴賤と賢愚と、唯だ務めて吟詠するのみにして、遂に復《ま》た理を遺て異を存し、虚を尋ね微を逐いて、一韻の奇なるを競ひ、一字の巧みなるを争ふ。篇を連ね牘を累《つ》むも、月露の形を出でず。案《つくえ》に積み箱に盈たすも、唯だ是れ風雲の状なるのみ」(15)。こういった論述は、否定的な角度から述べているが、当時の文学風格をよく知っている人の論述で、斉・梁の詩歌風格の特徴にうまく合っている概括である。

斉・梁の詩歌は独立した芸術自身の美しさを追求した。教化や志を言うような功能を含まないだけではなく、一般的な感情の表現でさえ、美意識を表すためにあるものである。だから、斉・梁詩歌の追及している最も重要なことが、体、物の功と修辞の美ということである。それで、感情、志を表すことがままならず、広義的な詠物詩風となっていた。どのようにして、この単に美を追求する、広義的な詠物詩芸術の中に新たに感情と志を取り入れるかが、正に斉・梁詩歌を改造する唐代詩人の任務となった。

李諤の後に、浮艶、芸術至上という詩風を批判したのが隋の末期の王通であった。彼の指定した目標が同じく純粋な儒家の考え方である。彼は真正面から斉・梁の詩風を批判していないが、彼自身の詩歌についての考え方から見れば、斉・梁の詩風を否定している。『中説』天地篇には次のような記載がある。「李伯薬、［夫］子に会ひて詩を論ず。子は答へず。伯薬退いて、薛収に謂ふ。『吾は上は応劉を陳べ、下は沈謝を述べて、四声八病を分かつ。剛柔清濁、各おの端序有り、音は壎篪《けんち》（土ぶえと竹ぶえ）の若しと。而れども夫子は応へず。我其れ未だ達せざるか』と。薛収曰く、『吾嘗て夫子の論詩を聞けり。上は三綱を明らかにし、下は五常に達す。是に於いて存亡を徴《あ》かし、得失を辯《わ》かてり。故に小人はこれを歌ひて以て其の俗を貢ぎ、君子はこれを賦して以て其の志を見《あらは》し、聖人はこれを采りて以て其の変を観る。今、子は営営として、末流に馳騁す。是れ夫子の痛む所なり。答へざるは則ち由《よし》有るなり』と」(16)。李伯薬の唱えたのは、斉・梁の詩風であり、特に永明以来の声律詩を核心としたものである。王通の沈黙は、こういった詩風に対する否定的な態度であった。

唐の初期の歴史学者の斉・梁・陳・隋の詩風についての考え方は、上述してきた李諤・王通などのような過激的なものではなかった。前にも述べたように、大きな歴史的な段階から見れば、唐の初期の詩歌の主流の体制、風格は斉・梁・陳・隋型に属している。そして、唐の初期の八史を編集した歴史学者の中、隋から唐に入った文人が少なくなかった。それで、彼らの斉・梁・陳・隋の詩風に対する態度は、前の李諤・王通のように、全面否定的ではなかった。しかも、陳子昂をはじめとする唐代復古派詩人の斉・梁詩風に対する考え方とも、大きな違いがある。今日から見れば、彼らの評価は比較的に客観的で適当的なものであろう。その中、魏徴を代表とする『隋書』文学伝序の論述は、最も周到なものと言えよう。

自漢魏以來、迄乎晉宋、其體屢變、前哲論之詳矣。暨永明天監之際、太和天保之間、洛陽江左、文雅尤盛。于時作者、濟陽江淹、吳郡沈約、樂安任昉、濟陰溫子昇、河間邢子才、鉅鹿魏伯起等、並學窮書圃、思極人文、縟彩鬱于雲霞、逸響振于金石。英華秀発、波瀾浩蕩、筆有餘力、詞無竭源。方諸張蔡曹王、亦各一時之選也。聞其風者、聲馳景慕、然彼此好尚、互有異同。江左宮商發越、貴於清綺、河朔詞義貞剛、重乎氣質。氣質則理勝其詞、清綺則文過其意。理深者便於時用、文華者宜於詠歌。此其南北詞人得失之大較也。若能掇彼清音、簡茲累句、各去所短、合其兩長、則文質斌斌、盡善盡美矣。梁自大同之後、雅道淪缺、漸乖典則、爭馳新巧。簡文湘東、啟其淫放、徐陵庾信、分路揚鑣。其意淺而繁、其文匿而彩、詞尚輕險、情多哀思。格以延陵之聽、蓋亦亡國之音乎。周氏吞併梁荊、此風扇于關右、狂簡斐然成俗、流宕忘反、無所取裁。高祖初統萬機、每念斲雕為樸、發號施令、咸去浮華。然時俗詞藻、猶多淫麗。故憲台執法、屢飛霜簡。煬帝初習藝文、有非輕側之論。暨乎即位、一變其風。其與越公書、建東都詔、冬至受朝詩、及擬飲馬長城窟、並存雅體、歸於典制。雖意在驕淫、而詞無浮蕩。故當時綴文之士、遂得依而取正焉。所謂能言者、未必能行。蓋亦君子、不以人廢言也。爰自東帝歸秦、逮乎青蓋入洛、四隩咸暨、九州攸同、江漢英靈、燕趙奇俊、並該天網之中、俱為大國之寶。言刈其楚、片善無遺。潤木圓流、不能十數。才之難也、不其然乎。時之文人、見稱當世、則范陽盧思道、安平李德林、河東薛道衡、趙郡李元操、鉅鹿魏澹、會稽虞世基、河東柳䛒、高陽許善心等、或鷹揚河朔、或獨步漢南、俱騁龍光、並驅雲路、各有本傳、論而敘之。其潘徽、萬壽之徒、或學優而不切、或才高而無貴仕、其位可得而卑、其名不可湮沒。今總之于此、為文學傳云。

漢魏自《よ》り以来、晋宋に迄《いた》るまで　其の体屢《しば》しば変ずるは、前哲之《これ》を論ずること詳し。永明［南斉］・天監［梁］の際、太和［北魏］・天保［北斉］の間に曁《およ》んで、洛陽・江左、文雅尤《もっと》も盛んなり。時に作者、済陽の江淹、呉郡の沈約、楽安の任昉、済陰の温子昇、河間の邢子才、鉅鹿の魏伯起等、並びに書圃を学び窮め、人文を思ひ極めて、縟彩［飾りと模様］は雲霞よりも鬱にして、逸響は金石よりも振ふ。英華秀でて発《ひら》き、波瀾浩《ひろ》く蕩《ゆら》ぎて、筆に餘力有り、詞は源を竭《つ》くす無し。諸《これ》を張［衡］・蔡［邕］・曹［植］・王［粲］に方《くら》ぶれば、亦た各おの一時の選なり。其の風［評判］を聞く者、声馳せ景慕するも、然れども彼此の好尚、互いに異同有り。江左は宮商発越［発揚］して、清綺を貴び、河朔は詞義貞剛にして、気質を重んず。気質は則ち理　其の詞に勝ち、清綺は則ち文　其の意に過ぐ。理の深きは時用に便にして、文の華やかなるは詠歌に宜《よろ》し。此れ其の南北詞人の得失の大較［大まかな比較］なり。若《も》し能く彼の清音を掇《と》り、茲《こ》の累句を簡にして、各おの短き所を去りて、其の両長［所］を合すれば、則ち文質斌斌《ひんぴん》として、善を尽し美を尽さん。梁の大同自《よ》り後、雅道淪《しず》み欠け、漸やく典則に乖《もと》り、争ひて新巧に馳る。簡文［帝］・湘東［蕭繹］、其の淫放を啓き、徐陵・

庾信、路を分かち鑣《くつわ》を揚ぐ。其の意は浅くして繁に、其の文は匿れて彩《あや》あり、詞は軽険を尚びて、情は哀しき思ひ多し。以て延陵の聴に格《いた》るは、蓋し亦た亡国の音なるか。周氏は梁・荊を呑併［併合］し、此の風関右に扇《ひろが》り、狂簡［大志有るも行いが粗雑。『論語』公冶長］斐然として俗を成し、流宕《りゅうとう》［放蕩］して反るを忘れ、取り裁く所無し。［隋］高祖初めて万機を統べ、毎《つね》に彫を斲りて樸と為さんことを念ひ、号を発して施令して、咸《みな》浮華を去らしめたり。然れども時俗の詞藻、猶ほ淫麗なるもの多し。故に憲台［司法当局］法を執りて、屡《しば》しば霜簡［弾劾書］を飛ばす。煬帝初めて芸文を習ひしに、軽側を非《そし》るの論有り。即位するに曁《およ》び、其の風を一変す。其の「越公に与ふる書」、「東都に建ずる詔」、「冬至受朝詩」、及び「飲馬長城窟に擬す」は、並びに雅体を存し、典制に帰す。意は驕淫に在りと雖も、詞に浮蕩無し。故に当時の文を綴るの士、遂に依りて正を取《もと》むるを得たり。所謂《いはゆる》能く言ふ者は、未だ必ずしも行ふこと能はず。蓋し亦た君子、人を以て言を廃さざるなり。爰《ここ》に東帝秦に帰りし自《よ》り、青蓋洛に入るに逮びて、四隩咸《み》な曁《およ》び、九州同ずる攸《ところ》、江・漢は英霊にして、燕・趙は奇俊、並びに天網の中に該《あ》たり、倶に大国の宝を為す。言《ここ》に其の楚《いばら》［善行］を刈り、片善として遺す無し。潤木円流して、十もて数ふること能はず。才の難《かた》きや、其れ然らざるや。時の文人、当世に称え見《ら》るれば、則ち范陽の盧思道、安平の李徳林、河東の薛道衡、趙郡の李元操、鉅鹿の魏澹、会稽の虞世基、河東の柳䛒、高陽の許善心等、或いは河朔に鷹揚として、或いは漢南に独歩して、倶に龍光を騁せ、並びに雲路を駆くるは、各おの本伝有り、論じて之を叙ぶ。其の潘徽、万寿の徒は、或いは学優るも切ならず、或いは才高きも仕ふるを貴ぶ無く、其の位得て卑《ひく》かる可きも、其の名は埋没す可からず。今之を此《ここ》に総べて、文学伝を為《つく》る。(17)

以上は専ら詩歌史を論じたものではないが、詩歌についての論述はやはりその核心的なものである。総括的に言えば、『隋書』文学伝序は、斉・梁以降の詩風の変化について、次の三段落で論述している。一、南朝の永明・天監と北朝の太和・天宝は、南朝方面から見れば、即ち斉時代から梁の初期までである。作者は南北朝文学について次のように述べている。それぞれ長所と短所があるが、全体的には、「並びに書圃を学び窮め、人文を思ひ極めて、縟彩は雲霞よりも鬱にして、逸響は金石よりも振い、英華秀でて発《ひら》き、波瀾浩く蕩ぎて、筆に餘力有り、詞は源を竭《つ》くす無し。諸《これ》を張・蔡・曹・王に方《くら》ぶれば、亦た各おの一時の選なり」。こうして、魏晋と斉梁との二種類の文学風格の間には優劣（軒軽）というものがなかったと言えるであろう。二、梁の大同年間から、詩風は軽くて険しくなり、南朝の梁・陳だけではなく、北朝の各代もこの詩歌風格を追いかけていた。この時期は斉・梁の綺麗な詩風の消失した時期であった。このような見方は、上述の李諤・王通のと大体同じであろう。唐の初期の歴史学者が梁・陳時期の詩風に対して批判したことも、隋時代の復古、崇雅という文学思想に起源していると言えよう。三、隋時代の詩歌風格の変化は、ある程度、雅正のおかげによるものであろう。ここでは、作者は早年煬帝の雅正創作傾向、及び当時の詩風への影響などを十分に評価していた。これは、後の論者が煬帝を直接、宮体詩人の陣営に入れることと、大きな違いがある。

総じて、唐の初期の各歴史書の『文学伝』或いは『文苑伝』においての考え方は多少のずれや違いはあるが、斉・梁の詩歌に対して、大率《おおむね》肯定的な評価をしている。彼らが集中的に批判していたのが、梁が大同になってからの宮体綺艶の風格である。それを亡国の音とさえ非難していた。これは、唐代の復古派が斉・梁詩風を全面的に否定したことと違う点である。例えば、李百薬の『北斉書』文苑伝序には次のように論じている。

沈休文云、「自漢至魏、四百餘年、辭人才子、文體三變。」然自茲厥後、軌轍尤多。江左梁末、彌尚輕險。始自儲宮、刑乎流俗、雜沾滯以成音。故雖悲而不雅。爰逮武平、政乖時蠹、唯藻思之美、雅道猶存。履柔順以成文、蒙大難而能正。原夫兩朝叔世、俱肆淫聲。而齊氏變風、屬諸弦管。梁時變雅、在夫篇什。莫非易俗所致、並為亡國之音。而應變不殊、感物或異、何哉。蓋隨君上之情欲也。

沈休文（約）云《い》はく、「漢自《よ》り魏に至るまで、四百余年、辞人才子、文体三変す」と。然れども茲《こ》れ自り厥《そ》の後、軌轍尤《もっと》も多し。江左の梁末、弥いよ軽険を尚ぶ。始めは儲宮（東宮＝蕭綱）自《よ》りして、流俗に刑《な》り、沾滞《てんたい》を雑《まじ》へて以て音を成す。故に悲しむと雖も雅ならず。爰《ここ》に［北斉］武平に逮《およ》びて、政乖《もと》り時蠹《たが》ひて、唯だ藻思［文才］の美のみなるも、雅道猶《な》ほ存す。柔順を履みて以て文を成し、大難を蒙りて能く正す。夫の両朝の叔世［末世］を原《たづ》ぬれば、倶に淫声を肆《ほしい》ままにす。而して斉氏の変風、諸《これ》を絃管に属せしめ、梁時の変雅、夫の篇什［詩文］に在り。［変］易《えき》［風］俗《ぞく》の致す所に非ざるは莫し。並びに亡国の音為《た》り。而るに［順］応変《おうへん》［化］殊《こと》ならず、物に感じて或いは異なるは、何ぞや。蓋し君上の情欲に随へばなり。(18)

この中では、南朝の梁の末期と北朝の斉の末期の詩風について比較している。両朝とも「叔世」という淫声に染まっているが、北斉の淫声は主に音楽、詩歌の面に現われ、つまり「藻思の美、雅道猶ほ存す」。それに対して、梁の末期の淫声は、直接、篇什に影響した。言い換えれば、北斉の詩風は、南朝の梁末より雅となっていると言えよう。この見方の注意すべきところは、斉・梁・陳・隋の詩風の一部分が音楽と関連していることである。唐の初期の詩人の革新は音楽の淫艶においての革新であった。つまり、いわゆる「亡国の音」であって、すべて詩歌創作のことを指していなかった。

また、［唐・令狐徳棻等］『周書』庾信伝論においては、庾信の淵源を次のように論じている。

> 然則子山之文、發源于宋末、盛行于梁季。其體以淫放為本、其詞以輕險為宗。故能誇目侈於紅紫、蕩心逾于鄭衛。昔揚子雲有言、「詩人之賦麗以則、詞人之賦麗以淫。」若以庾氏方之、斯又詞賦之罪人也。
>
> 然らば則ち子山［庾信の字］の文は、源を宋末に発して、梁の季《すゑ》に盛んに行はる。其の体は淫放を以て本と為し、其の詞は軽［靡］［奇］険を以て宗と為す。故に能く目に誇ること紅紫［邪色］より侈《よこしま》にして、心を蕩《うご》かすこと鄭［風］・衛［風］に逾《こ》ゆ。昔、揚子雲［雄］に言へる有り、「詩人の賦は、麗にして以て則《のっと》り、詞人の賦は、麗にして以て淫す」（『揚子法言』）と。若《も》し庾氏を以て之に方《くら》ぶれば、斯《こ》れ又た詞賦の罪人なり[19]。

これも梁季詩文風格の「流靡不返」を強調したのである。庾信と梁陳宮体詩人とを同じにして、北朝に入った庾信の詩風の変化を見なかったということは、唐の初期に存在した普遍的な認識の限界によるものであろう。唐の初期の歴史学者による斉・梁の詩風への批判は主に宮体一派に対するものであった。斉・梁・陳・隋の詩歌芸術の基本風格と体制に対しては、基本的に肯定的であった。何故かと言うと、彼ら自身もこういった詩風の継承者だからである。

復古詩学の発展に従って、特に漢・魏時期の古詩が新たに肯定されて、そうして模範として樹立されていた。

斉・梁・陳・隋の詩風全体が質疑され、また批判されていた。この面において、陳子昂・李白・白居易三氏の考え方が特に代表的なものであろう。［初唐］陳氏の『与東方左史修竹篇序』（東方左史に与ふる修竹篇序）には、次のような叙述がある。

文章道弊、五百年矣。漢魏風骨、晉宋莫傳。然而文獻有可徵者。僕嘗暇時觀齊梁間詩、彩麗競繁、而興寄都絕。每以永歎。

文章の道弊《やぶ》れ、五百年なり。漢魏の風骨、晋宋に伝ふる莫し。然れども文献には徴す可き者有り。僕嘗て暇ある時に斉梁間の詩を観るに、彩麗繁きを競ひ、而して興寄（詩に託する中身）都《すべ》て絶えたり。毎《つね》に以て永歎す。(20)

［盛唐］李白は「古風」（五十九首其一）において次のように述べている。

大雅久不作、吾衰竟誰陳。王風委蔓草、戰國多荊榛。龍虎相啖食、兵戈逮狂秦。正聲何微茫、哀怨起騷人。揚馬激頽波、開流蕩無垠。廢興雖萬變、憲章亦已淪。自從建安來、綺麗不足珍。

大雅久しく作《おこ》らず、吾衰へなば竟《つひ》に誰か陳《の》べん。王風は蔓草に委《す》てられ、戦国に荊榛多し。龍虎相啖食《くら》ひ、兵戈は狂秦に逮《およ》ぶ。正声何ぞ微茫たる、哀怨騒人を起こす。揚［雄］・馬［司馬相如］は頽波を激しくするも、

流れを開けば蕩として垠《かぎ》り無し。廃興万変すと雖も、憲章亦《ま》た已に淪《しづ》む。建安自《よ》り来《この》かた、綺麗は珍とするに足らず。(21)

［中唐］白居易は『与元九書』において次のように述べている。

洎周衰秦興、采詩官廢、上不以詩補察時政、下不以歌洩導人情。乃至於諂成之風動、救失之道缺。于時、六義始刓矣。國風變為騷辭、五言始于蘇李。蘇李騷人、皆不遇者、各繫其志、發而為文。故河梁之句、止於傷別、澤畔之吟、歸於怨思。彷徨抑鬱、不暇及他耳。然去詩未遠、梗概尚存。故興離別、則引雙鳧一雁為喻、諷君子小人、則引香草惡鳥為比。雖義類不具、猶得風人之什二三焉。于時、六義始缺矣。晋宋已還、得者蓋寡。以康樂之奧博、多溺於山水。以淵明之高古、偏放于田園。江鮑之流、又狹於此。如梁鴻『五噫』之例者、百無一二焉。于時、六義寖微矣。陵夷至於梁陳間、率不過嘲風雪、弄花草而已。噫。風雪花草之物、三百篇中、豈舍之乎。顧所用何如耳。設如「北風其涼」、假風以刺威虐也。「雨雪霏霏」、因雪以愍征役也。「棠棣之華」、感華以諷兄弟也。「采采芣苢」、美草以樂有子也。皆興發於此、而義歸於彼。反是者可乎哉。然則「餘霞散成綺、澄江淨如練」、「離花先委露、別葉乍辭風」之什、麗則麗矣、吾不知其所諷焉。故僕所謂嘲風雪、弄花草而已。于時、六義盡去矣。

周衰へ秦興こるに洎《およ》び、采詩の官廃され、上は詩を以て時政を補ひ察せず、下は歌を以て人情を洩き導かず。乃ち諂成の風動き、救失の道欠くに至る。時《ここ》に于《お》いて、六義〔『詩経』の風・雅・頌・賦・比・興〕始めて刓《けづ》らる。国風は変じて［離］騒辞と為り、五言は蘇［武］李［陵］より始まる。蘇・李・騒人、皆な不遇の者にして、各おの其の志を繋《か》け、発して文と為す。故に河梁の句は、別れを傷むに止まり、沢畔の吟は、怨みの思ひに帰す。彷徨して抑鬱し、他に及ぼすに暇あらざるのみ。然れども「詩」（『詩経』の詩）を去ること未だ遠からず、梗概《こうがい》（あらまし）尚ほ存せり。故に離別を興こすは、則ち双鳧《ふ》［かも］一雁を引きて喩へと為し、君子小人を諷するは、則ち香草悪鳥を引きて比［喩］と為す。義類具《そな》はらずと雖も、猶ほ風人の什に二三を得たり。時に于いて、六義始めて欠けたり。晋宋より已還、得し者は蓋し寡《すく》なし。康楽［謝霊運］の奥博を以てするも、多くは山水に溺る。［陶］淵明の高古を以てするも、偏へに田園に放《ほしい》ままにするのみ。江［淹］鮑［照］の流、又た此より狭し。［後漢］梁鴻の「五噫（歌）」の例の如きは、百に一二も無し。時に于いて、六義浸《やう》やく微《おとろ》へたり。陵夷［衰退するさま］として梁陳の間に至りて、率《おほむ》ね風雪に嘲《たはむ》れ、花草を弄ぶに過ぎざるのみ。噫《ああ》。風雪花草の物、［『詩経』］三百篇中、豈に之《これ》を捨てたるや。用ふる所何如《いか》なるかを顧るのみ。「北風其れ涼なり」［邶風北風］の設如《ごと》きは、風に仮りて以て威虐を刺《そし》るなり。「雨雪霏霏たり」［小雅采薇］は、雪に因りて以て征役を愍《いた》むなり。「棠棣《とうてい》［にわざくら］の華」［佚詩］は、華に感じて以て兄弟を諷するなり。「芣苢《ふい》［おおばこ］を采《と》り采る」［周南芣苢］は、草を美《ほ》めて以て子有るを楽しむなり。皆な興此《これ》に発して、而して義彼《かれ》に帰す。是れに反《かへ》るは可ならんか。然らば則ち「餘《のこ》りし霞は散りて綺《あや》を成し、澄める江は浄きこと練《ねりぎぬ》の如し」［謝朓詩］、「離れし花は先づ露に委《ゆだ》ねられ、別れし葉は乍《たちま》ち風に辞す」［鮑照詩］の什［詩句］は、麗しきは則ち麗しきも、吾は其の諷する所を知らざるなり。故に僕の所謂《いはゆる》風雪に嘲れ、花草を弄ぶのみ。時に于いて、六義尽《ことごと》く去れり。(22)

上述した陳子昂・李白・白居易の観点は、それぞれ、唐の初期・盛唐・唐の中期という三つの時期の復古詩学の詩歌史観を代表している。彼らの信仰している最高典範或いは詩学の旨から見れば、陳子昂は漢・魏の風骨を典範とし、李白は大雅を推賞し、白居易は六義を標榜していた。少なくとも、理論上、彼らの示した唐代の詩学思想の発展方向は漢・魏の風格から儒家詩経に回帰する方向であった。彼らの漢・魏・晋・宋詩歌に対する評価は同じではないが、斉・梁の詩風に対しては同じく否定している。注意すべきなのは、唐人の斉・梁詩風への批判が全て、斉・梁詩歌自身に向けられているのではなく、それと同時に、唐の初期頃に、斉・梁詩風の影響を受けて創作した現象にも向けられていることである。この意義から言えば、唐人の詩学実践の中で、斉・梁の詩歌芸術を学び、それを引き継いだことは客観的に存在していたことであって、上述した斉・梁詩歌への批判者も含まれている。唐の詩歌の源は漢・魏の六朝詩歌に由来している。唐代の詩人たちは詩歌伝統を学び、そしてそれを改革すると同時に、魏晋南北朝詩歌史の全体を把握していたが、各学者、各宗派にはそれぞれ自分の傾向があった。おおむね、近体を重んじるものが斉・梁に遡り、復古風格を重んじる者は漢・魏を追っていた。だから、唐人の詩歌史観は大体、漢・魏を重んずるものと、斉・梁に近いものという二大宗派に分かれている。しかし、漢・魏・六朝各時期の詩歌風格の変化については、南朝の文論家のように細かい研究を行っていなかった。だから、この時期の詩歌史及び一般的な文学史の構築は、その当時の創作主題を重視したもので、作家式の文学史の構築であった。唐代の詩人の漢魏六朝詩歌史の構築で、後世に大きな影響を及ぼしたのが、復古派の正変源流説である。その基本的な詩歌史観は、風雅を源に、騒を小変に、漢・魏の興寄、風骨を正流に、晋・宋を衰えに、斉・梁・陳・隋を綺靡の極りに、というものであった。上述の観点は、後人の魏晋南北朝詩歌史についての評価、研究に、大きな影響を及ぼした。今まで、魏晋南北朝詩歌史の基本的な構築は、やはり、南朝の文論家、歴史家と唐代の歴史家、詩人たちによって、共に築かれたものと言っても過言ではないであろう。

上に引用した陳子昂のあの著名な論述は、常に学者たちにも引用されているものであるが、一般的には、陳氏の漢・魏風骨の提唱と、斉・梁の彩麗競繁に反対することに注意するだけで、彼の晋・宋詩歌への評価を重視しない恐れがあった。実際、陳子昂は漢・魏から南朝までの詩歌を三つの段階に分けていた。即ち、漢・魏と晋・宋と斉・梁である。「漢魏の風骨、晋宋に伝ふる莫し。然れども文献には徴す可き者有り」という意味は、漢・魏と斉・梁を両極にして、晋・宋を変化の段階としたことである。正確に言えば、陳氏は晋・宋の詩人は完全に漢・魏の風骨を引き受けなかったが、漢・魏に近くて、漢・魏の文献には証明になるものがあると言いたかったのである。「憲章」はまだ失われず、故にその詩風、斉・梁のものと、同じように視るべからず。こういった観点は、実際、上述した南朝及び唐代諸家の評価の中にも幾らか存在している。陳子昂の漢・魏・六朝の詩歌史構築はマクロ的であるとは言え、完全なものであった。特に、漢・魏と晋・宋と斉・梁という三段階の分け方は、我々が正確に魏晋南北朝詩歌史を把握することに重要な啓発的意義を持っていると言えよう。

その後、宋・元・明・清の各時代にも、それぞれその時代の詩歌風潮に基づいて、中古時期の詩歌史を論述していた。例えば、その中で明・清時代の復古派は、漢・魏を尊敬したので、中古時期の詩歌史研究も注目すべき学問になっていた。胡応麟の『詩藪』、許学夷の『詩源辯体』、方東樹の『昭昧詹言』は、実に伝統的な中古時代詩歌史研究の最高レベルを代表している。その中には今日の我々でも研究に値すべきものが少なくない。

数年前には、学術界では、宮体詩を改めて評価しようと議論したことがある。ある学者は、斉・梁の詩歌革新意義について、新しい論述を出した。それは実際、皆な斉梁詩歌の価値及び詩歌史に対する積極的な影響への新たな評価という問題に関わっている。これは学術界では引き続き議論すべき課題になることであろう。もちろん、唐人の詩歌史観には複雑な一面もある。創作上、唐人は斉・梁の詩歌遺産を多く引き受けていた。故に唐人詩学の中には実際、斉・梁の芸術経験を重視する一派もあった。彼らの詩歌史観は上述してきた復古派の詩歌史観と違うところもある。それは更に一歩踏み込んで研究する問題となるのであろう。(23)

二、詩歌史における文人詩歌の重要な地位

魏晋南北朝の詩歌史は、中国古代文人の詩歌創作伝統の基礎作りと発展の重要な時期であった。中国古代詩歌史は文人の創作を主流として、徒詩〔歌われない詩〕芸術が高度に発達するという特徴を形成したので、この段階の詩歌史は実に重要である。その発展の状況から見れば、魏晋と南北朝との二大段階に分けられる。魏晋期は文人詩歌創作伝統の確立時期であり、南北朝時期はその初歩的な普及と繁栄の時期であった。

魏晋詩人の集団は中国詩歌発展の歴史に重要な貢献をし、文人創作詩歌の伝統を確立した。原始時代以来の歌謡は自然形態の詩歌であり、社会的地位も高くない。商・周以来の朝廷では礼楽を作り、詩歌を楽に取り入れ、そして、宗廟などの祭りに合わせて、雅頌歌舞曲を創作したので、詩歌の地位は次第に高まっていた。詩歌は国家政教の一部分となっただけではなく、貴族及び士大夫の基本的な文化教養ともなった。このようにして、詩歌教育の体制が形成され、詩歌は人心に浸潤していった。(24)そうして中国古代士大夫階層の詩歌芸術を尊

ぶ基礎を作り出した。しかし、西周から春秋に至って、貴族と士大夫階層の詩歌による教化は、ただ、詩を歌う、詩を舞う、詩を詠む、或は著書に詩を引用して、聘問の中で詩を賦すということに止まっていた。こういった状況は、ずっと、儒家が秦代までの詩学を大成するまで変わりはなかった。一言で言えば、詩歌教育の原則は周代に定められたが、文人個体の詩歌創作の風習はまだ形成されていなかった。戦国時代後期、王官は失職し、詩を学ぶものは、平民へと変わった。それで、古代詩的な意味での賢人失職に同情する賦が生まれた。これが中国古代個体文学の始まりとなったが、辞賦一体で、後に一般の韻文に変化して、詩の精神を失った。[25]故に、中国古代詩人が詩歌伝統を遡る時、よく「雅頌」、「風雅」、「風騒」という旨を唱え、[26]『詩経』、『楚辞』を詩歌創作方面の最高模範としたが、しかし、直接的な芸術源流から言えば、中国古典詩歌の直接的な芸術源流は、漢代民間詩楽の中から生まれ育った新興五言詩体であると言えよう。最初に、俗体と見られた五言詩を新しい詩体として、俗楽から文人詩壇に取り入れ、[27]ついに、詩壇の正体にさせたということは、魏晋詩歌史の基本的な発展過程であろう。それと同時に、中国古代文人詩の伝統も真に確立できた。その前の時代では、このような伝統はまだはっきりしていなかった。『詩経』は古代賢人の芸術であり、自然的な詩歌芸術の特徴を持っている。その当時、特色のある、鮮明な集団的性格のある中国古代文人集団（所謂、中国古代の士大夫階層）はまだ形成されていない。中国古代文人集団は戦国時代に生まれた。楚辞の主要作者屈原・宋玉などは、文人詩人の先駆者と言えるであろう。彼らの人格精神と文学精神は後世に大きな影響を与えた。両漢の辞賦家集団は戦国後期の辞賦創作伝統を継承し、同時に、また、戦国後期の文人文学をも発展させ、辞賦創作を主体とする両漢の文人集団を形成した。これはその後の魏晋南北朝時代の文人文学の繁栄にも大きな影響を及ぼした。中国古代文人文学の創作伝統は、上述した戦国から両漢までの詩賦家によって作られたと言ってもいいであろう。司馬相如・揚雄・班固・張衡・蔡邕などの漢代の著名な詩賦家は、魏晋南北朝期に皆な文学家の模範と称えられたことも、それを十分に立証しているであろう。それ故、魏晋南北朝文学の繁栄と文人詩歌創作の発展を議論する際に、両漢の文人文学の先駆的な地位を忘れてはならない。いろいろな歴史的な原因で、両漢時期の歌謡、樂府などの詩歌体系は発達していたのに、文人詩歌はやはり多くなかった。漢代の正統的な観念の中、所謂「詩」とは、ただ、『詩経』を指すしかなかった。しかし、『詩経』は聖人賢人によって作られたというので、また、少なくとも、聖人賢人の訂正を経たものなので、「詩」の地位はとても崇高なものとなった。そのため、文人が詩歌を創作する権利を自然に放棄することになった。もちろん、漢の人には、『詩経』を真似て詩を作った人がいた。例えば、韋孟の「諷諫詩」、「在鄒詩」、韋玄成の「自劾詩」、「戒子孫詩」などである。しかし、それらは、ただの模倣で、風潮にはならなかった。だから、文人詩歌創作の風習、文人詩歌創作の伝統は、漢代にはまだ形成されていなかった。ずっと後、後漢中末期以降になって、思想、生活など正統の儒家から影響を受けた一部分の文士が、初めて民間の五言新体を自分の感情を表す道具とするようになった。(28) そして、四言詩体も新興五言詩の創作風習、創作精神の刺激を受けて、次第に蘇るかのごとく勢いを増してきた。班固・張衡が先になり、蔡邕・趙壱・侯瑾・酈炎・秦嘉らが後を継いで、世に伝わっている「古詩十九首」、「蘇李録別詩」などのような無名氏五言詩は、大いに多様で盛観であった。そうして、文士として作詩することが、性格の大らかな、文学が好きで音楽を楽しむ士人集団の中で、流行り始めた。建安の詩家には、漢の末期の名士が多い。しかし、曹操・阮瑀・陳琳などの早い時期に作られた五言・楽府は、多く鄴《ぎょう》［建安期の魏の国都］下の詩歌創作風習の流行る前に出来たもので、彼らは互いに知り合っていなかった。つまり、彼らは皆な漢の末期の文人詩歌創作風習の次第に流行る中で、創作し始めたのであろう。鄴下詩人集団の形成によって、こういった風習が一つの高まりの局面に押し進められた。こうして、魏晋文人詩歌創作の偉大な歴史を作り始めた。劉勰の言う「建安の初めに曁《およ》びて、五言騰踊す」（『文心雕龍』明詩）は正にこの意味であろう。また余嘉錫の言うには、「蓋し魏晋人の一切の風気は、後漢より開かれざるは無し」[29]。これは、上述した詩歌史の事実からも証明できることであろう。だから、魏晋時代の文人詩歌史を語る時には、後漢の文人の作品に遡らなければならない。しかし、後漢文人の詩歌風格は、潜む流れ、細い流れのようで、建安時期になってから、初めて大きく成長したわけである。その後の二千年にわたって、士大夫集団の詩歌創作伝統は絶えることはなかった。建安時代は実に文人詩歌史の開創された時代であろう。鄴下以後になって、文人詩歌創作は一度甚だしく衰えて、詩壇はまた、自然吟詠の態勢に戻った。しかし、漢、魏の境には、玄風が盛んになると同時に、寒素尚文という一派も出来た。それに、西晋王朝では文学歴史学を提唱していたので、西晋の太康・元康詩風が盛んになり、建安の文人詩歌伝統を復興し、そして、それを発展させた。この二期の発展を通して、中国古代の文人詩歌伝統は初めて確立出来た。だから、東晋では玄を尊び、文を軽んずることとなったが、玄言詩風の流行もあって、建安以来の芸術宗旨から離れているとはいえ、客観的には五言詩歌の伝統を引き継いだのである。北方十六国では一度文人詩風がなくなったが、北魏孝文の後になってから、漢魏文化を尊ぶと同時に、魏晋の詩歌伝統をも引き継いだ。これらの状況は、魏晋時代が中国古代の文人詩歌創作伝統の設立時期であることを証明している。この設立時期を経てから、詩歌史の中には、そのあとの南北朝文人の詩歌創作の繁栄および唐代に文人詩歌が高度に発達する必然的な趨勢も含まれることになった。

文人詩歌伝統の確立は、中国詩歌史において、とても意義深いものである。自然状態の詩歌、例えば、歌謡及び音楽、歌、舞踏と結び付けた楽詩、歌詩の伝統に対して、文人詩歌は一種の新しい創作伝統であろう。それは、芸術的意識をもっと自覚し、文学的な意味をもっと突出させている詩歌創作である。

仮に、魏晋時代の詩人集団の、詩歌史に対する主な貢献が文人詩歌伝統の確立であるとするなら、南朝期（北朝後期を含む）の詩人集団の、中国詩歌史に対する主な貢献は、詩歌芸術を文人社会で普及させ、詩歌創作を空前なまでに繁栄させたことであろう。鍾嶸の『詩品』序では、以上の歴史の発展について、次のように生き生きと描写している。

若乃春風春鳥、秋月秋蟬、夏雲暑雨、冬月祁寒、斯四候之感諸詩者也。嘉會寄詩以親、離群託詩以怨。至於楚臣去境、漢妾辭宮、或骨横朔野、魂逐飛蓬、或負戈外戍、殺氣雄邊、塞客衣單、孀閨涙盡、又士有解佩出朝、一去忘返、女有揚娥入寵、再盼傾國。凡斯種種、感蕩心靈、非陳詩何以展其義。非長歌何以釈其情。故曰、「詩可以群、可以怨。」使窮賤易安、幽居靡悶、莫尚於詩矣。故詞人作者、罔不爱好。今之士俗、斯風熾矣。纔能勝衣、甫就小學、必甘心而馳鶩焉。於是庸音雜體、人各為容。至使膏腴子弟、恥文不逮、終朝點綴、分夜呻吟。獨觀謂為警策、衆覩終淪平鈍。次有輕薄之徒、笑曹劉為古拙、謂鮑照羲皇上人、謝朓今古獨步。而師鮑照、終不及「日中市朝滿」。學謝朓、劣得「黄鳥度青枝」。徒自棄于高明、無涉于文流矣。觀王公縉紳之士、毎博論之餘、何嘗不以詩為口實。隨其嗜欲、商榷不同。淄澠並泛、朱紫相奪、喧議競起、准的無依。

乃ち春風春鳥、秋月秋蟬、夏雲暑雨、冬月祁［大］寒の若《ごと》きは、斯《こ》れ四候の諸《これ》を詩に感ぜし者なり。嘉会には詩に寄するに親を以てし、離群には詩に託するに怨を以てす。楚臣［屈原］境を去り、漢妾［王昭君］宮を辞し、或いは骨 朔野に横たわり、魂 飛蓬を逐ひ、或いは戈を外戍に負ひ、気を雄辺に殺し、塞客衣単《ひとえ》にして、孀閨［寡婦の部屋］涙尽き、又た士に佩を解きて朝を出で、一たび去りて返るを忘るる有り、女に蛾を揚げて寵に入り、再び盻《かへり》みて国を傾くる有るに至る。凡そ斯《かく》のごとき種種は、心霊を感蕩せしめて、詩を陳《の》ぶるに非ずんば何を以てか其の義を展《の》べん。長歌に非ずんば何を以てか其の情を釈《と》かん。[30]故に曰く、「詩は以て群す可く、以て怨む可し」(『論語』陽貨)と。窮賤をして安んじ易く、幽居をして悶へ靡《な》から使《し》むるに、詩を尚《こ》ゆるは莫し。故に詞人作者、愛好せざるは罔《な》し。今の士俗、斯の風熾《さか》んなり。纔《わづ》かに能く衣に勝《た》へ、甫《はじ》めて小学に就《つ》く［八歳］におよべば、必ず心に甘んじて［熱望して］焉《これ》に馳騖《ちぶ》［駆け回る］せん。是に於いて庸音雑体、人各おの容と為す。膏腴《こうゆ》（富貴）の子弟をして、文の逮《およ》ばざるを恥ぢ、終朝点綴《てんてい》し、分夜［平夜］呻吟せ使むるに至る。独り観ては警策為《た》りと謂《おも》ふも、衆観《み》れば終《つひ》に平鈍に淪《しづ》む。次に軽薄の徒有り、曹［植］・劉［楨］を笑ひて古拙と為し、鮑照を羲皇上人、謝朓を今古独歩すと謂ふ。而して鮑照を師として、終《つひ》に「日中市朝満つ」に及ばず。謝朓に学んで、劣《わづ》かに「黄鳥青枝を度《わた》る」を得るのみ。徒《いたづ》らに自ら高明を棄て、文流に渉《わた》る無し。王公縉紳の士を観るに、博論の餘毎《ごと》に、何ぞ嘗て詩を以て口実（話題）と為さざらん。其の嗜欲に随ひて、商搉（品定め）同じからず。淄《し》・澠《じょう》（共に河の名、水の味が異なる）並び泛《なが》れ、朱（正色）紫（邪色）相奪ひ、喧議競ひ起こりて、准的［標準］の依る無し。[31]

鍾嶸のこういった論述は、前半で詩歌発生の原理を論じたもので、『堯典』の「詩言志」、「毛詩序」の「情中に動きて言に形《あら》はる」という説と全く同じものである。その後半では斉・梁の際の詩学繁栄の状況を論じている。実際、ここでは、二種類の違った詩歌創作に触れている。一つは自然の詩歌創作で、抒情を主な動力とする。詩歌史発展の最初の時期、或いは民間詩歌の場合、詩歌創作は主に自然創作の性質を体現していた。もう一つは、自覚的な詩歌創作で、芸術、才能の比較を主な動力とする。詩歌創作繁栄の後、自覚創作の性質を体現していた。この時の詩歌芸術功能が複雑になり、抒情言志の外、詩歌創作を通して、芸術、才能を比べるという心理が創作動機の中では重要な部分を占めるようになった。所謂「今の士俗、斯の風熾《さか》んなり」云云。士俗の詩に対する好み、研鑽というのは、完全に自然抒情の要求に基づいているのではなく、つまり、「展義」、「騁懐」、および「群」、「怨」、「使窮賤易安、幽居靡悶」などの内在的要求の実現のためではなく、社会的な芸術競争の行為になっている。詩歌を借りて、自己の才能を表し、他人の賛美を博することを狙っている。漢・魏から斉・梁までの詩歌発展史は、自然で、抒情功能を主とする詩歌芸術形態から、自覚的で、芸術功能を主とする詩歌へと、発展した過程であると考えられる。漢・魏詩歌は主に前の種類に属し、斉・梁詩歌は主に後の種類に属する。そして、斉・梁型の詩歌の芸術功能に於いての変化は、詩歌創作の普及、詩歌が士大夫文化の重要な内容であることになった結果であろう。鍾氏の言う、当時、士人競争して詩を創作する状況は、実際、斉梁詩壇の新しい情勢で、魏晋時代にはなかった。この意義から言えば、詩歌発展の歴史における南朝詩歌の大きな貢献は、詩歌の士人集団の中での、初歩的な普及が出来たことである。それで、詩歌は士大夫文化の中で大いにその地位が高められた。隋・唐代科挙の、詩賦をもって士を取るという制度もこのような背景のもとに生まれたのであろう。

何故、上述した繁栄が生まれたのであろうか。まず、魏晋時代の発展を経て、詩歌芸術が成熟するようになったためである。詩歌創作の中では人工的な要素が強化されたので、詩歌は更に芸術的な色彩を帯びるようになった。それで、身に着けることも一層便利になった。その次に、南朝時期の社会はある程度安定していて、文学を尊ぶ風習も流行していたことも関係している。しかし、これらの原因以外に、実は南朝社会の才能を重視することと、士族文人の詩歌創作を本階層の文化的旗印としたこととも関係している。南朝の士族は魏晋士族の末裔である。この士族階級は、多くの歴史上の使命を果たしてきた。例えば、派閥政治、玄学の繁栄、山水審美の風習などを造り上げた。士族として、いつでも自身の優越感を示して確認しようとしていた。そうして、この優越感を示すには文化上の旗印が必要となる。玄学と清談がかつて、このような旗印として存在していた。玄学が衰えてから、辞賦を中心とする文学創作がその中の最も重要な文化的旗印となった。門閥以外には、博学属文［文章を綴ること］がその当時の人材かどうかをはかる重要な旗印となり、士族多籍文学がいい評判を造り上げた。その中の詩歌創作がよく人の性格と才能を表し、また、高い審美価値をもっているので、自然に南北朝文人文学創作の中心となった。もう一方、士族に相対する寒族は上層社会に入ろうとして、士族の文化趣味に応えて、常に詩賦をもって、立身するための道具とした。しかし、詩歌伝統の面で、彼らは漢魏期の寒士詩人の抒情伝統を重視して、それを受け継ぎ、両晋時期からの貴族詩風とは違っていた。両派の詩人は共同で南朝士群の詩歌芸術を学び合い、詩歌創作に熱中する風習を造り上げた。主体的需要の面から言えば、南朝期の士大夫階層の生活は豊かで、感情に満ち溢れていたので、詩歌を縁情の道具とする観念も実際、強烈的な印証が得られて、集団の詩歌に対する熱中度を刺激した。蕭梁時代に盛んであった宮体詩風も、こういう傾向の発展の結果と言えるであろう。

南朝詩風の繁栄はその支配者の提唱とも大きな関係があると思われる。魏晋詩風の発端となる建安詩風は、三曹親子が詩歌に熱中したことと大いに関係している。その当時の支配者の熱中と提唱によって、詩歌創作の繁栄という詩歌史発展の促進様式を作り上げたと言える。両晋の支配者は文学にあまり関心を寄せなかったので、詩歌発展への影響も比較的少なかった。劉宋皇室の出身は寒族である。当時の門閥士族の「文風」熱中の風習に賛同し、そして、曹魏皇族の文学を好む風習に追従したので、詩歌と最高統治とをまた関連させていた。南斉皇族の藩君もこの風習を受け入れ長く継承した。こうして、君王が文学を好み、文人の代表者ひいては、直接文壇の指導者にもなるという状況は、蕭梁時代まで続いて、最高の境地に達していたと言ってもいい。それで、最高支配者と詩歌史との関係は更に強固なものになり、上述した曹魏の造り上げた発展様式は更に有効なものになったと言えよう。詩歌史の重要な構造の一つとして、このような様式の有効性が、ずっと唐代の初期まで続いた。魏晋から唐代初期までの詩歌史を研究するには、特にこの歴史の要素を考えなければならない。支配者の文学嗜好について言えば、文学史及び全体の文化風習の役割が主な要因となるであろう。支配者が文学を好むことは、本来、時代風習と文化観念の影響を受けた結果である。そして、この影響を受けて、それに熱中することとなると、文学を好む風習の更なる流行を推し進めることが出来る。この点については、南朝の一部分の文学評論家がすでに十分注意を払っていた。裴子野の「雕虫論」では、専らこの問題を論じたことがある。その前置きにおいて、次のように述べている。

宋の明帝、博く文章を好み、才思朗捷たり。常に書奏を読み、号して七行倶《とも》に下ると称す。禎祥及び（行）幸・宴集有る毎に、輒《すなは》ち詩を陳べ義を展べて、且つ（作詩を）以て朝臣に命ず。其の戎士武士は、則ち托請［内密に頼む］するに暇あらず、課限［締め切り］に困《くる》しみ、或いは買ひて以て詔に応ず。是に於いて天下、風に向かひ、人自ら藻飾し、雕虫の芸、時に盛んなり。[32]

裴子野の言及するこうした状況は、実に明帝一代に限らず、一種の普遍的な現象となっていた。

南朝詩歌創作の繁栄は、直接、唐代初期の朝野詩歌創作の繁栄を導いた。唐代の、詩を以て士を取るという科挙制度もこの発展の結果となる。それ以後、中国古代では、文人の詩歌創作の伝統が強固なものとなった。そして、後の封建時代全体を貫いた。士人、文人、詩人という三つの概念はある程度同じものを指すことになる。これは、世界詩歌史の中で未曽有の現象である。

文学思想から見れば、魏晋時代の詩歌は擬古的な創作方法を多く用いていた。それは復古傾向のある型である。魏晋文学は時代更新したとは言え、文学観念上、「復」を主としていた。実際の創作上、建安詩人達、例えば、曹植・王粲などは、雅・頌を真似るようになった。曹操は擬古を取らなかったが、再三、「詩を以て志を言う」、「歌を以て志を詠む」と提唱していた。これはやはり、儒家詩道を受け継いだものであろう。しかし、創作上の擬古傾向は、建安時期において、まだあまり顕れていなかった。何故かと言えば、建安時期の詩章は五言にせよ、また、楽府にせよ、皆な新声俗体という特徴を帯びていたからである。魏晋の境に至って、建安詩歌の勢いが衰えてゆくに連れ、漢・魏の詩歌はいち早く五言詩と擬楽府の模範となった。傅玄以下の西晋の諸家は更に漢・魏を真似、雅頌を手本とすることになった。だから、魏晋時代の詩壇では、濃厚な擬古風習を呈していた。この風習は、漢・魏から『詩経』にも遡るようになり、四言体の創作も一度、復活するような勢いもあった。東晋の玄言詩は、西晋詩人の縁情様式を放棄したが、その詩体と言語方面の典雅復古を受け継いでいた。南朝の評論家は再三、玄言詩の風騒宗旨に従わなかったことを指摘しているが、玄言詩人の創作意図から見れば、四言雅頌体を大量に用いていることは、正に一種の擬古的な表現となるであろう。東晋・宋の時期になると、五言詩と楽府詩が復興し、劉琨から、元嘉の三大家まで、やはり、漢・魏・西晋の詩歌を主要な学習模範とした。ここから見れば、建安から元嘉に至って、文体は数回も変化したにもかかわらず、皆な各自の方式で復古、擬古の創作思想を際立たせたのである。見て分かるように、魏晋型の詩歌の基本性質は、擬古型の詩歌である。擬古は後の復古とは少し違いがあるが、主な表現は体制と風格の面で古人を模擬踏襲したことである。

魏晋型詩歌の擬古性質に対して、斉梁詩歌の基本精神は革新（或いは新しきを追うと称する）である。南朝詩歌が魏晋詩歌を継承し、発展させたのも、明確な通変観念の指導の下で行われたことである。「変」とは、南朝文学思想の中の重要主題の一つである。この面においては、沈約と斉の永明諸家が実に重要な存在である。沈約は『宋書』謝霊運伝論において、系統的に「変」の文学主張を述べた。それは永明一代の文学革新の綱領であるだけではなく、実にまた、中国古代文学観念の中の「新変」思想の初めての系統的な、明確な論述でもある。この意義について、従来の文学思想発展史の研究者は、今なお十分な評価を与えていない。次に挙げるのは『宋書』謝霊運伝論の中の短い文章であるが、そこで幾度も「変」について述べている。

若夫平子豔發、文以情變。
自漢至魏、四百餘年、辭人才子、文體三變。
仲文始革孫許之風、叔源大變太元之氣。

若《も》し夫《そ》れ平子艶発《ひら》き、文は情を以て変ず。
漢自《よ》り魏に至り、四百余年、辞人才子、文体は三変す。

仲文は始めて孫・許の風を革《あらた》め、叔源は大いに太元の気を変ず。(33)

およそ南朝時期の文学者は、「変」が文学発展の常態であるということを十分に認識していた。例えば、蕭統の『文選』序では、次のように述べている。

若夫椎輪為大輅之始、大輅寧有椎輪之質。增冰為積水所成、積水曾微增冰之凜。何哉。蓋踵其事而增華、變其本而加厲。物既有之、文亦宜然。隨時變改、難可詳悉。

若《も》し夫《そ》れ椎輪［原始の車］は大輅［天子の車］の始為《た》るも、大輅に寧《いづく》んぞ椎輪の質有らんや。増氷は積水の成す所と為るも、積水に曽《かつ》て増氷の凛［冷たさ］微《な》し。何ぞ哉《や》。蓋し［車は］其の事を踵《つ》ぎて華を増し、［氷は］其の本を変へて厲《はげ》しさを加ふ。物既に之《これ》有り、文も亦た宜しく然るべし。時に随ひて変改するは、詳しく悉《し》る可きこと難し。

南朝詩歌と魏晋詩歌の芸術風格と芸術原則などの全面的な違いは、この「変」の文学思想の影響から来ていることを軽んずべきではない。周勛初氏が次のようなことを言ったことがある。「葛洪の今の文学が古代の文学に勝るという説は、漢代から作り上げられた社会進化観念と関係している」(34)。これは、恐らく今の文学が古代文学に勝るという思想の遠い源であろう。しかし、こういう思想の出来た直接的な原因は、永明前後の文学新変の態勢からであろう。

芸術的な淵源から言えば、斉梁体の誕生は、呉声、西曲など東呉以来の新声楽府を取り入れた結果である。本来、魏晋詩歌が晋・宋に発展した際、すでに音楽と民間詩歌とは遠く離れていた。それで、典則、晦渋の風格が現れた。しかし、この時期の民間方面では、呉声と西曲が共に発展していて、しかも、東晋以来、上層階級の生活にも浸透していた。ところが、詩壇では、まだ正式に認められていなかった。時には試していたが、風習には成らなかった。例えば、孫綽の「情人碧玉歌」、謝尚の「大道曲」、王献之の「桃葉歌」、桃葉の「答王団扇歌」など、その多くは、狎邪膩好［花柳界の贅沢趣味］の詞である。例えば桃葉「王の団扇《だんせん》［うちわ］の歌に答ふ」の「七宝画団扇、燦爛たり明月の光。郎に与《あた》へて暄《けん》［暖］暑を却《しりぞ》けしむ、相憶ひて相忘るること莫かれ」、「青青たる林中の竹、白団扇を作る可し。動揺す郎の玉手、風に因りて方便を託せん」、「団扇復《ま》た団扇、許《これ》を持ちて自ら面を障《ふさ》ぐ。憔悴して復た理《ととの》ふ無し、羞づらくは郎と相見えんことを」[35]。そして、「典則哲理」詩人として知られる謝霊運も、次の作を試みた。「東陽溪中の贈答詩」に「可憐なるは誰が家の婦ぞ、流に縁りて素足を洒《あら》ふ。明月雲間に在り、迢迢として得る可からず」、「可憐なるは誰が家の郎ぞ、流に縁りて素舸に乗る。但だ問ふ情若為《いかん》と、月は雲中に就きて堕つ」[36]。擬《なぞら》えているのは正に呉声新体である。しかし、この体が音楽背景に伴って正式に詩壇に入ったのは、劉宋時期の鮑照・湯恵休などからである。その時から、詩歌は抒情化、軽艶化の方向に発展していった。永明期の沈約・謝朓などが永明新体を創作し、梁代の蕭綱などが宮体詩歌を提唱したことは、皆なこの民間の詩楽が詩壇に入ることと、ずっと関係していた。そして、呉に源を発し、晋・宋両代を歴て、南方の民間で発展してきた呉声西曲は、漢の楽府音楽系統と全く関係ないとは言えないが、本質から言えば、二つの違う系統となるであろう。『楽府詩集』巻四十四「清商曲辞一」にいう、

『晉書』樂志曰、「呉歌雜曲、並出江南。東晉以來、稍有增廣。其始皆徒歌。既而被之管弦。蓋自永嘉渡江之後、下及梁陳、咸都建業、呉聲歌曲起於此也。」

『晋書』楽志に曰く、「呉歌雑曲、並びに江南より出づ。東晋以来、稍《やうや》く増広する有り。其の始め皆な徒歌なり。既にして之に管弦を被す。蓋し永嘉に江を渡りし後自《よ》り、下は梁・陳に及ぶまで、咸《みな》建業に都し、呉声の歌曲は此《ここ》より起こるなり」(37)。

また、宋人郭茂倩の『楽府詩集』にいう、

西曲歌出於荊、郢、樊、鄧之間、而其聲節送和與呉歌亦異。故依其方俗而謂之西曲云。

西曲歌は荊・郢・樊・鄧（今の湖北中西部と河南西部江漢流域一帯）の間より出でて、而して其の声節送和は呉歌と亦た異なれり。故に其の方俗に依りて之を謂ひて西曲と云ふ(38)。

この呉声、西曲の繁栄は、また、南朝期の長江流域の経済開発と都市文化の発展と関係がある。それで、南朝詩歌のその音楽は民間詩歌のとは淵源が違う。これも魏晋詩歌と違う発展段階になる重要な原因であろう。「漢魏両晋と南北朝隋詩の詩歌芸術の風貌が違うことは、それらが違う時代の民間詩歌に源を発することと密接な関係がある」(39)。魏晋古代詩歌は漢魏楽府を音楽母体とするならば、斉梁体ひいては斉梁体から変化した近体、それらの音楽の母体は六朝時代の新声楽府であると言えるであろう。

三、社会文化背景と詩歌史との関係

一つの完全な詩歌史は、詩歌史自身の発展、変化の軌跡を論じるのみならず、また、詩歌史の社会文化背景を研究しなければならない。ある時期の詩歌史の存在、発展に頼る全体の社会文化条件から、この時期の詩歌創作の中の主題、題材、審美趣味及び芸術風格などを作り出した社会と文化方面の原因に至るまで、皆な詩歌史の外部関係研究の中に取り入れていいことである。何れの時代の詩歌も皆な特定の時代の社会文化背景の中に存在するものであり、その相応する時代の社会文化の総合関係の影響を体現するものである。しかし、違った時期における詩歌史、或いは違った類型の詩歌創作の中に現れた社会文化の影響形式と実質は皆な違っている。比較してみれば、魏晋南北朝期の詩歌史は社会文化との関係が最も緊密であった。故に、この時期の詩歌史を研究するには、より多く社会文化背景の研究をしなくてはならない。他の段階の詩歌史が多く芸術要素の分析に着眼していることとは違っている。更に正確に言えば、魏晋南北朝の詩歌史の中の多くの重要な現象については、皆な社会文化背景の中から、その解釈を求めなければならない。社会文化背景を重視する研究方法は、魏晋南北朝の詩歌史研究に於いて、今後いっそう有効かつ必要となるであろう。実際、この時期の詩歌史研究は、一部分、思想史或いは他の文化領域の範疇に属する。

魏晋以前には、全体から見れば、詩歌はやはり一種の自然な芸術の存在であり、主な表現形式には、民間歌謡と音楽詩歌の、二種類があった。これに対して魏晋南北朝詩歌の主体は文人詩である。文人詩歌の伝統は、基本的に音楽詩歌と民間歌謡という二種類の自然芸術形態を離れた自覚芸術である。魏晋南北朝は文人詩歌創作系統の最初の発展段階として、その詩歌と文化との関係は、前の『詩経』、漢楽府詩と違うだけではなく、後の唐・宋文人詩とも異なっている。

まず、詩歌の社会文化における比重問題を見てみよう。魏晋の時期には、詩歌創作が士人集団の文化活動に占める比重はまだ大きくなかった。全体の士人集団の中には、詩歌創作をする人数が少なかった。例えば、建安期は詩歌繁栄期と称されるが、詩歌創作者はただ北方の曹魏集団の中の極少数の人であった。鍾嶸は鄴下（献帝建安）期に曹魏に頼る文士について、次のように述べたことがある。「自ら属車に致す者、蓋し百を将《もっ》て計《かぞ》ふ」（『詩品』序）、これでも大げさな言い方である。そして、その中の五言詩創作者はもっと少なかった。正始前後、玄学名士が輩出するが、詩風は衰えていった。真に詩歌に長じているものは唯であろうか、それは阮籍・嵆康など、数人しかいなかった。西晋期には詩人数が少し増えた。劉勰の『明詩篇』に、「張・潘・左・陸は、肩を詩衢に比《なら》べる」と述べられている。この「詩衢」二字は西晋詩風の最初の盛んであった時期という状況をよく形容している。しかし、この時期の詩人集団はやはり少数であって、主に出身の比較的貧しい人、及び文学・歴史・博物で出世した寒素人士から構成されている。(40)そのほか、伝統経学を継承する学者と新興の玄学名士は五言詩の創作にはあまり関わっていなかった。また、この時期の支配者の詩歌活動に対する興味は、曹魏時代にも及ばず、南朝各時代にはもっと及ばなかった。政治と文化の中心にある門閥士族と詩歌創作活動との関係はまだかけ離れていた。総じて、詩歌はこの時期にはまだ門閥士族の文化の旗印となっていない。東晋時期に門閥士族の詩人集団が形成され始め、同時に寒素階層の中にも多くの詩人が存在していた。しかし、この時期には、玄風が更に盛んになり、詩歌活動は玄学活動に依存している性質がいっそう顕著であって、漢魏の抒情言志の伝統は衰えていた。こうして見れば、魏晋の時期には詩人集団の規模が小さかったので、思想と個性の上で、皆な一般の士人集団に依存していた。言い換えれば、この時期の詩歌は士人集団の一般的な思想風習の影響を受けた。だから、魏晋詩歌は魏晋の社会思潮と緊密に関係するという特徴が出来たわけである。

詩人自身から言えば、魏晋の詩人は詩人としての役割をまだ十分果たしていない。所謂「余事に詩人と作《な》る」（韓愈「和席十八［夔］十二韻」）とは、魏晋の詩人にとって、最も適切な言い方であろう。このような状況のもと、詩人が詩歌創作の時に、主体的思想感情を表し抒情しようとすることと、社会事象を表し、また再現しようとする動機は、自然な芸術経営の動機よりも強かった。建安詩歌は尤もこのようであった。詩歌方面で最も大きな精力を投じた曹植でも、その詩歌への理解は、やはり主に「言志縁情」を中心にしていた。その「慷慨に悲心有りて、文を興こして自ら篇を成す」（「贈徐幹」徐幹に贈る）という句は、正に彼が抒情詩歌思想を重視していることを反映している。建安詩歌全体の「時事を直言」し、「怊悵《ちょうちょう》［痛み悲しむ］して抒情す」という現実主義の風格は、正にこのような審美思想から来ているのであろう。その後の正始詩人である阮籍・嵇康の詩歌創作は、思想を表す動機が芸術そのものを表す動機より、やはり大きかった。また、玄学が体道と超現実人格を追求し、そして、幻想的な超現実の神仙境界の精神を奮い立たせようとしていたので、阮籍・嵇康の詩風は主体思想の極めて誇張された超現実審美傾向の詩風となっていた。西晋の太康・元康の詩人となると、主体思想がある程度衰えていたので、芸術的な主題がかなり顕著になった。そして、自覚的に漢魏以来の五言詩歌の芸術を学び、風格と体制を重視し、古典主義の傾向を現していた。詩歌芸術自身の主題が初めて相当はっきり強化され、その後、長く影響を及ぼすことになり、修辞を重視する詩風が確立された。東晋の玄言詩は門閥士族の名教・自然合一の思潮の中で生まれた。この思潮の媒体として、詩歌は玄仏思想を表す道具となった。それと同時に、また、西晋詩歌の典雅を尊び、修辞を重んずる風格を受け継ぎ、名理［物の真理］と雕藻［言葉の美］の結び付いた玄言詩風を形成した。それは、思想を表す動機と、修辞を尊ぶ詩風との奇妙な結合であるとも言えるであろう。奇妙と言うのは、一般的には、哲理詩歌は大体、素朴な言語風格と結び付いているが、この場合は右の結合が、却って門閥士族の文化特性に合っているからである。

南北朝の時期には、詩歌創作集団は、魏晋の時期に比べて膨大な数であった。詩歌芸術は、士人集団の中で初歩的に普及していた。詩歌史の発展もその他の思想文化に依存することから、詩歌史自身のより独立した発展を求めることへと、変化していた。それで、甚だしく芸術の側面が重視されることにもなっていた。これは、詩歌史自身の発展の結果である。しかしまた、この時期の政治状態と士族文化の全体情勢とは切り離すことが出来ない。例えば、この時期の詩歌創作の全体的に装飾的で、華やかでさえある現象は、士族文化が甚だしく貴族化したことと関係しているであろう。同時に、それはまた、この時期の士人集団の主体精神の喪失の現れでもある。また、仏教及び貴族の奢侈で虚飾的な生活趣味も、詩風に決定的な影響を及ぼしたであろう。

総じて、魏晋南北朝の詩歌史、特にその前期の魏晋の詩歌史において、発展態勢が出来た決定的な要素は、社会文化の方面に最も多いと思われる。それは、文人詩歌史がまだ発展の前期にあり、詩歌芸術の伝統自身がまだ強くないからである。

魏晋南北朝の詩歌史のもう一つの重要な態勢は、詩歌創作及びその芸術成就が時期と地域によって、著しくバランスを欠いていることである。これは、魏晋南北朝期の不断の戦乱紛争、南北分裂、王朝の頻繁な交代、文化発展の不均衡という歴史形態と関係している。また、この時期の詩歌は文人詩歌史の初期にあり、詩歌芸術伝統も尚お発達していなかった。だから、最初に自然芸術形態から発展してきた詩歌としての、魏晋南北朝の詩歌史は、後の唐、宋の詩歌史に比べて、甚だしく不均衡性を示していると思われる。

鍾嶸の『詩品』序には、建安から西晋に至る詩歌史発展の不均衡状況を次のように述べている。

降及建安、曹公父子、篤好斯文。平原兄弟、鬱為文棟。劉楨王粲、為其羽翼。次有攀龍託鳳、自致于屬車者、蓋將百計。彬彬之盛、大備于時矣。爾後淩遲衰微、迄于有晉。太康中、三張、二陸、兩潘、一左、勃爾復興、踵武前王。風流未沫、亦文章之中興也。

降りて建安に及ぶや、曹公父子は、篤く斯文を好む。平原兄弟［曹植・曹彪］は、鬱として文棟為《た》り。劉楨・王粲は、其の羽翼と為れり。次に龍に攀ぢ鳳に託して、自ら属車［侍者の車］に致す者有り、蓋し百を将《もっ》て計《かぞ》ふ。彬彬の盛んなる、大いに時に備はれり。爾後、陵遅衰微し、有晋に迄《およ》ぶ。［西晋］太康中に、三張［張載・張協・張亢］二陸［陸機・陸雲］、両潘［潘岳・潘尼］一左［思］、勃爾として復《ま》た興こり、武《あと》を前王に踵《つ》ぐ。風流未だ沫《や》まず、亦た文章の中興なり。[41]

鍾嶸は魏晋の時に近く、その時、魏晋の文献も尚お多く存在した。故に彼の述べた状況は詩歌史の真相に近い。鍾嶸の言う鄴下（献帝建安）の後の「爾後淩遲衰微」は、もちろん、前の鄴下と後の太康・元康という前後二つの時期の集団創作風習の盛んであることについて言っているのであろう。我々から見れば、鄴下五言詩騰踊の後、突然、この「淩遅衰微」という状況が現れて、よく理解できない。こういった状況は、その時の人々の興味が玄学など流行する学術領域に転向したことと関係している。これは、詩歌史研究者が皆な注意しているところである。ある学者は、既に本時期の文学の不均衡性の特徴を指摘している。「本時期の朝廷の更迭は頻繁で、一つの文学史の時期には七、八の朝廷をも含む。数えてみれば、存在した政権は三十余りもある。こういった状況は文学環境の豊かさ、多様性を作った一方、同時に、文学発展の不均衡性をも激化させた。これは、中国文学史上において、特殊なことに属する」[42]。この不均衡が出来た最も重要な原因は、この時期が文人詩歌発展の前期であり、段階的な規律の制約を受けたためであろう。詩歌史上、ある種の不均衡現象は、各時代の詩風の盛衰が往々にして異なっていることによるものである。これは、不均衡性がもともと、詩歌史の自然発展段階にあった普通の現象だからである。例えば、先秦の時代から漢の時代までの詩歌史には、甚だしい地域、時期上の不均衡性がある。「二南」[周南・召南]と十三国風地区では、周代文化と采詩制度の刺激を受けて、いち早く発展した。しかし、その他の地域では、まだ、原始的な詩歌発展の段階にあった。魏晋の文人詩歌は、詩歌芸術の自覚発展時期の始まりであるが、やはり、自然状態の詩歌史の発展特徴を多く帯びている。故に、その不均衡性は先秦・両漢時代のようには甚だしくないが、やはり存在していた。

魏晋詩歌の集団創作風習は明らかに高潮と余波との交互現象を現している。建安・太康・元康時期は高潮時期で、その他の時期は実際、多く「余波綺麗」という態勢であった。東晋前期には玄言詩の高潮期があったが、前の西晋と後の晋宋の境の詩風に対して、五言詩と楽府の創作風習はまだ低迷の段階であった。もちろん、余波段階には優れた創作があまり出ないかも知れないが、反対に、魏晋期の一流詩歌、例えば、曹植の晩年の詩歌、阮籍の詩歌、陶淵明の詩歌など、いずれも非集団詩歌の高潮時期の創作であった。そして、西晋後期の左思・張協・郭璞などの創作も、既に集団の風習に偏らなくなった。見て分かるように、優れた詩人の創作成就は、集団の詩歌創作の風習と完全に並行しているわけではない。これも、魏晋詩歌史の中では注意すべき現象であろう。

魏晋詩歌の不均衡性は、地域上に於いても、顕著に表れている。魏晋の詩風は、基本的に北方で流行っていた。例えば、建安時期に曹・魏だけで盛んであったが、呉・蜀のところでは、あまり聞かない。実際には、建安の詩潮の影響を受けていないのである。これらの地域では、まだ詩人集団が形成されていなかった。西晋が呉を倒してから、北方の詩風と学風が初めて呉の高門士族の中で流行り始めた。そうして、二陸兄弟を代表とする呉の詩人群が現れた。反対に、西晋が滅ぼされた後、北方の士族が南に渡るに連れ、その詩風も南に移されていった。そして、北方の十六国では、旧西晋文学の風習を保つ五涼地区を除いて、他の地区においては殆ど文雅が消沈していた。十六国の時期から北魏の孝文改制前までの一時期には、北方の大多数の地区では、文人詩の伝統が完全に中断された。このことからも、魏晋期の詩歌創作の地域上の不均衡性が分かるであろう。

魏晋南北朝の時期、異なる士人集団にも詩歌創作上の不均衡性が存在していた。例えば、西晋の詩人集団の構成には、主に文学歴史に長ずる寒素士群が多く、貴族出身の高門士族が少なかった。この高門士族はあっさりとした玄学に長じて、詩歌創作活動をあまり行わなかった。こういった不均衡性は、戦争、動乱及び支配者の文化措置、文学興味などの大きな違いから生まれている。例えば、違う統治集団の中に、詩歌に対する熱情の程度の大きな差が見られる。この角度から言えば、この時期の文人詩の創作はまだ、後世の文人詩のように強くて中断しにくいという伝統を形成していなかった。

上述した各種の状況は、皆な魏晋南北朝詩歌の社会文化に対する根強い依頼性を醸造した。詩歌はいろいろな社会文化形態、及び頻繁に変わる政治歴史背景と密接な関係があり、かつ極めて敏感に後者の影響を受けている。

魏晋の詩歌史は、横から見れば、魏晋文化の一部分に属している。魏晋文化は両漢文化に比べ、一種の転向であろう。魏晋文化（特にその中に含まれた各種の精神現象）の比較的実際の歴史に適合する起点を探すには、後漢の中期と後期に遡らなければならない。漢の正統な思想と文学は儒家の政治と名教〔儒教〕の観念を主流としているが、主流以外に、その他の傾向も思想と芸術の領域に現われている。例えば、芸術の方面では、漢は芸術実用性が強いが、娯楽性も目立つものであった。純文学の観念は形式の美に偏っていた。また、思想の面では、名教を主流とするが、老・荘の、自然のものも、始終、伏流という形式で、発展しつつあった。後漢の中期と後期になって、政治及び社会関係の面において、大きな変化が起こった。士俗風習、芸術と思想の各方面においては、本来、重要ではなく伏流的なものが、次第に目立つようになった。このような状況は実際、魏晋文化の始まりと言えよう。この点については、近人の余嘉錫が次のように最もはっきりと述べている。「蓋し魏晋人の一切の風気は、後漢より開かれざるは無し」[43]。彼は、魏晋の思潮、特に『世説新語』を深く研究してから、こういう結論を出したのであろう。実にこの点については、魏晋の人と、魏晋の風習を受け継いだ南朝の人自身が最もはっきりと認識している。劉宋期の劉義慶などの編著で、魏晋人の言行風習を記した『世説新語』は、後漢後期の一部分の人物から書き始めた。魏晋の文学と思想の始まりは、建安期の一部分の文人によるものである。例えば、曹操・王粲・阮瑀・陳琳などは、完全に後漢社会の風習の中で育った人達である。魯迅の言う「曹操の通脱・自然」[44]が、漢末期の名士の風習であった。曹操の敢て創作したものは、正統の観念から見れば、「俳諧倡楽」（西晋、摯虞の語）という新興の五言詩と楽府詩に属するものである。また、漢の末期の詩壇に現われた一部分の大胆な新声俗楽創作者に応えたものでもある。その上、彼らはより多く、よりオープンに創作した。彼らの政治と社会上の地位はその無名氏詩人と比べられないものであって、とても流暢に五言体および楽府から発展した創作新思潮を顕在化させた。これは、大批評家劉勰の言う「建安の初めに暨《およ》びて、五言騰踊す」(『文心雕龍』明詩篇)の真相であろう。ここから見て分かるように、魏晋の文人詩の創作風習は、後漢の中期、後期に現われた新思潮と関連していて、魏晋の文化思潮の一部分に属している。それ故に、詩歌史の主題および思想主題と、緊密に結びついた発展的態勢を形成したのである。魏晋の詩歌史と魏晋の思想史の始まりと終わりの時間は大体同じで、建安時期から元嘉時期までである。つまり、漢魏の境から晋宋の境までとも言えよう。この二百年近い時間の中に、歴史と思想史とは、ある程度、動かしがたい態勢が出来あがっていった。例えば、名教と自然との問題は、この時期の思想史の核心的な問題であって、玄学は、この時期の主な哲学形式である。つまり、この時期の歴史と思想史とは、分けることが出来ないのである。両漢の時期は名教社会であるが、名教を質疑する思想も存在していた。例えば、西漢武帝の時、楊王孫という人が、黄老の術を学んだ。家はとても裕福で、生きていた時に「厚く自ら養生を奉ずる」としたが、亡くなる前には、却って息子に衣服と棺を用いず、裸葬してくれと言い付けた。「以て吾が真を返す」と言う。これは、全く当時の礼教制度に合わず、彼の息子は非常に困った(45)。また、楊雄という純粋な儒者も、「酒の箴《いまし》め」という文章を書いた。「その文は、酒客に代わって法度の士を困らせた(46)」と言う。所謂法度の士とは、礼法を講ずる人を指していた。これに対して、酒客は当然、放誕で、我儘なものを指している。このようなことは、皆な名教と自然との言い争いになる問題であった。しかし、これらの問題は、漢の時代に、まだ顕著ではなかった。ずっと降《くだ》って、漢魏の境になって、老荘の思想が台頭するに従い、自然を尊ぶことが次第に新しい思潮となった。そして、曹氏親子のような統治階層の人物でも、「自然に順応する」という思想の影響を深く受けていた。阮籍・嵇康を代表とする竹林七賢になると、名教を越えて、自然に任せようという言い方をし始めた。竹林七賢のいろいろな行いと振る舞いなどは、こういう思想に基づいたものである。しかし、自然とは何か、どのようにして自然に順応するかと言えば、人それぞれの理解はまた大いに違っていた。例えば、嵇康は「釈私論」に於いて、次のように述べている。「夫れ君子と称す者は、心に是非を措くこと無くして、而して行ひ道に違はざる者なり」[47]。彼は「道」を以て、名教に替えて、本質上、「善」という倫理観念を体現したのである。自覚と自我超越を大事にすることは、真に自然説を尊ぶ一派であって、最後には「清静無為」という説に行き着いた。これとは反対に、情欲暴露を自然とすることもある。西晋のある玄学名士はこういう思想を持つ一派である。魏晋の境に、朝廷では儒学復興を推し進め、浮華の玄学の士の政策を抑制していた。一部分の寒素の士は多く儒学を選んで立身し、同時に、当時の玄学の新思潮の影響を受けざるを得なかった。こうして、儒学玄学を兼ねる総合的な一集団が出てきたのである。西晋の文学集団は基本的にこの一派に属するであろう。同時に、玄学の主流も名教を越えて、自然に任せようという思想から、名教を提唱すること、即ち自然であるという思想に転向した。或いは自然名教合一とも称するようになった。この一派も西晋より出始めて、哲学上に於いては、郭象の『荘子注』を代表としている。東晋の玄言詩と山水を以て玄を談ずる山水詩とは、この一派の哲学を思想の基礎としたものである。

自然思想は人々の自己反省を啓発して、人として存在する本質は、人々の主観意識と感情活動であると認識していた。人々の感情存在と審美体験との回避と否定という両漢の正統的な観念とは違っていた。魏晋時代の士人は個人の感情と審美の需要を正視して、詩賦、音楽などの芸術が、個人の感情と審美体験の価値を現わして、空前の肯定を受けていた。これは正に魏晋の詩歌創作が盛んであることの重要な思想的基礎であると言えよう。縁情を旨とした五言詩が漢の末期に盛んであったことは、漢末期の士人社会が普遍的に尊んだ、哀れを美とし、抒情に任せるという気風と、直接的な関係を持っている(48)。魏晋の両時代の士人はこういった個性的、抒情に任せることを尊ぶ表し方を普遍的に受け継いだ。最高の支配者としての曹操は政治の面で刑名法術を推し進めたにもかかわらず、生活と娯楽の面では自然を尊び、音楽を楽しみ、楽府詩を創作した。郭嘉は彼のことを「体は自然に任せ、此れ道もて勝る(49)」と言った。貴い帝王としての曹丕も、自分の感情に任せ、音楽を楽しむ時にも、詩歌を創作する時にも、皆な思う存分にふるまい、少しも心配しなかった。彼は「気」という、極めて重要な文学範疇を提示した。それで、彼の個人主義の文学主張を十分に表し得た。それは、自然を尊ぶ思想に基づいていたことであろう。西晋の傅玄は次のように批判したことがある。

近者魏武好法術、而天下貴刑名。魏文慕通達、而天下賤守節。其後綱維不攝、而虚無放達之論、盈於朝野。

近くは魏武［帝］は法術を好み、而して天下 刑名を貴ぶ。魏文［帝］は通達を慕ひ、而して天下 節を守ることを賤しむ。其の後、綱維攝《と》らず、而して虚無放達の論、朝野に盈つ(50)。

意識的に先朝を卑しむ嫌いがないとも言えないが、実際の状況は恐らく正にこのようなものであったろう。ところが、この「通達」或いは「通脱」とは、文学創作上、大いに有利なことである。当時の詩と賦は皆な慷慨悲哀を美とした。曹操・曹丕親子は詔令、書簡を書く時でも、このような思いのままの表し方を用いていた。これは新型の魏晋文学のために、個性を重視し、抒情を重視するという鮮明な伝統を作り上げたのである。自然を尊ぶ思想は、魏晋南北朝全体の文学、特にその詩歌の繁栄の基礎となっていたと言えるであろう。また、その同期の審美を重視する、自然を尊ぶ、性霊を提唱する文学思想も、玄学を基礎としたものであろう。

以上、述べてきた個体感情と、個性と審美体験を重視するほかに、魏晋の士人の体験、自然を尊ぶ過程の中で、また「体は自然に任す」行為の中から自然山水への熱狂的な愛好を導き出した。これは前にはなかった一つの思潮であり、文学に影響を与えて、直接、晋宋時代の山水文学の出現に繋がった。そして、後世の文学に大きな影響を及ぼしたことなどは、どう言っても過言ではない。何故かと言えば、中国の古代文学、特にその中の詩、散文などから、山水美表現の重要な要素を除くとなると、今日、見られるような素晴らしさは想像できないからである。そして、我々の民族の審美思想ないし、現実生活の中の多くの行為方式も、山水という要素の影響を深く受けている。もちろん、自然思想の魏晋文学に対する影響はこれだけではなく、既に、一種の普遍的な影響となって、当時の文学芸術思想の基礎となっていた。

魏晋思想文化の発展は、現実政治などの面の原因で、また、思潮自体がよく変わるという特徴によって、明らかな段階的変化の特徴を呈していた。こういった変化は、直接、各時期の詩歌創作の中に反映されて、魏晋期の各段階の詩風変化の重要な原因ともなっている。言い換えれば、この二百年の気風と文学は大きな時代背景のもとに具体的な時間と空間を超えた統一性を現わしているが、実際の状況から見て、実は多様で、矛盾に満ちたものである。つまり、玄学の自然観から見れば、魏晋期の自然思想の流派も多種多様であった。主に漢魏の境の文学思想の中に体現された、初期の比較的素朴な自然思想は、通脱を好み、おおげさに哀楽するという風潮を形成した。正始以降、名理を追及し、清淡を好む思想に転向した。同時に、詩風も情志［感情と意向］を重視するより、次第に性理［天性］を重視するようになり、芸術上において、漢魏の「自然高古」志向から、晋宋の「雕琢藻飾」志向に変わった。

魏晋の自然思想の詩歌に対する影響は複雑なものであった。即ち、抒情気風と自然思想との関係について言えば、建安文学は思う存分に感情を表し、慷慨悲哀を美として、自然思想の影響を受けた結果であった。正始玄学の無を貴び、名教を越えて自然に任せる思想は、また、ただ大げさに哀楽するという行為に否定的であった。阮籍・嵇康の絶対的自由を追求し、現実の美感を越える詩歌的境地も現れた。両晋時期に流行した玄言詩は、更に、「情を祛《さ》り道を体す」を基本的な宗として、漢魏の抒情伝統とは完全にかけ離れていた。また、自然を尊ぶことに相応する「真」についての追及も、魏晋文学の一種の基本精神であって、陶淵明もその真を彼の最も重要な人生哲学としていた。しかし、もう一方、魏晋文学にはまた、堅苦しい、情を出し惜しむ、理屈を重視し、情を軽んずる一類がある。例えば、西晋の人は、抒情に於いて比較的に堅苦しい。張華・陸機は皆、「古詩十九首」の作品を模倣していた。古詩作品は、感情を思うままに表し、世俗的感情、欲望の表現を恐れ憚らなかった。それに対して、張・陸は古詩の模倣をしたが、感情を表す時には堅苦しかった。

また、同じ一つの文学主題についても同様のことが言える。違った時代と違った文学者によって、その表現の仕方も違ってくる。例えば、魏晋文学の中の生命意識についての表現がそのようなものである。漢の時代に、既に一種の生命覚醒と称する社会意識が生まれて、士人の間では特に流行っていた。その典型的な表現は、生命の短さを感嘆し、憂い悲しむことである。後漢の一部分の楽府詩、無名氏の古詩の中には皆なこのような表現がある。漢の末期の混乱の中で、戦争、疫病などのために、大量の非自然死の現象がもたらされた。そうして、更に当時の人々の生命の短さを憂い悲しむ心理を激化させた。そのため、建安と正始の詩人は皆な生命を憂い悲しむ濃厚な情緒を表していた。魏晋文学の主題もここに由来している。しかし、違った時期、違った集団の士群の表現は違っている。建安の詩人には時々「生命は虚無」という意識もあり、「今のうちに享楽しよう」とする考えさえ持っていた。時には、仙人を拝む幻想を抑え難くなることもある。しかし、これらは建安期の人々の生命観の中では皆な二次的な問題であり、一時的、情緒的なものであった。彼らの主流で、しかも長く安定していた生命観念は、「生命が短いので、功績を建て、事業を成功させ、不朽の名を残そう」というものであった。これは、中国古代における士階層の、主流をなす生命観である。建安期の士人は疑いなく、最も純粋で、典型的な存在であった。建安文学の内容上の一番大きな価値は、こういった生命観の内包を十分に表したことである。所謂、建安風骨の形成、つまり、こういった生命観は美学においても体現されている。正始時期の士人となると、上述した生命観に対し、普遍的に疑うような情緒を持ち始めた。社会で生命価値の実現を追求することより、生命自身の精神的、及び物質的な各方面の価値を追求するように変わった。物質的なもの、例えば、服薬、飲酒、衣服の鮮やかさ及び声色の娯楽などは、両晋の生を重視し情に任せるという風潮をもたらした。精神の面では、体は自然に任せ、玄遠の境界を追求し、生命の本質の悟りを追求する。そして、歴史及び現実のすべての問題に対して、疑い、批判する目を持っていた。阮籍の詩歌はこういった生命に対する新しい悟りをかなり突出して表している。そして、この生命観が更に哲学化されて、玄学の生命観となった。玄言詩の本質はこの玄学の生命観を表すものである。しかし、陶淵明は玄学の生命観を吸収した上で、また、自分のはっきりとした理解と悟りを入れて、「大［変］化の中に縦浪［漂う］し、喜ばず亦た懼れず」（「形影神」（神釈）詩」という自然回帰式の生命観を作り上げた。魏晋期の生命哲学の最高の成就として、ロジックから言えば、こういう思潮を終わらせたのである。そして、彼のこういった理解と悟りが彼の人生と詩歌芸術に及ぼした影響も明らかであろう。

詩歌史が南北朝時代に入ってから、社会文化背景も大きく変化してきた。魏晋南北朝の社会全体において、歴史形態上の共通なものがあった。王朝が頻繁に入れ替わり、かつ主要な形式は禅譲の名を借りて、政権の乗っ取りを企む。曹氏が漢を乗っ取ったことはその先例であろう。その後、司馬氏が魏を、劉氏が晋を、蕭斉が宋を、蕭梁が斉を、陳氏が梁を乗っ取った。（また北朝の北斉が魏を、北周が斉を、隋が北周を乗っ取ったことも同様である。）これは長期的に魏晋南北朝時代を覆った一つの基本的な歴史構造である。もちろん、毎度の禅譲の背景と性質にはそれぞれ幾らかの変化はあった。一般的に言えば、旧王朝が甚だしい内憂外患に見舞われた時に、梟雄《きょうゆう》の輩は機に乗じて立ち上がり、旧王朝を救う過程で、旧王朝の運命を把握でき、実際の最高支配者になった。そうすると、禅譲の名義で政権を乗っ取るというのは、とても自然なことになったわけである。こういった悪循環が益々卑しい手段によって、短い周期で行われていた。このような歴史は一種の宿命的な観念の中に陥ってしまって、社会（特に上流社会）の道徳意識に対する影響は非常に大きかった。本来、後漢の後期には、相次いで外戚と宦官による専制が行われ、清流党の人が禁固され、立身出世への道が塞がれるなどという原因で、人々は伝統道徳の思想潮流に疑問を持ち始め、後の魏晋の「自然を尊ぶ」、「無為にして治む」、「玄虚放誕」などの思想意識を醸成した。しかし、儒家政治思想と教化観念の基本構造はまだ存在していた。特に、漢明帝から西晋武帝までの間に、最高の支配者は儒学復活の面で大いに努力していた。その故に、文人思想の面において、比較的安定した、「儒玄兼ねて総《す》ぶ」、「名教と自然の合一」の思想構成が形成された。恵文帝朝の後宮、外戚、藩王の乱を経て、そしてまた、西晋王朝の崩壊につながった匈奴の劉氏の侵略によって、司馬氏王族と皇族の政治勢力はすでに殆ど破壊されてしまった。しかし、「儒玄兼総」の強固とした意識構造は朝廷の入れ替わりに抵抗して、門閥政治の局面が現れた。西晋文学の特徴を論じる時に、上述した政治意識が重要なポイントとなるであろう。

劉宋王朝は、統治の形式を門閥形式から新たに普通の皇帝権力の統治に入れ替えた。しかし、正統の皇帝統治に存在した道徳の基礎は回復されていない。このような状況のもとで、支配者も実際、適当な道徳基礎を探して、改めて教化を作り上げようとしていた。そして、こういった道徳基礎と教化道具に出来そうな思想資源は、伝統的な儒学以外、玄学と仏学にもあった。玄学は思弁に過ぎ、かつ無を貴ぶ無為の思想は、既に魏晋の皇帝権力に過大な損害を与えていた。これらは南朝の各時代の主流意識としては、明らかに適当ではない。故に、取り入れられるものは、儒学と仏学しかなかった。両者とも教化の効能を有している。宋文帝が即位してから、「道を治むること永く念じ、昧旦［暁］に志存す」(51)と自称し、「風化未だ弘からず、道を治むるは昧《くら》きこと多し」(52)と深く憂える。それで、学校を興す、教化を修む、輿誦（世論）を採集する、大使を派遣し四方を巡行する、などということを含めて、一連の政治を行った。孝武帝はそれを受け継ぎ発展させて(53)、南北朝各時代に慕われる元嘉の治となった。こういった伝統的な皇帝権力による政治措置の外に、この時期の統治階層の間及び仏教内部に於いて、普遍的に仏教の済俗功能と教化の役割を重視していた。晋の末期の慧遠が浄土信仰を創め、果報思想を宣伝したので、仏教の優れた教化功能を備えるようになった。東晋時期の仏学は主に般若学［空の思想］であって、教化の効能が欠けていた。これは、仏学内部の転向であるが、皇帝権力政治が探し求める新しい道徳基礎と教化思想とに相応したのである。劉宋の何尚之の説によれば、慧遠は嘗て仏教の教化作用について次のように述べたことがある。

釋氏之化、無所不可。適道固自教源。濟俗亦為要務。世主若能剪其訛偽、奬其驗實、與皇之政、並行四海、幽顯協力、共敦黎庶、何成康文景、獨可奇哉。使周漢之初、復兼此化、頌作刑清、倍當速耳。

釈氏の化、可ならざる所無し。道に適《ゆ》くは固より教源自《よ》りす。俗を済ふことも亦た要務と為す。世主若《も》し能《よ》く其の詭偽を剪《き》り、其の験実を奨め、皇の政と与《とも》に、並びに四海に行ひ、幽顕力を協《あは》せて、共に黎庶［庶民］に敦くすれば、何ぞ［周］成王・康王・［前漢］文［帝］・景［帝］のみ、独り奇とす可けん哉《や》。使《も》し周・漢の初め、復《ま》た此の化を兼ねなば、頌の作《お》こり刑の清かること、倍ます当《まさ》に速かるべきのみ(54)。

所謂「適道」とは、正に般若学流派の仏教本体思想の研究であって、哲学範疇に属し、東晋仏教の主流であった。それに対して、済俗は仏教を教化の道具とした。晋・宋の境、仏教の更なる発展に従って、仏教と儒教及び中国伝統生活習慣との矛盾が生まれてきた。この問題をめぐって、哲学及び政治の領域に於いて、かなり激しい論争が行われていた。仏教の「済俗」という効能が、この論争の中で、はっきりと確立された。その重要な論争の一つは、何承天・慧琳と顔延之・宗炳という二組の学者の間の哲学論争である。何承天著の「達性論」、慧琳著の「黒白論」に於いて、その思想的立場は皆な玄学本体論の方面にあった。「済俗」を功能とする仏教に対して、実際的な質疑を持っていた。顔延之と何承天が論争し、そして、宗炳が「明仏論」を著わしたことは、全て因果報応説を擁護し、仏教の教化功能を強調する立場に立っていた。この論争は、「少《わか》きとき経を読まず」と自称する、仏教をあまり知らない宋文帝劉義隆の関心を引き寄せた。そうして、何尚之・羊玄保などと仏教の問題を討論し、その済俗功能を弁明したこともあった。これは、仏教発展史に於いて非常に重要な出来事の一つであった。梁僧祐『弘明集』巻十一には、何尚之の「宋文帝の仏教事を讃揚せるに答ふ」という文章に上述したことを記載している。その中の文帝の言葉は次の通りである。

吾少不讀經、比復無暇。三世因果、未辨致懷。而復不敢立異者。正以前達及卿輩時秀率皆敬信故也。范泰、謝靈運每云、六經典文、本在濟俗為治耳。必求性靈真奧。豈得不以佛經為指南邪。顏延年之折達性、宗少文之難白黒、論明佛法汪汪、尤為名理。並足開獎人意。若使率土之濱、皆純此化、則吾坐致太平。夫復何事。

吾少《わか》きとき［仏］経を読まず、比《この》ごろ復《ま》た暇《いとま》無し。三世の因果、未だ辨《わ》かちて懐に致さず。而して復た敢へて異なる者を立てず。正に前達及び卿輩の時秀 率《ことごと》く皆な敬信するを以ての故なり。范泰・謝霊運は毎《つね》に云はく、「六経典文、本と俗を済《すく》ふを治と為すに在るのみ。必ず性霊の真奥を求む。豈に仏教を以て指南と為さざるを得んや」と。顔延年の「達性を折す」、宗少文の「白黒を難ず」は、仏法を明らかにすること汪《おう》汪《おう》［広く深い］にして、尤も名理為《た》り［仏教の真理を言い当てている］。並びに人意を開奨するに足る。若《も》し率《そっ》土《と》の浜《ひん》（全土）をして、皆な此の化に純ぜ使めば、則ち吾坐して太平を致さんか。夫《そ》れ復《ま》た何をか事とせん。[55]

何尚之が文帝に答える際には、東晋以来の名士の仏教を信ずることを挙げて、西域諸国と中土各時代の君主の仏教を信ずることによる致治、止武、戒殺などの例を論じた。そして、仏教が人々の心を純朴善良にさせ、刑を失くす役割も果たせるということを滔々と論じた。范泰・謝霊運は、六経の効能が済俗を治めることができ、仏教は性霊の真奥を求めていると考えていた。これは正に東晋の玄学という背景のもとで、名士が仏教を学ぶ目的となっている。文帝の言う「若《も》し率土の浜をして、皆な此の化に純ぜ使めば、則ち吾坐して太平を致さんか。夫《そ》れ復た何をか事とせん」において、「此の化」とは、三世因果の説が盛んになってから、世俗教化の功能と神道設道の色彩を帯びた仏教のことを指している。南朝の仏教発展のルーツはここに定められていた。湯用彤《とう》先生は南北朝の仏教を南北両統に分けている。「南北の風化、顕らかに殊異《こと》なる有り、南方は永嘉に衣冠南渡せしより以来、三国以来の学風を継承し、宋初に至るまで、士大夫は仍《な》ほ玄談を尊ぶ」、「南統は偏へに義理を尚び、三玄［老荘と易］の軌範を脱せず、而して士大夫と僧徒との結合は、多く支［遁］許［詢］の遺風を襲へり(56)」。「南方は偏へに玄学の義理を尚び、上は魏晋以来の系統を承く。北方は宗教行為を重んじ、下は隋唐以後の宗派に接《つ》ぐ(57)」。このような見方は、南北両統対立の角度からのものである。そして、南朝の仏学は東晋の仏玄学の一方面であることを強調するのも、ある程度、道理にかなっている。しかし、南朝であろうが、それとも北朝であろうが、士大夫及び上層の支配者の仏教信仰は、東晋時期のものに対して、宗教行為としての部分が、いずれも増えていた。そして、哲学行為としての部分が次第に減少していた。その中の最も重要なことは、東晋と南北朝の両時期における仏教の段階的な変化の主な印としての、仏教の済俗功能の明確化である。このことが、像教の繁栄を導いた。南北朝から唐の初期に至って、中国の仏教と政権との結びつきが最も緊密であって、また、仏教の像教事業の最も繁栄した時期でもあった。この点は、この時期の文化と文学に全面的な影響を及ぼしたであろう。

仏教の本質は、世界の無常本体を体感し、世界万物の因縁による附会と、自性の性質を持たないことを頓悟することに在る。生死を超脱し、人に涅槃を証す。仏教徒はこれは稀有で遇い難い法であり、微妙で知り難いと自称する。微妙であるため、多く事像を借りて譬えて謂う。加えて、釈迦が涅槃に入ってからは、仏祖と奉られて、偶像崇拝が現れた。これが像教の始まりである。仏教の思想はもともと世界を全て空と考える。故に寺を建て像を作る。図・画、経・変［文］、ないしは詩頌で、説を讃える。全て権宜［臨機の処置］であって、像教と称する。仏教を信仰するものには、ずっと、道の悟りを重視することと、偶像を崇拝することの、二種類の違う傾向があった。東晋名士の仏教信仰は、主に前者に属する。南朝の劉宋と北朝の魏の後になって、仏教の済俗功能と帝王庶民の信仰風習が盛んになったため、仏教の宗教信仰、像教の性質も益々顕著になった。当時の君主の仏教に対する佞信［へつらい信じること］は空前絶後とも言えよう。東晋、劉宋の時期には、文人が尚お多く仏教に異議を出した。例えば、庾氷・何承天がそうである。統治者の桓玄も曽て沙門に、世俗の礼儀に従うように要求した。劉宋の時期、僧尼、仏寺の増加につれて、有識の士人は、仏教の虚誕と財物の浪費を意識していた。北魏太武帝が滅びた時にも、仏法の虚誕を大いに斥けた。「皆な是《こ》れ、前世の漢人無頼子弟の劉元真・呂伯強の徒、接して胡の誕言を乞ひ、老荘の虚仮を用ひて、附してこれに益す、皆な真実に非ず[58]」という認識さえあった。

　要するに、仏教は南朝の前期において、時として質疑を受けていた。一部の文人が儒家の正統的な立場に立って、夷夏の辨（夷狄と中国の区別）から仏教に質疑を出していた[59]。特に仏教と伝統的な忠孝観念との矛盾が中土士人から大いに非難されていた。こういった矛盾は仏教の更なる繁盛につれて、皆な自然に解消されていった。それで、仏教も同じく帝王政治と世俗人倫に役立つことが出来るようになる。上の帝王から下の庶民まで、寺院を建て、仏像を造ることによって、多福を希求し、三途八難の苦から解脱される。例えば、梁武帝は亡くなった両親のために、まず鍾山の麓に大愛敬寺を建て、また清渓側には大智度寺を造って、「以て罔極の情を表し、追遠の心を達す」(60)と言った。こうして、仏教活動と伝統的な「慎終追遠」の儒家孝道とが融合し、そこに障碍はなかったのである。梁武帝は儒学と仏学を共に尊ぶことによって、教化済俗の効果を共に希望し、仏教を完全に正統化した。しかし、それで、儒家は次第にその真の精神を失っていった。

南朝の斉・梁以降、北朝の北魏孝文帝以降、士大夫の仏教を信じることは普遍的で、かつ多くが熱狂的に、夢中になっていた。社会全体の風潮の影響を受けて、この時期の文士の仏教信仰は像教を主とした。その点で、前の東晋とその後の宋・明の文士が主に道を悟ることと、禅悦の面で仏教を受け入れていたのとは異なっている。若《も》し独立思考および理性を尊ぶことを知識人の特性とするならば、この時期の知識階層のほとんどの人には、こういった精神が欠けていた。このことは南北朝文学との関係が甚だしく深い。独立精神の欠けた文学は自然に内容の貧弱で空虚なものになり、また、感性的なものになり、表面の華麗さと技巧の精緻化の方向に走ってしまった。これはあたかも像教文化の特徴と一致している。

済俗を効能として、像教建設を重視し、外在の形象に拘るという、濃厚な有神論的傾向と往生意識のある南朝仏教は、正に南朝文学の重要な背景である。最初に詩文の中でこういった傾向を表したのが、謝霊運・顔延之・宗炳・范康などの人である。謝霊運は仏学本体論の方面で、客観的な唯心性質の宗極論に属していて、道を悟る方式では頓悟派に属するということになる。しかし、彼はまた同時に慧遠浄土信仰の影響をも受けている。曽て慧遠の招きで、廬山の仏影彫刻の「仏影銘」を作ったことがある。彼の仏教信仰の中には生天成仏の幻想がある。それで、現実の中の失敗感を補うことになる。その「無量寿仏頌」には次のように書かれている。「浄土一に何ぞ妙なる、来る者は皆な清英。頽年［老衰の年］安《いづ》くにか寄せんと欲する、化に乗じて好《よろ》しく晨に征《ゆ》かん」。謝氏は『大般涅槃経』の改訳、新編の仕事に加わって、また、『維摩詰経』を愛好し、「維摩経十譬賛」を作った。それで、謝霊運は士大夫の仏教信仰の方面へと転向する重要な人物であって、また、南朝の仏教文学を切り開いた人物でもある。仏教の頓悟思想、浄土幻想などは、その山水詩境形成の要因の一つでもある。(61)

像教は南朝文学の重要な内容である。江淹はこの方面での代表的な存在であろう。江淹は宋・斉・梁という三つの朝廷を経験した。若い頃の生活は不遇であったため、詩賦の風格も憤慨怨み発する傾向にあり、鮑照に近い。中年以後、仏教を篤く信じて、その作品の中には仏教浄土の幻想を表すものが多かった。そして、憤慨怨み発する雰囲気は次第に消えていった。(62)彼の文学は正に漢魏期の伝統から斉梁期の伝統へと転化したものであると言える。そして、仏教がその中で重要な役割を果たしたことに違いはない。

仏教は文学の精神変化を促す基本的な要素の一つである。仏教は人々に現実的いたわりから来世弥勒浄土へと転向させる。また、人々の現実世界及びその遭遇したことへの執着感情を取り除いて、漢魏文学の現実を重視し、現世界の功績に執着するという、憤慨激越な芸術精神を抽き抜いていった。一方、仏教は現実感情を弱める。「君子根本を識《しる》し、安《いづく》んぞ労と奪とを事とせん。愚俗は変化に駭《おどろ》き、横《ほしい》ままに復《ま》た欣びと怛《うれ》ひとを生ず」（謝霊運『維摩経十譬賛・聚沫泡合』）。また一方、「釈氏の霊果を信じ、三世の遠きに帰し致す。願はくは同《とも》に浄刹［浄土］に昇り、塵習を永へに棄てんことを」（梁・江淹「傷愛子賦」）。これが南朝文学の虚霊、物象に浮く、主観感情の客体化などという特徴をもたらしたのであろう。

文学の精神変化の過程は、実際、謝霊運・江淹ないし、沈約・謝朓・王融などの、宋・斉時代の文学家の個体の中に明らかに現れていた。梁・陳の時代に至って、政治は益々陰険になり、戦乱も更に頻繁に起こった。士大夫は、像教の信仰に、感触の誘惑に熱中になり、その文学も典型的な物化傾向を示していた。それで、宮体及び詠物詩風が流行ることも、正にその中の顕著な現象の一つとして見ることができるであろう。

四、楽府体と徒詩体との分合

魏晋南北朝の時期は、また、中国古典詩歌の主な詩体の基礎を固めた時期である。『詩経』の四言詩と楚辞体は後世の文人に多く用いられていたが、後人の四言詩、騒体詩はただの模倣作であった。四言に取って代わった五言は、漢楽府と漢の末期の文人詩で、既に出来上がっていた。しかし、漢の末期から、五言詩の流行によって刺激された気風と共に、『詩経』を学習の対象とした四言詩も次第に復活する勢いが見られた。曹操の四言は、また、楽府系統の四言である。「風」、「雅」との関係があまり深くなく、「風」、「雅」を模倣する意図もあまりなかった。しかし、蔡邕・王粲・曹植・阮籍・嵇康などの四言詩は、直接、風雅体制を模範にしたものである。両晋の時期には、復古を尊ぶため、四言詩は更に盛んになっていた。かつ、当時の人々の観念の中では、摯虞の「文章流別論」のように、やはり、四言を正式体とし、五言は俳優の楽を倡えることに用いられるものと見ていた。故に、魏晋の詩人は、歌頌、酬贈、勉志などの荘重な場合には、やはり、四言を多く用いる。上に述べたように、四言詩が、魏晋の時期に復活したことは、実に同期の五言詩の刺激を受けた結果である。その最後に完全に五言詩に取って代わられることも必然的なことであろう。だから、復古、雅頌などの要素があって、四言詩は魏晋南北朝時代に於いて、重要な詩体として存在していた。そして、正統な文学概念の中では、五言詩よりも、更に崇高な地位を示していた。しかし、この時期の四言体「復活」の根本的な原因は、正に五言詩の盛んになることと、詩歌文化の繁栄した背景があったからである。我々はそれを忘れてはならない。五言はなぜ、四言と騒体に替わって、正式体になったのか、この重要な問題について、これまで殆ど真剣に議論されてこなかった。ただ、南朝斉梁時期の詩歌理論家である鍾嶸がこの問題に関して、次のような直観的な解釈をしていた。

夫四言、文約意廣、取効風騷、便可多得。毎苦文繁而意少。故世罕習焉。五言居文詞之要、是衆作之有滋味者也。故云會於流俗。豈不以指事造形、窮情寫物、最為詳切者邪。

夫《そ》れ四言は、文は約にして意は広く、効を風騒に取れば、便ち多く得可し。毎《つね》に文の繁くして意の少なきに苦しむ。故に世に焉《これ》を習ふもの罕《まれ》なり。五言は文詞の要に居りて、是れ衆作の滋味を有する者なり。故に流俗に会《かな》ふと云ふ。豈に事を指し形を造り、情を窮め物を写して、最も詳切為《た》る者を以てするにあらずや(63)。

今日の人々の目で見れば、四言の創作は五言より、もっと難しいようである。しかし、鍾嶸は「効を風騒に取れば、便ち多く得可し」と言う。その意味は決して難しいと思わないということである。それは、五言は俗体から来ているが、文人の創作活動の中でまだ新しい体であって、そして、体制も複雑でよく変わる。また、楽府と五言の別もあって(64)、専門の造詣が必要である。それに対して、四言は決まった方式があって、模倣してすぐ出来る。経典をよく知っている文人学者にとって、実に五言より創作しやすいからであろう。表現の効果から言えば、四言は五言のように、指事造形に長じて感情を窮め、実物を写すということが出来ない。五言で一句で表現出来ることを、四言となると、時には却って二句で表現しなければならない。だから、もともと古くて奥深く、簡略な四言体は、魏晋の時期に、却って冗長で繁雑な詩体となってしまった。この点は両晋時期の長々しく繁雑な内容の四言酬贈詩を見れば理解できよう。鍾嶸の言う「毎《つね》に文の繁くして意の少なきに苦しむ」はこういう意味である。彼は四言が最後に棄てられた主な原因がここにあると思っていた。しかし、四言詩を「世罕《まれ》に習ふ所」と言うのは、実に宋・斉以来の状況である。両晋時代に至っても、創作者はやはり多かった。こうして見れば、五言詩が完全に四言体に取って代わるには、魏晋南北朝期のある一定の過程が必要であったのである。この過程の完成は、魏晋南北朝詩人の詩歌史に対する重要な貢献であると言えよう。

魏晋南北朝期を総括して見れば、五言は主体で、四言は雅章復古である。七言、雑言は流蕩の体であって、これを俳諧倡楽に用いる。これは魏晋南北朝の詩体学の大概であろう。清の焦循が、歴代の文体を論じる時に次のように言ったことがある。「一代には一代の優れたものがある。もし、楚騒以下を一集に撰するならば、漢はその賦を、魏晋南北朝から隋までは五言詩を、唐はその律詩を、宋はその詞を、元はその曲を取るべきであろう(65)」。この論は、鍾嶸の「五言は文詞の要に居り」と同じく、五言詩の漢魏六朝の詩壇における主流的地位を占めていた真相を指摘している。

南北朝詩歌の詩体上の重要な貢献は、新しい詩体を孕んで、育てたことであろう。そして、音楽の機縁で、詩歌芸術に、体制、風格から言語芸術まで、幾らか質的な変化をもたらし、直接、詩歌の古体系統から近体系統への転化を導いた。この点については、次の永明詩体の章節で詳しく述べよう。

魏晋南北朝期の四言、五言諸体の詩体には、皆な楽府と徒詩の別がある。その中の最も重要なのが、楽府五言と徒詩五言の体制、功能、取材、言語風格など多種の芸術的要素の差異問題であろうと思われる。沈徳潜は

『古詩源』例言に於いて、次のように述べている。「風騒既に息《や》み、漢人代りて興り、五言は標準と為れり。五言の中には、較然として両体あり。蘇（武）李（陵）贈答、無名氏［古詩］十九首は古詩体なり。「廬江小吏妻」、「羽林郎」、「陌上桑」の類は楽府体なり。昭明［太子］独《た》だ雅音をのみ尚び、楽府に略なり。然れども詞を措き事を叙ぶるは、楽府もて長ずと為す(66)」。これは五言には楽府と徒詩という両詩体があることを指摘している。後に魏晋南北朝の文人が創作した楽府詩は、大部分、音楽の入らないものであるとは言え、非楽府体の徒詩五言とは、やはり幾らかの差異が存在していた。

魏晋の文人の楽府体は、楽府俗楽の歌詞から由来している。早期の建安詩人である曹操・阮瑀・陳琳などの作は完全に漢楽府詩の古質な文体特徴を保っていた。徒詩が競って新しい事柄を取り、多く胸臆を抒情することとは違って、楽府詩は、多く旧題を用いて、その題の選択と素材の準備は、多かれ少なかれ、古辞の影響を受けていた。それで、自身の内部で派生する題材系統を形成している。例えば、「蒿里行」、「薤露行」は漢の葬歌である。「漢武帝の時に至って、李延年は二曲に分け、『薤露』は王公貴人に送り、『蒿里』は士大夫庶人に送るものとした(67)」。曹操は漢末の時事に憤りを感じて、「薤露」と「蒿里行」を作った。葬歌のための作であるとの記載はないが、その中の「薤露」に、「賊臣国柄を持し、主を殺し宇京を滅ぼす。帝の基業を蕩覆し、宗廟以て燔《や》き喪ぼす」と書いてある。「蒿里行」には、「鎧甲に蟣虱生じ、万姓以て死亡す。白骨野に露《あらは》れて、千里鶏の鳴く無し。生民百に一を遺すのみ、之《これ》を念ずれば人の腸を断つ(68)」と書かれている。一つは帝王宗廟を悼む、もう一つは生民万姓を哀れむ。所謂「薤露」は王公貴人に送る、「蒿里」は士大夫庶人に送るという旧制に合っている。また、呉競の「楽府古題要解」の言うことが間違っていないことをも間接的に証明していることになる。十六国期の西涼・張駿の「薤露行・在晋の二世」が西晋王朝の傾覆を憤って哀れむことは、曹操の成法を踏襲して、且つ作者の身分もそれに近い。曹植の「薤露行」になると、「王佐の才を懐く者」の功を建て、言を建てる理想を感慨し、主題上の大きな変化を見せたが、その本当の意味を分析してみると、詩の始めに書いてあるように「天地は窮極無し、陰陽転《うた》た相因《よ》る。人の一世の間に居るは、忽として風の埃《ほこり》を吹くが如し」(69)。主旨は士人の功を建て、事業を立てるという強烈的な願望を表しているが、生命の短さを感慨することから、古辞の主題とやはり何らかの関連がある。その「惟漢行」には、曹操の「薤露」の始め二字を用いて、君国を偲び、功を建て、立身出世を期待することを主旨とした。それと同時に、また、曹操の「薤露」の漢王朝を哀れむ主題の派生にもなる。そして、曹植は「薤露」という曲を用いて、その生命の情緒を表し、王侯という貴い身分に丁度合うので、「王公貴人に送る」「薤露」を用いて、「士大夫庶人に送る」「蒿里行」を用いていなかった。傅玄の「惟漢行」となると、漢高祖である劉邦が群英の知恵に頼って、鴻門の危機を乗り越え、漢王朝を創設した歴史を書いた。それは、専ら曹操の「薤露」の漢事叙述ということを取り入れて、そして、故事説唱に合う体制となっていた。これと同じように、六朝の人の模倣した「蒿里行」も、「士大夫庶人に送る」としての挽歌の旨を堅く守っていた。例えば、鮑照の「蒿里行」には寒庶士人の衰えることを哀れむことを反映し、詩の始めに「同尽貴賤無し、殊に窮伸有らんと願ふ」と書いてあり、最後にまた、「人生良《まこと》に自《おのづか》ら劇し、天道何人にか与《くみ》する。我に齎《もたら》す長恨の意、帰して狐兎の塵と為らん」と書かれていて、正に典型的な庶士の挽歌となっている。六朝から唐までの楽府体挽歌詞は、例えば、繆襲・陸機・陶淵明・鮑照・祖孝征・孟雲卿・白居易などの作のように、多くは寒賤喪亡の感情を表していた。正に漢楽府「蒿里行」の「士大夫庶人に送る」という古辞の旧義を受け継いだものである。故に、郭茂倩の『楽府詩集』では、これらの詩を全て「蒿里行」の模倣作の例に入れている(70)。

楽府のこういった内部派生の題材系統を形成する方式は多種多様である。これについては先人たちの研究により、既に指摘されていた。しかし、指摘されたのは、多く旧篇を模擬した創作方式である。実際には、ある文人が楽府に旧題を用いる場合、表面の内容からは、少しもその「古辞」との関係が見られない。こういう時には、往々にして、文人の模擬した楽府と古辞或いは旧篇とは、全く関連がないという印象を持たれることになる。しかし、実は模擬した新篇のどれもが、皆その各自の方式で、その古題名篇を取り入れることによって、同時にその楽府詩としての資格をも取得しているのである。最も典型的な例は、嵆康の「代秋胡歌詩」七章である。それは、それぞれ次のように書かれている。「富貴と尊栄と、憂患諒《まこと》に独り多し」（其の一）。「貧賤は居易し易く、貴盛は工為《た》り難し」（其の二）。「労謙は悔い寡《すく》なく、忠信は久しく安《やすん》ず可し」（其の三）。「神を役する者は弊《つか》れ、極めて人をして枯れ令《し》めんと欲す」（其の四）。表面からは魯秋胡の故事と何らの関係もないようであるが、実際は、秋胡の「富貴欲に徇《したが》ふ」によって「身家傾き覆る」の悲劇から人生の哲理を引き出して、老子の思想で秋胡の悲劇を分析している。後半の「智を絶ち学を棄て、心を玄黙に游ばす」（其の五）、「思へらく王喬と与に、雲に乗り八極に游ばんと」（其の六）、「鍾山を徘徊し、駕を層城に息《と》む」（其の七）は、前半の現実人生の悲劇の根源に対して、理想的、超現実的な仙玄境界を提示したのである。[71] 言い換えれば、嵆氏の「代秋胡歌詩」が旧題名篇を用いる理由は、旧調を用いる可能性がある以外に、最も重要な理由として、その「秋胡歌」の叙述した内容に対する論評をすることであろう。嵆康と同じ時期に、傅玄及び劉宋期の顔延之らも、皆、模擬「秋胡歌」の楽府詩を創作した。彼らは皆な叙述と論評を同じように重視した。嵆康は完全に故事そのもの（故事そのものを普通の人々が皆な知っているからである）を切り捨てて、直接、論評を行って、そして、人生哲学への昇華をする。これは、魏晋の思弁潮流の模擬楽府系統への影響を反映したものであろう。

晋・宋の一部分の古題楽府、例えば、陸機・謝霊運の作品は、明らかに哲理化、議論化という傾向を現していた。それらと古辞旧篇との関連は、正に上述した嵇康式の、論評を以て叙述に取って代えるという方式で出来上がっている。

早期の文人楽府詩は、やはり相当多く漢楽府の文体特徴を継承している。その中の「魏氏三祖」の楽府詩は、やはり音楽が入る歌詞であって、自ずから音楽が入る歌詞の特徴を保っていて、徒詩五言と自ずから分かれている。(72) 例えば、曹操の「善哉行・自惜身薄祜」は、主観のことを書いているが、故事叙述の方式で、正に楽府の説唱の体を用いて、後世の「道情歌」に類似している。曹丕の「折楊柳行」は、まず陳神仙のことを大げさに言って、最後に反駁を加える。これも、漢楽府の説教体の継承であろう。彼らの言語風格は皆な率直で鄙びる俗語も用いられたものであった。そして、「結体散文（体を散文に結び）」（劉勰『文心雕龍』明詩）、「偶儷［駢儷体］を事とせず」であった。曹植の五言楽府は、文人化の程度が更に高くなり、そして、「詩」、「騒」と融合して、語彙が豊かでイメージが優れ、詞源が深く広い特徴を現わしている。しかし、五言詩の物に感じて志を言うことと違って、その楽府全体から見れば、やはり客観的なことを取り上げて、客観を以て主観を寓している。文体の方面では、基本的に叙述体を用いている。俗楽説唱体の影響は、やはり明らかである。それと同じように、曹操の四言体楽府「短歌行・西伯周昌」、「善哉行・古公亶父」も、説唱して古を語る楽府説唱体に属している。見て分かるように、詠史詩も漢魏の楽府の説唱して古を語るという類の作品に遡ることが出来る。曹植のこういった楽府詩は、「事は偶対に資し、詞騁せて息遑し」という作風に反して、ただ、散体を用いて、雕藻［言葉の装飾］をせず、正に楽府五言の正体というものであろう。

ところが、もう一方、建安詩人の楽府五言は、文体に於いて漢の楽府五言に対して大きな変化をもたらした。

内容の方面から見れば、漢の楽府は客観的なことを主にして、多く社会現象を現していた。阮瑀の「駕出北郭門行」、陳琳の「飲馬長城窟行」は、明らかにこういう伝統を継承している。しかし、曹操の楽府から、多く主観的な情緒を書くようになった。その後の曹丕・曹植・曹叡も、このやり方を継承した。曹植はまた、多く比興寄托の方法を用いて、抒情言志の文人楽府の新しい伝統を創り出した。ある程度、徒詩五言との同調をも現わしていた。こういった内容上の変化は、幾らか楽府の文体特徴の面の変化をも、もたらしていた。それで、この時期の楽府詩は主に文詞を重視し始めるようになった。劉勰は曹氏の楽府を論じる時、次のように述べている。「魏の三祖に至りて、気爽やかにして才麗し。辞調を宰割し、音靡《はなや》かにして節平らかなり(73)」。この中の「気爽やか」というのは、主観的な情緒が増えた結果であって、「才麗し」とは文詞を重視した結果であろう。劉勰は、ここで曹植を言ってはいないが、実際には、曹植をも含めている。そして、ある意味では、曹植は「気が爽やかで、才が麗し」という面で、最も代表的な存在である。こういう「気概が爽やか、才が優れて、辞調を宰割す」の結果は、建安楽府を文体上、純粋な五言体と合流するような趨勢を作り出した。その中では、特に曹丕の靡麗［奢華］の追求、曹植の「詞を偶儷に騁ける」の追求、曹叡の「古典の模擬」など、皆な漢楽府の質朴な文体への改造となることであろう。

もう一方、建安献帝の時期も、徒詩五言の盛んな時期であった。建安七子の作は、一部分の楽府作品を除いて、それ以外は全て五言であった。曹丕は「又た呉質に与ふる書」において、劉楨のことを「幹には逸気有るも、但《た》だ未だ遒《つよ》からざるのみ、其の五言詩の善き者は、時人に妙絶たり(74)」と称した。ここの「五言詩」は、専ら楽府以外の徒詩五言を指していると思われる。建安文人の五言詩の一部分は、もとの抒情歌曲である「古詩十九首」など漢末期の五言詩の影響を受けて、「言情比興」を体とした。例えば、曹丕の「雑詩」、徐幹の「情詩」、「室思五首」、王粲の「雑詩・日暮遊西園」、曹植の「王粲に贈る詩・端坐苦愁思」、「雑詩六首」、劉楨の「従弟に贈る三首」等々。これ以外の五言詩の多くは、例えば、公宴、酬贈及び日常生活の中の感情を表す作など、すべて目の前の物事を書いていて、古人の真似をしなかった。言い換えれば、文人五言詩が表現対象に於いて、次第に開拓していく発展の傾向をはっきりと示しており、楽府五言の特定した題材と主題系統の中での内部派生の状況とは、正反対であった。こういった五言詩の芸術表現上の特徴として、描写的なものが明らかに増えたことがある。縁情の外、体・物を兼ねて重視し、日常生活を描写する内容は明らかに増えた。

西晋の楽府五言と徒詩五言との文体の違う状況は、更に複雑になる。それをはっきりさせるには、まず魏晋楽府の時間の流れによる変化を研究しなければならない。建安の楽府は、漢の時期の楽府に比べて、「事」の要素が既に減っていた。そして、修辞を重視する「言」の要素と、哲理と議論に偏る「意」の要素とが増えてきた。これは文人楽府詩の発展の自然な趨向である。三曹の楽府詩は、内容上、既に相当、個人化され、漢の楽府の客観的な題材を取る原則は、甚だしく弱められていた。その後、漢の楽府の客観的な題材を取る原則を継承することと、文人自身の詩歌創作の個体の言志抒情を重視することとは、実際、文人楽府詩創作の中で一種の矛盾関係を構成していた。魏晋時期の傅玄は、「博学にして善く文を属《つづ》り、鍾律を解す(75)」なので、多く漢・魏の旧篇を模擬して、新たに原生楽府詩の「事」の要素をはっきりと顕していた。漢の楽府の客観的な題材を取る原則を堅持するということは、意識的に、三曹楽府の個人化し過ぎるという傾向を変えようとしていたのかも知れない。それと同時に、文体上、傅玄の大部分の作品は、漢の楽府の散直単行という叙述文体を保っていた。例えば、「苦相篇」では傅氏の楽府詩は修辞の面で、多く反復手法を用いていた。これも意識的に漢の楽府及び歌謡の修辞特徴を保つためであろう。しかし、原生楽府は非常に広範囲の社会時空の中で生まれたものであるために、傅玄は個体の詩人として、取材の面で、このような大きな空間を持つことは有り得ない。それ故に、彼の楽府詩は、一部分の現実からの取材の作品の外、大多数は、みな旧題を書き換える方法を用いるものであった。それで、その叙事効果は漢の楽府に及ばず、楽府叙事文体も少し硬直しているように見られる。同時に、傅氏の楽府は五言詩の中の「偶対尚麗」作風の影響も受けざるを得なかった。楽府古辞に比べ、傅氏の楽府の文辞は整飭《せいちょく》［均整がとれる］雅麗という傾向も見られた。一部分の作品、例えば、「有女篇。有女懐芬芳」は賦法と藻飾の風格を追求し始めた。その後、張華の「軽薄篇」、「遊猟篇」、陸機の「日出東南隅行」など一類の詞藻を並べる楽府詩は、傅玄の後に従って、楽府五言詩賦法鋪陳の体を作り出した。上述した傅玄の二種類の楽府詩の傾向は、後の晋・宋楽府五言の文体上の二種類の主要な傾向となった。にもかかわらず、傅氏の楽府は漢の楽府の客観叙事伝統を新たに確立したことと、また、この伝統の後世での継承において、やはり、重要な役割を果たしていた。何故かと言えば、音楽から離れた晋・宋の楽府五言詩と徒詩五言の文体上の違いは、漢の楽府の客観叙事伝統、及び散行を主にした文体の特徴から来ているからである。

陸機の楽府詩の全体的な傾向は、傅・張などの鋪陳藻飾の賦法文体に従って発展してきた。そして、内容上の「言」と「意」の要素は、既に「事」の要素より多くなっていた。その中で最も多く具体的表現を取ったものは、時序推遷、栄衰変化及び天道幽玄、個人では左右できない自己の運命などの個体生命意識である。これらの内容は、実際、漢の楽府「長歌行」類の作品から派生したものである。もう一方、傅・張の楽府詩に比べて、陸機の楽府五言の叙事効能は大いに弱められていた。偶儷と藻飾は、陸氏楽府の主な文体特徴となった。曹植楽府には、既に多くの俳偶の要素があったが、文体上では、やはり叙述を主にして、ある程度、楽府詩の叙事文体を保っていた。陸機は曹氏のものをもう一歩偶儷化し、一種の修辞を尊び、意理を重視する楽府文体を造り上げた。そしてそれは、後の謝霊運・沈約などの晋宋楽府詩作者によって継承され、漢魏楽府文体以外の新しい楽府文体となった。

もちろん、西晋の徒詩五言体の一部分の詩人と詩作も、やはり漢魏の散直文体を継承していた。特に、張載・左思二人の五言詩としては、句造りが散直を主にして、修辞が藻飾を尊ぶことはなかった。例えば、張載の「七哀詩」其の一は、景状物を多く描いているが、基本的に散行の叙述文体を保っている。左思の「詠史八首」、「嬌女詩」などは、抒情叙述に長ずる作品であって、完全に漢魏詩の散行文体を継承している。その「招隠詩」、「雑詩」は、内容上、体物状景を多く描いていて、文体上も比較的多く俳偶の形式を用いている。潘岳の「悼亡詩」の文体も散行を主にしている。陸機は西晋の俳偶雕藻詩風の代表であるが、その「擬古詩十二首」は、やはり多く散行体を用いていて、上に述べてきた楽府叙事詩の散行多用の状況に近い。上述した西晋の楽府詩が、漢楽府文体を多く継承した状況を考えてみれば、西晋の五言詩の体制は、やはりある程度、漢魏の体制を継承したと思われる。しかし、もう一方、五言俳偶雕藻作風の開成から見れば、西晋はその基礎を固める時期であるに違いない。陸機・張華・潘岳・張協などの五言詩の中では、対偶が既に主な修辞方法となっていた。また、それに相応する状物写景の要素も明らかに増えていた。徒詩五言の対偶、雕藻、事物描写などの芸術要素の増加は、五言詩発展の基本的趨向を代表している。上述したことは、文人詩の新しい創作技術であるに違いないが、漢の楽府の中では、あまり用いられていない。だから、建安以来の模擬楽府の対偶、雕藻要素の増加は、楽府五言が徒詩五言の影響を受けた結果であろう。しかし、多くの徒詩五言の創作技術を受けた結果によって、楽府自身の文類と文体の特徴をはっきり呈することが出来なかった。それと同時に、一種の楽府詩文体の特徴を保つ創作意識も次第に明確になってきた。

東晋の前中期は漢魏の五言抒情伝統の衰退の時期であった[76]。文人の模擬楽府創作の雰囲気は、東晋の詩壇においては消失したと言ってもよい。その時の門閥士族の、西晋に既にあった雅頌と四言文体を尊ぶ思想が今までより、一層広がって、やはり五言を俗体と見ていた。西晋の傅・張は郊外廟歌詩を作って、多く五言及び雑言を用いた。『宋書』楽志に所載された曹毗・王珣の「晋江左宗廟歌十三首」に至っては、みな四言雅体を用いて、この時期の正統の文学観念を反映して、西晋よりも、もっと雅を崇ぶようになった。楽府の面になると、西晋の陸機の楽府が雅化の傾向にあるが、「言」、「意」を重視する、修辞と説理に長ずる模擬楽府作風を創り出していた。しかし、それは楽府の俗楽からの根本的な性質を変えてはいない。それで、陸氏の楽府は直接、東晋の詩壇に影響を及ぼしてはいなかったのである。

徒詩五言の方面では東晋の後期、玄言詩風が次第に衰え、志を言う抒情的、物事を感じて思いを馳せる詩風が再び興ずるようになった。その時の作者、例えば謝混・殷仲文の五言詩は多く西晋の潘陸以降の体制風格を追慕し、談玄の風格がまだ残されていた。もう一方、陶淵明は寒微隠逸の際に立ち上がった。その五言詩、例えば「雑詩十二首」、「飲酒二十首」、「詠貧士七首」、「読山海経十三首」などは、阮籍の「詠懐」、左思の「詠思」、郭璞の「游仙」などの体制を習っているが、模擬したものではなかった。詩歌史の源流から見れば、正に漢魏詩歌の志を言う比況的な伝統を回復したわけである。陶氏の五言は文体上、散行を主にして、その対偶のところも西晋の潘・陸流の雕飾藻彩のようなものではなく、漢詩の自然体の対句風格に近い。このような状況は、晋宋の境の五言詩壇に、西晋の俳偶雕琢を模擬する文体と、漢魏の散直自然を模擬する文体が存在していたことを物語っている。

東晋の中期、士族の中から「呉声を共に重視する」という現象が現れた。次第に五声歌曲を模擬する創作が現われ、擬古楽府写作の伝統もそれに従って徐々に回復し始めるようになる。その全面的な復興は晋宋の時期であった。『宋書』楽志には、『鼓吹饒歌十五首』、何承天晋義熙中造」と記載されている。陶淵明の「怨詩楚調示龐主簿」、「擬挽歌三首」も擬楽府体制に属するものである。元嘉詩壇の諸家、例えば元嘉の三大詩人である謝霊運・顔延之・鮑照は皆な数多くの擬楽府を書き上げた。謝霊運の楽府の源は陸機に遡ることが出来る。その「長歌行」、「豫章行」、「折楊柳行」、「君子有所思行」、「悲哉行」など、皆な遷り逝く感情を書いたものである。創作方法も陸氏の楽府に似ていて、「言」と「意」を主にして、「事」を書くものは少なかったが、物色を描写する部分が陸氏に比べて多かったようである。その文体も、俳偶摛《ち》［敷く］藻を特徴としていた。

謝霊運の少し後に出る謝恵連・沈約などの擬古楽府も、陸・謝の体制を用いていた。謝恵連の「豫章行」、「塘上行」、「却東西門行」、「長安有狭斜行」、沈約の「長歌行・連連舟壑改」、「長歌行・春隰荑緑柳」、「豫章行・燕陵平面遠」、「江蘺生幽渚」、「却東西門行」などは全て「言」と「意」を重視し、陸・謝に比べ、俳偶雕藻の面で少しも遜色がない。ここから見れば、陸機が変えた漢魏の擬古楽府は、晋宋及び斉梁の時期に、すでに擬楽府の一つの模範となっていた。蕭統の『文選』「楽府類」に収録された「陸士衡［機］楽府十七首」は、数量上、他の諸家を大いに超えている。この状況は、上述した謝・沈などの南朝詩人の擬古楽府が陸機を模倣対象にした現象で、共同の問題を反映したものであろう。即ち、陸氏を代表とした「言、意」を重視し、俳偶雕藻を尊ぶ擬楽府の作風は、すでに晋・宋・南朝の擬古楽府の正統的なものとなっていた。鍾嶸の『詩品』は五言詩の源流に遡る時、相和歌曲などの漢楽府五言詩に及ばないというのも、恐らく上述した文体学の背景に関係しているであろう。しかし、楽府の正統的な叙事体として、劉宋の時期にも大きな発展を見せていた。そして、鮑照などの創作を通して、「言」、「意」を重視する派よりも、更に大きな成績を収めている。鮑氏の古楽府は、文体が漢魏より出て、その「代東門行」は、最も漢魏の叙述事楽府の造詣の深いことを体現している。

劉宋時期の徒詩五言体は西晋に遡って、俳偶体物を基本体制にしていた。宋の初期の謝霊運は山水題材を大量に詩に取り入れ、山水詩体制の基礎を固めたものであった。しかし、その詩体方面の源を追求すれば、実は鄴下（献帝建安）の園囿と晋人の紀行を描写する詩作に遡ることが出来る。その基本的な功能は情景を描くことと、感情を歌うことにあった。情景を描くことのため、多く俳偶が用いられた。また、早い時期の情景を描くことのため、漢賦の鋪陳体物の影響を深く受けて、藻彩を尊ぶものが多かったわけである。霊運の山水詩には、時代の流れを超越する境界のある創新があるものの、体制の面では、まだ完全に晋宋の五言詩の影響から抜け出すことが出来なかった。謝霊運の五言詩の源に関しては、鍾嶸は「その源は陳思［曹植］に出で、雑へて［張］景陽の体有り。故に巧似を尚びて、而して逸蕩これに過ぐ」(77)と述べたことがある。一方、王世貞は「謝霊運は天資綺麗にして、思を運らすこと精鑿たり、格体創変すと雖も、是れ潘［岳］・陸［機］の余法なり。その雅縟乃ち之《これ》に過ぐるなり」(78)と云う。実際、魏晋の五言徒詩の基本体制は献帝建安の時期に創作され、西晋の諸家より発展させたものである。故に、上述した鍾・王の謝詩における源の論は皆な大体間違いないのであろう。これらの論は、謝詩の源のみならず、同時に、劉宋の五言詩全体の源を論じたものである。顔延之・鮑照の帝王、親藩の外游を記述した雅頌の作は、取材と風格において謝詩と違っているが、基本的な体制はやはり、西晋の俳偶雕藻より来ている。ただ、彼らも謝霊運と同じように、写景芸術上、西晋の陸に比べ、大きな発展を遂げて、対偶技巧も更に純熟したため、境界の美、修辞の工夫の面においては、完全に西晋の潘・陸諸家を越えている。しかし、もう一方、鮑照は比較的に自覚のある復古意識を持つ詩人である。彼の一部分の五言詩は漢魏の五言体制を習い、結体偶句と散行とを相結びつけ、馳驟奔逸の勢いを追求しようとした。その「擬古詩八首」、「紹古辞七首」、「学古詩」、「古辞」、「擬青青陵上柏」、「学劉公幹体詩五首」などの作品は、皆こういう体制に属している。その他の詩人にも、こういった類似の擬古作がある。彼らの所謂擬古とは、主に駆遷散句、意脈［脈絡］を重視することを真似て、時には、比興など漢魏の古詩の芸術特徴を用いていた。これも晋宋の時期には楽府五言にせよ、また徒詩五言にせよ、いずれも古体と今体という二種類の違う体制が存在していたことを物語っている。

斉梁の時期に、漢魏楽府の旧篇を真似て創作する風潮が全体的に衰え、鮑照などの創り出した旧題で今事を書く、自鋳偉辞（自ら偉辞を鋳す）の擬代方法も、あまりよく継承されなかった。永明中、沈約・謝朓・王融など、永明新楽章を創作した余興のため、これまで朝廷に用いられた鼓吹楽の漢鐃歌旧曲を賦写し、賦曲名の「賦題法」という擬楽府創作を創り出して、擬楽府のために新しい方法を世に送り出した。梁時代の宮体詩人である蕭綱・蕭繹などが、この方法を受け継ぎ、曲が有り歌詞がない「横吹曲辞」を賦写し、賦題法の活用を推し進めていた。この風習の及ぶところ、斉・梁・陳・隋の文人の擬楽府、古辞の存在するか否かにも関わらず、すべて古辞旧篇の題材類型を問わず、唯だ賦写詠物の方法で旧題を写作する。この賦題方法は唐人の楽府詩創作にも直接的な影響を及ぼした。賦題の方法は、本来、楽府写作の一種の方法であった。晋宋人の楽府にも時々賦題の書き方が用いられた。何故かと言えば、楽府古題は元々内容と直接な関係があったからである。例えば、「苦寒行」のような古題は、その擬写する物事に、もちろん寒苦の辞が無ければならない。しかし曹操の作は、やはり具体的な事件を対象にして、叙事を重視するもので、賦題とは言えない。陸機などの作った「苦寒行」に至ると、絶境の中から従軍の寒苦のことをざっと詠写するだけで、詞は事より多すぎるため、斉梁文人の賦題に近い。ただし、晋宋の擬楽府は、やはり古辞旧篇の内容と題旨を重視したため、「模範嚢《どう》篇」［先人の名篇を手本とする」はその基本的な創作方法である。賦題方法を明確にしたのは、斉梁の沈（約）・謝（朓）などの人から始まった。沈約が早年作った楽府は、やはり模範曩篇の旧法を用いて、永明以降の作は、賦題新法を用いるようになる。こうして見れば、彼一人で、楽府詩の晋宋の擬篇法から斉梁の賦題法への変化を代表していると言えよう。(79)

楽府詩の擬篇法から賦題法への変化は、漢魏楽府の叙事伝統を更に衰えさせた。叙事式の擬楽府でも、その叙事文体も漢魏の散行を主にすることから、偶儷を主にする方へと転じた。宮体詩人である蕭綱の擬楽府詩、例えば、「従軍行」、「隴西行」、「京洛篇」、「怨歌行」などは、内容表現上、多く漢魏の叙事伝統を習っているが、その文体は却って専ら偶儷を尊ぶよりになっている。もちろん、斉梁の楽府の中には、やはり散行叙事の文体特徴を保っている個別の作品がある。例えば、何遜の「門有馬車客」、蕭綱の「長安有狭斜行」は、散行の体を用いている。ただ、こういう類のものは、当時少なかった。擬楽府叙事の偶儷化は、曹植の擬篇から始まり、斉梁の時期に至って、楽府詩叙事の主流文体となった。これも漢魏楽府の叙事文体がこの時期になって、完全にその伝承が絶えていたことを示している。

永明時期の沈約、謝朓は賦曲名体楽府を創り、それと同時に当時の新しく作り出した声律技術を使用していた。沈・謝の作、例えば、「芳樹」、「臨高台」などは、仄韻を多く用いているが、篇制は短く（常に八句をもつ）、そして声律に依り、宮商の調和がとれて、実に永明新体の一種と言えるものとなっている。その中の平韻の作は、正にその後の五律体の前身であろう。沈・謝の創体の影響のため、この声律を重要視する擬楽府は、斉梁の時期に次第に流行り、楽府五言の主な体制となった。文人達が各種の新旧楽府を創作する時には、皆この体制を用いていた。特に梁大同の中、宮体詩人は新たに声律体を提唱し、その擬楽府諸作の体制において、更に

「回忌声病」、「約句准篇」という技巧を重要視し、もう一歩、近体化に近寄ってきた。そうすると、楽府五言の文体は、古体から近体へと変化するようになる。唐の初期の盧照隣などの賦横吹歌辞楽府に至って、やはり近体五言の体制を用いている[80]。言い換えれば、近体詩発生の早期には、楽府体は主流的な地位を占めていたのである。唐代の楽府詩系統全体の中において、盛・中唐の詩人の復古興古楽府体を経たにもかかわらず、近体は始終、楽府の一種となっている。斉の永明時期に遡る近体楽府は、一般的な近体詩に比べ、やはり多く楽府叙事文体の特徴を保っている。これは楽府五言近体詩が一般的な五言体と文体上やはり分かれていることを示している。ここから分かるように、近体詩の中の叙事芸術の伝統は、斉梁の近体楽府詩を通して、間接的に漢魏楽府の叙事伝統を継承してきたのであろう。

注

(1)「時代区分(断限)」とは歴史学術語である。古代各時代の歴史を編修する場合、まず、その時代区分を確定しなければならない。詳細は劉知幾の『史通』「断限」、上海古籍出版社、一九九八年、九五頁を参照。

(2)銭志熙『魏晋詩歌芸術原論』第二章第一節の中の一「建安文化的背景和建安文化的動力」、北京大学出版社、一九九三年を参照。

(3)劉勰著、范文瀾注『文心雕龍』巻二「明詩」、人民文学出版社、一九五八年、六六頁。

(4)鍾嶸著、曹旭集注『詩品集注』序、上海古籍出版社、二〇一一年増訂本、二〇頁。

(5)銭志熙「論初唐詩歌沿襲斉梁陳隋詩風及其具体表現」、北京師範大学編『励耘学刊』第一輯、学苑出版社、二〇〇五年、参照。

(6)「中古」という概念は文学歴史学界での使い方がそれぞれ一様でなく、多くの意味が含まれている。ここでは、中国古代文学研究領域で使用されている概念を指している。劉師培の『中古文学史講義』、王瑤の『中国中古文学史論』などの用法による。

（7）朱自清「聞一多先生是怎様走着中国文学道路」引用の聞一多「四千年文学大勢鳥瞰」、朱自清『論雅俗共賞』、広西師範大学出版社、二〇〇四年、一〇〇頁。

（8）劉義慶撰、劉孝標注『世説新語』「文学篇」、余嘉錫『世説新語箋疏』、上海古籍出版社、一九九三年、二六二頁。

（9）沈約『宋書』、中華書局、一九七四年、一七七八、一七七九頁。[『文選』巻五十「史論下」]

（10）檀道鸞、生卒年未詳。『宋書』「徐愛伝」によると、大明六年（四六二）徐愛に著作郎兼任を命じ、国史を編修し、時代区分を議論させて、「内外において広く議論し」、「散騎常侍巴陵王休若と尚書金部郎檀道鸞の二人が、元興三年を以て始めとするがいいと言った」。

（11）鍾嶸著、曹旭集注『詩品集注』、二〇～三四頁。

（12）劉勰著、范文瀾注『文心雕龍』、六六～六七頁。

（13）郭璞の詩風帰属の問題については、銭志熙『魏晋詩歌芸術原論』第四章第七節中の郭璞に関する部分を参照。

（14）蕭子顕『南斉書』、中華書局、一九七二年、九〇八～九〇九頁。

（15）魏徴等『隋書』「李諤伝」、中華書局、一九七三年、一五四四頁。

（16）王通『中説』巻二「天地篇」、『諸子百家叢書』影印版宋阮逸注本、上海古籍出版社、一九八九年、七頁。

（17）魏徴等『隋書』「文学伝」序、一七二九～一七三一頁。

（18）李百薬『北斉書』、六〇二頁。

（19）令狐徳棻『周書』、中華書局、一九七一年、七四四頁。

（20）徐鵬『陳子昂集』、中華書局上海編修所、一九六〇年、十五頁。

（21）王琦『李太白全集』巻二、中華書局、一九七七年、八七頁。

（22）顧学頡『白居易集』巻四十五、中華書局、一九七九年、九六〇、九六一頁。
（23）以上、銭志熙「中国古代的文学史構建及其特点」、『文学遺産』、二〇〇三年六期を参照。
（24）清・陳奐『詩毛伝疏』叙には、周代詩教の繁栄について、次のような生き生きとした論述がある。「昔、周公は礼を制し楽を作り、詩を楽章として、これを宗廟朝廷に用ひ、これを郷党邦国に達せしむ。当時の賢士大夫は、皆な詩教に通づ。孔子は詩を弟子達に授けて曰く、『小子、何ぞ夫の詩を学ぶこと莫からん』と。また曰く、『詩を学ばずんば以て言ふこと無し』と。誠に詩教の人に入ること深きを以てして、声音の道は政と通ずるなり」。中国書店、一九八四年影印本、一頁。
（25）班固『漢書』芸文志を参照。また、銭志熙の「文人文学的発生与早期文人群体的階層特徴」を参照。『北京大学学報』（哲学社会科学版）二〇〇九年第五期掲載。
（26）「雅頌」、「風雅」、「風騒」は、皆、古人の挙げる、詩の最高典範である。時にはまた、典則に合う詩の代称にも使われた。しかし、この三つの言葉の反映した詩学観には、少し違いがある。「雅頌」は倫理を最も重視し、「風雅」は少し開放的で、「風騒」は詩の芸術性を重んじている。ある意味では、「風騒」はすでに芸術性に傾き過ぎて、倫理の方面では最高の規範を体現することが出来なかった。「風」には「変風」と騒の精神があるため、儒家の論理に合わないところが多い。揚雄、班固、劉勰から宋の黄山谷に至るまで、皆このような論がある。
（27）摯虞の『文章流別論』（『全晋文』巻七十七）に次のように述べている。「五言とは、『誰か雀に角無しと謂ふ、何を以てか我が屋を穿つ』の類にして、俳諧倡楽に多く用ひらる」。西晋人としての摯氏もまた、このような考えを持っているので、五言が魏晋の人に普通、俗楽歌体と見られていたことがよく分かる。
（28）銭志熙『魏晋詩歌芸術原論』第一章第三節の論述を参照。
（29）余嘉錫『世説新語箋疏』二一頁。
（30）「騁」は『梁書』鍾嶸伝において、「釈」としている。曹旭『詩品箋注』、人民文学出版社、二〇〇九年、三一頁を参照。
（31）曹旭『詩品集注』五六～七四頁。
（32）厳可均校輯『全上古三代秦漢三国六朝文』「全梁文」巻五十三、中華書局、一九五八年、三二六二頁。
（33）沈約『宋書』謝霊運伝、一七七八頁。
（34）周勛初「文賦写作新探」、『魏晋南北朝文学論叢』、江蘇古籍出版社、一九九九年、二八頁。
（35）逯欽立輯校『先秦漢魏晋南北朝詩』、中華書局、一九八三年、九〇四頁。
（36）同上一一八五頁。
（37）郭茂倩『楽府詩集』巻四十四「清商曲辞一」、中華書局、一九七九年、六三九～六四〇頁。
（38）郭茂倩『楽府詩集』巻四十七「清商曲辞四」、中華書局、一九七九年、六八九頁。
（39）葛暁音『八代詩史』小結、陝西人民出版社、一九八九年、三四七頁。
（40）銭志熙『魏晋詩歌芸術原論』第四章第一節「西晋文人群体的形成及其与家族的関係」参照。
（41）曹旭『詩品集注』序、二〇～二五頁。
（42）徐公持「魏晋南北朝文学研究」緒論、呉雲主編『魏晋南北朝文学研究』、北京出版社、二〇〇一年、三三頁。
（43）余嘉錫『世説新語箋疏』徳行、二一頁。
（44）魯迅「魏晋風度及文人与薬和酒的関係」、『魯迅文集』(三)『而已集』所載、黒竜江人民出版社、二〇〇二年、五四三頁。
（45）班固『漢書』揚王孫伝、二九〇七頁。
（46）班固『漢書』陳遵伝、三七一二頁。
（47）戴明揚『嵇康集校注』巻六、人民文学出版社、一九六二年、二三四頁。
（48）銭志熙『魏晋詩歌芸術原論』第一章、漢の末期の士人集団に関する論述を参照。

(49)陳寿『三国志』郭嘉伝の裴松注、浙江古籍出版社、影印百衲本、一九九八年、一〇六九頁。中華書局、一九五八年、四三一頁。

(50)房玄齢等『晋書』傅玄伝、浙江古籍出版社、影印百衲本、一九九八年、八二頁。［中華書局、一九七四年、一三一七～一三一八頁。］

(51)沈約『宋書』文帝紀「元嘉三年詔書」、七五頁。

(52)沈約『宋書』文帝紀「元嘉五年詔書」、七六頁。

(53)沈約『宋書』孝武帝紀に所載の教育事業振興の詔書を参照のこと、一〇九、一三五頁。

(54)『弘明集』巻十一何尚之「答宋文帝讃揚仏教事」、上海古籍出版社、一九九一年、宋磧砂版大蔵経影印、七〇頁下。

(55)『弘明集』巻十一何尚之「答宋文帝讃揚仏教事」、七〇頁中・下。

(56)湯用彤『漢魏両晋南北朝仏教史』、中華書局、一九五五年、四一五頁。

(57)湯用彤『漢魏両晋南北朝仏教史』、四八七頁。

(58)魏収『魏書』釈老志、中華書局、一九七四年、三〇三四頁。

(59)『弘明集』巻七、朱昭之「難顧道士夷夏論」、朱広之「疑夷夏論諮顧道士」、釈僧愍「戎華論折顧道士夷夏論」などを参照。

(60)厳可均校輯『全上古三代秦漢三国六朝文』「全梁文」巻一「孝思賦」、二九四八頁。

(61)銭志熙「謝霊運辨宗論与其山水詩創作」参照。『北京大学学報』(社会科学版)一九九五年第五期。

(62)銭志熙の「江郎才尽新探」を参照。浙江テレビ放送大学『電大教学』一九九二年第四、五期。

(63)曹旭『詩品集注』序、四三頁。

(64)銭志熙「論魏晋南北朝楽府体五言的文体演変――兼論其与徒詩五言体之間文体上的分合関係」、『中山大学学報』(社会科学版)、二〇〇九年第三期参照。

（65）焦循『易余籥録』、清・光諸中期の李盛鐸『木犀軒叢書』（二〇、二三冊）本。
（66）沈徳潜『古詩源』巻首例言、中華書局、一九六三年、一頁。
（67）呉兢「楽府古題要解」巻上、丁福保編『歴代詩話続編』、中華書局、一九八三年、二五頁。
（68）逯欽立『先秦漢魏南北朝詩』魏詩巻一、中華書局、一九八二年、三四七頁。
（69）逯欽立『先秦漢魏南北朝詩』魏詩巻六、四二二頁。
（70）郭茂倩『楽府詩集』巻二十七、三九六～四〇三頁。
（71）逯欽立『先秦漢魏南北朝詩』魏詩巻九、四七九、四八〇頁。
（72）銭志熙『漢魏楽府的音楽与詩』（大象出版社、二〇〇〇年）六（二）の「建安文人楽府詩的合楽情況」一節。一四六～一五四頁参照。
（73）劉勰著、范文瀾注『文心雕龍注』一〇二頁。
（74）厳可均校輯『全上古三代秦漢三国六朝文』「全三国文」巻七、一〇八九頁。
（75）房玄齢等『晋書』傅玄伝、中華書局、一九七四年、一三一七頁。
（76）銭志熙『魏晋南北朝詩歌史述』（北京大学出版社、二〇〇五年）第五話「東晋前期詩風不盛的原因」九三～九七頁参照。
（77）曹旭『詩品集注』二〇一頁。
（78）王世貞『芸苑卮言』巻三、『歴代詩話続編』、九九四頁。
（79）銭志熙「斉梁擬楽府賦題法初探―兼論楽府詩写作方法之流変」、『北京大学学報』（哲学社会科学版）一九九五年第四期。
（80）銭志熙「論初唐詩歌沿襲斉梁陳隋詩風及其具体表現」、北京師範大学編『励耘学刊』第一輯、一一二〇～一一二二頁。

第四章　盛唐を標識とする唐詩史の模式

唐代に到って、中国詩歌史は輝かしい歴史発展の段階を迎えた。もし中国を詩の国と言うのなら、唐詩はその最高の例証だ。もし一時代には一時代の文学があると言うのなら、唐詩は唐代を代表し、最も誉められ、憧れられた文学である。中国詩歌史から見ると、唐詩の地位は比類がない。唐詩にはあらゆる詩体が兼ね備わり、流派が多様で、名作が続出している。唐詩は中国文化の際だった代表、中華民族が誇りとする芸術大観、人類文化史上最もまばゆい篇章である。

本章は唐詩の繁栄の原因、歴史上の地位や現代的価値、唐詩の描写方策など、唐詩を把握する上で重要な問題点を論述しようとするものである。

一、改めて唐詩繁栄の原因を論じる

唐詩は、数量の多さと品位の高さ、また影響の広さから言って、すでに中国詩歌史における輝かしい歴史的階段に達している。それでは、詩と歌は一体として古くからあったのに、どうして唐代に入って始めて一大壮観を呈するようになったのであろうか。多くの学者がこれを説明しようと試みてきた。晩唐の皮日休（八三八～八八三頃）をはじめ、歴代の学者たちはこの問題に注目し、論述をしてきた。特に二十世紀以降、唐代文学史を論じる際には、多かれ少なかれ唐詩繁栄の原因を分析しなければならなくなった。これらをまとめてみると、主として次の数個の見方になる。（1）経済の繁栄は詩人たちに四方漫遊の物質的基礎を提供した。（2）皇帝が、詩歌を重視する社会の気風を広げるよう唱え、詩賦による士すなわち官吏を選抜する制度は多くの士人を詩歌芸術に没頭させ、また穏やかな政治環境は詩人たちに胸懐を隠さずに表明させた。（3）詩歌に関連する芸術の繁栄は、詩歌創作のために養分をもたらした。（4）仏教と道教の繁昌は、詩人に人生と芸術についてより一層深く思考させた。（5）以前の時代における詩人の多様な創作実験は、詩人たちに豊富な手本を提供した。

ただし、これらの説明はまだ不完全で、要点に当らないといってよいであろう[1]。

具体的に言うと、以上挙げた唐詩繁栄のいくつかの条件は、唐代以前にもあったが、どうして唐代詩歌の創作こそが空前の繁栄になったのであろうか。そこで、唐代詩歌に前代未見の繁栄をもたらした因果関係を次の五つの要点に整えて、改めて論述してみよう。

1、唐詩を社会活動として見るべきこと

唐詩繁栄の原因を究明するために、そもそも唐詩の繁栄とは何なのか、を考える必要がある。言い換えれば、それは詩歌活動か、あるいは詩歌活動の結果かという問題である。今の我々は詩歌活動の結果を通して唐詩の繁栄を感じているのであるが、唐詩繁栄の原因を明らかにするためには、唐詩活動そのものに着目するだけでなく、さらに詩歌活動の唐代社会生活における地位や、この活動に対する人々の関心及び参加への情熱を考察するのがよい。それはまた、系統的思惟と分析によって唐代詩歌活動の各方面について分析し、その作用の仕組みを見付けることである。

詩歌活動の功能を考察するならば、次のことが分かる。つまり、唐詩は詩人の感情と志を述べる形式であるだけでなく、文化建設の重要な内容や政治的成功の顕著な印であり、そして人間社会の交際に常用される道具及び高尚な生活における有効な言葉なのである。これは朝廷が詩歌活動を重視しつつ、一連の相関政策を実施したことが要因である。

詩歌活動の価値を分析するならば、次のことも分かる。唐詩は個人の創作行為であるだけでなく、唐代の人々にとって精神生活の最高の形式であり、当時の高尚な社会生活の元素でもある。そこで、唐代において全国民が詩歌に憧れる気風が形成されたのである。

詩歌活動の仕組みを分析するならば、また次のことも分かる。唐詩は詩人の個人的行為であるだけでなく、詩人らの集会や相互の応酬・唱和による集団的行為である。詩人らは互いに切磋しあいつつ、詩歌芸術を高め

るようになる。これは唐代詩人らが多くの詩歌団体と流派を形成してきたことに起因する。
詩歌活動の参加者を分析するならば、唐詩は文人学者の行為だけではなく、政府の組織や歌人の伝唱、商人の販売や教師の伝授などによって、詩歌活動の繁栄が促進されている。これは唐代の詩歌活動が相当広範囲に及んだことが原因である。

詩歌活動の各方面では参加者が最も重要な役割を演じる。皇帝、詩人と歌人はそれぞれ詩歌活動の組織者、創作者および伝播者の役を演じ、一緒になって詩歌活動の繁栄を促進した。すなわち、組織者である皇帝の提唱によって詩歌を尊ぶ生活方式と生活の気風が切り開かれ、創作者である多くの士人は十分に激情を解放して、大量の高品質な詩を作り、伝播者である歌人たちは歌って詩を広く伝えていくという伝播方式で、莫大な詩歌鑑賞の団体を創立したのである。

『論語』陽貨には「小子何莫学夫詩。詩可以興、可以観、可以群、可以怨。邇之事父、遠之事君、多識於鳥獣草木之名。」（小子、何ぞ夫の詩を学ぶこと莫きや。詩は以て興にすべく、以て観るべく、以て群すべく、以て怨むべし。邇《ちか》くは父に事《つか》へ、遠くは君に事へ、多く鳥獣草木の名を識《し》る(2)）という孔子の話がある。詩は人間の性質を改善できる手段であり、社会に参与するための素養であり、見聞を広げる方法であると、孔子は生徒に教えていた。言い換えれば、孔子時代の詩は上流社会のコミュニケーションの言葉であった。「不学詩、無以言」（詩を学ばずんば、以て言ふこと無し）（『論語』季氏）という伝統はずっと続いてきて、唐代に入って大いに発揚された。唐代の詩歌鑑賞者は少数の世襲貴族に限らず、多くの士人や庶民の間にも広がった。詠唱される詩歌も『詩三百』（『詩経』の詩三百篇）のような過去の詩ではなく、同時代の人々によって創作された作品である。唐人の生活の中で詩歌活動は非常に重要な位置を占め、詩歌は高品質な生活の要素、思想と感情を交流させる媒介、上流社会に入るのに必要な素質になっていた。

唐代の詩歌活動は、上品な生活においての重要な構成要素である。式典、宴会、遊覧、集会や送別などの場合には詩歌活動を必ず行っている。詩歌がなければ、これらの活動は見劣りがし、ひいては面白くなくなる。高仲武（生卒年不詳）著『中興間気集』には、詩人の郎士元（七二七～七八〇頃）と銭起（生卒年不詳）の物語を次のように述べている。「自丞相已下、出使作牧、二君無詩祖餞、時論鄙之」（丞相自《よ》り已下、使ひに出でて牧《ぼく》と作《な》るに、二君に詩の祖餞する無くんば、時に之を鄙なりと論ず）[3]。これで分かるように、当時の官員が任地へ赴く際には、慣例によって宴会を開き、送別詩を作り、有名な詩人が出席しなければならない。もし詩人に欠席されたら、その活動はすっかり失敗したものと見なされたという。

唐代の人々はいつも詩の言葉を使って思想と感情を表した。およそ志を表すこと、述懐、ご機嫌伺い、陳情、謁見願い、請託、公告、文芸論議などの活動は、すべて詩を作って表現する。多くの場合には詩が他の文体に代わって用いられ、いかなる思想・感情をも詩で表現できた。清・管世銘の「雪山房唐詩鈔凡例・五古凡例を読む」には杜甫の「五古」について次のようにいう。

杜工部五言詩、尽有古今文字之体。前後「出塞」、三別、三吏、固為詩中絶調、漢魏楽府之遺音矣。他若「上韋左丞」、書体也。「留花門」、論体也。「北征」、賦体也。「送従弟亜」、序体也。「鉄堂」、「青陽峡」以下諸詩、記体也。「遭田父泥飲」、頌体也。「義鶻」、「病柏」、説体也。「織成褥段」、箴体也。「八哀」、碑状体也。「送玉砅」、紀伝体也。可謂牢籠衆有、揮斥百家。[4]

杜工部の五言詩は、尽《ことごと》く古今文字の体有り。前後「出塞」、三別、三吏は、固《もと》より詩中の絶調為《た》りて、漢魏楽府の遺音なり。他の「韋左丞に上る」が若きは、書体なり。「留花門」は、論体なり。「北征」は、賦体なり。「従弟亜を送る」は、序体なり。「鉄堂」「青陽峡」以下の諸詩は、記体なり。「田父の泥飲するに遭ふ」は、頌体なり。「義鶻」「病柏」は、説体なり。「織りて褥段を成す」は、箴体なり。「八哀」は、碑状体なり。「玉砯を送る」は、紀伝体なり。衆有を牢籠《らうらう》して、揮《すべ》て百家を斥《しりぞ》くと謂ふ可し。

実は杜甫の詩は「五古」だけではなく、他の詩も「衆有を牢籠す」（万物を包み込む）といってよい。他の詩人は杜甫のような「衆有を牢籠す」にはなれないが、詩を以て各種文体に代えることは同じようによくあった。

唐代では、作詩が文化修養の指標として、上層社会の活動に参与するのに必要な条件であった。知識人は上層社会に入りたいなら、上層社会の言語環境が分からなければならない。「不学詩、無以言」（詩を学ばずんば、以て言ふこと無し）のような生活の雰囲気の中で、詩は最も有効な素質の証明なのである。孤立した、まったくの後援なしの秀才（科挙合格者）でも詩作の能力だけで上流社会に入ることができた。杜甫は『奉贈韋左丞丈二十二韻』（韋左丞丈に贈り奉る二十二韻）の中で、韋左丞（韋済、唐代の大臣、詩人。生卒年不詳）に次のように陳情している。「読書破万巻、下筆如有神。賦料揚雄敵、詩看子建親……自謂頗挺出、立登要路津。致君堯舜上、再使風俗淳。」（書を読みて万巻を破り、筆を下せば神有るが如し。賦は料るに揚雄に敵《かな》ひ、詩は看るに子建に親《ちか》づく……自ら謂へらく頗る挺《ぬ》き出でて、立ちどころに要路の津に登る。君を堯舜の上に致して、再び風俗をして淳なら使めんと）。杜甫から見ると、作詩が「立登要路津」（立ちどころに要路の津に登る）の十分条件なのである。

2、君王によって詩歌を尊ぶ気風が開かれた

明・胡震亨（?～一六四五）著『唐音癸籤』にいう。

有唐吟業之盛、導源有自。文皇英姿間出、表麗縟於先程。玄宗材芸兼該、通風婉於時格。是用古体再変、律調一新。朝野景従、謡習浸広。重以徳、宣諸主、天藻並工、賡歌時継。上好下甚、風偃化移、固宜于喁遍於群倫、爽籟襲於異代矣。……于時文館既集多材、内庭又依奥主、游燕以興其篇、奨賞以激其価。誰罔律宗、可遺功首。(5)

唐の吟業の盛んなる有るは、導源自《よ》る有り。文皇の英姿間《へだ》てて出で、麗縟を先程に表す。玄宗は材芸兼ねて該《そな》へ、風婉を時格に通づ。是を用て古体再変し、律調一新す。朝野景《かげ》のごとく従ひ、謡習浸《やう》やく広がる。重ぬるに徳を以てし、諸《これ》を主に宣《の》ぶれば、天藻並びに工《たく》みにして、賡歌［応唱］して時に継ぐ。上は好しく下は甚だしく、風偃化移して、固より群倫に喁遍［遍く唱和］するに宜しく、爽籟異代に襲はれり。……時に文館既に多材を集め、内庭も又た奥主に依り、游燕して以て其の篇に興じ、奨賞して以て其の価を激しくす。誰か律を罔《の》ばす宗たりて、功を遺《のこ》す首たる可き。

確かに、唐代の皇帝は唐代詩歌繁栄の社会的気風を形成させる輻射核心の役割を起した。明代の胡応麟

（一五五一～一六〇二）の言う通り、「嘗与友人戯論、唐詩人上自天子、下逮庶人、百司庶府、三教九流、靡所不備。」（嘗て友人と戯れ論ずるに、唐の詩人は上は天子自《よ》り、下は庶人に逮《およ》ぶまで、百司庶府、三教九流、備はらざる所靡《な》し）[6]。つまり、皇帝から親王や貴族まで、官僚から百姓《せい》まで、宮廷から都にかけて、都から各州にかけて、絶えず周りに広がっていって、ついに全社会で詩を尊ぶ気風を形成した。

はやくも貞観の時期に、太宗によってこの気風が開かれたという。当時の君臣はすでに詩歌活動を、高雅な生活方式としてのみならず、国家政治の一部分や理想社会の重要な標示として認めている。それ以降、歴代皇帝は引き続いて一連の激励施策を行ってきた。制度として文館を設立、翰林を募集し、士人を選抜することによって、詩人たちが社会生活の中心に入ることを保証した。このような激励施策の作用は巨大なものだった。杜佑（七三五～八一二）の『通典』選挙三にいう。「開元以後、四海晏清、士無賢不肖、恥不以文章達。其応詔而挙者、多則二千人、少猶不減千人、所収百纔有一。」（開元以後、四海晏清し、士は賢と不肖と無く、文章を以て達せざるを恥づ。其の応詔して挙げらるる者、多ければ則ち二千人、少きも猶ほ千人を減ぜざるも、収むる所は百に纔《わづ》かに一有るのみ）[7]。宋の楊万里（一一二七～一二〇六）の「黄御史集序」にもいう。「詩至唐而盛、至晩唐而工。蓋当時以此設科而取士、士皆争竭其心思而為之。故其工、後無及焉。」（詩は唐に至りて盛んに、晩唐に至りて工《たく》みなり。蓋《けだ》し当時は此れ科を設けて士を取るを以て、士皆な争ひて其の心思を竭《つ》くして之を為す。故に其の工みなること、後に及ぶもの無し）[8]。要するに、朝廷から出した一連の激励施策は「全民尚詩」（全民詩を尚ぶ）という生活方式の全面的な普及に大きな促進作用を起したのである。

3、社会的集団活動によって立派な詩歌芸術が生まれた

詩歌活動は典型的な社会的集団活動なので、詩人らの詩作は社会からの評判を受け取らなければならない。例えば、式典、宴会、遊覧、集会及び送別などの舞台で、常に互いに技を競い合うにつれ、詩作の優劣を評判するシステムも生まれた。唐の中宗（六五六～七一〇）は詩会を開き、上官婉児（六六四～七一〇）に詩作の等級を評定させた。孟浩然（六八九～七四〇）は秘省の集会で「微雲淡河漢、疏雨滴梧桐」（微雲河漢に淡く、疏雨梧桐に滴る）の詩句を吟じると、皆は感心し筆を置いた。郭曖（？～八〇〇）と昇平公主（？～八一〇、唐の代宗の娘、七六五年、郭曖の嫁になった）が共催する宴会で、銭起と李端が作詩の腕を比べたことも有名な詩話である。このような小範囲での競技をしなくても、詩人らの詩作は同人や鑑賞者の評価を受ける。詩名の度合いは個人の名誉に関わるだけでなく、直接に詩人らの社会的地位にも関わっているので、詩人の作詩への熱情を大いに鼓舞した。詩人らは一人一人夢中で苦心惨澹しつつ、同時に互いに切磋琢磨して各種類の文体を試し、多様な風格を探求した。そこで、詩人のグループがどんどん現れ、共同の作詩傾向と指導者を持ち、モデルとなる作品を備えた詩作流派までもが現れた。

作詩は創造性のある活動なので、詩人の名を世に馳せることができるし、創作の喜びも楽しめる。詩人としての技芸そのものは人を陶酔させるに足る。杜荀鶴（八四六～九〇六）の詩作「苦吟」は歌う。「世間何事好、最好莫過詩。一句我自得、四方人已知。生応無輟日、死是不吟時。」（世間何事か好からん、最も好しきは詩に過ぐるは莫し。一句我自ら得れば、四方人已に知る。生きては応《まさ》に輟《や》むる日無かるべく、死するは是れ吟ぜざる時なり）。これと似通った心情は多くの詩人の詩作にも見える。例えば、杜甫（七一二～七七〇）の「為人性癖耽佳句、語不驚人死不休。」（人と為り性は癖にして佳句に耽《ふけ》り、語は人を驚かさずんば死すとも休《や》めず）

（「江上値水如海勢聊短述」江上にて水の海勢の如きに値《あ》ひ聊か短述す）、方千の「只将五字句、用破一生心。」（只《た》だ五字句を将《もっ》てして、用《もっ》て一生の心を破《つく》す）（「貽銭塘県路明府」銭塘県の路明府に貽《おく》る［全唐詩は李頻の作とする。］）、崔塗（八五四～？）の「朝吟復暮吟、只此望知音。挙世軽孤立、何人念苦心。」（朝に吟じ復《ま》た暮に吟ず、只だ此れ知音を望むのみ。世を挙げて孤立せるを軽んず、何人か心を苦しむるを念はん）（「苦吟」）、「月上僧帰後、詩成客夢中。」（月上り僧帰りし後、詩は成る客夢の中）（「秋夕与友人同会」秋の夕べに友人と同会す）、また「十年惟悟吟詩句、待得中原欲鋳兵。」（十年惟だ悟る詩句を吟じて、中原を得て兵を鋳せんと欲するを待つを）（「夏日書懐寄道友」夏の日に懐ひを書して道友に寄す）、劉得仁（生卒年不詳）の「骨刻捜新句、無人憫白衣。」（骨を刻みて新句を捜す、人の白衣を憫れむ無し）（「陳情上知己」陳情して知己に上る）、喩鳧《ふ》の「顔凋明鏡覚、思苦白雲知。」（顔の凋むは明鏡覚え、思の苦しきは白雲知る）（「残句」）など。

唐人には、こういう苦心をしながら詩を作る故事が多い。例えば、李賀（七九一～八一七）が苦心して句を集めたこと[9]、賈島の推敲のこと[10]、周朴の樵を捕えること等々は皆、詩作の技芸に無我夢中になっている。とくに周朴の故事が面白い。『唐詩記事』は次のように記している。

（朴）性喜吟詩、尤尚苦渋。毎遇景物、捜奇抉思、日旰忘返、苟得一聯一句、則忻然自快。嘗野逢一負薪者、忽持之、且厲声曰、「我得之矣、我得之矣」。樵夫矍然驚駭、掣臂棄薪而走。遇游徼卒、疑樵者為偷児、執而訊之。朴徐往告卒曰、「適見負薪、因得句耳」。卒乃釈之。其句云、「子孫何処閑為客、松柏被人伐作薪[11]」。

〔朴〕性詩を吟ずるを喜び、尤も苦澀するを尚ぶ。景物に遇ふ毎に、奇を捜し思ひを抉り、日旰《く》るるも返るを忘れ、苟《いやしく》も一聯一句を得れば、則ち忻然として自ら快しとす。嘗て野に一《ひと》りの薪を負へる者に逢ひしに、忽ち之を持ち、且つ声を厲《はげ》くして曰く、「我は之を得たり、我は之を得たり」と。樵夫矍然として驚き駭《おそ》れて、臂《ひじ》を掣《ひ》き薪を棄てて走《に》げたり。游徼《いうけう》〔巡回〕の卒に遇へば、疑ふらくは樵者は偷児為《た》らんと、執りて之を訊ふ。朴徐《おもむ》ろに往きて卒に告げて曰く、「適《たま》たま薪を負へるを見て、因りて句を得しのみ」と。卒乃ち之を釈《ゆる》す。其の句に云はく、「子孫何《いづ》れの処にか閑かに客と為らん、松柏人に伐ら被《れ》て薪と作る」と。

このようにして、多くの詩人が心力を尽くして絶えず努力した結果、詩歌の芸術品質が大いに高められたのである。

4、高尚な人生によって心を打つ詩情が呼び起こされた

ただ作詩の技芸を探索するだけならば作詩の技芸を高めるしかないが、高尚な精神の境地は詩の精神的品質を高めることができる。唐詩はすぐれた作詩の技芸を呈示すると同時に、精神的な感化力を伝える。唐代の詩人らは、社会活動の中心において優越な地位に居ることによって、社会ないし宇宙に対してより多くの関心を持ち、彼らの理想や激情を詩の中で充分に表したから、唐詩の精神的な品質を大いに高めた。

詩人は元々、士君子に属していた。かつて春秋戦国時代の君子らの中で自由を尊ぶ伝統が形成された。彼らは自分の才能と知恵で生活の手段を手に入れ、また「士為知己者死」（士は己を知る者の為に死す）（『戦国策』「趙策一」）のような行為規範を重んじるが、雇い主から個性が尊重されることを要求し、所謂「待士以礼」（士を

待するに礼を以てす）、つまり家来や下僕の身分ではなく、客人としての身分で君主に見《まみ》えようとした。この伝統は秦漢の統一以降、苦しみを忍ぶ方向に改造されつつ、より多く社会に責任を負う意識が加わった。この意識は激動する漢代末の社会で集中的に現れた。これが建安詩人の、人生を哀しむとともに、慷慨して救世しようとする気持ち、すなわち、よく言われる「建安の風骨」なのである。

しかしながら、魏晋南北朝になって、士君子の境遇は非常に苦しくなり、頻繁な王朝交代によって士君子の命さえ脅かされた。それで、この精神伝統はうまく継承できなかった。唐代に入ると、士君子の待遇は大いに改善された。唐の支配者は主に儒教と道教とが結合した治国思想を奉じていたが、ちょうどこの二大思想は、ともに士君子の個性的精神を尊敬している。そこで、当時の社会では士人の個性を尊敬する気風が形成されるようになった。詩人らはタイミングに合ったとも言え、先秦の士君子らの独立的伝統が引き継がれ、建安詩人の社会的責任意識も大いに発揚された。唐の詩人らは古人の理想を救世の情熱に変化させ、この情熱を詩篇の中にうまく表現している。清明な政治を自由自在に歌唱し、素直に社会の不平に抗議し、世間の不幸な人生を哀れむ。唐の詩人らは詩人を自らの職とは認めず、社会のためにより多く責任を担うべきだと自覚した。唐詩には、父母、子供、兄弟、友達、君主、天下への責任感や、世を嘆いたり人間を哀れんだりする聖人の懐い、及び危難を救う積極的な情熱、氷雪のような潔白、高尚な人格や生き甲斐への深い思考がしみじみと感じられる。

5、歌で詩を伝えることによって、大勢の受容者に恵まれた

唐代における詩歌鑑賞の社会集団はかなり膨大であった。白居易の「与元九書」（元九に与ふる書）は本人

の詩がよく伝誦されていたことを生き生きと記述している。

其余詩句、亦往往在人口中、僕恧然自愧、不之信也。及再来長安、又聞有軍使高霞寓者、欲娉倡妓、妓大誇曰、「我誦得白学士『長恨歌』。豈同他妓哉。」由是増価。又足下書云、「到通州日、見江館柱間有題僕詩者。」復何人哉。又昨過漢南日、適遇主人集衆楽娯他賓。諸妓見僕来、指而相顧曰、「此是『秦中吟』、『長恨歌』主耳。」自長安抵江西三四千里、凡郷校、仏寺、逆旅、行舟之中、往往有題僕詩者。士庶、僧徒、孀婦、処女之口、毎毎有詠僕詩者。(12)

其れ余の詩句、亦た往往人口の中に在り、僕恧《じく》然として自ら愧ぢ、之を信ぜざるなり。再び長安に来たるに及んで、又た聞けらく軍使の高霞に寓する者有り、倡妓を娉《よ》ばんと欲するに、妓大いに誇りて曰く、「我は白学士の『長恨歌』を誦じ得たり。豈に他の妓と同じからんや」と。是れに由りて価を増せり。又た足下の書に云はく、「通州に到る日に、江館の柱間に僕が詩を題する者有るを見る」と。復た何人なるや。又た昨、漢南を過ぐる日に、適《たま》たま主人の衆を集めて他賓を楽娯せしむるに遇ふ。諸妓僕の来たるを見て、指して相顧て曰く、「此れは是れ『秦中吟』と『長恨歌』の主なるのみ」と。長安自《よ》り江西に抵《いた》るまで三四千里、凡そ郷校、仏寺、逆旅、行舟の中に、往往僕が詩を題せる者有り。士庶、僧徒、孀婦《そうか》［寡婦］、処女の口に、毎毎僕が詩を詠ずる者有り。

この記述から分かるように、白居易の詩は社会の各階層で歌われていた。また、元稹の「白氏長慶集序」中の「鶏林賈人、求市頗切」（鶏林［朝鮮］の賈人、市に求むること頗る切なり）[13]という記載から白居易の詩が遠く外国にも伝わっていたと分かる。

詩歌を社会の各階層に広く伝えるのには、詩人が詩を作って直接に贈る他、次の三種類の人の協力に拠る。すなわち教師から生徒への直接の教授、書店の抄写販売、歌人の歌による詩の伝え広め。その中でももっとも伝え広めに働きがあったのは歌人である。字を読めない沢山の人々が歌を聞いたり踊りを見たりして詩歌を鑑賞できるようになった。詩人の評判が高いかどうかは歌人に歌われた詩の数量と直接に関わりがあった。「旗亭画壁」という物語によると、高適・王昌齢と王之渙の三詩人が梨園弟子に歌われた詩の数量によって作詩の賭けをしたという［唐・薛用弱『集異記』による］。さらに、李白の「贈汪倫」（汪倫に贈る）も興味深い。どうして普通の一人の農民が李白に対して厚い情意を持つのか。その秘密は「踏歌」の中にあろうか。李白は有名な詩人であり、汪倫のような農民らは李白の歌詩［歌の体裁をとった詩］をよく歌っていたので、送別の礼として「踏歌」［足踏みして歌い踊る］という形で李白を見送った。すると、李白は新しい歌詞を作って返礼し、それが「汪倫に贈る」という歌詩となったのではないか。これは当時の有名な詩人と民間の鑑賞者とが連携しつつ歌詩活動を行っていた例であろう。歌詩の伝播は相当に幅広く、シルクロードにまで伝わっていた。一九六九年、新疆で出土した「卜天寿抄録」という文物の中に「十二月三台詞」があるが、「三台」は当時に流行した歌詩なのである。[14]歌で詩を伝えるのは唐詩に関する活動の重要な内容であり、唐詩創作と共に繁栄してきた歌舞演技も直接に詩歌創作の題材やジャンルまた風格の特徴に影響を与えた。

次に、盛唐詩の繁栄と歌舞とのかかわりを見てみよう。

李清照の『詞論』が「楽府声詩并著、最盛于唐開元、天宝間」（楽府・声詩［歌われる詩］並びに著《あら》はれ、唐の開元・天宝間に最も盛んなり）[15]と述べたように、盛唐は作詩の繁栄期でもあり、歌詩の繁栄期でもある。二つの繁栄期が同時に現れたのには必ず内在的な関連があるはずである。林庚は、最も盛唐の様相を代表できるのは辺塞を題材とした詩歌であり、七絶と七古が盛唐の詩歌の代表的な風格であるという。それに、盛唐の辺塞詩を代表する作品はほとんど楽府歌詩であり、七絶と七古も歌唱し易い特徴を持っている。[16]盛唐の音楽活動が繁栄した理由は、唐玄宗の性格と直接に関わっている。唐玄宗は多芸多才で、歌舞芸術にも、とりわけ心をこめ、楽器の吹奏、歌唱、作曲や作詞を行い、また自ら梨園弟子を教授したり、常に大規模な歌舞という娯楽活動を催したりした。『新唐書』礼楽志に、「唐之盛時、凡楽人、音声人、太常雑戸、子弟隷太常及鼓吹署、皆番上、総号音声人、至数万人。」（唐の盛んなる時、凡そ楽人、音声人、太常の雑戸・子弟隷太常及び鼓吹署は、皆な番上［当番］にして、総《すべ》て音声人と号し、数万人に至る）[17]とある。要するに、音楽活動の繁盛は詩人らの作詩情熱を呼び起こし、全面的に詩歌創作の繁栄を促進した。皮日休の詩に「所以吾唐風、直将三代甄。被此文物盛、由乎声詩宣。」（吾が唐風たる所以は、直《ただ》に三代の甄《しん》［化育］を将《もっ》てするのみ。此の文物の盛んなるを被るは、声詩の宣ぶるに由《よ》る）（「魯望昨以五百言見貽。過有褒美。内揣庸陋、弥増愧悚。因成一千言、上述吾唐文物之盛、次叙相得之歓。亦迭和之微旨也」魯望昨《ゆふ》べ五百言を以て貽《おく》ら見《る》。過ぎて褒美有り。内に庸陋を揣《はか》りて、弥《ます》ます愧悚を増す。因りて一千言を成して、吾が唐文物の盛んなるを述べ上《たてまつ》り、次に相得たる歓を叙ぶ。亦た迭和［唱和］の微旨なり）と書いているように、唐代文化の繁栄は「声詩」すなわち歌える詩の繁栄と直接に関わる。

唐の人々の生活は詩的な生活であり、唐代は詩歌の時代なので、唐詩が古典になるのは、唐代の社会生活のお蔭であるということができる。

二、唐詩の歴史上の地位と現代的価値

唐詩は中国詩歌史上に比類がない位置を占め、唐代が中国詩歌の全盛期であることを示していて、後世において作詩の手本となり、また唐詩に関わる研究は学問の一専門領域となっている。

（1）詩歌発展の全盛期の代表

中華民族は詩歌をもっとも尊ぶ民族であり、詩歌の伝統が大昔からあった。上古の歌謡は言うまでもなく『詩経』や『楚辞』を始め、両漢魏晋南北朝に至るまで詩が絶えず作られ、各種の題材とジャンルが試みられたり、各種の風格と各種の流派も出現したりして、詩歌の全面的な繁盛時代到来のための土台が築かれた(18)。唐代詩人は前人の経験を融合して大幅に革新し、中華民族の詩歌の伝統を最大限に発揮して、詩歌活動の空前の繁栄をもたらした。唐詩はあらゆるジャンルを備え、流派が多く、名作が絶えず生まれ、当然のこととして中国詩歌様式の代表となり、後人に「一代の文学」と称えられるようになった。

（2）後人の作詩の手本

唐詩は前代の詩歌伝統を受け継ぐだけではなく、たくさんの新たな伝統も打ち立てたので、後世詩人たちの手本となった。後人の唐詩へのイメージは、高いレベルにある詩歌の代名詞である。宋代の呉曾『能改斎詞話』

巻一の「晁補之云」を見てみよう。

世言柳耆卿曲俗、非也。如「八声甘州」云「漸霜風凄緊、関河冷落、残照当楼」、此真唐人語、不減高処矣。[19]

世に柳耆卿［北宋の柳永］の曲は俗なりと言ふは、非なり。「八声甘州」に「漸やく霜風凄緊にして、関河冷落し、残照楼に当たる」と云ふが如きは、此れ真に唐人の語にして、高処に減ぜず。

つまり、宋代人の詩話から分かるように、唐詩は最高の詩歌代表と認められている。北宋初めの王禹偁らが白居易を学び、西昆詩人が李商隠を学び、続いて欧陽脩が韓愈を学び、黄庭堅らの江西詩派が杜甫を学んだように、ほとんどの詩人は唐詩を作詩の手本とみなした。南宋・厳羽の『滄浪詩話』は盛唐詩を高く称揚したから、この影響がずっと後世まで続いた。明代に入って、さらに「詩必盛唐」（詩は必ず盛唐なり）というスローガンを唱える人さえも現れた。清・呉喬の「答万季埜詩問」（万季埜の詩問に答ふ）は、次のようにいう。

又問、「初盛中晩之界云何」。答曰、「三唐与宋元易弁、而盛唐与明人難弁。読唐人詩集、知其性情、知其学問、知其立志。明人以声音笑貌学唐人、論其本力、尚未及許渾薛能、而皆自以為李杜高岑。故読其詩集、則千人一体、雖紅紫雑陳、絲竹響、唐人能事渺然、一望黄茅白葦而已。唐明之弁、深求於命意布局寄託、則知有金矢之別。若唯論声色、則必為所惑。夫唐無二盛、盛唐亦無多人。而明自弘嘉以来、千人万人、孰非盛唐。則鼎之真贋可知矣。晩唐雖不及盛唐中唐、而命意布局寄託固在。宋人多是実話、失『三百篇』之六義。元詩猶在深入処。明詩唯堪応酬之用、何足言詩」[20]。

又問ふ、「初・盛・中・晩の界は云何《いかん》」と。答へて曰く、「三唐と宋・元とは弁《わ》かち易し、而《しか》れども盛唐と明人とは弁かち難し。唐人の詩集を読みて、其の性情を知り、其の学問を知り、其の立志を知る。明人は声音・笑貌を以て唐人を学び、其の本力を論ずるも、尚ほ未だ許渾・薛能に及ばず、而るに皆な自ら以て李［白］・杜［甫］・高［適］・岑［参］と為す。故に其の詩集を読むに、千人一体、紅紫雑《まじ》へ陳《の》ぶと雖も、絲竹の響、唐人の能事渺然たりて、一望黄茅白葦のみ。唐・明の弁、深く命意・布局・寄託に求むれば、則ち金矢の別有るを知る。若《も》し唯だ声色を論ずるのみならば、則ち必ず惑ふ所と為らん。夫《そ》れ唐に二盛無し、盛唐も亦た多き人無し。而るに明、弘［治］・嘉［靖］自《よ》り以来、千人万人、孰か盛唐に非ざらん。則ち鼎の真贋知る可し。晩唐は盛唐・中唐に及ばずと雖も、而《しか》れども命意・布局・寄託固《もと》より在り。宋人は多く是れ実話にして、『三百篇』［詩経］の六義を失へり。元詩は猶ほ深く入る処在り。明詩は唯だ応酬の用に堪ふるのみなり、何ぞ詩と言ふに足らんや。

この話の本意は、明代の人々は一生懸命に唐詩を学んでいるが、依然として詩作が下手だったということにあるが、それにもかかわらず、客観的に明代の人々が盛唐の詩を手本として学んでいた模様を伝えている。この気風は清朝に入っても変わらない。清・王士禎等の『師友詩伝録』には郎廷槐の問いに対する張実居の答えを記している。

漢魏古詩、如無縫天衣、未易摸擬。六朝綺靡、実鮮佳篇。故昔人謂「当取材於『選』、取法於唐」。宋文公謂「学詩当従韋柳入門」。愚謂不尽然。盛唐詩或高或古、或深或厚或長、或雄渾或飄逸、或悲壮或淒婉、皆可師法。当就筆性所近学之、方易於見長。厳滄浪云「入門須正、立志須高。行有未至、可加工力。路頭一差、愈緊愈遠。由入門之不正也」(21)。

漢魏の古詩は、無縫天衣の如くして、未だ摸擬し易《やす》からず。六朝の綺靡は、実《まこと》に佳篇鮮《すくな》し。故に昔人謂はく「当に材を『[文]選』に取り、法を唐に取るべし」と。宋の文公［朱熹］謂はく「詩を学ぶは当に韋［応物］・柳［宗元］従《よ》り門に入るべし」と。愚謂《おも》へらく、尽《ことごと》くは然《しか》らずと。盛唐の詩は或いは高く或いは古し、或いは深く或いは厚く或いは長し、或いは雄渾に或いは飄逸なり、或いは悲壮に或は淒婉たりて、皆な師法たる可し。当に筆性の近き所に就きて之を学ぶべく、方《まさ》に長ずるを見るに易からん。厳［羽の］滄浪［詩話］に云はく「門に入るは須《すべか》らく正しかるべし、志を立つるは須らく高かるべし。行ひに未だ至らざる有れば、工力を加ふ可し。路頭の一差は、愈《いよ》いよ緊なれば愈いよ遠し。門に入ることの正しからざるに由《よ》ればなり」と。

つまり、当時はもし誰かが唐詩を学ぶ必要なしと言えば、きっと主流を離れて不可解だと見なされたであろう。清・李沂の『秋星閣詩話』に次のようにいう。

人皆知当学唐詩、而乃有云不必学唐詩者、此好立異之過也。唐以詩取士、萃数百年天下人之精神、揣摩研究。盛唐尤為極盛、到今如日月中天。好異者舎之謬矣。[22]

人は皆な当《まさ》に唐詩をぶべきを知りて、而して乃ち必ずしも唐詩を学ばずと云ふ者有らば、此れ好んで異を立つる過《あやま》ちなり。唐は詩を以て士を取り、数百年の天下人の精神を萃《あつ》めて、揣《はか》り摩《あ》てて研究せり。盛唐尤《もっと》も極盛為《た》りて、今に到るまで日月中天するが如し。異を好む者　之を舎《す》つるは謬《あやま》りなり。

（3）専門的学問である唐詩研究

唐詩の素晴らしさは、歴代の研究者を多く引きつけ、実り多い成果を生み、詩経学、楚辞学、楽府学、詞学、曲学とともに古代詩歌研究の一専門学となっている。唐詩学を唱える陳伯海の言う通り、「唐詩の巨大な成果はその時代と後世の人々を魅了し、人々は唐詩を繰り返し読んだり、一生懸命研究したりしている。千年来この宝庫をめぐる歴代学者の努力と開拓によって、編集、箋註、輯佚、考証、解析、品評、あるいは他の特定テーマの研究など、豊かな業績があげられ、数千種類の著作が出版された。そこで、唐詩研究はもはや一つの専門的学問―唐詩学になっていると言える。古典文学分野中の詩経学、楚辞学、楽府学、詞学、曲学などと並んで、悠久の歴史・歳月とともに、唐詩独自の研究対象、課題範囲、研究方法と学科体系が生じた[23]」。注目すべきは、これらの専門的な学問の中で、唐詩が唯一時代によって命名されていて、唐詩の特別な歴史上の地位が目立っていることである。

唐詩は詩歌史上の立派な地位だけではなく、豊富な現代的価値をも持っている。言い換えれば、現代人の詩歌創作に限らず、現代人のすべての精神生活に役立っていて、現代人の詩歌創作の手本となる一方、如何に幸せな生活を送るのかを人々に教えてくれている。というわけで、唐詩史の叙述の重要な任務は、唐詩中の美しい情感を掘り出し、精神的な価値、すなわち愛国、自由、平等、博愛、真理、信念、理想、民主などを表示することにある。

まずは、現代人生活における高尚な要素である唐詩を叙述してみよう。

詩歌は永遠に高品質な生活の要素であるから、唐詩も例外なく現代人の高品質な生活の要素となるわけである。まして唐詩は詩歌中の経典であり、経典とは読めば読むほど新たになるものである。明・袁中道（一五七五～一六三〇）の「宋元詩序」にいう。

詩莫盛于唐。一出唐人之手、則覧之有色、扣之有声。而嗅之若有香。相去千余年之久、常如発硎之刃、新披之萼。(24)

詩は唐よりも盛んなるは莫《な》し。一たび唐人の手を出づれば、則ち之を覧《み》れば色有り、之を扣《う》てば声有り。而して之を嗅《か》げば香有るが若《ごと》し。相去ること千余年の久しきも、常に硎《といし》より発する刃、新たに披《ひら》く萼《がく》の如し。

すなわち、唐詩は以前に愛読されただけでなく、現在もなお依然として愛読されている。

唐詩は百花斉放、色とりどりの花園のように、一時代の人々の喜怒哀楽を記録している。その中には、離別の悲しさ、愛情の恨み、辺塞で手柄を立てた豪放さ、林泉での遊楽の嬉しさ、不遇の訴え、民族の苦難についての描写などが含まれる。唐詩を通して、一民族の栄冠に輝く局面での冷静さや災難に対しての平静さ、一民族の高らかな、向上的な、明らかな、包容的な精神、および多種多様な人生価値への追求などが切実に感じられる。現在になっても、類似の状況に出会った場合には唐詩とぴったり合致した心の共振を感じることができる。

李白の詩を読んで最も感動するのは、詩人の飄逸たる精神だけでなく、自由な精神と独立した人格である。「達亦不足貴、窮亦不足悲」（達するも亦た貴ぶに足らず、窮するも亦た悲しむに足らず）［李白「答王十二寒夜独酌有懐」（王十二の寒夜に独酌すれば懐ひ有るに答ふ）詩］や、「安能摧眉折腰事権貴、使我不得開心顔」（安《いづく》んぞ能く眉を摧き［低頭する］腰を折りて権貴に事《つか》へんや、我をして心顔を開くを得ざら使む）［李白「夢遊天姥吟留別」（夢に天姥に遊んで吟ず留別）詩］など、これらの詩句は、無数の士人を激励しつつ、権勢と自由、利益と人格に臨んで、はっきりと後者を選び取っている。つまり、詩はある時には人々に自由を大切にしたり、人格を尊重したりすることを悟らせる。

杜甫の詩を読むと、生き生きとした歴史絵図にも心を動かされるが、最も感じられるのは、聖人的な情感である。「自京赴奉先県咏懐五百字」（京自《よ》り奉先県に赴かんとす咏懐五百字）詩と「北征」詩から読み取れるのは、芸術鑑賞を超えて自然に沸き起こってくる、一種の静粛と荘厳である。杜甫の詩は人々に崇高な存在を感じさせ、後世の人々が理想と高尚さを追求し、国を憂え民を憂え、災難にうち勝つのを励ます精神の原動力となるのである。

王維の詩を読むと、綺麗な山水画を味わうことができるのみならず、特に感じられるのは、一人の士人が山水の中を逍遥しているという洒脱さである。「行到水窮処、坐看雲起時」（行きて水の窮まる処に到り、坐して雲の起こる時を看る）［「終南別業」詩］、「明月松間照、清泉石上流」（明月松間に照り、清泉石上に流る）［「山居秋暝」詩］。これらの詩句から分かるように、幸せな生活は多種多様であり、社会生活に限らず、社会生活を離れて大自然に親しんだり、騒がしさと紛争とを振り捨てて、静謐と安寧を楽しみ、幸せと調和を得るという、こうした生活も求めるに値するものと言えよう。

唐代詩人の偉大な功績は、民族の言葉を創造し、豊かにしたことである。つまり、一旦唐代の生活情景に似てくると、後代の詩人に直接感じられるのは、表したい詩境はもうすでに唐詩で表現されている、ということである。

例えば、詩人である文天祥は元代の獄中で詩を作らず、かえって杜甫の詩を通して心の悲憤を表わした。抗日戦争に勝利した際、共産党人でも国民党人でも杜甫の「聞官軍収河南河北」（官軍の河南・河北を収むるを聞く）詩を引用して勝利の喜びを表わした。これらの例から明らかなように、唐詩は民族の言葉でもあり、生きている言語でもあって、現代人の生活とも切り離せない。

中国人の生活の特別なところは、精神のホームは宗教ではなく、詩歌を主とする文学芸術であるということだ。詩歌は民族文化の母体、民族の心からの声を伝えるもの、人々の精神のホームであるから、詩歌活動は最高級の生活方式といってもよい。いうまでもなく、唐詩はわれわれ現代人の生活の中に存在しているはずである。

さらに、唐詩は世界との交流の言葉としての資源だったことを述べてみよう。

唐朝の繁栄した詩歌活動は周辺の文化に深い影響を与えた。当時、多くの人が唐朝に渡来、生活と勉強をしつつ、作詩をし、さらに詩歌の典籍を自国に持ち帰った。例えば、晁衡（六九八〜七七〇、日本の名前は阿倍仲麻呂）は李白・王維・儲光羲・包佶といった詩人たちとの交友で知られ、李・王・儲・包は彼に詩を送っている。『全唐詩』巻七三二には彼の詩一首、『全唐詩続補遺』には彼の詩二首を収めている。遍照金剛（七七四〜八三五、空海、平安時代の僧）が唐朝に広く伝わる詩格関連の著作によって編集した『文鏡秘府論』は、唐代の詩格関連著作を大量に保存してきた。『文館詞林』と『翰林学士集』は初唐の重要な詩集であるが、中国では散逸し、日本から複製してきたものである。平安時代に日本に渡った唐人の写本に『王勃集』三種があり、その二種は「日本国宝」、もう一種は「日本の重要文化財」として今日まで大切に保存されている。[25] 上毛河世寧［市河寛斎］の『全唐詩逸』は清代に『全唐詩』を編纂するに当たっての第一の唐詩補遺編である一方、唐詩が日本で幅広く伝わり、多く保存されていたことを明らかにしている。八一四年、嵯峨天皇の勅令によって編集された『凌雲集』と『文華秀麗集』の二つの漢詩集は多くの唐詩を収めている。[26] 長い間、日本の学者は唐詩研究に専念し、注目される業績をあげている。唐詩はまた日本の文学創作に直接影響を与え、多くの唐代詩人が日本の読者を夢中にさせている。例えば、九八二年に成った有名な学者である慶滋保胤《よししげのやすたね》の『池亭記』にいう、「唐白楽天為異代之師、以長詩句、帰仏法也」（唐の白楽天は異代の師為《た》り、長詩句を以て、仏法に帰するなり）[27]。洛陽龍門に在る白居易の墓地には近年日本の友人によって作られた石碑があり、碑文の中で、白居易を「日本文学の父」と尊び、白居易への敬慕の念を表している。日本史上はじめての長編小説『源氏物語』は何度も白居易の詩や元稹・劉禹錫・権徳輿などの詩句を引用している。[28]

　唐詩は朝鮮半島の文化にも深く影響を与えた。晩唐の有名な詩人崔志遠は、大量の漢詩歌を作った。『全唐詩補逸』には彼の詩を六〇首収めている。崔志遠著『桂苑筆耕集』は現在まで伝わり、朝鮮と韓国での文学史上の地位が非常に高い。

ベトナムは朝鮮・韓国と同じく、十九世紀以前の文学作品は多く漢文で書かれ、詩歌も唐詩の影響を広く受けた。一九六二年、杜甫が世界平和理事会から世界文化名人の称号を与えられた時に、杜甫の生誕一千二百五十周年の祝典と重ねて、中国各地とともにベトナムでも記念活動を行った。(29) この記事からも、杜甫のベトナム文化への影響を窺いみることができる。

二十世紀以来、唐詩は中国文化の立派な代表として、広く世界各地に伝わっていって、日増しに各国学術界に重視されて来ている。唐詩を絆として、中国国民と世界各国の国民はお互いにコミュニケーションをし、理解しあっている。唐詩を研究、普及、伝播することは、中国の平和的発展や民族復興などにとって重要な意義を持っている。唐詩は中華民族が世界と交流し、世界各民族と心を通わすための言葉としての資源だといってよい。

三、盛唐を基準としての描写方策

如何に中国詩歌史上の最も輝かしい唐詩を呈示すれば、読者に詩人たちの心理活動や、唐詩が後世へ残した芸術的楽しみ及び精神的ショックを感じてもらえるか。これが本章の理想とする目標である。詩歌史とは詩歌史上で発生した現象を描写し、これらの現象を合理的に解釈することであろう。描写はできるだけ明らかにし、解釈は確かなものを求め、読者に歴史事実及びこれらの事実間の関連をはっきりと見てもらいたい。

（1）風格の描写を主な筋道として

唐代詩歌史の発展の全体的な趨勢を把握し、この趨勢からある詩人ないし詩人集団の正確な位置付けをするのが詩歌史が追求する目標であり、特にある詩人ないし詩人集団の風格を把握することが必要である。というのは、風格の批評が最後の批評なので、ある詩人の風格と詩作の風格を正しく判断できる前提条件は、その詩人及び作品を深く理解することである。

それなら、如何に風格の成因を解釈するか。詩人の行為の態度、思想の性格、精神の境地、表現手法、構想方式、審美観念という六つの方面から取りかかっていきたい。

風格は内容と形式との要素が融合されたものだが、もっとも作品内容に影響する要素は詩人の行為の態度、思想の性格や精神の境地であり、もっとも作品形式に影響するのは表現手法、構想方式や審美観念である。風格は形象を通じて表わされると同時に、物事の本質をも含んでいる。風格の多重性によって風格の各要素の多側面における効用が決まる。行為の態度が主として風格の形象的特徴を、また精神の境地が主として風格の本質的特徴を構成するのに対して、思想の性格はこの両方の間にとどまるが、その外化の側面は詩人の行為の態度になり、その昇華した側面は詩人の精神的境地である。

表現手法、構想方式、審美観念という三つの要素は形象から精神までの三つの層に分かれる。その中の構想方式は仲介的な要素なので、詩人がどのような表現方法を採用するかを決める一方、逆に審美観念から影響されている。

これら三要素は、内容と形式の二つの要素にも互いに携わったり、働かけたりしている。例えば、審美観念は詩歌の形式だけでなく、詩歌の内容にも影響している。

（2）盛唐の詩風を基準として

詩歌の活動は日々に続けられているが、詩歌史の描写は大福帳のような現象羅列という形ではいけない。唐代の詩歌史の発展を容易に把握するために、盛唐詩の風格を基準として、以前の詩歌が如何に盛唐へと発展してきたか、盛唐以降の詩歌は如何に変化してゆくかを論述したい。この基準の設定は人為的であるが、相当に合理性を持っていると思う。

盛唐の詩歌は唐詩の頂上であり、同時に中国古代詩歌の発展史の頂上なので、このピークに立って、前後期の詩歌の発展と変化を見ると、はっきりとその発展変化の特徴が分かるようになる。

盛唐詩を基準とするのは唐詩学史上の通常的方法でもある。宋朝の厳羽（生卒年不詳）の『滄浪詩話』、元代の楊士弘（生卒年不詳）の『唐音』、明朝の高棅（一三五〇－一四二三）の『唐詩品彙』、許学夷（一五六三－一六三三）の『詩源弁体』など、いずれも盛唐詩を基準としての詩論の著作である。

盛唐詩歌の総体的風格は「盛唐の音」（盛唐たる音）や「盛唐の気象」（盛唐たる気象）とも言われ、「骨力遒勁《しゅうけい》」、「興象玲瓏」、「神采飄逸」、「平易自然」の四つの内実から成ると言える。

「骨力遒勁」とは、盛唐詩が雄大壮麗、骨気豊満、意興超邁の特徴を持つことを言う。唐・殷璠の『河岳英霊集』はいう。「開元十五年後、声律風骨始備矣」（開元十五年より後、声律風骨始めて備はれり）[30]。この著作は「風骨」や「気骨」などの概念を多く用いている。盛唐の詩歌の多くはこの特徴を持っているが、特に人生の意気を叙情する詩や辺塞詩にこの特徴がはっきりと現れている。

「興象玲瓏」とは、詩歌の境地の円融透徹や醇美霊妙を指し、詩歌の意味の深さ、表現の風流さ及び含蓄をも指す。厳羽の『滄浪詩話』中の言葉で言うと、「羚羊挂角、無跡可求」（羚羊角《れいようつの》を挂《か》くは、跡の求む可き無し）、

「透徹玲瓏、不可湊泊」（透徹玲瓏は、湊泊《そうはく》［集まる］す可からず）、および「言有尽而意無窮」（言に尽くる有りて意に窮まる無し）、「一唱三嘆」（一たび唱ひて三たび嘆く[31]）ということである。「興象」は殷璠の『河岳英霊集』中の詩歌評価の標準でもある。明朝の胡応麟の『詩藪』は直接に「興象玲瓏」という言葉を使って盛唐詩を称賛した。『詩藪・内編』には「盛唐絶句、興象玲瓏、句意深婉、無工可見、無跡可尋」（盛唐の絶句は、興象玲瓏にして、句意深婉、工の見る可き無く、跡の尋ぬ可き無し）とある[32]。盛唐詩中の山水田園詩はこの風格の代表と言える。

「神采飄逸」とは盛唐詩の気風高尚、情思飄逸や意表外などを指す。例えば殷璠の『河岳英霊集』には、常建（生卒不詳）の詩を「佳句輒来、唯論意表」（佳句輒《すなは》ち来たれば、唯だ意表を論ずるのみ[33]）、李白の詩を「率皆縦逸」（率《おほむ》ね皆な縦逸たり[34]）、王維の詩を「一句一字、皆出常境」（一句一字、皆な常境を出づ[35]）と評価する。胡応麟『詩藪』には「以風神勝」（風神を以て勝る[36]）という言葉で盛唐の詩を評価している。遊侠、遊仙、山水詩はこの風格の代表なのである。

「平易自然」とは盛唐詩の自然さや、斧鑿《ふさく》の痕を留めないことを言う。李白の「清水出芙蓉、天然去雕飾」（清水芙蓉出で、天然雕飾を去る）の句［「経乱離後、天恩流夜郎、憶旧遊書懐、贈江夏韋太守良宰」（乱離を経し後に、天恩もて夜郎に流さる、旧遊を憶ひて懐を書し、江夏の韋太守良宰に贈る）詩］は盛唐詩人が「平易自然」の美学を求めることを示している。明朝の高棅の『唐詩品彙』には「太白天仙之詞、語多率然而成者」（太白天仙［李白］の詞は、語多く率然として成る者なり）とある[37]。明・謝榛（一四九五～一五七五）の『四溟詩話』巻一には「盛唐人突然而起、以韻為主、意到辞工、不仮雕飾。或命意得句、以韻発端、渾成無跡、此所以為盛唐也」（盛唐人は突然にして起き、韻を以て主と為し、意到りて辞工みに、雕飾に仮りず。或いは命意［工夫］して句を得、韻を以て端を発し、渾成して跡無し、此れ盛唐と為す所以なり)(38)とあり、盛唐詩の平易自然の特徴を明示している。

「骨力遒勁」、「興象玲瓏」、「神采飄逸」と「平易自然」は盛唐詩の統一的特徴といえる。この四つの特徴は一つ一つ単独で存しているのではなく、内在的に関連しあい、詩歌の異なる側面を代表している。「骨力」は詩歌に内在する力量、「興象玲瓏」は詩歌の境地が醇厚透徹であること、「神采」は詩歌の外部の風姿、「平易自然」は詩歌の言葉の自然な美しさを指す。「意象［イメージ］」から見れば、「骨力遒勁」は「意象」の遠大さ、「興象玲瓏」は意象構成がすっきりしていること、「風采飄逸」は「意象」によって表わされた神韻［すばらしい趣］、「平易自然」は「意象」を表現する言葉の性質をいう。これらの特徴は互いに含有し合うので、一首の詩にはこの中の二つないしは全てが含められる。

「盛唐の音」のこの四つの内実は初唐の詩人たちが積み重ねた試行の上に立って、盛唐に入って完成したが、中・晩唐以降さらに深く変化するようになる。

次には「盛唐の音」(盛唐たる音)の沿革を見てみよう。

(3)四つの内実の初出

「盛唐の音」である四つの内実は、初唐約百年の徘徊を経験してから現れた。唐太宗は天下を統一するとともに、文治をも重視した。初唐・魏徴は文学の理想とすべき構図を設計した。その『隋書』文学伝序にいう。

自漢魏以来、迄乎晋宋、其体屢変、前哲論之詳矣。……然彼此好尚、互有異同。江左宮商発越、貴於清綺。

河朔詞義貞剛、重乎気質。気質則理勝其詞、清綺則文過其意。理深者便於時用、文華者宜於詠歌。此其南北詞人得失之大較也。若能掇彼清音、簡茲累句、各去所短、合其両長、則文質斌斌、尽善尽美矣。(39)

漢・魏自《よ》り以来、晋・宋に迄《いた》るまで、其の体屡《しば》しば変ぜしは、前哲之《これ》を論ずること詳しきなり。……然れども彼此の好尚には、互いに異同有り。江左の宮商は発越し、清綺を貴ぶ。河朔の詞義は貞剛にして、気質を重んず。気質は則ち理其の詞に勝り、清綺は則ち文其の意に過ぐ。理深き者は時用に便にして、文華やかなる者は詠歌に宜《よろ》し。此れ其の南北詞人の得失の大較なり。若《も》し能《よ》く彼の清音を掇《と》り、茲《こ》の累句を簡にし、各おの短き所を去りて、其の両つながら長きを合さば、則ち文質斌斌として、善を尽くし美を尽くさん。

にもかかわらず、文学は其れ自身の発展規律があるので、初唐の文治は間も無くいろいろな成果を収めたが、魏徴の構想した文質彬彬たる「文学構図」はなかなか実現できなかった。約百年の間、徘徊した後の開元十五年前後になって、ようやくこの構図は現実のものになった。なぜかというと、初唐の詩人たちには、ずっと「理深き者」を偏重することが有り、また「文華やかなる者」を偏重することが有ったが故に、「清綺」と「気質」とを統一するのが非常にむずかしかったからである。

転機を迎えたのは次の動きであった。上官儀と沈宋［沈佺期・宋之問］らの宮廷詩人は「賞美」と「娯楽」の詩を作り、近体詩律の探索に熱心であったが、一方、四傑である陳子昂らの宮廷外の詩人は社会に注目したり、人の生甲斐を探ったりする詩歌を作り、剛健たる風骨を求めた。こうして、初唐詩歌が発展していく二つの鮮明な主題が形成された。つまり、一つは近体詩の規則が宮廷詩人自らの「歌詩」吟唱に応じつつ、定型になっていくことであり、もう一つは、詩歌の内実が宮廷外詩人の精神的境地の高まりに従ってどんどん広がっていくことである。この二つの主題をめぐって詩人たちには声律と風骨、言情と言志、流俗と雅正など、各方面において違う価値観が現れたが、最終的には互いに参考したり融合したりして、統一されるようになり、「盛唐の音」の四つの内実が彼らの詩作から生まれた。大雑把に言うと、宮廷詩人たちの詩作は「興象玲瓏」と「平易自然」、宮廷外詩人たちの詩作は「骨力遒勁」と「神采飄逸」という特徴をよく表わしている。

　初唐の宮廷外詩人は、社会と人生について関心を持って思考しつつ、視野を広げ、その思想は闊達に、行為は洒脱になっている。彼らは新しい詩学観念を唱え、詩作の品格は絶えず高まり、詩作の内実も広がっている。陳子昂の「興寄説」は風骨の一番中核の問題を解決し、「盛唐風骨」を形成するための理論的な土台を作った。

　魏徴が「風骨」を「詞義貞剛」の「河朔［北方］の気」と見做すのに対して、楊炯は次のように述べている。「八紘馳騁於思緒、万代出没於毫端。契将往而必融、防未来而先制。動揺文律、宮商有奔命之労。沃蕩詞源、河海無息肩之地。以茲偉鑑、取其雄伯、壮而不虚、剛而能潤、雕而不砕、按而弥堅。」（八紘に思緒を馳騁し、万代に毫端を出没す。契は将《まさ》に往かんとして必ず融し、防は未だ来たらずして先に制す。文律を動揺せしめ、宮商に命に奔る労有り。詞源を沃蕩せしめ、河海に肩を息《やす》む地無し。茲の偉鑑［遠大な見識］を以て、其の雄伯［傑出した人物］に取れば、壮んにして虚ろならず、剛くして能く潤ひ、雕にして砕けず、按《おさ》へて弥いよ堅し）[40]。前者は抽象的にすぎ、後者は具体化しすぎたので、どちらも「風骨」らしい詩作をどのように作るかを教えていない。

　これに対して、陳子昂は「興寄」という言葉を提起し、「風骨」のスローガンを操作方法に変えた。すなわち人生と社会との理想を詩歌に託し、詩歌の内実を充実して、詩歌の品格を高めようとした。この「興寄説」

という言葉による表現は前人の説に比してより清新で透徹さを持っている。「風骨」理論だけでなく、陳子昂の「登幽州台歌」（幽州の台に登る歌）(41)は、模範的な詩作として盛唐詩人らしい創作に路を開いた。「登幽州台歌」を読むと、詩人の長い歴史と広い宇宙空間に直面する際の孤独感や、行間から湧き出る感動の力強さなど、人によってそれぞれ感じさせられるものがある。これはこの一首の内在的な力量だといえる。

「興象玲瓏」という風格は唐代以前に既にあった。例えば陶淵明の多くの詩作はこの風格を備えている。ほかの詩人も偶にこのような詩作が出てきたことがあるが、陶詩のように多量なものはなかった。初唐でもこの局面ははっきりはと変わらなかった。

実は、初唐の詩人らは「興会」の作詩方法を提出している。例えば、王勃の「山亭思友人序」（山亭にて友人を思ふ序）にいう、「思飛情逸、風雲坐宅於筆端。興洽神清、日月自安於調下。」（思ひは飛び情は逸し、風雲は坐して筆端に宅す。興は洽《あまね》く神は清く、日月は自づと調下［格調の中］に安んず）(42)。陳子昂の「薛大夫山亭宴序」にいう、「披翠微而列坐、左対青山。俯盤石而開襟、右臨澄水。斟緑酒、弄清絃。索皓月而按歌、追涼風而解帯。談高趣逸、体静心閑、神眇眇而臨雲、思飄飄而遇物……哀鷞鳩之久没。」（翠微を披《ひら》いて列坐し、左は青山に対す。盤石を俯して襟を開き、右は澄水に臨む。緑酒を斟みて、清絃を弄ぶ。皓月を索《もと》めて歌を按《おさ》へ、涼風を追ひて帯を解く。談は高く趣は逸し、体は静かに心は閑かにして、神は眇眇として雲に臨み、思は飄飄として物に遇ふ……鷞鳩《さうきう》［鷹］の久しく没せるを哀しむ）(43)。

こういう論述が「興会」という構想方式についての認識だが、初唐の大多数の詩人は「情と景」を水と油のように完全分離したままに止まり、渾然一体の状態になれなかった。初唐後期になって「意境融合」のような詩作が徐々に増え、特に「沈宋」（沈佺期・宋之問）の山水詩の中に多く見える。張若虚（生卒年不詳）の「春江花月夜」は五つの意象を空明とした意境に化し、読者に玲瓏澄徹たる感動を与えた「興象玲瓏」らしい模範的な詩作である。ただし全体から言うと、初唐の大多数の詩人らの精神的境地は高遠さに乏しく、心は空明澄徹に及ばず、また「興会」による作詩の自覚意識も無かった。そこで、「興象玲瓏」の詩作は多く見られなかったのである。

「神采飄逸」という風格の詩作は初唐では珍しかった。最もこの風格を代表する詩作が遊仙詩であるが、初唐には遊仙詩はあまり見られなかった。王績（五九〇頃〜六四四）は陶淵明を真似て、わずかな「神采」らしい詩を作ったが、ほかの詩人は精神的境地があまり高遠でないので、俗世を真に超越できないで、詩作には「神采飄逸」の句が少ない。ただ少数の詩人のわずかな詩作には「風采」らしい句がある。劉希夷はその一人である。

「平易自然」の風格というと、『詩経』、『楚辞』、漢代の詩にはよく見える。陶淵明の詩は平淡によって有名であり、言語の平易さがこの風格を形成する必要な条件である。晋宋以降、詩風が変わり、詩人の創作が平易な方向へ発展し、平易自然の詩作が多くなってきた。貞観時代の虞世南（五五八〜六三八）、李百薬（五六五〜六四八）のほかには、宮廷詩人の詩歌芸術はほとんど円熟した境域に達せず、生硬な表現の堆積という現象が一般的であった。ただ少数の詩作、例えば楊師道の「隴頭水」や「採蓮」は、わりあい平易さを表わしている。高宗王朝の上官儀や許敬宗らの詩人は詩歌技芸は低くないが、多くの詩作は山池遊宴、宮廷儀仗のたぐいであるし、富貴栄華を意欲的に表現しようとしたから、美辞麗句の積み重ねを免れず、平易自然さをあまり持っていない。武則天と中宗の時代に入って、「沈宋」らの詩人は金玉錦繍を離れることを自覚して、特に「沈宋」二人はともに宮廷を離れ、地方に左遷されて、真の山水に直面し、内心の真の感情を表現した。彼らは常に「歌詩」すなわち通俗平易の特性を持つ詩歌を作ったから、「平易自然」の詩作が多く出てきた。前に述べたように、宮廷外の詩人である王績は陶淵明を真似て平易自然の作が多い。「四傑」の詩作には修飾にすぎる痕があるので、平易自然の作は少ない。陳子昂の詩には南朝の綺麗さがなくても、詩歌技芸が熟達していないので平易自然の作も少ない。「平易自然」の特徴を多く表わしているのは、初盛唐の境に臨んでいる張若虚と劉希夷らが作った楽府詩である。

（4）「盛唐の音」の現れ

初唐約百年を経て、中国詩歌はついに生気はつらつたる精彩を放つ黄金時代を迎えるようになった。開元天宝の詩壇には李白・杜甫・王維・孟浩然・高適・岑参・王昌齢・王之渙・王翰・崔顥・李頎・儲光羲・常建・張九齢ら、輝かしい名声の詩人が一斉に現れ、きらきらした群星のような奇観を呈した。盛唐の詩人は中国史上最高の境地を持つ、最も自由な社会集団といってよい。彼らは行為が洗練されているし、物事をわきまえ、高尚な境地を持ったり、遍く「興会」の構想方式を使用したり、さらに「大雅」という審美観を求めたから、「骨力遒勁」、「興象玲瓏」、「神采飄逸」および「平易自然」の四つの内実が彼らの詩作によって十分に現わされた。

盛唐の開放的な社会の気風は、士人に前代未聞の自由で洗練された行動様式を形成させた。「旗亭画壁」（王昌齢・高適と王之渙三人の詩歌がよく梨園の子女に歌われていたという故事）、「飲中八仙」（「酒中八仙」「酔八仙」ともいわれ、唐代の名詩人である賀知章・汝陽王・李適之・崔宗之・蘇晋・李白・張旭・焦遂を指す）、「吹台懐古」（高適が、李白と杜甫とともに戦国期の魏国都城である吹台を見学した時に、「古大梁行」という名詩を作ったという話）、「林泉優遊」（大自然を放浪する物語）などは、盛唐詩人らの遠大な志向や自由で洗練された風采を明らかにした。これらの詩話における詩人たちは「王者と覇道」という話題を高談する「帝王の師」、超凡脱俗たる「遊仙の客」、わがままな「遊侠」、俗世間を離れた気ままな「山林の隠士」として振る舞っている。彼らは天下国家を論じ、時の権力者を品定めし、古代の英雄豪傑を模範として、救世の使命を担おうとする。また、彼らは清明な政治を提唱したり、現実の不公平に率直に抗議したりした。林庚は「盛んな生気、青春のメロディー」(44)を彼らの陽の光のような心情の形容としている。

盛唐詩の雄偉壮麗、神采飄逸、明朗高揚という風格は、まずは以上のような行動様式の詩における表現なのである。例えば、いわゆる「帝王の師」は多くの詩人が一生懸命に求める社会的役柄である。盛唐の人々は「将軍・宰相」になりたいという出世願望を強く持ち、張良(前二五〇~前一八六)、諸葛亮(一八一~二三四)、謝安(三二〇~三八五)のような「帝王の師」の人物風貌に憧れた。内的な「蒼生〔民衆〕」を救うという理想と外的な「帝王の師」のような人物風貌とは、盛唐詩人の進取の気性と情熱の目立った表現であろう。「帝王の師」の気ままで、豁達、雄弁、「王者・覇道」をよく論議するという行動様式は、詩歌表現においては救世の情熱とまっすぐな出世願望になった。盛唐詩歌の熱烈且つ洗練された特徴がこの風貌の直接的な反映なのである。

開放的な盛唐社会は詩人たちに楽観的で物わかりのよい性格の思想を形成させた。本来、春秋戦国時代の士人らは個性に溢れていたが、漢の武帝は統制政治の為に、士人の個性を改造しながら、「人臣規範」すなわち家臣になることを要求した。さらに魏晋南北朝時代の政治動乱と暗黒によって士人らは命さえ保全できなくなり、個性も捻じ曲げられつつ異化されてしまった。盛唐に入ると、支配者の寛容と尊重によって、士人らの個性は改めて十分に発揮できるようになった。

この開放的で強盛な「盛唐」には、詩人らがいろいろな人間性の価値を追求でき、多種多様な人生の境地を享受できるようになった。魏晋の士人の人情に反した洗練と違って、盛唐士人のそれは真の洗練であった。すなわち心に差し障りがなく、周りのすべての物事を洒脱に扱っている。例えば任官と退官に対して全くこだわらず、任官か退官か、昇進か左遷かは、平常な心で臨んでいる。逆に、成功者になると、引退してしまうのが多くの士人の処世の道になった。王維が詩句で歌った通り、「既至君門遠、孰云吾道非」（既に君門に至ること遠し、孰《たれ》か云はん吾が道は非なりと）［王維「送綦毋潜落第還郷」（綦毋潜の落第して郷に還るを送る）］。確かに盛唐の士人は多種の人生境地を追求するので、自然に一つの選択から別の選択に至るはずである。屈原（前三四〇～二七八）や曹植（一九二～二三二）のように苦痛から抜け出ることができなかったり、阮籍のように内心の衝突が激しいといった様子はめったに見られない。ある時には、盛唐の人々は昇進から左遷になったことに苦しんでいるが、間もなく別の人生価値への追求を楽しむようになる。楽観的で豪快な、洗練されて物わかりのいい社会集団の性格によって、盛唐詩人の詩歌には前代未聞の剛健、明朗、飄逸で、自然と融合した特徴が出現した。盛唐詩における最大の特徴である「骨気豪邁」それ自体は詩人らの強烈な救世の熱情の表現である。「盛唐の風骨」について、林庚が「解放の歌声」(45)と称したり、葛曉音が「功名抱負」に寄託したり、「人生の意気」を描写すると称したりした(46)ことは、盛唐の人々の積極的で前向きな性格と「盛唐の風骨」との関わりを明示している。

「興象玲瓏」の風格は、盛唐の人々の四方によく通じた思想や楽観的で明朗な性格を現わした。詩歌の境地が空明澄徹に至ったのは詩人らの心に差し障りがないからである。「神采飄逸」という特徴も盛唐詩人らの超凡脱俗で勝手気ままな個性の表現である。明・徐献忠は孟浩然の詩についていう、「襄陽気象清遠、心悰孤寂。

故其出語洒落、洗脱凡近。読之渾然省浄、真彩自復内映。」（襄陽［浩然］は気象清遠にして、心悰孤寂たり。故に其の語を出だすや洒落にして、凡近を洗脱す。之を読めば渾然として省浄せられ、真彩自づと復《ま》た内に映ず[47]）。確かに唐代詩人らの自由な個性と「神采飄逸」との関わりは、こういうものだったと思われる。

　盛唐の人々は高尚な精神的境地を持っていた。現代の哲学者である馮友蘭著『新原人』は人間の精神的境地について、次のように論述している。「覚解」（自らの活動への覚悟と了解）があるかどうかによって、人間の精神的境地は低い方から高い方まで、自然の境地、功利的境地、道徳的境地、天地の境地という順番に分けられる。自然の境地は「無覚解」の境地だから、一番低い精神的境地に属するのに対して、ほかの三つの境地はみな「覚解」の境地に属する。功利的境地に身を置いている人間は自分の全ての行為は個人の利益を追求する為だと明確に理解している。盛唐の詩人たちは常に貧困を嘆いたり、富貴を休まずに求めたりて、功名を追求するのも少しも隠さないという境地に身を置いていたが、また常に功利的境地を超えて道徳的境地ないし天地の境地に入っていた。道徳的境地に身を置く人は利益を捨てて義を取ることができるし、自己の社会における位置が分かるから、自ら職責や責務を果すことができる。建安以前の士人らは少数の思想家を除いて、多数は利益のために活動していた。例えば、張良が劉邦に直言したように、劉邦と一緒に漢の政権を立てた人々が働いたのは、みな「尺寸の封」（藩地を封ずる）のためである。また李広が匈奴と七十回くらい戦ったのも王侯に封ぜられるためである。しかしながら、建安時代に入って、士人らは初めて人間の社会的価値を発見したので、出世を国家の存亡と結び付けるようになった。盛唐の士人らはこういう「建安精神」を受け継いで、「致君堯舜」（君を堯舜に致す）［皇帝を補佐して尭舜のような名君にならせる］ことや「普救黎元」（普く黎元を救ふ）［百姓の幸せを念頭に置く］ことを目標として自身の社会的価値を認め、かつ自らそれのために頑張っている。

道徳的境地からさらに進むと天地の境地になる。この境地に身を置く人間は自らの社会価値だけでなく宇宙における価値をも認識するようになる。「人の行為は、社会に関わるだけでなく、宇宙にも関わっている。人は七尺の身体があるだけだが、「与天地参」（天地と参《まじ》はる）ことができる。上寿は百年くらいだが、「与天地比寿、与日月斉光」（天地と寿を比べ、日月と光を斉《ひと》しくす）［天と地のように万年以上の生命を持ち、太陽と月のように輝く］ことができる」(48)。盛唐の詩人らは遍く宇宙に対する考えを人類の運命に結びつけ、常に自らを歴史の流れと果てしない宇宙に置いて、強い使命感を持つようになった。「人生飄忽百年内、且須酣暢万古情」（人生飄忽たり百年の内、且《まさ》に須《すべか》らく酣暢すべし万古の情）［李白「答王十二寒夜独酌有懐」（王十二の寒夜に独り酌めば懐ひ有りに答ふ）詩］、「江漢思帰客、乾坤一腐儒」（江漢帰らんことを思ふ客、乾坤一腐儒）［杜甫「江漢」詩］、これらの詩句はみな詩人らの歴史と宇宙に対する使命感を表したものである。盛唐の詩人らはこのような神聖な使命感を持つことに驚喜したり、誇ったりしている。彼らは国民を顧み念い、「致君堯舜」（君を堯舜に致す）、「悲天憫人」（天を悲しみ人を憫れむ）［社会の艱難を感嘆したり、人間の苦しさをあわれみ惜しんだりする］、正義を高揚し、醜悪を指斥し、情誼が篤いから、歴史上最も生気の溢れた、人間性を高揚する詩人なのである。盛唐の自由で開放的な時代は詩人らに大きな精神力を与えた一方、詩人らもこうした時代に素晴らしい風貌をはっきりと示したであろう。

盛唐詩人の高尚な精神的境地は「盛唐の音」（盛唐たる音）を生み出す決定的な条件である。「骨力遒勁」の特徴は彼らが建安精神を発揚した結果である。「興象玲瓏」という境地は彼らの功利を超えた、氷のように清く、玉のように潔い心境の反映なのである。「神采飄逸」は彼らの超凡脱俗の洒脱さである。「平易自然」は彼らの「返樸帰真」（樸に返り真に帰る）、すなわち自然に帰る精神の表れである。

盛唐の詩人らは遍く「興会」の構想方式を以て創作している。これは「盛唐の音」（盛唐たる音）を形成した一つの肝心な要素である。

王昌齢著『詩格』は「興会」の作詩方法を詳しく論じている。盛唐の人が「興会」という方法を使って詩を作るという、理論的自覚を表わしたのが『詩格』なのである。

「興会」は当時の詩論の重要な概念である。例えば、殷璠（唐代文学者、生卒年不明）編の『河岳英霊集』は、常建（七〇八～七六五？）の詩を「其旨遠、其興偏」（其の旨は遠くして、其の興は偏ず）[49]、劉昚《しん》虚（七一四頃～七六七）を「情幽興遠」（情は幽にして興は遠し）[50]、陶翰の詩を「既多興象、復備風骨」（既に興象多くして、復《ま》た風骨を備ふ）[51]、孟浩然を「無論興象、兼復故実」（興象は論ずる無く、兼ねて故実を復す）[52]と評した。

盛唐詩にはいつも「逸興」と「佳興」という言葉が見える。「興」とは物象より生まれ、さらに詩の中に書かれて、始めから終わりまで融合されて一体となった、具体像による道理の表現である。盛唐詩人たちの理想的な詩歌美学は「興会」の構想方式を通じて完成されたといってよい。「気骨」と「風神」はみな「意興」によって統一される。李白の「倶懐逸興壮思飛、欲上青天覧明月」（倶《とも》に逸興を懐ひて壮思飛び、青天に上りて明月を覧んと欲す）〔「宣州謝朓楼餞別校書叔雲」（宣州の謝朓楼にて校書叔雲に餞別す）〕、「興酣落筆揺五岳、詩成笑傲凌滄洲」（興酣《たけなは》にして筆を落せば五岳を揺らし、詩成つて笑傲すれば滄洲を凌ぐ）〔李白「江上吟」〕、杜甫の「草書何太古、詩興不無神」（草書何ぞ太古なる、詩興神無くんばあらず）〔「寄張十二山人三十韻」（張十二山人に寄す三十韻）〕、「感激時将晩、蒼茫興有神」（感激時将《まさ》に晩れんとす、蒼茫興に神有り）〔「上韋左相二十韻」（韋左相に上る二十韻）〕、「平生飛動意」（平生飛動の意）〔「贈高式顔」（高式顔に贈る）〕、「始兼逸邁興」（始めて逸邁の興を兼ぬ）〔「奉送魏六丈佑少府之広交」（魏六丈佑少府の広交に之くを送り奉る）〕等の詩句から、意興と気骨、意興と風神の結びつけられていることがはっきりと見える。つまり、「逸邁之興」は「骨力遒勁」の表現であるが、「詩興有神」は風格的な「神采飄逸」である。「興象玲瓏」の特徴は「興会」をさらに強調した結果であろう。言い換えれば、詩を作る時に、「興会」を強調しつつ、情と理を「意興」に変化させ、説教的な痕跡が現われなかったら、「一唱三嘆の妙」のような詩が作られる。まさに鍾嶸が『詩品』〔序〕で言ったように「文已尽、而意有余」（文已に尽きて、而して意に余り有り）なのである。

　盛唐の詩人らの審美観は「盛唐の音」（盛唐たる音）が形成された肝心な要素でもある。この審美観は「風雅観」、「大雅観」とも呼ばれる。こういう観念を唱えるのは張説、張九齢と李白である。張説と張九齢は文治〔「文」による政治〕を積極的に行ったり、文学を以て盛世たる文明を縁取りしたりして、風骨を尊び、寄託を重んじる。李白の大雅観もこの精神を十分に体現した。『古風』〔全五十首〕の其一、其三十五、其三十九はみな李白の「大雅観」を示した。それは文学を政治の一部分として捉え、理想的な政治を老子思想を核心とする清明醇樸たる政治と認めたから、当然文学も醇樸で平和なものになるはずであろう。まとめて言うと、李白の「風雅観」は三つからなる。まずは、文学は玄古政治を謳歌しようと主張して、怨みと怒りの文学に反対し、「大羹《こう》玄酒〔煮ない肉と水〕」のような文学才能しか盛唐の清明で醇樸な風潮に合わせられないと考える。二つ目は、綺麗彫琢たる表現に反対する。それは綺麗彫琢たる表現が道家の自然を尊ぶ美学観念に相応しくないと考えるためである。三つ目は、文質彬彬を強調する。すなわち「文質相炳煥《へいかん》す」〔李白「古風」其一〕ることを求める。「盛唐の音」は詩人らのこうした「大雅観」に導かれて形成された。比興・寄託を重んじたり、風骨を尊んだりする観念は「骨力遒勁」という風格の形成に、哀怨に反対したり文質彬彬（外見の美と内面の実質とがよく調和していること）を主張したりする観念は「興象玲瓏」という風格の形成に、綺麗彫琢たる表現に反対する観念は「平易自然」という風格の形成に、それぞれ直接に影響を与えたのである。

（5）中唐詩風の新しい変化

安史の乱は中国封建社会の前期と後期との境である。中唐の詩歌も古今詩歌の転換期という。特に中唐後期の詩人らは鮮明で独特な創作風格を作り上げただけでなく、頗る勢いのある詩歌の流派を形成し、唐詩の創作をもう一つのピークに押しあげた。そこでは、「盛唐の音」の四つの内実も著しく変ってしまっている。

安史の乱後、詩壇には李白、杜甫など少数の盛唐期を経験してきた詩人ら及び韋応物（七三七～七九二）、顧況（七二五頃～八一四）、戎昱（七四四～八〇〇）ら少数の詩人の詩作に表された「骨力」を除いて、ほとんどの詩人の詩作は「骨力」を失ってしまった。「遒勁たる骨力」を遍く失ったのは中唐前期詩歌の盛唐に対するもっとも大きな変化である。明・胡応麟のいう「気骨頓衰」（気骨頓《とみ》に衰ふ）という言葉は中唐前期の詩風によく的中している。「気骨」が乏しいので、「興象玲瓏」を求めても渾融たる境地には達し難いし、「平易自然」を求めても薄弱で不十分であるし、高尚飄逸を求める気持があっても機敏な意趣もなく、奇特な表現を求めても技巧に帰してしまった。

中唐後期の社会はやや安定し、憲宗朝廷の一連の有為な政治は、詩人らの済世の情熱を激発させた。そこで、詩人らの精神的境地も高くなった、詩歌の風骨が強くなるとともに、中唐前期の気骨衰弊の動きはある程度改善された。しかしながら、中唐後期の詩作の風骨は盛唐とは比べることができない。というのは、詩人らの創作は盛唐ほどは遍く風骨を持っていないし、たとえ風骨を持っている詩作でも盛唐ほどには内的力に満ちていないからである。つまり、中唐後期の詩人らは風骨を重視しているが、後世の人から見ると、やはり風骨が乏しいと批評されたし、そもそも「風骨」という言葉が彼らの詩作にめったに使われなかったのである。

中唐後期の代表的詩人である元稹を見てみよう。本人は初めて仕途に就いた時の自作を、「全盛之気、注射語言」（全盛の気、語言に注射す）[53]と顧みたことがある。白居易も「顧我文章劣、知他気力全」（我が文章の劣れるを顧み、他《かれ》の気力の全きを知る）〔「江楼夜吟元九律詩成三十韻」（江楼にて夜元九の律詩を吟じて成る三十韻）〕と青年期の元稹の詩作を賞賛した。にもかかわらず、この「全盛の気」とは青年期の盛んな気力によって作詩の才能を競ったり、詩作によって現実を諷諭したりすることを指すのであるが、実はこの時期の元稹の詩作には、豪気らしいものはあまりなかった。かえって、後の「放言五首」や「有酒十章」などの世事の難儀を描出する詩作は、ある程度「骨気」を表わしているといえる。

白居易は才華に溢れる詩人といわれるが、気力（骨力）が乏しい。ただ貪官汚吏を批判する諷諭詩における「虐人害物即豺狼、何必鉤爪鋸牙食人肉」（人を虐げ物を害するは即ち豺狼なり、何ぞ必ずしも鉤の爪鋸の牙もて人肉を食らはんや）〔「杜陵叟」（杜陵の叟）〕という詩句は、剛直な気勢を表わしているが、他の詩作は骨気豪邁たる特徴はあまり見えない。

風骨からいうと、「韓孟詩派」（韓愈と孟郊を始めとする、中唐期の詩歌創作の一流派）は「元白詩派」（「韓孟詩派」と同時期の詩歌の流派、元稹と白居易を代表とする）よりやや優れ、「韓孟詩派」に属する李賀の詩作、例えば、「呂将軍歌」、「白虎行」、「浩歌」、「南園十三首」等は、盛唐の風骨に近似している。「南園十三首」中の「男児何不帯呉鉤」（男児何ぞ呉鉤を帯びざる）（其五）、「尋章摘句老雕虫」（章を尋ね句を摘む老雕虫）（其六）、「長卿牢落悲空舎」（長卿牢落して空舎に悲しむ）（其七）という詩句、また「浩歌」と「馬詩二十三首」中の大部分の詩句はみな盛唐人の意気高揚たる気骨を現している。賈島も偶々盛唐たる「気象」らしい詩句を作ったことがある。明・謝榛（一四九五～一五七五）の『四溟詩話』にいう、「若『秋風吹渭水、落葉満長安』、気象雄渾、大類盛唐。」（『秋風渭水に吹き、落葉長安に満つ』が若《ごと》きは、気象雄渾にして、大いに盛唐に類す）[54]。王世貞（一五二六～一五九〇）の『芸苑卮言』もこの二句を「置之盛唐、不復可別」（之を盛唐に置けば、復《ま》た別《わ》かつ可からず）[55]と評価した。

だが、韓孟詩派に表された風骨ははっきりと盛唐と区別される。主な差違は勢いにある。韓愈を除いて、孟郊、賈島、盧仝、劉叉らの詩人は詩の勢いが盛唐ほどではなかった。所謂「気勢不足」については二つの言い表し方がある。一つは「有骨無風」（骨有りて風無し）である。盛唐詩の風骨は「骨気翩翩」（骨気翩翩たり）、「骨気端翔」（骨気端翔たり）という言葉で形容できるが、孟郊らの詩にはその機敏な気勢が欠けている。彼等はわざと「峭直痩硬」の風格を求めたから、比喩で言えば、ただ「骨」があるばかりで、「気」がなくなった。もう一つは「有句無篇」（句有りて篇無し）である。司空図はいう、「賈浪仙誠有警句。観其全篇、意思殊餒、大抵附於蹇渋、方可致才、亦為体之不備也。」（賈［島］浪仙は誠に警句有り。其の全篇を観るに、意思殊《こと》に餒《な》えて、大抵蹇渋《けんじゅう》［悩み滞る］に附き、方《まさ》に才を致す可きも、亦た体を為すこと備はらざるなり）[56]。つまり「気勢不足」なので、それらの奇特な詩句を「気」によって統一できなかった。

韓愈は韓孟詩派の中で最も勢いを持っている詩人といえる。同詩派のほかの詩人の「気勢不足」に対して、「気勢沛然たり」なのである。韓愈の文章は北宋・蘇洵（一〇〇九～一〇六六）によって長江大河と喩えられたが、詩も同じように言えよう。韓愈にとって文を作る時は「養気を重んじ」、詩を作る時も「気盛宜言」（気盛んにして言ふに宜し）という境地に達した。清・乾隆の御定『唐宋詩醇』は「今試取韓詩読之、其壮浪縦恣、擺去拘束、……而風骨峻嶒、腕力矯変。得李・杜之神而不襲其貌、則又抜奇於二子之外、而自成一家。」（今試みに韓詩を取りて之を読むに、其れ壮浪縦恣《ほしいまま》にし、拘束を擺《ふる》ひ去つて、……而して風骨峻《けは》しく嶒《そび》え、腕力矯《けう》変《へん》［変革］す。李［白］・杜［甫］の神を得れども其の貌を襲はず、則ち又た奇を二子の外に抜き、而して自ら一家を成す[57]）と評する。この評の前半は韓詩の気勢が勇壮で盛唐らしいことを述べ、後半は韓詩の風骨の特徴を描いている。問題は「風骨峻しく嶒え、腕力矯変す」の描出なのだ。これこそは韓詩の風骨と盛唐人との異なるところであろう。つまり、盛唐詩の風骨は潜在し、詩の中に内在的力を含めるので、読者が読むと「骨気端翔」（強く気高い）であるが、用力の痕が見えないと感じられる。それに反して、韓詩の風骨は顕在し、比喩で言えば、剣が抜かれたり、弓が引き絞られたり、金剛蔵王の威風堂々たる風貌のような、こしらえられた痕が見える。そこには確かに力はあるが、風韻に乏しい。一言で言うと、孟郊らの詩人は気勢が足りないので、「盛唐の風骨」に及ばないし、韓愈の詩は気勢があり過ぎているので、「盛唐の風骨」と異なっているのであろう。

　中唐後期で、韓愈以外に、最も「骨力」を持っている詩人は劉禹錫であるといえる。清・王夫之（一六一九～一六九二）は劉の七言絶句を「宏放出於天然」（宏《ひろ》く天然より放出す）と評した［『薑斎詩話』巻下「夕堂永日緒論」］[58]。この上に、瞿蛻園（一八九四～一九七三）はさらに「亦実足以概其全体」（亦た実に以て其の全体を概《はか》るに足る）と補充した[59]。劉詩の風骨は盛唐に近く、中唐後期の詩人らとは、はっきりと異なっている。例えば「西塞山懐古」、「和董庶中古散調詞贈尹果毅」（董庶中の古散調詞に和して尹果毅に贈る）、「平蔡州三首」、「平斉行二首」、「城西行」、「和白侍郎送令狐相公鎮太原」（白侍郎の令狐相公の太原を鎮せんとするを送るに和す）等、これらの詩はみな「興象超邁、骨気充盈」というものなのである。盛唐と異なるのは用語が「意気軒昂踔《たく》邁《まい》」（すぐれて勢いよく）で、時には中唐人の色彩を持っていることである。白居易は劉禹錫を「詩豪」と褒め称えている。確かに、彼の人柄が豁達で、艱難をしのぎながら始終楽観的な情緒を保っているから、盛唐詩人の高揚しながら洒脱でもある性格に類似しているし、劉詩も豪邁剛健で、明朗快活な風格を持ち、もっとも盛唐に類似している。その上、劉詩は元白の「軽俗」や、郊島の「寒痩」を持っていないので、その風骨は盛唐に近いし、最も中唐の色彩を帯びないが、しかしながら詩歌発展史上での影響は他人に及ばない。

要するに、中唐後期の詩人らは皆風骨を推賞したり追求したりしているが、多くの詩人は盛唐のような風骨の詩を創り出さなかった。つまり、あるいは「力勍気孱」（力は勍《つよ》く気は孱《よわ》し）、あるいは「有骨無風」（骨有りて風無し）、あるいは「有気無韻」（気有りて韻無し）という状況になった。というのは、盛唐の風骨を生む最も根本的な条件、すなわち行動様式、思想の性格、精神の境地、審美観念、構想方式などは、中唐では大きく変化したからである。

おおざっぱに言って、「風骨」の変化とともに、「興象玲瓏」の風格も変わった。中唐前期の多くの詩人は依然として王維や孟浩然の詩歌伝統に沿って清新な風格を追求しているが、「興象玲瓏」にやや背いたり、そこから離れたりしている。この時期の杜甫や元結などの少数の詩人が大胆に奇抜な風格を追求したことに影響されて、中唐後期の詩人は主にこの伝統に沿ってきた。いわゆる、盛唐人の意と象とのバランスはこういう変遷を経てすっかり破れ、「興象玲瓏」の風格もそれに伴って消えてしまった。

すでに言及したように、盛唐で「興象玲瓏」の風格を最もよく現わしたのが王維や孟浩然などの山水田園詩人である。中唐前期の劉長卿や韋応物及び「大歴十才子」を代表とする詩人たちの詩作は、まさに王孟の創作に沿ってきた。このため、中唐前期の詩人らは、李白と杜甫の壮麗と宏大、高適と岑参の雄奇と慷慨を追求せず、王維や孟浩然らの醇美で空霊な、風流で温藉《おんしゃ》［心が広くて穏やか］な風格に最も感服し、王孟の詩作をまねながら作詩している形跡がよく見える。中唐前期の詩歌を読んだ全体的感想をいうと、わずかな詩人を除いてほとんどの詩歌は流暢明快だったから、確かに「興象玲瓏」の風格に非常に類似しているが、実際にはこの風格から離れている。その主な原因は中唐前期の詩人らが清新さを追求すると共に技巧を崇め、盛唐詩の円融空霊の意境を継承すると共に、もっぱら工夫を凝らした痕を残したことにある。清・施補華の『峴佣説詩』はいう、「大歴劉銭古詩、亦近摩詰。然清気中、時露工秀。澹字遠字微字、皆不能到。此所以日趨於薄也。」（大歴の劉・銭の古詩も、亦た摩詰に近し。然れども清気の中に、時に工の秀なるを露《あら》はす。澹字・遠字・微字は、皆な到ること能はず。此れ日び薄きに趨む所以なり）[60]。この評論の言う所は、技巧を崇めるのは中唐前期の詩壇の潮流だったらしいということだ。

中唐前期の杜甫、元結、顧況らの詩人は、更に「興象玲瓏」の風格に背いて円融空霊の境地を破壊したために、後代に大きな影響を与えた。これらの詩人は怪奇を求めたが、「怪奇」こそ「円融流麗」の詩境を直接に破壊した。元結は簫頴士（七一七～七六八）、元徳秀（六九五頃～七五四）らと同じく、特立独行を唱え、詩文は奇崛の美をわざと求めた。元結の詩作は、古意をわざと求めて分かりにくいのはさて置き、わりあい流暢な山水詩でさえ怪異な特徴を持っている。それは山水の奇特な韻味を表わすことに専念したばかりに、当然盛唐の山水田園詩的な円融流麗とは違っている。杜甫は抱負が遠大で、憂患が非常に深く、常に心の憤激する状態になっているから、詩作は時に円融の意境を突破していることがある。杜詩の主な風格は沈鬱頓挫と言われる。「沈鬱」とは荘重ながら空霊ではないことをいい、「頓挫」とは奇崛ながら渾然たる融合ではないことをいう。奇抜を求めるために、杜詩は「興会」における意と象のバランスを故意に破って、情を以て物を支配させる。しかしながら、情を以て物を支配させると、象の本来の特徴を変えてしまう。もとの「物象」は膨大なものになり、奇崛で横放たる勢いになったのである。

「興会」における意と象のバランスが破られるのは次の二通りの場合である。一つは、「意」の比重を大きくする場合。もう一つは「象」の比重を大きくする場合である。中唐後期に入って、韓孟詩派は詩作の「意」に大いに着眼するのみならず、「象」をもまた重んじている。つまり、物象を描くのに大きな気力を惜しまず、また形の相似を求める上に、さらに写意を求めている。どんな対象かは問わずに、描写を尽くさなければならないし、また、ある具体的特徴によって他の物事を連想していく。すなわち引喩して連想する修辞法を用いて、描写される対象の形を窮めようとする。この方法の欠点は、一組の意象が繋がるのは、ある物象のある細かい特徴しかないので、渾然として融合する画面になりにくいことである。言い換えれば、ある物象のある特徴をクローズアップして、さらにこのシーンから広く連想を展開していくから、一首の詩に書かれたのは、しばしば一つの画面にはならないで、多くの画面を並べたものになっている。例えば、韓愈の「南山詩」は数十種の物事を用いて南山の景物の様子を形容したために、各画面の間に統一的な関係が欠けている。盛唐人が多種の物像を取り上げて一つのすっかり整った意境を組み上げるのに反して、韓愈の詩はただ物象を描くことだけに傾いていて、これらの物象を描いて渾然と融合する意境になるかどうかには、無関心になっている。極めて生き生きとした形象が書かれ、読者に驚くほどの感動を与えたとしても、それは若干の形象の積み重ねに過ぎないであろう。

杜甫、元結、顧況及び中唐前期の詩人らは「技巧」を崇める一方、「技巧」の度合いを意識的に控えていた。例えば、皎然は「奇句」を求める場合には「須至難至険」(須《すべか》らく難に至り険に至るべし)と唱えるが、同時に「興会」のような「有似等閑、不思而得」(等閑に似る有りて、思ひて得ず)(61)という作詩過程を認めている。

杜甫の詩は「興会」における意と象のバランスを故意に破ろうとしながら、結局は盛唐詩人の経験を持っているので、思わず「興会」によって作られ、盛唐詩の風格とまったく同じではないが、基本的に盛唐詩に属している。しかしながら、中唐後期に入って、韓孟らは「技巧」の度合いを大いに高めたから、徹底的に奇崛険怪たる風格がうち立てられ、円融空霊たる詩境は多くの詩人らの詩作からは消えてしまった。まさに、元・呉師道の『呉礼部詩話』にいうとおり、「自儲光羲而下、王建、崔顥、陶翰、崔国輔、皆開元天宝間人、詞旨淳雅。蓋一時風気所鍾如此。元和以后、雖波濤闊遠、動成奇偉、而求其如此等邃遠清妙、不可得也。」（儲光羲自《よ》り而下《じか》、王建、崔顥《さいこう》、陶翰、崔国輔らは、皆な開元天宝間の人にして、詞旨淳雅なり。蓋し一時の風気の鍾《あつ》まる所此《かく》の如し。元和以后、波濤闊遠なりと雖も、動《やや》もすれば奇偉を成し、而して其の此《かく》の如き等の邃遠清妙を求むるも、得可からざるなり(62)）。このことは逆に、中唐前期の詩歌風格が後期ほど鮮明ではない理由になっている。要するに、中唐後期の詩人らは「興会」を大胆に否定したから、作詩の大きな創新を達成したのである。

「興象玲瓏」の二つ目の意味は「温藉風流」、「言有尽而意無窮」（言には尽くること有れども意には窮まること無し）である。中唐前期の多くの詩人は依然としてこの特点を詩の最高境地として努めて求めている。皎然は「風流」を詩歌の「七つの徳」の一つに挙げ、詩の最高の境地を「文外の旨」と認めた上で、「但見情性、不睹文字」（但だ情性を見るのみ、文字を睹《み》ず(63)）という詩評標準を唱える。皎然らのこういう詩評標準は晩唐・司空図の「不著一字、尽得風流」（一字も著さずして、尽《ことごと》く風流を得(64)）、宋・厳羽の「羚羊挂角、無跡可求」（羚羊角を挂け、跡の求む可き無し）、「言有尽而意無窮」、「一唱三嘆(65)」などの詩論を直接に開いたが、厳羽から見れば、盛唐詩人しかこの境地に達しなかった。つまり、中唐前期の詩人らは明らかに「興象玲瓏」の風格を求めることを唱えたが、詩作の実践はそうした成果を得なかった。これに対して中唐後期に入ると、「崇実務尽」

（実を崇び尽くすに務む）を特徴とする元白詩派が「温藉風流」の特点を徹底的に打破した。いわゆる「崇実」（実を崇ぶ）とは「不空不霊」（空ならず霊ならず）、「務尽」とは余地を残さないことなので、「崇実務尽」は「興象玲瓏」とは絶対に共生できない風格なのである。例外として、中唐後期の柳宗元と劉禹錫の二家のみ、若干の詩作は婉曲ながらも情韻たる風格を持っている。

「神采飄逸」は詩歌の「風神高華」、「情思飄逸」、「意表を突く」ことを指す。盛唐の詩人は境地が高遠で、脱俗超凡、性格が洒脱かつ自由である一方、遊侠、遊仙者、隠遁者の行動様式を持っている。したがって、詩作には飄逸な精神があるはずである。しかしながら、安史の乱以降、詩人らのこうした精神の境地、思想の性格と行動様式が生まれる社会環境は完全に消えてしまった。残酷な現実によって詩人らの半人半仙の人生は終わったのである。詩人らは人間の現実に戻らざるを得ず、惨澹たる人生に直面しなければならなかった。中唐前期の詩人らの詩作を見渡すと、常に詩人は如何に「妙理の壷中天」を得たとか、如何に「脱俗超凡」しているとかを自慢しているが、最終的に、盛唐詩のような飄逸な精神は見られなかった。高仲武の『中興間気集』は数十家の詩人の詩作について逐一評しているが、「飄逸」や「風采」のような言葉は一切なかった。そして、歴代の詩話には、ほとんど「風神」のような言葉を使って中唐前期の詩作を形容したものがない。

中唐後期には劉禹錫ら少数の詩人を除いて、多くの詩人らの詩作からも「神采飄逸」の風格は生れなかった。これは盛唐詩の「風神逸韻」は主に遊侠、遊仙、山水の題材においてであるのに対して、中唐後期に入ってこの三種類の題材の詩作は大いに少なくなったことと関係がある。白居易は自作詩を四種類に分けているが、その中の諷諭詩と感傷詩の二種類とも「神采飄逸」の風格を表わすのに相応しくない。白居易本人も自作である新楽府は「一一皆実録」（一一皆な実録なり）［「和陽城駅」］、「其事覈而実」（其の事覈《かく》にして実なり）［「新楽府序」］

という写実精神によって作られたと述べている。しかしながら、白詩の「質実」は盛唐詩における「神采飄逸」の「高華」とは全く違っているので、新楽府は題材から詩作要求に至るまで、「神采飄逸」の風格が生まれるはずはなかった。元白らの感傷詩は「曲尽情意、纏綿哀切」（曲《つぶ》さに情意を尽くし、纏綿として哀切たり）を佳しとしたが、洒脱かつ脱俗という高逸たる情調には合わなかった。

韓孟詩派は奇崛聳抜を趣旨として、盛唐のような飄逸な神采を生み出さなかった。というのは、彼らは基本的に杜甫の風格に従って神采を求めたからである。

前述したように、中唐期の杜甫の詩作からも盛唐の「神采飄逸」らしい風格があまり見られなくなった。具体的に言うと、次の二点がある。まず、杜甫は盛唐の「豊神逸韻たる」ではなく、奇崛の精神と凛然の気を楽しんでいる。韓幹（七〇六～七八三）の馬を描く技法については「画肉不画骨」（肉を画いて骨を画かず）［「丹青引」］と批評したが、曹霸（七〇四頃～七七〇）の凛然たる画風を楽しんでいた。「嶧山之碑野火焚、棗木伝刻肥失真。苦県光和尚骨立、書貴痩硬方通神。」（嶧山の碑は野火に焚え、棗木の伝刻は肥えて真を失ふ。苦県の光和［老子碑］骨立するを尚ぶ、書は痩硬を貴びて方《まさ》に神に通づ）［杜甫「李潮八分小篆歌」（李潮の八分小篆の歌）］の詩句から分かるように、杜甫が追求した「痩硬の神」という風格は盛唐の「豊神たる逸韻」とは甚だ相違している。ちなみに、杜甫の好みに沿って、韓愈は王羲之の秀逸な書法を「俗媚」と批評した。二つ目は、盛唐詩の風神は全体の意境を通して現れるのに対して、杜甫はこの精神を大いに発揚して、主題の決定、構想、取景、用字などのところにまで、神采［詩的精神］を求めるために、詩作の始終に神采があるし、すべての詩句も神霊を活現したのである。杜甫の「重題鄭氏東亭」（重ねて鄭氏の東亭に題す）をみてみよう。

華亭入翠微、秋日乱清暉。崩石欹山樹、清漣曳水衣。紫鱗衝岸躍、蒼隼護巣帰。向晩尋帰路、残雲傍馬飛。

華亭翠微に入り、秋日清暉乱る。崩石山樹に欹《そばだ》ち、清漣水衣を曳《ひ》く。紫鱗岸に衝《あ》たりて躍り、蒼隼巣を護《まも》りて帰る。晩に向《なんな》んとして帰路を尋ぬれば、残雲馬に傍いて飛ぶ。

この詩は秋である東亭周りの景色を描写している。色合いが明快で、風采が飛揚している。韓孟諸家は杜詩の影響を受けて「瘦硬の神」を好み、字も句も「神」を求めて、読者を驚かせるほど言葉遣いに工夫したが、結局は個別の句は「神」を伝えるように描写されていても、詩の全体が神韻を失っている。

自然さも中唐前期の詩人らに追求された審美目標である。皎然は詩の自然さについてかつて「至麗而自然」（至麗にして自然なり）[66]、「若斤斧存跡、不合自然、則非作者之意。」（若《も》し斤斧跡を存して、自然に合わざれば、則ち作者の意に非ず）[67]と言ったことがある。中唐前期の詩人らは遍く平易自然の風格を求めていたが、この時期における詩歌の平易自然はもう人工的な巧みさを付け加えていたから、盛唐詩歌の純粋な自然さとは違っている。しかしまた、中唐前期の詩作は基本的に王（維）孟（浩然）詩派により沿ってきたので、「技巧」を取り入れる一方で、意識的に「技巧」の度合いを控えていて、平易自然の総体的な風貌は変わらなかったといってよい。中唐後期に入ると、韓孟詩派と元白詩派は革新を求めたために、王孟詩派の風格には沿わないで、平易自然の風格を「極不平易」（極めて平易ではない）と「極平易」（極めて平易である）の二つの方向にいち早く転化していった。

韓孟詩派は奇嶮を旨趣として、奇と巧みを競ったから、平易自然の風格に背いた。この詩派では、姚合

（七七九頃～八五五）の詩作は少しばかり平易さを現わし、孟郊と賈島の平易さは姚合に次ぐ。険しさと怪しさの風格を最も現わしたのは李賀（七九一～八一七）、馬異（七九九頃～？）、劉叉（生年不詳）の詩作であろう。明・李東陽の『麓堂詩話』は、李賀の詩作の怪異さについて次のように言う。「李長吉詩、字字句句欲伝世、顧過於劌鉥、無天真自然之趣。」（李長吉の詩は、字字句句世に伝へんと欲して、劌鉥《けいしゅつ》［彫琢］に過ぐるを顧みれば、天真自然の趣き無し）(68)。韓愈は怪異のことや険しさを追求した大家として、同じ流派のほかの詩人に少しも見劣りがしない。

元白詩派は韓孟詩派と風格が異なっても、平易自然な風格の詩作もなかった。というのは、平易自然を浅くてわかりやすい方向へ引き入れたのである。もし、韓孟が平易自然とは反対の方向へ進み過ぎたとすれば、元白は平易自然の方向に沿って進み過ぎたと言ってよい。陳貽焮（一九二四～二〇〇〇）の「元白と韓孟の二大詩派から見て中晩唐詩歌の発展を略論す」(69)は王維と白居易の画像に題する詩を各々一首挙げ、詩の典雅から通俗への移行を論述したが、実はこの二首の詩からも盛唐詩の平易自然と白詩の浅薄通俗の格差が見えるであろう。例えば、白居易の「題旧写真図」（旧の写真図に題す）は、自分の昔の画像を見た感覚を「如弟対老兄」（弟の老兄に対するが如し）という詩句で表すのに対して、王維の同じく題画詩である「崔興宗写真詠」（崔興宗の写真詠）は次のように歌う。「画君年少時、如今君已老。今時新識人、知君旧時好。」（君の年少の時を画くに、如今君已に老いぬ。今時の新識の人、知りぬ君の旧時の好しきを）。同じく自然な表現風を求める詩句であるが、王詩は趣きが深いが、白詩は浅薄で詩味を失ってしまっている。白居易自身もこの浅薄さを「詩成澹無味、多被衆人嗤。」（詩成るも澹にして味無く、多く衆人に嗤《わら》は被《る》。）［「自吟拙什因有所懐」（自ら拙什を吟ずるは、懐ふ所有るに因る）］という。要するに、平易自然がこのような浅薄さにまで行ったなら、美学の品位も大いに下がるであろう。

（6）晩唐詩風の再変化

晩唐五代の詩作は基本的に中唐の元白と韓孟の二大詩派の伝統に沿っているから、あまり変革されなかった。[70]ただ、杜牧、李商隠、温庭筠らだけはわりあい大きな創意があり、最高の成果を成し遂げた。

盛唐詩の「骨力遒勁」、「興象玲瓏」、「神采飄逸」と「平易自然」等の特点は晩唐五代では、ほとんど失われて、かえって生まれたのは、香艶たる詩風、幽冷たる意境や感傷的な情緒であった。概していうと、元白詩派に沿っている才子詞人らは風情を表わす詩を作ったから、晩唐の綺艶たる詩風の形成を直接に促した。韓孟詩派に沿っている姚（合）賈（島）詩派及びその後続の詩人らは、苦寒たる詩作を作り続け、晩唐の幽冷たる詩風の形成を直接に促した。晩唐前期の詩人らは政局への憂い、晩唐後期の詩人らは社会への絶望を多く表わしたが、ともに濃厚な感傷的色彩が現われている。

晩唐の才子詞人らの詞作は綺艶たる詩風の形成を直接に促した。宋・陸游の「跋『花間集』其二」はいう、「唐自大中後、詩家日趣浅薄。其間傑出者、亦不復有前輩閎妙渾厚之作。」（唐の大中［八四七～八六〇］自《よ》り後、詩家日びに浅薄に趣く。其の間の傑出せる者も、亦た復た前輩の閎妙渾厚の作を有せず）。[71]また宋・羅大経（一一九六～一二五二）の『鶴林玉露』に「晩唐詩綺靡乏風骨」（晩唐詩は綺靡にして風骨乏し）[72]と批評している。つまり、これらの艶情を表わす歌詩は風骨に背くはずなのである。

晩唐の姚賈詩派及び後輩詩人らは晩唐詩歌史上における一つの重要な現象である。すなわち、姚賈詩派及び後輩詩人らの詩作からは盛唐詩歌らしい幾つかの内実がすっかり消えてしまった。例えば、「骨力遒勁」の特点は韓孟詩派によって少し変化させられたが、この詩派のある詩作には依然として遒勁たる骨力が現われていた。しかしながら、後進である姚賈詩派には、社会的意識や広大な気勢と構成などはほとんどなく、眼光内に傾くだけで、細かい所にこそ関心を寄せるものの、詩芸しか求めないので、すでに風骨とは無縁になったのである。宋・兪文豹の『吹剣録』は次のように批評している。「近世詩人好為晩唐体、不知唐祚至此、気脈浸微、士生斯時、無他事業、精神技倆、悉見于詩。局促于一題、拘攣于律切、風容色沢、軽浅繊微、無復渾涵気象。」（近世の詩人は好んで晩唐体を為すも、知らず唐祚《そ》［代］此に至りて、気脈浸《やう》やく微《おとろ》へ、士生斯《こ》の時、他の事業無く、精神技倆、悉《ことごと》く詩に見《あら》はす。一題に局促として、律の切なるに拘攣し、風容色沢は、軽浅繊微にして、復た渾涵［広々として深い］たる気象無し）[73]。いわゆる「渾涵たる気象」がないとは、風骨が無いことである。革新の「新」だけを凝すので、自然に詩作の「玲瓏たる興象」と「飄逸たる神采」などは無くなるはずであるし、平易自然な風格は言うまでもないであろう。

　晩唐詩歌のもう一つの重要な特点はというと、濃厚な感傷的色彩である。そして、感傷的色彩の裏には、詩人らの政局への深い憂慮、世道人心への疑い、人生価値への否定などがある。具体的にいうと、晩唐前期の詩人らは、政局への深い憂慮、後期の詩人らは世道人心への疑いと人生価値への否定を多く表わしている。こういう心境によっては、どうしても盛唐の気象が表わせなかったはずである。晩唐の詩人らは一切の夢を持っていないし、人生の意気も高揚せず、さらに宇宙を思う心力もないので、意興超邁たる、骨気端翔たる詩を作る可能性はなくなった。彼らの心は常に焦燥不安に占有され、盛唐人の自由や洒脱さを持ち難くなっていたから、悠悠にして迫らず、意境が澄徹した詩はどうしても作れなかった。

　盛唐人はいつも超凡脱俗的な仙人となる幻想を抱いていたのに対して、晩唐の詩人はただ窮屈な現実において懸命にもがくだけで、飄逸な情思や神采などもすっかり失ってしまった。一旦「苦吟」が晩唐の詩人らの詩作方法となると、いわゆる平易自然な言葉は、もはや彼らの詩作から離れてしまった。まさしく明・許学夷の『詩源弁体』が晩唐人の七律を批評したように、彼らの詩は「声韻は急促たり」、「気韻は衰颯《すいさつ》す［落ちぶれる］」、「声は尽く軽浮たり」、「語は尽く繊巧たり」、「文は浮き質は滅す」という批評用語しか得られなかったのである。

要するに、いわゆる「盛唐たる音」はすっかり消えてしまった。初唐人の「但願堯年一百万、長作巣由也不辞」（但だ願はくは堯年一百万、長《とこし》へに巣由と作《な》るも辞せず）［盧照鄰「行路難」詩］という情熱的な望みからはじまって、盛唐人の「欲窮千里目、更上一層楼」（千里の目を窮めんと欲し、更《さら》に上る一層の楼）［王之渙「登鸛雀楼」（鸛雀楼に登る）詩］という高邁な放歌、さらに中唐人の「沈舟側畔千帆過、病樹前頭万木春」（沈舟側畔千帆過ぎ、病樹前頭万木春なり）［劉禹錫「酬楽天揚州初逢席上見贈」（楽天の揚州にて初めて逢ひし席上にて贈らる見るに酬《る》ゆ）詩］という嘆きを経、最後に晩唐人の「古往今来只如此、牛山何必涙沾衣」（古往今来只《た》だ此《かく》の如し、牛山何ぞ必ずしも涙衣を沾さん）［杜牧「九日斉安登高」詩］という牛山［春秋斉の景公が時の過ぎ逝くを歎いた山］の絶望に至るまで、唐朝は初・盛・中・晩四つの歴史時期を経て、曲折するストーリーを演じたかように「起承転結」し、終に消滅したのである。

注

（1）蒋寅著『中国古代文学通論』「隋唐五代巻」は次のようにまとめている。（一）農村経済、荘園経済と都市経済の空前の繁栄。（二）政治制度の開明、文化政策の寛容、思想観念の多元化。（三）教育の普及と発達、全社会が詩歌を好む気風。（四）科挙制度の誘導と、君主の提唱が詩歌創作を激励したこと。（五）多民族、多元文化の交流。（六）前代の創作経験の積み重ねを自覚的に継承創新したこと。（七）近代詩形が形成されたこと。声調、形式と韻律が完成したこと。詳しくは『中国古代文学通論』「隋唐五代巻」を参照。遼寧人民出版社、二〇〇五年、三頁。

（2）楊伯峻『論語訳注』、中華書局、一九八〇年、一八五頁。

（3）高仲武『中興間気集』、傅璇琮『唐人選唐詩新編』、陝西人民教育出版社、一九九六年、四九三頁。

（4）郭紹虞編・富寿蓀校訂『清詩話続編』、上海古籍出版社、一九八三年、一五四六頁。

（5）胡震亨『唐音癸籤』巻二十七、上海古籍出版社、一九八一年、二八一頁。

（6）胡応麟『詩藪・外篇』巻三、上海古籍出版社、一九七九年、一七〇頁。

（7）杜佑『通典』巻十五、中華書局、一九八八年、三五七頁。

（8）楊万里著・辛更儒箋校『楊万里集箋校』巻七十九、中華書局、二〇〇七年、三二〇九頁。

（9）「嘔心瀝血」（心《しん》を嘔《は》き血を瀝《そそ》ぐ）、唐・李商隠「李賀小伝」に「及暮帰、太夫人使婢受嚢出之、見所書多、輒曰、児要当嘔出心始已耳。」（暮に帰るに及んで、太夫人婢をして嚢を受けて之を出ださ使め、書す所多きを見て、輒《すなは》ち曰く、児の要当《まさ》に心を嘔き出だして始めて已むべきのみと。）〔『李義山文集』巻四〕とある。

（10）（賈）島初赴挙在京師、一日於驢上得句、云「鳥宿池辺樹、僧敲月下門」。又欲「推」字、煉之未定。於驢上吟哦、引手作推敲之勢、観者訝之。時韓退之権京兆尹。車騎方出、島不覚行至第三節、尚為手勢未已。俄為左右擁止尹前。島具対所得詩句、「推」字与「敲」字未定、神遊象外、不知回避。退之立馬久之、謂島曰、『敲』字佳。」遂並轡而帰、共論詩道、留連累日。因与島為布衣之交。」（（賈）島初めて挙に赴きて京師に在りしとき、一日驢上に句を得たり、云はく「鳥は宿る池辺の樹、僧は敲《たた》く月下の門」。又た「推」字を欲して、之を煉るも未だ定まらず。驢上に於いて吟哦し、手を引きて推敲の勢を作せしに、観る者之《これ》を訝る。時に韓退之は京兆尹を権《か》ねたり。車騎もて方《まさ》に出でしに、島覚えず行第三節に至りて、尚ほ手の勢を為すこと未だ已めず。俄かに左右の尹前に擁止するところと為る。島具《つぶさ》に詩句を得し所を対《こた》へていはく、「推」字と「敲」字と未だ定まらず、神象外に遊びて、回避するを知らずと。退之は馬を立《と》むること之を久しくして、島に謂ひて曰く、『敲』字佳《よ》しと。遂に轡を並べて帰り、共に詩道を論じて、留連すること累日なり。因りて島と布衣の交を為したり。)[宋・阮閲編『詩話総亀・前集』巻十一「苦吟」、人民文学出版社、一九八七年、一三〇〜一三一頁。]

(11) 計有功『唐詩紀事』巻七十一、上海古籍出版社、一九八七年、一〇五五〜一〇五六頁。

(12) 朱金城『白居易集箋校』巻四十五、上海古籍出版社、一九八八年、二七九三頁。

(13) 冀勤『元稹集』巻五十一、中華書局、一九八二年、五五五頁。

(14) 詳しくは彭慶生「唐中宗朝詩歌繫年考」、『燕京学報』新二四期、北京大学出版社、二〇〇八年、二一九頁を参照。

(15) 王仲聞『李清照集校注』、人民文学出版社、一九七九年、一九四頁。

(16) 林庚の「略談唐詩高潮中的一些標志」に「盛唐詩的走向高潮、詩歌的特色就表現為更近于自然流露。這乃是形式上的帰真返朴、語言上的真正解放。……唐人歌唱的詩以絶句為主。……絶句乃是最宜于歌唱的。……盛唐詩歌高潮的到来、絶句才一躍而……最活躍的表現形式。……七古正如絶句、也都是到了盛唐詩歌高潮的到来、才一躍而為詩壇的寵児。五古一般頗少換韻、而七古則総是不断地換韻。例如李頎的『古従軍行』、……短短的十二句、就三易其韻、毎一韻其実也就相当于一个絶句。……它与絶句在歌的伝統上有着一脈相通之処。」(唐詩が高潮に向かって発展するに従って、詩歌の特徴的な表現は自然に流露するに近くなる。それは芸術において「真・樸」に戻ることであり、言語における真の解放である。……唐人の歌唱する詩は絶句を主とする。……絶句とは最も歌唱に相応しい形式である。……盛唐詩歌の繁盛期に入るに従って、絶句は一挙に詩壇のもっとも活発な表現形式になった。……七古は絶句と同じく、盛唐詩の繁盛期が来るとともに、一挙に詩壇の寵児となった。五古は一般的に韻を変えないのに対して、七古は絶えず韻を変える。例えば、李頎の「古従軍行」は……僅か十二句の詩であっても、韻を三回変えており、一つの韻は実際に一つの絶句に相当する。……七古と絶句とは歌の伝統上で一脈相通じるところがある）（『唐詩総論』清華大学出版社、二〇〇六年、四八～四九頁）。

（17）欧陽脩・宋祁『新唐書』巻二十二、中華書局、一九七五年、四七七頁。

（18）葛曉音『詩国高潮与盛唐文化』自序に「従漢魏六朝到初唐、歴代詩人在題材、形式、体制、語匯、表現芸術等方面已為詩歌高潮的到来作好了充分的準備。猶如孕育已久的花蕾、遇時必将盛開。」（漢魏六朝から初唐にかけて、歴代の詩人らは題材、形式、体制、用語及び表現芸術などの方面で詩歌の繁盛期到来のために充分な準備をしていた。成長してくる蕾の如く、時を迎えれば必ず満開になるようになる）（『詩国高潮与盛唐文化』北京大学出版社、一九九八年、一頁）。

（19）唐圭璋『詞話叢編』、中華書局、一九八六年、一二五頁。

（20）丁福保編・郭紹虞校訂『清詩話』、上海古籍出版社、一九九九年、二五～二六頁。

（21）丁福保編・郭紹虞校訂『清詩話』一三四頁。

（22）丁福保編・郭紹虞校訂『清詩話』九一三頁。

（23）陳伯海『唐詩学引論』、東方出版中心、二〇〇七年、一頁。

（24）袁中道『珂雪斎集』巻十、上海古籍出版社、一九八九年、四九七頁。

（25）厳紹璗著『漢籍在日本的流布研究』、江蘇古籍出版社、一九九二年、三四頁。

（26）厳紹璗著『漢籍在日本的流布研究』一八～一九頁。

（27）厳紹璗著『漢籍在日本的流布研究』二二頁。

（28）厳紹璗著『漢籍在日本的流布研究』二五～二六頁。

（29）『人民日報』一九六二年九月一一日に「越南各界紀念杜甫誕辰」の一文がある。

（30）唐・殷璠『河岳英霊集』、傅璇宗『唐人選唐詩新編』、陝西人民教育出版社、一九九六年、一〇七頁。

（31）以上、郭紹虞『滄浪詩話校釈』、人民文学出版社、一九八三年、二六頁。

(32) 胡応麟『詩藪』巻六、上海古籍出版社、一九七九年、一一四頁。
(33) 殷璠『河岳英霊集』、傅璇琮『唐人選唐詩新編』一一五頁。
(34) 殷璠『河岳英霊集』、傅璇琮『唐人選唐詩新編』一二〇頁。
(35) 殷璠『河岳英霊集』、傅璇琮『唐人選唐詩新編』一二八頁。
(36) 胡応麟『詩藪・内編』巻三、五五頁。
(37) 高棅『唐詩品彙』「七言古詩序目」巻三、上海古籍出版社、一九八八年、二六七頁。
(38) 謝榛（一四九五～一五七五）『四溟詩話』巻一、丁福保編『歴代詩話続編』、中華書局、一九八三年、一一四三頁。
(39) 魏徴等『隋書』巻七十六、中華書局、一九七三年、一七二九～一七三〇頁。
(40) 楊炯「王子安集序」、蒋清翊『王子安集註』巻首、上海古籍出版社、一九九五年、六九、七〇頁。
(41) [陳子昂「登幽州台歌」詩「前不見古人、後不見来者。念天地之悠悠、独愴然而涕下（前に古人を見ず、後に来る者を見ず。天地の悠悠たるを念い、独り愴然として涕下る。）」]
(42) 蒋清翊『王子安集注』巻九、二七四頁。
(43) 董誥等『全唐文』巻二百十四、中華書局、一九八三年、二一六三頁。
(44) 林庚『唐詩総論』、人民文学出版社、一九八七年、三五頁。
(45) 林庚「盛唐気象」、『北京大学学報』（人文科学）、一九五八年第二期、九〇頁。
(46) 葛暁音「論初盛唐詩歌革新的基本特徴」、葛暁音『漢唐文学的嬗変』所収、北京大学出版社、一九九〇年、一〇一頁。
(47) 胡震亨『唐音癸籤』巻五、上海古籍出版社、一九八一年、四八頁。
(48) 馮友蘭『新原人』、商務印書館、一九九三年、六四～六五頁。
(49) 傅璇琮『唐人選唐詩新編』一一五頁。

(50) 傅璇琮『唐人選唐詩新編』一三三頁。
(51) 傅璇琮『唐人選唐詩新編』一四二頁。
(52) 傅璇琮『唐人選唐詩新編』一七二頁。
(53) 元稹「叙詩寄天楽書［詩を叙して楽天に寄する書］」、冀勤点校『元稹集』巻三十、中華書局、一九八二年、三五二頁。
(54) 謝榛『四溟詩話』巻二、丁福保『歴代詩話続編』所収、中華書局、一九八三年、一一五八頁。
(55) 王世貞『芸苑卮言』巻四、丁福保『歴代詩話続編』所収、一〇一二～一〇一三頁。
(56) 楊慎『升庵詩話』、丁福保『歴代詩話続編』、六八六頁。
(57) 乾隆帝『唐宋詩醇』、銭仲聯『韓昌黎詩繋年集釈・附録』、上海古籍出版社、一九八九年、一三三九頁。
(58) 瞿蛻園『劉禹錫箋証』付録四余録（一）、上海古籍出版社、一九八九年、一七八八頁。
(59) 瞿蛻園『劉禹錫箋証』付録四余録（一）、上海古籍出版社、一九八九年、一七八八頁。
(60) 丁福保編・郭紹虞校訂『清詩話』、上海古籍出版社、一九九九年、九八一頁。
(61) 李壮鷹『詩式校注』巻一「取境」、斉魯書社、一九八六年、三〇頁。
(62) 元・呉師道『呉礼部詩話』、丁福保『歴代詩話続編』六一一頁。
(63) 李壮鷹『詩式校注』巻一、三二頁。
(64) 司空図『二十四詩品』「含蓄」、何文煥『歴代詩話』中華書局、一九八一年、四〇頁。
(65) 以上、厳羽『滄浪詩話』、郭紹虞『滄浪詩話校釈』、人民文学出版社、一九八三年、二六頁。
(66) 李壮鷹『詩式校注』二一頁。
(67) 李壮鷹『詩式校注』四四頁。
(68) 李東陽『麓堂詩話』、丁福保『歴代詩話続編』一三八一頁。

（69）陳貽焮『唐詩論叢』、湖南人民出版社、一九八〇年、三二五、四〇八頁

（70）陳伯海の論文「宏観世界話玉渓—試論李商隠在中国詩歌史上的地位」は、晩唐の詩壇を、一は白居易に追随する者、二は元結と『篋中集』諸家の後続詩人ら、三は張籍（の律詩）に追随する者、四は賈島に追随する者、五は李賀の影響を受けた詩人ら、六は韓孟詩風の継承者、という六つの流派に分けている。（『全国唐詩討論会論文選』陝西人民出版社、一九八四年、四三二、四三三頁。）

（71）陸游『陸游集・渭南文集』巻三十、中華書局、一九七六年、二二七八頁。

（72）羅大経『鶴林玉露』乙編巻六、中華書局、一九八三年、二二六頁。

（73）兪文豹撰・張宗祥校訂『吹剣録全編』、古典文学出版社、一九五八年、三二頁。

第五章　詩詞ともに詩歌史上のもう一つのピーク

三百年をも経た両宋時代は、高度に繁栄した社会文明によって、唐詩以降の中国詩歌史上におけるもう一つのピークが形成された。両宋時代の詩壇には有名な詩人がとても多く、しかも様々な流派があった。宋詩の作者たちは豊富な学識や憂国の情、思弁的理性、ユーモアあふれる性情などによって、独特な文化気質を養い、さらに宋詩の含蓄豊かな風致《おもむき》を生み出した。宋詩は特定の歴史環境と文化生態環境の中で、文化詩学と芸術詩学との二重に意義ある実践を創造的に展開した。古典である宋詩─後世に「一代の文学」と呼ばれる宋詞を含めて─は、独特な魅力をもっていて、今に至るまでずっと中国古典詩学と詩歌芸術の中心的な研究課題となっている。

一、高度に繁栄した両宋時代の社会文明

宋代文化は中国文化発展史上で、独特で重要な歴史的地位をもっている。鄭広銘はかつて「宋代文化の発展は、中国封建社会という歴史時期において頂上に達していた。つまり、前の時代を越えただけでなく、その後の元明時代もそれに及ぶことができなかった[1]」と言った。どの方面から検討しようとも、学界ではこのような共通認識になっている。両宋時代の政治、経済、科学技術、学術などの成果によって構成された社会文明は、「宋学に一千年前の当時の、世界トップの地位を占めさせただけでなく、中国伝統文化の長い歴史の流れの中においても独特の高い地位に据えられている[2]」。これゆえに、宋人には自然に「集大成」という思想文化の意識が現れた。実は唐代人の「集大成」の文化芸術の精神とは宋人の方からその思想を解釈した上で、具体的な観念形態を生成したものである[3]。特に重要なのは、宋代の社会文明に対する全面的認識がすでに宋人の文化に対する自信の現われだったことである。朱熹（一一三〇～一二〇〇）はかつてこう言った、「国朝文明之盛、前世莫及。」（国朝文明の盛んなるは、前世に及ぶもの莫《な》し[4]）。また、史堯弼（一一一八～一一五七頃）はいう、「惟吾宋二百余年、文物之盛跨絶百代」（惟《おも》ふに吾が宋二百余年、文物の盛んなるは百代に跨絶す[5]）。陸游もこう言った、「宋興、諸儒相望、有出漢唐之上者。」（宋興こりて、諸儒の相望むは、漢唐の上に出づる者有り[6]）。宋人は本朝文化に対してこのような自信のある認識をもっていたので、堅固で奥深い時代精神を構成できるようになったのである。

中国文学史研究にとって、文学と政治との関係は言うまでもなく最も関心を持つべき問題である。これに関して、北宋時代に完備された文官体制が形成されたことは、豊富な文化的意義をもつ一つの歴史的な出来事である。宋太祖は宋王朝を建国したばかりの時に、安史の乱から二百年も続いていた強権政治に鑑みて、趙普（九二二～九九二）にこういった、「五代方鎮残虐、民受其禍。朕令選儒臣幹事者百余、分治大藩、縦皆貪濁、亦未及武臣一人也。」（五代の方鎮残虐にして、民は其の禍を受く。朕令《も》し儒臣の事を幹する者百余を選びて、大藩を分治せしむれば、縦《たと》い皆な貪濁すとも、亦た未だ武臣一人に及ばざらん）(7)。そこで、宰相を知識人によって担当させただけでなく、兵権を握る枢密使の多くも知識人によって担当させた。それと同時に、より緩やかな言論政策を実行し、両宋時代の皇帝はみな「誓不殺大臣及言事官」（誓ひて大臣及び事を言ふ官を殺さず）(8)を先祖訓と見なしていた。こういう定めは蘇軾（一〇三七～一一〇一）の「上神宗皇帝書」（神宗皇帝に上る書）に次のように証言されている。「歴観秦漢以及五代、諫諍而死、蓋数百人。而自建隆以来、未嘗罪一言者。縦有薄責、旋即超昇。」（秦・漢より以て五代に及ぶまでを歴観するに、諫諍して死せしもの、蓋し数百人なり。而して建隆［九六〇～九六三］自《よ》り以来、未だ嘗て一言せる者を罪せず。縦《たと》い薄責有るも、旋《めぐ》りて即ち超昇す）(9)。宋初から実行していた「崇文抑武」（文を崇め、武を抑ふ）という政策は、三百年余りの両宋時代に一貫していた。宋初の統治者の本意は、制御しやすい各級の官吏を育成して、横暴を極める武人に代えるつもりだったが、気付かないうちに宋代の特別な文官政治文化を生み出していた。これについて『宋史』文苑伝序にいう。

自古創業垂統之君、即其一時之好尚、而一代之規撫、可以予知矣。芸祖革命、首用文吏、而奪武臣之権。宋之尚文、端本乎此。太宗、真宗其在藩邸、已有好学之名、作其即位、弥文日増。自時厥後、子孫相承、

上之為人君者、無不典学。下之為人臣者、自宰相以至令録、無不擢科。海内文士彬彬輩出焉。(10)

古へ自《よ》り創業垂統の君は、即ち其れ一時の好尚にして、一代の規撫［＝模］たるは、以て予《あらかじ》め知る可きなり。芸祖［宋太祖］の革命は、首《はじ》めに文吏を用ひて、而して武臣の権を奪ひたり。宋の文を尚ぶは、端《はじ》めは此《ここ》に本づく。太宗、真宗は其の藩邸に在りて、已に好学の名有り、其の即位を作《な》して、弥文［文飾］日《ひび》に増す。時《こ》れ自《よ》り厥《そ》の後、子孫相承けて、上の人君と為る者、典学せざるは無し。下の人臣と為る者、宰相自《よ》り以て令録［地方官］に至るまで、科を擢《えら》ばざるは無し。海内に文士彬彬として輩出す。

現在になっても、政治史や文化史を研究する学者は、知識人集団の歴史的な壮大さ及びそれに相応する歴史的主体の役割を論じる際に、みな『宋史』文苑伝に総括された宋型文化のこの特徴を大いに重視している。文人政治と相応するのは宋王朝が文治教化をとても重視していたことである。印刷術は隋唐の時代に発明されたが、宋初から木版印刷術が初めて広く使われるようになってきた。それによって、書籍の著作と流通は前の時代を遥かに越えた。景徳二年（一〇〇五）宋真宗は国子監の閲覧室に行って、邢昺（九三二～一〇一〇）に本がどのぐらいあるかと聞いたところ、邢昺は「国初不及四千、今十余万、経伝正義皆具。臣少従師業儒時、経具有疏者百無一二。蓋力不能伝写。今板本大備、士庶家皆有之。斯乃儒者逢辰之幸也。」(国初は四千に及ばざるも、今は十余万、経、伝、正義皆な具はる。臣少《わか》くして師に従ひ儒を業とせし時、経は具はるも疏有る者は百に一二も無し。蓋し力《つと》むるも伝写すること能はず。今、板本大いに備はり、士庶家皆な之を有す。斯れ乃ち儒者辰《とき》に逢ひし幸ひなり)(11)と答えた。内府以外で、個人もややもすれば万巻の蔵書が有った。それで、宋代に『郡斎読書志』、『直斎書録解題』などのような、個人的な蔵書を対象とした目録学の専門書が現れた。それと同時に、両宋時代に学校が全国に設立されて、中央官学として国子監、大学と四門学が設立され、地方には郡学、府学と県学が設立され、民間には書院、郷校と家塾が設立された。岳麓書院や白鹿洞書院などは当時の有名な学術中心（センター）であった。このようにして、文化を尊ぶ社会の気風が形成された。(12)

宋代は文人政治の社会的特徴も持っているし、文治を重んじる文化政策も持っているので、自然に文化と教育を尊ぶ社会の気風が生じた。それがさらに浸透すると、宋詩全体の「書巻涵養気息」（書巻の涵養する気息）が形成されることになる。これが分かると、宋詩詞に関わる多くの問題は、分かりやすくなるであろう。

中国文明史上において、真の思弁哲学時代と称されるのは、先秦時代の他には、魏晋時代と両宋時代しかない。とくに両宋時代の哲学は伝統的な儒学を心性哲学という特徴を持った理学にまで発展させた。これは両宋思弁哲学の創造といってよい。

程頤（一〇三三～一一〇七）は「今之学者、岐而為三。能文者謂之文士、談経者泥為講師、惟知道者乃儒学也。」（今の学ぶ者は、岐《わ》けて三と為す。文を能くする者は之を文士と謂ひ、経を談ずる者は泥《なづ》んで講師と為し、惟《た》だ道をのみ知る者は乃ち儒学なり(13)）という。ここの「知道者」の「儒学」とは、もちろん宋の理学、あるいは新儒学のことである。新儒学の発展は主に北宋の周敦頤、邵雍によって始められ、二程と張載らが拡充し、その後、南宋の朱熹によって集大成された。このように、儒学は千年の進展変化を経て、極めて高明で精緻たる「理学」の境地に達した。よくいわれるように、「理学」は実際に「宋学」という基盤から生み出されて成長してきたし、朱熹によって集大成された「理学」は「朱陸の争い」（朱熹と陸九淵との「理学」についての論争、朱熹は「性即理」、陸九淵は「心即理」をそれぞれの中心命題として唱えている）もあった。しかしながら、整合的な意義からいうと、「理学」がそうした高明で精緻たる境地に達したのは、宋代においては儒釈道三教をともに重んじる社会風潮が有ったからである。

宋真宗の『崇釈論』はいう、「釈氏戒律之書、与周孔荀孟、跡異而道同。大指勧人之善、禁人之悪。」(釈氏の戒律の書は、周［公］・孔・荀・孟と、跡異なりて道同じ。大指は人の善を勧め、人の悪を禁ず)[14]。王安石もかつて宋神宗にいった、「臣観仏書、乃与経合。蓋理如此、則雖相去遠、其合猶符節也。」(臣 仏書を観るに、乃ち経と合ふ。蓋し理は此の如《かく》ければ、則ち相去ること遠しと雖ども、其の合ふこと猶ほ符節のごときなり)[15]。こういう皇帝と大臣の言論の一致からわかるように、北宋中期では、三教合一がすでに時代思潮となっていた。例えば、程頤はその兄である程顥の学術についていう、「泛濫於諸家、出入於老、釈者幾十年、返求諸六経而後得之」(諸家に泛濫し、老に出入し、釈たる者《は》幾十年、返つて諸《これ》を六経に求めて後に之を得たり)〔『伊川先生文集』巻七、明道先生行状[16]〕。つまり、程頤の学術の三教合一という本質を看破したのである。理学者らは皆、儒釈道三教を融合するのを光栄としただけでなく、多くの文人の詩文からも三教合一の思想がよく見受けられる。

最後に、現時点でよく論議されている学術問題の両宋経済に触れてみたい。政治、思想、学術などが依存している両宋経済は、全体的に繁栄する局面を呈したが、そもそもどんなレベルに達したのか。目下の学術課題であるが、いずれにせよ、両宋時代は科学技術の水準がだんだん高くなり、農業生産が引き続き発展し、海外貿易もますます拡大していったので、全体的に安定繁栄した情勢になっていた。その上、紙幣の流通、また手工業と商業が盛んになったことによって、宋代の都市経済にも特有な繁栄をもたらした。例えば、北宋の首都である汴京（今の河南省開封市）、南宋の首都である臨安（今の浙江省杭州市）及び建康（今の江蘇省南京市）、成都などの都市は皆人口十万人以上も有する大都市であった。特に北宋の首都である汴京の都市文明は、疑いもなく当時の世界トップの地位に立っていた。張択端の「清明上河図」に汴河の沿岸に車馬が通行したり、交易がにぎわったりしている様子が描かれており、今でも人々に深い印象を与えている。これゆえに、二〇一〇年上海万国博覧会における中国館では、「清明上河図」が一番貴重な文物として展示された。宋代は中国の古代科学技術が発展する全盛期であり、世によく知られている中国古代の四大発明の中で、羅針盤、印刷術と火薬の三つは主に宋代に応用されつつ発展したのである。沈括は宋代の科学技術の代表的な人物であり、彼の科学的成果が多くの方面に現れていて、筆記小説の『夢渓筆談』と医書の『良方』も後世に伝えられてきた。北宋には天文史上の有名な「超新星」という天文現象が二回記録されていた。蘇頌と韓公廉によって製作された水運儀象台と渾天儀は、世界初のクロノメーターとアーミラリ天球儀となった。その他に、農学、農業技術、建築学なども著しい成果を上げた。北宋の初期に、長江をまたぐ大きな浮き橋を構築したのは、橋梁史上の初めての試みである。南宋には、車船［外輪船］が広く使われ、オリジナルのスクリューが使用された。実は、宋代の科学技術の発達は文学芸術を通して知り得るのである。宋代の文人は「詩中有画」（詩中に画有り）、「画中有詩」（画中に詩有り）という詩画融合の芸術を唱えた［蘇軾・題跋「書摩詰藍田煙雨図」］ので、詩意を重んじる「文人画」がこの機運に応じて生まれた。これと同時に、「界画」という新しいジャンルの絵画芸術と建築設計の二重の蘊蓄をもって、宋代文人の芸術科学への自覚を表現している。

以上をまとめていうと、近代以来、宋代文明の価値は引き続き発掘されたり解釈されたりしている。王国維（一八七七～一九二七）著『宋代の金石学』は宋代の文化について、「人智之活動与文化之多方面、前之漢唐、後之元明、皆所不逮。」（人智の活動と文化の多方面とは、前《さき》の漢唐、後《のち》の元明の、皆な逮《およ》ばざる所なり）(17)と賛美した。陳寅恪（一八九〇～一九六九）著「鄭広銘『宋史・職官志』考証序」は更に「華夏民族の文化は千年の進展変化を経て、宋代に至って最高のレベルに達した[18]」と評価した。繆鉞氏（一九〇四～一九九五）もまた「三百年余りも経った宋王朝は、中国の歴史において古代から近代に移るきっかけであろう。当時の政治、経済、哲学思想と文学芸術は皆変化の中にあり、しかも創造性に富んでいた」〔趙宋一代三百余年、為中国歴史由古代転入近代之契機。当時政治、経済、哲学思想、文学芸術、均在蛻変之中、而尤富於開拓創新之精神[19]」と褒め称えた。

これらの論述の上に立って、さらに明言したいのは、宋代文化が知識性と思弁性をもち、人文的、創造的であり、また融通性に富むなどの明らかな特徴を示していることである。宋代の文人は、こういう社会文明を基礎として、自我の素質と審美眼を形成したために、宋代詩歌に独特で斬新な様相を現わすことができたのであろう。

二、宋代詩人の独特な文化気質

宋詩が深い造詣と独特な風貌をもっているのは、宋代詩人の独特な文化気質による。

宋代文人は社会的地位が高くて安定していたので、唐代人の「寧為百夫長、勝作一書生」（寧ろ百夫の長為《た》らん、一書生と作《な》るに勝《まさ》れり）〔楊炯「従軍行」〕という従軍の情熱とは反対に、次のように歌っている。「試取封侯印、何如筆硯功」（試みに封侯の印を取るも、何ぞ筆硯の功に如《し》かん）〔欧陽脩「送張如京知安粛軍」（張如京の安粛軍を知せんとするを送る）〕、「有筆頭千字、胸中万巻、致君堯舜。此事何難。」（筆頭に千字、胸中に万巻有れば、君を堯舜に致さん。此の事何ぞ難からん)〔蘇軾「沁園春・赴密州早行馬上寄子由」(沁園春・密州に赴かんとして早に行き馬上にて子由に寄す)〕。これらの詩句に現れた「筆硯の功」即ち文筆によって功名を遂げんとする志望は、宋代政府の方針や制度に関わっている。

政府は科挙を通して官吏を選ぶ枠を大いに拡大し、科挙によって選抜された人材を重用し、礼楽を代表とする文化制度を定めるなど、一連の政策を実施した。そこで、宋人が科挙制度を通じて官途に就いたり、国の政治に参加することによって人生の価値を実現したりするのは、かなり実効のある理想的な出世道になった。蘇軾の記載からわかるように、北宋開国の最初には学校が衰えたが、仁宗天聖時代(一〇二三～一〇三二)に入ると、科挙に選ばれた官吏の人数が広がったので、蜀人には「釈耒耜而執筆硯者、十室而九。」(農耕をやめて科挙を志望している家庭が、九割あった)〔蘇軾『東坡全集』「謝范舍人書」(范舎人に謝する書)〕。「孤村到暁猶灯火、知有人家夜読書」(孤村暁に到りて猶ほ灯火あり、人家の夜《よる》書を読むもの有るを知る)〔晁沖之「夜行」〕という詩句は、その農村の読書に対する熱情を写実している。なお、書籍も豊富となり、学校も増設されるとともに、宋代文人全体の学術水準は空前のレベルに達した。欧陽脩、王安石、蘇軾、朱熹などのような学者的な作家は、文学作品のほかに、また経学、小学と史学の著作も多い。深い学術教養の蓄積と長い書斎生活によって、宋代詩人らは人文意象の創造に惚れ込み、人生について全面的に深く思考する一方、精密で詳細な議論もできた。こうして、宋代詩人の理趣に富む文化気質が形成されることとなった。趙翼(一七二七～一八一四)の『甌北詩話』にいう、「北宋詩推蘇黄両家。蓋才力雄厚、書巻繁富。」(北宋の詩は蘇、黄両家を推さん。蓋し才力雄厚にして、書巻繁富なり)[20]。いわゆる「才力」と「書巻」とは、正に文化気質の内奥なのである。

文官臣下は国家政治の重要な参加者であり、政策決定者であるので、自然に知識人らの政治への使命感と参政への情熱を激しく発揚させた。欧陽脩（一〇〇七～一〇七二）が自ら「開口攬時事、論議争煌煌」（口を開いて時事を攬《と》り、論議して争ふこと煌煌たり）［「鎮陽読書」］というのは、彼独有の精神風貌ではなく、宋代文人の多くはみな名節をもってみずから励み、道義をもってお互いに約束し合う人物だった。范仲淹（九八九～一〇五二）の「先天下之憂而憂、後天下之楽而楽」（天下の憂ひに先んじて憂へ、天下の楽しみに後れて楽しむ）［「岳陽楼記」］という名言は、正に当時の士大夫にとっての理想的な人格をいったものである。宋代文人の文化気質について、『宋史』忠義伝序は次のようにまとめている。

真仁之世、田錫、王禹偁、范仲淹、欧陽脩、唐介諸賢、以直言讜論倡于朝。於是中外搢紳、知以名節相高、廉恥相尚、尽去五季之陋矣。故靖康之変、志士投袂、起而勤王、臨難不屈、所在有之。及宋之亡、忠節相望、班班可書、匡直輔翼之功、蓋非一日之積也。(21)

真仁の世に、田錫、王禹偁、范仲淹、欧陽脩、唐介の諸賢、直言讜論を以て朝に倡《とな》ふ。是に於いて中外の搢紳、知るに名節相高く、廉恥相尚ぶを以てし、尽《ことごと》く五季［五代］の陋を去れり。故に靖康の変に、志士の袂を投じ、起ちて王に勤め、難に臨んで屈せざる、所在［到る処］之れ有り。宋の亡ぶに及んで、忠節相望み、班班として書す可きは、匡直輔翼の功、蓋《けだ》し一日の積に非ざるなり。

その上、宋王朝三百年の間には外患が絶え間なく続いていたので、宋代文人は深い憂患意識を胸に抱いて、詩の中には朝政に対する関心を綿綿とつづっている。それで、人は杜詩の独特な価値を発見した。即ち「少陵有句皆憂国」（少陵［杜甫］には句の皆な国を憂ふる有り）［周紫芝（『太倉稊米集』巻十）「乱後並得陶杜二集」（乱の後に並びに陶杜二集を得たり）」なので、杜甫の詩歌を尊ぶのは宋代の人々の共通認識となった。南渡の後にも続いて外患に襲われたので、宋詩の中には英雄主義が高まって、愛国憂世の声がほとんどその一世紀半の詩詞の主なモチーフとなった。

これと同時に、「理学」の文化意識の成長・浸透とともに、士大夫たちは「講道論学」（道を講じ学を論ず）に熱中し、いつも真理を求めるために心身を思想の弁論に投じた。これゆえに、北宋には王安石（一〇二一〜一〇八六）と司馬光（一〇一九〜一〇八六）らとの新学旧学をめぐる論争があり、蘇軾の蜀学と二程の洛学との論争もある。南宋には朱熹、葉適、陳亮らの「相合の学問」や「道」をめぐる論争がある。宋人の文集を開けば、きっと大量の弁論的文章が発見できる。これは、宋人の文化気質である理性的であるという特徴の証左である。

ところで、以上のように理論的な思弁に熱中するのは哲学者が普遍的にもっている素質であるというわけではない。哲学では純粋な抽象的思弁を求めるのに対して、宋代文人の詩学的な性情は大自然の風景をよく味わうことを通じて、物事の発展法則を悟り、最後に倫理道徳をもって人生の道を把握する。こうすることによって、理性的、闊達で敏感な主体的文化意識を形成した。それだけでなく、「百代の中」[22]の中唐から始動する儒学復興の思潮は、仏教と道家の思想を吸収しつつ自身の哲学的理性を向上させる過程で、儒学の理想的な人格を再生した。世の人々によく知られているように、両宋時代には道学の人も文学界の人も、みんな「孔顔［孔子と顔回］楽処」[23]の境地を心から敬慕し、しかも「吾は点に与《くみ》せん」[24]という態度を孔子の人格と思想のポイントと見なしていた。正にこういう新儒学の動きによって、両宋詩学の思想は夏商周三代から漢唐までの文明を全体的に集成したものである。これは魏晋時代以来の「高超絶塵」（高く超えて塵を絶つ）と唐代に初めて現れた「集大成」という二つの境地を共に包容することを意味している。秦観の「後世道術為天下裂、士大夫始有意於為文」（後世の道術は天下の裂くところと為りて、士大夫始めて文を為《つく》るを意ふ有り）[25]という論断を参照しつつ、蘇軾の「鐘王之跡、（略）妙在筆画之外」（王［羲之］の跡を鐘《あつ》むるに、（略）妙は筆画の外に在り）という純粋な芸術評論を晩唐の詩人司空図（生卒年不詳）の「崎嶇兵乱之間、而詩文高雅、猶有承平之遺風」（兵乱の間に崎嶇して、詩文の高雅なるは、猶ほ承平の遺風有るがごとし）という芸術評論と結びつけてみると、[26]宋代文人の高度に統一された人格と芸術境地の観点から言えば、「超逸絶塵」と「遠韻」とを代表とする魏晋の風采と晋宋の雅意は、まさしく李、杜、顔、柳の「集大成」の境地に遮られたもう一つの真相ともう一つの理想的な境地である。これについて、蘇軾の関連論説をよく吟味してみると、彼は盛唐の「集成」と晋［劉］宋の「超逸的意趣」とをともに吸収していたことが明らかになる。蘇軾は唐代の六家書道についていう、

永禅師書、骨気深穏、体兼衆妙、精能之至、反造疏淡。如観陶彭沢詩、初若散緩不収、反覆不已、乃識其奇趣。（略）張長史草書、頽然天放、略有点画処、而意態自足、号称神逸。今世称善草書者、或不能真行、此大妄也。真生行、行生草。真如立、行如行、草如走。未有未能行立而能走者也。今長安猶有長史真書「郎官石柱記」、作字簡遠、如晋宋間人。顔魯公書雄秀独出。一変古法、如杜子美詩。格力天縦、奄有漢、魏、晋、宋以来風流。後之作者、殆難復措手。[27]

永禅師の書は、骨気深く穏やかに、体は衆妙を兼ね、精能の至り、反つて疏淡に造《いた》る。陶［淵明］の彭沢詩

を観るが如く、初めは散緩収まらざるが若《ごと》くして、反覆して已まず、乃ち其の奇趣を識《し》る。（略）張長史の草書は、頽然として天放し、略ぼ点画する処有り、而して意態自ら足り、神逸と号称さる。今の世の草書を善くすと称せらるる者、或いは真・行［書］を能くせず、此れ大妄なり。真は行を生じ、行は草を生ず。真は立つるが如く、行は行くが如く、草は走るが如し、未だ行立すること能はずして而して能く走る者は有らざるなり。今、長安に猶ほ長史の真書「郎官石柱記」有り、作字簡遠にして、晋宋間の人の如し。顔魯公［顔真卿］の書は雄秀にして独出す。古法を一変せしは、杜子美［甫］の詩の如し。格力天縦し、漢、魏、晋、宋以来の風流を奄有す。後の作者、殆ど復《ま》た手を措《お》くこと難し。

注意すべきなのは、まずは顔真卿（七〇九～七八五）の書道を直接に杜甫の詩歌にたとえて、しかもそれを「一変古法」（古法を一変す）、「奄有漢、魏、晋、宋以来風流」（漢、魏、晋、宋以来の風流を奄有す）と評価したことである。これは「集大成」と「変古法」との統一性を証明している。次には、「体兼衆妙、精能之至、反造疏淡。如観陶彭沢詩」（体は衆妙を兼ね、精能の至り、反つて疏淡に造《いた》る。陶の彭沢詩を観るが如し）という論説からわかるように、「兼衆妙」と「造疏淡」との両者は統一されていることである。第三は、「作字簡遠、如晋宋間人」（作字簡遠にして、晋宋間の人の如し）という論説から分かるように、人格と芸術との両者はやはり統一して捉えられている。これらの三つの統一性の論説は、明らかに、学界でよく言われている宋代文人の書画の芸術精神にかかわる内容より遥かに大きい。つまり、宋人の審美思想の主導的な精神を文人の芸術精神を総括するものと見なす認識は、明らかに偏っていた。実は宋詩学の思想の精華は、「集大成」した上で自然に返し、また「兼衆妙」即ち「衆妙」をまとめた上で、「造疏淡」すなわち「疏淡に造《いた》った」という芸術文化の功能を最大限に活しながら「蕭散たる意趣」すなわち「無意のありのまま」の境地を言葉を尽くして表わしたところにある。

「蕭散たる意趣」とは、まさしく禅宗が流行っていた時代の精神的なものである。禅宗の活発でおおらかな思想の風格及び物事を貫通する思弁方式は、士大夫に大きな影響を与える一方、参禅は官途の風波における心霊の安堵する場所であった。『宋元学案』蘇氏蜀学略（『宋元学案』は明清の境に書かれた漢民族の思想史である。最初は黄宗羲が整理をし、続いて光緒五年（一八七九年）に張汝霖が中心となって再編集した。）に蘇軾の参禅についていう、「自為挙子至出入侍従、忠規讜論、挺挺大節。但為小人擠排、不得安于朝廷、鬱憏無聊之甚、転而逃入于禅。」（挙子と為りて自《よ》り侍従に出入するに至るまで、忠規讜論し、大節を挺挺す。但だ小人の擠排［押しのける］するところと為り、朝廷に安んずるを得ず、鬱憏として無聊なること甚しく、転じて逃れて禅に入る[28]）。これゆえに、士大夫階層の「居士禅[29]」が盛んになってきて、楊億、富弼、文彦博、張方平、欧陽脩、王安石、晁補之、晁説之、李綱、范成大、楊万里らはみな参禅している。『五灯会元』［中国仏教の禅宗の史書の一。全二十巻。南宋淳祐十二年（一二五二年）に杭州霊隠寺で普済が編集。］では黄庭堅を黄龍派の「法嗣者[30]」と見なしている。黄庭堅も自らのイメージを「似僧有髪、似俗無塵。作夢中夢、見身外身。」（僧に似て髪有り、俗に似て塵無し。夢中の夢を作《な》して、身外の身を見る）［黄庭堅「写真自賛[31]」］と描いている。実際には、宋人の仏教受容は、主にその中の哲学的な知恵を吸収するためである。それで、禅宗の物象静観するのが多くの文人の修行の方法になり、妙悟と禅機も文人に執着されている。ある研究者によると、「理禅融会」（理学と禅学との融合）の現象によって宋代文化の独自性が形成された。正に理学と禅宗の二重に染み込んだ文化環境の下で、宋代詩人は心を治めたり気を養ったりする涵養論、格物致知の認識論、体察覚悟たる内省の思惟方法、及び平淡恬然たる審美観を形成した[32]。

まとめていうと、優位な政治的地位、豊かな物質生活と奥深い学者の素質によって、宋代文人の全体的に穏やかで自由自在な生活態度が形成された。先代および後代と比較してみると、宋代詩人の集団的運命観は悲哀を止揚しようとするところに特徴がある。彼らの気立てはもともと「心性攻求」と「業績実践」とがバランスよく調節されていた。さらに、仏教と道教の思想を吸収したので、官途につくことと隠居することが共に順調に進むようになった。つまり、官途につくことと隠居することは対立する両極ではなくなった。宋代詩人にとって、人生の最終目標は官途と隠居との中で自分の人格をよく修練したり、より完全なものにしたりすることにある。官吏として宋代の内憂外患を感じているが、内在的な意義の追求と道徳的自律によって、往々にして、心の自適も感じられ、これによって、宋代詩人にはゆったりとした素質と態度が表れていた。謝琰が指摘したように、「宋詩の個人的抒情はいつも道徳修養の自己完成と、互いに表裏一体となっている。すなわち、宋代詩人たちは恒久的道徳の星空の下で人生のポジションを追求する方途が見つかったから、受動を主動へ、浅見を遠見卓識へ、悲哀を悠々自適へと化したのである[33]」。そして、彼らは前代文人の夢幻と激情の色彩を遠く離れて、平和で中正、かつ楽観的でのんびりとした息吹をもつようになった。「細数落花因坐久、緩尋芳草得帰遅」（細かに落花を数ふるは坐すること久しきに因る、緩やかに芳草を尋ねて帰ること遅きを得たり）。王安石の「北山」詩に於けるこうしたのんびりとした表象から、熟年にふさわしい深沈たる宋人の精神世界をのぞき見ることができ、唐人らの壮美でたくましい感性世界とは異なって、宋人らの人生境地は含蓄があり奥深い、と気付かされる。文化気質の全体的把握からいうと、宋代詩人は「審美意識の道徳的功用と性情を楽しむことという矛盾統一的な時代特徴[34]」をよく現しているといってよい。

三、宋代詩人の詩学思想と審美理想

宋代に特有な文化気質に内在的に規定されつつ、宋人らは独特な詩学思想と審美理想を形成した。

「文道関係論」は宋人の詩学思想と審美理想の中核なのであるが、「文以載道」（文は以て道を載す）ことはその中核におけるトップの命題である。この命題について南朝梁の劉勰から唐の韓愈までよく議論されたが、ほんとうに「文以貫道」（文は以て道を貫く）という思想観念を重視するのは、やはり宋代になってからである。宋初の柳開（生卒年不詳）、穆脩（生卒年不詳）や欧陽脩が最初に構想し、周敦頤（生卒年不詳）が率先して「文所以載道」（文は道を載する所以なり）の説を提出し、朱熹がさらに理論的に深く論述したという道筋を経て、この思想観念は宋代文壇での支配的地位を確立した。このように文学の社会的効能を重視するのは、宋代を通してずっと文学価値観の主導的な認識となっていた。蘇軾の「鳧繹先生詩集叙」は顔太初（生卒年不詳）の詩文について次のように評価している。

先生之詩文、皆有為而作。精悍確苦、言必中当世之過。鑿鑿乎如五穀必可以療飢、断断乎如薬石必可以伐病。其遊談以為高、枝詞以為観美者、先生無一言焉。[35]

先生の詩文は、皆な為すところ有りて作る。精悍にして確苦し、言は必ず当世の過ちを中《あ》つ。鑿鑿乎として五穀の必ず以て飢を療す可きが如く、断断乎として薬石の必ず以て病を伐つ可きが如し。其の遊談の以て高しと為し、枝詞の以て美を観ると為す者、先生一言も無し。

「言必中当世之過」（言は必ず当世の過ちを中つ）はすなわち詩文の教化効能、「其遊談以為高、枝詞以為観美者」（其の遊談の以て高しと為し、枝詞の以て美を観ると為す者）はすなわち詩文の芸術審美効能をいう。後者より前者を重視すべきだ、と蘇軾は思っているのである。この見方も大多数の宋代文人の主な創作思想と創作傾向である。例えば、欧陽脩の「食糟民」（糟を食らふ民）、「辺民」、王安石の「河北の民」、蘇軾の「呉中の田婦の嘆き」、「山村五絶」、范成大の「催租行」（前・後）、「四時田園雑興」などは、みな民情を思いやったり、社会の悪習や弊害を批判したりした詩作である。以前の文学史はこれらの詩作をいわゆる「現実主義」作品として称えたにもかかわらず、これらの詩作の政教への補助効能を強調しすぎて純粋な審美的価値への追求を損なっていたが、「精悍確苦、言必中当世之過」（精悍にして確苦、言は必ず当世の過ちを中《あ》つ）という詩学思想について現実批判主義の人文精神の立場から、その文学価値と文化価値をもっと詳説していく必要がある。

これにかかわって深く討論すべき問題はたくさんあるが、宋詩学思想を解釈する際、もっとも中心的なのは杜詩への評価だといってよい。

韓愈の「題杜工部墳」（杜工部［甫］の墳に題す）にいう。

独有工部称全美。当日詩人無擬倫。（中略）怨声千古寄西風、寒骨一夜沈秋水。（中略）捉月走入千丈波、忠諫便沈汨羅底。

独《ひと》り工部のみ美を全うすと称さるる有り。当日の詩人に擬倫《なら》ぶもの無し。（中略）怨声千古西風に寄す、寒骨一夜秋水に沈む。（中略）月を捉へんとして走りて千丈の波に入り、忠諫便《すなは》ち沈む汨羅の底。

〔『集注草堂杜工部詩外集・酧唱附録』引蔡夢弼草堂詩箋〕

この詩の杜甫詩への評価について、宋・蔡夢弼はかつて疑ったが、杜詩集注釈の名家である仇兆鰲（生卒年不詳）の「杜詩詳注原序」はいう、「臣観昔之論杜者備矣。其最称知杜者、莫如元稹、韓愈。」（臣観るに、昔の杜を論ずる者備はれり。其の最も杜を知ると称さるる者、元稹、韓愈に如《し》くは莫し）(36)。実は、韓愈のこの詩におけるキーワード詩句である「怨声千古寄西風」と「忠諫便沈汨羅底」とは、韓愈自身の「諍臣論」〔『朱文公昌黎先生集』巻十四〕中の意志を、屈原の「離騒」と杜甫詩の芸術精神とに融合させて一体化し、儒家の忠諫の気骨に支えられた詩学精神を謳っている。韓愈の唱っている詩学精神は、同時代の元（稹）白（居易）の「新楽府」と一致するだけでなく、そのあとの宋・秦観の「韓愈論」〔『淮海集』巻二十二〕中の孔子を原型とする「集大成論」という文化観念にも合致している。

ちなみに、「集大成論」とは宋人の考える杜（甫）詩集大成と韓（愈）文集大成なのである。元・白の新楽府詩学思想は、詩人の諷刺と文士の褒貶を両翼として、さらにその根底を「三代之盛也、士議而庶人謗」（三代の盛んなるや、士は議して而して庶人は謗る）(37)という文明制度に帰したものである。これは唐・孟棨（生卒年不詳、八七五年僖宗二年の進士）の『本事詩・高逸第三』中の「杜逢禄山之難、流離隴蜀、畢陳於詩。推見至隠、殆無遺事。故当時号為『詩史』」（杜［甫］禄山の難に逢ひて、隴蜀に流離せるを、畢《ことごと》く詩に陳《の》ぶ。見《あらは》るるを推して隠に至り、殆んど遺《のこ》す事無し。故に当時号して『詩史』と為したり[38]）という記述と一致しているから、唐人の杜詩への高い評価は孔子の「春秋の筆法」の価値判断を含んでいたと言える。

秦観が杜甫と孔子とを一緒に挙げたのは、次のような深い意味があるであろう。まずは人生経験と事業業績との実践的な関連からいうと、孔子も「栖栖一代中」（一代中に栖栖たり[39]）という人物像ではないか。宋人は杜甫の身の上に孔子の身の上を見たから、杜甫を「詩聖」と称えたのであろう。『論語』里仁における孔子像は、「君子無終食之間違仁、造次必於是、顛沛必於是。」（君子は食を終ふる間にも仁に違ふこと無し、造次にも必ず是《ここ》に於いてし、顛沛にも必ず是に於いてす）という。つまり、孔子は「仁」の化身である人物として、正に「栖栖一代中」という流離したり挫折したりした生涯を送った。第二の深い意味は、杜（甫）詩と韓（愈）文をそれぞれのジャンルの「集大成」と認めた際、孔子という「聖人」の「集大成」と並べるのは、韓愈にとっては「文起八代之衰、而道済天下之溺」（文は八代の衰ふるに起こり、而して道は天下の溺るるを済ふ[40]）という思想価値を、杜甫にとっては「千古是非存史筆、百年忠義寄江花」（千古の是非は史筆に存す、百年の忠義は江花に寄す[41]）という「史筆」と「忠義」の結合体、すなわち「詩史」と「詩聖」の結合体を示す文化的な寓意であろう。北宋・黄徹（一〇九〇～一一六八）の『䂬溪詩話』はいう、「東坡問、老杜何如人。或言似司馬遷。但能名其詩耳。愚謂老杜似孟子。蓋原其心也。」（東坡問ふ、老杜は何如なる人なるやと。或ひと言はく、司馬遷に似たり。但だ能く其の詩を名ずるのみと。愚謂へらく、老杜は孟子に似たり。蓋し其の心を原《たづ》ぬればなりと[42]）。すなわち杜甫の「詩史」の心は孟子に由来したのである。これは秦観が杜詩の「集大成」を孔子の「集大成」と見なすのに呼応している。こういう「集大成」の醍醐味は正に「聖賢発憤之所為作」（聖賢憤を発して為作《つく》る所[43]という精神から生まれたのであろう。

一方、宋人の詩学思想は特殊な傾向を持っている。それは、杜詩の価値を認める時に陶淵明とともに論述していることである。宋・曽噩の「新刊校定集注杜詩序」にいう、「郷校家塾、齠総之童、琅琅成誦、殆与『孝経』、『論語』、『孟子』並行。」（郷校家塾にて、齠総の童、琅琅として誦を成すこと、殆んど『孝経』、『論語』、『孟子』と並び行はる[44]）。この資料で証明されるのは、宋人の杜詩尊崇は儒家文化主導の普遍的な心理に基くということであるが、次の張戒（生卒年不詳、宣和六年一一二五の進士）の『歳寒堂詩話』巻上の論述は陶淵明と杜甫を並べる特殊な傾向を表している。

孔子刪詩、取其思無邪者而已。自建安七子、六朝、有唐及近世諸人、思無邪者、惟陶淵明、杜子美耳、余皆不免落邪思也[45]。

孔子の詩を刪するや、其の思ひ邪《よこしま》無き者を取るのみ。建安七子・六朝・有唐自《よ》り近世諸人に及ぶまで、思ひ邪無き者は、惟《た》だ陶淵明、杜子美［甫］のみ、余は皆な邪思に落つるを免れざるなり。

この論述からわかるように、宋人らの普遍的な儒家文化的心理は陶（淵明）杜（甫）併称という詩学論説を通して、宋代の「新儒家」時代に進化した特殊な志向を具体的に現わした。

蘇軾はかつてこういった、「陶淵明欲仕則仕、不以求之為嫌。欲隠則隠、不以去之為高。飢則叩門而乞食、飽則鶏黍以延客。古今賢之、貴其真也。」（陶淵明は仕へんと欲すれば則ち仕へ、之を求むるを以て嫌ふとは為さず。隠れんと欲すれば則ち隠れ、之を去るを以て高しとは為さず。飢うれば則ち門を叩きて食を乞ひ、飽くれば則ち鶏黍以《も》て客を延《まね》く。古今之を賢とし、其の真を貴ぶなり）[46]。陶淵明の仕官や隠退は具体的な歴史条件と、個人の選択との複雑な関係の下にあるが、蘇軾の言いたいのは、陶淵明は仕官と隠退の境を超えて超然自在たる人生観念を表したということである。特に蘇軾の言った「貴其真也」（其の真を貴ぶなり）の「真」は、宋代の新儒家が心の源を探ったり求めたりする際の根本的な問題である。これについて、朱熹の「答楊宋卿」（楊宋卿に答ふ）はいう、「是以古之君子徳、足以求其志、必出於高明純一之地。其於詩固不学而能之。」（是《ここ》を以て古の君子の徳は、以て其の志を求むるに足り、必ず高明純一の地より出づ。其の詩に於けるや固より学んで而して之を能くするにあらず）[47]。朱熹の言った「高明純一」はすなわち「心源澄静」[48]である。張載（生卒年不詳）の提出した「心統性情」（心は性情を統《す》ぶ）[49]という心性哲学からいうと、性情発生学の基本原理は「静」を根本として、「蕭散沖淡の趣」をもつ「真」の原初の意味を確立した。これがわかると、黄庭堅が周敦頤（生卒年不詳）の「光風霽《せい》月」（晴れた日ののどかな風・雨上がりの澄んだ月）たる「胸懐洒落」を賞賛したことも、朱熹が韋応物（生卒年不詳）の「気象近道」という詩境を評価したことも、その思想理論の根拠はみな「真」という宋代新儒家の心の源にあるということができる。

当然、「心源澄静」を人格構造の根本とした儒家の伝統精神の発揚は、「聖賢発憤之所為作」（聖賢の憤りを発して為作《つく》る所）という憂患意識とははっきりと違って、蘇軾が司空図の詩作を「崎嶇兵乱之間、而詩文高雅、猶有承平之遺風」（兵乱の間に崎嶇して、詩文の高雅なるは、猶ほ承平［太平を受け継ぐ］の遺風有るがごとし）と評論したように、「心源澄静」という人格構造の精神的中核に当っている。つまり、これは世間の苦楽を超越した悠々自適かつ平和的な状態であるから、時代とともに変化する社会の盛衰や人生経験に比べると、こういう「心源澄静」に帰する性情の追求は、永久的な意味に富んでいる。

蘇軾の「次韻黄魯直書伯時画王摩詰」（黄魯直の［李公麟］伯時の王摩詰を画くに書《しる》すに次韻す）詩は詠う、「前身陶彭沢、後身韋蘇州。欲覓王右丞、還向五字求。」（前身は陶彭沢、後身は韋蘇州。王右丞を覓《もと》めんと欲して、還つて五字に向ひて求む）(50)。この詩からわかるように、陶（淵明）、王（維）、韋（応物）、柳（宗元）の詩作は、「集大成」である杜（甫）詩が取って代わることのできない人格価値と審美価値に富んでいると同時に、杜（甫）詩精神と共通する特定の基礎を持っている。そこで、陶（淵明）杜（甫）一体の意味に於いて、自然で純真な性情をもった人格の追求が、すでに「心源」の澄みきって静かで淡泊な精神境地に合致していた。

指摘すべきなのは、陶杜一体を詩学の理想としている宋人の詩学思想と、宋人らの俗っぽい生活態度とが合致しているので、黄庭堅の「無俗不真」（俗無くんば真ならず）［「題意可詩後」意可［香の名］（詩の後に題す）］論が出たということである。これは、いわゆる「以俗為雅」（俗を以て雅と為す）論でもある。この「以俗為雅」論はよく誤解されるが、実は「以俗為雅」は俗を以て雅に代えるのではなく、高雅の審美理想を尊崇するほかに、俚俗を通過した別の雅俗共存の詩学を追求することである。

詩の題材から見ると、両宋詩人らは唐詩人らより極めて広く、しかも「求物之妙」（物の妙を求む）、すなわち細かいところまで探っている。蚊の群、さざ波、茶を贈ること、靴を繕うこと、酒の醸造等々、万事万物すべてが宋詩人の詩材になっているので、次のようなイメージがあった。「われわれが宋人の文集を読む時には、日常生活のシーンがよく出てくるように感じられる」(51)。これは確かに宋詩芸術の生活化の具体的表現であり、いわゆる通俗化なのであるが、こういう芸術の生活化は、往々にして生活の哲学化を意味している。宋末の詩人である劉辰翁はかつて次のようにいった。

詩在灞橋風雪中驢子上、非也。鳥啼花落、籬根小落、斜陽牛笛、鶏声茅店、時時処処、妙意皆可拾得。然此猶渉仮借、若平生父子兄弟、家人隣里間、意愈近愈不近、著力政難。有能率意自道、出於孤臣怨女所不能者、随事記実、足称名家。(52)

詩の灞橋風雪中驢子の上に在るは、非なり。鳥は啼き花は落ち、籬の根小さく落ち、斜陽に牛笛、鶏声に茅店、時時処処、妙意皆な拾得す可し。然れども此れ猶ほ仮借に渉りて、平生の父子兄弟、家人隣里の間の若《ごと》く、意は愈いよ近くして愈いよ近からず、力を著《つく》して難を政《をさ》む。能《よ》く意に率《したが》ひて自ら道《い》ひ、孤臣怨女の能くせざる所に出づる者有りて、事に随ひて実を記せば、名家と称せらるるに足りん。

いうまでもなく、「妙意皆可拾得」（妙意皆な拾得す可し）は、詩禅一体の命題である。特に注意すべきなのは、「意愈近愈不近」（意は愈いよ近くして愈いよ近からず）という句は実質的な問題を言い当てている点である。つまり、「随事記実」（事に随ひて実を記す）は随意のようであるが、実はこのその場その場での「記実」には「妙思」すなわち事物へ深くわけ入った認識が含まれたり、深い思想的趣旨が寓されたりしているのである。宋詩の「記実」について、清の翁方綱（一七三三～一八一八）はいう。

唐詩妙境在虚処、宋詩妙境在実処。（中略）如熙寧元祐一切用人行政、往往有史伝所不及載、而于諸公贈答議論之章、略見其概。至如茶馬、塩法、河渠、市貨、一一皆可推析。南渡而後、如武林之遺事、汴上之旧聞、故老名臣之言行、学術、師承之緒論、淵源、莫不借詩以資考拠。(53)

唐詩の妙境は虚処に在り、宋詩の妙境は実処に在り。（中略）熙寧・元祐の一切の用人行政の如きは、往往にして史伝の載するに及ばざる所有り、而るに諸公の贈答議論の章において、略《ほ》ぼ其の概を見《あら》はす。茶馬、塩法、河渠、市貨の如きに至りては、一一皆な推析す可し。南渡してより後、武林［杭州］の遺事、汴上の旧聞、故老名臣の言行、学術・師承の緒論・淵源の如きは、詩を借りて以て考拠に資せざるは莫《な》し。

宋詩のこの「記実」の実体がわかった上で、さらに「記実」に寓された物理・人情が理解できなければ、両宋詩人らの深い詩意を見失ってしまうことになる。

宋代詩人の強い理性的・思弁的精神及び宋詩の道理と情趣に関しては、多様化した表現形態があることに注意しなければならない。もちろん、理学詩は宋詩の一つの重要な印であり、宋詩の議論化はその典型的な特徴でもあるが、哲学思考と禅機とを景物描写と叙事に融かし込むという妙なる詩境もある。宋人らにとって唐詩を突破した鍵となるのが「理を主とする」ということである。例えば、梅堯臣は「理短則詩不深」（理短かければ則ち詩深からず(54)）を詩歌のタブーとしているし、黄庭堅は作詩が「但当以理為主、理得而辞順」（但だ当《まさ》に理を以て主と為すべし、理得れば辞順ふ）［宋・魏慶之『詩人玉屑』巻十四「夔州後詩」］と考えている。宋人たちは詩歌で以て抽象的な哲理を論議する。例えば、蘇軾の「題西林壁」（西林の壁に題す）、朱熹の「観書有感」（書を観て感ずる有り）などがそうである。詩歌はたとえ、感性的観照や具象的描写をしていても、無意識の中にある哲理を含んでいる。例えば、陸游「遊山西村」（山西の村に遊ぶ）中の名句である「山重水複疑無路、柳暗花明又一村」（山は重なり水は複して疑ふらくは路無きかと、柳は暗く花は明るくして又一村）、蘇軾「恵崇春江晩景」（恵崇［北宋の画家］の春江晩景）中の名句である「春江水暖鴨先知」（春江水暖かなり鴨先づ知る）

などである。楊慎（明の人、生卒年不詳）の『昇庵詩話』巻八はまとめていう、「唐人詩主情、（中略）宋人詩主理」（唐人の詩は情を主とし、（中略）宋人の詩は理を主とす）と。[55] 実は宋人もこれを自らの詩作の特色として唐詩を批判している。「唐人工於詩而陋於聞道」（唐人は詩に工みにして道を聞きくに陋なり）、「李白詩類其為人。駿発豪放、華而不実、好事喜名、不知義理之所在也」（李白の詩は其の人と為りに類す。駿発豪放、華にして実ならず、事を好み名を喜んで、義理の在る所を知らざるなり）。[56] この言論からわかるように、「宋人らは道徳・理性を用いて詩歌の感情内容をきびしく規制しようと主張している」、また、「詩論や作詩はみな理知を第一とし、激情をその下においている」。[57]

こういう理性に富む文学意識は、さらに詩話のような批評の中にも見える。例えば、欧陽脩は唐・張継の名句である「姑蘇城外寒山寺、夜半鐘声到客船」（姑蘇城外寒山寺、夜半の鐘声客船に到る）［楓橋夜泊］について、「三更不是打鐘時」（真夜中［三更］は鐘を打ち鳴す時間ではない）と質疑し［『六一詩話』］、沈括（一〇三一～一〇九五）の『夢渓筆談』［巻二十三「譏謔」］は杜甫「古柏行」中の「霜皮溜雨四十囲、黛色参天二千尺」（霜皮雨を溜むること四十囲、黛色天に参はること二千尺）詩句を、柏樹が細長すぎると指摘し、蘇軾は王恢（生卒年不詳）の「竹詩」中の「葉垂千口剣、幹聳万条槍」（葉は垂る千口の剣、幹は聳ゆ万条の槍）[58] という描写について、十本の竹があるが、一枚の葉しかない、と批評している。実はこれらの詩評は宋人らの理性的思惟によるのである。ということで、『四庫全書総目提要』は［宋・邵雍の］『［伊川］撃壌集』についていう、「（宋人）鄙唐人不知道。於是以論理為本、以修詞為末。而詩格於是乎大変」（（宋人は）唐人道を知らざるを鄙しむ。是に於いて論理を以て本と為し、修詞を以て末と為す。而して詩格是に於いてか大変す）。[59] これも宋詩の「主理尚意」（理を主にして意を尚ぶ）、つまり道理を尊ぶ詩学思想と審美観の本質を明示したものである。

しかしながら、これらによって、宋詩がただ「尚理而病於意興」（理を崇めたために、詩歌の芸術的表現方法である「意興」を損った）と認識する『滄浪詩話』詩評九」のは誤解である。蘇軾を代表とする、宋人の詩画歌融合芸術への追求は、宋人詩歌の言語芸術としての形象思惟［形象を通して思惟する］の特質について、彼らが異常な敏感さと深い追求心を持っていることを最もいきいきと現わしている。蘇軾の文芸思想は豊かで複雑である。通常は蘇軾を「士気」の「逸品」を追求する文人の詩画伝統における中堅人物と評価している。これは問題はないが、もしこの一面しか評価しないと、蘇軾の「その人の天」（蘇軾の最高文芸業績）を掌握できない。次の蘇軾の文芸論をみてみよう。「与謝民師推官書」（謝民師に与ふる推官の書）にいう。

夫言止於達意、即疑若不文、是大不然。求物之妙、如繋風捕影。能使是物了然於心者、蓋千万人而不一遇也。而況能使了然於口与手者乎。是之謂「辞達」。辞至於能達、則文不可勝用矣。(60)

夫《そ》れ言達意に止まれば、即ち疑ふらくは文ならざるが若《ごと》し、是《こ》れ大いに然らず。物を求むる妙は、風を繋ぎ影を捕ふるが如し。能《よ》く是の物をして心に了然たら使むる者は、蓋し千万人にして一にも遇はざらん。而るを況んや能く口と手とに了然たら使むる者をや。是れ之を「辞達す」と謂ふ。辞能く達するに至れば、則ち文用ふるに勝《た》ふ可からず。

蘇軾はすばらしい芸術修養と思想認識を以て、伝統の「辞達」と「言意の弁」を「求物の妙」の道理にまでに導いてきた。蘇軾のいわゆる「求物の妙」の「妙」とは、すなわち別のところで論じられた「妙理」なのである。蘇軾の「書呉道子画後」（呉道子の画の後に書す）はいう。

道子画人物、如以灯取影。逆来順往、旁見側出、横斜平直。各相乗除、得自然之数、不差毫末。出新意於法度之中、寄妙理於豪放之外。所謂遊刃有余、運斤成風。蓋古今一人而已。(61)

道子の人物を画くは、灯を以て影を取るが如し。逆に来たり順ひ往き、旁《かたはら》に見《あら》はれ側に出で、横に斜に平らに直し。各おの相乗除し、自然の数を得て、毫末も差《たが》はず。新意を法度の中に出だし、妙理を豪放の外に寄す。所謂、刃を遊ばせて余り有り、斤を運《めぐ》らせて風を成す。蓋《けだ》し古今一人なるのみ。

ここの「自然の数」は、老荘哲学の「無為」あるいは仏学の「空静」理念にかかわるが、それらの精神領域に限らず、前に触れた別の「妙理」に当たるので、まさに「体物写真」（物を体し真を写す）、つまり事物を経験しながら写実的に表現する芸術認識である。この認識について、蘇軾「書李伯時山荘図後」（李伯時の山荘図の後に書す）はさらにいう。

雖然、有道有芸。有道而不芸、則物雖形於心、不形於手。(62)

然りと雖も、道有り芸有り。道有りて而して芸ならざれば、則ち物は心に形《あらは》ると雖も、手に形れず。

ここの「有道有芸」の「道」は、前に出た「与謝民師推官書」（謝民師に与ふる推官の書）中の「使是物了然於心」（是の物をして心に了然たら使む）にかかわっていて、「有道有芸」とは「道芸不二」、つまり「道」と「芸」は一体で、両方ともすばらしいという意味である。実はここの「道」とは、本来「芸」の「道」なのであるから、蘇軾の「有道有芸」論は「芸」を中心として論じているとはっきり分かる。これに基づいて考えれば、蘇軾の「辞達」論は詩芸と画芸から展開したといって間違いない。蘇軾の「有道有芸」論は、直接的に詩歌芸術と絵画芸術との一番重要な作用を強調し、多くの巨編である空談［抽象的論議］に隠された芸術創作の実践問題を明示したもので、実践指導の意義をもっとも多く持っている。ここで重要なのは、蘇軾の「自然の数」説という、呉道子の絵画への評論である。蘇軾の「以灯取影」（灯を以て影を取る）という比喩と「各相乗除」（各おの相乗除す）という解釈をともに考えるならば、理性的認識に基づく審美対象の特徴把握論が浮上してくる。「各相乗除、得自然之数」（各おの相乗除し、自然の数を得）は「客観規律」と解釈するよりは、形象輪郭の比喩と理解したほうがいい。「出新意於法度之中、寄妙理於豪放之外」（新意を法度の中に出だし、妙理を豪放の外に寄す）二句は、実は「法度」と「妙理」の重要性を強調している。蘇軾の言いたいのは、「求新意」（新意を求める）のは当然、文芸創作にとって必要なのであるが、それは「法度」から外れられないということである。これに関して付け加えれば、創作中の性情解放及び感情と想像との自由な奔走は、みな人情と道理の中にあるが、豪放から遊離した「妙理」もあるので、豪放は必ず理性に制約されなければならない。それでは、「妙理」とは何か。「妙」すなわち「求物之妙」（物を求める妙）なので、「理」すなわち「自然之数」（自然の数）なのである。蘇軾のこの詩学評論は現在でも「道［理］」と「芸［術］」を論じる際に、指導的な意義を持っているといってよい。

さらに強く指摘すべきなのは、「求物之妙」（物を求める妙）は「体物」（物のありさまを描写する）(63)や「称物」（物のありさまをぴったりと現す）(64)の説に比べて、歴史的な進歩を遂げていることである。つまり、いま物を体験的に会得する過程にあるから、この過程と芸術表現との方式の統一は詩人らにとって新しいチャレンジの対象となっている。というのは、「妙理」の「妙」は、それ自体が主観と客観の真実をともに含む原初的な創造性の範疇に属するから、「求物之妙」（物を求める妙）という過程はどうしても「妙」（微妙）なる過程であろう。この問題から、蘇軾の「禁体物語」（物のありさまを描写するのによく使われる言葉を禁止する）(65)説の深い意味が理解できる。「禁体物語」説とは「体物」（物のありさまを描写する）のを禁止することではなく、「体物」をしないことでもなくて、世間に熟知された、物のありさまを描写する言葉の使用を禁止するのである。これは「（その方面に）不案内である」に似通っているので、宋詩が熟知を避けたり、不案内に赴いたりする一つの論拠としてよく言及される。

　しかしながら、こういう「不案内」は目的ではなくて、「不案内」を手段として「求物之妙」（物を求める妙）をしようとするのである。つまり、「造語」の「不案内」的実践を以て「求物之妙」（物を求める妙）という主観と客観との一体化的創造を推進するのである。この意義からいうと、梅堯臣の言った「状難写之景、如在目前、含不尽之意、見於言外」（写し難きの景を状《かた》どること、目前に在るが如くし、尽きざる意を含んで、言外に見《あらは》す）［『詩人玉屑』巻六］の「難写」（書きづらい）説は、この「禁体物語」という芸術上のタブーに関わっているのではないだろうか。よく知られた蘇軾の「聚星堂の雪」詩序はいう。

忽憶欧陽文忠公為守時、雪中約客賦詩、禁体物語、於艱難中、特出奇麗。爾来四十余年、莫有継者。僕以

老門生継公後。雖不足追配先生、而賓客之美、殆不減当時。公之二子、又適在郡、故輒挙前令、各賦一篇。(66)

忽ちにして憶《おも》ふ、欧陽文忠公の守為《た》りし時、雪中に客と約して詩を賦し、物を体する語を禁じて、艱難の中に於いて、特に奇麗を出だしたることを。爾来四十余年、継ぐ者の有ること莫《な》し。僕老門生を以て公の後を継ぐ。先生に追配するに足らずと雖も、而れども賓客の美しきは、殆ど当時に減ぜず。公の二子、又た適《たま》たま郡に在り、故に輒《すなは》ち前令を挙げて、各おの一篇を賦せしむ。

この中の「於艱難中、特出奇麗」(艱難の中に於いて、特に奇麗を出だす)は、梅堯臣の「状難写之景、如在目前」(写し難きの景を状《かた》どること、目前に在るが如くす)説と明らかに関連している。そして「爾来四十年、莫有継者」(爾来四十余年、継ぐ者の有ること莫し)は、「禁体物語」(物を体する語を禁ず)という詩作芸術の難しさに関するところがある。もし、晋・陸機の「恒患意不称物、文不逮意。非知之難、能之難也」(恒に意の物に称はず、文の意に逮《およ》ばざるを患ふ。知ることの難きに非ず、能くすることの難きなり)説［「文賦」］を客観的な難題とすれば、宋代の「於艱難中特出奇麗」(艱難の中に於いて特に奇麗を出だす)説は主観的に設けられた難題に喩えてもよいであろう。この意義からいうと、詩歌芸術の発展において芸術の競技的内容は不可欠である。すなわち、芸術の発展は推進力がいるが、その動力には芸術の競技性が含まれる。

欧陽脩が宋代の文運を拓いた人物として、始めて「禁体物語」を唱えるのは、宋詩美学の形成に大きな意義を持っている。この提唱は、唐・韓愈らの、専ら険しい韻を踏んだ「造語」による芸術的探険とある程度一致しているし、また芸術競技に夢中になっている精神状態は、その源を魏晋時代の「清談」（老荘風の高踏的な哲学議論）における義理を無視した言葉表現しか賞玩しない気風に遡れるが、「体物」（物のありさまを描写する）から「求物之妙」（物を求める妙）までの芸術課題の中に芸術のタブーを設計したのは、やはり開拓的な価値を持っているであろう。

こういう新しい詩学詩芸の意識を読み解く際に、「難しさによって奇技を出だす」創作心理を「状難写之景如在目前、含不尽之意、見於言外」（写し難きの景を状《かた》どること、目前に在るが如くし、尽きざる意を含んで、言外に見《あらは》す）という創作目的に関連させれば、詩作中の得失に限らず、詩学詩芸の観念における、もう一つの審美創作への道を切り開くことができよう。さて、「景」（景物）は、それ自体の特徴として書きづらいのか、または「写」（景物を描写する）時の「艱難」化追求によって「景」を「難写之景」（書きづらい景物）に成らせたのか。あるいは、この両者は本来重なっているのであろうか。このような二重の意義をもつ「難写之景」（書きづらい景物）にさらに第三番目の意義が認められる。つまり「景」（景物）の特徴の把握しにくさや、「写」（描写する）時の新しい「造語」、およびこれらの「造語」によって深遠で不尽の「意」（詩境）を表していること。この三重の意味は互いに共生しているから、「写」よりも「景」（景物）と「意」（詩境）に具体的な美観形式を与えた。一旦詩学原理が具体的な詩芸作詩学という、中国古代詩学における最も豊かな内容に転化すると、抽象原理と実践方法の一体化も同時に実現した。

はっきりというと、これは何よりも詩歌芸術の言語を更新する課題である。欧陽脩が引用する梅堯臣の論述の中には、「詩家雖率意、而造語亦難」（詩家は意を率《したが》ふと雖も、語を造ること亦た難し）［『六一詩話』］という中心的な思考がある。その後、黄庭堅も「答洪駒父書」（洪駒父の書に答ふ）において「自作語最難」（自ら語を作るは最も難し）と明示しながら、「詩意無窮、而人才有限。以有限之才、追無窮之意、雖淵明少陵、不得工也」（詩意には窮まり無けれども、人才には限り有り。限り有る才を以て、窮まり無き意を追ふは、淵明・少陵［杜甫］と雖も、工みなること得ざるなり）〔『詩人玉屑』巻八〕と分析している。これらの論説は江西詩派の詩学思想の中核として、主に芸術言語の新機軸に基づいている。前文の黄庭堅の論述は「言不尽意」（言葉は意思を十分に表現できない）論〔『易』繫辞上〕を唱えていると誤解されやすい。これだけではなく、欧陽脩、梅堯臣、蘇軾、黄庭堅など宋代の詩人らは、晋・陸機の「非知之難、能之難也」（知ることの難きに非ず、能くすることの難きなり）という嘆きを繰り返しているようであるなどと疑われている。実は蘇軾らは「能之難」（書きづらい）ことを嘆きながら、さらに自ら難題を出してチャレンジしているのである。蘇軾らは、「知其難」（その難しさを知る）という主導的意思を持つだけではなく、直接に「難」（難しさ）を芸術創造の原動力としている。これが江西詩派「作詩法」の当時における現実的意義であり、詩史上の意義であるといえるであろう。

黄庭堅が杜甫の夔州に入った後の詩境を「平淡而山高水深」（平淡にして山高く水深し）〔『山谷集』巻十九「与王観復書」（王観復に与ふる書）三首其二〕と評価したように、宋代詩人らの詩学思想と詩美に対する理想は、まさにこれでまとめられるであろう。言い換えれば、中国古典詩学の芸術哲学である弁証法は、妙なる平淡さときらびやかさとの転化、趣ある高雅さと通俗さとの補い合い、それぞれの効能を司る道義と技芸の結合、芸術の新機軸として意義ある艱難な自己超越などを含めているが、それらすべては「平淡而山高水深」ということの一句の含蓄の中に在る。

四、宋代文学をもっともよく代表する宋詞

王国維の『宋元戯曲考』自序にいう、

凡一代有一代之文学。楚之騷、漢之賦、六代之駢語、唐之詩、宋之詞、元之曲、皆所謂一代之文学、而後世莫能継焉者也。(67)

凡そ一代には一代の文学有り。楚の騒、漢の賦、六代［六朝］の駢語、唐の詩、宋の詞、元の曲、皆な所謂一代の文学にして、後世に能く焉《これ》を継ぐ者莫《な》きなり。

ここでは「詞」が両宋の「一代の文学」と称されている。詞史からいうと、宋詞が最高の地位に輝いている詞であり、詩歌史全体からいうと、宋詞も独特の経典としての地位を持っている。

詞というスタイルが宋代に至って繁栄したのは、隋唐以来の燕楽の発展に関わっているが、宋詞作者の積極的創作意識がもっとも発達している。隋から曲もあったし、唐人の心胸も詞において幾らか開放されていたが、到底詞は詩のように盛んではなかった。ところが、唐末五代から北宋に至って、文人らは積極的に詞というスタイルを文集に収めるようになり、自ら詞集を編集したり、他人によって総集が編集されたりした。五代の『花

間集』（成立年不詳）や宋初の『尊前集』、『家宴集』、『藺畹集』などの選集、および別集と総集の編集刊行は、文人らの詞というスタイルへの関心を現わすと同時に、あまり音楽に専門的な知識を持っていない人々にも格律によって（音律によって声腔［歌の節回し］に合わすことはない）詞を作るチャンスを与えた。これは宋詞繁昌の大きな原因の一となった。

もちろん、観念の転化がもっとも大事なことである。欧陽炯の『花間集』「序」はこの詞集を「自南朝之宮体、扇北里之倡風」（南朝の宮体自《よ》りして、北里［長安の妓院］の倡風に扇《さか》んなり）と評論、晁謙之の同「跋」は『花間集』の詞を「情真而調逸、思深而言婉」（情は真にして調は逸に、思は深くして言は婉なり）と評価し、また陸游の同「跋」は「簡古可愛」（簡古にして愛す可し）と賞賛した［『陸放翁全集』巻三十「跋」］。こうした認定は宋代の文化精神と合致するよう、思想的な闘争を経て、理性的な自覚によって達せられたのである。

周知のように、黄庭堅は「以治心養性為本」（治心養性を以て本と為して）いるが、［晏幾道「小山集序」］の中には次のような反対の面も見せている。

余少時間作楽府、以使酒玩世。道人法秀独罪余以筆墨勧淫。於我法中、当下犁舌之獄。特未見叔原之作耶。雖然、彼富貴得意、室有倩盼慧女、而主人好文、必当市購千金、家求善本。曰、独不得与叔原同時耶。若乃妙年美士、近知酒色之娯、苦節臞儒、晩悟裙裾之楽、鼓之舞之、使宴安酖毒而不悔、是則叔原之罪也哉。(68)

余《われ》少時の間に楽府を作り、使酒を以て［酒の勢いにまかせて］世に玩ぶ。道人法秀独、余に罪するに「筆墨もて淫を勧む」を以てす。我が法中に於いては、当に犁舌《りぜつ》の獄に下るべし。特《た》だ未だ叔原［晏幾道］の作を見ざるや。然りと雖も、彼の富貴にして意を得、室に倩盼《せんはん》の慧女有り、而して主人文《ぶん》を好むは、必ず市《いち》に当りて千金を購ひ、家に善本を求む。曰く、独り叔原と時を同じくするを得ざるやと。若《も》し乃ち妙年の美士にして、近ごろ酒色の娯を知り、苦節臞儒《くじゅ》［やせ衰える］して、晩に裙裾《くんきょ》の楽しみを悟りて、之を鼓し之を舞ひ、宴安酖毒《ちんどく》せ使むるも悔いざれば、是れ則ち叔原の罪なるかな。

つまり、黄庭堅は詞の流行を、「近知酒色之娯」（近ごろ酒色の娯しみを知る）や「晩悟裙裾之楽」（晩に裙裾［女性］の楽しみを悟る）という人情自然と互いに結びついて、詞が人性の自然を表現するのは当たり前だと、言外に力説している。張耒の「［賀鑄］東山詞序」も同じ考えを表している。

世之言雄暴虓武者、莫如劉季項籍。此両人者、豈有児女之情哉。至其過故郷而感慨、別美人而涕泣、情発于言、流為歌詞。含思凄婉、聞者動心。為此両人者、豈其費心而得之哉。直寄其意耳。(69)

世の雄暴虓武《こうぶ》と言ふ者は、劉季、項籍に如《し》くは莫し。此の両人は、豈に児女の情有らんや。其の故郷を過ぐるに至りて感慨し、美人に別れて涕泣して、情言に発し、流れて歌詞と為る、思を含むこと凄婉にして、聞く者心を動かす。此の両人為《た》るは、豈に其れ心を費して之を得んや。直《ただ》に其の意を寄するのみ。

「費心」とは、わざわざ人情に背いて詞を作ること。張耒はこれに反対している。劉季や項籍のような英雄の人情味を無視すれば詞の骨子に相反することになる。黄庭堅と張耒との言論からわかるように、艶情歌詞の流行という自然現象においては、必ず自然な児女の情を意識しながら、人間性をテーマに作詞されている。宋人と唐人とが異なるのは、両者ともに義理を尊ぶが、宋学の義理はいつも禅と結びついている点にある。禅悦（禅定に入った心の喜び）の風潮が次第に広がるとともに、詞集の成立も数少ない時期から数多い時期にまで発展してきた。全体からいうと、詞というスタイルが宋代に繁盛するに至るまでにはかなり多くの歳月を要した。

宋詞の繁盛は、宋人の積極的な作詞態度および精神理念に作用された以外に、特定の文化政策と経済政策の推進によって、宋代都市経済が繁栄し、市民娯楽文化が勃興したことが必須の条件である。

詞というスタイルは「浅斟低唱」（お酒をゆっくり飲みながら低い声で唱う）の中で生まれてきたから、当然商売が活発におこなわれる都市生活の繁栄から離れることはできない。唐代の長安も繁華な街だったが、建築の分布は宋代の汴梁（東京、汴京とも称され、北宋の都、現在の開封にある）ほど商業化されてはいなかった。特に重要なのは、宋代朝廷が「設法売酒」（法律で酒を売る）政策を施行したことである。「宋代の酒楼や歌館の妓女は空前の発達をした。国家の財政収入を増すために、宋太宗から官府の売酒制度を開始し、宋神宗に至って『設法売酒』の気風を開いた。いわゆる「設法売酒」は、始めのうちは妓女を酒屋に派遣させて楽器を引いたり歌を歌ったり、お客さんを誘ってきて、酒を買ったり飲んだりしていた。やがて妓女の艶名を慕って来店する客の勢いが猛烈に増え、互いに喧嘩をするまでに至ったので、政府はやむを得ず兵士を差し向け弾圧させて、酒を売る正常な秩序を維持した。人々が妓女が酒を売ることに慣れてきて、以前のような喧嘩や事件がなくなってから、やっと兵士による弾圧の制度を撤回した」[70]。

商業活動は全て競争性を持っているから、「設法売酒」という商業的経済文化政策を通じて、商業そのものを刺激すると同時に、演奏歌唱の活動を刺激することになった。酒屋と歌女らは、もうけのために、必ず詞曲を速やかに更新しなければならないから、自然に歌詞作品の需要市場を形成するようになった。前文に触れたように、宋代の詩人らは積極的な作詞態度をもっているし、また社会的需要のある市場もあるので、詞というスタイルが盛んになったのは必然的なことであった。柳永（九八四～一〇五三頃）の詞の市場価値について、次の記載がある。「妓者愛其詞名、能移宮換羽。一経品題、声価十倍。妓者多以金物資給之」（妓者は其［柳永］の詞名を愛し、能く宮を移し羽を換ふ。一《ひと》たび品題［批評］を経るや、声価は十倍す。妓者多く金物を以て之に資給せり）[71]。この記載からわかるように、歌女から金を詩人に与えていた。金銭刺激方式は大いに文人らの作詞活動を推進したはずである。当然、歌女のこういう高価で詞を買う行動は売名のためでもあるが、この売名行動も「設法売酒」の競争にかかわっている。詞人、歌女と売酒競争の三者循環によって、宋代の経済文化政策は文芸政策の効用をひき起こした。この意味からいうと、宋詞の繁盛は「設法売酒」という特殊政策のおかげであろう。

要するに、仏教と老荘との精神を儒学に取り入れて成立した宋学の背景には、宋代文人の、真と俗との両面を持つ禅学という仲介を通して、空前に発達してきた宋代市民商業文化の意識に浸りつつ、義理を尊ぶ一方、俗に従ったり、色っぽさを追ったりするという精神状態がある。しかも宋代の給与は豊かで、町の歌妓院では売名などの自己利益のために詞人らに金銭投資するので、必ずや詞集の刊行を推進したはずである。宋初に詞の総集が編集されたのは、明らかに歌詞市場の需要にかかわっていると同時に、総集の流行はさらに文人らの自ら詞集を出そうという決心を促した。そこで、文人らの積極的に詞を造ろうという心理状態と詞の社会で流行する機会が生まれた。これが宋詞繁盛の動因なのである。

宋代の曲子詞の興起は二重の芸術繁栄を意味している。つまり一つは唱曲事業の繁栄と詞のファンが唱曲を風流視している文化現象、もう一つは唱曲事業が文学性をも重視し、文人と詞のファンとがこの道理をよく理解している現象である。当たり前のように宋代文人らの、唱曲気風と吟咏伝統を兼ねて作詞するという心理が生まれた。つまり、「倚声填詞」（平仄格律によって詞を作ること）を唱曲の風流韻事に入れたので、大いに唱曲を詩歌吟詠の伝統へ回帰させることになった。まず第一には、音律がよくわかってから詞を唱曲に入れるということは、元来の俗に従うことから文人的な自尊へ転化していくことであるから、結局、詞作の歌唱性は市民唱曲の低い格調を離れて独立するようになった。言い換えれば、いわゆる「詞別是一家」（詞は独立で成立したスタイル[72]）という言葉は、初めは詩に対して提出されたのであるが、後には市民歌詞に対するものとなった。第二には、音律の規範性と詩歌声律の伝統の合一は、ある程度、宋代詩歌創作の格調と気風に一致した。第三は、文学性を重視する方向に沿って引き続き発展していって、「倚声填詞」（声に倚りて詞を填む）の原則を「倚詞譜声」（歌詞によって適当な曲を選ぶ）に転化させた。

まとめていうと、北宋には雅俗合一の気風があるので、新曲と新詞は続々と出来たし、文人らは曲を唱うのを風流視したから、新しい曲に同調した。また、歌女は文人が作った歌詞を重視したので、雅たる文人らの詞の名声をあげていった。文人詞家が唱曲の気風と伝統的な詩律吟詠とを一体化して、音楽性と文学の美学を兼ねて生かしたことに特に注意すべきであろう。北宋詞のこの特点をヒントにして考えるべきなのは、純芸術は如何にして大衆芸術の力を借りて社会的効用を実現できるか、という問題である。南宋以降、詞人は専ら「雅」を復興したが、厳正な音律法をもってしても、結局は自己玩味になってしまって、北宋のようには世間全体で流行しなかった。例えば、南宋の姜夔や張枢などの詞家はみな詞集の中で曲を唱うために丁寧に音譜を付け加えているが、詞集の中に音譜を添えなかった北宋の周邦彦ほどの人気をさらわなかった。

実は唐代から格律詩が興起してきて、詩人らは声韻に沿うためにすでに吟詠の風習を養っていたから、「新詩改罷自長吟」（新詩ができて自ら長く吟詠する）[73]、すなわち意境の他に声韻美を兼ね求めるというのは、詞というスタイルが大いに文人らに重視される際の基本でもあり、一方また文人詞が市民の間に広がることへの障害でもあった。ここで北宋の柳永（九八四～一〇五三頃）から周邦彦（一〇五六～一一二一）を経て、さらに南宋の姜夔（一一五四～一二二一）までの詞の変遷を見てみよう。音律に精通しているのは三人の共通点であるが、柳永は市民的雰囲気に属する風流詞人であり、姜夔は文人らしい意趣に属する風流詞人であるのに対して、周邦彦は柳永と姜夔との間に属している。現在に至っては、姜夔の詞における音律美は味わえるが、残念ながら宋代のように曲を唱う風流はほとんど残っていない。

それでは、宋詞の風格の基調は「婉麗美」なのだろうか。この問題を究明するためには、まず「婉麗美」の内容を明らかにしなければならない。

胡寅（一〇九八～一一五六）の「題［宋・向子諲撰］酒辺詞」は蘇軾詞についていう、「一洗綺羅香沢之態、擺脱綢繆宛転之度、使人登高望遠、挙首高歌、而逸懐浩気、超然乎塵垢之外」（一たび綺羅香沢の態を洗ひ、綢繆宛転の度を擺脱《はいだつ》［抜け出す］して、人をして高きに登りて遠くを望み、首を挙げて高歌せ使め、而して逸懐の浩気、塵垢の外に超然たり）。確かに、蘇軾詞の「豪放慷慨」への評価であるが、今までの引用者は往々にして同じ「題酒辺詞」中の次の文を度外視していた、「観其退江北所作於後、（略）酌玄酒之尊、棄置醇味。非染而不色、安能及此」（其の江北に退きて後に作る所を観るに、（略）玄酒（水）の尊［樽］を酌みて、醇味を棄て置く。染《ひた》して色せざるに非ずんば、安《いづく》んぞ能く此れに及ばん）[74]。つまり、蘇詞の「豪放慷慨」の中には「枯木葩華《はか》［花びら］」や「酌玄酒而棄醇味」（玄酒を酌みて醇味を棄つ）のような中身もある。いわゆる「枯木葩華」は比喩なので、これを形像化すると、「老樹着花無醜枝」（老樹花を着けて醜枝無し）［梅堯臣「東渓」詩句］のようなものであり、いわゆる「酌玄酒而棄醇味」は天理と香りが相伴っているのである。はっきりというなら、蘇軾詞の「豪放」の風格は、婉美なものと自己超越的な理性を内に含んでいる。この胡寅「題酒辺詞」の末には「亦猶読『梅花賦』而未知宋広平」（亦た猶ほ『梅花賦』を読みて未だ宋広平を知らざるがごとし）とある。宋広平は唐玄宗朝の名相宋璟である。皮日休「梅花賦序」はいう。

余嘗慕宋広平之為相。貞姿勁質、剛態毅状、疑其鉄腸石心、不解吐婉媚辞。然睹其文而有「梅花賦」。清便富艶、得南朝徐庾体。殊不類其為人也(75)。

余は嘗て宋広平の相為《た》るを慕へり。貞姿勁質、剛態毅状、疑ふらくは其れ鉄腸石心にして、婉媚たる辞を吐くを解せざらんと。然るに其の文を睹《み》て「梅花賦」有り。清らかにして便ち艶に富み、南朝の徐［陵］・庾［信］体を得たり。殊に其の人と為《な》りに類せざるなり。

皮日休から見た宋広平の剛毅たる人格と「梅花賦」の「清便富艶」（清らかで艶麗たる）風格は相反していて、本当にその宋広平によって作られた文であろうか、と疑っている。胡寅はこの疑問を「染而不色」（染めても色はつけない）と解読している。蘇軾の詩「次韻子由論書」（子由の書を論ずに次韻す）は胡寅の解読と同じ意味のことを表現している。すなわち「貌妍容有矉、璧美何妨楕。端荘雑流麗、剛健含婀娜」（貌は妍《うるわ》しく容には矉《ひん》［顰］有り、璧美何ぞ橢《た》［楕円］なるを妨げん。端荘に流麗雑はり、剛健に婀娜《あだ》を含む）。要するに、蘇軾と胡寅の望みは、詞の婉麗流麗たる者と雅適高邁たる者の二重の美感なのである。説明すべきなのは、蘇軾詩中の「流麗」と「婀娜」（しなやかで美しい）の美は、外在の姿ではなく、内在するものであるということだ。蘇軾の「評韓詩」（韓を評する詩）はいう、

柳子厚詩在陶淵明下、韋蘇州上。退之豪放奇険則過之、而温麗靖深不及也。所貴乎枯澹者、謂其外枯而中膏、似澹而実美。淵明子厚之流是也。若中辺皆枯澹、亦何足道。

柳子厚の詩は陶淵明の下、韋蘇州の上に在り。退之の豪放奇険なるは則ち之に過ぐるも、而れども温麗靖深たるには及ばざるなり。枯澹《こたん》を貴ぶ所の者は、其れ外は枯るるも中は膏《こう》たり、澹に似て実は美なりと謂ふ。淵明、子厚の流是《こ》れなり。若《も》し中と辺と皆な枯澹なれば、亦た何ぞ道《い》ふに足らん。

この詩人評論は、陶淵明、柳子厚（宗元）、韋蘇州（応物、七三七～七九二）、退之（韓愈）の四詩人を比較しあって、一番の陶詩とその次の柳詩を好む理由を明言した。つまり陶詩と柳詩の「枯淡（澹）」（俗気やはでなところがなく、あっさりしていること）という風格なのである。いわゆる「枯淡」は、「外枯而中膏、似淡而実美」（表はあっさりしているが、中身はつやがあってなめらかだ、淡いと見えるが、実は美しい）ことをいう。蘇軾の「外枯而中膏」論はまさに胡寅の「以枯木之心、幻出葩華」（枯木の心を以て、葩華を幻出す）論と同調している。これがわかると、宋代文人らが「児女の情」（男女間の風流恋情）を自然な人性、「応歌唱曲」

（歌妓との唱曲活動）を風流優雅としたように、婉麗流麗たる詞風も審美心理の奥深い所に発しているのが見えてくるであろう。

当然、蘇軾と胡寅のような文人からみた「婉麗」は、純粋な婉麗ではなく、新たな媚態の中に気骨を含んでいて、穏やかな外見の中に深い中身が隠されているように、いわゆる俗においても俗ではなく、雅らしく清らかで麗しいものなのである。このような婉麗こそが、宋代諸家諸派の格調に応ずることができた。したがって当然、宋詞の基本的な風格と審美の根本になり、詞の婉麗美学は典型性と普遍性をもつようになった。この意味からいうと、婉麗という基調は人によって変わらない基本構造を持っている。

五、唐宋詩の区別と唐宋詩の合流

唐宋詩をめぐる論争は中国詩歌史上の大きな課題となっている。(76) 清人は「唐宋皆偉人、各成一代詩」（唐宋は皆な偉人にして、各おの一代の詩を成せり）［蔣士銓『忠雅堂詩集』巻十三「弁詩」］と認めているが、唐宋詩境を分別する努力は依然として価値を失っていない。近代以来、学者らは唐宋詩の差異について熱心に論述してきた。例えば、「唐詩は韻によって優れる、故に渾然かつ高雅で、温籍空寂たることを尊ぶのであるが、宋詩は意によって優れる、故に練達して深く分析し尽くすことを尊ぶ。唐詩美は情と辞にある、故に豊満になっているが、宋詩美は気骨にある、故に痩せて元気になっている。唐詩は芍薬と海棠の花のように、盛んに咲いているが、宋詩は寒梅と秋菊のように、幽韻冷香たる存在なのである」。(77)「唐人の詩は情を主とするものだから、情というと宋詩は唐詩に及ばない。宋人の詩は意を主とするものだから、意というと、唐詩は宋詩に及ばない」[78]。「唐詩と宋詩の特徴はというと、前者は精神が豊かであるが、後者は『筋骨思理』つまり骨格と哲理が一体化している」[79]。これらの美学風格の視点からの論述は、唐詩と宋詩との差異を明らかにしたが、それぞれの美学はともに古典詩歌美学の二つの基本モデルと成ったといってよい。

本来は唐詩を貴ぶか、または宋詩を貴ぶかは、時代の空気とは関わらず、やはり評論家個人の性情によって決まるものであるが、いずれにせよ古典詩歌美学の、一つのものが二つのものに分かれる歴史存在の方式及び論理の演繹方式を現している。従って、最終的に「歴史」と「論理」とを相統一した意義上で、一を二つに分ける詩学の思弁精神を具現したのである。そして実は、この一を二つに分ける別の一面が、ちょうど合わさって一つになることである。「唐宋詩をめぐる論争」のもう一つの面はまさしく「唐宋詩の合一」である。――これは、ただ唐詩「接受学」として唐詩芸術精神を解き明かすことを意味するだけではなく、同時にまた唐詩の芸術精神が内在化して宋詩の芸術追求の要素となり、共に生い育っていくことをも意味する――唐宋詩間の関わりは単純に唐詩の頂上を前にして宋詩を改めて創造するというものではなく、また同じ根底に基づいて宋詩を再発展させることでもなく、唐詩と宋詩が交じり合わさった詩学の「融合」である。宋人らがもっともよく唐詩を変身させたのは、もっとも唐詩の妙味を味わったからである。宋詩が唐詩を変身させていった軌跡を通して、宋詩学が唐詩の芸術精神を解き明かして自立するもう一つの軌跡を発見し、さらにこの二つの軌跡を合わせて分析したならば、さらに深く中国古典詩学の内層が探れるであろう。もし唐詩が自覚的な「集大成」の実践境地であるとすれば、宋詩学の「集大成」についての思想分析は宋詩学の理論境地と言えるであろう。こういう「実践」と「理論」の補い合いが、ここでいう「唐宋詩の融合」なのである。

もし詩の国における「盛唐の気象」と「晩唐の精意」（精妙を求める）の並立は詩学史の自然現象であるとすれば、宋詩学が晋代と六朝・宋の「高風遠韻」（高尚な情趣）を整合して唐代の王（維）孟（浩然）韋（応物）柳（宗元）に一体化させた上で「唐たる音」を作ったのは、詩学の一種の自覚境地である。こういう「自然」と「自覚」との結びつきも「唐宋詩の融合」と言えるであろう。もし中国伝統の芸術文化事業は、先秦時代の発生時から道術論と技術論とを両立並行させるという特徴を持っていて、魏晋南朝時代の「玄思」と「形似」の並存する思想文化の精神はさらに「視境」（視覚境地）想像と「理趣」象徴の芸術思惟を育成したとするならば、唐宋詩学の一体化によって解釈された標示的な命題の一つである「詩中有画」（詩の中に画が有る）は、必ず山水風景の写実と情思理趣の興したり託したりする微妙な結合であるはずである。このように「唐宋詩の融合」は唐詩と宋詩の間を出たり入ったりして中国詩学精神の昇華に寄与してきた。

注

（1）鄭広銘「宋代文化的高度発展与宋王朝的文化政策」、『歴史研究』一九九〇年第一期［六八頁］。
（2）方健「宋文淵海、学林大観—写在『全宋文』即将刊行之際—」、『宋代文化研究』十七輯、四川大学出版社、二〇〇九年。［『文匯報』二〇〇六年八月六日初出。］
（3）韓経太「宋詩学闡釈与唐詩芸術精神」、『文学遺産』二〇一一年第二期。
（4）朱熹『楚辞集注』、上海古籍出版社、一九七九年、三〇〇頁。［『楚辞後語』巻六「蘇軾・服胡麻賦注」］
（5）史堯弼『策問』、『全宋文』二一七冊、上海辞書出版社、二〇〇六年、三二八頁。
（6）陸游「呂居仁集序」、『全宋文』二二二冊、三四〇頁。

（7）李燾『続資治通鑑長編』巻十三、中華書局、一九九五年、二九三頁。
（8）李心伝『建炎以来繫年要録』巻四「丁亥詔政和」、光緒宏雅書局本。
（9）蘇軾『蘇軾文集』巻二十五「上神宗皇帝書」、中華書局、一九八六年、七四〇頁。
（10）脱脱等『宋史』巻四三九、中華書局、一九七七年、一二九九七頁。
（11）脱脱等『宋史』一二七九八頁。
（12）曽棗荘「文化盛世的啓示―為什麼華夏文化造極于両宋之世」、『光明日報』二〇〇八年第二期三月二七日参照。
（13）程頤・程顥『二程遺書』巻六、上海古籍出版社、二〇〇〇年、一四四頁。
（14）宋真宗「崇釈論」、『全宋文』一三冊、上海辞書出版社、二〇〇六年、一四四頁。
（15）李燾『続資治通鑑長編』巻二三三、五六六〇頁。
（16）程頤・程顥『程顥程頤文集』、『叢書集成初編』、商務印書館、一九三六年、一五四頁。
（17）王国維『静庵文集［続編］』、遼寧教育出版社、一九九七年、二〇八頁。
（18）陳寅恪『金明館叢稿二編』、三聯書店、二〇〇一年、二七七頁。
（19）繆鉞「『全宋文』序」、『文献』一九八八年第二期。
（20）趙翼『甌北詩話』巻十一、人民文学出版社、一九六三年、一六八頁。
（21）脱脱等『宋史』巻四四六、一三一四九頁。
（22）清・葉燮の中唐すなわち「百代之中」（中国歴史文化の中軸）の説を参照。
（23）『論語』述而を参照。「飯疏食飲水、曲肱而枕之、楽亦在其中矣。」（疏食を飯し水を飲み、肱を曲げて之を枕とす、楽しみ亦た其の中に在り）という生活観を指す。
（24）『論語』先進を参照。大自然の中で歌ったり、踊ったりして帰るという悠々たる精神と人格を指す。
（25）秦観「韓愈論」、徐培均『淮海集箋注』巻二十二、上海古籍出版社、二〇〇〇年、七五〇頁。

(26)蘇軾「書黄子思詩集後」、孔凡礼点校『蘇軾文集』巻六十七、二一二四頁。
(27)『蘇軾文集』巻六九、「「書唐氏六家書後」」二二〇六頁。
(28)黄宗羲『宋元学案』巻九十九、中華書局、一九八六年、三二八七頁。
(29)居士とは非出家者、つまり在家の者のことをいう。在家であるから、実社会にあってはそれぞれの職業を持っている。もちろん学生や、主婦も含まれる。出家者である専門の雲水修行者が、僧堂において雲水の立場から修行を行なっているのに比べ、居士禅では、在家の人達が主体であるために、正式に僧籍を持つ者以上に社会に密着した姿で修行を行なうことになる。
(30)「法嗣者」師から仏法の奥義を受け継いだ者。禅宗では「はっす」という。
(31)黄庭堅『黄庭堅全集』、四川大学出版社、二〇〇一年、五六〇頁。
(32)具体的な論述は張文利の『理禅融会与宋詩研究』(中国社会科学出版社、二〇〇四年)を参照のこと。
(33)謝琰「屈騒伝統的失落与宋詩情感特徴的形成」、『安徽師範大学学報』二〇一一年第一期。
(34)具体的な論述は周来祥・儀平策「論宋代審美文化的双重模態」(『文学遺産』一九九〇年第二期)を参照のこと。
(35)『蘇軾文集』巻十、三一三頁。
(36)仇兆鰲『杜詩詳注』、中華書局、一九七九年、一頁。
(37)元稹「和李校書新題楽府十二首」序、冀勤点校『元稹集』中華書局、一九八二年、二七七頁。
(38)孟棨『本事詩』古典文学出版社、一九五七年、一八頁。
(39)唐玄宗「経鄒魯祭孔子而歎之」詩「夫子何為者、栖栖一代中(後略)」。『全唐詩』巻三 孔子の一生は列国を周遊し、忙しくて苦労したという意味。
(40)蘇軾「潮州韓文公[韓愈]廟碑」、『蘇軾文集』巻十七、五〇九頁。
(41)黄庭堅「次韻伯氏寄贈蓋郎中喜学老杜詩」、史季温注『黄庭堅詩集注』詩外集補[清・謝啓崑編]巻四。中華書局、二〇〇三年、一七〇六頁。
(42)黄徹『䂬渓詩話』、人民文学出版社、一九八六年、六頁。
(43)司馬遷『史記』「報任安書」[聖賢、史記作賢聖][『文選』巻四十一]より。
(44)宋・曽噩等集註『新刊校定集注杜詩』序、理宗宝慶元年（一二二五）広東漕司刊本、国立故宮博物館蔵。
(45)張戒『歳寒堂詩話』、『叢書集成初編』、十四頁。
(46)蘇軾「書李簡夫詩集後」、『蘇軾文集』巻六十八、二一四八頁。
(47)朱熹『朱子文集』巻八、中華書局、一九八五年、三六六頁。
(48)宋・羅大経『鶴林玉露』甲編巻六、「此雖眼前語、然非心源澄静者、不能道。」（此れ眼前の語と雖も、然れども心源澄静なる者に非ざれば、道《い》ふこと能はず。）
(49)北宋・張載「心統性情者也」（心は性情を統ぶる者なり）。[『朱子語類』巻九八「張子之書一」、宋・黎靖徳編、中華書局、一九八六年]
(50)『蘇軾詩集』巻四十七、中華書局、一九八二年、二五四三頁。
(51)程傑『宋詩学導論』、天津人民出版社、一九九九年、七四頁。
(52)劉辰翁撰、段文林校点『劉辰翁集』巻六「陳生詩序」、江西人民出版社、一九八七年、二〇四・二〇五頁。
(53)翁方綱『石洲詩話』巻四、人民文学出版社、一九八一年、一二三頁。
(54)梅堯臣「続金針詩格」、『宋詩話全編』、鳳凰出版社、一九八八年、一四九頁。
(55)楊慎『昇庵詩話』、上海古籍出版社、九八七年、一一一頁。
(56)蘇轍『欒城集』巻八、上海古籍出版社、一九八七年、一五五二頁。
(57)周裕鍇「自持与自適——宋人論詩的心理功能」、『文学遺産』一九九五年第六期、六四〜七四頁。
(58)宋・阮閲編『詩話総亀・前集』巻四十一「詼諧門」、人民文学出版社、一九八七年、三九九頁。

(59) 紀昀『四庫全書総目提要』巻一五三、中華書局、一九六五年、一三二二頁。
(60)『蘇軾文集』巻四十九、一四一八頁。
(61)『蘇軾文集』巻七十、二二一〇頁
(62)『蘇軾文集』巻七十、二二一一頁
(63) 晋・陸機「文賦」に「詩縁情而綺靡、賦体物而瀏亮」(詩は情に縁りて綺靡にして、賦は物を体して瀏亮たり)とある。[『文選』巻十七]
(64) 晋・陸機「文賦」に「恒患意不称物」(恒に意の物に称はざるを患ふ)とある。
(65) 蘇軾の七言古詩「聚星堂雪・序」に「(前略)雪中約客賦詩、禁体物語(後略)」(雪中に客に詩を賦すを約し、物を体する語を禁ず)とある。
(66)『蘇軾詩集』巻三十四、一八一三頁。
(67)『王国維論学集』、中国社会科学出版社、一九九七年、三四九頁。
(68) 黄庭堅『豫章黄先生文集』巻十六、『四部叢刊初編』景宋乾道刊本。
(69) 張耒『張右史文集』巻五十一[賀方回楽府序]、『四部叢刊初編』景旧鈔本。
(70) 武舟『中国妓女生活史』、湖南文芸出版社、一九九〇年、一一二頁。[新訂版『中国妓女文化史』東方出版中心、二〇〇六年]
(71) 羅燁『酔翁談録』丙集巻二、古典文学出版社、一九五七年、三二頁。
(72) 宋代の李清照『詞論』中の説[徐培均『李清照集箋注』、上海古籍出版社、二〇〇二年]。
(73) 杜甫「解悶」を参照のこと。
(74) 金啓華『唐宋詞集序跋匯編』、江蘇教育出版社、一九九〇年、一一七頁。
(75) 皮日休『皮子文藪』巻一、上海古籍出版社、一九八一年、九頁。

(76) 斉治平『唐宋詩之争概述』、岳麓書社、一九八四年、を参照。
(77) 繆越『詩詞散論』、上海古籍出版社、一九八二年、三六頁。
(78) 程千凡『古詩考索』、上海古籍出版社、一九八四年、三八四頁。
(79) 銭鍾書『談芸録』、中華書局、一九八四年、二頁。

第六章　民族文化融合中の遼・金・元詩歌

遼・金・元の三王朝にわたる詩歌創作は、中国詩歌史から到底切り離すことのできない重要な部分であり、中国詩歌史に活発さと特殊さをもたらすほどに、中国詩歌史の中でも独特な存在である。遼・金・元の詩歌を読み解くにあたっては、単一で不変の体を整えてはおらず、同時に、読解過程に可変要素が多く、複雑さも内在している。遼・金・元詩歌に広がる「大千世界」に真に足を踏み入れたいならば、ありふれた印象のままでは道遠く、「味わうことなくただ鵜呑みにする」ような抽象的な認知では遥かに及ばない。充分な精神世界を育む準備こそが先決である。遼・金・元詩歌はまるで豊富に積み重なる鉱床、洋々とたたえられた果てしない海原、連綿と波のように横たわる山系、変幻自在に多彩な姿を現す大空のような世界なのだから。

広義に見れば、遼・金・元の詩歌は、詩・詞・曲という三種類の詩歌様式を含んでいる。それは単なる過去の産物ではなく、今も生み出され発展を続ける途上として表出している姿である。遼・金・元の詩歌は、無論、それ以前の中華文明の詩歌からかなり多くのものを受け入れ継承しているが、相対的に言うと、変異と新成を経たものがむしろ多い。狭義の詩に着目すれば、遼・金・元詩歌は新成から成熟へ至る過程を示している。とはいえ、それ以前の新成と成熟とは異質である。そこには、新たな性質、すなわち、新たな文化的性質がかなり多く混じり込んでいる。遼・金・元詩歌の多くはすこぶる稚拙で、粗野にさえ見えるが、北方の勇壮で厳格な気勢を帯びている。さらに遼・金・元の詩歌は円熟した構成を有しているが、この円熟さは唐宋朝の様相ともまた異なる。遼・金・元詩歌は三者三様の様相を有するが、互いに内在的な連続性がある。遼・金・元の詩歌が中国詩歌史において特殊な位置にあることは、単なる詩歌芸術の角度からにのみ限定するなら、十分に理解できないかもしれない。仮にこの角度だけから理解し認知するならば、唐宋の詩歌に対して、遼・金・元の詩歌には相互に対等に敬われるほどの輝きに欠ける。しかし、中国詩歌史において、遼・金・元詩歌が独特の地位を有し、独特の継承と影響を持ち、独特の完成度に至るまで成就したことは、客観的な事実である。我々は客観的・科学的に分析し、真実に対して忠実に描述する姿勢で、現存している遼・金・元の詩歌に対して、「原生態」に近い理解を促さなければならない。そのような根底の上にこそ、現代的意義のある学術評価を進めていくことができる。

客観的に遼・金・元の詩歌を描述しようとするならば、研究の観点と方法とを無視するわけにはいかない。遼・金・元の詩歌が古代文学研究の新たなキーポイントになっているのは、ここ数十年来で論争されることさえない事実である。中国文学史ないし古代文学は、中国の学問分野の序列において、疑いなく最も古くから存在し、幾重にも功績が積み重ねられた分野である。先人が残してくれた無尽蔵なほどの貴重な理論には、乗り越え難いという感嘆を禁じえない。詩歌研究の分野では、先秦両漢・魏晋南北朝・唐宋など各時期ごとに数多くの研究成果が創出され、権威ある著書も枚挙に遑がない。元来、学術誌においては遼・金・元の詩歌は比較的手薄な側面を残していたことも事実である。しかし、一九八〇年代以降、この局面は明確に向きを変えた。

遼・金・元の詩歌に関する研究が次々と生まれ、綺羅星の居並ぶがごとく燦然と輝きを放つに至った。詩歌の個々の懸案はもちろん、歴史の枠組みでさえも、全面的に打破された。百部以上の学術的な専門書の著作に加え、『全遼金詩』や『全金詩』、『全元詩』を代表とする全容を整序した文献、さらに『遼金詩史』や『元詩史』、『中国古代文学通論・遼・金・元巻』を代表とする理論書、そして、数千篇もある研究論文は遼・金・元の詩歌の研究を新たな高みへと引き上げた。数多くの研究成果だけではなく、視点の転換、問題提起の革新性こそが、遼・金・元の詩歌研究には活気が漲っているという印象を人々に与えた。多くの研究論著は研究対象で新規性を生み出すのではなく、まさしく研究的視点と学術思想の革新性によって、学術界に新たな機運をもたらしたのである。その中で、民族文化的視点は、遼・金・元の詩歌研究に新規性を加える重要な役割を果たした。周恵泉や張晶、査洪徳、胡伝志、趙維江など遼・金・元の文学研究における著名な学者によって、すでにこの視点による具体的な成果が出されている。これは、遼・金・元の詩歌の独特な様態が、中原文化と北方民族文化が烈しく衝突した後に融合するという相互作用によって形成された産物であるがゆえである。民族文化的視点は、その相互作用の規律性を提示し、詩歌と歴史を個別ではなく総体として生成させた基因を明らかに示している。それは些細な部分や、個別の詩人の作品にまで反映されるわけではないが、詩歌と歴史を一体化した上で問題を論じるにはこれで十分であり、新たな研究が導く世界を創り上げたのである。

遼・金・元は中国北方の契丹族や女真族、モンゴル族などの少数民族が建立した王朝である。そのうち、遼と金は北宋・南宋と共存していた北方政権であるため、中原の漢民族文化に深く影響されながら、一方では、これに相対《あい》するものとしての北方文化意識を有していた。元王朝が中国を統一したことにより、北方文化と南方文化の融合、すなわち、漢民族文化と少数民族文化が衝突し交じり合う過程が依然として存在したが、文化的にはより大きな構造と気魄が生み出され、同時により豊富な様態と内容を有するに至った。遼・金の王朝以来、北方民族が内包していた文化心理は、元代になると中華文明という大きな流れに呑み込まれていった。これにより、かえって活気と活力が無限に漲るようになり、明・清及び近代の壮観な中華文化へと幕を開くことになった。これはおそらく筆者の単なる推測や推察ではなく、文化史が真に向かうべき方向なのである。

遼・金・元の時期の文化状況を理解し判定するためには、最終的に遼・金・元の詩歌の特色を解説し、明示しなければならない。遼・金・元の詩歌を解読することで、遼詩・金詩・元詩のいずれにおいても、ここに内在する文化的要素と文化的変遷の軌跡は、他の時代の詩歌に比べ、より鮮明でより強烈であると感じられる。当時は、契丹族や女真族、モンゴル族のような北方遊牧民族は、勇猛で武を第一とする民族性を有し、中原を支配する王朝との交戦では、常に軍事上の勝利者の役割を演じていた。南北対立と言っても、同時に存在していた遼王朝と金王朝は、常に中原の王朝に進攻し威嚇を与えていた。北方民族の剛勇で飾らない伝統文化に内在する心理的性質は、社会生活の諸方面に現れている。遼・金の時期に見られる文学創作においては、契丹貴族と女真貴族が相当に重要な役割を担っている。遼代の詩歌では、契丹貴族の作品が主要で、契丹族が有している民族としての自信および無骨で豪放な性格は、渾然一体となって表れ出ている。例えば、遼代の蕭観音は応制詩として次のような傑作を残している。「威風万里圧南邦、東去能翻鴨緑江。霊怪大千倶破胆、那教猛虎不投降」（威風万里　南邦を圧し、東のかた去れば能く鴨緑江を翻す。霊怪大千倶《とも》に胆を破る、那《な》んぞ猛虎をして投降せざら教《し》めん）［「伏虎林待制」（元・王鼎『焚椒録』津逮祕書本）］。このような詩の名作が一人の宮廷女性によって作られている。この詩の風格は、どうして通常の応制詩と比べることなどできようか。中原の漢民族の女流詩人も多く詩史に名を残しており、名篇傑作も決して乏しくはないが、このような豪放な風格を持つ者は誰一人として存在しなかった。このような詩に対しては、伝統的な詩歌として認められている七絶芸術の観点からすれば、解説し評価するのに難があるかもしれない。この韻律は近体詩の要求に反するものではないが、高遠な構想と政治的側面を持つ覇気、さらには、人の心を震撼させる力量が感じられる。まさにこれが契丹文化の特徴である。これはもちろん遼詩だけが表している文化形態ではなく、後の金詩・元詩の発展の中にも表されており、民族文化が交じり合い、相互に作用することによって生まれる計り知れない影響の全てがここに示されている。

一、生新さを以って面目とする遼詩

公平に言うと、現存する遼詩の数は多くない。真に詩と呼ぶにふさわしいのは一百首足らずだ。しかしながら、その中で最も遼詩の特色が体現されているのは蕭観音（一〇四〇～一〇七五）と蕭瑟瑟（?～一一二一）などの女流詩人である。彼女たちの作品は甚だ奥深い本質があり、ありふれた詩などとは比べることができない。彼女たちの詩を読むときは常に感動の色を浮かべずにはいられない。例えば、蕭観音による「君臣同志華夷同風応制」の一篇の詩においても、強い政治意識と民族文化に対する自信を体現している。蕭瑟瑟の「諷諫歌」と「詠史」の二篇の詩はどちらも騒体詩で、痛切な激情を表すにとどまらず、深い政治的見解も込められている。このような詩は個人的な哀切や怨恨を超越し、当時の政治が進むさまを高所から抒情的に描写している。例えば「諷諫歌」はこう詠う。「勿嗟塞上兮暗紅塵、勿傷多難兮畏夷人。不如塞姦邪之路兮選取賢臣。直須臥薪嘗胆兮激壮士之捐身、可以朝清漠北兮夕枕燕雲」（嗟《なげ》く勿《な》かれ塞上に紅塵暗きを、傷む勿かれ多難にして夷人を畏るるを。如《し》かず姦邪の路を塞《とざ》して賢臣を選び取るに。直ちに須らく臥薪嘗胆して壮士の捐身［の志］を激しくし、以て朝《あした》に漠北を清くして夕《ゆふべ》に燕雲に枕す可し）[1]。これは激情するほどに雄壮な詩であると同時に、政治を意味深く諫めた諷喩詩でもある。歴史にこういう記載が残っている。「女真乱作、日見侵迫。帝畋遊不恤、忠臣多被疏斥。妃作歌諷諫」（女真乱れ作《お》こり、日《ひび》に侵迫せ見《ら》る。帝畋遊《でんゆう》して恤《うれ》へず、忠臣多く疏斥せ被《ら》る。妃は歌を作りて諷諫す）［同上］。この詩は遼王朝が直面していた存亡に関わる局面を明らかに示し、安楽に身を委ねれば亡国を免れないと、遼王朝の最後の皇帝、天祚帝に警告したものである。すなわち、気力を奮い起こして統治に励み、奸佞を遠ざけてこそ、朝廷の綱紀改革を実現でき、北方砂漠も永遠に鎮められるというのである。

現存する遼代の他の詩作は、主に契丹皇族の作品である。例えば、東丹国王である耶律突欲（耶律倍、八九九～九三七）、遼の聖宗である耶律隆緒（九七二～一〇三一）、興宗である耶律宗真（一〇一六～一〇五五）、道宗の耶律洪基（一〇三二～一一〇一）などである。これらの契丹皇帝の詩作は、伝統的な詩歌芸術の視点から見れば、佳作とは言いがたい。しかし、これらの詩作はその特殊な文化的本質を有し、さらに中原詩作とは異なる表現形態が加わることによって、遼代の詩歌は全て独自の様相を呈している。遼詩は概して契丹文化と漢文化の交じり合いを体現していると同時に、北方民族の精神をも体現している。契丹貴族は遼王朝を建てた後、文化面では、中原の漢民族文化に傾倒していた。例えば、中原の儒学典籍を重んじて学び、中原の文学や伝統に憧れて、それらに馴染んでいた。しかし、そうではありながらもなお契丹貴族は自民族への確固たる自信を頻繁に顕示するのである。

東丹国王の耶律突欲（耶律倍）は、遼の太祖である耶律阿保機（八七二～九二六）の長子で、かつては遼の皇太子であった。しかし、母が弟の耶律堯骨（耶律徳光、九〇二～九四七）を偏愛したため、母の権謀術数で廃嫡され、弟が皇帝（太宗）として即位させられる。これにより、耶律突欲（耶律倍）は改めて東丹国王に封ぜられ、後に、後唐へ亡命する［後唐で李賛華という姓名を賜う］。そのような経緯から耶律突欲（耶律倍）は次のような「海上詩」を詠んだ。「小山圧大山、大山全無力。羞見故郷人、従此投外国」（小山 大山を圧し、大山 全く無力なり。故郷の人に見《あ》ふを羞ぢて、此れ従《よ》り外国に投ぜんとす）［『遼史』巻七二「義宗倍伝」（中華書局、一二一〇頁）］。このかくも短い五言古詩は、亡命して異国へ身を寄せるという悲しくも痛ましい感情を率直に歌い上げている。この詩は契丹文学と漢民族の文学が巧妙に交じり合い、詩人の政治上の悲憤を表している。表音文字である契丹小字において、「山」が「汗」に対応するので、「小山圧大山」は「小汗圧大汗」を意味する。この詩は耶律堯骨（耶律徳光）に自分の帝位を奪い取られたという怨恨を、耶律突欲（耶律倍）が吐露した詩作であることは明らかである。「小山圧大山」には、鮮明なイメージと同時に、奥深い隠喩的意義もある。清代の文学者である趙翼（一七二七～一八一四）は、この詩を次のように評した。「情詞凄惋、言短意長、已深有合於風人之旨矣」（情詞凄惋にして、言は短く意は長く、已に深く風人の旨に合《かな》ふ有り）(2)。

耶律突欲（耶律倍）は遼代前期における博学な学者の一人でもあった。広く書籍を読み、詩や絵を嗜み、蔵書を何より好んだ。『契丹国志』［巻一四］には耶律突欲（耶律倍）に関する以下のような記載がある。「賛華性好読書、不喜射猟。初在東丹時、令人齎金宝私入幽州市書、載以自随、凡数万巻、置書堂於医巫閭山上、扁曰『望海堂』」（賛華は性 書を読むを好み、射猟を喜ばず。初め東丹に在りし時、人をして金宝を齎ら令めて私《ひそ》かに幽州に入りて書を市《か》ひ、載せて以て自ら随ふこと、凡そ数万巻、書堂を医巫閭山上に置きて、扁して『望海堂』と曰ふ)(3)。これらの書籍は全て漢民族の文化典籍である。耶律突欲（耶律倍）が中原文化を愛好していたことが、ここから窺える。遼の六代皇帝聖宗である耶律隆緒は漢文化を受け入れる面においても相当に際立っていたばかりか、詩に秀でていたことでも著名であった。『遼史』にはこのような記載がある。「帝幼くして書翰を喜び、十歳にして詩を能くす。既に長じて、射法に精通し、音律に明るく、絵画を好む」(4)。彼は皇帝という最高位から詩歌創作を提唱し、臣下にも詩学の風潮を広めていった。

さらに、聖宗である耶律隆緒は科挙制度改革も行った。「聖宗時、止以詞賦、法律取士、詞賦為正科、法律為雑科」（聖宗の時、止《た》だ詞賦・法律のみを以て士を取《もと》め、詞賦もて正科と為し、法律もて雑科と為す）〔契丹国志』巻二三、二二七頁〕。この方針の下に、科挙受験者は修辞を心に留め、詩賦が縦横に彩る世界へ身を置くように導かれていった。中原の漢民族の詩人の中で、聖宗が誰よりも尊敬してやまなかったのは唐代の大詩人、白居易（七七二～八四六）である。聖宗は白居易の詩を自らの模範とすることを明確に表明している。聖宗は「題楽天詩佚句」（楽天詩に題す佚句）において次のように書いている。「楽天詩集是吾師」（楽天詩集は是れ吾が師なり）〔『全遼文』巻一「古今詩話」、陳述輯校、中華書局、一九八二年〕。まさしくこれは聖宗自身の詩の風格を白居易のそれと同格視させていたことを意味する。さて、この頃、聖宗が創作した詩作は多く、百首を下らないほどだが、現存するのはただ一首、「伝国璽詩」（国璽を伝ふる詩）のみである。「一時製美宝、千載助興王。中原既失守、此宝帰北方。子孫皆慎守、世業当永昌」（一時 美宝を製し、千載 興王を助く。中原 既に守を失ひ、此の宝 北方に帰す。子孫皆《み》な慎んで守らば、世業当《まさ》に永《とこ》しへに昌んなるべし）〔北宋・孔平仲『珩璜新論』（墨海金壺本）、『全遼文』巻二〕。この詩は詩の体裁から見ると、古詩でも律詩でもない。通俗的で率直な詩であるが、一聯における対句などの規律に通じている。国を鎮めることができる宝物、玉璽に関する詠嘆が詩に描かれており、遼の国運と隆盛が永遠なることを望む政治理想が表されている。

遼の六代皇帝聖宗の長男、七代皇帝興宗、すなわち耶律只骨（耶律宗真、一〇一六～一〇五五）は父の遺志を継ぎ、中原の漢民族が発達させた封建文化を深く愛慕し、とりわけ詩詞に関して溢れんばかりの興味を持っていた。耶律只骨（耶律宗真）は詩の創作に慣れ親しみ、科挙試験においても、自ら詩賦の試験問題を作成したことさえある。現存する耶律只骨（耶律宗真）の詩もただ一首、「以司空大師不肯賦詩、以詩挑之」（司空大師の詩を賦すを肯んぜざるを以て、詩を以て之《これ》に挑む）のみである。その詩に詠う、「為避綺吟不肯吟、既吟何必昧真心。吾師如此過形外、弟子争能識浅深」（綺吟を避くる為に吟ずるを肯んぜず、既に吟ずれば何ぞ必ずしも真心を昧《かく》さん。吾が師は此《か》くの如く形外に過ぐ、弟子争《いか》でか能く浅深を識らんや）［『全遼文』巻二、『遼東行部志』引『海山文集』］。司空大師は遼代の名僧で、またの名を海山という。詩の題目から、司空大師が興宗と密接な交流を保っていたことがわかる。司空大師は詩の創作に気が進まなかったが、そのような司空大師の詩を興宗もまた熱望していた一人であった。それゆえ、興宗がまずこの詩を作り、詩をもって司空大師に挑んだ。この詩は七言絶句であり、東丹王と聖宗の五言詩と比較するに、芸術形式の把握が際立ち、冴え渡っている。

興宗の長男である道宗（八代皇帝）、すなわち耶律涅隣（耶律洪基、一〇三二～一一〇一）も詩歌の創作において深い造詣を有している。遼代において文学修養の高い君主は数多いが、耶律涅隣（耶律洪基）は誰より詩に勉め励んでおり、詩の技法も誰より奥深い。道宗は中原文明を尊んでいたが、それと同時に、自民族への強い自信の心も併せ持っていた。道宗の作「君臣同志華夷同風」詩については、原典が散逸しているものの、宣懿蕭皇后（懿徳皇后）、いわゆる蕭観音によって附して作られた「和詩」［元・王鼎『焚椒録』（津逮祕書本）］

に「虞廷開盛軌、王会合奇琛。到処承天意、皆同捧日心。文章通鹿蠡、声教薄鶏林。大寓看交泰、応知無古今」（虞廷 盛軌を開き、王会 奇琛を合はす。到る処 天意を承け、皆な同《とも》に日心を捧ぐ。文章 鹿蠡に通じ、声教 鶏林に薄《せま》る。大寓 交泰するを看て、応《まさ》に知る古今無きを）とあるから、その題名の意味を推し量ることができる。「君臣同志」とは、君臣が一致協力して遼王朝を振興させることを指し、「華夷同風」とは、「華夷の辨［弁別］」の観念を否定しており、夷であることをもって自らを卑屈に考えることのないことを指す。これは、中原の文明と同様に自らの民族文化を華夏文明だと自認していたことを意味する。『契丹国志』［巻九］には以下のような記載がある。

帝聰達明睿、端厳若神。観書通其大略、神領心解。嘗有漢人講論語。至「北辰居其所而衆星拱之」、帝曰、「吾聞、北極之下為中国。此豈其地耶。」又講至「夷狄之有君」、疾読不敢講。又曰、「上世獯鬻、獫狁蕩無礼法、故謂之『夷』、吾修文物、彬彬不異中華、何嫌之有」。卒令講之。(5)

帝は、聰達明睿にして、端厳たること神の若《ごと》し。書を観て其の大略に通じ、神に領し心に解す。嘗て漢人の論語を講ずること有り。「北辰は其の所に居りて衆星之《これ》に拱《こまぬ》く」［為政篇］に至りて、帝曰く、「吾れ聞く、北極の下、中国と為すと。此れ豈に其の地ならんや」と。又講じて「夷狄の君有る」に至るや、疾《と》く読みて敢へて講ぜず。又曰く、「上世の獯鬻《くんいく》・獫狁《けんいん》は蕩にして礼法無し、故に之《これ》を『夷』と謂ふ、吾は文物を修めて、彬彬たること中華に異ならず、何ぞ嫌ふこと之《これ》有らんや」と。卒《つひ》に之を講ぜ令《し》めたり。

ここにおいて「夷狄」は元来、中原の王朝に対する辺鄙な少数民族の蔑称であり、夏は中原の漢民族を指す。『論語』にある「夷狄之有君、不如諸夏之亡也」（夷狄の君有るは、諸夏の亡《な》きに如かざるなり）〔八佾篇〕という文を漢民族の儒生が解説するにあたって、彼らは少数民族の君主の身分にある皇帝を怒らせまいかとひどく怯えていたが、道宗はむしろ平然としていたとある。夷と夏の区別は、礼義礼式の有無を要としている。道宗は、遼王朝が文治により社会発展を充分に成しており、「華夷同風」を唱えることができるほど、すでに儒教の根本的規範である礼楽が中原の域にほぼ達していると考えていた。道宗の詩も現存するものは数少なく、完全な状態で保存されてあるのは「題李儼黄菊賦」（李儼の黄菊の賦に題す）しかない。「昨日得卿黄菊賦、砕翦金英填作句。袖中猶覚有余香、冷落西風吹不去」（昨日　卿の黄菊の賦を得たり、金英を砕翦して填めて句を作《な》す。袖中猶《な》ほ余香有るを覚ゆ、冷落たる西風吹き去らず）〔『全遼文』巻二、陸游『老学庵筆紀』巻四〕。この詩は去声によって韻を踏んでいる拗体絶句であり、絶句ではめったに見られないものである。道宗のこの詩は、するりと抜けるような透明感がある情調で、含蓄に長け、奥深い「言外の意味」を有する。まさに「清空」と呼ぶにふさわしい風格を持ち、遼代詩歌芸術の質的向上を示していると言える。

契丹詩人の作品において、最も長い作品は寺公大師の「酔義歌」〔元・耶律楚材『湛然居士文集』巻八、四部叢刊初編本〕である。原文は契丹文で書かれており、その後、元代初期に契丹族の大詩人である耶律楚材によって中国語に翻訳されている。この詩は重陽の長寿を祈る飲酒を抒情の契機とし、放逐後の思想の変化と感情の積み重なりを歌い上げている。詩人は、釈道二教、すなわち仏教と道教の思想によって、自分を人生の憂いや煩いから解放し、無常で儚い人の世を深く感嘆し、酔いの境地でこの世の煩悩を忘却しようとしたことを描いている。この詩に表出された思想や感情は複雑で、有機的な統一体を成し遂げている。中国語に翻訳されたものは、一二〇句、全八四二文字であった。これは遼詩の筆頭といえる作品というだけではなく、中国詩の歴史においてもまれに見る秀作である。詩人は人生への感慨を詳細に余すところなく述べており、情緒は雄渾で革新的であり、すこぶる創造性を有している。

二、変遷を経た金詩の軌跡

金代の詩歌は完成度においても構造においても、遼詩を遥かに凌駕している。金詩の特徴である鮮明さにおいては、後の元詩と比較してさえ、なお一層鮮やかである。これは金の文化自覚と深くかかわっている。金詩が遼詩を基盤として歩み始めたのは、金代初頭において金の文人が主に遼から来ていた文人であったことに由来する。この文人の中には左企弓（一〇五一～一一二三）や虞仲文（一〇六九～一一二四）、張通古（一〇八八～一一五六）などがおり、みな詩作を残している。彼らは金代初期の詩壇において、重要な位置づけをなしている。金詩はおおよそ、四つの段階に分けることができる。第一段階は、「借才異代」（才を異代に借る）と称する時期である。この期間は金王朝の太祖から四代皇帝である海陵王（一一二二～一一六一）の時代までである。第二段階は金詩の成熟時期であり、第三段階は金詩の繁栄時期である。この第三段階は金王朝の「真祐南渡」（一二一四年）から国都の汴京（開封）が元王朝の兵士に取り囲まれるまでの金王朝が衰亡に向かった段階である。第四段階は金詩の「昇華期」であり、金王朝滅亡前後の時期である。衰滅の騒乱の中で、名高い詩人である元好問（一一九〇～一二五七）によって創作された不朽の名作が金詩を昇華させた。それゆえ、第四段階は最も際立っている。

「借才異代」は金詩が発展する最初の一歩である。遼王朝を滅亡させ、宋王朝を侵略したことは金王朝の社会発展において、重要な転換点となった。これを契機として、女真族の統治者は漢民族の文化にある要素を大量に吸収し始め、女真族を急速に奴隷社会から封建社会へ遷移させた。文化の面にあっては、女真族は目覚しい発展を遂げた。金王朝初期の詩壇において活躍する詩人がある程度存在しており、造詣が深い詩作を数多く産出していた。これらの詩人は概して女真族から現れ出たのではなく、宋王朝あるいは遼王朝から金王朝に移ってきた漢民族の文人であった。贔屓目なしに見れば、金王朝初期の詩歌創作において、決定的な役割を果たしたのはやはり宋王朝から金王朝に来た詩人であり、主には宇文虚中（一〇七九～一一四六）・呉激・蔡松年（一一〇七～一一五九）・高士談（?～一一四六）等の詩人が挙げられる。「借才異代」という命題は、清王朝の荘仲方（一七八〇～一八五七）の提起による。荘仲方は次のように述べている。

金初無文字也。自太祖得遼人韓昉、而言始文。太宗入宋汴州、取經籍圖書。宋宇文虚中、張斛、蔡松年、高士談輩、後先歸之、而文字煟興。然猶借才異代也。

金代初期には文字がなかった。太祖が遼から来た韓昉による補佐を得て、ようやく口語だけの世界から文語が生まれた。太宗は宋王朝の国都である汴州（開封）を陥落させ、経書や古代の書籍などを得た。宋王朝の宇文虚中・張斛（一一二〇前後）・蔡松年・高士談らが、相次いで金王朝に帰属し、その後に文学がほのかに芽生えてきた。これは、まさに異なる治世から人材を得たと言える。(6)

この「借才異代」は、まさに金王朝初期における詩壇の本質を申し分なく概括している。宇文虚中・呉激・高士談等の詩人は金王朝に長く身を寄せ、官職を授けられたが、それでも故郷を懐かしむことが多々あった。宇文虚中は「翰林学士」という役職を授けられ、金人に「国師」として崇められていた。しかしながら、彼は常々望郷の念にかられ、自らを屈原（前三四〇～前二七八）・蘇武（前一四〇～前六〇）に喩えて詩に表している。最期には、謀反の罪に問われ、金人によって命を絶たれた。金王朝初期、蔡松年の官職は宰相にまで至り、同時期の文人の中でも、最も高い官職となった。それでも、蔡松年は詩の中で度々自らを官界に倦んだ客人と表し、隠居して騒々しく煩わしい俗世から離れたい思いを述懐している。

金詩の第一段階においては、論評に値する詩人がもう一人存在する。それは朱弁（一〇八五～一一四四）である。当時、朱弁は南宋の使臣であり、王倫に付き従い、使節として金王朝へ赴いていたが、彼は金王朝によって一六年間にわたり金に軟禁され、高宗紹興十三年（一一四三年）、宋と金が和平を進めるにあたり、ようやく宋への送り戻しが許された。宋に戻った後の朱弁は秦檜（一〇九〇～一一五五）により抑圧・排斥され、翌年に世を去った。金に滞在している間、朱弁は節操を守り、屈服もせず、金人より官職を授けられることも度々であったが断固として断り続けていた。しかし、彼は金源［金の都］において女真族の貴族子弟に対して中原の伝統文化に基づく薫陶と教育を授け、これが金代初期において幅広い影響を及ぼすことになった。また、朱弁は宋で暮らしていた頃から既に名高い詩人であったが、金に滞在していた時期にも有名な『風月堂詩話』『文淵閣四庫全書』一四七九冊集部四一八］を創作し、金源詩壇における非常に貴重な財産を残したと言える。この『風月堂詩話』について郭紹虞（一八九三～一九八四）先生が以下のように論評している。

「自序」作于庚申、乃紹興十年（一一四〇）、並言、「予以使事羈絆漯河、閲歷星紀。追思曩游風月之談、十僅省四五」云云。然則是書乃在金時作、而其所論則猶是在宋時談論之所得也。跡其交遊、多在諸晁。晁叔用沖之、晁以道説之、晁無咎補之均較有名、至如晁伯宇載之、晁季一貫之、其名較晦、而軼事斷句毎賴以傳。是則風月之談、正有足征一時文獻者矣。

「自序」は庚申の年、すなわち紹興十年（一一四〇）に書かれたもので、そこにはこのような文がある。「私が使者として金へ赴いてから、漯河に拘留され、歳月を重ねてきた。かつての風月の話に思いを馳せたところ、まだ四、五割は思い出せた」。このように、この本は金に滞在していた折に書かれたものだが、述懐した内容は宋にいた頃を語るものである。朱弁と交流を持った者は、「晁」の名字を持つ者が多い。晁沖之（字は叔用）や晁説之（字は以道）、晁補之（字は無咎、一〇五三〜一一一〇）が比較的に有名であり、晁載之（字は伯宇）、晁貫之（字は季一）も、それほど知られてないものの記載が見られ、彼らとの逸話と事跡が広く伝えられている。したがって、この本は過去の風月について書かれた話のようだが、当時の文献と見なすことができる。(7)

『風月堂詩話』には金代詩学史における特別な意義があり、後世の詩学発展に重要な影響を与えた。郭紹虞は以下のように指摘している。「この本は金に残されたが、度宗の治世になってようやく江左（江蘇省南部）へ伝わり始めた。故に、王若虚（一一七四〜一二四三）の『滹南詩話』［清・丁福保輯『歴代詩話続編』所収］においては、この本が引用されている。王若虚が蘇黄（蘇軾と黄庭堅）の優劣を論述したのは、おそらくこの

『風月堂詩話』によるものだ」〔同上〕。このように、朱弁は金王朝より官職を受けてはいなかったが、金詩の発展に深い影響を与えていたことが窺える。

「借才異代」の詩人たちは、元来、宋詩の気風において創作を行っていたので、金での滞在が始まってから以降の詩篇においても、芸術的な円熟みや抒情の繊細さ、婉曲的で含蓄溢れる風格といった本来の特徴を必然的に多く残している。これに対して、同時期の海陵王（完顔亮、一一二二～一一六一）の詩作は、女真族の詩人が有する素朴で猛々しい風格を見せている。彼の「書壁述懐」（壁に書して懐ひを述ぶ）という詩作には「蛟龍潜匿隠滄波、且与蝦蟆作混和。等待一朝頭角就、撼揺霹靂震山河」（蛟龍潜匿して滄波に隠れ、且《しば》らく蝦蟆と混和を作《な》す。一朝頭角就《な》るを等待《まち》て、霹靂を撼揺して山河を震はさん）〔南宋・岳珂『程史』巻八「逆亮辞怪」、四部叢刊続編元刊本〕という表現があり、女真族が漢民族の文学に浸潤され始めた当初の度合いを明確に反映している。詩情が粗暴で荒々しいため、「借才異代」の詩人たちと比較した際には、南北における詩風の差異が如実に見て取れる。

世宗及び章宗の時期は金源文化の歴史における黄金時代と言える。社会が安定したことで繁栄に向かったため、世宗は「小尭舜」と称えられていた。また、章宗は礼楽思想に基づいた文治政治を実施したため、金人の学者、劉祁（一二〇三～一二五〇）は章宗を以下のように評価している。「章宗は聡慧で、皇太子であった父（完顔允恭）の風格がにじみ出ていた。また章宗は文学を好み学問に通じ、儒者を尊んだが故に同時に名士を輩出した。大臣や高官には見るべき文才や学問を有するものが多く、能吏も直臣も取り立てて用いられた。法令は整然と行われ、文治政治が燦然と輝く、まさに金王朝の最盛期と言えよう。とはいえ、章宗は詩文を学ぶに留まり、国を保ち民衆を安らかにする道としての経学を用いて王朝を末永く継続させることには気を配らなかった」[8]。ここにおける「詩文を学ぶに留まる」というのは、詩詞等の審美文化をより重視したということにほかならない。世宗も章宗も漢民族文化の要素を大量に取り入れることを重視し、これにより、封建社会へ転換する過程を加速させた。世宗も章宗も文治政治を実践したのみならず、彼ら自身も文才に溢れていた。章宗は造詣の深さが並外れた詩人であり、詩歌の作風が鷹揚としており華美である。「宮中絶句」の「五雲金碧拱朝霞、楼閣峥嶸帝子家。三十六宮簾尽捲、東風無処不揚花」（五雲の金碧 朝霞を拱き、楼閣峥嶸たり帝子の家。三十六宮 簾 尽《ことごと》く捲き、東風 処《ところ》として花を揚げざるは無し）［劉祁『帰潜志』巻一］には、絢爛で典麗な中に精巧さも見て取れる。唐人の詩句を応用して渾然一体とした境地に至っている。世宗・章宗の治世、とりわけ大定・明昌年間には、詩歌の発展に功績を残した個性的な詩人が次々に輩出された。全般的に見れば、この時期には既に唐とも異なり宋とも異なった、金詩独自の特色が形成され、中国詩史という林の中で自立して立つことができるほどの特色を有するに至っている。金王朝における文学の大家である元好問は、これを「国朝文派」と称し、通史的観点から以下のように指摘している。

國初文士如宇文大學（虚中）、蔡丞相、呉深州之等、不可不謂豪傑之士、然皆宋儒、難以國朝文派論之。故斷自正甫（蔡珪字）為正傳之宗、黨竹溪次之、禮部閑閑公又次之。自蕭戶部真卿倡此論、天下迄今無異議云。

宇文大学士（虚中）、蔡丞相（松年）、呉深州（激）等のような金王朝初期の学者が、才知に秀でていたことは言うまでもないが、あくまでも宋王朝の儒学者であり、金王朝の「国朝文派」と呼ぶには抵抗がある。したがって、正甫（蔡珪の字、?～一一七四）こそが金王朝文学における正統な始祖であり、その次には党竹渓（懐英、一一三四～一二一一）、またその次には礼部の閑閑公（趙秉文、一一五九～一二三二）が続くと断定できる。蕭戸部（字真卿）がこの論を唱えて以来、天下に異論はない(9)。

このように元好問は詩歌における発展的かつ通史的な観点から「国朝文派」という概念を打ち出し、金詩に総体的な特色が形成されたことを示している。元好問が蔡珪（蔡松年）を「国朝文派」の代表と位置づけたのは、独善的な見解ではなく、大定時期の詩人である蕭貢（字は真卿で、戸部尚書）が提唱していた説に基づいて総括したものである。しかも、これが当時の共通認識、すなわち「天下に異論なし」の受け止め方であった。元好問の幅広い見識から見れば、「国朝文派」は単なる金詩の一流派でもなく、一時期の創作でもない。それは金源詩歌の、宋詩との差異が見出される、ひいては他の時代の詩とも通史的に区分される、総体的な特色なのである。そして、この面における内在的な意味は相当に豊富であり、同時に、動態的な発展もこの面において見られる。

蔡珪は「国朝文派」の創始者として、その詩作において「国朝文派」の最も際立つ一面を体現している。例えば、彼の「医巫閭」、「野鷹来」、「保徳軍中秋」等の詩作は、力強く勢いがあり、強情なまでに厳格である。また、北国の豪放で意気溢れる気概が見られる点で作風が際立っている。中でも、「医巫閭」は医巫閭山が威風堂々と聳え立つ様子を描いている。その情調は雄壮で、気勢に溢れ、言葉に尽くせぬ研鑽が感じられる。まさに歌行体の七言詩における傑作であると言えよう。明代の詩歌評論家である胡応麟（一五五一～一六〇二）が金詩を論じる際に、「七言歌行、時に傑作あり」と、蔡珪の「医巫閭」を挙げているが、この時期においては、ほかにも言及すべき詩人が存在する。例えば、党懐英・周昂（?～一二一一）・王寂（一一二八～一一九四）・王庭筠（一一五一～一二〇二）・趙秉文等がこれにあたる。彼らは各人各様の風格と特色を創出し、国朝文派の功績を明確に示している。したがって、「国朝文派」は単一の風格を有するのではなく、このような各人各様の詩歌の風格が合わさった金詩の交響曲だと言える。いわゆる「国朝文派」という呼称は、各種各様の風格を持つ金詩の基盤部分にすぎないのである。

「国朝文派」が生じたのは偶然ではない。雄健な詩風が蔡珪に近く、鍛え上げられた逞しい気概を有するのが当時のこの流派の詩人たちであった。例えば、蕭貢は最も敬慕していた蔡珪を「国朝文派」の始祖に推挙した。蕭貢は自身の詩風を蔡珪に重ね、威風堂々と雄々しく表している。更に、大定期の劉迎も「国朝文派」の特徴を体現した詩人の一人であり、七五首もの詩が『中州集』に収録されている。劉迎の詩は国を憂い民を憂える胸中を常に吐露している。その秀でた歌行体は、素朴な表現と、剛健な風格を有している。清の陶玉禾は劉迎の詩について、次のように極めて高い評価を与えている。

金詩推劉迎、李汾、而迎七古尤擅場。蒼莽樸直中語、皆有關係、不為苟作。其氣骨固絕高也。

金代の詩人と言えば、劉迎と李汾が挙げることができ、劉迎は特に七言古詩に長じていた。限りなく広がる澄んだ大空のように飾らない言葉でありながら、個々の表現に関連性があり、それは、いい加減に作ったものではない。その気概は言うまでもなく高潔である。

（『金詩選』巻一［清・顧奎光選輯、陶玉禾参評］）

この時期における重要な詩人としては他にも党懐英・王庭筠・趙渢等が挙げられる。党懐英、字は世傑、竹渓と号し、国史館の編修官や幹林学士承旨等の官職を歴任した。『遼史』編纂の主要人物であったことからもわかるように、当時における文壇の盟主であった。若い頃は、南宋の名高い詞人である辛棄疾（一一四〇～一二〇七）と同様に、劉汲（?～一一二八）に師事していた。『中州集』には、竹渓の六五首の詩が収められている。その詩風は悠然と穏やかであり、陶淵明（三六五～四二七）や謝霊運（三八五～四三三）といった文芸的伝統が多く受け継がれている。金代の著名な文学者である趙秉文は竹渓の詩について「陶謝に似ており、魏晋の詩風に包まれている」と評している。[10] 例えば、「穆陵道中」、「夜発蔡口」等の詩においては、陶淵明の幽玄な情景と謝霊運の精巧で精密な描写を体現している。王庭筠は、字は子端、自ら黄華山主と号し、渤海にある代々文学者を輩出する名門の家系に生まれた。彼は多岐にわたって多大な業績をあげる学者であり、芸術家でもある。詩歌、散文、書道、絵画など押し並べて一様に名を挙げている。画家としては、金代の画壇において王庭筠の右に出るものがいなかったし、詩人としては、金詩における第一人者とまでは言い難くても、並々ならぬ文芸的な成果を残している。元好問は王庭筠に関して以下のように推称している。「子端の詩文は師伝あり、音に聞こえる名高い学者といえども子端の右に出るものはなし」。[11] 黄華の詩には「黄華亭」、「中秋」などがあるが、芸術的な域にまで熟達していて、純然たる境地にある。後の有名な詩人である李純甫（一一七七～一二二三）も次のように黄華の詩を評価している。「東坡（蘇軾、一〇三七～一一〇一）の詩風が山谷（黄庭堅、一〇四五～一一〇五）に継がれ、山谷（黄庭堅）の詩風が黄華に継がれている。黄華に及ぶ人などいるはずもなし」。[12] 趙渢は、字は文孺、黄山と号し、当時の詩壇において頗る名を挙げている。人となりは穏やかで、詩風も清らかであるがままである。

周昂（?〜一二一一）は、もう一人の言及すべき大定・明昌期の詩人で、金代詩史だけではなく、以降の詩風と詩学観念に影響を及ぼした。周昂は、字は徳卿、真定（現在の河北省石家荘市正定県）の出身である。彼は官職への道を幾度も閉ざされ、後の大安三年（一二一一）、モンゴル帝国軍との争いの際、甥の周嗣明とともに命を落とした。周昂は当時の文壇において名声を轟かせていた。「周昂は親孝行で兄弟仲が良く、名誉と節操が称えられ、学術を深め、文章の格調が高い。このため、多くの儒学者は彼を師として尊んでいる」(13)。周昂は詩作がすこぶる多く、一百首の詩が『中州集』に収められている。詩学理論において、周昂は多大な貢献を果たしている。遷都後の時期に著名な文学家王若虚は、周昂の甥であるが、その詩論には、叔父である周昂の思想を発展させたものが多い。周昂は杜甫を深く敬慕しているため、彼の詩も杜甫の詩の真髄に触れている。例えば、周昂は、「江西詩派が杜甫を詩の宗主として吹聴しているが、実際には彼らには杜甫の詩の神髄を究めることができないだろう」と考えていた。周昂は次に挙げる「読陳後山［師道、江西詩派の詩人］詩」において、明確に杜甫を称賛し、江西詩派をけなしている。「子美神功接混茫、人間無路可升堂。一斑管内時時見、賺得陳郎両鬢蒼」（子美は神功にして混茫に接し、人間 路の堂に升る可き無し。一斑 管内に時時に見て、賺《すか》し得たり陳郎両鬢蒼《しろ》し）［『中州集』巻四、一七三頁］。王若虚が詩を論説した際には、直接この観念が受容されている。王若虚は以下のように述べている。

史舜元作吾舅詩集序、以為有老杜句法、蓋得之矣。而復云「由山谷以入」、則恐不然。吾舅兒時便學工部、而終身不喜山谷也。若虚嘗乘間問之、則曰、「魯直雄豪奇險。善為新樣。固有過人者、然于少陵初無關涉。前輩以為得法者、皆未能深見耳。」

史舜元は叔父［周昂］の詩集のために序文を書いた際、叔父の作品から杜甫の句法が見られると論じたが、これは妥当であろう。しかし、また一方で史舜元は「山谷（黄庭堅）の作風が見られる」とも言っているが、これはおそらくそうではないだろう。叔父は子供の頃から工部（杜甫）の詩を学んだが、山谷（黄庭堅）の詩は生涯好んでいない。私が隙を見て、叔父に尋ねたら、このように回答してくれた。「魯直（黄庭堅の号）の詩風は雄壮であり、豪放であり、そして奇異である。彼は新しい様式の詩を創作するのが得意である。それは確かにずば抜けているのだが、少陵（杜甫）の詩とは全く関係がない。山谷の詩は杜甫の句法を学んでいると先輩が言っているが、それは杜甫の詩風について、先輩が深く理解できていないからである」と。

［『滹南詩話』巻二］

周昂は平素から山谷の詩風が好きではなく、山谷の詩を「確かにずば抜けている」と認めているものの、金字塔とも言うべき杜甫の詩風とは重なるものがないとみなしていた。周昂自身の詩はと言えば、杜詩の詩を伺わせる勢いと奥ゆかしさがあり、荒涼とした憂いを漂わせながら、荘重さと洗練さを失っていない。とりわけ彼の五言律詩にこそ、杜甫の風格が際立つ。時勢に感じ、憂患と蒼茫とが渾然一体となった詩情がそこにある。「対月」、「晩歩」等がまさにこれである。

宣宗の治世、「貞祐南渡」（一二一四年）と呼ばれる汴京（開封）への遷都を転換点として、金王朝社会は後期に入り、衰亡へと進み始めた。モンゴル帝国の勇猛な騎兵が一歩一歩迫り来る中、女真軍は、漢化政策によって文弱に流れたため、本来の剽悍さと勇猛さを既に失っていた。宣宗による朝政が日増しに腐敗していく一方、丞相の高琪が専権を増し、士大夫を苛酷に処罰していた。朝廷においては、おざなりに遣り過す気風が蔓延していた。「南渡以降、丞相は国威回復を企てないばかりか、組織の上も下もが同じ有様で、ただ目先の安逸に浸り、改革を叫ぶ者が現れても悉く抑圧していた。北方の敵が国境に迫ってきても、君主も臣下も相向かって落涙したり、御殿において溜息をついたりするばかりであり、後に敵が退き、戒厳令が解除されれば、またご馳走を用意し、黄閣中（丞相官署）において宴を開く始末であった。時事を議論する折は常に、肝要な点に至れば『再度議論すべし』と言い放ち、解散させていた。ただこれを繰り返すばかりで、おざなりに遣り過していたので、ついには亡国に至った」(14)。以上が南渡以降における朝政の状況である。

南渡以降の詩壇はといえば、却って新たな活気が芽生えていた。明昌・承安期の斬新で、華美な気風が改まり、素朴で剛健な気風へと転じた。苦境に陥った現実により、詩人たちは華美な詩風を捨て去り、能面のような厳粛さを興起させるようになった。南渡以降の詩壇において、文壇の盟主となったのは趙秉文と李純甫（一一七七〜一二二三）であった。趙秉文は磁州滏陽（現在の河北省邯鄲市磁県）の出身で、大定二十五年（一一八五）に科挙の試験に合格し、官職は礼部尚書にまで至った。彼は詩文書画の各分野にわたり世に名を知られ、当時の文壇における第一人者であった。文壇の盟主として数十年間位置づけられ、南渡以降、ますます影響力が強まった。もう一人の李純甫は承安二年（一一九七）、科挙の試験の進士に及第し、南渡以降、趙秉文とともに文壇の盟主に位置づけられ、その影響力も甚だ広大であった。この趙秉文と李純甫の下で、各々異る作風を持つ流派が形成されていた。『帰潜志』の撰者である劉祁は、当時の詩風が転換するに当たり、この趙秉文と李純甫を詩風の鍵とした上で、両者の相違点を以下のように記録している。「南渡以降、詩文の作風が一変した。散文は素朴で古風で風変わりなものとなり、詩は『詩経』における『風』と『雅』に学んでいる。これは趙閑閑（秉文の号は「閑閑」）と李屏山（純甫の号は屏山居士）が提唱したものである。李屏山は幼小時から師事するものがおらず、左氏や荘子を好んでいたが故に、遼宋より続いていた作風を一掃できた。加えて、雷希顔・宋飛卿等といった者も古文を用いて散文を書いていたため、往々に李屏山に倣い、浅薄な語句を用いなかった。趙閑閑は晩年においては唐の李白や杜甫の詩風に倣い、詩を創作したが、これを他人に話さなかった。続いて、麻知幾や李長源・元裕が相次いで世に名が知られ、詩を創作する後輩は皆な唐の詩人を手本としていた」[15]。ここから窺えるように、李純甫派は遼宋より続いていた作風を一掃して、独創的な作品を作り出していたのに対して、趙秉文派は専ら唐代の詩人の作風に倣っていた。

趙閑閑と李屏山の詩学における方向性の相違とその分岐点については、劉祁の『帰潜志』に記録が多い。そこには、以下のようにある。

李屏山教後學為文、欲自成一家、毎曰、「當別轉一路、勿隨人腳跟。」故多喜奇怪。然其文亦不出莊、左、柳、蘇、詩不出盧仝、李賀。晩甚愛楊萬里詩。曰、「活潑剌底、人難及也。」趙閑閑教後進為詩文則曰、「文章不可執一體。有時奇古、有時平淡。何拘。」李嘗與余論趙文曰、「才甚高、氣象甚雄。然不免有失支墮節處。蓋學東坡而不成者。」趙亦語余曰、「之純文字止一體、詩只一句去也。」……趙閑閑論文曰、「文字無太硬、之純文字最硬。可傷。」……興定、元光間、余在南京、從趙閑閑、李屏山、王從之、雷希顏諸公遊、多論為文作詩。趙于詩最細、貴含蓄工夫。于文頗粗、止論氣象大概。李于文甚細、說關鍵賓主抑揚。于詩頗粗、止論詞氣才巧。

李屏山は後進に散文の創作を教え、自身が独自の権威に成ろうとし、いつもこう話していた。「作風は他の人と別の道に転じるべきであり、人の足跡に付いていってはいけない」。故に、奇怪さをとても好んだ。しかし、散文においては、荘（周）・左（氏）・柳（宗元）・蘇（軾）の文風を出ず、詩においても、盧仝（七九五〜八三五）や李賀（七九一〜八一七）の作風を出ない。晩年の李屛山は楊万里（一一二七〜一二〇六）の詩を非常に好んでいた。「楊万里の詩は活発的で、真相をずばりと言い当てており、彼には及び難い」と評価している。趙閑閑は後進に詩文の創作を教えるにあたり、「散文は一つの文体に固執してはいけない。ある時は風変りで古風に、ある時には単調に。なぜそれを忘れ、固執せねばならないのか」と言った。かつて、李屛山が僕と趙閑閑の散文を論じた折、このように評していた。「趙閑閑は才能に溢れ、その資質は雄々しい。しかし、どうしても細部の穴が隠せない。蘇東坡に倣い、自身の欠点を隠そうとしているがそれも不十分だ」。趙閑閑もまた私に李屛山をこのように評していた。「李屛山の散文は画一的で、詩もただ言葉があるのみだ」と。……趙閑閑は更に李屛山の散文について、このように論じた。「語句は硬すぎることはあってはならないのに、李屛山は語句が誰より硬い。残念だ」。……興定・元光期、南京に滞在していた私は、趙閑閑や李屛山・雷希に従い、遊びに出掛け、散文や詩の創作について語った。趙閑閑は詩においては誰より細緻で含蓄に優れている。しかし、散文においては粗く、かなり大ざっぱであり、大味な様相に留まっている。一方、李屛山は散文が緻密で、要所を抑え、主客に抑揚がある。逆に詩は粗く、表現や技巧を論じるだけで充分としている(16)。

以上の記載より、二人の相違点が幾つか読み取れる。継承と創造の関係について、趙秉文は諸家の長所に倣い、多くの師より恩恵を得ており、多方面にわたって古人の教えからの継承を重んじている。一方、李純甫は他者に盲従せず、伝統を打破し、自身が独自の権威となることを強調している。詩歌の作風において、趙秉文はその多様化を主張し、風変りにも古風にも、あるいは平淡さにも執着していない。李純甫の作品が画一化した様式しかないことに対して不満を持ち、「文字止一体」（表現がただ一つにすぎない）と評しているのであった。しかし、実際には、趙秉文は含蓄溢れる平淡な詩風を重視し、李純甫の風変りな作風を明確に否定している。創作論において、趙秉文は古人に学ぶことにより詩の素養と技能を養うことを提唱しているので、詩を論じるに当たり、誰より細微に至るまで、規則や基準を重んじている。一方、李純甫は生来の素質や才気を評価しているので、詩の論評も粗雑で、表現と技巧のみを重んじている。また、趙秉文一派は実像に重点を置いており、王若虚はその代表である。他方、李純甫一派は主観的な叙情に重点を置き、心情を込み上げるままに率直に取り上げて、表現が鋭く際立っている。これは李純甫のみならず、雷希顔や李経などにも共通している。

趙秉文が創作した詩と散文は非常に多く、現存しているものとしては、『閑閑老人滏水文集』所収が六百首余りと、『中州集』所収が六三首ほどである。彼の詩や散文の大成に対して、元好問は以下のように評している。「趙秉文の散文は『義理之学』に基づいており、それ故に分析に長けている。表現したい言葉は、その限界まで描き出し、決してそれを抑圧しない。趙秉文の七言長詩は気風が自由奔放で、形式にこだわらない。律詩は壮麗で、短詩は精妙を尽くし、多くが近体詩として創作されている。五言長詩に至っては、沈鬱な挫折感を阮籍（阮嗣宗）に倣い、素朴な本質を陶淵明に習っている。これに近い彼の散文は見当たらない」[17]。この評価は正鵠を得ている。

この頃、趙秉文の詩学と傾向が近く、しかも詩学理論において明らかな貢献を残したのは王若虚である。王若虚は、字は従之、滹南遺老と号した。藁城（現在の河北省石家荘市付近）の出身で、承安二年（一一九七）

の経義進士である。国史院編修官、左司諫及び延州刺史等を歴任した。南渡以降、王若虚は趙秉文や李純甫・雷希顔などの文学家や詩人とともに文学活動に携わり、南渡以降の詩壇において重要な役割を果たしている。王若虚の詩集『滹南遺老集』には四十首の詩が収録されている。詩風や特徴については、彼自身による「緩やかで典雅な特徴を浮ついた華やかさよりも重んじ、簡潔さを奇抜さよりも重んじている」(18)という論評が最も適切である。叙情も情景も叙事も秀でており、すべて典雅で穏やかな基調である。王若虚は詩人でもあり、詩歌評論家でもある。彼の金詩への最も大きな貢献は、やはり詩論を著した『滹南詩話』にあると思われる。王若虚は詩人、周昂の甥である。年少時の王若虚は周昂より詩を学んだ。彼の詩学思想は明らかに周昂より受け継がれている。『詩話』は三巻より成り、詩は虚偽を求めず、本質を求めるものだと論じている。「真実を求めないで奇を求め、真偽が未だ分からない状態で、それより先に優劣を論じようとする、それでは自ずと自身を欺くことになる」と王若虚は考えている（『滹南詩話』巻中）。彼は、作詞において造語で虚を成すことについて次のように批評している。「詩人の表現において、奇抜な虚偽により心情を伝えるのはもちろん構わないが、それが過度ならばやはり誤りと言える」と（同巻下）。彼は奇で欺くことに異論を唱えるところから議論を始め、実を求めることを重視している。また、彼は黄庭堅を宗とした江西詩派の詩風に対して、次のように酷評している。「魯直は詩を論じるにあたり、『換骨奪胎』や『点鉄成金』（仙人が鉄に触れれば金に変わる）という例えを用いている。世間ではこれを名言としているが、私には狡猾な剽窃も同然に見える」（同巻下）。「いにしえの詩人は、趣意や形式が違えども、独自の創作のみを肝要としている。辞に通じ、理に順ずれば名家と呼ぶに足るのに、何故に古人の句法を踏襲するものがいるのか。魯直が句法を論じるなど、もはや古人に及ぶところではない。その門弟や近しい一派が伝え、継承者と称しているが、どうして詩の真理と言えようか」（同巻下)。この主張は王若虚の詩論において終始一貫している。

奇を尊ぶ「尚奇」の一派が、李純甫・雷希顔を代表として生まれた。これは「国朝文派」が高度に成熟したことの表れである。

李純甫は度量が広く、好んで人材を抜擢していた。このため、当時、影響のある詩人が彼の門下から多く輩出した。これについて、劉祁が次のように記述している。「人材を好む李純甫のおかげで、後進に秀でた詩人がいれば、彼は口を極めて称賛していた。当時の著名な詩人は、皆な李純甫のおかげで、名を馳せたのだ。李純甫は彼らと互いに肩を叩きあい、あなたと私で呼び合っていた。年の隔たりを忘れ、歓談していた。後輩を育て、かわいがり、親戚の如き恩情をかけていた。これゆえに、士大夫が彼の門下に集まり、当世の登龍門と称されていた」(19)。このように、人材の抜擢を好んでいた李純甫は、文壇において非常に声望を高めていた。

奇を尊ぶという特徴は李純甫、及び彼を代表とする一派の詩人に共通する審美傾向である。李純甫をはじめ、雷希顔や李経・趙元などの詩歌にはこの特徴が体現されている。李純甫の詩は猛々しいほどに峻険でありながら、その一方においては華麗で多彩である。彼の七言古詩は「怪松謡」、「雪後」、「灞陵風雪」等からも伺えるように、雄壮で奇特な詩風を見せている。雷淵は、字は希顔、李純甫一派の代表格である。剛直で豪侠の気概に富んだ性格の持ち主である。詩は各種の様式が備わり、壮麗で雄大で奇を尊ぶ詩風である。李経や趙元もこの一派の代表的な詩人である。劉祁は李経を「詩作に励み、奇抜な表現を好み、先人を踏襲せず、その妙には及ぶ人なし」(20)と賞賛している。趙元は楽府体を用いて時弊を戒めた。身近な現実を重視するも、奇抜な用語を用いていた。李純甫は「趙宜之愚軒」の詩の中で趙元を賞賛している。「趙元は胆力を備え、その筆の峻険たるさまは黄初体になし」と〔元好問『中州集』第四、二二五頁〕。

金詩において頂点に君臨した詩人は名高い元好問である。元好問は金源文化後、元王朝が興る前に生まれた。まさに民族の存亡に関わる乱世の時期であった。元好問は当時の著作家と同様に、乱世における王朝交代を記録している。しかしながら、それは衰亡を伝えるのみに留まらず、堂々たる大鐘音までも響き渡らせ、金詩における未曾有の最高峰を創り出している。元好問は、字は裕之、遺山と号し、太原秀容（現在の山西省忻州市）出身で、鮮卑族の後裔である。興定五年（一二二一）、元好問は進士となった後、県令に任ぜられ、後に都である開封に入り、国史院編修官、左司都事等を歴任した。都に滞在していたわずか数年間において、元好問は金王朝滅亡前後の惨状と国家の衰滅を絶えず目の当たりにしていた。彼は詩の筆を持って歴史を書き留めたのである。『中州集』を編纂し、金詩研究において最も貴重となる文献を後世に残した。

元好問の詩は一千四百首余りが残っている。これは、後の清の時代に施国祁が『元遺山詩集箋注』［施国祁注、新華書店、一九五八年］を出版したことによるところが大きい。遺山（元好問）の詩は「大家」と呼ばれるにふさわしい。なぜなら、一つには、感極まり涙せずにはいられないほどの悲劇的な審美効果があるからで、もう一つには、詩史における新たな芸術的な手本を提供したからである。遺山の詩は、国が破れ家が滅ぶ塗炭の苦しみを史実として描写しているのに、なぜ、これほどに心を揺り動かすのだろうか。これは一時の一事象の描写に拘っているからでもなく、やるせなさや痛ましさによるものでもない。清代の学者、趙翼は深い見識と大きな度量を相当に備えていた。趙翼の詩論の中でも名著と言える『甌北詩話』においては、遺山の詩のために一巻を設け、元好問の七言律詩を以下のように論じている。

七言律詩則更沉摯悲涼、自成聲調。唐以來律師之可歌可泣者、少陵十數聯外、絕無嗣響。遺山則往往有之。

如『車駕遁入歸德』之「白骨又多兵死鬼、青山原有地行仙」、「蛟龍豈是池中物、蟣虱空悲地上臣」。『出京』之「只知灞上真兒戲、誰識神州竟陸沈」。『送徐威卿』之「蕩蕩青天非向日、蕭蕭春色是他鄉」。『鎮州』之「只知終老歸唐土、忽漫相看是楚囚。日月盡隨天北轉、古今誰見海西流」。『還冠氏』之「千里關河高骨馬、四更風雪短檠燈」。『座主閑閑公諱日』之「贈官不暇似平日、草詔空傳似奉天」。此等感時觸事、聲淚倶下。千載後猶使讀者低徊不能置。蓋事關家国、尤易感人。

遺山の七言律詩はさらに深く真摯に悲哀に対し、それを自らの特色と成している。唐代以来、このように感涙を誘う律詩は杜甫の十数首に過ぎず、継承もされていない。しかし、遺山は往々にしてこのような詩を残している。例えば、「車駕遁入帰徳」（車駕もて遁げて帰徳に入る）詩の「白骨又多兵死鬼、青山原有地行仙。蛟龍豈是池中物、蟣虱空悲地上臣」（白骨又た多し兵に死せし鬼《き》、青山原《も》と有り地行の仙。蛟龍は豈に是れ池中の物ならんや、蟣虱に空しく悲しむ地上の臣）、「出京」詩の「只知灞上真児戯、誰識神州竟陸沈」（只《た》だ知る灞上は真に児戯なるを、誰か識らん神州竟《つひ》に陸沈すと）。「送徐威卿」（徐威卿を送る）詩の「蕩蕩青天非向日、蕭蕭春色是他郷」（蕩蕩たる青天は向《さ》きの日に非ず、蕭蕭たる春色は是れ他郷）。「鎮州」詩の「只知終老帰唐土、忽漫相看是楚囚。日月尽随天北転、古今誰見海西流」（只《た》だ知る終《つひ》に老いて唐土に帰するを、忽ち漫ろに相看れば是れ楚囚なり。日月尽く天に随ひ北に転ず、古今誰か見る海の西に流るるを）。「還冠氏」詩の「千里関河高骨馬、四更風雪短檠灯」（千里の関河　骨馬高く、四更の風雪　檠《けい》灯短し）。「座主閑閑公諱日」詩における「贈官不暇似平日、草詔空伝似奉天」（贈官に暇あらざるは日を平らかにするに似て、草詔空《むな》しく伝ふるは天に奉るに似たり）などがこれに当たる。これらの詩句は時に感じ、事に触れ、声涙倶《とも》に下るものである。千年が経った今も、これを読む人の心を千々に乱れさせ、落ち着かせない。特に、家と国に関わることほど、感動させやすいものはない(21)。

ここで、趙翼は、遺山の詩が人を感動させる力を持つことを指し示している。「自らの目で国も家も潰えたのを見たからこそ、悲愴を感じさせる詩が多い」というのが詩人だと思われがちであるが、この詩は悲哀のみに止まらない。遺山の詩が心を揺り動かす所以は、広大なる気迫と雄渾なる境界にあり、さらには悲憤慷慨とした感情が蒼茫で真摯な境地に浸透しているところにあると思われる。

元好問に関しては、詩学批評と詩学理論での貢献においても目を見張るものがある。彼の「詩論三十首」は、絶句を組み合わせた大型の詩論形式で魏晋から唐宋までの主要な詩家の創作と作品を体系的に批評し、形式や内容、風格、創作方法に関して独自の見解を示している。論詩絶句は杜甫の「戯為六絶句」に始まり、以降は、詩人の枚挙には暇がないのだが、杜甫以降、絶句を二つの方面から論じている。杜甫の「戯為六絶句」を代表として作品の批評を主とするのがその一方であり、宋代戴復古の「論詩十絶」を代表として史学原理の批評を主とするのがそのもう一方である。元好問の「詩論三十首」はこの二つの観点を兼ね備え、すこぶる大規模で体系的な詩学観念を有し、漢魏から宋までの千年余りにおいて活躍した詩人とその作品を欠かすことなく論じている。「詩論三十首」は詩論の発展史において一つの頂点となっている。

三、文化の合流地点にある元詩

元代の詩歌は中国詩歌史において、ひときわ重要な段階であり、ひときわ複雑な経緯があり、以降の詩歌の発展において、ひときわ多大な影響を与えている。元王朝はモンゴル族が築き上げた少数民族政権であるが、後に中国全土を統一したことにより、正統な王朝として見なされるようになった。文化においても、多文化における流派を更に融合させることとなった。元王朝の文化は遼・金王朝の文化と対比するなら、北方遊牧民族としてのモンゴル族の文化心理が、その社会生活の中で依然として重要な役割を果たしているが、元王朝は中国全土にまで版図を拡大したことにより、異民族による統治であるにもかかわらず、多民族統一の封建帝国を形成した。加えて、建国の当初から、漢民族特有の統制制度を推進し、中央集権による封建的統治体制を確立した。このような南北文化の併存のため、広範な漢民族の知識人による一体感を大幅に得ることができた。元代の文化はこのように北方や西北の各民族の文化的要素を巻き込んで、中華文化の伝統の中に集め入れた。これにより、中華文明史において極めて重要な段階となるとともに、後の明清時代の文化発展に活力を注入した。

詩壇について言えば、元の詩歌は全体的にそれまでの国や民族を超えた流派が合流するという特徴を見せている。加えて、唐宋詩と比べるならば、更なる発展の深まりと文化上における更なる包容力を備えているので、中国詩史において頂点の一つとなった。元詩の発展は主に元代前期、元代中期と元代後期という三つの段階に分かれる。この三つの時期は常に発展し、変化しており、しかも融合を経た後の元詩の特徴を少しずつ明らかに示す過程でもある。元代前期の詩壇において、詩人の出身はすこぶる複雑で、宋王朝から元王朝へ移り住んだ詩人と、金王朝から元王朝に移り住んだ詩人とに二分され、これらが大多数を占めている。彼らは異なった心理状態を抱いて創作を行っていた。特に、王朝変革時の遺民意識が元代前期の詩歌創作に蒼茫たる深みと重みをもたらした。金王朝から元王朝に移り住んだ詩人には、元好問（一一九〇～一二五七）や李俊民（一一七六／一一七五～一二六〇）・郝経（一二二三～一二七五）等が挙げられ、宋王朝から元王朝に移り住んだ詩人には、方回（一二二七～一三〇五）や戴表元（一二四四～一三一〇）・黄庚（生卒年不詳）等が挙げられる。彼らは宋詩と金詩の持つ異なる特色を元代の詩壇に溶け込ませた。各々の流派が合流したからこそ、その広漠たるさまが明らかとなった。これゆえ、金代初期の詩壇より、元代前期における詩壇の規模の方が確かに壮観である。元代の著名な詩人である欧陽玄（一二七四～一三五八）は、この時期の創作を「中統・至元期の文は龐《ほう》にして以て蔚《うつ》たり」(22)と論じた。「龐」とはその豊富さと複雑さのことであり、「蔚」とは前期の創作における繁栄と活力のことである。この概括はすこぶる適切である。宋・金王朝及びこの元王朝などの異なる文化背景と詩歌の血脈が相混じり合流することによって、元詩に更なる生命力の隆盛を与え、宋王朝とも金王朝とも異なる、この元王朝としての特色を生じさせている。

詩学意識の自覚、更に、詩芸に対する総括及び昇華は、元代前期の詩壇が中国詩史に与えた重要な貢献であり、遼・金前期の詩壇を超越した特筆すべき部分でもある。これは北方詩人、つまり金から元に移り住んだ詩人の中では、主に元好問と郝経によって体現されており、南方詩人、つまり宋から元に移り住んだ詩人の中では、主に方回と戴表元によって体現されている。元好問は、金王朝滅亡期から元王朝初期において、「詩によって歴史を留める」という方針から金源文化期の詩に対して総括を加えた。さらに、詩人小伝という形式により金代詩人の源流にまで遡り秩序立てた。晩年には「論詩三十首」を改めて論じた。これらの意図するところは「漢謡魏什久紛紜（漢魏より詩歌は久しく入り乱れ）、正体無人与細論（正体をともに細論する人もなし）。誰是詩中疏鑿手（詩中に鑿を揮って疎通する者は誰か）、暫教涇渭各清渾（涇渭を分かつが如く清渾［濁］を明らかにする者は誰か）」にある。元好問は元王朝初期における詩壇の盟主として、詩歌理論及び詩学思想において、詩歌創作の経験を客観視することで総括し、詩歌の正しい姿を提唱した。宋から元に移り住んだ南方詩人の中では、方回が地位も突出し、影響力も強い詩人であり、また詩論家でもあった。方回による江西詩派に対する尊崇や詩律に対する分析については、元代詩歌の発展への影響力を過小評価してはならない。方回は、その詩学における代表作『瀛奎《えいけい》律髓』により、自らの詩学観念を広く知らしめ、圏点付与や評論という方法を通じて詩歌に対する自らの価値観を表した。この『瀛奎律髓』は律詩の精華となる選集として、律詩に対する方回の高度な推賞を表現している。また、律詩への評価を通じて、宋詩への賞賛を重視しており、特に江西詩派の位置づけに対する肯定的な態度は、当時を鑑みるに際立って旗幟鮮明であると言える。方回は「一祖三宗」という提唱を明確に打ち出し、『瀛奎律髓』の巻二十六にある陳与義「清明」という詩の後に次のように説明を加えている。「古今の詩人は老杜（杜甫七一二～七七〇）・山谷（黄庭堅一〇四五～一一〇五）・後山（陳師道一〇五三～一一〇二）・簡斎（陳与義一〇九〇～一一三八）という四人の詩家を一祖三宗とすべきであり、他に崇めるべき詩家はほとんどいない[23]」。すなわち、杜甫を「祖」として、黄庭堅・陳師道・陳与義を「三宗」とすることによって、江西詩派の地位を大幅に高め、更には宋詩をも未曾有の地位に向上させた。戴表元もまた詩歌創作及び詩学思想において大きな業績を残した、元代前期の詩人の代表的な人物である。清の文学者である顧嗣立は、戴表元の詩学上の地位について以下のように評価している。

宋季文章氣萎苶而辭骫骳。帥初慨然以振起斯文為己任。時四明王應麟、天臺舒嶽祥並以文名四海內、帥初從而受業焉。故其學博而肆、其文清深雅潔。化陳腐為神奇、蓄而始發。間事摹畫、而隅角不露、尤自秘重、不妄許與。至元大德間、東南之士、以文章大家名重一時者、帥初而已。

宋代の散文は気勢が萎え、辞も阿諛便佞している。帥初（戴表元の字）は感慨深く心を揺り動かす散文を自らの務めと考えた。当時、『四明文献集』で名高い王応麟（一二二三〜一二九六）や、天台にいた舒岳祥（一二一九〜一二九八）が国内に広く知られていたため、帥初は彼らに師事した。それゆえ、帥初は博学で、知識に際限がなく、散文も精錬で奥ゆかしい。また、陳腐なものでも霊妙に変え、蓄積の後に表出を始める。時には、書画を模写していたが、隠匿して露見させず、むやみに他人に与えることもなかった。元代の大徳年間に至るまで、東南人士の中にあって、散文で名を成したのは、帥初一人のみであった(24)。

ここから、元代初期の詩壇における戴表元の重要な位置づけが窺える。詩歌創作に対して、戴氏は常に理論を意識付けており、友人のために序文を書くことを契機として、独特な見解、並びに美学的価値がある詩学観点を詳らかにしている。例えば、「許長卿詩序」〔李軍、辛夢霞校点『戴表元集』吉林文史出版社、二〇〇八年、一一八頁〕にあっては、作為の痕跡を残さない「無跡之跡」を高く評価したり、「趙子昂詩文集序」にあっては「幸嘗歴而知之（幸ひに嘗て歴《へ》て之を知るも、）、而言之同者亦未之有也（言の同じき者亦《ま》た未だ之《これ》有らざるなり）」〔同上九七頁〕と、詩人の直接的な経験と創作における個性との関係を述べている。元代前期おいては、心理的な一体感を有するモンゴルの詩人は他にも幾人か存在していた。彼らは金王朝の遺民でもなく、宋王朝の遺民でもない。政治において参与したモンゴル帝国の創建者である。このような新たな王朝の核心的な人材としては耶律楚材（一一九〇～一二四四）や劉秉忠（一二一六～一二七四）などが挙げられる。また、文化の面においても、彼らは漢民族の文化によって浸潤され、文学の修養や基盤に関しても、思想と哲学観念にしても、漢民族の文化から薫陶を受けることで成長せざるを得なかった。その一方で、彼らは元王朝により育まれた重臣なのであるから、その心理状態は金や宋から元に移り住んだ詩人とは異なる。このような心理状態は彼らの詩歌創作に重要な影響を与えた。このことは深層的な影響として、元代詩歌の特色を大いに形作ることとなった。

元代前期のもう一つの重要な社会現象には理学の勃興がある。理学の発展史において、元代はその前後を繋ぐ重要な役割を果たしている。哲学の水準あるいは理論の創造性から見るなら、元代の理学は宋代理学や明代の理学の右に出ないかもしれないが、元代の著名な理学家たちは、理学を堅持し、浸透させ、さらには理学を宋代から明代へ伝承することで朱学と陸学を合流させており、その全てが欠かせない働きを残しているからだ。元代理学における突出した特徴の一つには、理学と文学の合流、すなわち理学の文学化がある。元代における理学家の大部分は功績が著しい文学家や詩人である。元代における文学家、例えば、許衡（一二〇九～一二八一）・劉因（一二四九～一二九三）・饒魯（一一九三～一二六四）・呉澄（一二四九～一三三三）・程鉅夫・虞集（一二七二～一三四八）・袁桷（一二六六～一三二七）・許謙（一二六九～一三三七）・柳貫（一二七〇～一三四二）等などは皆、理学を学んでおり、特に、許衡・劉因・呉澄は元代の三大理学家と称され、理学の継承において忘れてはならない功績を立てている。清代初期の黄百家［黄宗羲の子］は次のように述べている。「元代の学者は、魯斉（許衡）・静修（劉因）・草廬（呉澄）の三人のみである。元代はこの三人の力を借りることで建国できたと言えよう」[25]。このような事情の下では、理学思想が文学創作、特に、詩歌編纂の中に広まるのは必然である。例えば、劉因・呉澄のみならず、柳貫・黄溍（一二七七〜一三五七）・呉師道（一二八三〜一三四四）・呉莱（一二九七〜一三四〇）などは著名な理学者であると同時に、詩壇においても輝きを放った人物である。宋代の儒学者と違って、彼らは詩の中で「性即理」という命題を演繹するのでもないし、理学の概念をもって詩の審美観に効果を与えようとしているわけでもない。詩を創作する際には、彼らは詩人でしかないのである。しかし、これは理学が詩歌創作に何の影響も与えていないということではない。むしろ、理学が文学に与える影響の奥深さを我々に見せてくれている。一つには、詩人の内なる心的世界において内省し探求することであり、もう一つには「雅正」という審美観の核心が次第に確立していくことである。宋王朝における理学は、「朱学」と「陸学」という二つの流派に分かれる。朱学は「格物致知」（物を格《いた》すは知を致すにあり）を重視するのに対し、陸学は「返求本心」（返りて本心を求むるなり）を重要視している。陸学は朱学のことを「支離（滅裂）」とけなし、朱学は陸学のことを「簡易」と攻めた。理学の発展は元代に至り、朱学と陸学が合流する趨勢を際立たせている。劉因の理学思想は朱学の範疇に属しているものの、往々にして陸学における「自らの本心を求める」という本質をも紛れ込ませている。道徳修養においては、彼は明らかに「自らの本心を求める」ということを宗旨としていた。彼は次のように述べている。「天生此一世人（天に生まれしは此れ一世の人なり）、而一世事固能弁也（而して一世の事、固《もと》より能く弁《な》せるなり）。蓋亦足乎己而無待於外也（蓋《けだ》し亦た己に足りて外に待つこと無きなり）[26]」と言っている。呉澄はさらに「和会朱陸」（朱学と陸学の合流）で有名であり、陸氏の学説を次のように褒め称えた。「本心という二文字は、徒らに耳に聞き慣れているものの、未だ誰もその実を探求しようとしていない。しかし、陸氏の学説においては、決して言葉をもって伝えるのではなく、ましてや名前を持って追求することなどあるはずがない。そうであるならば、心を持って伝えようとしていることになる。本心は誰にもあるものゆえ、自身を照らし求めれば、必ずそこにあるものだ」[27]。陸学は本心をもって学問と成し、禅宗の方法を吸収し、「宇宙は即ち我が心であり、わが心は即ち宇宙である」と提唱した『陸象山全集』巻二二「雑著」。陸学は元代の理学にあって、深遠な役割を果たしている。また、陸学が元代の詩歌に与えた影響は自らの外にある物事を軽んじ、自我意識を重んじることにある。元代詩歌の大多数は詩人自身の内なる心的体験を描写し、自分の魂の世界を表現している。これは、社会生活に関わる作品が比較的少ないところにも反映されている。多くの詩作においては、物的現象を描写しているが、これは主に内たる心的世界の外化である。これゆえ、現実の社会生活において激しく揺さぶられた体験、または社会生活における重大事件の反映は詠われる頻度がかなり低くなる。これは理学思想と無関係ではない。

元代詩学では、「雅正」が核心的な地位を占めていた。元代中期の詩壇においては既に充分に普遍的な審美基準になっており、理学の隆盛によって現れ出た詩歌創作上の趨勢にもなっていた。元代中期から後期にかけては、詩人の多くが理学を学び、その思想や価値観などは全て儒家による詩の教えをもって正統としていた。このことは元代中期の詩壇を鑑みるに、奥深い意義を持つ。元代中期における詩壇は隆盛を見せ、著名な詩人も数多く現れ出ていた。例えば、趙孟頫（一二五四～一三二二）や袁桷のほか、「四大家」と称された虞集・楊載（一二七一～一三二三）・範梈（一二七二～一三三〇）・掲傒斯（一二七四～一三四四）を挙げることができ、更には黄溍・柳貫と欧陽玄などもこの時期の重要な詩人と言える。これらの詩人は各々詩風が異なるがゆえに却って延祐年間前後における詩壇の全盛を造り上げた。元代中期の詩壇において、趙孟頫及び袁桷は「元詩の先導者」という役割を果たし、「元代四大家」と称された虞集・楊載・範梈・掲傒斯は延祐期の詩風を最も体現した主要な人物であった。後世の詩論家は元代詩壇における「四大家」の地位を特に重視し、『元詩選』を編選した顧嗣立は次のように評している。「先生（虞集）の詩は浦城の楊仲弘（楊載、字は仲弘）・清江の範徳機（範梈、字は徳機）・富州の掲曼碩（掲傒斯、字は曼碩）の詩と等しく名声を博している。四人は世間から『虞・楊・範・掲』と並び称され、元代の最盛期を造り上げた」[28]。四大家は同時代の他の詩人と共に、豊富で多彩な詩歌創作を以って、元詩の全盛期を築き上げた。この時期の詩壇においては、題材が広範に及び、体裁が多様であり、各様式の詩作は全て名作を有する。それだけでなく、これらの作品は元詩の核心的な審美範疇である「雅正」をいっそう深く表わしている。これらの詩人には各々の芸術的な個性があるが、総括すれば、創作内容の面では、基本的に元代中期における天下太平の様相を表現し、詩から窺える心境は比較的に穏やかで憤恨も乖背もわずかばかりしか表れていない。詩の芸術性においては、端正な形式で、奇抜で峻厳な句法が少ない。唐詩に類するところがより多く、宋詩の独創性とは異なっている。この時期に至れば、既に元詩は金詩や宋詩の継続性という束縛から脱し、独自の詩風を成していた。延祐年間の詩人は元詩の特色と大成を余すところなく体現する一方で、元詩の限界も見せていた。欧陽玄は次のように指摘している。「元代の延祐年間以降、文学は日増しに盛んになり、国都の名高い詩家は魏晋唐を宗とし、金・宋期の弊害から脱した。すなわち、詩を大きく変容させ、古に近づけ、雅正に傾かせた」[29]。これは元詩における「雅正」という審美傾向に対する概括と言える。「雅正」という概念は、儒家の詩による教えによって創作を進ませることを詩人に求め、「怨而不怒（怨みて怒らず）［心に不満あれども憤怒まで成すなかれ］」、哀而不傷（哀しみて傷まず）［心に愁いあれども悲傷まで成すなかれ］」という詩学信条を遂行させた。このため、詩人は心中の激情を率直に吐露することができないばかりか、吐露しようとすることさえもなかった。理学に染まったがゆえに、詩人は激情を失ったと言えるかもしれない。客観的に見れば、詩は天下太平を装飾する道具に成り下がってしまっていた。これゆえ、元王朝では唐を宗とする詩が力強く提唱されていたが、唐詩の音韻と外観だけを学ぶに留まっていたため、「感動により心を奮起させる」という唐詩の壮健さや魅力までは併せ持たせることができなかった。

元代の中後期に入り、詩壇の変化は目に見えて明らかになっていった。多くの詩人が延祐年間における詩風の制約を打破し、奇抜で絢爛な様相を表現している。概して言えば、貫雲石（一二八六～一三二四）や薩都剌（一二七二～一三五五）を代表とする西北少数民族の詩人と、楊維楨（一二九六～一三七〇）を代表とする元代後期の詩人がほぼこれに当たる。形式に拘らない彼らの創作は、人を驚かせる審美景観を後期の元詩にもたらし、そこには激情により震撼させる力が内在している。薩都剌などいわゆる「西北子弟」の創作に対する顧嗣立の論評は、元詩への彼らの貢献を見事に概括している。

要而論之、有元之興、西北子弟、盡為横經。涵養既深、異才並出。雲石海涯、馬伯庸以綺麗清新之派振起于前、而天錫繼之、清而不佻、麗而不縟。真能于袁、趙、虞、楊之外、別開生面者也。于是雅正卿、達兼善、迺易之、余廷心諸人、各逞才華、標奇競秀。亦可謂極一時之盛者歟。

概して言えば、元代当初の西北子弟は、全て知識人であった。深い涵養を有する異才が輩出されていた。雲石海涯（貫雲石）・馬伯庸は艶麗で清新な詩風で流派を奮起させ、その後、天錫が清爽でも淡白ではなく、秀麗でも華美ではない詩風でこれを継承した。天錫は袁桷・趙孟頫・虞集・楊載に名を連ねた。さらに、雅正卿・達兼善・迺易之・余廷心などが各々の文才を輝かせ、切磋琢磨していた。この時期こそ隆盛の頂点と

言えよう。(30)

この記述は、貫雲石・薩都剌など、西北少数民族の詩人たちが元代後期の詩壇において新たに名を連ねたことも表していると言える。彼らの創作は元代文化史及び元代詩歌史のどちらにおいても、すこぶる重要な意義を有する。この意義は作品自体より表出されたものだけが全てではないのかもしれない。西北少数民族である彼らは漢民族の言葉を用いて詩歌を創作しており、しかも、言語の運用においても、漢民族の詩人に比べていささかも遜色がない水準に達していた。特に、貫雲石と薩都剌は、少数民族詩人の中にあって卓越していたのみならず、中国の全時代に跨る詩史においても、一代の名家と呼ぶにふさわしい。このような少数民族の詩人たちはまさに「各々の文才を輝かせ、切磋琢磨していた」。彼らの精神世界においても個性を輝かせ、儒家の詩による教えによって束縛された漢民族の詩人とは異なり、自らの心情をそのままに表出させた。そして、西北少数民族の有する質朴豪放な心理状態は、際立つほどの影響を及ぼし、制限された「雅正」の詩学観念に拘束されることもなく逸出を果たし、独自の個性を際立たせた詩風を体現させた。

薩都剌は元代に傑出した少数民族の詩人であり、字は天錫、直斎と号した。回族というのが通説だがウイグル族という説もある。泰定四年（一三二七）に実施された科挙に及第し、進士となった。かつては応奉翰林文字という任に着いていたが、晩年は武林（現在の杭州）に隠棲し、景勝の地をめぐった。薩都剌は創作に勤しみ、生涯をかけて名高い山河を遊歴していたが、その一方で、現実社会との接触も怠らなかった。彼の作品は題材が広範で、祖国の山河を描写したものもあり、一方では民衆の生活を訪れて集めた編纂もある。さらには、懐古により今を風刺する詠嘆や感慨も彼の詩に込められている。このような詩集には『雁門集』［薩都剌著、上海古籍出版社、一九八二年」があり、八百首近くの詩が収められている。薩都剌の詩作は、元代詩人の中でも別格である。彼は「雅正」の観念から抜け出した後、それに束縛されることは二度となく、情感をあるがままにほとばしらせた。元代文学の大家である虞集は薩都剌の詩を「清江集序」でこのように論じている。「進士薩天錫は叙情に最も優れ、その流麗で清艶な情感は、彼の詩全てにおいて重んじられている」〔元・傅若金『清江集』(『元詩選』二集)〕。とはいえ、彼の詩は流麗かつ清艶であるのみならず、剛健な詩風も秘めており、これこそが彼の詩における主要な特色である。薩都剌の詩作の中に、「鬻女謡」などのように当時の社会に見られた悲惨な現実を暴き出した内容も多ければ、「記事」のように皇位争奪をめぐる骨肉の争いによる軋轢を風刺した内容も多い。

元代は後期になってから詩風が明らかな変化を起こすのだが、それを最も体現しているのが「鉄崖体」を代表とする楊維楨の創作であるのは間違いがない。楊維楨は、字は廉夫で、鉄崖と号したが、また鉄笛道人とも号した。山陰（現在の浙江省紹興市）の出身である。泰定四年（一三二七）に及第して進士となり、天台県の長官に任ぜられた後、銭清にある場塩の司令に就いた。元末には戦乱に遭ったため、富春山等の所に隠棲した。彼が一生かけて創作した詩は、『鉄崖古楽府』、『鉄崖複古詩』、『鉄崖集』、『鉄龍詩集』、『鉄笛詩』、『草雲閣後集』、『東維子集』等に編纂されているが、その中でも、『鉄崖古楽府』が最も大きな影響を及ぼしていた。楊維楨の詩は奇抜で豪放な個性で、形式に束縛されない詩体であったがゆえに、雅正を尊ぶ詩風に対して衝撃を与えた。顧嗣立は元代詩史における楊氏の強い影響力について以下のように記載している。

元詩之興、始自遺山。中統、至元而後、時際承平、盡洗宋、金余習、則松雪為之倡。延祐天曆間、文章鼎盛、希蹤大家、則虞、楊、範、掲為之最。至正改元、人材輩出、標新領異。則廉夫為之雄。而元詩之變極矣。

元詩の繁盛は遺山（元好問）から始まった。中統（一二六〇～一二六三年）・至元（一二六四～一二九四年）年間の後になると、太平の世に際していたこともあり、「宋の慣習を一掃し、金の風習を不要なものとする」ことを、松雪（趙孟頫）が提唱した。延祐（一三一四～一三二〇年）・天暦（一三二八～一三三〇年）年間には散文がまさに最盛期を迎え、虞集・楊載・範梈・掲傒斯などが大家の最たるものとして称された。至正に改元された後は、個性を磨く人材が輩出した。中でも、廉夫（楊維楨の字）こそがその雄と呼ぶにふさわしい。元詩の変化、まさにここに極まれり。[31]

楊維楨の創作は、元詩後期における多大な変化を突出して体現している。楊維楨の「鉄崖体」に関して、我々は以下のような概括を試みることができよう。まず、体裁や形式においては、「鉄崖体」は「古楽府」を主としており、古典主義の詩学規範を力強く打破し、元代中期の唐詩全盛期の模倣、すなわち、円熟してはいるが穏当で没個性的な規範から抜け出した。型破りな構想と奇抜な心象、そして多彩で荘重な表現を追い求めた。詩の全体的な効果としては、日常を非日常として表現する「異化」の特徴に加えて力強い美しさが備わっている。文学思想において、あるいは詩歌創作において、延祐年間の詩壇に蔓延していた「雅正」の審美観、さらにはその創作の穏当な風潮を楊維楨が打破しようと強く追い求めていたことは言うまでもない。彼の詩歌創作を鑑みるに、意表をつく様相のみならず突出した大成によっても、元詩の中期から後期にかけての変化をその実績に体現させている。その中でも、「鉄崖体」の特色を最も体現し、最たる高みまで達成を極めたのは、彼の「古楽府」であることに疑いを挟む余地はない。「古楽府」は漢魏楽府及び杜甫・李白・李賀等の詩人の特色を融合させることで、雄健な気勢と奇特な心象、さらには他の追随を許さないほどの非凡さをもたらした。題材に関しては、歴史や伝説における人物や事件の中でも伝奇的な味わいが強いものを選り抜き、胸中に鬱積した憤怒や不満を表出させた。例えば、「虞美人」、「皇媧補天謡」、「梁父吟」、「鴻門会」等がこれにあたる。これらの諸篇は構想が奇特で、表現が際立ち、思考転換に躍動感があるゆえに、人に稀有な美しさに恍惚とするほどの審美的感覚をもたらしている。

四、金・元期の詞曲に関する管見

遼から金・元に至る時期は、歴史上、詩の体裁が大いに発展した段階でもある。とはいえ、狭義的な詩の見方に限るなら、遼・金・元時期の詩は包括的な詩歌史上における明らかな進展はない。古体詩においても近体詩においても唐宋詩は既に充分に成熟しており、進展する余地を残していない。元好問のような大家を除けば、経典と呼ぶにふさわしい名篇は多くなく、その影響力が唐宋詩と競う術もないことは推して知るべしである。しかし、広義的に詩を見るなら、事情が大きく異なってくる。詩という大家族において、散曲と詞は重要な役割を担う一員であり、この時期にかつてない局面を開拓した。中国の古代詩歌という大家族を考えた際には、各々が主要な一員である詩・詞・曲が全て勢揃いした時期だとも言える。詩歌の全体的な発展から見れば、この時代こそが真に考察しなくてはならない重要な段階なのである。特に金・元時代の散曲における創作及び発展は、最盛期に達した。金・元の詞が表す特殊な様相も含めて、その全てが詩歌発展における内在的な論理と密接な関係があり、民族文化の融合による産物でもある。このような意義に基づけば、金・元期は中国詩歌史上における最も多彩で美しい高みの一つにあると見ることもできる。詩・詞・曲は中国文学という家族に漸次出現し、自らを発展させる脈絡を内在させていた。言い換えれば、詩歌の発展が頂点に達し、自身の殻を打破するに苦しんだゆえの新境地である。新たに興起した詩の体裁として、元代を文学史上において燦然と輝かせることは充分に可能である。本書において、相当な紙面をもって詞と散曲について論述したのは、これまでの詩歌史にあっては展開されなかった視野において、可能な限り隠れた豊潤な絶景を知らしめんとするためである。同時に、詞と散曲は詩の変遷であるという認識の下に俯瞰的な考察を行った。

詩・詞・曲は詩歌の発展を絶えず後押しし、移ろい変わり、同じ形態を留めることはない。詞曲の産出と隆盛は古の中華詩歌に新しい活気を絶え間なく注入していることによるのは疑う余地もない。明代の何良俊（一五〇六〜一五七三）は次のように述べている。「詩が変わって詞となり、詞が変わって歌曲となる。これ即ち、歌曲は詩の一流派にあたる」[32]。このように、曲が詩の流派の一つであることを明確に指摘している。明代の詩論家である王世貞（一五二六〜一五九〇）は入楽（音楽に乗せて歌う）の観点から元代散曲の詩史における地位について次のように論じた。「『詩経』の後に辞賦（騒体・賦）あり。辞賦の入楽に難あるがゆえに古楽府あり。古楽府の俗に入らざるがゆえに唐絶句を以って楽府となす。絶句は抑揚少なし、ゆえに後に詞あり。詞は北方の耳に不快なれば北曲に変わり、北曲が南方の耳に諧《かな》わざれば後に南曲あり」[33]。王世貞の考えでは、詩史の発展及び変遷は「入楽」の需要と密接な関係があるためだとしている。すなわち、古楽の興起は「入楽」

の需要によるものであるが、「古楽府」は民衆に溶け込むことが難しかったために唐代の絶句によって取って代わられることとなったとしている。このように、唐代における絶句の発達は音楽に合わせて歌うことに直接関係していることが窺える。唐代絶句における韻律を整えた一体感は、情感を余すところなく溢れ出すように表現することが容易ではなかったために、長短句の詞が興隆することとなった。さらに、このような詞が日を重ねるごとに優美になり、北方民族の審美観や趣に適さなくなった。このため、通俗的で明快な北曲が大いに隆盛した。王世貞のこのような記述は概して客観的で意味深い。

曲を詞に最も近い産物、あるいは詞の変化による産物だと主張している論者がしばしばいるが、この見方は必ずしも正しいとは限らない。とはいえ、曲と詞の間に存在するある種の根源的な関係を説明できてはいる。形式から見れば散曲も詞も共に長短句であるが、詩歌の発展に連れて、より口語体に傾き、更には詩歌を音楽に合わせるという要求にも順応できるようになった。また、曲も詞も音楽を利用し、言葉を埋める形なので、音楽から詞と曲の根源的関係に辿りつくことができる。『中原音韻』の記述によると、曲には十二宮三三五調がある。このうち、大曲によるものが一一調、唐宋詞調によるものが七五調、諸宮調によるものが二八調ある。詞調に基づく曲調はいくつかの類型がある。まず、一つ目の類型としては、曲調と詞調が題から形式、韻律に至るまですべて同じであるというものがある。これは、一部の詞調が以前の詞の中に留まっており、金・元の時代になってようやく散曲として用いられるようになったものである。この例としては「人月円」、「鸚鵡曲」（または「黒漆弩」）などが挙げられる。次に、二つ目の類型としては、詩と曲において、形式も韻律も同じであるのに題名だけが異なるものがある。詞における「醜奴児」が、曲においては「青杏児」と呼ばれるのがこの例である。形式と韻律はまったく同じなので根源的なつながりが必ずあると想定できる。さらに、三つ目の類型としては、曲と詞の題名が同じであるのに形式と韻律が全く違うものがある。「朝天子」、「満庭芳」、「落梅風」、「感皇恩」などがこの例として挙げられる。これら三つの類型は全て散曲と詞に内在する根源的関係を説明している。

しかし、散曲は詞の生き残りではなく、詩体の新たな革新であり、新たな開拓である。これは北方民族の文化・心理、更には審美観・関心と内在的な関係がある。最初の詞は民間から生まれた。名もなき者によって書かれた敦煌曲のような詞は通俗的な口語を多用し、叙情の様式も率直で流暢であった。詞が文人の創作分野に加わった後、形式も韻律も日に日に豊富になり、情感を表現する方法も徐々に婉曲なものに変化してきた。さらに日ごとに典雅への歩みを進め、次第に文人による机上の文学に成り変わったため、民間からの活力を失ってしまった。金代と元代に至っては、女真族とモンゴル族が中原の主になり、社会・文化・心理を抜本的に改変させた。これらの北方遊牧民族は急速に漢民族の文化を受け入れ、封建化を加速させる一方で、彼らの従来の文化要素を中原地域にまで伝播させた。特に音楽においては、北方の「胡楽」が支配者の庇護を受けたことにより、民衆の文化生活にまで湧き起こった。金代に大量の女真人が南方へ移住し、元代にモンゴル人や色目人が遍く各地に移り住んだことで、彼らが日常的に鑑賞していたものは必然的に社会の文化・芸術への需要に影響を与えていった。胡楽の格調は雅楽と全く異なり、「狂騒の肉迫」を特徴としているため、従来の詞体はこの種の楽調とは相容れない。王世貞は以下のように論じている。「曲は詞の変なり。金・元、中原に入りて主《つかさど》るより、胡楽を用いるに、嘈雑凄緊とし、緩急の間に揺れる。詞をもっては按［制御］ずる能わざるが故に、之に媚び、新声を為す」(34)。これを見るに、散曲は当時の社会・文化・心理の需要に応じて発達した新たな詩体であり、詞体の不足を補うものであったことがわかる。金代・元代にあっては、詩歌という大家族の中、散曲が最も活気も特色もある成員であった。金代・元代の散曲に関して、学者たちは少なくない成果を上げている。散曲に関する「通史」を理解し考察することにより、散曲を詩歌発展の産物、ひいては民族の文化融合における深層からの表出物と見なすことができる。

金元の詞に関しても、かくのごとしである。例えば、散曲は詩体（広義的意味）として金代・元代の文学における突出した業績を現すことができると言えても、金代・元代の詞はこのような華やかな幸運には当たらない。なぜなら、「その時代にはその時代なりの文学がある」という観点から、詞は宋代の「専売特許」のようなものであり、宋代が詞の最盛期である事には疑義を挟む余地もない。それに対して、遼・金・元の時代における詞の創作は、詞の歴史上においても充分な認識や評価を得るにふさわしい成果をあげることができず、中国文学史においても地位が非常に微弱な部分である。しかしながら実際には、この時期における詞の創作は、規模においても数量においても相当なもので、それだけではなく鮮明な特色と芸術的成果も併せ持っている。宋詞は時期が重なる金詞にも後世の詞にも広くて深い影響を及ぼした。その表現手法も、流派の詞風なども、詞の世界を燦然と輝かせた。その影響が及ぶ範囲は両宋以降（金・元を含む）の歴代の詞にまで広がっていった。蘇辛（蘇軾並びに辛棄疾）の詞に見られる豪邁で高尚なさまは言うまでもないことだが、細緻で含蓄豊か、優美で芳醇なさまは周・秦以降、途絶えることなく詞の歴史的長廊にこだましている。特に、金・元の詞の多くは宋詞によって育まれたため、詞の中には両宋の有名な詞人の影が至る所に見られる。加えて、もしも、更なる広い視野から眺めることができるなら、詞の全体的な特色が見えるようになるだろう。この特徴は、金詞に最も際立って現れている。晩清における有名な詞論家である況周頤（一八五九～一九二六）は、宋詞と金詞の違いについて以下のように述べている。

自六朝已還、文章有南北派之分。乃至書法亦然。姑以詞論、金源之于南宋、時代政同、疆域之不同、人事為之耳。風會曷與焉。如辛幼安先在北、何嘗不可南。如吳彥高先在南、何嘗不可北。顧細審其詞、南與北確乎有辨、其故何耶。或謂『中州樂府』選政操之遺山、皆取其近己者。然如王拙軒、李莊靖、段氏遯庵、菊軒、其詞不入元選、而其格調氣息、以視元選諸詞、亦復如驂之靳、則又何說。南宋佳詞能渾、至金源佳詞近剛方。宋詞深緻能入骨、如清真、夢窗是。金詞清勁能樹骨、如蕭閑、遯庵是。南人得江山之秀、北人以冰霜為清。南或失之綺靡、近于雕文刻鏤之技。北或失之荒率、無解深裘大馬之譏。善讀者抉擇其精華、能知其並皆佳妙。而其佳妙之所以然、不難於合勘、而難於分觀。往往能知之而難於明言之。然而宋金之詞之不同、固顯而易見者也。

六朝以降、散文の流派は南北に分かれる。これは書道でも同様である。ひとまず詞だけに注目すれば、金源は南宋と比べて、時代はちょうど同じであり、世の移り変わりにより領域の境界が異なったのみである。どうして風気を共にできないであろうか。もしも辛幼安（辛棄疾）が初めに北方にいたとして、その詞はどうして南方の特色を持っていてはいけないだろうか。もしも呉彦高（呉激）が初めに南方にいたとして、その詞はどうして北方の特色を持っていてはいけないだろうか。しかしながら、彼らの詞を子細に見ると、南方と北方によって確かに差異が生じているのは、なぜなのだろうか。また、『中州楽府』に収録される詞を選んだ遺山（元好問）は、自身の詞風に近いものを選んでいる。しかし、王拙軒（王寂、拙軒と号す。一一二八～一一九四）・李庄靖（李俊民、諡《おくりな》は庄靖一一七六～一二六〇或いは一一七五～一二六〇）・段氏遁庵（段克己、遁庵と号す。一一九六～一二五四）・菊軒（段成己、菊軒と号す。一一九九～一二七九）などの詞が、元好問に選ばれなかったにもかかわらず、その詞風が元好問に選ばれた詞と似ているのは、何故だろうか。南宋の優れた詞は素朴で雄渾であり、金源の優れた詞は剛直に近い。宋詞は清真（周邦彦、清真居士と号す。一〇五六～一一二一）・夢窓（呉文英、夢窓と号す。一二〇七～一二六九）のように骨に染み入るほどに深い。金詞は蕭閑（蔡松年、蕭閑老人と号す。一一〇七～一一五九）や遁庵のように幹の芯のごとく清勁である。南方では江山を愛で、北方では氷霜を清廉とする。南方は精妙さを失い、虚飾をのみ求めがちである。北方は粗雑さを失い、「深裘大馬」（贅沢な生活）という譏《そし》りを解さないことがある。読書に勤しむ者はその精華を選び、個々の良さを理解している。その良さを総じて論じるのは難しくないが、個々に見ることこそが難しいのである。しかも、その良さはわかっていても言葉で表現しがたい場合が多い。されども、宋と金の詞における違いは、確かにわかりやすい。[35]

況周頤氏の言葉は簡潔明瞭で、まさに「截断衆流」（衆流を截断す）である。大所高所から比較しながら宋詞と金詞の差異を掲示し、正しく悟らせてくれる。しかし、仔細に考えてみるならば、そのような簡単なことではないように見える。ただ単に北方の詞は豪放剛健で、南方の詞は従順で情緒纏綿であると考えるだけなら、金代における詞の創作の現実にはそぐわない。宋詞の中にあっても豪放剛健な作品が乏しいわけではなく、蘇軾や辛棄疾などの豪放な一派がまさにこれに当たる。一方、金詞の中にも奥ゆかしく含蓄豊かな作品は乏しくなく、王庭筠（一一五一～一二〇二）や完顔璟（一一六八～一二〇八）などの作品がこの証である。この議論からわかるように、簡単に判断を下してしまっては、類するところを論じるにせよ、実際に起こっていた真実の姿に近づくことは困難となる。金詞はそれ自身が多面的で作風も多種多様である。宋詞にも同じことが言えよう。金詞は宋詞より深く影響を受けたところも多いが、その雅趣には大いに異なるところもある。一時代の詞としては、作風も審美観も単一にできるものではない。そして、我々の見方では、金詞における宋詞との全体的な差異は「清」という一文字で概括できる。この「清」はすなわち北方の自然と人文が合わさって形成された特色ある情調である。況周頤は「北人は廉潔なるさま［氷霜］を清とする」［上記『蕙風詞話』巻三］と述べており、まさに言い得て妙である。元好問は金代の詩と詞を俯瞰し、感慨深く、次のように吟じた。「万古騒人［詩人］肺肝を嘔ふ、乾坤清気得て来たり難し」［『中州集』付録「自題中州集後」五首其三首］。まさに問題の鍵を掴んでいる。北方の人は「清」をもって審美観の理想にしているのである。

もし金詞が南北対峙の下で宋詞と異なる特徴を見せていると言うのなら、元詞はさらに宋詞との繋がりによって南北の詞風を融合している。元詞は宋・金詞を受けて、清詞へと展開していく仲介としての重要な役割を果たしている。唐圭璋先生が編集した『全金元詞』によると、現存する元詞は三千七百首余りで、詞人二一二人が存在する。このことが我々が見て取れる元詞の全貌である。元詞は宋詞と鎬《しのぎ》を削ることはできないが、「黄茅白葦」のように荒廃したものでもない。宋詞と金詞の支脈が元詞にも連なり、芸術の風貌においても大いに異彩を放っている。

元代前期、国が統一して間もない頃、詞壇における南北の隔たりは明らかであった。北方の詞人のトップは元好問であったが、彼の詞のほとんどは金源時期に書かれたものであり、後期の詞は元の時代に入ってから作られたのである。その後期の詞には歴史や人生に対する悟りを表したものが多く、王朝交代時の痛手は時を経て過去への回顧と変わっていった。「朝中措」には以下のように書かれている。「城高く遠きを望む、煙は濃く草は澹《あわ》し、一片の秋光。故国の江山画の如し、酔ひ来たりて興亡を忘却す」［趙永源校註『遺山楽府校註』鳳凰出版社、二〇〇六年、巻三、四六一頁〕。歴史の興亡に感じ、祖国へ思いを巡らすさまが、まさに深く広がっている。元の時代に入った後の遺山の詞作は、元詞にとってすこぶる高い起点となった。北方の詞人には他に、劉秉忠（一二一六〜一二七四）・王旭（?〜一二六四）・姚燧（一二三八〜一三一三）・王惲（一二二七〜一三〇四）・白樸（一二二六〜一三〇六）・劉因（一二四九〜一二九三）・劉敏中（一二四三〜一三一八）などがいるが、これらの北方詞人のほとんどは金詞の伝統を継承し、豪爽さと高邁さが当時の審美感を導いていた。彼らは遺山の詞を推賞していた。劉敏中は元好問を蘇軾や辛棄疾などの大詞人と同列に扱い、以下のように評したことがある。「(詞は)宋に至って大いに盛んとなった。中でもまず、蘇東坡（蘇軾、字は東坡）、その次に辛稼軒（辛棄疾、稼軒と号す）、さらに近世では、元の遺山（元好問、遺山と号す）が続き、詩壇に名を馳せた。三人の作品の様式は三者三様に異なるが、並び立ち世に広まったことには、いささかの矛盾も生じない」(36)。遺山の詞が元代前期の詞壇に対して大きな影響を与えていたことが、この記載から窺える。劉因も白樸も、この時期における重要な詞人である。近代の有名な詞論家である況周頤が最も服膺しているのは劉因であるため、蘇軾と同列に論じている。もう一方の白樸は、元代前期の詞壇における大家である。蘇軾や辛棄疾に連なる詩風で、豪放磊落を宗とし、音律の穏やかな調和を追い求めていた。

北方の詞人たちと並び立つのは元代前期の南方の詩人たちである。彼らのほとんどは宋から元に変わる時期の詞人であり、創作においては、周（邦彦）（一〇五六〜一一二一）・姜（夔）（一一五四〜一二二一）・張（炎）（一二四八〜一三二〇?）・周（密）（一二三二〜一二九八）・王（沂孫）（生卒年不詳）などの詩人の伝統を主として、清空雅正を審美観とする。代表的な詞人には仇遠（一二四七〜一三二六）・袁易（一二六二〜一三〇六）・趙孟頫（一二五四〜一三二二）などがおり、婉曲的で含蓄豊かな作品を創作している。

元の後期に詞で有名なのは張翥（一二八七～一三六八）・薩都剌（一二七二～一三五五）・虞集（一二七二～一三四八）・許有壬（一二八六～一三六四）・張雨（一二八三～一三五〇）などである。まず、後世の詞論家によって元詩の巨頭と評されたのが、張翥である。張翥は蛻庵先生と号したため、「蛻庵詞」もまた張翥の作だ。詞の数量においても、成果においても、元詞の大家と呼ばれるにふさわしい。陳廷焯（一八五三～一八九二）は張翥の詞史上における地位について「元詞の作者は仲挙（張翥の字）ただ一人のみ」（『詞壇叢話』（唐圭璋輯『詞話叢編』中華書局、一九八六年、第四冊）」と評価している。さらに「仲挙の詞には気骨があり、寓意が広がる。元詞が不滅であるのは仲挙を頼りとするのみ」とも評している（『白雨斎詞話』［上海古籍出版社、一九八四年、巻三］）。薩都剌や虞集などの詞人も詞史において頗る高い信望を集めている。

遼・金・元の詩歌は豊潤な文化を内包し、文体上における突出した特徴も有している。唐詩からも宋詩からも、遼・金・元の詩は明確に継承し、手本としているが、それと同時に、独自に発展した過程も見せている。遼・金・元の詩は中国詩歌の歴史上において不可欠な存在であり、明・清の詩歌に対しても重要な影響を与えている。

注

（1）脱脱等『遼史』巻七一「后妃［天祚文妃蕭氏］」、中華書局、一九七三年、一二〇六頁。
（2）清・趙翼『廿二史箚記』巻二七、鳳凰出版社、二〇〇八年、三九四頁。
（3）南宋・葉隆礼『契丹国志』巻十四「東丹王」、上海古籍出版社、一九八五年、一五一頁。
（4）『遼史』巻十「聖宗一」、一〇七頁。

（5）『契丹国志』巻九、九五頁。
（6）荘仲方『金文雅』序、吉林人民出版社、一九九八年、一頁。
（7）郭紹虞『宋詩話考』中華書局、一九七九年、四九頁。
（8）金・劉祁『帰潜志』巻十二「辯亡」、中華書局、一九八三年、一三六頁。
（9）元好問『中州集』巻一、中華書局、一九五九年、三三頁。
（10）趙秉文「中大夫翰林学士承旨文献党公神道碑」、張金吾『金文最』巻八八、中華書局、一九九〇年、一二九〇頁。
（11）元好問『中州集』巻三、一四六頁。
（12）劉祁『帰潜志』巻十、一一九頁。
（13）脱脱等『金史』巻一二六、二七三〇頁。
（14）劉祁『帰潜志』巻七、七〇頁。
（15）劉祁『帰潜志』巻八、一三六頁。
（16）劉祁『帰潜志』巻八、八七～八八頁。
（17）元好問『中州集』巻三、一五二頁。
（18）王若虚著、胡伝志・李定乾校注『滹南遺老集校注』巻三七「文辨（四）」、遼海出版社、二〇〇六年、四二七頁。
（19）劉祁『帰潜志』巻一、六～七頁。
（20）劉祁『帰潜志』巻二、一二頁。
（21）趙翼『甌北詩話』巻八、人民文学出版社、一九六三年、一一七、一一八頁。
（22）欧陽玄『潜渓後集序』、『欧陽玄集』岳麓書社、二〇一〇年、八〇頁。
（23）方回選評、李慶甲集評校点『瀛奎律髄彙評（上中下）』上海古籍出版社、一九八六年、中冊一一四九頁。
（24）顧嗣立『元詩選』初集、中華書局、一九八七年、二二六頁。

(25)黄宗羲『宋元学案』巻九一、中華書局、一九八二年、三〇二一頁。
(26)劉因『読薬書漫記』、『静修先生文集』巻一、中華書局、一九八五年、一九頁。
(27)黄宗羲『宋元学案』巻九二、三〇四七頁。
(28)顧嗣立『元詩選』初集、八四三頁。
(29)『欧陽玄集』[巻八]、八四頁。
(30)顧嗣立『元詩選』初集、一一八五～一一八六頁。
(31)顧嗣立『元詩選』初集、一九七五～一九七六頁。
(32)何良俊『曲論』、『中国古典戯曲論著集成』第四集、中国戯劇出版社、一九五九年、六頁。
(33)王世貞『曲藻』、『中国古典戯曲論著集成』第四集、二七頁。
(34)王世貞「曲藻・序」、『中国古典戯曲論著集成』第四集、二五頁。
(35)況周頤『蕙風詞話』巻三、人民文学出版社、一九六〇年、五七頁。
(36)劉敏中「江湖長短句引」、『劉敏中集』、吉林文史出版社、二〇〇八年、二一四頁。

第七章　明代における詩歌の総体的な構成及び審美観の変遷

一、明代詩歌の四大特徴

明代の詩歌は中国古代の詩歌史にあって発展した段階の一つである。元代の詩歌を継承し、清代の詩歌へと導いていくと同時に、漢魏盛唐における古代詩歌の伝統とも極めて密接な歴史的関係を持っている。これゆえに、明代の詩歌は中国古代における詩学の色彩が色濃く残っている。しかし、明代の詩歌そのものを見れば、ほかの時代には、ほぼ見当たらないと言える独自の特徴がある。明代の詩歌には以下のような独自の特徴が概観できる。

まず、明代詩歌の主要な発展の糸口は復古詩歌思想、及び性霊詩歌思想によって成り立っている。復古詩歌思想は、主に格調の堅持を重んじる前七子及び後七子の詩歌流派による理論や作品を指す。明王朝はモンゴル帝国に代わって築かれた王朝である。これにより、モンゴル帝国を倒す為の「駆除韃虜、恢復中華」（北方民族を駆逐し、漢民族による国家を取り戻す）という政治綱領に基づき、「漢官威儀」の下、漢民族による官吏制度の威信を蘇らせるということに関わる文化全般の復古から、さらには、漢魏盛唐を以って詩歌の理想と目標に定めるに至るまで、すべてが復古思想の頑強な態度表明であった。無論、時期ごと、流派ごとに復古の目的は異なっている。たとえば、明の初期に提唱されていた復古は、元の詩歌の脆弱さを改め、詩壇に風雅の詩風を取り戻すためであった。また、茶陵派の復古は詩歌の音韻などの詩体の特徴を強調することによって詩歌の審美属性を際立たせるためであったし、前七子の復古は宋詩における議論や道理主張の弊害を抉り出し、詩歌の叙情の本質を強調するためであった。さらに、後七子の復古は漢魏盛唐の詩歌に関して各種の技巧から審美風格に至るまで多層に掘り下げていたし、陳子龍（一六〇八～一六四七）を初めとする雲間派はそれを亡国の愁いや清王朝への組織的な対抗と緊密に結びつけ、挫折を表した沈鬱な詩風への追求を重んじていた。但し、一つだけ重なるものがあるのは、復古派のそれぞれの詩歌創作には模倣対象が存在していたという点である。その区別はただ一つの流派を模倣するのか、それとも複数の流派を模倣するのか、或いは、あらゆるところまで追従して模倣するのか、それとも痕跡を残さずに模倣するのか、にある。これを出発点として、明代復古派の詩歌作品を研究し、鑑賞するためには、模倣対象となる作品への一定の認識として、詩体や典故、詩風の把握などが必要となる。例えば、『四庫全書』の編者は高啓（一三三六～一三七三）について、次のような評価を下している。

啓天才高逸、実拠明一代詩人之上。其於詩、擬漢魏似漢魏、擬六朝似六朝、擬唐似唐、擬宋似宋、凡古人之所長、無不兼之。振元末繊穠縟麗之習、而返之於古、啓実為有力。然行世太早、殞折太速、未能熔鋳変化、自為一家。故備有古人之格、而反不能名啓為何格。此則天実限之、非啓過也。特其摹倣古調之中、自有精神意象存乎其間。譬之褚臨禊帖、究非硬黄双鉤者比。故終不与北地、信陽、太倉、歴下同為後人詬病焉。(1)

啓は天才高逸にして、実に明一代の詩人の上に拠《を》れり。其の詩に於けるや、漢魏に擬《ま》ねて漢魏に似《に》、六朝に擬ねて六朝に似、唐に擬ねて唐に似、宋に擬ねて宋に似て、凡《およ》そ古人の長ずる所、之を兼ねざるは無し。元末の繊穠縟麗《せんじょうじょくれい》（美しく飾り立てる）の習を振いて、而して之を古に返すに、啓は実に有力為《た》り。然れども世に行ふこと太《はなは》だ早く、殞折《いんせつ》すること太だ速く、未だ変化を熔鋳《ようちゅう》すること能はずして、自ら一家を為す。故に古人の格を備へ有《も》てども、反つて啓を名づけて何格と為すこと能はず。此れ則ち天実《まこと》に之を限れり、啓の過《あやま》ちに非ざるなり。特《ただ》に其の古調を摹倣する中にのみ、自づから精神意象の其の間に存する有り。之を褚《ちょ》（遂良）の禊帖［王羲之「蘭亭序」の別名］を臨するに譬ふれば、究《つひ》に硬黄に双鉤する［忠実に模写する］者の比に非ず。故に終《つひ》に北地・信陽・太倉・歴下［の復古派］と同《とも》に後人の詬病［侮辱・嘲笑］するところと為らず。

もし高啓に対する評価が正確か否かを評価しようとするなら、高啓の各種詩体を用いた創作に関して、先人の如何なる詩風を模倣したのか、如何なる水準に模倣が到達したのか、そして自身が如何なる創造性を発揮したのかという点に至るまで深く入り込まねばならない。加えて、これらを詳らかにしようとするなら、高啓自身の作品を真摯に解明するだけでなく、前代における権威ある文学家による詩歌の全貌や芸術技巧をも熟知しなければならない。このほか、復古観念がもたらした別の特徴としては、明代の詩人による「詩体」の重視がある。胡応麟（一五五一～一六〇二）の『詩藪』や許学夷（一五六三～一六三三）の『詩源辨体』などが「辨体」を理論探索の核心として明示したことによるだけではなく、明代による編集体裁の多くが文体を分類の根拠として突出させていたことからもわかる。さらに重要なのは創作において各詩体の詩歌の完備されていること、並びに、詩体ごとの区別が強調されていることである。後世の人は明代の詩歌創作を評価する際にも、詩体における優勢を重視する傾向が往々にしてある。この例としては、高啓の七言古詩、李東陽（一四四七～一五一六）の楽府、李夢陽（一四七三～一五三〇）の五言古詩、李攀龍（一五一四～一五七〇）の七言律詩などが挙げられる。辨体に関する修練がなければ、明詩研究は困難を伴うであろう。

性霊詩歌思想は性理詩と性霊詩を包括している。中国古代の詩歌創作及び詩学思想は唐の中期より明らかな転換が生じた。その重要な転換の一つは詩人による主観的な要素が明らかに増加したことである。とりわけ、宋代理学が生まれた以降は、詩学も深遠な影響を受けた。蘇軾・黄庭堅を初めとする文人の詩歌創作だけではなく、邵雍（一〇一一～一〇七七）や朱熹（一一三〇～一二〇〇）を初めとする理学家の詩歌創作においても文学家自身の特徴が鮮明に見られ、いわゆる性理詩が形成された。性理詩には議論や説理、教訓が多く、具体的な形象描写や情緒に欠けている。抽象的かつ無味乾燥であるため、審美に堪え得る趣が足りず、更に押韻の語録にまで成っている極端な例も往々にして見られる。この現象は厳羽によって「理障」と称されている。明代前期の詩壇においては理学詩が流行した時期があった。性霊詩は性理詩とは明らかに同じではなく、哲学背景からは明代心学の影響を受けていたことが見てとれる。具体的には陳献章（一四二八～一五〇〇）や王陽明（一四七二～一五二九）の思想に影響されている。性霊詩も説教や議論にどこまでも流される場合もあるので、伝統的な詩歌批評家はそれを詩家の正しい筋道だと一向に見なしていない。しかし、優れた性霊詩は詩人個々の自我を重視し、突出した個々の才能と霊感を重んじ、流れ行くがままの本質を表現することを強調し、盲目的な踏襲や規範・制約に反対することで、個性を鮮明にしたユーモアに富む詩学特徴が形成された。陳献章や王陽明、そして李贄（一五二七～一六〇二）や公安派などの詩歌創作がこの流派に当たる。総じて見れば、明代詩歌の発展趨勢は性霊詩派と復古詩派が相互に対立し、その盛衰を描いた過程である。これこそが明代詩歌史における最も鮮明な特徴の一つと言える。

次は、流派の論争、理論的な批評、創作実践が密接に結びついた特徴が、明代の詩の発展に見られることである。先人は明詩を論じる際に、流派の争いを大きな弊害と往々にして見なしているが、その争いのすべてに欠陥があったとは言い難い。明詩における流派の争いには、意見を同じくするものと徒党を組み、意見を異にするものを攻撃する風習が確かにある。もし、李夢陽と何景明（一四八三～一五二一）の議論は主に創作による主張や文学としての風格の違いにあると言えるなら、李攀龍と王世貞が謝榛（一四九五～一五七五）を後七子から追い出したことは、まさしく個人の地位や気概の争いであると言えよう。更に、流派の隆盛は往々にして一呼百応により気風を流行させるが、時流に追随することで独自の個性に欠けた境地に陥ってしまう。好意的に見れば、流派の論争は官僚が詩歌界を独占する局面を打破し、文壇の活躍を活性化させ、文学が徐々に個性を発揮し、それぞれが独自の方向へ歩み、多大な影響を発揮していくことに役立っていると言える。明代における詩歌創作は前期の台閣体によって統一された局面から、後期に風格が多様化する局面へと、流派の台頭とともに進転していくと言えよう。台閣体から前七子に至るまでは、文学の中心が朝廷権力の核心である台閣から中流官吏の象徴である廊廟へ転じる過程であるとともに、文化と政治の一体化から文化鑑賞の独自の発展へと切り替わる過程でもある。前七子から公安派・竟陵派への転変は、文学面の権力が朝廷から民間に委ねられたことの表れであると同時に（竟陵派の領袖である譚元春（一五八六〜一六三七）が生涯を通じて官界に入らなかった例があげられるが）、更に人生の価値観において組織を重視することから個を重視することへと変化させ、格調への探求から情趣への探求という方向転換を実現させた。上述のような発展が可能となったのは、文人による流派が発揮した影響と不可分の関係にあったからだ。つまり、文人は政治的な地位が微弱であったにもかかわらず、文壇において主流としての赫赫たる影響を明確に及ばそうとしたためであり、それには、流派を結成し、勢力を増す必要があった。前七子がそれ以前の台閣体や茶陵派と異なっているのは、以前の二派が政治的地位によって文壇を導いていたのに対して、前七子はこれらに代わり、個人の政治的地位を得ることが不可能であったため、志を同じくする者が流派を結成し、相互に支持し呼応しあうことで、最終的に文壇の支配を可能としたところにある。このほかには、流派を結成した以上は明確な理論主張及び批評原則を必然的に備えなければならなかったのだが、これらを拠り所とすることで、追随する者が迅速に流派の影響力を拡大させることができた。これゆえ、各々流派による主張が表れ、前七子及び後七子は「文は秦漢、詩は盛唐」と、唐宋派は「手の向くままに書きだすは、家信の如し」と、公安派は「感情の赴くままに述懐し、格式に拘るにあらず」と、それぞれ主張した。また、創作による主張と密接に関係しているのは、大量の詩歌選集の出現であった。選集によって、詩学における主張を具体的に表すことができ、詩歌の学習者に模倣対象を具体的に提供することもできた。そうして、それは詩歌批評の発展を客観的に促進させることともなった。もちろん、この過程において、文人たちは相互に標榜しあうことで自身を互いに飾り立てた状態にあったことは免れ難い。これは文人のよくない癖と見なすこともできれば、流派論争による必然の産物とも言える。また、このことは、明代詩歌を研究する際において、その創作に注意を払うと同時に、その理論への批判にも関心を強く持たねばならないことを意味する。これらを密接に結合させ、総合的に考慮してはじめて、より完全に近い理解が可能となるのである。

三つ目の特徴は、明詩の発展過程に見られる顕著な地域特徴及び詩風相互間の影響である。明代の詩歌においては、呉中・浙東・江右・閩中・嶺南・中原・金陵・関中など、地域の差が明確である。各地域が独自の特徴を持ちながら、互いに影響を及ぼすことによって、明代詩壇は複雑に絡み合った局面が形成されたのである。このような地域差に基づく明詩の複雑さは、地域ごとの経済面に要因がある。例えば、呉中詩派は悠々自適な生活を求め、才能を尊ぶがゆえに、尊大で傲慢な個性さえも表す特徴がある。これは該当地域において発達している都市経済や享楽を追求する風俗に関わりがある。もちろん伝統が及ぼす影響も要因の一つである。例えば、劉基（一三一一～一三七五）を筆頭とする浙東詩派は世俗的な傾向が明らかで、詩においては庶民の生活に見られる苦悩に関心を持ち、現実社会の歪みを戒める特徴が鮮明に見られる。これは、この浙東詩派は、理学の伝統を色濃く継承する金華学派の影響を受けた者によって主に構成されていたからである。無論、もっとも重要なのは政治的要素である。例えば、明代における多くの文学流派は両京、特に北京を活動の中心としていた。台閣体・茶陵派・前後七子などがそうである。さらに、流派の主だった者が都を離れた後に急速に衰えてしまう流派もあったことから、都の影響力がほかの地域より強かったことが窺える。都のもう一つの重要な役割は地域による風格を主流な思潮として受け入れ、相互に影響を及ぼしあっていたことである。例えば、徐禎卿（一四七九～一五一一）は「呉中の四才子」の一人と称され、同じく四才子である唐寅（一四七〇～一五二四）や文徴明（一四七〇～一五五九）とも交遊があり、詩風は華美で流麗な呉の風格を備えていた。しかし、進士となり上京した後は、李夢陽の復古主張に追随したことで詩風は一変した。但し、詩風を変化させても李夢陽の詩風とは異なる部分が残っていたため、李夢陽にまだ呉の頃の古い癖が抜けていないとよく揶揄されていた。実のところ、徐禎卿は呉の詩風を前七子に持ち込み、この流派の理論と詩風を豊かにし、文壇における勢いや影響力をますます強めた。後七子においても同様であった。もし、王世貞（一五二六～一五九〇）が派の要でなかったとしたら、李攀龍による復古に苦心する詩風だけでは全国的な影響はおろか、江南地域においてさえ大きな影響を及ぼすことなどできなかったであろう。

このような論点から、明代文学における各地の流派、更に中国詩歌史における各地の流派を研究する際には、ある重要な学術的な観点に注意が払われなければならないと言える。それは各地の流派と主流な詩壇との繋がりである。中国の古代において、広大な地理的条件や民族文化の相違により、詩歌においては複雑な各地の流派が数多く結成された。このことから、中国古代における詩歌発展の道程は従来考えられていたような単純な直線構造ではなく、縦横に交差した網目状の構造として形成されている。しかし、数十万字にもなる詩歌の歴史の中にあっても、各地のあらゆる文学と流派を視野に収めるのは不可能であり、仮に可能であったとしても冗長でまとまりがなくなり、明確な発展の筋道を失ってしまう恐れがある。このことから、各地における詩歌の流派と主流な詩壇との関連性を密接に把握する必要があるのだが、両者が相互に影響し合うという視点から取捨選択の原則を定めることとする。即ち、主流な詩壇に、より深い関連性があり、詩歌創作を推進する役割を果たしているものを注目すべき対象とみなし、主流詩壇に関連性がないか、あるいは関係性があまり深くないものは対象としないとするか、あるいは簡略化することとする。別の言い方をすれば、各地における詩歌の流派と主流な詩壇の間にある複雑な相互関係こそが、詩歌史における重要な内容の一つということになる。数多くの詩人は主流な詩壇に介入することで自身の名声を高め、それにより、自身の地域における流派の影響力を広げている。例えば、閩中詩派の筆頭であった林鴻（一三八三年前後）は主流な詩壇に認められたからこそ、推挙を得たのである。周亮工（一六一二～一六七二）「閩小記」に以下のような記述がある。「林子羽（林鴻の字）が都での応試に推挙された際、『龍池春色』という詩を作り、都にその名を轟かせたところ、帰郷後、弟子入りする者が雲の如く現れ出た」[2]。この記述は林鴻の詩賦が皇帝からの称賛を受けた栄誉や都に名を馳せた効果を重視していたからであるといえる。これは林鴻が主流な詩壇に登り詰めた重要な証であり、閩中詩派の領袖に成り得た要因の一つでもある。このことは以下の二点で裏付けられている。一つ目の裏付けは洪武三年に倪桓が、その後、洪武十三年に劉嵩が林鴻の『鳴盛集』のために書いた序文である。皇帝からの称賛を受けたという栄誉がなければ、礼部員外郎という低い階級の一官吏に過ぎないため、朝廷高官で詩壇の名家でもあった劉嵩のような吏部尚書には恐らく認められなかったであろう。二つ目の裏付けは、林鴻が閩中に戻った後、故郷に錦を飾ったことで地元で数多くの弟子入り志願者が現れ出ただけでなく、遠方からも名を慕って訪問する浦源（一三四一～一三六八）のような詩人がいたことである。これは林鴻の名声が故郷の閩中だけに留まらなかったことを明らかにしている。袁表（一五七三～一六二〇）がわざわざ「かつて林鴻と同時期に仕官していた」という浦源の身分を強調しているのは、浦源が朝廷での仕官時から既に詩人としての林鴻の名を知っており、皇帝から重用されて帰郷したことに疑いを挟む余地がなかったからである。もちろん、林鴻のこのような経歴も主流な詩壇の影響を受けている。例えば、林鴻の詩作の評価として倪桓と劉嵩によって書かれた序文には明らかな違いが見られる。倪桓は林鴻のことを「韋（韋応物）・柳（柳宗元）・王（王維）・孟（浩然）と同列に並べても容易に見分けられない」と評価するとともに、王偁の言葉を引用して「大暦年間の才子に今復《ま》た見《まみ》ゆるかな」（倪桓「鳴盛集序」〔林鴻『鳴盛集・外八種』上海古籍出版社、一九九一年〕）と、林鴻の清麗な「超脱世俗」の詩風を重んじている。一方、劉嵩は更に彼の詩作に見られる盛唐の格調を強調し、以下のように述べている。「今、林子羽の詩を見るに、陳拾遺（陳子昂）の奥深さを初めて窺い知る。開元年間の盛風、駸駸たるや、殷璠（生没年不詳）が論ずる神来・気来・情来の兼備せざるなし。天資卓絶し、心通じ神融くと雖も、然れども亦た国家の気勢旺盛なり。故に彼の詩集を鳴盛と謹しんで題す」（劉嵩「鳴盛集序」）。林鴻の作品を実際に鑑みれば、林鴻の詩風に対する劉嵩の評価は的確とは言い難い。むしろ、これは劉嵩自身が美化した理想に過ぎず、国家の気勢の隆盛が詩壇にも盛唐のような機運をもたらすことを願って、林鴻の詩集を「鳴盛」と名付けたのである。興味深いことに、劉嵩が名付けたこの名は、林鴻本人に認めてもらっただけではなく、閩中詩歌界にも深い影響を及ぼすこととなった。更に、その後の研究者はこれを手がかりとして、国家の興盛への林鴻の賛美という特徴を探求することもある。間違いに間違いを重ねているとも言えるのだが、主流な詩壇への彼の大きな影響もここから窺い知ることができる。

注意すべきなのは、各地の流派が主流な詩壇に介入したことで、各地の特色を失ってしまったのではなく、逆に各地の特徴によって主流な詩壇を豊かにできたことである。ここでは、徐禎卿に残る呉の古い癖を李夢陽が排除できなかったという否定的な評価もあれば、鮮明な楚人意識をもって典型的な代表とする公安派も存在する。袁宏道（一五六八～一六一〇）の「格式や手順に拘らず溢れ出るままに心情を述べよ」〔袁宏道『錦帆集』巻二「遊記」、続修四庫全書一三六七冊〕が明代の後期における文学観の核心として数多くの人に意識されているが、この観念が楚人意識によって支えられていると考えている人は少ない。袁中道（一五七〇～一六二六）は「淡成集序」において以下のように明確に述べている。「楚人の文は発揮に余りあれど含蓄足らず。然れども胸臆を直ちに抒《の》ぶる処、奇奇怪怪なれど、その吐露の様相は瀟湘九派とほぼ同様なり。大丈夫たるものが言はんと欲する意あれど、尚ほ口門の狭く、手腕の遅きを患《うれ》ひて、その胸中の奇なるを尽《ことごと》く抒ぶること能《あた》はず。何ぞ嫁いで三日の新婦の如く口ごもること能はんや。……楚人の文は文中の中正を進むこと能はずとも、決して文中の偽善者たらず。真の人を以てして、真の文を成す」(3)。

同時に、彼は別の角度から楚人の影響を強調し、以下のように述べている。「変化は必ず楚人より始まる。周代の詩は屈原より変化し、唐代の詩は杜甫より変化す。これ、皆な楚人なり。楚人は才知と情趣とは必ずしも呉越に勝《まさ》らずとも、胆力はこれに勝る」(「花雪賦引」)(4)。

無論、最終的に公安派が鮮明な理論による主張で詩壇の領袖と成り得たのは各種の複雑な要因に導かれた結果であり、とりわけ、その中でも心学の影響及び政治環境の寛容さが決定的な意義を持っていた。しかしながら、深く考えれば、当時の思想界において怪才であった李卓吾が帰郷することなく湖北省の麻城に滞在し続けたこと、また、明代の後期において最も重要な二つの文学流派であった公安派と竟陵派の領袖がいずれも楚人であったことなどから、楚人の地域的特色は見逃すことのできない役割を発揮していたと言ってよいであろう。

その四つ目の特徴は、明代の詩歌が往々にして群を成して現れ出たために、詩社や流派が結成され、それにより、理論主張や詩歌創作に限らず、様々な詩歌活動が起こり、後世の文学を導いたことである。元代後期から明代初期には、顧瑛（一三一〇～一三六九）と楊維楨（一二九六～一三七〇）を代表とする玉山雅集活動が起こったように、元の順帝の在位時期である至正八年から二十年までの十年余りの間［一三四八～一三六〇］には、およそ五十人を超えるであろう詩壇の著名人が集まり、酒を飲み、歌を聴き、詩賦を吟じていた。彼らの詩を創作する方式も、聯句を採用し、主題を分け合い、韻律を調和させるといった、まさに組織的な創作であった。これらの作品は、内包された叙情から見れば、自然に親しみ風雅を味わい、飄飄疎放とした文人としての享楽や私人としての情感を表現しており、杜甫のような国を憂い民を憂うような沈鬱たる挫折感などはもちろん存在しない。また、芸術的な特徴から見れば、これらの作品の大部分は分韻や聯句であり、入念に推敲した鮮明な風格に欠けている。往々にして流暢さや奇巧さには長けているが、重厚な洗練さを挙げることはできない。この文人の結社の性質に関しては、詩学的意義を四つに総括することができる。第一には、江南文人による文化的な優越感の体現である。第二には当時の文人に対して、災害や戦乱を避け、心身を休めるに理想的なところを提供したことである。第三には、当時の文人に対して、個性を競い才智を発揮する有効な方法を提供したことである。第四には、文人が後世まで続く生命の不朽を追求するのに有効な手段を示したことである。概して見れば、元代における江南の文人は政治的将来性を失ってから、傍観者のような心理状態により、精神的な遊戯性をもたらす生活方式を選択した。詩作における審美的な創作性はその重要性を失い、精神的な遊戯や娯楽が創作の目的に成り代わり、才能や技巧の競争が主な手段になったのである。文学における彼らの文学的な経験を把握しない限り、元代詩歌の文体的な特徴を理解するには不利であるだけではなく、文学史の発展において重要な関連性をもたらす要素をも失ってしまうため、文学の歴史を包括的に叙述したとは言いがたくなる。後に、明人の董潮（一七二九～一七六四）は、当時を追憶するにあたり、以下のように述べた。「元代末期に、顧阿瑛は戦乱の世に身を置きながら、池亭において日夜、貴人と酒宴を開き、詩を詠み、歌を合わせ、政治の混乱も世の乱れも忘れてしまうほどであった。同時期の名士、例えば、楊廉夫（楊維楨、字は廉夫）や倪雲林（倪瓚、字は雲林一三〇一～一三七四）・柯九思（一二九〇～一三四三）などの数十人がともに詩社に入った。今日に至って、当時の玉山風流に相い見《まみ》えたいとの思いを馳せることになる」[5]。彼の思いを馳せた

「玉山風流」は彼らの作品への賛辞ではなく、政治の混乱も世の乱れも忘れ、「酒宴と文芸に浸った」という風格と気概への彼の羨みである。このことからも、当時の文学的な経験が後世へ残した影響力は作品より遥かに大きかったことがわかる。この詩意に富んだ生き方こそが文学的な体験の総体であり、「在場詩学」或いは「生命詩学」と言ってもよい。文人が詩歌創作の過程に関与すること自体、審美的な意味に富んでいて、後世の人が詩意のある生活を参照し、思いを馳せる歴史体験を提供していることになる。玉山雅集は、このような詩学的意義を備えているだけではなく、その後の平江文人・浙東文人・閩中文人・嶺南文人・金陵文人などの、それぞれの一群のいずれにも極めて豊かな文学的な経験を内包させている。実際、このように鮮明な地域的特色を有する文人団体に注意を払う価値があるだけでなく、伝統的な文学流派においても、深く掘り下げて研究する余地がある。公安派のような都の文学流派は「格式や手順に拘らず溢れ出るままに心情を述べよ」という創作上の主張を述べたり、活発で自由な詩歌の風格により詩壇における独自の一派を成しているというだけではない。李贄や焦竑との交流や、哲学をめぐる討論、または、都における集会での禅や詩に関する議論、さらには漫遊山水を楽しむ折の批評など、いずれをとっても詩歌創作に密接で複雑な関係があった。これらは、鮮明な自我の価値を追求できる審美観のある人生と一線を画し、後世の人の記憶にとどめるべき文学的な体験を残すことになった。

明詩を研究する際においても、鑑賞する際においても、上述した四つの主な特徴を視野に入れて考えることが必要である。なぜなら、これらの特徴を深く理解することは、それを通して、明詩の発展の成り立ちを全面的に把握し、同時に各流派の詩風を深く理解することにも役に立つからである。当然ながら、明詩の実際の発展状況は複雑で多種多様であり、上述した数少ない観点で包括的に概括するのは不可能である。したがって、以下の内容を通じて、明詩の具体的な発展の過程を論述し、その核心を審美的な風格の変化に置くこととする。

二、元時代後期の詩壇と明詩発展の関係

元代末から明代初期における詩壇では、江南地域が主導的な地位を占めていた。胡応麟（一五五一～一六〇二）は次のように明代初期の詩壇を概括している。「国初呉詩派昉高季迪（一三三六～一三七四）、越詩派昉劉伯温（一三一一～一三七五）、閩詩派昉林子羽、嶺南詩派昉於孫蕡仲衍（一三三七～一三九三）、江右詩派昉於劉崧子高（一三二一～一三八一）。五家才力、咸足雄踞一方、先駆当代、第格不甚高、体不甚大耳」（建国当初、高季迪によって呉詩派が起こり、劉伯温によって越詩が起こり、林子羽によって閩詩派が起こり、孫蕡仲衍（孫蕡、字は仲衍）によって嶺南詩派が起こり、劉崧子高（劉崧、字は子高）によって江右詩派が起こった。五人の才力はみな各地で一勢力を築けるほどの実力があったが、時代の先駆者としては詩の格調はそれほど高くなく、詩体の範囲もそれほど広くはない）[6]。ここにある「昉」は創始という意味であり、流派の代表人物と見なしてもよい。この分け方が必ずしも的確とは限らないが、その評価も復古派の格調を以て詩歌を論じる傾向があるものの、概ね当時において詩壇を成していた五つの流派を表しているといえる。この時期における詩の流派は明代中・後期とは異なる。その主な違いは明代初期における詩の流派がまだ典型的な特徴を有しておらず、流派内で共有する創作上の理論や風格は少ない。但し、それぞれ創作において優れた結果を収めているため、明代における詩歌の発展に深遠な影響を及ぼしている。理論から見れば、これらの詩派はいずれも

復古を主張していたが、模倣対象は固定もしておらず、一つに限定もしていなかった。創作風格から見れば、胡応麟が述べたとおり、元代の弱々しい詩風に影響され、そこから脱却できない詩人ばかりであったが、剛健で力強く、あるいは清新で自然な作品はすでに現れ出ていた。審美傾向から見れば、この時期の代表的な詩家は血気盛んで、志も大きく、高雅で自然な詩風を追求していた。「気」を重んじていたことが当時の共通した傾向であったと言える。

　呉中詩派が重んじていたのは「逸気」である。逸気というのは、世俗を超越した審美情緒であり、高啓（一三三六～一三七四）が「青丘子歌」〔『高青丘集』巻十一〕で表しているように、「妙意俄同鬼神会、佳景毎与江山争」（妙意　俄《には》かに鬼神と同《とも》に会し、佳景　毎《つね》に江山と争ふ）という純粋な芸術創作である。高啓は「独庵集序」において彼の創作による主張を格・意・趣という三点で概括し、その趣の核心を「世俗の超越」とした。高啓・楊基（一三二六～一三七八）・張羽（一三二三～一三八五）・徐賁（一三三五～一三九三）などの呉中四傑は創作成果において優劣はあるものの、快適な隠遁生活を求めるという審美の詩を作る上での目標は同じであった。それは元代の緩やかな政治環境だけではなく、呉中の経済地位が優位であったことにも関わっている。しかし、朱元璋（一三二八～一三九八）が士大夫の気風を粛正することには賛同しなかったため、その流派の詩人はみな悲惨な始末を迎えることとなった。明代に入ってから、彼らの創作全体における風格は物寂しく哀婉たるさまを主題となしていた。しかし、これこそが詩の真の美しさを備えた流派となった。顧起倫が『国雅品』において高啓の詩を評価した「発端沈鬱、入趣幽遠」（端を沈鬱に発し、趣の深遠なるに入る）[7]という特徴こそが、まさにこのことを指している。したがって、後世になり、高啓の業績は一貫して高く評価されており、ひいては明詩の第一人者であるとも評価されている。高啓の役割は彼自身が挙げた成果にあるだけではなく、彼によって提起された審美主張がその後の明詩の主な審美形態を包含していることにもある。彼は次のように述べている。

詩之要、有曰格、曰意、曰趣而已。格以辯其体、意以達其情、趣以臻其妙也。体不辯、則入於邪陋、而師古之義乖。情不達、則堕於浮虚、而感人之実浅。妙不臻、則流於凡近、而超俗之風微。(8)

詩の要、格と曰《い》ひ、意と曰ひ、趣と曰ふ有るのみ。格は以て其の体を辯《わ》かち、意は以て其の情を達し、趣は以て其の妙に臻《いた》るなり。体辯かたざれば、則ち邪陋に入り、而して古を師とするの義乖《もと》る。情達せざれば、則ち浮虚に堕《お》ち、而して人を感ぜしむるの実《じつ》浅し。妙臻らざれば、則ち凡近に流れ、而して俗を超ゆるの風微《かす》かなり。

前後七子は格調を以て詩を論じ、特に詩の体裁と格調の関連を強調している。これは、高啓が重んじて主張していた「格」を継承しているといえる。唐順之（一五〇七～一五六〇）・徐渭（一五二一～一五九三）・李贄（一五二七～一六〇二）などによる本色論・童心説は後天的で世俗的な要素を除外した先天的に有する真情を実感することを強調し、高啓の意を重んじる考え方を表出させたものとも言える。公安派の人たちは趣や韻律を重視し、世俗を超える審美理想を求めているため、高啓の「趣」の主張と基本的に一致しているのは明らかである。高啓の創作成果から見れば、彼は詩の様々な体裁に力を入れ、体裁や格式の規範を重視している。それと同時に自身の感情と個性を十分に展開し、真摯な情感を満ち溢れさせるように表現している。高啓は、隠逸生活への憧憬や詩歌芸術への耽溺により、自身の詩人気質を鮮明に表わし、数多くの純美な詩を創作した。だからこそ、清の趙翼は高啓を次のように称賛している。「惟高青丘才気超邁、音節響亮。宗派唐人、而自出新意。一渉筆即有博大昌明気象。亦関有明一代文運、論者推為開国詩人第一、信不虚也。」（高青丘［高啓］だけが才気煥発で、音節を明瞭に響かせている。唐詩を模範としているが、独自性がある。ひとたび筆を下ろせば、広く深く、意気盛んな情景が描き出される。また、明代の文運に関わり、批評家によって開国の詩人の第一人者だと推挙されることについては、誰一人として異論を挟む者はいない）(9)。まさに、これは彼自身の創作成果並びに明代詩歌への影響という二つの面から論じたものである。

浙東詩派は以下のような共通する特徴を持っている。理学を背景として、［南宋永嘉の］事功学派と同様に功利を追求している。また、散文を主とし、詩を従とする。さらに詩歌を創作するに当たっては、古詩の体裁を多用し、規範を守ることを目標とする。加えて、詩が表す姿においては、理を正し気を盛んとする様を追及し、同時に高遠な情趣も含んでいる。或いは、胡応麟（一五五一〜一六〇二）の以下のような概括が妥当かもしれない。「大概婺諸君子、沿襲勝国二三遺老後、故体裁純正、詞気充碩。与小家尖巧全別。惟其意不欲以詩人自命、以故豊神意態、小減当行、而呉中独擅。今海内第知其文矣。」（婺州［現在の浙江省金華市付近］の君子［劉基を代表とする詩人一派］の多くは、亡国の遺老の後を継いだが故に、詩の様式が純粋で正しく、言葉の勢いが強い。小さな流派の作家と比べれば、その技巧が全く異なっている。ただし、彼らは自ら詩人を気取らないため、詩の精髄や趣が専門性に欠けるが、その影響力は呉中地域を独占していた。今や、彼らの作品は全国に知れ渡っている）(10)。しかし、劉基の詩は悲憤慷慨を尊び、その風格にも奥深い豪壮さを持つ傾向が見られる。これらの詩人は、当初は世俗に現れたものであったが、元末期における社会の混乱や官界の暗部により、彼らには貢献できる場が与えられず、已むを得ず山奥に隠棲し、時機を待つしかなかった。それゆえ、彼らの作品は往々にして民の疾苦に存分に関心を注ぎ、現実社会の闇を暴き出し、官吏の愚昧を風刺し、功を建て業を興すことを切に望んだものになっている。後の朱元璋（一三二八〜一三九八）の世では、天下統一へ望みを馳せることができるほどの千年に一人の名君に彼らは仕えることになったため、その詩には、新王朝や新皇帝への賛辞にとどまらず、時勢に乗じて壮志を漲らせ、天下太平の喜びを溢れさせている。この時期に彼らが求めていた詩風は威風堂々として意気盛んなものであり、それは明代初期の短い期間において体現された。しかし、知識人への妬みを持つ朱元璋による厳酷な文化政策のため、当時の知識人の多くは望みどおりの最期を迎えることはできなかった。朝廷の重臣に登用された宋濂（一三一〇〜一三八一）と劉基でさえ鬱々として死に臨んだのであるから、他の知識人における不幸の度合いは言うまでもない。しかし、洪武末期から建文期における明代の詩壇では、わずかながらではあったが、再び活気を取り戻すようになった。明代初期に提唱された威風堂々とした詩風は方孝孺（一三五七〜一四〇二）などの詩歌によって充分に体現されたが、靖難の変による燕王朱棣の即位、さらにはそれに伴う方孝孺一族への死刑によってこの詩風も跡形もなく消え去ってしまった。その一方で平平凡凡とした穏やかな台閣体が流行り始めた。越派の詩人は政治に参与する強い意欲や格調高い理学の観念を有することで、その詩作において倫理政治の傾向を鮮明に表現した。また彼らは「気」に重きを置いていたので、その詩風は充分に個別化され、独立化され、感情化され、ゆえに審美化されたと言えよう。彼らの詩の中には、彼らの個性と理想、想像性と創造性、境地と力量が込められていたため、人心を鼓舞させるほどの影響力が充分にあった。

明代初期の詩壇において最も影響力が強かったのは呉派と越派であった。そのため、王世貞（一五二六〜

一五九〇）は『芸苑卮言』において元末期及び明初期の詩壇について、次のように論じている。「勝国之季、業詩者、道園以典麗為貴、廉夫以奇崛見推。迨於明興、虞氏多助、大約立赤幟者二家而已。才情之美、無過季迪、声気之雄、次及伯温。」（元王朝滅亡時の詩人は、道園［虞集、道園と号す。一二七二～一三四八］が典麗を以って貴しと為し、廉夫［楊維楨、字は廉夫一二九六～一三七〇］が奇崛を以って推挙されていた。明王朝興起の時に至っては、虞集が尽力し、他には二家ほどを残すのみであった。才気の美においては、季迪［高啓、字は季迪］を超える者はなく、気勢の雄においては、伯温［劉基、字は伯温］に及ぶ者はなかった[11]）。また、潘徳輿は劉基と高啓の違いについて以下のように述べている。「予又就青田、青丘二子衡之、則青田之雄渾博大、又非青丘之所能及。蓋青丘猶詩人之詩、而青田則士君子言志之詩也。豈惟明一代之開山、実可跨宋、元上矣。」（青田［劉基、青田県南田郷、現浙江省温州市文成県出身のため、劉青田とも呼ばれている］と青丘［高啓、青丘子と号す］を比べてみると、青田の詩は雄渾かつ広大であり、この点においては青丘の及ばざるところである。これはすなわち、青丘の詩が単なる詩人の詩で留まっているのに対して、青田の詩は君子の志を述べる詩なのである。青田こそが明詩の鼻祖であり、その詩は宋代・元代をも凌駕していると言えよう[12]）。この潘徳輿の見解にはいくつかの問題が見られる。第一に、劉基の詩作は全てを「君子の志を述べる」という範疇にくくることはできない。これに関しては、上記の通りである。第二に、劉基の作品が「宋代・元代の詩を凌駕している」という判断は潘氏個人の勢いに任せた言葉であり、的確な評価とは言えない。なぜなら、蘇軾（一〇三七～一一〇一）はともかく、陸游（一一二五～一二一〇）や元好問（一一九〇～一二五七）をどのように位置付けるかという難問が生じてしまうからだ。第三に、高啓と劉基の地位の高低については各人によって見方がそれぞれ異なるが、その際、多くの人は彼らの地位の高低ではなく、詩における差異を論じている。強いてその甲乙をつけるとしても、高啓が明詩の第一人者であるという意見に賛同する者がおそらく多数を占めるであろう。例えば、朱彝尊が『明詩総』で明詩を選別した際は、高啓と劉基の詩歌だけが独立した巻を成しており、高啓の詩は一三八首が、劉基の詩は一〇四首が選ばれていた。一方、格調の提唱者である沈徳潜は、彼の『明詩別裁集』において、高啓の詩を二一首、劉基の詩を二〇首選出している。これらからは、劉基の地位が高啓より高いという判断を窺い知ることができない。とはいえ、潘徳輿の考え方には重視されるべきところもある。彼の「詩人の詩」と「君子の志を述べる詩」という概括は、高啓と劉基の詩における最も鮮明な違いを指し示しただけではなく、これこそが元明代における呉中詩派と浙東詩派の根本的な区別になっているとも言える。加えて、劉基の詩は「君子の志を述べる詩」であるからこそ、彼の詩歌からは「感興し、観察し、群れ集い、怨みを抱く」(『論語』陽貨)ことの風刺機能を窺い知ることができる。このように、彼の創作は現実社会の民衆に関心を寄せて悲憤慷慨したため、彼の雄渾広大で沈鬱頓挫の詩風が形成されたのである。一方、「詩人の詩」であった高啓は、超然とした性質と悠々自適の感情を表現するべく、飄逸清新、軽妙洒脱で自在な詩風を成していた。このように、彼らは各自の詩派を代表していたと言えよう。劉基は浙東派の功績や現実を重視する伝統を貫いていたと同時に、悲怨に暮れる個性と自身への風刺を顕然と表現していた。一方、高啓は呉中派の自我や個性を重視する伝統を代表していると同時に、超然で洒脱な個性をも表していた。彼らは二つの角度から元代詩歌の品格を向上させたことで、後世から好評を博している。

呉越を除く三つの流派については、その創作にいささか見劣りがある。まず、閩中詩派は、南宋の厳羽が盛唐の格調を追求した伝統を受け継ぎ、往々にして復古を呼びかけている。その核心となる人物は林鴻(一三八三年前後)と高棅(一三五〇〜一四二三)である。高棅は『唐詩品彙』において唐詩を初期・盛期・

中期・晩期という四つの時期に分け、各時期の詩風や体裁を会得している。この書で編纂された唐詩が手本となったため、明代の詩壇に深い影響を及ぼすこととなった。このことは、『明史・文苑伝』において「終明之世、館閣宗之」（明の世にあっては、翰林院もこれを宗とす）と書かれていることからも窺い知ることができる。(13)しかし、その詩派は創作が比較的限られており、表面的にのみ歌い上げているため、情感にも深みにも欠けている。特になぞらえ似せる痕跡が強く残っているため、審美上において新鮮さも個性的な特徴も足りない。李東陽（一四四七～一五一六）は『懐麓堂詩話』において、林鴻の『鳴盛集』が盛唐を極力模倣しているとし、次のように述べている。「不但字面句法、並其題目亦効之。開巻驟視、宛若旧本、然細味之、求其流出肺腑、卓爾有立者、指不能一再屈也。」（表現や句法のみならず、題目までも模倣している。その詩集を開いたときには、古書のように感じるが、細部まで吟味してみれば、肺腑から流れ出たように感じられ、衆に秀でているものは、殆んど見られない(14)）。まさに一言で的を射たものであり、その評価は公平で妥当である。また、王夫之（一六一九～一六九二）となると、その評価はさらに厳しくなり、『明詩評選』で以下のように述べている。

子羽、閩派之祖也。于盛唐得李頎、于中唐得劉長卿、于晩唐得李中、奉之為主盟、庸劣者翕然而推之、亦与高廷礼互相推戴、詩成盈帙。要皆非無挙、刺無刺、生立一套、而以不関情之景語、当行搭応之故事、填入為腹、率然以起、湊泊以結曰、吾大家也、吾正宗也。而詩之趣入于悪、人亦弗能問之矣。千秋以来作詩者、但向李頎墳上酹一杯酒、即終身洗抜不出、非独子羽、廷礼為然。(15)

子羽［林鴻］は、閩派の祖なり。盛唐に李頎を得、中唐に劉長卿を得、晩唐に李中を得て、之を奉りて主盟と為し、庸劣なる者翕然として之を推し、亦た高［棅］廷礼と互ひに推し戴き、詩成つて帙に盈《み》つ。要は皆な挙ぐる無きに非ざるも、刺すに刺無く、生じ立つること一套、而して情に関はらざる景語・当行搭応の故事を以て、填め入れて腹と為し、率然として以て起ち、湊泊《あつ》めて以て結んで曰く、「吾は大家なり。吾は正宗なり」と。而して詩の趣は悪しきに入るも、人も亦た之を問ふこと能はず。千秋以来、詩を作る者、但だ李頎の墳上に向いて一杯の酒を酹《そそ》ぎ、即ち終身洗ひ抜き出だせざるは、独り子羽・廷礼のみ然《しか》りと為すに非らず。

このように王夫之は、林鴻が唐の李頎（六五〇〜七五三）から好ましくない影響を受け、李頎の欠点がそのまま林鴻の欠点になっているとしている。さて、この李頎は明清時代の詩歌評論家にとって論争中の人物である。李頎を誉める者は、彼の律詩は構成が緻密で、音韻の調和が取れ、律に合っていると言い、李頎を譏る者は彼の作品は形に拘りすぎ、不自然でわざとらしく、八股文に近いと評している。王夫之は「盛唐之有李頎、猶制芸之有袁黄、古文詞之有李覯。朽木敗鼓、区区以死律縛人。」（盛唐には李頎が、八股文には袁黄が、駢文には李覯がいる。朽木や敗れ太鼓の如く無用で、ただ決まった形式に縛られているにすぎない(16)）と嘗て評した。各流派の意見を総合的に分析すれば、李頎の律詩は形式と韻律を厳守しているが、感情の深さや鮮明感においては頗る不十分であると言える。盛唐の詩人がまだ形式と韻律に馴染んでいない頃において、李頎が律詩の成熟に与えた貢献を無視することはできないが、彼の欠陥は欠陥として認め、避けねばならない。それゆえ、王夫之の李頎に対する批判はやや厳しいものとなっているが、彼の林鴻に対する批判には光るものがある。右に挙げた「要皆非無挙、刺無刺、生立一套、而以不関情之景語、当行搭応之故事、填入為腹、率然以起、湊泊以結」

（どこにも刺がなく、一連を成し、叙景も叙情も自身の感情に関わりなく詰め込み、卒然と起こり、寄せ集めで終わる）にあるとおり、すべて急所を的確に言明している。彼の言う「不関情之景語」とは、林鴻が叙景と叙情をうまく組み合わせて創作していないという意味ではもちろんなく、彼の経験した感情が全く無関係であることを指している。また、この「当行搭応之故事」も自分自身の喜怒哀楽に関わりのない人や物事を指している。このような方法で作られた詩は「塡塞」（詰め込み）、「湊泊」（寄せ集め）、「空殻」（からっぽ）、「架子」（骨組み）と評され、浅薄で痛くもかゆくもない印象をもたらしてしまう。もちろん、王夫之の見解にも問題はある。なぜなら、林鴻の作品のすべてではなく、一部の律詩にしかこのような欠陥が見られないからである。しかも彼の古体詩や絶句の作品にはこのような状況は、ほとんど見られない。一方、顧起綸（一五一七～一五八七）は『国雅品』において、以下のように述べている。「林員外子羽才思藻麗、如游魚潜水、翔鳶薄天、高下各適情性」（林子羽は文才が華麗で、魚が水を泳ぎ、鳥が空を飛ぶかの如く、意のままに様々な詩体を扱うことができる）[17]。この批評はまさに彼の詩歌創作における豊かな感情や詩体の多様性を見抜いていたからだと言える。しかし、林鴻のすべての詩体が「高下各適情性」と言えるかどうかとなると、この批評は些か偏狭であると言える。陳田は各流派の評価をまとめ、以下のような結論を出している。「子羽詩以盛唐為宗、諸体並工。論者謂晋安一派、有詩必律、有律必七言。引為口実、亦蹈襲者之過也」（林鴻の詩は盛唐の詩を模範とし、様々な詩体に優れている。晋安詩派に関して、詩は律に適い、律に適った詩は七律であるべきだとする論者もいた。これが晋安詩派の特徴を認識する際に、多くの人に口実を与え、過度な踏襲を招いてしまった[18]）。林鴻の詩が七律に限らないという見方はもちろん正しいが、林鴻の詩が「諸体並工」（様々な詩体に優れている）ということは概して甚だしい誤りである。しかし、この浅薄な七律という欠点は全て「蹈襲者」によると言いたいのであれば、さらに、林鴻にその責がないと言いたいのであれば、それは事実にそぐわない。なぜなら、閩中詩派の指導的人物として、林鴻が擬古の気風を打ち立て、それにより詩歌の創作が浅薄に偏る欠点をもたらしたのは確かであるため、林鴻が罪を免れることはできないからである。実際、閩中詩派を地域的な流派という観点から見れば、その特色は隠逸した情緒表現と審美的な山水の把握にある。この点において、彼らは数多くの優美な詩を創作している。しかし、伝統的な評論家は往々にしてその盛世を賛美した特徴や擬古に着目するのみで、審美的に山水を歌うという貢献を無視しているのである。

嶺南詩派は孫蕡（一三三七～一三九三）など「南園五先生」と呼ばれる五人の詩人を中核としている。明清の評論家はよく彼ら五人を呉中四傑と比較している。仮に個性の放任や審美的な情緒の追求という点から見るのであれば、両者には確かに似ている所もあるが、そうでなければ、完全に一致する点は見当たらない。嶺南は元代末期において、ほとんど戦乱に影響されることのない平和な地域であったため、これらの詩人は容易に派を成し、詩を吟じることができた。しかも、彼らの詩には、塗炭の苦しみにある民衆の愁いや困窮といった暗鬱さは感じられない。彼らの詩に描かれているのは、概して孫蕡の「広州行」に見られるように都市や景観、風物に対する描写であり、往々にして色彩が明るく美しく、格調が軽やかであるが、重さや豊かさという面は呉中四傑、特に高啓には及ばない。しかし、その一方で、南園を象徴とする嶺南詩派は重要な詩学意義を持っていた。南園はこの派が初めて結成された場所であり、彼らの元末期の生活や人生、情緒を表現した場所でもある。孫蕡は「南園歌・贈王給事彦挙」（南園歌・王給事彦挙に贈る）詩において、当時の南園における結成と創作の情景を次のように生き生きと描写している。

昔在越江曲、南園抗風軒。群英結詩社、尽是琪琳仙。南園二月千花明、当門緑柳啼春鶯。群英組絡照江水、与余共結滄洲盟。滄洲之盟誰最雄、王郎独有謫仙風。狂歌放浪玉壷欠、劇飲淋漓宮錦紅。青山日落情未已、王郎払袖花前起。歓呼小玉弾鳴箏、酔倚庭梧按宮徴。哀絃泠泠楽未終、忽有華月出天東。裁詩復作夜遊曲、銀燭飛光白似虹。当時意気凌寰宇、湖海詩声万人許……[19]

昔《むかし》越江の曲に在り、南園の抗風軒。群英 詩社を結ぶは、尽《ことごと》く是れ琪琳の仙なり。南園の二月 千花明かるし、門に当たる緑柳に春の鶯啼く。群英組み絡《まと》ひて江水に照らし、余《われ》と共に滄洲［仙人の住む所］の盟を結ぶ。滄洲の盟の誰か最も雄なる、王郎［王給事］独《ひと》り謫仙の風有り。狂歌放浪して玉壷を欠く、劇飲淋漓［思い存分飲めば］宮錦紅なり。青山に日落ちて情未だ已《や》まず、王郎袖を払ひて花の前に起つ。小玉［芸妓］を歓呼して鳴箏を弾かしめ、酔ひて庭梧に倚れば宮徴《きうち》を按《おさ》ふ。哀絃泠泠として楽《がく》未だ終らざるに、忽として華月の天東に出づる有り。詩を裁《た》ちて復《ま》た作る夜遊の曲、銀燭の飛光 白きこと虹に似たり。当時の意気 寰宇［全世界］を凌《しの》ぎ、湖海の詩声 万人許す［賞賛した］……

その時期に過ごした人生経験は彼の記憶の中では、まるで仙境で暮らしていたような日々であったに違いない。花は紅、柳は緑、鶯が鳴くその春に、若人が集い、山水の盟を結び、狂おしく歌い、放浪する。気が済むまで飲んで、酔っぱらったら、庭にある梧桐にもたれて、曲を聞いて楽しく騒いだ。日が暮れても、夜になっても、束縛も憂いもなく、ただ詩意のままに想像を自由に羽ばたかせるのみであった。このように詩人は個性を自由に伸ばすことができ、まさに「当時意気凌寰宇、湖海詩声万人許」であった。詩歌作品であるがゆえに、誇張した描写は免れないが、当時の生活が自由自在で、いささかの悩みもなかったことは事実であろう。孫蕡と王佐の連句の作品である「琪林夜宿聯句一百韻」[『西菴集』巻八、文淵閣四庫全書本]において、二人は再び当時の情景を思い出している。

雅結南園社、狂為北郭行。山風紅蕊撥、野日錦繁纓。博帯皆時彦、高筵即上卿。柳塘時睡鴨、杏圃暖啼鶯。南内霓裳曲、梁川雁柱箏。風流追謝朓、俊逸到陰鏗。刻燭催長句、飛籌促巨觥。歓娯随地有、意気札霄崢。

雅やかに南園の社を結び、狂ふがごとく北郭の行を為す。山風 紅蕊《かほ》りて撥《かか》げ、野日 錦繁くして纓《まと》ふ。博き帯は皆な時の彦《ひと》にして、高筵は即ち上卿たり。柳塘 時に鴨睡り、杏圃 暖くして鶯啼く。南内（宮中）の霓裳の曲、梁川の雁柱の箏《こと》。風流は謝朓を追ひ、俊逸は陰鏗《いんこう》（六朝陳の詩人）に到る。燭を刻んで長句を催し、籌（数取り棒）を飛ばして巨觥《きょこう》（角杯の罰杯）を促す。歓娯は地に随ひて（至る所に）有り、意気は札として霄《そら》に崢《そび》ゆ。

両者を対比してみれば、南園における陽気さと心地良さが窺える。しかし、元王朝末期の戦乱はこのような詩趣に富む生活を容赦なく潰した。明代に入った後、彼らは隆盛した太平の世に巡り会い、雄大な将来計画を実施に移す機会を得たため、先を争うように嶺南を出て、人材を望む明王朝へ身を寄せた。実際には、役人になった者も隠棲した者も、明以降は誰もが押し並べて大きな挫折を迎えることとなった。不幸な者は命まで落とし、幸運な者でも左遷され、苦しみを味わった。それゆえ、南園は彼らの美しい精神世界の故郷となり、記憶の中における自由の象徴となった。孫蕡は友人が嶺南から出て官職に就いていても、南園で再会できることを望んでいた。「展席芳醑陳、開觴群物妍。顧瞻失儔侶、高情寄所宣。弛思望遠人、遥在伊洛壖。賢労事会計、日昃不遑安。聊復縦長吟、引領希令言。何能此会合、宴楽舒我顔」（席を展《の》べ芳醑陳《な》らぶ、觴を開き群物妍《うつく》し。顧《かへ》り瞻《み》れば儔侶を失ひ、高情宣《の》ぶる所を寄す。思を弛めて遠き人を望めば、遥かに伊洛の壖《あきち》に在り。賢労して会計を事とし、日昃《かたむ》くまで安むに遑《いとま》あらず。聊か復た縦《ほし》いままに長吟し、領《くび》を引《のば》して令言を希《ねが》ふ。何ぞ能く此《ここ》に会合し、宴楽して我が顔を舒《ゆる》うせん）［「南園懐李仲修」（南園にて李仲修を懐ふ）］。彼自身が金陵へ出仕した時も、再び友達と南園に帰ることを想像して次のように記している。「友于事燕集、物候方陽和。酌酒南園上、与君同笑歌」（友于《きょうだい》燕集を事とし、物候方《まさ》に陽和たり。酒を酌む南園の上、君と同《とも》に笑ひ歌ふ）［「寄王給事佐」（王給事佐に寄す）］。官途が厳しくなった時も、また南園に帰ることを渇望している。「故人今不見、孤客悄誰憐。事業清時困、名声旧邑伝。紫髯風猟猟、紗帽月娟娟。儻遂幽園約、琴尊共晩年」（故人 今見えず、孤客 悄として誰か憐れむ。事業は清時に困《くる》しみ、名声は旧邑に伝ふるのみ。紫髯に風猟猟たり、紗帽に月娟娟たり。儻《も》し幽園の約を遂げなば、琴と尊《たる》もて晩年を共にせん）［「過東阿懐雪篷」（東阿に過りて雪篷を懐ふ）］。友達を懐かしく思った時でさえも、次のように何のわけもなく南園に帰った夢を見ている。「緑楊陰下玉驄嘶、糸絡銀瓶帯酒携。夢入南園聴夜雨、不知身在蒋陵西」（緑楊陰下 玉驄嘶《いなな》く、糸は銀瓶に絡みて酒を帯びて携ふ。夢に南園に入りて夜雨を聴き、知らず身の蒋陵［現南京市東郊］の西に在るを）［「寄王彦挙」（王彦挙に寄す）］。実際、孫蕡に限らず、他の南園の詩友も同様の詩作を残している。黄哲は詩において次のように孫蕡を偲んでいる。「花開上苑啼鸚鵡、草緑南園泣鷓鴣」（花は上苑に開いて鸚鵡啼き、草は南園に緑にして鷓鴣泣く）［「喜故人孫仲衍帰」（故人孫仲衍の帰るを喜ぶ）］。作者は朝廷に仕える光栄を少しも否定していない。それどころか、都において「辞賦においては屈原に比肩し得る」という評判を得てもなお、あたり一面が青々とした南園に帰ることには及ばないと考えている。李徳はわずか四十首の詩作を残しているにすぎないが、この中には南園に関するものが三首もある。その中の一つ、「済南寄孫仲衍」（済南にて孫仲衍に寄す）においては、次のように歌っている。「南園虚夜月、風景罷登臨。鞏洛成塵跡、青斉入苦吟。升沈凋壮節、匡済負初心。薄宦容身得、寧辞雪満簪」（南園に夜月虚しく、風景は登臨に罷《つか》る。鞏・洛［河南洛陽あたり］塵跡と成り、青・斉［山東あたり］苦吟に入る。升沈して壮節凋《しぼ》み、匡《ただ》し済ふは初心に負《そむ》く。薄宦 身を容《い》るるを得たるも、寧《むし》ろ辞して雪簪に満たさん）[20]。南園を離れた李徳はまるで親友を失ったようであった。清らかな月と美しい風景が目の前にありながら、鑑賞する者もいない。なまじ良い時節に美しい景色があるから、なおさら楽しめない。ただ目の前に見えるのは仕官にもがき奔走する姿だけである。壮志は官界での浮沈により次第に消耗し、それゆえに苦しい時勢を救って当世の民衆を救うという初心を見失ってしまっていた。しかし、彼は南方に存在する故郷にも帰れず、精神世界の故郷である南園を再び見ることもできなかったため、やむを得ず「薄宦容身得、寧辞雪満簪」と自分を慰めるしかなかった。実のところ、南園は彼らにとって永遠に忘れられない場所でもあり、彼らの失意の心を慰藉する良薬でもあった。彼は「寄孫典籍仲衍」（孫典籍仲衍に寄す）において次のように南園を詠んでいる。「南園草色参差緑、忽憶佳人美如玉。玉堂揮翰事成陳、草屋懸燈照幽独。江湖狂客未言帰、翹首東南涙湿衣。何時浄払青渓石、与爾横竿釣落暉」（南園の草色参差《しんし》として緑なり、忽ち憶ゆ佳人の美しきこと玉の如きを。玉堂に翰《ふで》を揮《ふる》いて事成り陳《なら》べ、草屋に灯を懸げて幽独を照らす。江湖の狂客未《いま》だ言《ここ》に帰らず、首《かうべ》を東南に翹《あ》ぐれば涙は衣を湿らす。何《いつ》の時か青渓の石を浄め払ひて、爾《なんぢ》と竿を横にして落暉に釣らん）[21]。南園の美しい風景は親しい友人が官界で感じた不遇や孤独と強烈な対比を成している。だからこそ、「翹首東南涙湿衣」という感銘を受け、「何時浄払青渓石、与爾横竿釣落暉」という暮らしを望み、過ぎ去った昔の詩趣ある生活を偲んでいるのである。彼［李徳］の心の中で南園が消せない美しい記憶となっているのは確かだが、もしかすると次の「憶南園」という詩こそが、この文人たちの全体像を何よりもよく描写できているかもしれない。「南園蝴蝶飛、緑草迷行跡。青鏡掃長蛾、娟娟弄春碧。錦屏千里夢、寂寞愁芳色。小字写長箋、鱗鴻坐相隔」（南園に蝴蝶飛び、緑草 行跡に迷ふ。青鏡に長蛾を掃き、娟娟として春碧を弄ぶ。錦屏千里の夢、寂寞として芳色を愁ふ。小字もて長箋に写し、鱗鴻坐《い》ながらにして相隔つ）[22]。彼らはこのような美しい思い出を繰り返し思い起こしているからこそ、南園を玉山草堂のような上品な庭園にさせ、南園詩社を北郭詩社のような詩学流派にさせ、南園五子を呉中四傑のような著名な詩人にさせることができたのである。南園として流布しているものは後世によるところが大きい。嘉靖から隆慶の時期に至ると、欧大任や梁有誉・黎民表・呉旦・李時行などのいわゆる後五子が勃興する。「（後五子）の結成によって南園が継承され、衰えた詩歌が振興された。旗幟を鮮明にして文壇で詩を吟じる様相は前代の詩人たちに劣るものではない」[23]。清代の陳田は孫蕡の「憶南園」を読んで、感慨無量に次のように評価している。「この詩を読めば、南園の風雅の隆盛が目に浮かぶ。今日でも、この連なる嶺を行く者は、この美談に驚きを隠せない」[24]。実際に、もし当時の歴史背景を遡れば、この南園結社の規模といい、人選といい、さらに結成が続いた期間の長さといい、どれも顧瑛の玉山草堂と同一視することはできない。孫蕡たちの南園詩社に対する美しい記憶と情熱溢れた詠嘆には、更に深い歴史的な意義がこめられている。元代末期の南園生活は詩趣に溢れていたというより、明代初期における厳しく重苦しい政治によって、元代末期の悠々自適かつ詩趣に溢れた生活を際だたせていたのである。この点から見れば、南園詩社には北郭詩社と同様な詩学史的意義があったと考えられるのである。

江右詩派は元時代末期から朝廷との関わりが多くなり、特に危素（一三〇三～一三七二／一二九五～一三七二）は代表的な台閣文人となり、劉崧や陳謨・梁蘭などが当時、江西作家の中核的な柱となっている。江西において、宋代にかつて大きな影響を及ぼした黄庭堅を初めとする江西詩派が現れた。しかし、元明の際に至り、すでに黄庭堅の影響を受けなくなり、詩を論じるに際して、元詩四大家の虞集と範梈《ほう》を高く評価するようになった。その創作特徴から見ると、虞・範とはまた違ってくる。江西地域は当時、朱元璋と陳友諒の二大軍事集団が争いを繰り返し、戦火によって一番被害を被ったところである。従って、当派の詩人は往々にして民生に関心を持ち、現実をそのまま反映するのが主な創作特徴である。例えば、劉崧の「築城嘆」や「采野菜」、「壬辰紀事」などの作品は戦乱の残酷さ及び庶民の苦難を描くものである。これらの詩は芸術上の特徴は叙事に長じ、滑らかでわかりやすい。その欠点は波瀾や変化に乏しいところにある。それによって、雅やかで質朴な風格を形成させた。この風格は同じく江西出身の楊士奇にも影響を及ぼし、明時代前期において最も影響力のある台閣体を形成させた。総じていえば、良い詩歌は一般的に充実した内容があり、雄勁な風格を持ち、そして個性や才気が際立っている。

楊士奇・楊栄そして楊溥の三楊をはじめとする台閣体は、明時代前期の永楽・洪熙・宣徳・正統・景泰年間に流行り、当派の詩歌の特徴は銭謙益『列朝詩集小伝』［乙集「楊少師士奇」一六二頁］が楊士奇を概括した言葉を用いれば、「詩の気勢は穏やかで落ち着いていて、始まりから終わりまで適切である」とされる。その後、『四庫全書総目提要』はその特徴をおっとりしていて美しいと概括しているが、現代の学者はそれに関して中身がなく、活気がないと批判している。そうさせた理由は様々あるが、詩作者の生活見聞が狭く、文学的な教養が足りず、古臭い文化政策などの要素も関係している。しかし、倫理及び教化を過度に追及した政治的な効果によって作者たちは理性的な態度を用いて詩を創作することになるため、情熱や才気、想像、個性など詩歌審美に必ず備えなければならない要素を失ってしまった。注意すべきなのは、明時代前期の台閣体には発展及び変化の過程があるということである。初期の盛大さを求める陶安・劉基から師道や節操を重んじる呉伯宗・方孝孺を経て、さらに永楽前期の甚だしく傲慢で自由奔放である解縉や王偁に至るまで、全て後の三楊台閣体とは異なった詩風を見せている。台閣体は三楊に伝わって初めて典型的な体貌を形成したのである。しかし、全体的に見れば、台閣体はやはり一番審美情緒に乏しい詩文流派である。

三、復古詩歌流派の審美属性

明代における詩歌創作は百年近くの静寂期を経て、弘治年間になってようやく再び活気づくようになった。その活躍の特性を最初に体現したのは李東陽（一四四七〜一五一六）を代表とする茶陵詩派であった。一般的な者は茶陵詩派を台閣体から前七子へ移行する過渡的な流派と見なしている。それは李東陽を初めとする詩人が、台閣体の作家に見られた狭隘な生活環境から、まだ抜け出していないためであるとしている。確かに、類型的に人格を見た際、李東陽が穏やかであったのに対して、李夢陽（一四七三〜一五三〇）たちは激しく憤る性格であったため、気勢の強弱の区別が見て取れる。しかし、詩学という観点から見れば、茶陵派の勃興は、すなわち詩歌の審美特徴に対する自覚追求の興起でもある。これは主に理論と創作という二つの面で体現されている。「滄州詩集序」において、李東陽はまず詩歌と散文を形式から明確に分け、詩歌の発生を「思いを存分に表現し、意気を奮い立たせる」ことにあるとしている。[25]これは、言い換えれば抒情性であり、『懐麓堂詩話』においては詩歌の音律やリズム、そして比興を重んじる文体特徴を何度も強調し、声調を核心とする詩歌理論を形成させている。李東陽は次のように述べている。

夫文者言之成章、而詩又其成声者也。章之為用、貴乎紀述鋪叙、発揮而藻飾、操縦開闔、惟所欲為、而必有一定之準。若歌吟詠歎、流通動盪之用、則存乎声、而高下長短之節、亦截乎不可乱。[26]

夫《そ》れ文は言の章を成すものにして、詩も又た其れ声を成す者なり。章の用為《た》るや、紀述鋪叙するを貴び、発揮して藻飾し、操縦 開闔して、惟《た》だ欲する所のみ為すも、而れども必ず一定の準有り。歌吟詠歎、流通動盪の用の若《ごと》きは、則ち声に存《あ》りて、而して高下長短の節、亦た截乎として乱す可からず。

聶豹（一四八七～一五六三）の論じた文の批評は内容も風格もどれもが正確であったと顧清（?～一五二七）は評しているが、聶豹が最も重んじていたのは形式であった。「家づくりに例えるなら、形式は規模や様式であり、玄関や母屋・厩・水周り・回廊・戯曲館・東屋・離れなど、適材適所にすべきである。理は棟木と梁であり、建築の根幹である。気が建物に運用されて初めて、このような家屋を成すのである。もし、柱の礎石が堅固で運用も力強いのに、梁組みが細微で、位置も不適当で低くすべき所が高くて明るくすべき所が暗くなっていたとしたら、これを眺めるものはいったいどのように考えるだろうか」[27]。このように彼は詩文の形式及び規範を重視している。

李東陽は『懐麓堂詩話』において以下のように詩を論じている。「長編にはリズムが必要である。厳格にしたり緩和させたり、正統を保ったり変化を加えたりする。もし修辞も起伏もない作風なら、数多く書いても無益である。唐詩の類は変化に富んでこそ好まれるところがある。杜子美（杜甫、字は子美七一二～七七〇）の詩は抑揚をつけたり急に勢いを変えたりして、その変化は計り知れない。詩が驚愕せしめるのは、概してその音響と格律が適切に釣り合っているからである[28]」。これは抑揚をつけたり、急変させたりすることを求める美しさである。邵宝（一四六〇～一五二七）は李東陽の詩文に序を書くにあたって、その変化に富む特徴を称賛している。「道は変化を尽くして初めて道と言うことができ、文章は変化を尽くして初めて文章と言うことができる。……将が兵を率いて侵略に抵抗することに喩えると、兵は将の号令が聞こえなくても、ただ太鼓を聞いて旗を見るだけですべて将の思い通りに動いているのと等しい。鋳造職人が金属を鋳る際と同様に、形は自然に出来上がっても、どのようにそうなったのか、自らは知る由もない。道も文もこれに等しく、その変化を尽くすことができるのである[29]」。石珤《ほう》（一四六四～一五二八）も「送劉進士奉使序」（劉進士の使ひを奉るを送る序）において、劉進士のことを次のように称賛している。「文章を書くにあたっては、拘ることなく、その勢いのままに言葉を突き放てば良い。漢代の諸臣は朝廷において議論を行う際、それぞれ言いたいことを言い尽くし、文才が輝いていたが、それでも責めるべきは責められ、貶《おと》すべき時は貶されて、心乱れても毅然とし、雑然としても騒ぐことはなかった。……（彼らの文章は）必ずしも最善にかなうとは限らないが、握った旗で進退を指し示しているかのように、あれこれ心配したり、支離滅裂になったりするような言葉は発しなかった。自分らしさを守ってそれを他の文に及ぼしていったからこそ、このようなことが為せたのである。ああ、文章を成す法というのはまさにかくのごとくである[30]」。いずれの詩派も自ずと変化を求めるものである。茶陵派と台閣体とに見られるこのような差異は、この両派と復古派とに共通するところでもある。彼らは皆な文章と徳行の関係を強調し、平和で純粋な美を追求したがゆえに、この特徴を充分に発展させることはなかった。王世貞（一五二六～一五九〇）は『芸苑卮言』の巻六において、次のように述べている。「李東陽が何景明（一四八三～一五二一）と李夢陽を抜擢したのは、陳勝が漢の高祖を啓発したのに等しい」。優劣を論じるのは言葉が過ぎる嫌いがあるが、それでも彼らの間に見られる伝承関係を明らかに示していると言える。詩歌文体に対するこれらの認識があったからこそ、彼の詩歌創作は詠史詩における真の見解並びに贈答詩における真の感銘を既に備えており、平仄と音律も共に流暢で、典雅明麗な形式美を成し遂げたのである。

詩歌における審美的な追求を最高潮に推し進めたのは、まさしく前七子の復古派だったと言える。先人は前七子を論じる際に、「文は秦漢、詩は盛唐」をその詩論の核心とし、さらに、模倣を彼らの創作上の原則として定めたがゆえに、前七子に対してある種の批判的な態度をいつも示している。しかし、実際には前七子は南北詩風が溶け合った流派であり、北方出身の李夢陽の雄健さも見られれば、南方出身の徐禎卿（一四七九～一五一一）の優美さも見られる。理論的な主張としても、李夢陽による「尺尺寸寸」（古人の法を墨守するのみで己を出さず）という模倣論もあれば、何景明による「舎筏登岸」（古人を学ぶは手段のみで、目的はその先の独創にある）という模倣論もある。しかし、以下のような共通する二点も存在している。その一つ目は、自分の情感をあるがままに述べ表し、民間歌謡から有益なものを取り込んでいると主張していることである。そして、二つ目は、宋詩に見られる議論や理論にいずれもが異を唱え、情感と情景の融合や比興手法の使用を主張していることである。彼らの実際上の矛盾は、漢魏盛唐に見られる格調への追求と心情の述懐との調和が取れていなかったところであった。このことが、幾分、彼らの創作を妨げてもいた。但し、創作にあたって、前七子は二つの重要な変化を見せている。一つには謳歌から批判への変化がある。これゆえ、充溢した気勢も鮮明な個性も顕示されている。もう一つは倫理教化への強調から、平仄や音律・構造・対句・比興などといった形式美の重視へと変化したことが挙げられる。前七子の復古派は組織の緩い詩人集団であるため、その詩風も多種多様で、一概には言えないが、彼らは以下の二点において大差がない。その一つは、彼らの多くは気骨のある人であったがゆえに、弘治・正徳年間の朝政混乱や政治闘争においても自らの節操を貫くことができた点にある。それだけではなく、民衆の生活に関心を持ち、国事を憂い、正道を堅持する文人としての崇高な品格をも表現できている。もう一点は、彼らの多くが詩風の変化過程、つまり、意気昂揚という弘治年間の詩風から憤激や感傷という正徳年間の詩風への変化過程を実体験したところにある。これは即ち、この文人集団に見られた詩歌創作及び詩学的観念が朝政の変遷と緊密に繋がっていたということになる。言い換えれば、彼らが創作した詩歌には社会性が鮮明に備わっていたと言える。正徳年間末期になると、詩壇には次第に転向の動きが見られるようになる。王陽明（一四七二〜一五二九）が心学への探求に転向したり、六朝の華美で流麗な詩風へと転向したりしたことにより、盛唐の格調への追及を一貫して主張する人は次第に消失していた。これこそが当時の文壇に見られる総体的な趨勢である。

後七子は、格調を以って詩を論じるという前七子の伝統を受け継いだだけではなく、気骨の堅強さと文才の豊富さという両面において活力を保持するという一貫した特徴をも有している。一方、前七子と後七子の相違点としては、後七子のほうが、形式的な技巧をより緻密により具体的に研鑽したところにある。ゆえに、後七子の詩歌は特性である審美性をより一層深く探求していった。これは、『四溟詩話』において謝榛（一四九五〜一五七五）が情景範疇を探求したように、既に相当な水準にまで達していた。この点において、王世貞の『芸苑卮言』は、明代後期における詩法の研究を更に深めた集大成である。加えて、謝榛の五言律詩や李攀龍（一五一四～一五七〇）の七言律詩、王世貞の七言古詩は、いずれも非常に高度な芸術造詣に達した作品である。王世貞が重視するに値する人物であるというのは、長期にわたって文壇における領袖であったという理由のみならず、彼の理論及び創作に見られる新しい特徴にも起因している。王世貞は『芸苑卮言』において、以下のような前七子の徐禎卿による主張を引用している。「情に因りて以て気を発し、気に因りて以て声を成す。声に因りて詞が生じ、詞に因りて韻が定まる。これ、詩の源なり」[31]。詩歌が発生する第一要素を情感だと明確に定めている。さらに重要なのは、格調と才気の関係において、彼がすでに両者を同等に重んじていることである。「才気が思念を生じ、思念が音調を生じ、音調が格律を生じる。才気の現れが思念であり、思念の具体化が音調であり、音調の規範が格律である」[32]。前七子にあっては、格調とは漢魏の理想的な風格のことを指しているため、「格高調古」と言われる「擬古に格の高さがある」という詩風が、才華を歌い上げる詩風と往々にして矛盾を成してしまう。王世貞は、この才華と格調を統合したうえで、「才」を至上と位置づけた。このため、彼の詩作は理想的な格調を超えるものが往々にしてあった。このことは以下の記述からも窺える。「そもそも僕の欠点は思いを尽くすところと事を起こすに緻密すぎるところにあるのだが、いずれも、どうしても格調を脅かしてしまう。だからこそ、詩には中唐の元白体か晩唐に近い頃の詩を崩しているところがあり、文章には六朝か唐宋を崩しているものがある」[33]。唐宋に見られる限界を打破するということは、すなわち格調という理論が崩壊に向かうことを意味している。王世貞はその理論にあたって、この一点を認めたくないにもかかわらず、晩年の彼は情緒の審美にあたっては宋の蘇軾（一〇三七～一一〇一）を偏愛し、創作においては明の陳献章（一四二八～一五〇〇）を評価していた。そして、詩歌の効能に際しては、「一人悦に入る」という傾向にあった。これらは全て呉の文人である王世貞が時代からも地域からも二重に影響を受け、自らの審美的な趣旨を単一的なものから多元的なものに転向させたことを物語っている。晩年の彼によって「一人遊び」が書かれている、以下の記載を見てみよう。

愚公自笑昔日愚、日対黄巻声伊吾。那知愚公今更愚、問著胸中一字無。貧子自笑昔日貧、但有載籍無金銀。那知貧子今更貧、一糸不掛悲田身。貧子之貧猶未誤、更有愚公堪笑処。蹣跚両足鈍于鴨、便欲高飛向天去。(34)

愚公自ら笑ふ昔日の愚かなりしを、日黄巻《ひび》［書物］に対して声伊吾たり。那《な》んぞ知らん愚公今更《さら》に愚かなるを、胸中を問著するに一字として無し。貧子自ら笑ふ昔日の貧なりしを、但だ載籍［書籍］のみ有りて金銀無し。那んぞ知らん貧子今更《さら》に貧なるを、一糸すら掛けず悲田［貧窮］の身。貧子の貧なるは猶ほ未だ誤たず、更に愚公の笑ふに堪ふる処有り。蹣跚《まんさん》［よろめく］たる両足は鴨よりも鈍きに、便に高く飛び天に向かひて去らんと欲す。

典故も使わず、構成も配せず、格調の高さも古さも解説していない。その一人遊びと自嘲の中には、彼のユーモアと関心事が顕示されている。これは宋調に近づいているだけではなく、後の袁宏道（一五六八〜一六一〇）に似ているとさえ言える。しかし、晩年になると、彼の詩に限界が生じ、公安派とはかけ離れてしまった。王夫之（一六一九〜一六九二）は、この頃の王世貞のことを「渾身入宋」と書き表している。これは以下の批評に基づく。「弇州［王世貞の号より］」が渾身入宋、すなわち、完全に宋詩を模範としたのは、宋人が長けていたのが文才であったのに対して、弇州が生涯で最も欠けていたのが文才であったためである。彼の全ての工夫はこの補充に過ぎない」[35]。これはひときわ辛辣な批評であるが、同時に意味深い評論でもある。この批評に書かれた「局面上架過」（この補充に過ぎない）の良い面は、形式にとらわれず思いを率直に述べるところにあるが、この頃になると、王世貞は表現の視野が狭くなり、晩年の白居易（七七二～八四六）と似て、身辺のことや決まったことに限っている。「語に従って韻を成し、韻に従って適を成す」、「率直で心を尽くす」と李維楨（一五四七～一六二六）のように王世貞を褒める者もいるが、実際のところ、何の斬新さもないのである[36]。『龍性堂詩話［続集］』［清・葉矯然撰『清詩話続編』（上）所収、一〇三〇頁］の記載によると、袁中道（一五七〇～一六二六）は彼［王世貞］の「送客総帰惟月在、遊人欲老奈山何」（客を送り総《すべ》て帰りて惟《た》だ月のみ在り、遊人老いんと欲《し》て山を奈何《いかん》せん）という文を『四部稿』（王世貞著『弇州山人四部稿』）には見られなかった絶妙な表現だと絶賛している。しかし、実際には、幾分、禅の精神と繋がっている趣がこの詩の中に見られただけに過ぎず、これこそ宋人が長けているところである。彼の多くの詩歌から言えば、心情の内容に新たな見地がいささかもなく、また構造にも探究が見られない。前後七子は明代後期における公安派からの衝撃を受け、勢力が大きく衰退したが、だからと言って詩壇から完全に姿を消したわけではない。「中郎（袁宏道）の論、出づれば、王（世貞）や李（攀龍）の雲霧、一掃さる」[37]と語った銭謙益の評は実に文学的な誇張であり、万暦年間の後にあっても、復古派は依然として存在し、それどころか、雲間派の領袖として著名な陳子龍（一六〇八～一六四七）さえ現れていたのである。陳子龍の創作が当時の特徴を鮮明に表していたのは、若い頃に七子による復古の主張に没頭していたことのみならず、明代後期における士大夫の風雅で、垢抜けた風習の影響も受けていたことから、詩作の中で美辞麗句を並べる傾向にあったところにある。しかし、明清の王朝が交代した頃には、慷慨悲痛な格調を見せるようになった。この時期において、彼の詩作は内容が充実し、風格も雄勁であったため、すでに七子に見られた模倣や公安派に見られる卑俗さを超越していた。これは、悲憤に満ちた沈鬱な思いの述懐と、典故を用いたり、字音の平仄や字義の虚実を考慮した対句を作成したりするなど詩歌における優れた技巧とを、当時の陳子龍が既に完璧に結びつけていたことで、格調高く雄々しい境地にまで審美が達していたことに由来する。陳子龍の代表作は李頎（六九〇？～七五一？）や李白・杜甫などの詩風を融合したことで、雄渾で秀麗な芸術特徴を自ずと成している。「寄献石斎先生」（献石斎先生に寄す）五首は彼の歌行の代表作で、第三首からはこの一斑を窺い知ることができる。


閶闔門開翡翠城、鳳凰十二相和鳴。碧血一灑玉階裂、驚雷急電何時平。門生往往自引匿、故吏不復来通名。

賈彪奔走何側趄、曹鸞上書翻桎梏。鉤連幾作甘陵部、相将同入黄門獄。緋衣獄吏行生風、黄封小匣排当中。

更番榜掠不知数、但称汝罪如山崇。小臣万死不足惜、聖徳如天輝簡策。帯血晨興写孝経、和枷夜臥編周易。

爰書一旦出風塵、薄譴由来湘水浜。万里同声頌明主、海内相看似古人。(38)


閶闔門開く翡翠城、鳳凰十二相和して鳴く。（忠臣の）碧血一たび灑げば玉階裂け、驚雷急電何《いっ》の時にか平らかなる。門生往往自ら引き匿れ、故《もと》の吏復《ま》た来たりて名を通ぜず。賈彪［後漢の名士、党錮の禍に遭遇した］の奔走する何ぞ側趄《しょく》なる、曹鸞［後漢、禁錮された党人を弁護して、投獄された］の上書桎梏《あしかせ》を翻す。鉤連《こうれん》［連行］幾たびか作《な》す甘陵部［党人の議の始まった地］、相将同《とも》に入る黄門の獄。緋衣の獄吏行《めぐ》れば風を生じ、黄封の小匣《こばこ》［上奏文が入っている］当中［中間］に排せらる。更番る《かわるがわ》榜掠《むちう》つこと数を知らず、但だ称す汝の罪は山の如く崇《たか》しと。小臣万死すとも惜しむに足らず、聖徳天の如く簡策を輝かす。血を帯び晨に興きて孝経を写し、枷《かせ》に和《あ》はせ夜に臥して周易を編む。爰書《えんしょ》［調書］一旦風塵を出で、薄き譴《つみ》に由《よ》りて来たる湘水の浜。万里声を同じくして明主を頌《たた》へ、海内相看ること古人に似たり。

この第三首には、李白の瑰奇な想像力も、李頎の整然とした流麗な特徴も、更には杜甫に近い沈鬱な悲憤の念も見られる。「種柳篇」（柳を種うる篇）は詩人の「痛定思痛」（痛み定まりて痛みを思ふ）の気持ちが込められた詩作であるが、縦横に揺れ動く情緒から荘重で穏やかな気風へと転じている。


日月逝矣心飄揺、氷霜満眼風蕭条。野夫呑声披短褐、天寒野曠随漁樵。終朝惨淡柴門下、有時拾橡還山椒。

手砍柳枝作柳樹、何年送爾干青霄。長安城外春風起、高梁橋頭玉泉水。万縷常垂繡轂旁、千条尽払朱門裏。

鳳舸龍舟人似雲、緹城錦幔山如綺。当年種樹属何人、歳歳看花常在此。予時婉孌金門遊、走馬章台百不憂。

三枝戯折霊和殿、帯露籠煙払御溝。黄鶯紫燕無消息、故国三年成古丘。金茎玉樹生秋草、桂苑蘭台色如槁。

三戸飄零僅寡妻、五陵遊冶無年少。長条短葉日悠悠、飛絮浮萍空渺渺。比来屏跡北山阿、門外毵毵緑漸多。

彭沢漫能称傲吏、陽関無処寄悲歌。起看庭樹一婆娑、歎息年華奈若何。何日金城重見爾、攀枝流涕問山河。(39)


日月逝《ゆ》けり心は飄揺たり、氷霜眼に満ち風蕭条たり。野夫は呑声《しの》びなき短褐を披《かぶ》る、天は寒く野は曠くして漁樵に随ふ。終朝惨淡たり柴門の下、時に橡《とち》を拾ひて山の椒《いただき》を還《めぐ》る有り。手にて柳枝を砍《き》り柳樹を作る、何《いつ》の年か爾《なんぢ》の青霄《あおぞら》を干《おか》すを送らん。長安城外 春風起こる、高粱の橋頭 玉泉の水。万縷常に垂る繡轂の旁、千条尽《ことごと》く払ふ朱門の裏。鳳舸龍舟 人は雲に似て、緹城の錦幔 山綺《あや》の如し。当年樹を種うるは何人にか属する、歳歳花を看るに常に此に在り。予《われ》時に婉孌《わかわか》しく金門に遊び、馬を章台に走らせて百《すこし》も憂えず。三枝戯れに折る霊和殿、露を帯び煙を籠め御溝を払ふ。黄鶯と紫燕と消息無し、故国三年 古丘と成る。金茎玉樹秋草生じ、桂苑蘭台 色槁《かれき》の如し。三戸飄零として僅に寡妻あるのみ、五陵の遊冶 年少無し。長条短葉日《ひび》に悠悠たり、飛絮浮萍《うきくさ》 空しく渺渺たり。比来《ちかごろ》屏跡す［身を隠す］北山の阿《くま》、門外毿毿《さんさん》［枝が垂れ下がる］として緑漸く多し。彭沢［陶淵明］漫りに能く傲吏と称す、陽関処として悲歌を寄する無し。起きて庭樹を看れば一に婆娑［乱れ繁る］たり、年華《つきひ》を歎息するも若《なんぢ》を奈何《いかん》せん。何《いづれ》の日か金城に重ねて爾《なんぢ》を見ん、枝を攀《と》り涕を流して山河に問ふ。

最初の八句に見られる実直さと素朴さは限りなく杜詩に近い。中段の二十句では、国家の興亡を偲ぶ思いを柳に託している。表現手法にせよ、芸術風格にせよ、いずれも楊慎（一四八八～一五五九）の「垂楊篇」の影響を受けているが、楊慎の作品が個人の盛衰の嘆きであるに対して、この詩は国家の衰頽に見られる悲哀が含まれている。「比来屏跡」以降の八句は現実に立ち戻り、最初の八句と呼応させている。詩に託されている思いは極めて悲しいが、文章の筋に深みがあり、個人的な不遇と国の滅亡を一体化させることで、読者を愴然たる思いにさせている。

明王朝の建国から滅亡まで、復古詩派は迫力のある強い詩歌の潮流を成していると言える。性霊詩派とともに各自の独特な審美様式を見せている。復古派が明詩を論じる者から非難されているのは主に模倣にあり、その模倣が古《いにしえ》に学んでも応用できないために、当時の詩壇に良くない影響を及ぼしたからである。復古派が詩学にて成果を収めたことにより、この非難は相殺されているという意見もあるが、言葉を借りれば「復古詩論の成果は予め設定された（詩歌創作の隆盛という）目標に必ずしもあるわけではなく、『古《いにしえ》に学び』、『古代を識る』という過程（伝統詩歌の再考・総括）にこそある。」となる。(40) 現代から復古論を見れば、この結論は無論誤りではないが、明代の詩体を弁別する際の着眼点とその成果を重視する学者は今も多い。初唐・盛唐・中唐・晩唐という唐詩四期論、古体詩と近代詩に対する異同論、情景融合論などは全て復古派によって提示されたものであり、今日に至っても詩歌研究における基本的な範疇となり、方法論となっている。しかし、復古派が自ら定めた到達目標と位置づけ、つまり「予め設定された目標」から見れば、基本的に失敗したと言える。なぜなら、学術研究目的であるごく少数を除けば、ほぼ全ての復古派の領袖は、情緒を渾然と成した、格調高く雄々しい理想的な詩歌を復古模倣の最終目標としていたからである。しかしながら、残念なことに成功を収めるには至らなかったため、文学上の足跡を総括してみれば、この復古運動からは失敗の教訓を受けるに過ぎない。とはいえ、失敗と言っても、何もかもが語るに落ちるわけではない。まさに研究者が以下に指摘した通りである。「明代復古派という文学の化石にも躍動感溢れる時代の鼓動があり、満ち溢れた気魄があり、中華民族、とりわけ中国知識層における曲折した複雑な心情の過程が記録されている」(41)。事実、明代復古派による詩歌の創作は豊富な思想を秘めた精神世界を備えるのみならず、熟達した詩歌技巧と情景描写を体現している。王世貞による「登太白楼」にあっては、この種の特徴を顕著に見せている。「昔聞李供奉、長嘯独登楼。此地一垂顧、高名百代留。白雲海色曙、明月天門秋。欲覓重来者、潺湲済水流」（昔に聞く李供奉［李白］、長嘯独り楼に登る。此の地一たび垂顧するに、高名は百代に留まる。白雲 海色曙《あ》け、明月 天門秋なり。重来の者を覓《もと》めんと欲すれば、潺湲《せんかん》として済水《せいすい》流る）［沈徳潜編『明詩別裁集』巻八］。本詩の秀でたところは、虚実を交えて大局に筆を下した手法にある。最初の四句で、当年の李白の立派な風采を突出させている。具体的な出来事からの着手ではなく、李白の心中と風格を太白楼とともに描くことで、簡潔で真に迫ったものになっている。五句及び六句は虚実を交えた手法である。暁光に白雲が漂い、明月がかかる天空は宏闊で果てしない。これは王世貞が太白楼に登った際に見た景色であり、山東省にいた当時の李白が度々描いた詩境でもあった。この高遠で宏闊な詩境こそが作者と李白の精神世界を繫ぎ合わせている。最後の二句においては、作者の深い感嘆が表現されている。作者が太白楼にもたれて遠望するにあたり、目前の景色もこの楼も李白の当時と変わりはしないのに、李白のように楼に登って胸中を述懐する者もいなければ、李白のように詩境が突出した者もいない。ただ作者の目に映るのは、昼夜を問わず漫々黙々と止むことなく流れ続ける済水だけである。ここに至り、憧憬も思慕も傷心も合わさった複雑な心情はこの「潺湲《せんかん》と済水《せいすい》流る」という情景にあって形作られている。この詩からは王世貞が唐人の筆法を深く会得して詩を創作していたことが窺える。多彩な変化により柔軟に活用できるだけではなく、決して自身の思いを直接的に表現するのではなく、叙事においても叙景においても、その描写には心情が表れるため、読者に汲めども尽きない趣や美の楽しみを与えている。この詩の筆法は唐の筆法で、詩境もまた唐詩の境地である。ひいては作者を夢幻に誘うのも唐詩の双璧の一方、詩仙の李白である。このように唐から学ぶ努力においては、通常の詩人が到底、及ぶものではない。とはいえ、これが唐詩ではなく、明代復古派の詩であることに変わりはない。唐詩と明代復古派の詩との差異は、技巧や筆法にあるのではなく、真の凄みや詩境の高みの差異にある。王世貞の心の底から流れているのは「抽刀断水水更流、挙杯銷愁愁更愁。」（刀を抽きて水を断たんとすれば水更《さら》に流れ、杯を挙げて愁ひを消さんとすれば愁ひ更に愁ふ）

［李白「宣州の謝朓楼にて校書叔雲に餞別す」詩］のような偉大な孤独ではなく、過ぎ去った隆盛の世への遺憾と憂愁である。歴史的な観点から見れば、明代末に生きた王世貞が漢唐盛世の詩を書けなかったのは、歴史に責任があるのであって、王世貞自身の過失ではない。しかしながら、世俗にまみれ、政治が腐敗していた晩年の明代の環境だったからこそ、復古派は盛唐さながらに詩の世界を再興することを夢見ていたと言える。これこそが復古派の真の悲哀である。王世貞はまさに「潺湲と済水流る」の如く、物言わぬ大地の上をただ黙々と過ごすのみであった。

復古詩派を概観すれば、基本的に、この歪みがある模倣の弊害を一貫して免れていた。劉基（一三一一～一三七五）や高啓（一三三六～一三七四）のような詩人の詩歌創作は皆な情感に満ち、稜稜たる気骨を見せている。先人の詩歌様式を模倣する意識はあるにせよ、自身の個性や鮮明な詩風を明示できたため、明代における最高の詩人となりえた。終盤の復古派を代表する陳子龍は、当初は「擬古不化」(古を真似て変化せず）の痕跡を残していたが、王朝の危機が深まり、王朝交代という巨大な荒波が押し寄せるのに応じて、現実社会に目を向け、社会の不平等に慷慨し叙情的に表現するようになった。これにより、勁健で活気に満ち溢れた詩風を得たため、明代復古詩歌を真に代表する最高水準の創作と認められるまでになった。陳子龍に限らず、明清の王朝交代においては沈鬱で慷慨した詩風を見せる詩人は多々存在した。例えば、夏完淳（一六三一～一六四七）や張煌言（一六二〇～一六六四）・顧炎武（一六一三～一六八二）などの面々がこれに該当するが、彼ら清に抗する志士たちの詩作にあっては同様に慷慨した激越な詩風を見せ、明詩が力強く幕を下ろすこととなった。

明時代の詩歌史にあっては、格調を追求する復古派のほかにも叙情的な韻律の詩派が存在していた。今日の文学批評史においては、薛蕙（一四八九〜一五三九）及び高叔嗣（一五〇一〜一五三七）の格調を一括して「同調」、「羽翼」と見なすのが通例である。彼らによる詩歌の芸術的な追及は詩の音律の雄大さや平仄に核心があるのではなく、形象と情感を合わせた神韻と呼ぶほどの美しい詩境にこそ核心がある。嘉靖年間、蜀中の楊慎（一四八八〜一五五九）・長洲（現・蘇州）の「皇甫四傑」・華亭（現・上海松江区）の徐献忠（一四六九〜一五四五）・無錫の華察（一四九七〜一五七四）・昆山の周複俊（一四九六〜一五七四）・宝応（現・揚州）の朱曰藩・徳清（現・湖州）の蔡汝楠（一五一四〜一五六五）・山陰（現・紹興）の陳鶴（?〜一五六〇）などは皆な神韻を重んじる文学傾向を示している。明代末期になると、鄧雲霄（一六一三前後）・謝肇淛（一五六七〜一六二四）・陸時雍など神韻を重んじる著名な批評家が現れた。この明代末期の批評家から、明清の王朝交代時期の王夫之、さらには清代初期の王士禛に至るまで、審美上の観点はお互いに差異があれども、概ね最終的に、「神韻説」に繋がる糸口とみなすことができるであろう。神韻を重んじる詩人たちは、明朗な調子で秀麗な修辞を用いた婉然で優雅な心情を審美的な模範として追求しており、雄壮で豪快で意気軒昂な「気骨」の美を追い求めてはいなかった。神韻の美は、穏やかな情感を保つことで、詩歌の含蓄や余韻を重視し、詩人と社会との調和を強調している。この特徴を有する詩人は復古派や性霊派ほど輝かしい影響を残してはいないが、相当に大きな作用をもたらしている。

四、性霊派の審美観と品格

復古派とほぼ同時期に頭角を現したのはいわゆる性霊派である。当該流派の発端となった人物は、成化年間の陳献章（一四二八～一五〇〇、字は公甫、白沙先生と称せられた）であった。彼は本来、精粋の理論的な思想家であったが、詩という形式で自らの人生に対する見解を表明することを好んでいたため、彼の詩は「性理詩」と呼ばれていた。しかし、ただ詩学の角度から見るのでは、「性理詩」は詩歌の特徴を正確に概括することができない。彼は哲学においてとりわけ心を重視することによって内に転じる傾向を見せているように、詩歌創作においても外から内へと転じる傾向を見せている。白沙学は自身の性情の本来の姿を露呈させようとするところに主たる特徴があり、これが陳献章の詩歌理論の核心でもある。「故七情之発、発而為詩。雖匹夫匹婦、胸中自有全経。此風雅之淵源也。而詩家者流、矜奇眩能、迷失本真。乃至旬鍛月煉、以求知於世。尚可謂之詩乎」（七情を発するところこそが、詩を成す。匹夫匹婦といえども、胸中に自ら全ての本質がある。これこそが風雅の淵源である。しかるに、詩家と称する者は、才能をひけらかすことに溺れ、本質を見失い流される。ないしは、自らを世に知らしめんためのみに日々精進する。果たして之を詩といえようか）［「夕惕斎詩集後序」］(42)。詩の根幹は性情にあり、七情の発露こそが秀でた詩を成すと彼は説いている。「詩之発、率情為之。是亦不可苟也已。不可偽也已。」（詩の発するは、情を率《したが》ひて之を為す。是れ亦た苟《かりそめ》にする可からざるなり。偽る可からざるなり）(43)。偽りの装飾を加えず、感情がほとばしるに任せることこそが、詩を創作する根幹である。

「昔之論詩者曰、『詩有別材、非関書也。詩有別趣、非関理也。』又曰、『羚羊掛角、無跡可尋。』夫詩必如是。然後可以言妙」（昔の詩を論ずる者曰く、「詩は別材有りて、書に関するに非ず。詩は別趣有りて、理に関するに非ず」。又た曰く、「羚羊《かもしか》角を掛けて、跡の尋ぬ可き無し」と。夫れ詩は是《かく》の如し。然る後に以て妙を言ふべし）[44]。彼は「言為心声」（言葉は心の声を表す）という考え方を「物感説」と結びつけて詩歌の創作過程を論述し、併せて実在する真情を充分に表現することが創作の鍵だと位置づけた。「言、心之声也。形交乎物、動乎中、喜怒生焉。於是乎形之声。或疾或徐、或洪或微、或為雲飛、或為川馳。声之不一、情之変也。率吾情盎然出之、無適不可。」（言は、心の声なり。心の声が形となって物と代わり、心中にて感動を起こし、喜怒哀楽を生じさせる。ここにおいて形は声なり。或いは疾《はや》くあるいは徐《おもむろ》に、或いは洪《おお》きくあるいは微かに、或いは雲が流れるが如く、或いは川の馳せるが如し。声は一つにあらず、情の変なり。吾が情を率いて盎然《おうぜん》と［湧き出るように］之を出だせば、その適《ゆ》きて不可なるはなし）[45]。宋代及び明代の理学家が詩文を「小技」、或いは「閑言語」とする見方とは根本的に異なっているだけでなく、伝統的な儒家による「載道」説、或いは「明道」説とするものとも区別されている。彼の理論によると、文学が「載せる」或いは「明らかにする」対象としての道は、人間の心そのものである。文学の効用は心の本質を明かし、内心が感受する心情を伝達することである。注目に値するのは、陳白沙（陳献章）が詩における「情」に関して、過剰な制約を設けていないところである。詩歌で詠む感情の全てが、儒家の主張する群臣・父子・夫妻などの道徳の原則に則らなければならないとは彼は特に提唱していないし、また台閣体の鷹揚で典雅な様式に心情の「正しさ」を合わせなければいけないとも特に提唱していない。物から心まで、さらに詩に至るまで、全ての過程は心情の自然な発露に委ねるだけである。したがって、陳献章の詩歌の多くは自分で楽しむために作られたものである。その創作傾向にあっては、審美観や情趣を歌い上げており、創作手法にあっては自由随意に流れている。彼の豊潤な詩意は外在する形式や技巧として表現されているのではなく、審美観や情趣に内在するものとして表現されている。或いは彼の人生そのものが高度に芸術化された審美的人生だったとも言えることから、それがすなわち彼の詩歌の審美的な趣きを構築したとも言える。この角度から講じるならば、陳献章は明代性霊派詩歌における真の開拓者であったと言えよう。彼は明代思想史の転換点として位置づけられるだけでなく、詩歌史の転換点としても位置づけられる。しかしながら、先人の研究者からは、後者としてはおよそ注視されていない。

明代中期の呉中詩派は、その性質上、性霊派と同類視することが難しいが、いくつかの面においては共通する特徴も少なくない。呉中において発達した地域経済の影響を受け、呉中の文人は一般的に自我の享楽や個性の表現を重んじている。いわゆる「呉中の四才」と呼ばれた唐寅（一四七〇～一五二四）・祝允明（一四六一～一五二七）・徐禎卿（一四七九～一五一一）・文徴明（一四七〇～一五五九）の他に、瀋週（一四二七～一五〇九）や黄雲（?）・蔡羽（?～一五四一）・王寵（一四九四～一五三三）・徐霖（一四六二～一五三八）などの一群の批評家も含まれている。彼らの多くは名士だと自惚れ、詩や酒、風流事を重んじ、往々にして詩も絵も堪能で、数多くの風流な事柄や美談を残し、尽きることなく後世の人々に語り継がれてきた。彼らも復古を主張していたが、ある時代、またはある流派の理想的な格調を注視したのではなく、文化の底流や古人の才気を重要視していた。無論、彼らは盛唐詩の昂揚と雄大さを好んでいたが、そうではあるにせよ、才気に溢れ、華やかで艶やかな六朝から初唐にかけての詩を更に一段と重視していた。特に人生の享楽を追求し、個人の生命を尊重するという面においては、呉中の詩人はすでに明代後期における公安派の先駆けとなっていた。復古派詩人にとっては、格調を重んじない呉中詩人など眼中になかったため、王世貞（一五二六～一五九〇）

は唐寅の詩を「乞食が『蓮花落』を歌っているようだ(46)」と風刺している。しかし、復古派の多くの詩には、唐寅の詩歌に存在する滑らかなリズムや活気に溢れた人生の情趣、さらには洒脱で超然とした自由な心境などが見られなかった。これらこそが、まさに詩歌の魂というべきものである。その一方で、彼ら呉中詩人の詩には共通する難点も見られた。流暢で活力に溢れるという点では優っていたが、深みや洗練さでは劣っていた。彼らは新規に富む発想で、新しい題材をも切り開いたが、時に低俗で浅薄な方向に流れてしまうのは免れない。もとより、これらは性霊派にも共通する問題点であるが、呉中詩人には深みのある思想や厳粛な生活態度に乏しかったという点もこの弱みと密接に関わっている。性霊派による詩歌創作は、陽明の心学と融合したことで高尚な境地と深みのある思想が提示できるようになり、そうしてようやく真の成熟を迎えるようになった。しかし、これは此の時期の呉中詩人には、到底無理なことであった。

　弘治・正徳年間における大儒学者であった王陽明（一四七二〜一五二九）が、明代の性霊派として、その思想の根幹を定めたというのは確かなことである。この一点こそ、とりわけ強調されなければいけないところである。王陽明はかつて李夢陽（一四七三〜一五三〇）など前七子と詩文を通じた交流があった。王陽明にはその前七子と比べ、高雅な審美観や情趣が備わっていた。これはひとえに、山水自然への格別な興趣を抱き、より豊かな情感を有していたことで、瞬時に美を感受する能力及びそれを表出できる能力を備えていたためである。彼の詩は清新な自然を描き、秀逸なまでに情趣に富んでいる。私情を加えているわけではなく、実際、「然其俊爽之気、往往涌出於行墨之間」（然るに其の俊爽の気は、往往にして行墨の間に湧き出《い》づ）と評されている(47)。復古派に並び立つ新たな詩風を確立したと言ってよいだろう。さらに重要なのは、王陽明による「致良知」（良知を致す）という思想が、明代性霊詩学における思想的哲学及び文学観念の根幹として構築されたことである。その詩学観念に対して良知説が及ぼした影響は、まず心と物の関係に体現されている。陽明心学と朱子理学との最も大きな差異は、外在する理を内在する良知へと転換するところにある。陽明心学も朱子理学も倫理道徳を重んじ、学問を国事に役立たせることを強調するという面においてはそれほどの齟齬を生じていないため、新たな儒学の範疇に収めることが可能である。しかしながら、良知の内在化がその主体的意識を著しく突出させた。この主体的意識は、心と物の関係において主導性を有した地位に躍進したため、王陽明は誇張を交え、以下のように述べている。「良知是造化的精霊。這些精霊、生天生地、成鬼成帝。皆従此出、真是与物無対[48]」（良知は是れ造化の精霊なり。これらの精霊こそが、天地を生み、鬼にも皇帝にもなる。皆な此れより出ずる故、まさに相《あい》対する物無し）。「与物無対」（物と対する無し）は、その結果として、中国詩学における心と物が相互に感受していた均衡を打破するに至った。宋時代以前にあっては、物を感受することこそが、文学を生み出す原動力であった。『礼記』楽記における「人心之動、物使之然也」（人心の動くは、物之《これ》をして然らしむるなり）から『文心雕龍』物色篇における「情以物遷、辞以情発」（情は物を以て遷り、辞は情を以て発す）まで、物は常に無視できない主導的位置づけであった。唐代の詩学における最も大きな成果は、叙景と叙情とが融合することで均衡の取れた境地を構築したことであり、これこそが典型的に感物説を体現したものである。中唐以降、「見性成仏」を主張する南禅宗が流行し、さらに宋代理学が崛起したことで、感物説は次第に勢いを失っていった。しかし、禅宗における宗教的な特性や理学における情欲を排斥する本質のために、詩学においては、あるべき肯定的な反響を得ることができなかった。それゆえに、感物により詩学が発生するという論理は、その理論における主導的地位を揺さぶられないままであった。王陽明の良知説は中国詩学史において初期の感物説から後期の精霊説へと転じる鍵と言える。心学の体系において、「物」が二の次に成り下がったことが、王陽明と友との会話が記録された『伝習録』から伺える。

先生遊南鎮、一友指岩中花樹問曰、「天下無心外之物、如此花樹、在深山中自開自落。於我心亦何相関」。先生曰、「你未看此花時、此花与汝心同帰於寂。你来看此花時、則此花顔色一時明白起来。便知此花不在你的心外[49]」。

先生　南鎮に遊びしとき、一友、岩中の花樹を指さして問ひて曰く、「天下に心外の物無し、此くの如き花樹、深山の中に在りて自《おの》づから開き自づから落つ。我が心に於いて亦た何ぞ相関はらん」と。先生曰く、「你《なんぢ》未だ此の花を看ざる時、此の花は汝の心と同《とも》に寂《じゃく》に帰したり。你来たりて此の花を看し時に、則ち此の花の顔色は一時に明白に起《な》り来たれり。便《すなは》ち此の花　你の心外に在らざるを知る」。

この問答から、物は心にとって、あってもなくても良いものではなく、物がなければ、この心の機能を証明することができないことがわかる。さらに、この問答では、物の存在そのものには微塵も意味がなく、人の主観や精神が物に対して意識を向けて見ることによって物の意味が生まれるというところに価値がある。すなわち、人の主観や精神が花に意識を向けたからこそ、花はようやく「明白」になったのである。詩学観念からすれば、心が核心となり主導となる一方で、精神が物と出会った時のみに、ようやく心は「明白」な詩意を獲得でき、詩歌の境地が構築できるのである。認識発生論の観点からすれば、主観や精神こそが心と物の関係において、絶対的で主導的な地位を占めている。この点において、朱熹（一一三〇～一二〇〇）と王陽明には、次のような違いがある。朱熹によれば「格物」（物に格《いた》る）とは究極的には物理上の意味であり、人心も万物も天理の具える所にある。この関係は「万川に月を印す」の言葉のように、主導と副次に区分できるものではない。しかし、一方の王陽明によれば「格物」（物を格す）とは、「正しからざるを正し、それを以って正に帰する」という意味であり、物の意味は「意之所在」つまり事の意味として定められている。ここにあっては、人の精神は明らかに主宰としての位置づけになり、そうであれば、物は副次的な位置づけに追いやられる。王陽明は詩学理論としての性霊説を明言してはいないものの、実際の創作では主観や精神、そして自我を重んじる傾向が鮮明に見られる。王陽明には「中秋」という一首がある。「去年中秋陰復晴、今年中秋陰復陰。百年好景不多遇、況乃白髪相侵尋。吾心自有光明月、千古団円永無欠。山河大地擁清輝、賞心何必中秋節」（去年の中秋陰また晴、今年の中秋　陰また陰。百年　好景に遇ふこと多からず、況んや乃ち白髪　相侵尋するをや。吾が心自ら光明の月あり、千古団円　永《とこし》へに欠くる無し。山河大地　清輝を擁す、賞心　何ぞ必ずしも中秋節のみならんや）[50]。月は自然の物であるからこそ、雲に隠れるときも隠れないときもあれば、円いときも欠けるときもある。だからこそ、蘇軾（一〇三七～一一〇一）が「此事古難全」（此の事　古より全くなり難し）と嘆いているのである。しかし、人が有する良知の境地では、心の中を永遠に欠けることのない満月が昇るように、自身の精神を澄み渡らせるだけでなく、山河大地をも明るく照らし出している。だからこそ、中秋の名月の有無は差し迫った必要性がなくなり、ついには心の名月こそが決定的な意義を具えることになる。王陽明のこの詩が良知を象徴していることは当然であるが、精神が詩学においても決定的な位置づけがなされているということの具象的な説明にもなっている。M. H. エイブラムズが書いた著名な文学理論書『鏡とランプ、ロマン主義理論と批評の伝統』においては、現実を反映する文学を鏡と呼び、ロマン主義をランプと称することで、精神の光が文学の世界を照らし出すとみなしている。王陽明の良知説は人の精神を月に喩え、同様に文学の世界を照らし出す役割を果たしている。

良知説が詩学観念にもたらした次なる影響は、詩歌創作に決定的な役割を果たす人生の境地である。王陽明の心学は聖域とも呼べるほどの学説となったが、その聖域となった前提は自我の良知を作り出したところにある。この良知を作り出すというのは、聖人の品格及び境地を擁することである。この良知の境地に到達すれば、曇りなき心境に至り、崇高な人格となる。ゆえに、人智を超えた聡明さに至ることで、高雅な情趣を有する美麗で絶妙な詩が作り出せるようになる。このような良知の境地は、まさに王陽明が「洒落」（洒脱）と称したものであり、時には「楽《らく》」とも呼んだものである。ここには、「忘懐得失」（得失を懐《おも》ふを忘る）という損得を超越した境地と、自我を行為により実現させ自足するという二つの面が含まれている。「忘懐得失」とは、名利爵禄の追及に関与しないというだけでなく、克己をも称していると言える。また、外在する環境からの毀誉褒貶に怯えない超然さとも言える。これは、どのような環境であっても均しく自らを泰然とした状態に置ける心境を指す。彼は正徳十六年に鄒守益（一四九一～一五六二）への手紙において以下のように記している。「近来信得致良知三字。真聖門正法眼藏。往年尚疑未尽、今自多事以来、只此良知無不具足。譬之操舟得舵、平瀾浅瀬、無不如意。雖遇顛風逆浪、舵柄在手、可免没溺之患矣」（近来、「致良知」という三文字を信とす。これはまさに聖人への門戸をうかがう「正法眼蔵」なり。往年はなお未だ疑念が尽きざるも、今は多事ありて、ただこの良知の具足せぬもの無きを知るなり。譬えるなら、人生の良知とは船を操る舵のごときものであり、波瀾無く波平らかなれば、意の如くできぬもの無し。風乱れ浪荒れども、その手に舵あれば、溺るる患いを免ることること可なり）[51]。まさにこの時期において、王陽明は「知者不惑、仁者不憂」（知者は惑はず、仁者は憂へず）

という「洒落」の境地に達し、「信歩行来、皆坦道」（歩に信《まか》せて行き来すれば、皆な平坦なる道なり）という何事にもとらわれない感覚を持ち、「丈夫落落掀天地」（丈夫は落落、天地を掀《あ》ぐ）という聖人の品格を備えている。このような王陽明の境地が、彼のこの時期の詩歌創作を最高潮に引き上げている。王陽明の後学の徒である万廷言は「陽明先生重遊九華詩巻後序」（陽明先生重ねて九華に遊ぶ詩巻の後序）において、良知の境地と詩歌創作の関係に関して詳細に論述している。万廷言が考えるに、「凶豎攘功」（凶豎《じゅ》が功を攘《ぬす》み）、「陰構陽擠」（陰が構え陽が擠《お》すほどの軋轢が生じ）、「禍且莫測」（禍い測り知れず）という危険な境地に身を置くのが通常の文人なら、誰もが「垂首喪気」（首を垂れ気を喪《うしな》う）の状態になり、たとえ艱難を凌ぐ豪傑であっても、ただ「繞床嘆息」（床を繞《めぐ》りて嘆息）するしかないであろう。しかし、陽明先生は、さにあらず。先生は「捐得失之分、斉生死之故、洞然忘懐、詠歎夷猶於山川草木之間」（得失の分を捐《す》て、生死の故を斉《ととの》へ、洞然と忘懐し、詠嘆して山川草木の間に夷猶《いゆう》する［たたずむ］）ことが出来、超然とした、また従容渾然とした詩篇を実に多く書き残した、と。後に、万廷言はその原因を探り、次のように言っている。

蓋其良知之体虚明瑩徹、朗如太虚。洞視環宇、死生利害禍福之変、真陰陽昼夜惨舒消長、相代乎吾前、遇之而安、触之而応、適昭我良知変見円通之用、曾不足動其纎芥也。其或感触微存凝滞、念慮差有未融。則太虚無際、陰翳間生、盪以清風、照以日月、息以平旦、煦以太和、忽不覚転為軽雲、化為瑞靄、轇埒之漸消、泰宇之澄霽、人反楽其為慶為祥、而不知変化消鎔之妙。実在詠歌夷猶之間、脱然以釈、融然以解、上下与天地同流矣。故観此詩而論其世、然後知先生之自楽、乃所以深致其力、伊川所謂学者学処患難、其旨信為有在。益知先生千古人豪、後世所当尚論而取法者也[52]。

蓋し其の良知の体は虚明瑩徹にして、朗なること太虚の如し。環宇を洞視すれば、死生利害禍福の変、真に陰陽昼夜に惨舒消長して、吾が前に相代る、之に遇へば安らかに、之に触るれば応じ、適《まさ》に我が良知の変見円通の用、曾《かつ》て其の繊芥を動かすに足らざりしを昭かにす。其れ或いは感触は微かに存して凝滞し、念慮は差《や》や未だ融けざる有り。則ち太虚は際《はて》無く、陰翳間《ひそ》かに生じ、盪《うご》かすに清風を以てし、照らすに日月を以てし、息《や》むに平旦を以てし、煦《あたた》かむるに太和を以てすれば、忽ち覚えず転じて軽雲と為り、化して瑞靄と為り、鬱埻は之《こ》れ漸く消え、泰宇は之《こ》れ澄み霽《は》れ、人反つて其の慶を為し祥を為すを楽しみ、而して変化消鎔の妙を知らず。実に詠歌して夷猶《たたず》む間に在りて、脱然として以て釈《と》け、融然として以て解《と》け、上下は天地と同《とも》に流れたり。故に此の詩を観て其の世を論じ、然る後に知る、先生の自《みづか》ら楽しむは、乃ち其の力を深く致す所《た》以《め》にして、伊川［宋の儒学者程頤］の所謂「学者は学ぶ処《ところ》患ひ難《くる》しむ」［『二程外書』巻十二］は、其の旨信《まこと》に有る在りと為すを。益ます知る、先生は千古の人豪にして、後世の当《まさ》に論を尚びて法を取《まな》ぶべき所の者なるを。

万廷言から見れば、陽明先生の良知という境地と詩歌創作は互いに依存関係にある。陽明先生は良知ゆえに偉丈夫であるため、艱難に直面しても平穏でいられ、自然の中で詩を吟詠することができるのである。それと同時に「感触微存凝滞、念慮差有未融」（感触は微かに存して凝滞し、念慮は差《や》や未だ融けず）というような些細な不快感も「詠歌夷猶之間」（詠歌して夷猶《たたず》む間）に融け消え、それを以って超脱する。最終的には「上下与天地同流」（上下は天地と同《とも》に流れる）という和楽の境地に達する［『孟子』尽心篇上］。良知は王陽明の偉丈夫という人格を形成し、その人格が王陽明の詩風を決定付け、さらに詩歌創作において彼の心を陶冶した。

これこそ、後世が手本とすべきものである。このような万廷言の論述は実情に即しているか否かは、王陽明の実際の創作に基づいて検証する必要がある。彼が論じた「陽明先生重遊九華詩」はもはや存在していないが、王陽明の詩集には九華山を遊覧する一連の詩がある。「遊九華」、「弘治壬戌嘗遊九華値時陰霧竟無所睹至是正徳庚辰復往遊之風日清朗尽得其勝喜而作歌」、「巌頭閑座漫成」、「将遊九華移舟宿寺山二首」、「登雲峰二三子詠歌以従欣然成謡二首」、「有僧坐巌中已三年詩以励吾党」、「春日游斉山寺用杜牧之韻二首」、「重游開先寺戯題壁」などがこれにあたる。万廷言が序文を書いた作品はこれらの詩作の可能性が高いと思われる。確かに、この一連の詩には憂愁や煩悩、危惧や卑屈さなどは見当たらない。逆に、悠々自適な心境とユーモアあふれる情趣は、そこかしこにはっきりと現れ出ている。例えば、「静聴谷鳥遷喬木、閑看林蜂散午衙」（谷鳥の喬木に遷るを静かに聴き、林の蜂の午衛に散るを閑かに看る）〔「巌頭にて閑かに座して漫りに成る」詩〕や「風詠不須沂水上、碧山明月更清輝」（風に詠むに沂《き》水の上《ほとり》を須《もち》いず、碧山明月は更に清く輝く）〔「将に九華に遊ばんとして舟を移し寺山に宿る」詩二首其二〕、「深林之鳥何間関、我本無心雲自閑」（深林の鳥は何れの間にか関《とお》る、我は本より無心にして雲は自づから閑かなり）〔「雲峰に登りて二三子歌を詠み以て欣然として謡を成す」詩二首其二〕などである。特筆すべきは長編歌行「弘治の壬戌、嘗て九華に遊びしとき、時の陰霧するに値《あ》ひて、竟に睹《み》ゆる所無し。是に至りて、正徳の庚辰に復た往きてこれに遊ぶ。風日清朗にして、尽く其の勝を得、喜びて歌を作る」で、ここでは更に一段とこの心境が典型的に体現されている。

肩輿一入青陽境、忽然白日開西嶺。長風擁篲掃浮陰、九十九峰如夢醒。群巒踊躍争献奇、児孫俯伏摩其頂。
今来始識九華面、恨無詩筆為伝影。層楼畳閣写未工、千朶芙蓉抽玉井。怪哉造化亦安排、天下奇山此兼并。

攬衣登高望八荒、双闕下見日月光。長江如帯繞山麓、五湖七沢皆陂塘。蓬瀛海上浮拳石、挙足可到虹可梁。仙人為我啓閶闔、鸞軿鶴駕紛翺翔。従茲脱屣謝塵世、飄然払袖凌蒼蒼。(53)

輿《かご》に肩《の》りて一に青陽の境に入れば、忽然として白日 西嶺に開く。長風篲《ほうき》を擁して浮陰を掃き、九十九峰夢の醒めたるが如し。群巒踊躍し争ひて奇を献じ、児孫俯伏して其の頂を摩づ。今来始めて識る九華の面、恨むらくは詩筆の伝影［画像］を為す無きを。層楼畳閣 写すこと未だ工みならず、千朶の芙蓉 玉井を抽く。怪しき哉《かな》造化も亦た安排し、天下の奇山此《ここ》に兼ねて并《なら》ぶ。衣を攬《と》り高きに登りて八荒を望めば、双闕の下に見ゆ日月の光《かがや》けるを。長江は帯の如く山麓を繞り、五湖七沢は皆な陂塘《つつみ》のごとし。蓬瀛《ほうえい》の海上に拳石を浮かべ、足を挙げて到る可し虹の梁《はし》とす可きに。仙人 我が為に閶闔［天門］を啓き、鸞軿鶴駕 紛として翺翔《こうしょう》す。茲《こ》れ従《よ》り屣《くつ》を脱ぎて塵世を謝《さ》り、飄然として袖を払ひて蒼蒼［青空］を凌《しの》がん。

九華山に来る前の王陽明は、朱宸濠による騒動が鎮まったばかりであったため、影響を受けた心情から、次のように感慨を発している。「頻年駆逐事兵戈、出入賊塁衝風埃。恐恐昼夜不遑息、豈復山水能徘徊」（頻年駆逐せられて兵戈を事とす、賊塁に出入して風埃に衝《あ》たる。恐恐として昼夜息《やす》むに遑《いとま》あらず、豈に復た山水を徘徊すること能はんや）［同上詩］。しかし、一旦九華に登ってからは、奇峰と美景に心が惹かれ、「攬衣登高望八荒」（衣を攬りて高みに登りて八荒を望みつつ）、心境も大々的に形成され、高みへと引き上げられた。さらには、「従茲脱屣謝塵世、飄然払袖凌蒼蒼」（茲《こ》れ従《よ》り屣を脱ぎて塵世を謝し、飄然と袖を払ひて蒼蒼を凌がん）という超然とした情懐を抱くようになる。あたかも飄飄と仙境に入る感覚である。この万廷言の言葉のように、良知の心境が王陽明に平穏な心理状態を形作らせた。また、風景を愛で詩を吟じることが、彼を癒し、更には超脱とした境地へ進ませたのである。

　王陽明本人は「書李白騎鯨」（李白の鯨に騎るを書す）において、次のような言葉を残している。「李太白、狂士也。其謫夜郎、放情詩酒、不戚戚於困窮。蓋其本性自豪放、非若有道之士、真能無入而不自得也。然其才華意気、足蓋一時。故既没而人憐之」（李太白は、狂士なり。其の夜郎［現貴州省］に謫［流刑］せらるるや、情を詩酒に放ち、困窮に戚戚たらず。蓋《けだ》し其の本性は自づから豪放なるも、有道の士の、真に能《よ》く入るとして自得せざる無きに若《し》くに非ず。然るに其の才華意気は、一時を蓋《おお》ふに足る。故に既に没して人は之を憐れむ[54]）。これは話を一段深く思考するに頗《すこぶ》る値する。李白が流刑地の夜郎に身を置いても、依然として「放情詩酒」ができるほど豪放な性格を有していたことを、王陽明は高く評価している。これは別の見方をすれば、李白が豪放な性格の持ち主であったからこそ、険悪な環境にあっても充分に「放情詩酒」ができたとも言える。しかし、彼は李白のことを全て認めているわけではない。なぜなら、彼の「放情詩酒」は極度に自由奔放な気質や人並み外れた才能によるものであり、聖人たる「無入而不自得」（入るとして自得せざる無し）の良知境界に達しているのではないと考えているからである。王陽明の思考の筋道に照らせば、まず良知の境界を備えた者が、その次に豪放な性格に転じることになり、さらに才気を備えれば、最も理想的な状態を成すことになる。これこそが、彼が唱えている良知学説と詩歌創作との関係である。この観念は明時代中期から後期にかけて詩壇に大きな影響を及ぼしている。良知学説が広く流行したことで、聖人に対するコンプレクスが生み出された。これにより、徐渭や李贄・湯顕祖・公安三袁など豪放な文人が育成され、さらに彼らによって超然とした情懐を表す、主観的な心情の詩篇が数多く創作された。

良知説が王陽明の詩学観念にもたらした第三の影響は、「楽《らく》」の機能を強調して体現するところにある。かつて王陽明は君子の学を「自分の心を快くさせる」と称している。なぜなら、「惟夫求以自快吾心。故凡富貴貧賤、憂戚患難之来、莫非吾所以致知求快之地」（惟《おも》ふに夫れ求むるに自ら吾が心を快よくするを以てす。故に凡そ富貴貧賤、憂戚患難の来たるや、吾が知を致し快を求むる所以《ため》の［境］地に非ざるは莫し）であるために、最終的には「無入而不自得」（入るとして自得せざる無し）という超然とした境地に達することができるからである。(55) このような王陽明の見方は、心と体の関係、あるいは良知に対する認識と直接的な関連がある。「与黄勉之」（黄勉之に与ふ）という手紙において、王陽明は「楽は心の本質」という考えを明確に表現している。いわゆる「仁人之心、以天地万物為一体、欣合和暢、原無間隔」（仁愛の心は、天地万物と一体となって融合し、調和するため、隔りなどは無い）のように、その特徴を「和暢」としている。「仁人之心」は良知の換言であるため、当然のことながら「良知は楽の本質」と推論できる。(56) 儒教の大家である王陽明が、詩歌による教化作用を強調するのは自然なことである。しかし、彼が提唱している教化は楽を求めることと深く繋がっている。例えば、彼は演劇による教化作用に関して次のように述べている。「今要民俗返朴還淳、取今之戯子、将妖淫詞調倶去了、只取忠臣孝子故事、使愚俗百姓人人易曉、無意中感激他良知起来、却於風化有益」（今こそ、民俗を本来の純朴な姿に戻すためには、今の劇中にある妖艶な歌詞を削り、忠孝物語のみを取り上げ、愚俗な民衆が容易に理解できるようにし、無意識のうちに良知を喚起させ、良俗に有益なものとせねばならない）。(57) 教化は必要であるが、頑なで融通がきかないやり方であってはならない。「無意中感激他良知起来」（無意識のうちに良知を喚起させる）というやり方は、儒学者の「上以風化下、下以風刺上」（上は以て下を風化［良俗化］し、下は以て上を風刺す）［「毛詩大序」］という譎諫《けっかん》（遠回しに諌める）の原則に一致する。詩歌創作に至っては、以下のように、感興をそそり心中を吐露する作用を更に重んじるべきである。「故凡誘之歌詩者、非但発其志意而已、亦以洩其跳号呼嘯于詠歌、宣其幽抑結滞于音節也」(凡そ人を誘《いざな》う詩歌は、その意志を発するのみでなく、さらに歌を詠ずるにあたり長く跳号呼嘯［抑揚・長嘯］し、その音節を程よく幽抑結滞する［抑え留める］)(58)。正にこれこそが「求楽自快」という良知の属性であり、王陽明による詩歌の機能性の転変を導くものであり、これは当時の詩壇において主導的な地位を占めていた復古派による詩歌の機能性とは区別されるものである。李夢陽たちにとって、叙情的に心の内を表出することと漢唐の格調を守ることは一貫して調和の取れない矛盾であった。これは詩歌創作を限界まで古人の模倣を強いる苦役としただけでなく、心情が格調によって隠され、作者にも読者にも自分を楽しませる感覚を失わせた。良知の楽の機能に端を発した王陽明は、詩歌創作を苦吟のみに留めるのではなく、気質を陶冶し、自我を快適にする方法であると見なした。楽を求めるからには、詩歌創作ばかりでなく、およそ学問や道義を語り合い、山水を愛で、酒と歌を嗜むなど、本来許されずにいた人生の情趣を満遍なく体験実行した。そのことにより、詩歌が彼の人生の情趣を抒情的に表出できる有効な手段になった。王陽明の『年譜』には、次のような記載がある。「滁山水佳勝、先生督馬政。地僻官閑、日与門人遨遊琅琊、瀼泉間。月夕則環龍潭而坐者数百人、歌声振山谷。諸生随地請正、踴躍歌舞」(滁《じょ》は山水佳勝の地、陽明先生は馬政の監督であった。辺鄙な所で閑職だったので、日々門人たちと琅琊・瀼泉の間を遊行した。月のある夕べには、龍潭を環《めぐ》って坐する者が数百人に至り、歌声が山や谷を振るわせた。諸生は至る所で正しい教えを請い求め、喜び勇んで歌ったり躍ったりした)(59)。このような雰囲気の中で、彼は情趣に溢れた悠悠自適な詩歌を数多く作った。「龍潭夜坐」は当時を代表する詩作である。

何処花香入夜清、石林茅屋隔溪声。幽人月出每孤往、棲鳥山空時一鳴。草露不辞芒屨湿、松風偏与葛衣軽。臨流欲写猗蘭意、江北江南無限情。(60)

何れの処よりか花香　夜清に入る、石林の茅屋　溪声を隔つ。幽人　月出づれば毎《つね》に孤《ひと》り往き、棲鳥　山空《むな》しくして時に一たび鳴く。草露は辞《ことわ》らず芒屨《わらぐつ》の湿るを、松風は偏へに与《とも》にす葛衣の軽きと。流れに臨んで猗蘭の意を写《そそ》がんと欲す、江北江南　無限の情。

ここでは、花の微かな香りやさらさらと流れる渓流、月下の隠者、人里離れた鳥の巣、露に濡れた草鞋を取り上げ、静寂とした幽玄で悠然とする詩境を作り上げている。このことが、作者にこの上ない快適さを感じさせ、「臨流欲写猗蘭意、江北江南無限情」（流れに臨んで猗蘭の意［孤独で不遇な思い］を写《そそ》がんと欲す、江北江南　無限の情）という感嘆をつぶやかせ、聖人であり隠遁者である情懐が表出されている。「求楽」（楽を求める）意識は、王陽明による生命への尊重と生活に対する愛着を体現している。さらに、肉親の情を重視し、山水へ傾注し、隠逸に憧れ、哲学や思想を論じるなど、様々な行為の中にも表されている。彼自身の言葉を用いれば「吾儕是処皆行楽、何必蘭亭説旧遊。」（吾が儕《ともがら》は是れ処《ところ》として皆な行楽す、何ぞ必ずしも蘭亭に旧遊を説かん）(61)となる。

詩歌の機能に関する認識は、従来、変化しないわけではない。儒家の政教観と道家の自適観が中国文論において伝統的に両輪を成していることは言うまでもなく、詩歌芸術を語るにあたっても苦吟派と求楽派という違いが存在する。詩作を専業とする詩人を挙げても、生涯の全てを詩歌芸術に捧げた孟郊や賈島のような経歴の者も数多くいれば、宋代の邵雍のように学問を論じ、自身の楽しみとして、その性情を詠みあげるために詩歌を用いた者もいる。明代において、性情を詠みあげる詩歌を比較的に早く提唱したのは陳献章であった。彼は「大抵論詩当論性情、論性情先論風韻、無風韻則無詩矣」(おおむね、詩を論ずるは当に性情を論ずべし、性情を論ずるはまず詩の風韻を論ずべし。風韻無くば詩にあらず[62])と述べている。何ゆえ性情が必須であり風韻が必須であるかは彼自身解釈を付与していないが、陳献章は、才をひけらかすような詩に不満を抱いていることは明白である。それゆえ、「詩之工、詩之衰」(詩に技巧あらば、詩は衰退す)というような観点を提起できたのである［「認真子詩集序」］。誰もが賞賛する唐詩でさえ陳献章は「拘声律、工対偶」(声律に拘り、対偶を細工する)という欠点があると指摘し、「若李杜者、雄峙其間、号称大家、然語其至則未也」(李白・杜甫の如きは、当時の双璧であり大家と称されるが、されどもその語句は極致に至らず)と述べている[63]。彼は次の二点で李杜の詩に不満を抱いている。その一つは世の啓蒙に無益なことであり、もう一つは詩歌創作があまりに煩雑で性情にも風韻にも欠けることである。陳白沙［献章］の心学に照らせば、求楽(楽を求めること)もその重要な内包の一つであるが、詩歌創作においては、李杜求楽を観念として明確に提起していない。思想体系から言えば、陽明の致良知は陳白沙の心学と同一の思想経路を経て、性情を詠みあげ楽しむものとして、詩歌の機能が存在することを強調している点では、計らずも合致している。王陽明が陳白沙と異なるのは、王陽明の求楽意識はより系統的だという点にある。彼は良知の属性や生活の情趣を詩歌の機能と統合させ、求楽という明確な詩歌観念を作り上げ、復古詩派のみならず独自に新境地を切り開いたことで、明代中後期において重要な影響を及ぼしている。

王陽明の詩学観念は良知説を基盤として構築されているため、必然的に心学の傾向が色濃くなる。心と物との関係にあっては、主体である性霊が圧倒的な優勢を占め、詩歌創作においては詩人の人格や性情、思想や境地が詩歌の優劣を決める要因となり、詩歌の機能においては、その性情を楽しませ、自我を心地よくさせる役割をことさら強調している。これらによって、この種の詩学を性霊詩学観と概括することができるのであり、明代詩歌史上における新たな詩学思潮の誕生が示されているのである。

　明代における性霊詩学という観念は、中期の王陽明から後期の公安派へと転じているが、その過程にあっては徐渭（一五二一～一五九三）・李贄《し》（一五二七～一六〇二）および湯顕祖（一五五〇～一六一六）という三人の人物に注目しなければならない。徐渭はかつて季本（一四八五～一五六三）に師事しているため、王陽明の孫弟子に当たる。彼は著名な詩人としても画家としても、才気に秀でている。彼によって提唱された本色論は、次の二つの面から成る内包を有している。その一つは「師心横従、不傍門戸」（心を師として、横従《ほしいまま》にし、門戸に傍《ちかよ》らず[64]）という主観と独創性を有するものである。その一方で、「天機自動、触物発声」（天の機により自づと動き、物に触れ声を発す）という自然性も有する[65]。徐渭の詩作は前七子のように模倣や格調を追求するものでもなく、唐順之のように賢人や聖人になるべく道徳の高尚さを強調するものでもない。自由奔放で形式に拘らない作風ゆえ、李賀に見られる奇異なうら寂しさも、蘇軾に見られる感興や機知に富む特徴も有している。徐朔方は徐渭の詩歌について、次のように論じている。「全体に見られる特徴として、自由奔放で躍動感と訴求力に溢れているが、具体的な格調は粗野でこなれていない。雅と俗の不可思議な結びつきがここにある[66]」。この概括は頗る的確であると言えるが、徐渭の作品には、彼の審美性ゆえ、度を越えて野卑な作品もある。彼の作品は総体的に「冷や水を浴びせられた」ような衝撃と震撼を受ける芸術的効果を有している。おそらく無自覚な彼のこのような作風は、時には常軌を逸していると見なされるものの、明代後期における詩歌界の前兆を確かに示している。

格調という束縛を逸脱した徐渭の詩風が無意識な自己表出によるものだと言えるなら、李贄は意識的で、より明確な理論を有していたと言える。創作上から見れば、李贄の詩作は完全に情より至ったものである。自在でもあり、叙情でもあり、議論でもあり、記述でもあり、写景でもある。詩の配置に苦心は見られず、格調による制限も全くない。これはまさに「石潭即事」という詩で詠まれた通りである。「若為追歓悦世人、空労皮骨損精神。年来寂寞従人謾、只有疎狂一老身」(若為《いか》にか歓びを追ひ世人を悦ばしめん、空しく皮骨を労し精神を損す。年来寂寞として人の謾《あなど》りに従ふ、只《た》だ有り疎狂の一老身)[67]。これが彼の生き様であり、彼の文学思想でもあった。彼には十分な自信があり、読書も創作も自分を楽しませるためであった。他人からどのように評価されるかは意に介さず、自分の個性を貫いた。彼の言葉を借りれば、彼の創作は往々にして他人の酒杯を奪って心中の不満鬱屈にその酒を注ぐようなもので、強烈なまでに主観的な色彩を帯びていた。このような生き様と創作の実践があったからこそ、理論面においても、彼は格調説の戒律を完全に打破することができたのである。「故性格清澈者音調自然宣暢、性格舒徐者音調自然疏緩。曠達者自然浩蕩、雄邁者自然壮烈。沈鬱者自然悲酸、古怪者自然奇絶。有是格、便有是調、皆性情自然之謂也」(性格が純潔なる者はその音調が自ずと滑らかで、性格が従容たる者はその音調が自ずと穏やかである。闊達なる者は自ずと堂々となり、豪放なる者は自ずと壮烈となる。沈鬱なる者は自ずと悲酸を描き、風変りなものは自ずと奇異を描く。「格」があり、そこに「調」が生じるのは、全て性情が自ずとなせるものである)[68]。李贄が説く「格」とは即ち作者の個性を指し、李贄が説く「調」とは即ち個体の風格を指している。どのような性情にどのような声調が具わるかを論じるが故に、漢唐の格調でさえ、その存在意義を失ってしまったのである。従って、哲学思想においても詩学理論においても、李贄は明代後期の文学、とりわけ性霊詩派にとって自ら基盤を固めた先導者となっている。先述の李贄の論は情感に溢れ、衝撃的でもあるが、緻密さと実践力に欠けている。「有是格、便有是調」は人情の表出という面では決して容易ではない言葉であるが、格調と性情は全てにおいて同等の詩学的価値があるのだろうか。「曠達者自然浩蕩、雄邁者自然壮烈」についても、異論を挟む余地は当然存在しないが、浅薄な者は自ずと露呈し、卑俗な者は自ずと無知になりはしまいか。このような性情の自然な表現は制限を加えなければ、詩歌の品位に影響を及ぼす恐れが出る。だからこそ、後に黄宗羲が一個人の性情と万古の性情との区分を提起する必要があったのである。それと同時に、李贄の自然で真実を追求する審美基準は哲学的な味わいが濃厚に含まれており、詩学史上においても、これほど詩趣に富んだ美的範疇は未だ提起されてはいない。この「真実自然」は通時的な文学観念として用いることができるものである。この観念は李贄によって提起され、明代後期の文学界における核心的な範疇として確立された。文体を具体的に種別化し、一つ一つ明確化させることで、創作指導をより具体化させることができる。後の袁宏道は「真実自然」を基盤とし、「趣」と「韻」の審美範疇を更に提起したことで、詩歌や小品文を美学として追求し、李贄の詩学観念をさらに完全なものとした。思想家でも評論家でもあった李贄の詩学観念に哲学的な味わいが濃厚に含まれていたことは誰の目にも明らかである。李贄が成し遂げたことを詩歌史の発展段階に位置付ければ、復古派の詩学観念を批判し転覆させたところにあり、新規性としては後継者によって完成されるのを待たねばならないものの、詩歌の歴史を前進させたことは確かである。ただ一つ特記すべきなのは、彼本人は、彼の理論的な特徴を自身の詩歌創作に反映させず、際立った創作を作り上げていない点にある。

湯顕祖は性霊詩派におけるもう一人の重要な人物で劇作家である。彼の詩学観の核心は「情」であるが、復古派のうわべだけの議論とは既に大きな差異が生じており、概括するなら二つの主な特徴を有していた。その一つ目は王陽明の後学である泰州学派の「生生之仁」（生まれながらの仁徳）という意識に影響されていた。この情には男女の情も含まれれば、友情や政治への情熱も含まれていた。詩歌は情が集まり具現化したものであるため、「世総為情。情生詩歌、而行于神」（世は総じて情を為す。情は詩歌を生じ、神の境地へ進ませる）と言える。良い詩歌は「神情合至」（神と情を合致させた）結果である。(69) 二つ目の特徴は、詩が詩人の性情と才気を体現させたものであるということを強調しているところにある。「合奇序」で言われる「自然霊気、恍惚而来、不思而至」（自然な性情は、恍惚と来たりて、思わざる間に至る）というのは文学的な意象の際立った特徴である。才気を持つ奇特な者こそが、自然な性情が生まれる前提であるため、才気ある者のみが躍動する心を持ち、このような心を持つ者だけが神情の合致する詩歌を作り上げることができる。これゆえに、湯顕祖の詩からは、彼の心に満ち満ちた不平に対する憤りや溢れんばかりの情、独特な境地、多彩な表現を感じることができる。明代後期の評論家である王思任（一五七五～一六四六）は「天隠子遺稿序」において、次のように述べている。後七子による復古派が興隆して以来、国内の才子は誰もが王世貞と李攀龍に贈り物を納め、頭を垂れていた。「而所不能致者、会稽徐文長、臨川湯若士」（而《しか》して致《まね》くこと能はざる所の者は、会稽の徐文長［渭］と臨川の湯若士［顕祖］のみ）と記されている。(70) これは主に詩歌創作における勢力範囲を指しているが、もし、格調説を明確に詩歌理論から破棄した李贄を加えるならば、性霊詩派がずらりと勢揃いすることになる。

言うまでもなく、性霊詩派としての創作を盛り立て、特徴を鮮明に十分に体現したのは、三袁を代表とする万暦期の公安派である。復古詩派への鋭い批判に始まり、創作において「独抒性霊、不拘格套」（独り性霊を抒《の》べ、格套に拘らず）という主張を提起した［袁宏道『錦帆集』巻二「遊記」］ことにしても、さらには、「求真自適」（真実を求め自分を楽しませる）という文学的機能観を強調したことにしても、すべて李贄や徐渭などの先人から強い影響を受けていたことが窺える。もっとも注目すべきなのは公安派が「趣」という審美観を提起したことであった。湯顕祖はすでに「意趣神色」を詩文評価の基準としていたが、ただやや曖昧であった。袁宏道はその論点をひときわ具体化した。「叙陳正甫会心集」（陳正甫の会心集に叙す）において、次のように述べている。

世人所難得者唯趣。趣如山上之色、水中之味、花中之光、女中之態。雖善説者、不能下一語。唯会心者知之。今之人慕趣之名、求趣之似。於是有辨説書画、渉獵古董以為清、寄意玄虚、脱跡塵紛以為遠。又其下則有如蘇州之焼香煮茶者。此等皆趣之皮毛、何関神情。夫趣得之自然者深、得之学問者浅。当其為童子也、不知有趣。然無往而非趣也。面無端容、目無定睛、口喃喃而欲語、足跳躍而不定、人生之至楽、真無踰于此時者。孟子所謂不失赤子、老子所謂能嬰児、蓋指此也。趣之正等正覚最上乗也。山林之人、無拘無縛、得自在度日。故雖不求趣、而趣近之。愚不肖之近趣也、以無品也。品愈卑、故所求愈下。或為酒肉、或為声伎、率心而行、無所忌憚、自以為絶望於世。故挙世非笑之日不顧也。此又一趣也。迨夫年漸長、官漸高、品漸大、有身如梏、有心如棘。毛孔骨節倶為聞見知識所縛。入理愈深、然其去趣愈遠矣。(71)

世人の得難き所の者は唯《た》だ趣のみ。趣は山上の色、水中の味、花の中の光、女の中の態の如し。善く説く者と雖も、一語をも下すこと能はざらん。唯だ心に会《さと》りし者のみ之を知る。今の人は趣の名を慕ひて、趣の似たるを求む。是に於いて書画を弁説するもの有り、古董を渉猟して以て清しと為し、意を玄虚に寄せ、跡を塵紛より脱して以て遠しと為す。又た其の下には則ち蘇州の香を焼き茶を煮る者が如き有り。此れ等は皆な趣の皮毛にして、何ぞ神情に関はらん。夫れ趣は之を自然に得る者は深く、之を学問に得る者は浅し。其の童子為《た》るときに当りてや、趣有るを知らず。然れども往きて趣に非ざるは無きなり。面には端容無く、目には定睛無く、口は喃喃として語らんと欲し、足は跳躍して定らずとも、人生の至楽、真に此の時を踰ゆる者無し。孟子の所謂「赤子を失はず」、老子の所謂「能く嬰児たり」は、蓋し此れを指すなり。趣の正等正《しょうとうしょう》覚《がく》・最上乗《さいじょうじょう》なり。山林の人、拘はる無く縛らるる無く、自在を得て日を度《わた》る。故に趣を求めずと雖も、趣は之に近し。愚不肖の趣に近きや、品無きを以てなり。品愈《いよ》いよ卑し、故に求むる所愈いよ下《ひく》し。或いは酒肉を為し、或いは声伎を為して、心に率《したが》ひて行ひ、忌憚する所無く、自ら以為《おも》へらく望みを世に絶つと。故に世を挙げて笑ふ日に非ずんば顧みざるなり。此れも又た一つの趣なり。夫れ年漸《やうや》く長じ、官漸く高く、品漸く大なるに迨《およ》びて、身に梏《かせ》の如き有り、心に棘《とげ》の如き有り。毛孔骨節倶《とも》に聞見知識の縛る所と為る。理に入ること愈《いよ》いよ深し、然れども其の趣を去ること愈いよ遠し。

公安派が主張している「趣」は、明確な理論を内包している。まず、「趣」は世俗や功利といった純然たる審美意識を超越している。これは袁宏道をして物欲と功名から脱却した「無心」状態と言わしめている。これは童子が人を魅了する天真爛漫さと近く、功名や名誉・利益ばかりが心を占めている官僚や貴族には無縁なものであった。次なる理論は、「趣」とは詩人の聡明な性情によって体現された機知とユーモアであるということである。詩人の才気や知恵、旺盛な生命力を十分に表現させている。さらには、自然で流暢な表現力と天然なまでの芸術効果は、創作方法から見れば、心の赴くままに語り、書き、一切の装飾を加えないところにある。この審美形態は前後七子が求めていた格調とは大きく異なっていた。性霊詩派の作品を鑑賞するには、叙景と叙情が交じり合った深遠なる境地を見るのでもなく、字音の平仄や字義の虚実を考慮した対句の整合性を見るのでもなく、比興を使った婉曲さを見るのでもない。見るべきは、率直で自然であるかどうか、個性が鮮明であるかどうか、性情が躍動しているかどうか、興味があふれているかどうか、ユーモアが込められているかどうかである。これらの特徴を最も体現できたのは袁宏道の『解脱集』の中にある民歌体の作品である。例えば、作者は「別石簣」（石簣に別る）十首その七において、次のように詠っている。「不即凡、不求聖。相依何、覓性命。三入湖、両易令、無少長、知名姓。湖上花、作明証。別時衰、到時盛。後来期、不敢問。我好色、公多病」（凡庸に即さず、神聖さを求めず。依存し求むるは、性命といえる学である。三度官吏となり、二度官職が変われども、年長でも年少でも、私の名は知られている。（今日の別れは）、湖上の花が、証とならん。別れにあって花は衰えども、（再会に合わせ）花は再び盛りを迎えん。再会の時期は、敢えて問わず。我は色を好むが故に、公は心配事が多からん）(72)。自身を以て命と言える学を愛し、美観を喜び、女色の習いを好むに至るまで、全てを曝け出している。ユーモアに富み、趣深く、率直で自然であり、生き生きと可愛らしく自由で軽妙洒脱である。このような詩作は、復古詩派の詩集には見当たらない。このような民謡に類似する詩作は、清新で自然な審美的特徴を表している。次にもう一つその一例を挙げる。

横塘渡、臨水歩。郎西来、妾東去。妾非倡家人、紅楼大姓婦。吹花誤唾郎、感郎千金顧。妾家住虹橋。朱門十字路、認取辛夷花、莫過楊梅樹。（「横塘渡」(73)）

塘《つつみ》を横ぎりて渡り、水に臨んで歩む。郎は西より来たり、妾は東に去る。妾《われ》は倡家の人に非ず、紅楼の大姓の婦《つま》なり。花を吹いて誤つて郎《きみ》に唾《つば》す、郎の千金の顧《かへり》みに感じたり。妾《わ》が家は紅橋に住す。朱門の十字路、辛夷《こぶし》の花を認取（目印に）して、楊梅の樹を過ぐる莫《なか》れ。

この詩は、偶然の出逢いから生じた、ある女性の愛の遍歴を描写している。女性から大胆に愛を求めた詩作であるが、偶然に出逢った相手に自分の住所を相手が間違えないように明かすところが、特に開放的で和ませる印象を与えている。それにとどまらず、機知に富む彼女は、相手に自分が高貴な身分であることを伝え、巧妙に自分の行動が迂闊であったと述べ、さらに愛慕の情を引き起こす責任を相手に押し付けている。女性のずる賢さが見え隠れする、いささか「無頼」な愛による行動が生き生きと描かれている。本来、このような場面はごく平凡なものであるが、女性の奥深い心理と大胆な個性を作者が捉えているため、活気にあふれ、趣がある芸術効果をそのままに生み出している。特筆すべきは、細やかで優美な女性の恋心を描いている点である。埠頭や虹橋が見られる江南水郷の風物と結びつき、さらには通俗的な口語や、入り混じった長短句が明るいリズムを作り出し、清新で美麗な審美感をもたらした。このことが民歌を模倣した結果であるのは言うまでもない。その芸術効果から見ても明代における民歌の趣を有しているのは確かであるが、ただ民歌にある肉欲的な味わいには欠け、清純さを増している。この種の詩作にあっては、袁宏道に匹敵する明代詩人は見当たらない。
しかし、公安派の快楽的でユーモアを有する趣の追及は僅かな間しか維持できなかった。万暦年間後期における政治局面の悪化、特に党閥闘争が激化するにつれて、詩人たちはこのような快楽的で寛いだ心境を保つことができなくなっていった。その代わりとして興ったのは傲慢で冷酷な人格的特徴を有する竟陵詩派であった。同派の詩歌における主な風格及び審美傾向は、いわゆる「幽深孤峭」である。この特徴は冷酷な人格の表現を介した善であり、鄙びて閑静で孤独な情調を好み、常識を打破する詩句に磨きをかけるところにある。時には稀にしか使わない字や言葉を敢えて使ってまで、独創性に富む新たな詩境を作り上げている。この風格を形成させた要因としては、芸術面での新機軸を追及したことや、公安派末流による低俗な悪弊を正したこと、伝統的な詩歌の審美観や風格の影響を受け入れたことなど、数多く見られる。しかし、最も重要な要因は、暗黒なる政治環境の影響を受けたところにある。非道に流されることを拒むものの無力感だけが漂う状況において、鐘惺（一五七四～一六二四）や譚元春（一五八六～一六三七）のように時宜に合わない清廉な文人たちにとっては、冷酷に傲慢に自身の潔白を保持するよりほかに活路は見いだせなかった。儒家の伝統的な詩論には、「亡国の音は哀しみて以て思ふ」『礼記』楽記」とあるが、銭謙益（一五八二～一六六四）や朱彝尊（一六二九～一七〇九）の言にあるように、憂いによって国が滅びたのではなく、亡国により憂いが生まれるのである。

明代における詩歌の成果は、無論、唐や宋には及ばないが、それでも中国詩歌史においては、鮮明な特色を有する時期である。躍然たる思想や湧き出ずる流派、精神性の執着の探索などの面においては、比肩する時代は見当たらない。復古派の創作成果には限りがあったかもしれないが、彼らの探求によって、中国古典詩学は、特徴も内涵も、範疇も手法も全てを際立たせることができた。今日の文学家や史学家が論じている唐詩の初盛中晩の区分、そして、叙景と叙情を交融させた詩歌的情緒、さらには、各種の詩体特徴の概括に至るまで、全ては明代の探求がもたらしたものである。性霊詩派は低俗で礼儀知らずで錯乱しているなどと清代の評論家によって激しく責められたことも往往にあったが、彼らこそが詩歌発展の方向について発言し、新しい活路を切り開くことで詩歌を再生させたのである。なぜなら、詩歌はいかなる変化を見せようとも、詩人の人生に寄り添い、創作の核心として美感を作り上げるからである。形式面で不完全さを有していた性霊詩派は、形式と韻律を重んじる復古詩派よりも活力に溢れていたことで、現代の詩歌とひときわ密接な関係を有しているという点は特筆できる。

以上が明代詩歌の全容と、審美観の発展過程に関する概括である。読者が明時代詩歌の大局的な特徴を理解されることを願っている。そうは言いながらも、明詩は発展過程も実状も頗る複雑であるため、前述の内容だけで包括できるものではない。明詩の写本は数えきれないほど多いため、逐一紹介することが困難である。それればかりか、果して如何ほどの詩人や詩集が現存しているのかさえ明確にできるものではない。李霊年や安楊忠が中心となって編纂した『清人別集総目』の集計によれば、清代の詩文作家は一万九千五百人が挙げられ、詩文集は四万部にも達している。明代の詩文集もおよそ一万部近くあり、詩人は数千人にも上る。現存する明代の詩歌総集に収録された詩人の数を見るならば、銭謙益の『列朝詩集』には作家一千六百人余りが収録され、各々の簡略な伝記が記されている。朱彝尊の『明詩総』には作家二千二百五十人が収録されており、各々の伝記が書かれているだけではなく、諸流派による評論も参考として提示されている。これほどまでに多い詩文作家と詩文別集を漏らさず紹介するのは、三万字あまりでは不可能である。さらに理解を深めるためには、我々が本書よりも詳細に論述している『明代詩歌史』をご覧頂きたい。とはいえ、実際には『明代詩歌史』においても、明詩の主要な手がかりと主要な作家について述べることしかできていないが、それでも、詩派の紹介を主要な研究対象として特筆し、それによって明詩における創作成果及び発展過程を明らかにし、学界に総括的な明代詩歌史として提供しているものである。明代詩歌の全面的かつ深奥な研究に関しては、あまりにも大規模な文化プロジェクトであるため、より多くの学者が参入することを期待してやまない。

注

(1) 永瑢『四庫全書総目』巻一六九、中華書局、一九六五年、一四七一～一四七二頁。
(2) 周亮工『閩小記』巻四「林子羽」、上海古籍出版社、一九八五年、一七七頁。
(3) 袁中道『珂雪斎集』巻十、上海古籍出版社、一九八九年、四八六頁。
(4) 袁中道『珂雪斎集』巻十、四五九頁。
(5) 董潮『東皐雑鈔』、『叢書集成初編』四頁。
(6) 胡応麟『詩藪』続編巻一、上海古籍出版社、一九七九年、三四二頁。
(7) 丁福保『歴代詩話続編』中華書局、一九八三年、一〇九〇頁。
(8) 高啓「独庵集序」、高啓『高青丘集』[「鳧藻集」巻二] 上海古籍出版社、一九八五年、八八五頁。
(9) 趙翼『甌北詩話』人民文学出版社、一九九八年、一二四頁。
(10) 胡応麟『詩藪』続編巻一、三四一頁。
(11) 王世貞『芸苑巵言』巻五、丁福保輯『歴代詩話続編』中華書局、一九八三年、一〇二三頁。
(12) 潘徳輿『養一斎詩話』巻六、郭紹虞輯、富寿蓀校点『清詩話続編』上海古籍出版社、一九八三年、二〇九八頁。
(13) 張廷玉『明史・文苑伝』巻二八六「高棅伝」、中華書局、一九八四年、七三三六頁。
(14) 丁福保輯『歴代詩話続編』、李東陽「麓堂詩話」、一三七四頁。
(15) 王夫之『明詩評選』、『船山全書』第十四冊、岳麓書社、一九九六年、一三七六～一三七七頁。
(16) 王夫之『明詩評選』、『船山全書』第十四冊、一〇八〇頁。
(17) 丁福保『歴代詩話続編』一〇九四頁。
(18) 陳田『明詩紀事』甲籤巻十、上海古籍出版社、一九九三年、二一一二頁。
(19) 孫蕡『西菴集』巻三、『文淵閣四庫全書』本。

(20) 梁守中等点校『南園前五先生詩』中山大学出版社、一九九〇年、一一三頁。
(21) 梁守中等点校『南園前五先生詩』一〇五頁。
(22) 梁守中等点校『南園前五先生詩』一〇三頁。
(23) 熊繹祖「南園後五先生集序」、梁守中等点校『南園後五先生詩』一七一頁。
(24) 陳田『明詩紀事』甲籤巻九、二〇〇頁。
(25) 李東陽「滄州詩集序」、周寅賓点校『李東陽集』巻二『前稿』巻五、岳麓書社一九八五年、七二頁。
(26) 李東陽「春雨堂稿序」、周寅賓点校『李東陽集』巻三『後稿』巻三、三七頁。
(27) 顧清「答聶文蔚論文体書」、『東江家蔵集』巻三九、『文淵閣四庫全書』本。
(28) 李東陽著、李慶立校釈『懐麓堂詩話校釈』、人民文学出版社、二〇〇九年、六〇頁。
(29) 邵宝「李文正公麓堂続稿序」、『容春堂集』後集巻三、『文淵閣四庫全書』本。
(30) 石瑤「送劉進士奉使序」、『熊峰集』巻六、『文淵閣四庫全書』本［一二五九冊］。
(31) 王世貞『芸苑卮言』巻一、丁福保『歴代詩話続編』九五六頁。
(32) 王世貞『芸苑卮言』巻一、丁福保著『歴代詩話続編』九六四頁。
(33) 王世貞「与屠長卿書」、『弇州山人続稿』巻二百、『文淵閣四庫全書』本。
(34) 王世貞「偶成自戯」、『弇州山人続稿』巻十。
(35) 王夫之『明詩評選』巻七、『船山全書』第十四冊、一五五四頁。
(36) 李維楨『読蘇侍御詩』、『大泌山房集』巻一二九、『四庫存目叢書』明万暦刻本影印本。
(37) 銭謙益『列朝詩集小伝』丁集中「袁稽勲宏道」、上海古籍出版社、一九八三年、五六七頁。
(38) 陳子龍『陳子龍詩集』上海古籍出版社、一九八三年、二九〇頁。
(39) 陳子龍『陳子龍詩集』三〇八頁。

(40) 陳国球『明代復古派唐詩論研究』北京大学出版社、二〇〇七年、二二頁。
(41) 廖可斌『明代文学復古運動研究』商務印書館、二〇〇八年、三頁。
(42) 孫通海点校『陳献章集』中華書局、一九八七年、一一頁。
(43) 陳献章「澹斎先生挽詩序」、『陳献章集』、一〇頁。
(44) 陳献章「跋沈氏新蔵考亭跡巻後」、『陳献章集』、六六頁。
(45) 陳献章「認真子詩集序」、『陳献章集』、五頁。
(46) 王世貞『芸卮苑言』巻五、丁福保『歴代詩話続編』一〇三四頁。
(47) 銭謙益『列朝詩集小伝』丙集「王新建守仁」二六九頁。
(48) 王陽明『伝習録』三、呉光、銭明等編校『王陽明全集』、上海古籍出版社、一九九二年、一〇四頁。
(49) 王陽明『伝習録』三、呉光、銭明等編校『王陽明全集』、一〇七〜一〇八頁。
(50) 呉光、銭明等編校『王陽明全集』七九三頁。
(51) 呉光、銭明等編校『王陽明全集』一二七八頁。
(52) 黄宗羲編『明文海』[巻二六九「序」]、中華書局、一九八七年影印本、二八〇〇頁。[欽定四庫全書本]
(53) 呉光、銭明等編校『王陽明全集』七七四頁。
(54) 呉光、銭明等編校『王陽明全集』一〇二五頁。
(55) 王陽明『題夢槎奇遊詩巻』、呉光、銭明等編校『王陽明全集』九二四頁。
(56) 呉光、銭明等編校『王陽明全集』一九四頁。
(57) 王陽明『伝習録』三、呉光、銭明等編校『王陽明全集』一一三頁。
(58) 王陽明『伝習録』二、「訓蒙大意示教読劉伯頌等」、呉光、銭明等編校『王陽明全集』八八頁。
(59) 呉光、銭明等編校『王陽明全集』一二三六頁。

(60)呉光、銭明等編校『王陽明全集』七三〇頁。
(61)王陽明「尋春」詩、呉光、銭明等編校『王陽明全集』六六五頁。
(62)陳献章「与汪提挙」、孫通海『陳献章集』中華書局、一九八七年、二〇三頁。
(63)陳献章「夕惕斎詩序集」、孫通海『陳献章集』一一頁。
(64)徐渭「書田生詩文後」、『徐渭集』、中華書局、一九八三年、九七六頁。
(65)徐渭「奉師季先生書」、『徐渭集』四五八頁。
(66)徐朔方「晩明曲家年譜」巻二、『徐渭年譜』、浙江古籍出版社、一九九三年、四〇頁。
(67)李贄『続焚書』巻五、中華書局、一九五九年、一一七頁。
(68)李贄『焚書』、「読律膚説」、中華書局、一九六一年、一三三頁。
(69)湯顕祖著「耳伯麻姑遊詩序」、徐朔方箋校『湯顕祖詩文集』、上海古籍出版社、一九八二年、一〇五〇頁。
(70)王思任「王季重十種・雑序」、浙江古籍出版社、一九八七年、七二頁。
(71)袁宏道著、銭伯城箋校『袁宏道集箋校』巻十、上海古籍出版社、一九八一年、四六三~四六四頁。
(72)『袁宏道集箋校』巻九、四〇四頁。
(73)『袁宏道集箋校』巻八、三二七頁。

第八章　古典詩歌の終結と近代詩歌の始まり

一、清詩の歴史文化的価値

歴史が清代にまで発展してきて、古典詩歌の形勢はすでに黄昏《たそがれ》の段階に入った。しかしながら、この一番古い文体はまだ滅びには向かわずに、却って三百年くらいの間に驚異的な潜在能力を爆発させ、後世に豊かな遺産を残した。この事実は一歩進んで深く考えるに値する。

詩歌に触れる場合には、人々は往往にして唐宋に着眼し、古代社会末期である清代詩歌には、あまり注意して来なかった。そのために、清代詩歌の評価について少なくない誤解や不明な点が存在し、長い間、内外の著名な学者を含む相当数の評論家が清詩を貶め、軽視する態度を取ることさえあった。これは怪しむべきことではなく、歴史的な原因があるといってよい。周知のように、元代以降、戯曲や小説などの新興文学様式は「後から来たものが上になる」ように、自己をすばやく拡張し改善すると同時に、注意深く時代と歩調を合わせて、変化した審美的要求に応じたので、次第に多くの観衆と読者との趣味を引きつけ、いつのまにか以前の伝統的な詩文にかわって文学の主導的地位を占めるようになった。一方、前代とくに六朝及び唐宋時代では、詩歌という様式は上昇期に在り、この芸術形式も絶えず革新と変化という境遇の直中《ただなか》にあったのに対して、ほかの文学様式は皆この境界に達することができず、あるいは一部のみ達することができた。そこで前者は必然的に人々の高度な注目を集めることとなったが、元代以降、こうした状況はすでに存在しなくなった。このような元代以降の二つの事実に直面して、人々が縦横に比較しながら元・明・清の詩歌を低く評価したのは、当然のことといえよう。

しかし、二十一世紀初めの現在では、どうであろうか。文献資料は日増しに発見され、清詩の真の姿が絶えず明らかになっている際に、中国詩歌史を全体として全面的に評価する際に、どのようにして清詩を取り扱い、公平妥当なふさわしい位置を与え、さらに清代の詩歌を深く掘り下げることを通して、中国詩歌の近現代への発展と変遷の規律を全面的に研究し、まとめるのか。これは中国詩歌史を検討する現代の学者が、必ず答えなければならない問題である。

確かに清代の戯曲と小説は大きな成果を遂げた。つまり元・明両代の土台の上に立って、歴史的頂上に達し、清代文学の最高成果を代表している。にもかかわらず、戯曲と小説との輝きによって詩歌の存在が消されたことはなかった。以前に人々はこの重要な事実に注意したことがない。特に清・焦循（一七六三〜一八二〇）の「一代有一代之所勝」（一つの時代には一つの時代の勝れた所が有る）という見方(1)の影響を受けて、文学の盛衰交代規律を認識すると同時に、各時代の文学はただ一つの様式だけで十分だ、という誤解も生れた。しかし実際にはどの時代の文学もみな多元的に存在していて、一つの文体に限らなかった。各文体が互いに補充し借用することは、まさに文学が盛んに発展していく基本条件なのである。事実に直面すれば、誰もこの点を否定しないだろう。清代文学の状況も例外ではない。

まずは、数量からみると、清詩は歴史上大いに前代を超えていた。現在の統計からわかるように、清人によって編集された詩集は二万種以上があるし、[2]各種の詩歌総集、選集、唱和集及び地方志や族譜中における詩人は約十万家以上がある。[3]この数は唐代の十数倍、宋代の三、四倍、元代と明代の六、七倍に達する。[4]また、清代の一詩人の作詩数も極めて多く、数千首に達していたという。清詩の総数は正しく計算できないが、以前のどの時代をも大きく超えているのは、間違いないであろう。

当然、数量はただある時代の詩歌を評価する一つの基準であるに過ぎないし、最も重要なものではない。しかしながら、数量はわれわれに次のことを十分に認識させる。つまり戯曲と小説の流行は作詩に取って代わらなかった一方、清代の人々の作詩への熱情は依然として高かった、あるいはもっと高くなっていたということである。これは本当に興味深いことである。

さらにいうと、前述のような清代詩人の作詩に対する熱情と清人の生活とは、いかなる関わりがあるのか。言い換えれば、詩歌は清代ではどのような社会効能を担っていたのであろうか。どうして清人は作詩に楽しんで飽きなかったのか。その理由が、ただ装飾性を帯びた需要を満たすためだけであるとは考えられない。

実は約三百年間にわたって、王朝が交代し、血腥くて苦痛に満ちた清初にせよ、盛世と称えられながら危機を内包していた乾［隆］嘉［慶］期（一七三六〜一八一八）にせよ、衰世に入って内外ともに困窮に直面した清末にせよ、清代の詩人たちは時期を問わず大量の詩歌を作った。作詩は彼らにとって、生存感を描写し、自己の価値を確認する重要な方式であり経路であった。清人の話したように、「以詩為性命」（詩を以て性命と為す[5]）。つまり、一刻も詩歌を離れたことはない。これは誇張ではなく、実況を反映しているのである。

清初を例としてみてみよう。清初遺民の数量はとても多い。彼らは多くの詩社を自発的に結成して、清兵に対抗しつつ、詩に自己の悲憤情懐を托し、人生の信念を固めようとした。これは清初に詩歌が盛んになった重要な原因の一つである。とくに多くの抗清の志士らは入獄後、あるいは刑場で処刑される前に、なお作詩によって志を示すことを忘れなかった。詩はすなわち彼らにとって生命と同じ意義を持っていたといってよい。そして、清代詩作は詩人本人の精神境地を高めると同時に、同時代の読者を感動させた。「君子誦其詩而悲之」（君子は其の詩を誦して而して之を悲しむ[6]）。すなわち、詩作者と読者にとって清詩は極めて重要な存在なのであった。

清代では詩歌も戯曲と小説とともにセンセーションを巻き起こしたことがある。順治期（一六四四～一六六一）に王士禛（一六三四～一七一一、後に士禎と改名、漁洋と号す）の「秋柳四章」が中国全土で広く伝誦され、唱和されたことは一つの典型的な例である。また「太平盛世」と称えられた乾隆期にしても、依然として詩歌を生命と同じほど好む人がいた。性霊派のリーダーである袁枚（一七一六～一七九七）は作詩を真の性情を陶冶する大事と認める。彼はいう、「詩、性情也。性情得而形骸可忘」（詩は性情なり。性情得て而して形骸忘る可し）[7]。このような詩学観は一つの生存理念の表明に当る。同じく乾隆期の大詩人である黄景仁（一七四九～一七八三）は一生不遇だったが、自作の詩歌をこの世で唯一、生を慰めてくれるものと見なした。「人間百事付疏慵、独抱残編自歌哭」（人間百事疏慵に付す、独り残編を抱きて自ら歌ひ哭く）［邵斉燾《とう》「漢鏞以長句述余衡山旧遊賦示」詩。（漢鏞［黄景仁の字］の長句を以て余が衡山旧遊賦を述べらるるに示す）」という詩句で歌っているように、これらの詩人は「詩を以て性命と為す」と称えられるであろう。清末はすでに内憂外患こもごも至る状態になったが、かかる艱難な時世においても、作詩を忘れず、「詩界革命派」は詩を武器として国民を呼び覚し、救国に身を投じたのは言うまでもなく、「復古派」と称せられる「同光体」の詩人らも作詩と自己、及び国の生存境遇をしっかりと結びつけていた。「老懐愛国切、生計入詩寛」（老懐 国を愛すること切にして、生計 詩に入ること寛し）〔范当世「奉和外舅積雨感事詩」（外舅の積雨感事詩に和し奉る詩）〕や、「更弾地変天荒涙、成就窮辺一巻詩」（更に弾《ふる》ふ地変天荒の涙、成就す窮辺一巻の詩）〔陳三立「題隴上草」（隴上の草に題す）〕などの詩句に見られる作詩態度も「詩を以て性命と為す」に数え上げられよう。

以上の事実から分かるように、清代の詩作は一つの鮮明な特徴を持っている。それはつまり詩と人の生存、および詩と当時の社会現実がしっかりと繋がっていることである。国家存亡の大事とか、個人の身近な小事とか、みな詩人らの視野に取り入れられて表された。「詩為心声」（詩は心の声為《た》り）という中国詩歌の伝統は依然として、清人に相応しいのである。詩は人と時代に従って世間の難儀を経たので、清人の豊かで複雑な霊魂をも示し得たのである。まさに現代の学者が指摘するように、清代の歴史人文の状況を理解しようとする時に、詩歌から離れたならば、全面的で、正確であることは不可能であり、さらに、深く迫りはっきり見分けることは一切不可能なのである。(8)

それでは、戯曲・小説に比べるなら、詩歌の優勢はどうであるか。よく知られているように、戯曲は舞台芸術なので、その最も鮮明な優勢は演出性と観賞性であるが、詩歌はこのような特徴を持っていない。叙事文学の代表としての小説の優勢はプロットのおもしろさと言葉の分かりやすさなので、これも詩歌には欠けている点である。また戯曲および小説は時代と生活に密着しているので、両者には先天的な優勢が備わっている。これらの優勢は、後の者である戯曲と小説が先の者である詩歌を追い越した重要な原因である。しかし詩歌も、他によっては取って代られない所、戯曲や小説の敵《かな》わぬものを持っている。

そのまず始めは、作詩には創作上の機敏性があることである。戯曲と小説は体裁に制限され、かなりの規模や長さが必須であるから、相当の作成時間も必要となる。特に戯曲の方は舞台や俳優を離れてしまうと、審美の優勢がなくなってしまう。これらに対して、詩歌は喩えてみれば軽騎兵に当たるので、いかなる状況の下でも創作に従事でき、作詩の時間はずっと短くて済み、その他の物質的条件は不必要である。長旅の途上でも牢獄でもかまわない。それで、大は国家存亡から小は日常些事《さじ》に到るまで詩歌で表せる。詩歌はより生活に密着していて、より広く生活を表している。これにかかわって詩歌の創作数量はほかの文芸形式をはるかに超えている。

その次には、詩歌の個人化である。戯曲と小説は主に観衆のために作ったから、必ず最大限多くの階層の観衆の審美趣味や鑑賞慣習を顧みなければならない。実際、多くの場合では、戯曲と小説の作者はみな公衆の代弁者の身分で作品を作ったから、作者本人の主観的な意志や感情傾向はある程度限られている。明代と清代には一部分の作品しか例外はなかった。これに対して、詩歌は個人の創作行為なので、詩作者の感情や志を叙することに専念すればよく、わざわざ他人の審美嗜好に同調していく必要がない。詩歌の個人化によって、戯曲や小説より作者本人の心態に近付いているが、詩歌作品の社会性の実現は、当然読者の読後の共鳴や自由連想によって達成されなければならない。読者の人数からいうと、詩歌は戯曲と小説ほど多くはなく、民謡や民歌を除いて主にインテリに集中している。

最後には詩歌は中華民族の文化性格と審美心理を体現しているということである。一言でいうと、詩歌は抒情的芸術であり、心の感受性を表わす芸術であるが、戯曲と小説とは叙事的芸術、あるいは叙事を主とする芸術であり、再現を重んじる芸術である。周知のように、中華民族は心が豊かで、感覚が繊細なので、抒情を芸術創作の第一としている。中国文学史の流れをみるなら、やはり詩歌というこの体裁は延長継続が一番長いし、十分に発展してきた。数千年来、詩歌は中華民族の歴史としっかり結びつき、中華民族の精神史と密接につながってきて、すでに中国人の生存様式の一部分になっている。これは永遠に変わらないであろう。このような認識に基くなら、なぜ清代詩歌が依然として大きな潜在能力を爆発させ、高い成果を遂げたかについて、理解するのは難しくないであろう。

二、詩歌史上の位置

前に述べたとおり、学界ではなお清詩への偏見と誤解があり、後日これが解消されるのを待ちたいが、それでも多くの学者は清詩の成果が元・明・清三代において最高だったと認めている。ある専門家は、清詩は唐宋に継ぐ第三番目の詩歌の頂上であり、「明代と元代を超え、唐宋に匹敵する新しい局面を迎えた」(9)と認めている。当然、この結論は詩歌数量の多さによらず、清詩の全体のレベルと質の高さによる。というのは、実際には元詩と明詩の数量も多かったのである。

清詩の質についての見方は多様で一致していない。ある見方によれば、清詩の最大の特徴は復古による成功だった。これに賛成しない見方もある。つまり「復古」というと、元代や明代も復古に夢中になっていたから、清詩の独特なものとは言えない。それでは、三百年にわたって変化を経てきた清詩の、全体の様相と特色はどこにあるのか。満足できる答えはまだ出ていない。

この問題を解明するために、最初に以下の二つの事実を認定すべきだと我々は考える。

第一には、各時代の詩歌の質は各時代で発揮された功用の程度にかかわる、ということである。功用とは詩歌が生活と時代に融け込んだり、人々の精神発展に関与したりする働きである。いうまでもなく、この働きは政治あるいは道徳の道具となるというような非文学的なものではなく、主に審美的な作用を指す。審美的な作用からその他の社会的功用が間接的に生まれるのは当たり前でもあり、詩歌の価値と地位が体現されたことでもある。事実が証明するように、時代や同時代の人々の精神としっかりつながる文学様式しか盛んな生命力を持つことができないし、ユニークな特色と様相を持つことはできない。そうしなければ、前代の伝統を慣習的に延長継続したところで、独自性を失ってしまう。言い換えれば、時代に多く触れ、その時代の人々の心に深く入った文体は、審美の働きが大きく活かせ、独自性もより鮮明になり、価値もより高くなる。清詩の元代と明代を超えたもっと重要なところは、全体で清代に融け込んで、清人の精神生活の奥に入り、時代とともに脈動している点にある。これこそは清詩の生命の源であり、同時にかなり高い成果を遂げた根本的な原因である。

第二には、歴史が清代に入って、詩歌という古漢語を言語材料とし、文言体を表現形式とした芸術品類は、もう高度に熟成され、歴代の詩人に繰り返し開拓されて、内部の潜在力と発展余地があまりなかったことである。そこで、全体からいうと、清詩は新しい創造を行って前代詩人を超えるという難関を突破するしかない。その上、詩歌言語と人々の生活言語との関わりがますます遠くなり、時代と生活から離脱するという潜在的な危機に臨んでいる。元代と明代はこの問題がよく解決できなかったから、元詩と明詩のレベルや質が直接に影響を受けた。清人はこの問題を正視するしかなく、かつ、この難題をよく解決して始めて、清詩のユニークな特色や様相を持つことができる。

それでは、清人は如何にこの難題を解決したのか。

本来、清人は二つの選択に向き合っている。一つは伝統に背き明末の「公安派」の道に沿って、生活言語を拠り所として白話詩の世界を拓いていくというもの。もう一つは深厚な伝統に立ち返り、この伝統を延長継続するというものである。こういう特殊な文化背景の下で、清人は後者を選んだ。すなわち古人の権威を尊び認め、前代の伝統を全面的に受け継ぎながら、その上に自己の事業を営んでいく。これは人々に「復古」と言われるものである。確かにそう言えるだろう。すなわち、伝統的体裁、伝統的構造、伝統的言語及び伝統的審美態度、そして宋代からずっと上古にまで溯るということは、やはり復古でなくて何であろう。

しかしながら、清人の「復古」は元代および明代とは違っている。つまり単にある時代のみの学習と継承ではなく、一人あるいは何人かの詩人の模倣にも限らず、古代の伝統を全体的に理解して、総合的に受け止め、時代の需要や詩作者の個性に基づいて古人の伝統を創造的に整合した。そこで、清詩は独特な様相をもつに到った。古人に似ているが、まるで古人のごとくではなく、前代を継承しているが、清人自己の風格をも含めている。この新しい詩歌の様相は「復古」ではまとめられず、「整合式集成」と称せられる。つまり総合的な継承、あるいは整合式継承。これこそは清詩の独特な様相であり、清詩の質とレベルが集中的に表現されたものであろう。

次に「整合式集成」という理念の文化的背景について、視野を広げてみてみよう。周知のように、清代は封建社会最後の王朝として、北方の女真族（後には満族と名付けられた）によって政権が支配された。この白山黒水を出た少数民族の群落が全国政権を取る過程には、多くの野蛮な、種族を圧迫し虐げる手段を使ったが、歴史上最も早く、最も徹底的に漢化された少数民族の政権支配者である。そこで、早く中国全域を統一したばかりではなく、また、中国の歴史において最も長く政権を支配した少数民族でもある。しかしながら同時に、別のもう一つの問題が出てきた。すなわち、この満族王朝は中国古代政権の伝統をそのまま認め、尊んでいた。満清政権自身がもっと新しい政治理念や治国方略を創り出すことができないからには、当時の中原社会の進捗程度を深く研究し理解することができないからには、また経済政治の先進国である欧米国からの交流姿勢を無視し、欧米の国々を手本として学ぶことも拒否するため、ただ過ぎし日を振り返って古人から学んだり受け取ったりするだけであるから、清人は古代を尊び、古代を栄光とし、古代を理想とした。こういうわけで、清代の三百年間には濃厚な文化保守主義的態度と葛藤が形成されるようになった。

清代の支配者は政権を固めるために、高圧と籠絡の二つの手段を用いた。一方では、儒学の正統な地位を認め、程〔頤〕朱〔熹〕理学を国家哲学として清政権の権威性を維持しようとし、同時に科挙を早めに回復して、天下の人材を招いた。康熙・乾隆朝にはさらに博学鴻儒科を設けて、山林に遠く隠遁している文人を招き、明史の編集を行わせた。大量の人力を集めて、超大型の類書・叢書である『古今図書集成』や『四庫全書』などを編集し、これによって人心を籠絡して、士子らの反抗意欲を分散したり、民間学者から学術と文化への発言主導権を奪ったりしてもいる。もう一方では、「文字獄」（清王朝の文化専制による知識人への加害）、「通海案」（清順治十八年〈一六六一〉、「通海」すなわち清廷を転覆する名義での刑事案、百二十一人が江寧で死刑に処せられた。康熙元年〈一六六二〉、再び「通海」の名義でたくさんの官僚を逮捕した）、「科場案」（科挙中の不正を罰する事件、順治十四年〈一六五七〉、康熙五十年〈一七一一〉、咸豊八年〈一八五八〉などがある）や「奏銷案」（順治十八年〈一六六一〉、銭糧〔租税〕を収めることに尽力しなかった名義での刑事事件）などをたびたび起こして、広く連座させ、文人の結社を厳しく罰し、正統意識以外の一切の思想や行為を残酷に弾圧して、恐怖におおわれた、圧迫的な文化雰囲気を造った。こういう状況において、清王朝の社会雰囲気は、明末の開放的なものから保守的なものへと変わっていくのを免れない。人々の注意も、本来の現実に対する関心から、多くは古代文化典籍の研究・整理に向かっていった。そこで、社会の発展ははっきりと遅くなり、社会全体も、古雅を尊ぶという未だかつて無い潮流になった。

清代文化のこの保守主義的態度は、いうまでもなく中国の近現代化の進展に不利であるが、思いがけなく、全面的に中国古代の文化遺産を整理し、まとめ得たという成果を挙げた。梁啓超は『清代学術概論』でいう、「清代学者は苦心して科学的な方法で三千年の遺産に大いに整理を加え、確かに部分的に整理し終えることができた。一国民は一定の期間内に、精力を集中して一つの事業を完成するしかない。もしそうしたら、事業は必ず成果が得られる。清人はこの一点だけに精力を注いで、わが文化への貢献が少なくない」。乾嘉学派を代表とする清代学者の文化整理の巨大な業績について、梁啓超は次の十三類にまとめている。（一）経書の箋釈、（二）史料の収集と鑑別、（三）偽書の識別、（四）逸書の輯録、（五）校勘、（六）文字訓詁、（七）音韻、（八）算学、（九）地理、（十）金石、（十一）方志の編纂、（十二）類書の編纂、（十三）叢書の校刻。この中で第一類は清代学者の原始学術の出発点といわれる。すなわち漢代学者の伝統を受け継いで、上古から残された経書を全面的に注釈・校勘する。そこで、清人の学術を「漢学」と称える。これについて、范文瀾はいう、「新漢学系経学は考証から発展してきたので、古代制度文物は考証学者の研究の下で、とても難解な古書が大体読めるようになった。そこで、新漢学系経学は巨大な考古資料を累積した。封建支配の道具としての経学を科学的古代社会史と古代哲学史の原資料に改変した点から見ると、新漢学系経学は自ら高い価値を持っているはずである」[10]。つまり、中国古代学術発展史の視野からいうと、確かに、これは集大成と言えよう。

実は、清代学者が文化遺産の整理に専念しているのは、朝廷の呼びかけと提唱のほかに、自身の原因もある。梁啓超は明清の境目における学術気風の転変についていう、「明朝の滅亡に対して、学者らは学者社会の大きな恥辱と罪責を認めるから、「明心見性」（真心を発見し、本来の真性を見る）たる空談を捨てて、「経世致用」（学問は必ず国事に役立つ）たる実務を専ら重視する。（中略）政治に完全に絶望してから、やむを得なくて学者の生活をしようとするのである[11]。（中略）多くの学者は故国の文献を愛惜して止まないので、別の事情なら一人の文人として満州人と協力しないが、文化遺産の整理は民間人では仕様がなく、何とか我慢しなければならなかった」[12]。言い換えれば、清代学者らの古代文化遺産整理への熱中は、もともと民族の節操を守り文化伝統を発揚するという意味があったのである。清初の相当部分の文人らのもう一つの目的は、文化遺産の整理を通じて歴史経験をまとめ、「経世致用」、すなわち今世と未来に役立てることである。実は清廷は文化弾圧政策によって清代の学術を専ら考証へと転化させたが、当時の学者の中には依然として封建文化を反省したり批判したりする意識を持っている人がいた。例えば、清初の優れた思想家である顧炎武・黄宗羲・王夫之・陳確・方以智・李顒・顔元・李塨《きょう》などが封建専制を批判し、「求真求実」（真を求め実を求める）の科学的民主思想を謳った。彼らの著作は中国近代思想の始まりとなっている。また、康（熙、一六六一即位）雍（正、一七二三即位）乾（隆、一七三六即位）嘉（慶、一七九六即位）の時期にあっても、万斯同・全祖望・戴震・焦循などが依然として独立思考を堅持し、封建正統思想への批判的態度をかたく守っていた。清代後期に入って、民族危機と社会危機が突発したために、更に龔自珍・魏源・林則徐・張際亮および康有為・梁啓超・譚嗣同など多くの優れた思想家と社会活動家が、社会革命を唱え、全面的に文化理念を更新しようとした。清代のこれらの綿綿とつながる思想家からわかるように、清人の思想学術の集大成は反省と批判を内に含んでいる。そして、この特徴は文学創作にも同じく現われている。

文学からいうと、清代ではすべてのスタイルが全面的に復興した。戯曲は前代から主に二種類の劇が伝わってきた。つまり雑劇と伝奇である。伝奇の定型成立は遅くて明代中葉までである。［ここで言う「伝奇」は唐宋の短編小説「伝奇」ではなく、明清に発達した南方系の長編戯曲を指す。以下同じ。］統計によると、明代の伝奇作品の数は千種くらいあるが、清代の創作数量は明代の数を超えた。(13) 雑劇はすでに元代に熟成されていたが、元代後期に衰えた。清代では雑劇復興の兆しが見えてきた。傅西華『清代雑劇全目』によると、清代に創作された雑劇は千三百種に達して明代の二倍に等しい。特に詩人である呉偉業・尤侗・嵇永仁・蔣士銓らの雑劇作品は文壇に注目されていた。日本人学者青木正児はこう言っている、「此時呉偉業・尤侗《ゆうとう》等北曲雑劇を新作するもの少からず。是れ固《もとよ》り文人好古の癖に出づるものなるべく、広く世に行はれしには非ざる可きも、是れ単に依様葫蘆［型通り］の作に非ずして、文酒の会亦《また》稀に度曲せられし事もありつらん」(14)。小説から見ると、明代小説の主流である中編・長編章回体と短編話本体は、清代ではみな継承・発揚された。江蘇省社会科学院明清小説研究センター編『中国通俗小説総目提要』によると、清代の章回体小説は約三百四十部あり、孫楷等編『中国通俗小説書目』と胡士瑩著『話本小説概論』の統計によると、清代擬話本の専集と選集が約五十種ある。また、文言小説（唐代の伝奇体や六朝の志怪・志人体、後者は「擬晋類小説」とも称される。「擬古派」と通称されている）も復興の勢いが見える。侯忠義・袁行霈編『中国文言小説書目』によると、この類の作品集が約五百種ある。

清代散文の復興も注目に値する。清代初期には黄宗羲・顧炎武・王夫之などの学者による学術文章は「みな特立独行した志気を持っている」し、「清初三大家」と称えられる侯方域・魏禧・汪琬の文人型文章も「大いに時代的特徴を持っている」[15]。康雍乾嘉期には、桐城派と陽湖派は相次いで屹立し、その中の方苞・劉大櫆と姚鼐［号は惜抱］を代表とする桐城派が当世文章の正統と自負し、理論と創作共に大きな影響力をもったから、「天下之文章、其在桐城乎」（天下の文章、其れ桐城に在るかな）と言われた。文言を材料とする古体散文の復興と同時に、久しく衰えていた駢文体も輝いている。その代表作者には前期に陳維崧・胡天遊・毛奇齢など、中期に孔広森・杭世俊・洪亮吉・汪中・孫星衍など、後期に王闓運・李祥・孫徳謙などがいる。これらの駢文作品は当時の散文作品と「流派を並べて競いながら」、「互いに補完して世に輝いていた」から、「古文と対峙する駢文復興の景観になった」[16]。

詩歌創作は前文に述べたが、詞はどうであろうか。程千帆監修『全清詞』「順康巻」によると、順治と康熙だけで詞人が約二千一百人以上いて、詞作は五万首くらいに達した。この数字は宋詞の二・五倍である。清詞の数量は二十万首以上と推測されていて、確かに空前絶後のことであろう。また、清代の詞学流派は次々と出現した。例えば陽羨派・浙派・梅里派・西泠派・常州派・臨桂派など、それぞれ特徴を持ち、名家も多いので、宋詞と並べるに足りる。以上、清代文学の全面的な繁栄は、清人の文学伝統への全面的な継承態度によると言えるであろう。

中国文学史を顧みると、各時代は独創のスタイルを持っているが、ただ清代にはそれが見当たらない。にもかかわらず、清代を厳然として古典主義の文学時代であると言うことができる。というのは、清人は前代伝統を全面的に継承すると同時に、すべてのスタイルを融合・貫通し、本来差別が大きいスタイル、あるいは境がはっきりとした芸術流派を互いに借用、学習し、伝統文学の創造的な受容を実現したからである。

特に小説の表現は際立っている。張俊『清代小説史』の指摘したとおり、清代小説の発展に伴って「各小説流派はますます互いに浸透し、影響し合った」。例えば章回小説というスタイルは、歴史演義小説と才子佳人小説の結合、世情小説と神怪小説の合流、才子佳人小説と英雄伝奇の融合、公案小説と侠義小説の包含など、以前には別々に独立していた題材を混合し、はっきりとした境はなくなった。また文言小説では、蒲松齢の『聊斎志異』が「伝奇の手法を用いて志怪をなす」ことによって、唐代伝奇の伝統と六朝志怪の伝統を融合し、文言短篇小説の「出入幻域、頓入人間」（幻の域に出入りし、にわかに人間社会に入る）という、伝統に似て伝統とは異なる独特の風貌を作り出した。戯曲も例外ではなく、伝奇と雑劇の体制上の融合は清代後期の流行となった。郭英徳の『明清伝奇史』はいう、「伝奇と雑劇との融合は、スタイルの規範を超えることを意味し、さらにスタイルの意識が薄くなったことを現すから、清人らは伝奇と雑劇共通の『戯曲芸術』にしか注目しないで、伝奇と雑劇とのスタイル上の差異を疎かにし、さらには無視した」(17)。このような二つの劇種のスタイル混合については、音楽歌唱も状況は同じである。例えば、雅部に属する昆曲と花部に属する乱弾との混合は、「昆曲の中間部の若干のところに乱弾を入れて、昆曲演出中の単調さや沈鬱さを調節した。すると、だんだんと昆（曲）乱（弾）雑演の伝奇劇種になっていった」(18)。

清代の芸術伝統の相互融合はさらに異なるスタイルに広まった。例えば、清代初期の才子佳人小説はプロットの巧みさや描写と会話では戯曲の芸術手段を借用した。小説家の李漁が自分の小説集を『無声戯』と名付けたのは、明らかにこうした経緯なのである。逆に戯曲も小説表現の手段を借用した。例えば、清代後期伝奇の中では、少なからぬ作品が小説の叙述構造を借用して伝奇の「一人一事《いちじ》」伝統を突破し、さらに「史書紀伝体を古楽府の音節に用いた」(19)。清代の多くの文人らはいくつかのスタイルを併用できるから、自覚的にスタイルの境を超えて自由自在に操作していた。例えば呉偉業・尤侗・蔣士銓らの戯曲作品は、明らかに詩文化の傾向を持っている。郭英徳の指摘したように、「彼らはほとんど伝統詩文を作る思惟方式と表現手法を用いて戯曲である伝奇を作るが、戯曲のシナリオを作る思惟方式と表現手段で伝奇を作ることはしない。これは伝奇芸術の詩文化と言える」[20]。実際、呉偉業の長編叙事詩も、戯曲芸術を借用したことがある。銭仲聯はいう、「梅村体〔梅村すなわち呉偉業の号、「梅村体」すなわち呉偉業の七言歌行体叙事詩〕は戯曲の影響を受けた。梅村はまた戯曲家でもあり、「秣陵春伝奇」などの伝奇シナリオを作っている。明代の戯曲である伝奇「牡丹亭」や昆曲の調子の影響を少なからず受けたために、長慶体〔『白氏長慶集』・『元氏長慶集』中の「長恨歌」「琵琶行」「連昌宮詞」のような長編叙事詩を指す〕の詩風に異なっている」[21]。

上述したとおり、文学伝統の混合と貫通は、清代の文学界の特有な現象であり、こういう大規模で広範囲な伝統運用によって、清代文学の整合式集成となった。このことがわかると、清代詩を正しく、全面的に把握するのに重要な意味があるであろう。

以上述べたような文学伝統の継承と貫通に反して、清代文学は伝統を突破し、それに離反したこともある。周知のように、清代は古代社会から近代社会への転機期なので、その離反は当たり前なのであろう。絵画を例としていうと、清代初期の弘仁・髡残・原済と朱耷を代表とする反伝統の画派は「四僧」と号していて、模倣せず、既成の手法に拘《こだわ》らずに、写実から写意へと一転した。これは正統を守る「四王」(清代初期の王時敏・王鑑・王翬と王原祁を指す)画派とまったく異なる。特に原済〔石濤〕と朱耷〔八大山人〕の二人は、画壇の既成規則を大胆に突破したから、「清代大写派の泰斗となった」[22]。乾隆・嘉慶期に至って、「四僧」の反伝統精神を継承した「揚州八怪」は、さらに「四僧」を超えて、復古派に対抗している。彼らの絵画は格調に拘らず、筆致がのびやかで、強烈に写意に傾き、かつ平民的な色彩が際立っていて、新しい審美趣味を代表している。揚州画派の代表人物は、金農・鄭燮・黄慎・汪士慎・高翔・李方膺・羅聘・華嵒・高鳳翰・辺寿民などであるから、「八怪」すなわち八人に限らないのである。この中の鄭燮と金農の二人は影響がもっとも大きく、詩・書・画に秀でており、「三絶」として知られていた。これらの文人の審美意識はすでに近代の範疇に入っている。

ここで分かるのは、いわゆる伝統は、精神伝統と芸術伝統の二つの面があるということである。もし唐宋以前に伝統を突破して創造刷新するのは、主に審美趣味と芸術表現の面に集中するとするならば、古代社会から近代社会への転換および新しい文化要素の出現に伴って、後代の創造刷新は必然的に、精神伝統と芸術伝統の二つの面を含むようになる。これは誰もが背けない客観的規律である。

ここで再び文学領域に目を戻してみよう。清代小説の中には封建社会の人性［人の本性］と人生について反省する一方、伝統から離反する傾向もある。『儒林外史』と『紅楼夢』はその代表的なものである。『儒林外史』は伝統型文人を対象として、作者である呉敬梓が特有の風刺芸術を用い、人性の歪曲と堕落を驚くほど真に迫って描写した。実は伝統型文人らの人生行路を徹底的に否定している。『紅楼夢』は貴族家族の盛衰を通して、封建社会全体の徹底的崩壊や新たな人生理想の芽生えと幻滅を予示していた。これほど深く反省するまでに至って、「伝統的思想と小説手法はみな打ち破られた(23)」。清代文学におけるこうした自己反省の作品は確かに伝統に背いている。

詩歌界も同じである。「盛世」と号する乾隆朝では、復古派に対立する「性霊詩派」が出て、大きな影響があった。明末の公安派と異なっているのは、性霊派の詩人らは伝統的内容を多く受けたが、精神内含と芸術形式がみな伝統を突破した傾向を持っている。これこそ、当時の保守主義批判者から猛烈に非難されたものである。

清末に入るや、社会危機は深刻となり、梁啓超や黄遵憲などは詩界革命を呼び起こした。古人の一統天下を打ち破り、詩歌革新の新時代を拓こうとする近代文学の入口に進んでいたのである。

要するに、清代詩歌には二つの面がある。一つの面は前代伝統を整合的に集成すること、もう一つの面は新と旧、創造と保守とで対立し、争うことである。これは清代詩歌の全面目と真実の様相である。この二つの面が互いに消えたり伸びたりすることによってもたらされた古典詩学の転換こそが、清詩の中国詩歌史上における最も重要な特色なのである。いわゆる古典詩歌の終結と現代詩歌の始まりとは、この特色を指す。

清代詩歌の二つの面は複雑に交錯する状況を呈した。反伝統すなわち新しい創造刷新の面は、最初は小さくてはっきりしないが、次第に大きくなり、はっきりしてきて、最後に「五四」新文化運動［一九一九年五月四日北京で起った反帝国主義運動］につながって新文学の領域に入るようになった。

三、輝く開幕―第一段階

約三百年間の清代詩歌の沿革は、はっきりとした段階が見え、大体三つに分けられる。すなわち第一段階の順治・康熙・雍正、第二段階の乾隆・嘉慶、第三階段の道光以降である。その中の第三段階は近代とも称される。この三段階は基本的に清代の社会変化に当っているし、清代詩人らが芸術創造を終始探求した三つの異なる境界をも現わしている。

清代詩歌の第一段階である順治・康熙・雍正期は輝く開幕と言える。多くの優秀な詩人が出たし、約四百年以来の稀なる多数の優れた詩歌が造られた。この輝く業績は明代に比べて明らかな質の差異を持っているといってよい。

にもかかわらず、明末詩歌創作の後続として、清初の詩歌も明代からの過渡性を現している。明末以来の詩界には二つの伝統が存在している。一つ目は万暦年間（一五七三〜一六二〇）の公安派と竟陵派に創立され、近代的詩学の伝統を代表している。二つ目は崇禎年間（一六二八〜一六四四）の陳子龍（一六〇八〜一六四七）を代表とする雲間派によって唱えられた復古伝統である。陳子龍が明代「七子」［前七子は李夢陽・何景明など七人、後七子は李攀龍・王世貞など七人］の文学の道を提唱しているので、「七子の中興」とも称される。注目すべきなのは、清初の詩人らはあまり公安派の近代的伝統を継承しないで、ほとんど明代「七子」の復古伝統に回帰したことである。

というのは、これらの詩人らは、明末以来の社団成員あるいは社団詩人らとの仲間であるから、明末「復社」と「幾社」［ともに崇禎二年すなわち一六二九年成立］の政治態度と文学的立場を引き継いだはずである。歴史から見れば、「復社」と「幾社」の政治的立場は明代の「東林党」、文学精神は「前七子」と「後七子」より続いてきたので、明「七子」の現実に関心をもつ精神は清初の詩人らに継承される一方、明「七子」の、天下事を自己の責務と見なし、国家興亡を担うという態度も、清初の詩人らに受け入れられた。この二点は清初詩歌の創作にとって極めて重要だったと言える。

清代に入っても、古代以来の中国社会の基本性質はまだ変わらないから、重大な政治事件が起って、その影響が社会全体とすべての階層に波及した際に、伝統的士大夫の立身出世の意識体系が刺激されて作動し始め、自らその固有の文化作用を発揮するようになった。

比べてみると、明代の公安派に代表される、商品経済を土台として、市民化社会が育んだ、個人の自由を尊ぶという新しい価値要求――この文化体系は、明代万暦年間には、もとより十分人気があったが、明末に至ると、基本的にその成長の土壌を失ってしまい、後継の竟陵派さえもが、ある程度古典に転向して古今の矛盾を調和しようとした。この意味からいうと、清初詩人らの明「七子」の文学伝統に回帰しようという傾向は、十分に自然なことであるばかりか、歴史的必然なのであろう。

明代中期の「七子」派は古典回帰と時代の生活の間に一種のつながりがあるので、以前の復古潮流とは区別される。これは明代の古典主義詩学が獲得した重要な成果である。こういう精神伝統があるからこそ、復古派は清代の詩人らに継承されて、その後も枯渇せず、脈脈と流れ続けた。

芸術創作はどうであるか。清初の詩人らは前代の詩学体系を継承したかどうか。この問題について、学界では違った見方がある。

現存している詩作から見ると、清初の詩人らは大いに明人の創作手法を受け継いでいる。例えば、多くの詩人らは依然として唐詩、特に杜甫を真似ているし、遺民である詩人らの多くの詩作は明代「七子」の格調理論の影響による定式化の痕が濃く、明代「七子」と類似している。これに対して、汪国垣（一八八七～一九六六、字は辟彊）はかつて一九三〇年代にこういった、「康（熙）雍（正）である清初、明代『前七子』・『後七子』の後を継いで、その残された気風の余韻は、依然存在していた。復社・幾社に属する陳之龍・李雯（一六〇七～一六四七）らの詩作を見ると、みな奇特な情思と華麗な詞藻［言葉づかい］、声律の鏗鏘たる響きを持っていて、当時『七子の中興』と号した。この残された気風の伝播は明末遺民ないし清朝に至っても絶えなかったが、動乱の時世を念い、亡国を哀れむ気持ちが少し加わっている故に、読者は『七子』の余波とは知らなかった」[24]。銭鍾書も類似の見方を持っている[25]。

これに反して、多くの当代学者は、清初の詩人らはすでに「明七子」の束縛を抜け出して、斬新な創作の局面を拓いた、と認めている。例えば、朱則傑の『清詩史』はいう、「全体から見ると、王朝更迭によって明代から清代に入った詩人らの詩作は、大いに変化した。つまり明詩の専ら模倣することから、自ら真情を述べ現実を反映させることに変った。詩人らは、明代の復古派の『詩必盛唐』(詩は必ず盛唐なり)から、唐代全体ないしその他の各王朝にまで広げて前代の詩人を継承し、その基礎の上に立って発展させ革新して清代詩歌の特色形成に努めた」[26]。厳迪昌の『清詩史』もいう、「詩人らが非常時の時代でも冷静に反省し、それぞれ元の信奉した、あるいは批判した詩風について、やや客観的に弁別し、詳しく見る際に、明代中期以来の門戸を張る過激な情緒は、すっかり取り除けたはずである。明遺民である詩人らが全体的にこのような自己超越の芸術傾向を持っている。このことは慎重に弁別すべき詩史現象であろう。こういう自己超越の見識と勇気を持つなら、事物は進展するし、認識も昇華される。清代詩歌は本来、明代詩人らのジレンマ的歴程から抜け出して、輝かしい前景へ発展するのを謀ることができる」[27]。それでは、前述した相違している見方とでは、どちらが正しいのか。

文学史家のこの分岐は、主に問題についてのそれぞれの異なった基準と視角によると言える。まずは、清初の遺民詩人らは厖大な集団であり、その創作レベルや芸術観念は本来それぞれ違っているので、歴史の転換期に当って、それぞれの創作転換はかなりの差異があり、かつ又一定の期間もいる。つまり過渡期の特徴を現している。

次に、清初の詩歌創作は確かに変化を生じたが、徹底的な変化とは言えず、全体の変化の中の一つの段階に属する。もし近代的立場に立って清初詩歌を見たならば、このような変化は初級レベルであり、過渡期の痕がはっきりしたものである。もし詩歌史の大きな背景から見たならば、古典主義詩学の全体一致性がよりいっそう明かになる、つまり復古を尊ぶが、新たな創造ではない。しかしながら、もし元・明・清の三代古典詩学に特有の発展過程から見れば、清初詩歌の変化はかなり大きいので、質的な変化に属すると言えるであろう。

清初詩壇の変化は、主に次の二方面において具体的に現れている。

その一は、理念と意識との変化。多くの既成詩人らは「明七子」の模擬化である復古について、みな批判し反省している。これは陳子龍から始まって、清初に至って一種の共通認識となった。銭謙益（一五八二～一六六四）がその代表者である。明示すべきなのは、「共通認識」とは復古派の共通認識、すなわち「明七子」の創作精神を肯定する上での共通認識であって、明末公安派の共通認識ではないということである。言い換えれば、銭謙益を始めとする清初詩人らの「明七子」への批判は、古典主義の基本立場と範疇を超えなかったから、復古には反対しないで、ただ「明七子」の模擬式復古にだけ反対したのである。

その二は、詩歌創作の発展革新と変化。清初の相当数の優れた詩人らは類型的格調を突破して、時代の悲愴と激痛の声を発した。正に遺民詩人である帰荘（一六一三～一六七三）の言うとおり、「必小不幸而身処阨窮、大不幸而際危乱之世、然後其詩乃工也」（必ず小さな不幸たる窮困に対処し、大きな不幸たる危乱の世に遭遇して、その詩は始めて立派になる）(28)。つまり王朝の激変は詩人らに前代詩歌の格調を突破する優勢な条件を提供した。これは「明七子」らが備えなかった条件である。

さらにもう一つの状況がある。清初の詩人らは一家あるいは一代の詩歌を尊ぶという制約を突破して、初歩的に芸術表現の融合に触れた。この方面での典型的な詩人は少ないが、その優れた詩作は詩歌史上に一席を占め、かつ整合式集成の先駆となって、清代中期以降の詩歌創作の行方に深遠な影響を与えた。銭謙益と呉偉業はこういう詩人らの代表と言える。次の施閏章の「宣城体」、王士禛の「神韻体」などはみな前人の創作芸術を整合した結果であり、みな見るべき成果を得ている。

以上述べたように、清代に入って後、確かに詩壇の新紀元が拓かれた。「格調」の余波はなお存在しているが、過去の状況とは明らかに違っている。

四、創作重点の移転──第二段階

清詩は第二段階の乾隆・嘉慶期に入ってから、全体から見ると、清初の第一段階ほど輝かしくはないが、前段階の気勢が続いて、芸術上で整合と集成へと歩み始めた。第二段階の創作には次のような突出した特徴がある。

一つ目の特徴は詩作の重点が、前段階の国家政権の興隆衰亡への関心から、個人の生存状況と個人の性情に変わったことである。この変化は、清王朝の支配が安定し、社会が改めて繁栄を回復して、所謂「盛世」の局面が出現するに随って発生した。これは詩人らの自覚的選択というよりは、社会環境によって文学が影響された結果だったといってよい。

実はこの変化は康熙期の王士禛より始まった。王氏を代表とする所謂、神韻詩潮は個人の性情を表現することを主としている。もちろん、王士禛の詩作、特に前期の詩作ははっきりと明清王朝の交代と国家の大きな変化とによる、悲愴な情感をも持っているから、王氏の創作は清詩の第一段階と第二段階の特徴を兼ねている。王士禛以降の詩人らは更に自己の性情を表現する方向に変化して、創作重点の偏りが明らかに現れている。この代表としては査慎行（一六五〇～一七二七、浙江省の出身）と趙執信（一六六二～一七四四、山東省の出身、秋谷と号す）があげられる。二人の詩風はひとしく康熙前期の含蓄に富んだ穏やかなものから、暴露し言いふらすものに一変し、慎行は「少負狂名老好奇」（少《わか》くして狂名を負ひ老いて奇を好む）［査慎行「泰安州題壁」の詩句］[29]、趙執信は「大得狂名於長安」（大いに狂名を長安に得たり）［陳恭尹「観海集序」より］[30]という個性を現わした。この個性の表現に応じて、二人の詩作も主に自己一生の経歴と精神の感受性を表現している。「其要帰於自写性真、力去浮靡」（詩作の要点は自ら真性を写し、力《つと》めて浮華を除くに帰す）[31]。そしてそれぞれの様相を具えているが、互いに相似ではなく、以後の詩壇の気風を一変させた。査慎行と趙執信の二人は一南一北、次の新しい時代の到来を予告した。

確かに乾隆期にはまだ、正統儒家の教化観念に詩学を支配させようとする傾向が存在していて、性情を表現する詩歌の主潮流と対立していた。特に沈徳潜（一六七三～一七六九）の「温柔敦厚」説は「関乎人倫日用及古今成敗興壊之故者」（人倫と日用及び古今の成敗興亡に関与すること）[32]を唱えている。蔣士銓（一七二五～一七八四）の「忠孝義烈之心、温柔敦厚之旨」（忠孝義烈たる心、温柔敦厚たる旨）[33]説、翁方綱（一七三三～一八一八）の「為学必以考証為準、為詩必以肌理為準」（学問は必ず考証を基準とし、作詩は必ず肌理［肌のきめ］を基準とする）、「義理之理、即文理之理、即肌理之理也」（義理の理は、即ち文理の理、即ちまた肌理の理なり）[34]説もこれに同調している。ほかにも相当数の詩作が当時の政権を賛美し、いわゆる「盛世」を歌っているが、これらの詩論と詩作の影響はあまりなかった。というのは、役所や朝廷が政治目的のために設立した文学立場と観念、あるいは一部の仕官している詩人がやむをえずに作った官用的詩歌しかそれを代表しなかったからである。もちろん、風雅を売名や立身出世に使うような権勢家をも含めてのことである。それらは詩人らの内心から発する創作の本心ではないので、仕官している詩人らを含めて多くの詩人らの自覚的な認可を得られなかった。逆に、一個人の性情を表現する詩作観念は、乾（隆）嘉（慶）期に大いに行われ、かつ南北呼応して、人々が注目する詩壇の主題となった。

乾隆期の代表的な「浙派」詩人らを見てみよう。清初の浙江地方の遺民詩風と異なって、「浙派霊魂」と認められる厲鶚（一六九二～一七五二、樊榭と号す）は、一生困窮、「［其人孤痩枯寒、］於世事絶不諳」（世間の政治や人事などに無関心[35]）で、「夫詩、性情中事也」（詩は、性情における事なり）と公開声明をしている[36]。厲鶚の詩は「落落但話江湖情」（落落と但だ江湖の情を話す[37]）ものであり、「孤痩枯寒」を以て、詩壇で独自に標榜していた。厲鶚に続いて、「秀水派」のリーダーと号する銭載（一七〇八～一七九三）は厲鶚の詩風と明らかに異なっていて、多くの「応制詩」（皇帝や当時の政治を謳った詩）を作ったが、ほんとうに人々に味わわれて絶えず伝誦されたのは、やはり質朴で率直な、家人や友達への情感を表した私人としての詩作である。正に劉世南の『清詩流派史』が指摘したように、浙派詩は「憂生多於憂世、自賞多於諷時」（生を憂ふること世を憂ふるより多く、自ら賞すること時［世］を諷するより多し[38]）という性情化を重んじる特徴を持っている。

一貫して自ら性情を表現し、詩壇に際立っていた詩人には、また嶺南［中国南方の五嶺以南の地区、現在の広東・広西・海南の一帯］の黎簡（一七四七～一七九九）と宋湘（一七五七～一八二六）及び常州の黄景仁（一七四九～一七八三）らがいる。黎簡は出世には淡泊に対処し、「足跡不逾嶺」（足跡は嶺南を逾《こ》えず）、山水を非常に愛したので、詩作中の山水が往々にして自己の性情の表出となっている。黎簡本人がかつてこんなことを述べている、「清宵悠悠、撫我鳴琴。孰聴其曲、自惜其心」（清宵悠悠として、我が鳴琴を撫《かな》づ。孰《たれ》か其の曲を聴かん、自ら其の心を惜しむのみ）(39)。宋湘の詩は「要其磊磊落落、実従真性情坌涌而出、自成為芷湾［宋湘の号］之詩」（磊磊落落さを求めて真の性情が坌涌《ふんよう》し、自《おのず》から芷湾の詩となっている）といったものであり(40)「真の性情」は宋湘の詩作の命であった。

乾隆期でもっとも人々に愛された詩人は、やはり、一生苦労し、貧しさと病いとが相継いだ常州の黄景仁を挙げなければならない。黄氏の詩作は率直に自己の真心や傷ついた心を現わし尽くしたために、容易に読者に共鳴されることとなった。これは精神が束縛されていた乾（隆）嘉（慶）時代では極めて難しいことでる。近代作家郁達夫（一八九六〜一九四五）は黄景仁の詩集を読んでいう、「その全集を二回読んで、もっとも感動したのは、多くの飢餓や寒さを号泣する詩句以外では、やはり黄氏の落落たる孤独な態度と黄氏の一生困窮した後の短命な死であった」(41)。つまり、近代の読者も黄詩中の孤憤と不平に感動を受けていると言える。

乾（隆）嘉（慶）期で最も声望と影響が大きいのは袁枚（一七一六〜一七九七）が提唱した性霊詩潮である。銭仲聯はいう、「鴉片戦争以前、影響が大きいのは性霊派のほかに、黄仲則［黄景仁の字］といえる……性霊派は乾嘉詩風を代表している」(42)。銭鍾書も袁枚らの詩風を「乾嘉気風」(43)と称する。王英志の統計によると、乾嘉期の性霊派詩人は四十人あまりである(44)。性霊派の詩風に接近した作家を含めれば、その範囲はもっと多くなるに違いない。袁枚の弟子である韓廷秀はいう、「随園弟子半天下、提筆人人講性情」（随園の弟子は天下の詩人の半分を占め、詩作はみな性情を講じる）(45)。誇張の疑いがあるが、性霊派詩人の範囲の広さをある程度客観的に反映しているであろう。性霊派のリーダーである袁枚は自己の性情表現を最も提唱していて、次のように言う、「須知有性情、便有格律。格律不在性情外。『三百篇』半是労人思婦率意言情之事。誰為之格、誰為之律」

（須らく知るべし、性情有れば、便ち格律有り。格律は性情の外には在らず、と。『［詩経］三百篇』は半ばは是れ労人・思婦の意に率《したが》ひて情を言ふ事なり。誰か之《これ》が格を為《つく》らん、誰か之が律を為らん）(46)。つまり、詩歌格律の定式は人の性情のためであるから、性情があったら、自然にそれに応じる格律を探っていく。前人の設定した格律規範に合わないでも大丈夫であり、優れた詩作になるのを妨げることはない。逆に性情がないならば、たとえ格律がわかっても、何の効用もないであろう。袁枚は性情を詩作の最高の地位に押し上げたから、これが宋明理学を尊ぶ乾嘉時代では非常に注目されたのである。

これだけでなく、袁枚の性情説はさらに反伝統の色彩を持っている。袁枚はいう、「情所最先、莫如男女」（情と言うと、一番目は男女関係である）(47)。この見方は古典派の詩人らさえにも認められなかった。伝統的士大夫の審美観念と一致しないからである。かえって平民階層、特に市民らの審美趣味にぴったり合っている。まさに袁枚の詩学観は明末公安派から伝承してきて、明代の公安派と一脈通じているから、包容力がより増し、芸術性もより成熟したとはいえ、封建正統の文学観に対立する詩学観に属するといってよい。性霊派は清王朝を倒すという政治的企図がなく、清初の遺民詩人らとは異なって、政治に無関心であり、文字獄のような迫害を受けなかったが、封建時代の意識形態に対しては、潜在的な破壊性を具えもっている。この意味からいうと、性霊派の発起は乾嘉期の重大な文化事件であり、旧時代の中で生長してきた新しい事物と言える。

まとめていうと、乾嘉時代における、個体の生存と自己の性情への関心は、詩歌が時代と生活に密着しようとする表現なのであり、このことから、清代中期の優れた詩作は「太平盛世」の賛美という浅い程度に留まらず、さらに生活の奥深い所にまで掘り下げて、敏感に時代の生活の本質に触れつつ、新興の審美理想を表していることがわかる。

二つ目の特徴は、復古派の中に宋詩を尊ぶ強大な潮流が出現して、芸術を総合的に継承する局面がさらに広がったことである。清初早々から宋詩を学ぶ趨向がはっきり現れ、明代とは様子が違ってきた。銭謙益と黄宗羲が一番はじめに提唱し、宋琬と朱彝尊が後に続いて、康熙初期の呂留良と呉之振は『宋詩鈔』を編集して、セールスに回り、宋詩の影響を広げていった。康熙十年（一六七一）頃、当時詩壇の盟主であった王士禛が唐詩を尊ぶという初志を改めて、宋詩を提唱し始め、―中年に一度「越三唐而事両宋」（唐詩を離れて宋詩を尊ぶ）と本人が晩年に思い出している―このために詩壇の気風は変って、元・明時代に忘れられていた宋詩が清に入って改めて重視されるようになった。にもかかわらず、清代中期に比べて、清初の宋詩学習の趨勢は初歩的で深くなく、とても総合や融合にまでは及ばなかった。周知のように、王士禛本人の主体詩風は依然として唐詩を尊んで―一度宋詩を学ぶこととなったが、あとにはまた唐詩に戻ってきた―「太音希声」（『老子』第四十一章）を標榜して、『唐賢三昧集』を編成した。王士禛は詩作の各時期において総合・貫通した形跡はない。まして、王士禛の詩作は、唐詩を学んだ詩作に比べて、宋詩を学んだものは模倣の痕がかなり濃く、個性的色彩はずいぶん弱い。

実は王士禛だけではなく、清初の宋詩を学ぶ大半の詩人らはみなこの欠点がある。これについて、汪国垣はいう、「清初詩学、承嘉（靖）隆（慶）七子之後、人生厭棄之心、呂晩村、呉孟挙之倫、固嘗標挙宋詩、号召当世矣。其時作者、如査初白之規橅剣南、宋牧仲之嗣響蘇軾、徒存面貌、終鮮自得。此学宋而未能変化者也」（清初の詩学は、嘉［靖］隆［慶］七子以降、詩人らには嫌気が生まれたから、呂晩村と呉孟挙らが、嘗て宋詩を提唱して当世に呼びかけた。当時の詩作者、例えば査初白は剣南［陸游の詩詞全集『剣南詩稿』］を模倣し、宋牧仲は蘇軾を受け継いだが、ただ表面的な模倣でしかなく、終に自得することが少なかった。これは宋詩を学んだが、まだ変化できなかったものである(48)。確かにそのとおりである。本来前代詩歌への学習と吸収は一定の過程が要るが、宋詩を学び参考にした清初の詩人らにとっては始めたばかりだから、深くなく熟成しなかったはずである。ちょうどこの時、唐詩と宋詩が結び付いた痕跡を現し、個性もはっきりした銭謙益でも、依然としてより多くを杜甫から学んでいる。多くの遺民詩人らは更に唐詩を尊んでいるはずである。一言で言うと、唐詩を尊ぶのが依然として清初復古派の主流であったのであろう。

乾（隆）嘉（慶）期に入ると、宋詩を学ぶのは一つの風潮となり、影響の及ぶ範囲も広く拡大して、詩人の個性もはっきりと現れ、芸術性がアップした。浙派の厲鶚はその典型的な例である。彼は、南宋江湖派の芸術特徴を借りた上に、さらに唐詩の意境を受け入れた創作手法で、宋詩の「痩勁」（柔らかい中に剛さがある）と唐詩の「幽遠」を互いに結び付けて、本人の「孤淡」な風格を作った。全祖望（一七〇五～一七五五）はいう、厲鶚の詩は「最長于游山之什、冥捜象物、流連光景、清妙軼群。又深於言情、故其擅長尤在詞、深入南宋諸家之勝」（游山の題材に長じて、物象を深く捜し、光景に夢中になって、清妙さで群を抜いている。また言情に深いが故に、もっとも詞に長じ、南宋諸家の長所に深く分け入っている(49)）。徐世昌（一八五五～一九三九）もいう、「樊榭性情孤峭、所作幽秀絶塵思。筆出於宋人而不失唐人之格韻。故能於王（士禛）、朱（彝）尊之外、自闢蹊径」（樊榭は性情が超然と孤立し、詩作は幽美で俗気を絶っている。宋詩人を学びつつ唐詩人の格調と気韻を失わない。だから王［士禛］と朱［彝尊］の外に、自ら門戸を貼ることができた(50)）。

厲鶚に比べて、同じく浙（江）派に属する銭載（一七〇八～一七九三）は、韓愈を学ぶことを通じて蘇軾と黄庭堅を尊ぶようになり、総合的貫通的な特徴を持っている。銭鍾書はいう、「清人号能学昌黎者、前則銭籜石、後則程春海、鄭子尹」（清代詩人らの中で、韓愈を学ぶと称する者は、最初に銭籜石［銭載の号］、後に程春海と鄭子尹がいる)、「陳東浦『敦拙堂集』有『假寐』一五古、記籜石教以学昌黎、山谷両家。呉思亭『吉祥居存稿』有『書籜石斎詩集後』一五古、亦記其沈酣韓蘇、心折山谷。在当時要為与涪翁淵源不浅者」(陳東浦[すなわち陳奉兹、東浦と号す、一七二六～一七九九]『敦拙堂集』の中には五言古詩『假寐』一首があり、籜石すなわち銭載から韓昌黎と山谷すなわち黄庭堅を学ぶことを教えてくれた、と記している。呉思亭すなわち呉修[一七六四～一八二七、思亭と号す]『吉祥居存稿』には五言古詩『書籜石斎詩集後』一首があり、また銭載が韓愈と蘇軾に夢中になりつつ黄山谷をも尊んでいる、と記している。要するに銭載は涪翁[黄庭堅の晩年の号]から深く学んでいる)[51]。徐世昌の『晩晴簃詩匯』も銭載の詩について言う、「籜石論詩取径西江、去其粗豪、而出之以奥折。用意必深微、用筆必拗折、用字必古艶、力追険渋、絶去筆墨畦径」(銭載の詩論は、黄庭堅をはじめとする江西詩派を尊んでいるが、その荒々しさを取り除いて、奥深くて婉曲なものに代えた。詩の意図は細かくて深く、筆致は婉曲で、用語は古く艶やかであり、晦渋な表現を求めるから、文筆の常軌を逸している)[52]。つまり、清詩は銭載に到り、明代以来の盛唐詩風を主とした芸術風貌とは甚だ違ってきて、詩作は明らかに散文化に向かっている。そこで、清詩における宋詩の意味がはっきりと増強したと言える。

南方の浙(江)派と同時に、中原で屹立していた桐城詩派も唐詩と宋詩をともに学んでいる。姚鼐(一七三一～一八一五、出身地は安徽桐城)は桐城派の代表として、律詩、特に七律を唐詩から学びつつ、明七子をも受け継いだ。銭鍾書はいう、「正以惜抱不廃明七子、可追配『清秀李于鱗』之漁洋耳」(まさに姚鼐撰『惜抱軒全集』は明七子を尊んで、明代中期の李于鱗[李攀龍の字]『滄溟集』の清秀な詩風に引けを取らない)[53]。しかしながら、同時に、姚鼐の七律詩は語句が逞しくて、よく議論する特徴を持っているから、宋詩にも類似している。姚鼐の七古詩は明らかに蘇軾を学んでいて、散文化に傾いているし、叙述を展開しつつ情趣の起伏を生き生きと描写しているから、唐詩の風致をも兼ね持っている。徐世昌はいう、「（姚鼐）作詩亦用古文之法、七律勁気盤折、独創一格。曾文正、呉摯甫皆効其体、奉為圭臬。七古尤晶瑩華貴。晩年雖学玉局（蘇軾）、而不失唐人格韻、非簡斎、船山輩所能及也」（姚鼐の詩作は亦た古文の手法を用いて、七律詩が逞しくて婉曲で、独特なのである。曾文正［曾国藩の諡号、一八一一～一九〇三］、呉摯甫［呉汝綸の字、一八四〇～一九〇三］はともにその詩風にまねて、模範として奉った。七古詩はもっとも素晴らしい。晩年は蘇軾の詩を学んでいるが、唐詩の格調と気韻をも失わず、宋代の陳与義（簡斎と号す）や明・清の船山［王夫之、一六一九～一六九二］の能く及ぶ所ではなかった）[54]。桐城派のリーダーである姚鼐の詩論は、極めて黄庭堅を尊んでいる。本人の詩作はあまり黄詩をまねなかったが、その詩論は桐城詩派に遍く影響していた。というのは、「惜抱以後、桐城古文家能為詩者、莫不欲口喝西江。姚石甫、方植之、梅伯言、毛嶽生、以至近日之呉摯甫、姚叔節皆然」（姚鼐の後には、桐城派の詩人らはみな江西詩派を学んでいる。例えば姚石甫・方植之・梅伯言・毛嶽生ないし晩清の呉摯甫と姚叔節などである）[55]。言い換えれば、桐城詩派が黄庭堅を学ぶのは清代後期の宋詩派に大きく影響しているから、清代詩壇が本格的に宋詩を尊ぶ風気は、ここからスタートしたと言ってよい。なぜならば、本格的に唐詩を離れたのは南宋の「四霊派」（徐照の字は霊暉、徐璣の字は霊淵、翁巻の字は霊舒、趙師秀の字は霊秀）や「江湖派」（姜夔をはじめとする詩派、『江湖集』の刊行によって名付けられた）などではなく、陸游と范成大でもない。銭鍾書の言ったように、「若厲樊榭、金冬心、符幼魯輩、出入九僧、四霊、林逋、魏野、陸放翁、劉潜夫間、正方虚谷所謂『唐詩』、而非宋人之極詣也」（厲鶚・金農と符幼魯らは、宋初の「九僧」詩派と四霊詩派、及び林逋［九六七～一〇二八］、魏野［九六〇～一〇一九］、陸游、劉潜夫らに追従しているから、まさに方虚谷のいわゆる『唐詩』の遺風らしくて、宋詩人の最高の宗旨ではない）[56]。つまり、宋詩らしい詩人は宋の「九僧」

詩派や四霊詩派などではなく、蘇軾と黄庭堅、特に黄庭堅なのである。これによって清詩の歩みを計れば、清詩が宋詩を学ぶ本質がわかるようになるであろう。

　三つ目の特徴は、前述した二つ目の特徴に関わっている。清詩の創作の第二段階の詩人らは単に前人を継承して古典に帰っただけでなく、個性を現わすことによって前代詩芸の風貌に異なるものを確立しようとする。清代前期の詩歌創作を顧みると、詩人らの反省と実践は確かに明末の模倣の風潮を一掃したが、当時は主に詩歌が生活と時代に近付く問題しか考えていないから、自己の個性と独創的風格の問題は視野に入らず、前代詩芸への総合と貫通もあまり進められなかった。清代中期に入って、詩人らの観念が変わって、復古の方式に満足しないで、ある時代あるいはある有名な詩人に従わず、個性を現わす創作を求めるようになった。黎簡（一七四七～一七九九）の言ったように、「士生古人後、詎有不践跡。始則傍門戸、終自樹棨戟」（士は古人の後に生まれ、詎《なん》ぞ跡を践《ふ》まざること有らんや。始めは則ち門戸に傍《そ》ひ、終《つひ》には自ら棨戟《けいげき》を樹《た》つ［一家を構える］）［「与人論詩」（人と詩を論ず）］。本人の詩作でも新しい個性を求めて、かつてこういった、「簡也於為詩、刻意軋新響。当其跨闊歩、語亦頗倜儻」（簡や詩を為《つく》るに於《お》いて、意を刻して新響を軋《あ》ぐ。其の跨ぎて闊歩するに当りては、語も亦た頗る倜儻《てきとう》［独創的］たり）［「答同学問」（同学の問いに答ふ）］。そこで、後人は黎簡の詩作を「独往独来、不屑依傍門戸」（独り往き独り来たり、門戸に依《よ》り傍《そ》ふを屑《いさぎよ》しとせず）[57]と評価した。宋湘（一七五七～一八二六）も同じである。「説詩八首」中では、韓愈や蘇軾などを学ぶ詩人らを次のように批判した。「学韓学杜学髯蘇、自是排場与衆殊。若使自家無曲子、等閑鐃鼓与笙竽」（韓を学び杜を学び髯蘇［蘇軾］を学べば、自づと是れ排場［見栄え］衆と殊《こと》なれり。若《も》し自家をして曲子無から使《し》めば、等閑［在り来たり］たり鐃鼓と笙竽と）［「其五」］。すなわち、もう盛唐を尊ばないで、韓愈や蘇軾を学ぶことに変わったが、表《おもて》の形が世人と少し違っても、これらの詩人は個性のある創作をせず、古人に従ったままで、一生涯、前人の曲調を奏でるばかりである。そこで、宋湘は「我是何人須是我」（我は是れ何人ぞ須《もと》より是れ我なり）［「送張船山前輩」之六］と主張し、最終の目的を自己の個性を持つ詩作をすることに置いた。

この時期の「性霊派」は更に詩作の個性を現わすのを重視している。袁枚（一七一六〜一七九七）はいう、「詩宜自出機杼、不可寄人籬下。譬作大官之家奴、不如作小邑之簿尉」（詩作は布を織るように自分の手でやるべきであり、他人に追従はできない。譬えて言えば、主君の家来を務めるより、地方の小さい役所の長をしたほうがいい）(58)。袁枚は自作が唐宋以来の名詩人を超越したとは少しも妄想しなかったが、自己の独自性を持つのを誇っている。「独来独往一支藤、上下千年力不勝。若問随園詩学某、三唐両宋有誰応」（独り来たり独り往く一支の藤、上下千年力勝《た》へず。若《も》し随園詩は某《なにがし》にか学ぶと問はば、三唐両宋誰か応《こた》ふる有らん）［「遺興」其六］。随園は袁枚の別号。この詩の大意は、独自性を持っている我が詩がどの詩人を学んだのか、唐詩人も宋詩人も一人の応答者もないということである。この詩によって性霊派詩人の創作態度をはっきりと表したと言える。同時期の趙翼（一七二七〜一八一四）も「李杜詩篇万古伝、至今已覚不新鮮。江山代有才人出、各領風騒数百年」（李杜の詩篇万古に伝へ、今に至りて已は覚ゆ新鮮ならずと。江山代《よ》よ才人の出づる有りて、各おの風騒を領すること数百年なり）［「論詩」其二］と唱って、清代中期の詩人らの気魄と抱負を表した。性霊派の殿後である張問陶（一七六四〜一八一四）はさらに一歩進んで「我将用我法、独立絶推戴」（我は将に我が法を用ひ、独り立ちて推し戴くを絶たんとす）［「冬夜飲酒偶然作」（冬夜に飲酒して偶然に作る）］と提起し、また「文章体制本天生、只譲通才有性情。模宋規唐徒自苦、古人已死不須争」（文章の体制は天生に本づき、只だ通才をして性情有ら譲《し》むるのみ。宋を模《ま》ね唐に規《のっと》れば徒らに自ら苦しむのみ、古人は已に死せり須《すべか》らく争ふべからず）

［「論詩十二絶句」其十］と唱っている。要するに、この時期の優れた詩人らはすでに前代の名詩人を神様のようには仰ぎ見ないで、ようやく詩芸伝統を平等に受け入れられるようになった。こういう詩歌創作の雰囲気の中で、前人についての総合と貫通も、詩歌創作の革新と変化の意味を帯びるようになった。

さらに考察をすると、同じく宋詩を尊んでいるが、清代初期と清代中期では相当の差異がある、とわかる。つまり、初期は政治の面から、中期は芸術革新の面からそれぞれ思考と実践をしていた。例えば、宋代詩人黄庭堅について、清代初期の詩人らはあまり学ばなかった。康熙期の王士禛は黄庭堅への興味を表したが、作詩の実践で本気には真似なかった。この時期の銭謙益は宋詩を学ぶ事を主張しているが、黄庭堅から学ぶことは強く否定している。

予嘗妄謂自宋以来、学杜詩者、莫不善於黄魯直。評杜詩者、莫不善於劉辰翁。魯直之学杜也、不知杜之真脈絡、所謂前輩飛騰、余波綺麗者。而擬議其横空排奡、奇句硬語、以為得杜衣鉢、此所謂旁門小徑也。（中略）［明］弘・正之学杜者、生呑活剝、以尋撦為家当。此魯直之隔日瘧也。

敢えて言うと、宋代以来、杜［甫］詩を学ぶ者は、黄魯直［庭堅］を越える人はいなかった。杜［甫］詩を評論する者は、［南宋］劉辰翁を越える人はいなかった。しかしながら、黄氏の杜詩学習は、杜詩のほんとうの脈絡がわかっておらず、いわゆる先輩が超一流で、学習者も優れたものとなった例であろう。そして黄詩が、視野が高くて文筆が強く、句が奇抜で語彙が硬いのを目論んだのは、杜詩の風格を継いだといわれたが、実際には、まったくそうではない。［中略］明代弘治・正徳［一四八八〜一五二一］年間、杜詩を学ぶ者は、丸ごと鵜呑みにしつつ、杜詩の継承者という売名をした。これは宋代黄庭堅の杜詩学習の後遺症なのである[59]。

この批判の中で、銭謙益は黄庭堅の杜詩学習を否定すると同時に、「明七子」への悪影響としてはっきりと指摘した。清代前期の黄庭堅詩芸への否定に対して、清代中期の詩人らは黄詩を大いに尊んでいる。例えば桐城派リーダーである姚鼐の弟子方東樹は専ら文章を作って銭謙益の見方に反論している、「銭牧翁譏〔黄〕山谷為不善学杜、以為未能得杜真気脈、其言似也。但杜之真気脈、銭亦未能知耳」（銭氏が黄庭堅の杜詩学習を否定した理由は、杜詩のほんとうの気脈を得なかったためだという。しかし、杜詩の真正な気脈は、銭氏もよくわからなかったのである）[60]。同じく宋詩を尊んでいる清代前期と中期の黄庭堅への異なる評価を通じて、詩歌伝統を継承する流派を区分するのは容易ではないと気付かされるが、同時に十分に肯定すべきなのは、清代中期の詩人らが、すでに詩作の個性確立にいっそう関心を持ち始めたことである。

五、新旧両大詩歌潮流の接合

道光（一八二一～一八五〇）期に入って、清王朝の形勢に明らかな変化が生じた。長期にわたって累積された危機が顕在化し、鴉片戦争と太平天国運動の集中的な爆発に従い、清王朝の危機は日増しに深まる一方であった。この社会背景の下で性霊派の存続が難しくなり、詩壇の気風は改めて重大な転換をした。

道光期から清詩創作の第三段階、すなわち最後の大きな変化段階に入り、古典詩歌の整合式集成と革新派の伝統への変革とは詩歌史上の頂点に到った。これは中国古代詩歌の最後の輝きであると同時に、その閉幕でもあった。大体、この段階も前後二期に分けられる。前期は道光と咸豊（一八五一～一八六一）期、後期は同治（一八六一～一八七五）・光緒（一八七五～一九〇八）と宣統（一九〇九～一九一二）期である。

前期の道光・咸豊年間には、乾（隆）嘉（慶）期に性霊派の平易な詩風が流行したことに対する不満から、また宋詩を尊ぶ潮流が出現した。最初の提唱者である程恩沢と祁寯藻の二人は考証学が得意で、学術教養を重視している。その後、何紹基・鄭珍・魏源・莫友芝・欧陽磵東（紹洛）・陳沆・曾国藩らが引き継いで、宋詩を学ぶかなり大きな風潮を形成した。陳衍の『石遺室詩話』はいう、「窃謂祁文端、曾文正、潘文勤三公、皆於嘉道間樸学歇絶之余、稍興樸学。三公中祁以樸学兼能詩、曾本学詞章、晩而留心樸学。潘喜樸学而已、詞章未工」（祁文端［寯藻］・曾文正［国藩］と潘文勤の三人は、嘉［慶］道［光］年間の樸学［考証学］が絶えそうな際に、それを少し再興した。三人のなかでは、祁寯藻は樸学と作詩とができ、曾国藩は始めに修辞学、後に樸学を学んだ。潘文勤は樸学のみを好んで、修辞学はわからなかった）[61]。つまり、これらの宋詩を学ぶ詩人が創作したのは、いかにも学者らしい詩であり、乾（隆）嘉（慶）期の学問式詩風の継続なのである。にもかかわらず、道（光）咸（豊）年間のこういう宋詩を学ぶ詩派の形成には、次のような特殊な原因もある。

まずは、社会危機の詩歌創作への影響である。鴉片戦争以降、社会危機が突発して、人々はやむなく社会問題に関心をもつようになった。これにかかわって、政府の文字審査は清代前期ほど厳しくなく、詩人らは多少の詩作の自由を得た。陳衍は次のように指摘する。

道咸以前、則懾於文字之禍、吟詠所寄、大半模山範水、流連景光、即有感触、決不敢顕然露其憤懣。間借詠物詠史、以附於比興之体、蓋先輩之矩矱類然也。自今日視之、則以為古処之衣冠而已。

道［光］咸［豊］期以前には、文字禍の迫害を心配して、詩作の大半は山水風景に片寄り、社会的感慨があっても、敢えて憤懣を表さなかった。偶に詠物詠史に借りて、比況の詩を作ったが、先輩の詩作のように自粛していた。今日からそれらの詩作を見ると、古代の文物のように感じられる。(62)

龔自珍（一七九二〜一八四一）は清代前中期の詩壇に対して「天教偽体領風花、一代人才有歳差」（時局は詩題を山水風景の綺麗な文字表現にさせたために、一代の詩人の才能は時局によって格差があった）と批評している。(63)実は清代前期の「比興之体」（比況の詩作）も時局の厳しさによるものである。第三段階すなわち清代後期こそ、詩人らはようやく患難に満ちた激動の現実を大胆率直に書くことができた。唐詩に比べて宋詩は生活写実の特徴を持つので、清代後期の詩人らの尊重を得たわけである。

二つ目の特殊な原因は、宋詩を学んで詩芸上の伝統的格調を突破し、試みに個性的詩風を創立しようとすることである。この時期の宋詩派は、すでに前期の単純な宋詩模倣ではなく、中期の南宋詩人らの審美詩風へ追従するのでも、あるいは簡単に蘇軾の散文化を学ぶのでもなく、宋代詩人らが全体的に唐詩人らの格調を突破した事を学び、伝統の拘束をはなれて自家風格を造ろうとしている。言い換えれば、この時期の詩人らが宋詩を尊ぶのは目的ではなく、一種の手段として自己の詩芸を拓こうとするのである。陳衍はいう、

顧道咸以来、程春海、何子貞、曾滌生、鄭子尹先生之為詩、欲取道元和、北宋、進規開天、以得其精神結構所在、不屑貎為盛唐以称雄。

道〔光〕咸〔豊〕以来、程春海・何子貞・曾滌生と鄭子尹諸先生の詩作を顧みると、唐代元和〔八〇六～八二〇〕と北宋をアプローチとして、開元〔七一三～七四一〕と天宝〔七四二～七五六〕の詩芸に至って、その精神構造を得ようとし、盛唐詩の物真似を最高とはしなかった。(64)

つまり清代後期の詩人らは古人の既成詩芸格調による拘束を突破しようとする。これについては、当時の優れた詩人らは皆、次のような自己認識をもっていた。何紹基（一七九九～一八七三）はいう、

詩是自家做的、便要説自家的話。（中略）総要各出各意、句同意必不同。才是各人自家的話。

詩は自分で作るので、自分の話しを言う。〔中略〕結局、それぞれ個人の意思を表そうとして、詩句は同じでも、意思は必ず同じではない。これで始めて各人の自分の話しとなるのである。(65)

またいう、

顧其用力之要何在乎、曰、不俗二字尽之矣。所謂俗者、非必庸悪陋劣之甚也。同流合汚、胸無是非、或逐

時好、或傍古人。是之為俗、直起直落、独来独往、有感則通、見義則赴、是謂不俗。

それなら、作詩の要はどこにあるか、と聞くと、答えは「俗ならず（不俗）」の二文字にまとめている。いわゆる「俗なる」者は、必ずしも庸劣醜陋は甚だしくないが、悪事に合流し、胸には是非が無く、時流に追従したり、古人をまねたりする。これに反して、「俗ならざる」者は率直で独立性を持ち、感想があれば訴え、正義を発見したら、駆けつける。(66)

鄭珍（一八〇六～一八六四）もいう、「言必是我言、字是古人字。固宜多読書、猶貴養其気」（言葉は必ず我が言葉であるが、文字は古人から伝えてきたものである。そこで、多く読書をし、特に気を養うのを大切しなければならない）［「論詩示諸生時代者将至」（詩を論じ諸生に時代は将に至らんとするを示す）］。江湜（一八一八～一八六六）は更に誓いを立てて言う、「変古乃代雄、誓不為臣僕」（古代詩芸を変革すれば英傑となれる、誓って伝統詩芸の臣下にはならない）［「雪亭邀余論詩。即為韻語答之」（雪亭に余を邀《まね》きて詩を論ず。即ち韻語を為して答ふ）］。

古典型詩人としての革新を、詩作中に実践するとなれば、それは実際上、古人を貫通し、各時代詩歌の障壁を突破して、整合的集成の境界に到達することになる。具体的にいうと、宋詩学習を主として、唐詩と宋詩を兼ねて受け入れ、詩作を充実することである。このために、道光以降すなわち清代後期の詩人らは、独立不羈の面貌を獲得している。

陳衍は『石遺室詩話』において、この時期の宋詩派を次のように詳しく論じた。

前清詩学、道光以来、一大関捩。略別両派。一派為清蒼幽峭。自古詩十九首、蘇、李、陶、謝、王、孟、韋、柳以下、逮賈島、姚合、宋之陳師道、陳与義、陳傅良、趙師秀、徐照、徐璣、翁巻、厳羽、元之範梈、楊傒斯、明之鍾惺、譚元春之倫、洗錬而鎔鋳之、体会淵微、出以精思健筆。蘄水陳太初『簡字斎詩存』四巻、『白石山館手稿』一巻、字皆人人能識之字、句皆人人能造之句、積句成韻、積韻成章、遂無前人已言之意、已写之景、又皆後人欲言之意、欲写之景、当時嗣響、頗乏其人。魏黙深（源）之『清夜斎稿』稍足羽翼、而才気所溢、時出入於他派。（中略）其一派生渋奥衍。自急就章、鼓吹詞、鐃歌十八曲以下、逮韓愈、孟郊、樊宗師、盧仝、李賀、黄庭堅、薛季宣、謝翺、楊維楨、倪元璐、黄道周之倫、皆所取法、語必驚人、字忌習見。鄭子尹（珍）之『巣経巣詩鈔』為其弁冕。莫子偲足羽翼之。今日沈乙庵（曾植）、陳散原（三立）実其流派。

前清［清朝］の詩学は、道光以来、一大関捩［重要点］なり。略《ほ》ぼ両派に別る。一派は清蒼幽峭為《た》り。古詩十九首・蘇・李・陶・謝・王・孟・韋・柳自《よ》り以下、賈島・姚合に逮《およ》ぶまで、宋の陳師道・陳与義・陳傅良・趙師秀・徐照・徐璣・翁巻・厳羽・元の範梈・楊傒斯・明の鍾惺・譚元春の倫《とも》がら、洗錬して之を鎔《よう》鋳《ちゅう》［製造］し、淵微を体会［会得］して、出だすに精思健筆を以てす。蘄《き》水の陳太初の『簡字斎詩存』四巻・『白石山館手稿』一巻は、字は皆な人人の能《よ》く識る字、句は皆な人人の能く造る句なるも、句を積み韻を成し、韻を積み章を成せば、遂に前人の已に言ひたる意、已に写したるの景は無く、又た皆な後人の言はんと欲する意、写さんと欲する景にして、当時響きを嗣ぐもの、頗る其の人乏し。魏黙深（源）の『清夜斎稿』は稍ぼ羽翼［補佐］するに足るも、而れども才気の溢るる所、時に他派に出入す。（中略）其の［他の］一派は生渋奥衍［ぎこちなく奥まっている］なり。急就の章・鼓吹の詞・鐃歌十八曲自《よ》り以下、韓愈・孟郊・樊宗師・盧仝・李賀・黄庭堅・薛季宣・謝翺・楊維楨・倪元璐・黄道周の倫がらに逮ぶまで、皆な法を取る［手本とする］所、語は必ず人を驚かせ、字は習見する［見慣れる］を忌む。鄭子尹（珍）の『巣経巣詩鈔』は其の弁冕《べんべん》［トップ］為《た》り。莫子偲（友芝）は之を羽翼するに足る。今日の沈乙庵（曾植）・陳散原（三立）は実《まこと》に其の流派なり。[67]

陳衍は道光以来の詩人らを二つの流れに分けており、一つは「清蒼幽峭」（詩語は簡素であるが、意旨は深い）、もう一つは「生渋奥衍」（詩語が奇特でわかりにくい、奥義を追求している）である。当然、これは大体の区分なので、魏源のような詩風が変わった詩人はたくさんいる。にもかかわらず、どの流れに帰属している詩人も皆な共通点を持っている。つまり歴代詩芸を大幅に整合して明代詩人の規範を突破したので、いわゆる清代後期の「宋詩派」は簡単には宋詩風格の継続とはいえないようになった。

袁枚をリーダーとする乾隆期の性霊詩潮は嘉慶末に至ってすでに衰退に向かっているが、封建社会における最後の「盛んな世」で生まれた新しい審美理想の芽生えとして、その生命は死なずに、次の新しい時期で頑強に自己を表現していく。例えば嘉（慶）道（光）間の詩人である張問陶・王曇・舒位・郭麐《りん》と張際亮などは、奔放奇特な方式で自己の淪落の人生について恣意的に不平と憤りを表した。これが正に性霊派の個性と自我を唱える影響なのである。これらの詩人の中には王曇のような袁枚の弟子もいる。これらの詩人はあとの優れた詩人である龔自珍に影響した。龔自珍の詩作は清代後期における性霊詩派の精神を新しく現したといってよい。「乾嘉学派」すなわち考証学の直系としての龔自珍は、学術教養を持つのが性霊派詩人と異なっているし、一個人に限らず、一時代の運命と民族の未来全体に対して関心をもち、感慨している。いわゆる「四海変秋気、一室難為春」（四海 秋気を変ずれば、一室 春を為し難し）［「自春徂秋偶有所触、拉雑書之。漫不詮次得十五首」（春自《よ》り秋に徂《ゆ》くまで偶たま触るる所有り、拉雑に之を書す。漫《みだ》りに詮次せずして十五首を得たり）其二］。これも乾隆嘉慶期の性霊派詩人らとは異なっている。龔自珍は、封建社会の崩壊が近づいているのを予感して、大声で世人を昏睡と沈淪から呼び覚まそうとしているのである。

龔自珍は自ら「秋士多春心」（秋の士人が春の心を多く持っている(68)）と称している。「春心」とは大いに健康的な個性意識を指す。すなわち一人一人の自我覚醒なので、「童心」とも称した。龔自珍のこの「童心」は性霊派詩人らから受け取ったものである。詩人は考える、自我の覚醒こそ末世の衰亡を救う真の希望である、と。この理念は社会と人間の救済を統一していて、新時期における性霊派精神の再現と発展といえる。龔自珍の詩作は既定の規格に拘らず、唐宋詩が雑った上にさらに魏晋詩をも学んで、イメージや構造などはみな独創になり、古典詩学の枠内でできる限りの変革を尽くし、個性が鮮明な、一代の気風を開いたので、清代末期の詩壇に深遠な影響を与えた。

同治・光緒期には清王朝の危機は最も激しくなり、中華民族も死生存亡の重大な節目に至った。この状況下における詩壇には、二つの潮流が生まれた。一つは道光・咸豊期の宋詩派の道に沿いつつ、伝統詩芸の枠内で古典詩学の整合的集成を頂上に高めた。もう一つは、新しい理念の指導によって新しい詩作風格を創立しようとしている。中国古代数千年の詩歌の変遷はこの二つの潮流の合奏の中に幕を閉じた。

もし乾（隆）嘉（慶）期の詩壇の中心は主に江南地区に集中していると言えるなら、道光以降の詩壇の中心はもっと南へ移って、閩《びん》（福建省あたり）粤《えつ》（広東省あたり）贛《かん》（江西省あたり）に至った。そのほかに、湘水地区の王闓運（一八三三〜一九一六）を初めとする湖湘派も活躍している。古典派詩人というと、この時期の代表者は閩贛地域から発祥してきた同光体である。この詩派は古典詩歌の整合的集成を最もよく表したので、清代詩歌らしい面目を最も鮮明に持っている。同光体は直接に道（光）咸（豊）期の宋詩派を受け継いだから、宋詩派と見られているが、実際は創作風格が宋詩とは明らかに離れている。汪国垣は次のように指摘する。

　或有疑近代詩為宋詩者、曰、此亦但指同光体而言之者也、即指同光、亦殊不類。（中略）近代詩家、亦嘗尊宋派、而鄭、何、陳、沈、実不相犯、故不曰宋詩而曰清詩。

ある人は清代後期の同光体を宋詩派と疑っているが、実際には少しも類似していない。［中略］同光体の詩人らは、かつて宋詩を尊んでいたが、鄭［孝婿］・何［振岱］・陳［衍］・沈［曾植］などは、ほんとうに宋詩には関わっていないから、宋詩ではなく清詩というべきである。[69]

言い換えれば、清詩はこの時期まで発展してきて、自身の特徴をすでに十分に現し、ある王朝、ある時代への単方向的な模倣はしないで、はっきりと前代詩人らとは異なる独特な面目を確立した。

同光体の特徴は正に唐詩と宋詩とを兼ねて受容した点にある。これについて同光体のリーダーである陳衍は次のように説明している。「同光体者、余与蘇堪戯目同光以来、詩人不専宗盛唐者也」(同光体とは、私と蘇堪との冗談でいうと、その詩人らが専ら盛唐を尊ばない流派である)。[70] つまり同光体の詩人らは唐詩と宋詩との境を突破しつつ、唐詩と宋詩との長所を整合して、清詩らしい風格を作った。周知のように、陳衍と同光体のもう一人の重鎮詩人である沈曾植とがかつて「三元説」を提出したことがある。陳衍の『石遺室詩話』には二人の対話を次のように記録している。

蓋余謂、詩莫盛於「三元」。上元開元、中元元和、下元元祐也。君謂、三元皆外国探険家覔新世界、殖民政策開埠頭本領。故有「開天啓疆域」云云。余言、今人強分唐詩宋詩、宋人皆推本唐人詩法、力破余地耳。廬陵、宛陵、東坡、臨川、山谷、後山、放翁、誠斎、岑、高、李、杜、韓、孟、劉、白之変化也。簡斎、止斎、滄浪、四霊、王、孟、韋、柳、賈島、姚合之変化也。故開元、元和者、世所分唐宋人之枢幹也。若黙守旧説、唐以後之書不読、有日蹙国百里而已。故有「唐余逮宋興」及「強欲判唐宋」各云云。

蓋し余謂《い》はく、詩は「三元」より盛んなるは莫し。[三元とは]上元は[盛唐]開元、中元は[中唐]元和、下元は[北宋]元祐なりと。君謂はく、三元は皆な外国探険家の新世界を覔《もと》め、殖民政策の埠頭を開く本領なり。故に「天を開き疆域を啓《ひら》く」有り云云。余言はく、今人は強いて唐詩と宋詩とを分かつも、宋人は皆な唐人の詩法を推本[究め質す]して、力《つと》めて余地を破るのみ。廬陵・宛陵・東坡・臨川・山谷・後山・放翁・誠斎は、岑・高・李・杜・韓・孟・劉・白の変化なり。簡斎・止斎・滄浪・四霊は、王・孟・韋・柳・賈島・姚合の変化なり。故に開元・元和は、世の唐宋人を分かつ所の枢幹《すうあつ》[枢軸]なり。若《も》し旧説を黙守して、唐以後の書は読まざれば、日の国を蹙《せば》むること百里なる有るのみ。故に「唐の余は宋の興こるに逮ぶ」及び「強いて唐宋を判《わ》けんと欲す」有ると各おの云云。(71)

「三元説」というと、前文にふれた程恩沢や祁雋藻らの「取道元和、北宋、進規開、天」（唐代元和と北宋をアプローチとして、開元と天宝の詩芸に至る）という主張に触れなくてはならない。もちろん、後の沈曾植は「元祐、元和、元嘉」（北宋元祐年間―一〇八六～一〇九四、唐代元和年間―八〇六～八二〇、南朝宋元嘉年間―四二四～四五三）の「三元説」をも提出、清詩の学習範囲をさらに南朝にまで拡大した。二つの「三元説」はもとより異なっているが、前代詩芸を整合する意思はまったく同じである。同光体詩人らの「三元説」すなわち「唐代開元と元和及び北宋元祐」説は、目標がいっそう明確になっている。つまり古代詩芸の整合を通じて清詩らしい風格を作ろうとする。清詩が同光体の時期にまで発展して、詩人らの自己の面目確立の願望はかつて無いほど強くなっている。前文に引用した陳衍と沈曾植との対話の中には、「覓新世界」（新しい世界を探す）、「開埠頭」（港を開く）説があり、つまりこの二人が宋詩を重視するのは、正に宋詩人らが唐詩の余地を突破し、唐詩人らの詩芸にこだわらないからである。これは大いに同光体の詩人らにヒントを与えてくれた。陳衍はかつて宋詩人の革新方法を深く研究し、その成功の経験を三つにまとめている。すなわち「大略浅意深一層説、直意曲一層説、正意反一層側一層説」（大雑把な浅い意思をよりいっそう深く、率直な意思をよりいっそう婉曲に、正面の意思をよりいっそう反転させて表す）[72]。同光体の詩人である陳宝琛・鄭孝婿・沈曾植・陳衍・陳三立と陳曾寿らはこの三つの創作ルートに沿いつつ、元と明代以来の古典派の格調と理念を突破し、多くの前代詩人らに学び、唐詩と宋詩との風格をともに受容して、自己の独特な詩風を形成した。

同光体詩人らの詩芸特徴をまとめていうと、イメージ、言葉遣い、句式、章法の、四つの面で古典詩学を多元的に整合、宋詩の剛健さと理致を学んで、唐詩の情韻と興象を改造、「情景理致、同冶一爐」（情景と理致とが、よく融合した）[73]。これは清詩の優れた整合的集成である。これによって汪国垣は「清詩之有面目可識者、当在近代」（清詩の清詩らしい面目が、近代すなわち清代後期に形成された）[74]と指摘している。他方、同光体詩人らの突破と発展には次のような制限もある。すなわち古典詩の内在効能を最大限に活かした結果、更なる展開の余地がなくなり、さらに詩人らの高雅な詩作態度も明らかに同光体の突破と発展を制限した。

清代後期の別の一大潮流は、詩作理念においては迅速に近代化に向かう社会情勢に近付き、詩人らは政治上の革新派を主として、文学と政治改革とを密切に結合していた。「変法自強」（法を変えて自らを強くする）の現実に応じることや、一歩一歩世界的新生活に向かって歩む局面を反映するために、嶺南（広東、広西と海南あたり）地区の詩人ら—黄遵憲・康有為・梁啓超・譚嗣同・蔣智由・夏曾佑と丘逢甲などは「詩界革命」の主張を提出した。これらの詩人は古典派の伝統的詩学規範を守ることに不満をもち、文学観念の更新において現存の伝統を突破し、斬新な詩歌理念を拓こうとしていた。

いわゆる「詩界革命」は、梁啓超の『ハワイ遊記』中の話を借りていうと、「第一要新意境、第二要新語句、而又須以古人之風格入之」（第一は新しい意趣、第二は新しい語句が要る、そして必ず古人の風格によって作る）[75]。事実上、この詩派の文学革命は古典詩歌と完全には離れず、ほとんど伝統詩学の範囲内に限られていたから、「旧瓶装新酒」（もとの古い瓶に新しい酒を容れる）と批判された。にもかかわらず、この詩派は新しい事物を表現し、社会変革に参与し、詩人の社会的責任を担うことを強調、詩人の個性をも重視していた。つまり生活態度からいうと、革命派は同光体詩人らよりもっと積極的であったと言える。同光体詩人らの中には社会変革に積極的に参与した人数が少なくなかったが、「戊戌変法」が失敗した後、多くの詩人は意気消沈して遁世に走り、意識の上からも、伝統的士大夫の基本的立場を未だ突破できなかった。

同光体詩人らの保守性に対して、「詩界革命」すなわち新派詩人も新しい語彙ないし流行の口語を用いて当代生活に密着しようとした。黄遵憲はいう、「我手写我口、古豈能拘牽。即今流俗語、我若登簡編、五千年後人、驚為古斕斑」（わが手わが口を写し、自分のすきな言葉で書く。即今《いま》の流行語をもって、我れ若《も》し簡編［文書］に登《のぼ》せば、五千年後の人、驚いて古斕斑［まだら模様］となさん）[76]。新派詩人の主将として黄遵憲がすでに新詩の入口に至ったと感じられる。よくいわれるように、言語芸術としての詩歌の変革は言語の更新が最も重要なのであるが、黄遵憲の詩作ではあまりうまく行かなかった。彼の長編詩作は構造が広く、天馬空を行くように自由自在に振る舞って、古代詩芸を突破したところがあるが、言葉の構造は基本的な伝統形式なので、前文に引用した「わが手わが口を写す」のような革新的主張を実現できなかった。康有為・梁啓超と丘逢甲なども同じである。新しい語彙を多く使用するのは誠に言語面での新しい試みだが、新派詩の意境に関わる真の創造は多くなかった。梁啓超がかつて『飲氷室詩話』で批判したとおり、「吾党近好言詩界革命。雖然、若以堆積満紙新名詞為革命、是又満州政府変法維新之類也」（わが党は近頃よく詩界革命を言うが、もし新しい名詞を文章の中に積み重ねるのを革命としたら、これでは清政府のいわゆる変法維新と同類になってしまうであろう）[77]。新派詩人らの優秀な詩作は、逆にやはり伝統的な要素が濃く、その中で彼らも伝統の総合的精錬を行い、さらに龔自珍への追従と継承の姿勢を示している。

まとめていうと、古典派の詩作とは異なって、新派詩人らの創作は古今雑多、雅俗共存の特徴を現わしている。芸術的には同光体詩人らほど水準が高くなく、境界創造および古今融合の方面で足りない所が多くて、詩界革命も徹底できなかった。がしかし、新派詩人らは中国近世詩歌史上の先行的な革新者、中国文学革命の先駆者である。彼らの主張と実践は二十世紀中国新文学の創始に対して、重要な先導的役割を果している。まさに彼らは中国の伝統詩歌と新詩の間の掛け橋であるといえよう。

注

（1）焦循『易余籥録』巻十五、『叢書集成続編』二九冊［清・光諸中期の李盛鐸『木犀軒叢書』本］、新文豊出版公司、一九八九年、三六九頁。
（2）王紹曾主編『清史稿芸文志拾遺』、中華書局、二〇〇〇年、参考。
（3）袁行雲『清人詩集叙録』、文化芸術出版社、一九九四年、参照。
（4）楊鐮『元詩史』、人民文学出版社、二〇〇三年、および陳書録『明代詩文的演変』、江蘇教育出版社、一九九六年、参照。
（5）沈徳潜『清詩別裁集』巻三十、上海古籍出版社、一九八四年、一二五五頁。
（6）陳邦彦を指す。朱彝尊『静志居詩話』巻二十一、人民文学出版社（上下）、一九九八年、六四〇頁を見よ。
（7）袁枚「童二樹詩序」、『小倉山房文集』巻二十八、上海古籍出版社、一九八八年、一七六一頁。王英志主編『袁枚全集』（全八冊）、江蘇古籍出版社、一九九三年、四九三頁。
（8）厳迪昌『清詩史』、浙江古籍出版社、二〇〇二年、四頁。人民文学出版社（上）、二〇一一年、四頁。
（9）銭仲聯「清詩三百首・前言」、『清詩三百首』、岳麓書社、一九八五年、三頁。
（10）范文瀾「中国経学史的演変」、『范文瀾歴史論文選集』、中国社会科学出版社、一九七九年、二九九頁。
（11）梁啓超『梁啓超論清学史二種』、復旦大学出版社、一九八五年、一〇六頁。
（12）梁啓超『梁啓超論清学史二種』一〇八頁。
（13）郭英徳『明清伝奇史』、江蘇古籍出版社、一九九九年、参照。人民文学出版社、二〇一二年。
（14）青木正児『青木正児全集』巻三、春秋社、一九七二年、一四八頁。
（15）郭預衡『中国散文簡史』、北京師範大学出版社、一九九四年、五六七頁。
（16）唐富齢『明清文学史・清代巻』、武漢大学出版社、一九九一年、四〇九頁。

(17) 郭英徳『明清伝奇史』六二二頁。人民文学出版社、二〇一二年、七二六頁。
(18) 郭英徳『明清伝奇史』六三四頁。人民文学出版社、七四〇頁。
(19)『鉛山県志』[全六冊の三冊] 巻十五「蔣士銓伝」、同治［十二年］刻本。成文出版社、一九八九年。
(20) 郭英徳『明清伝奇史』五四九頁。人民文学出版社、六三九頁。
(21)『銭仲聯講論清詩』、蘇州大学出版社、二〇〇四年、二二頁。
(22) 潘天寿『中国絵画史』、上海人民美術出版社、一九八三年、二五六頁。
(23) 魯迅『中国小説的歴史的変遷』、『魯迅全集』第九冊、人民文学出版社、一九八一年、三三八頁。
(24) 汪辟疆『汪辟疆説近代詩』、上海古籍出版社、二〇〇一年、二頁。
(25) 銭鍾書『談芸録』、中華書局、一九八四年、一〇九頁を参照。
(26) 朱則傑『清詩史』、江蘇古籍出版社、一九九二年、六頁。
(27) 厳迪昌『清詩史』、浙江古籍出版社、六五頁。人民文学出版社、六一頁。
(28) 帰荘「呉余常詩稿序」、『帰荘集』(上) 巻三、上海古籍出版社、一九八四年、一八二、一八三頁。
(29) 査慎行『敬業堂詩集』巻三十四、『四部備要』集部。四部叢刊初編。
(30) 李森文編『趙執信年譜』、斉魯書社、一九八八年、四二頁。
(31) 李森文編『趙執信年譜』四二頁。
(32) 沈徳潜『清詩別裁集』凡例、上海古籍出版社、一九八九年、二頁。
(33) 蔣士銓「鍾叔梧秀才詩序」、『忠雅堂集校箋』、上海古籍出版社、一九九三年、二〇一三頁。
(34) 翁方綱「志言集序」、『復初斎文集』巻四、光緒三年刻本。続修四庫全書一四五五冊。
(35) 全祖望「厲樊榭墓碣銘」、『全祖望集彙校集注』巻三、上海古籍出版社、二〇〇〇年、三六四頁。[『鮚琦亭集』巻二十、文海出版社、一九八八年、三九一頁。]

（36）厲鶚「葉筠客畳翠詩編序」、『樊榭山房集』、上海古籍出版社、一九九二年、七四三頁。
（37）厲鶚「月夜唐棲舟中同謝山作」、『樊榭山房集』一四四五頁。
（38）劉世南『清詩流派史』、文津出版社、一九九五年、三一五頁。
（39）張維屛『聴松廬詩話』、『国朝詩人徴略』、中山大学出版社、二〇〇四年、六七二頁。
（40）劉彬華『玉壺山房詩話』に『紅杏山房集』より引く、中山大学出版社、一九八八年、三八〇頁。〔『嶺南群雅』引『玉壺山房詩話』、『広州大典』四九六、集部五七輯第一七冊、二九〇頁。広州出版社、二〇一五年。〕
（41）郁達夫「関於黄仲則」、『郁達夫文集』第六冊、花城出版社、一九八三年、一一三頁。呉秀明主編『郁達夫全集』、浙江大学出版社、二〇〇七年。
（42）銭仲聯『銭仲聯講論清詩』六六頁。
（43）銭鍾書『談芸録』一八三頁。
（44）王英志『袁枚暨性霊派詩伝』、吉林人民出版社、二〇〇〇年、三頁。
（45）袁枚『随園詩話』補遺巻八、崑崙出版社、二〇〇一年、一五二五頁。人民文学出版社、一九六〇年、九八六頁。
（46）袁枚『随園詩話』巻一、崑崙出版社、二〇〇一年、四頁。
（47）袁枚「答蕺園論詩書」、『小倉山房詩文集』巻三十、上海古籍出版社、一九八八年、一八〇二頁。
（48）汪辟彊『汪辟彊説近代詩』十二頁。
（49）全祖望「厲樊榭墓碣銘」、『全祖望集彙校集注』三六四頁。
（50）徐世昌編『晩晴簃詩匯』巻六十、中国書店、一九八八年、一四八頁。三聯書店、一九八九年、（上）四五九頁。
（51）銭鍾書『談芸録』一七五～一七七頁。
（52）徐世昌編『晩晴簃詩匯』巻八十一、中国書店、四六七頁。三聯書店、（上）六〇七頁。
（53）銭鍾書『談芸録』一四六頁。

（54）徐世昌編『晩晴簃詩匯』巻九十一、中国書店、六一五頁。三聯書店、（上）六七五頁。
（55）銭鍾書『談芸録』一四六頁。
（56）銭鍾書『談芸録』一四一頁。
（57）徐世昌編『晩晴簃詩匯』巻一百七、中国書店、一〇九頁。三聯書店、（上）八〇〇頁。
（58）袁枚「答王夢楼侍講」、『袁枚全集』第五冊『小倉山房尺牘』巻三、江蘇古籍出版社、一九九三年、六三頁。
（59）銭謙益「読杜小箋」上、『銭牧斎全集』初学集、巻一百六、上海古籍出版社、二〇〇三年、二一五三頁。
（60）方東樹『昭昧詹言』巻八、人民文学出版社、一九六一年、二一〇頁。
（61）陳衍『石遺室詩話』巻十六、『民国詩話叢編』第一冊、上海書店出版社、二〇〇二年、二三四頁。
（62）陳衍「小草堂詩集叙」、『陳石遺集』、福建人民出版社、二〇〇一年、六八四、六八五頁。
（63）龔自珍「歌筵有乞書扇者」、『龔自珍全集』［九輯］、上海人民出版社、一九七五年、四九〇頁。
（64）陳衍『石遺室詩話』巻二十、『民国詩話叢編』第一冊、二九三頁。
（65）何紹基「与汪菊士論詩」、『東洲草堂文鈔』巻五、同治六年、長沙刻本。続修四庫全書一五二九冊。
（66）何紹基「使黔艸自序」、『東洲草堂文鈔』巻三。
（67）陳衍『石遺室詩話』巻三、『民国詩話叢編』第一冊、四七、四八頁。
（68）龔自珍「秋夜花游」、『龔自珍全集』九輯、四九五頁。
（69）汪辟疆『汪辟疆説近代詩』十二、十四頁。
（70）陳衍『石遺室詩話』巻一、『民国詩話叢編』第一冊、十八頁。
（71）陳衍『石遺室詩話』巻一、『民国詩話叢編』第一冊、二一頁。
（72）陳衍『石遺室詩話』巻十六、『民国詩話叢編』第一冊、二三〇頁。
（73）汪辟疆『汪辟疆説近代詩』二七頁。

(74) 汪辟疆『汪辟疆説近代詩』九頁

(75) 梁啓超「夏威夷遊記」、『中国文論選』近代巻下、江蘇文芸出版社、一九九六年、二八六頁。

(76) 黄遵憲「雑感」、銭仲聯箋注『人境廬詩草箋注』、上海古籍出版社、一九八一年、四二〜四三頁。

(77) 梁啓超『飲氷室詩話』、人民文学出版社、一九八二年、五一頁。

第九章　現代中国における「新詩」運動

中国現代詩歌は二十世紀の中国文学の主要な一部分を占めており、二十世紀の中国文学とは伝統から現代へと変革していった時代の文学である。このような歴史変革に対して文学史研究では様々な見解が提出されてきた。たとえば、これを新民主主義文学と捉えるものもいれば、帝国主義・封建主義反対の文学と捉えるものもいる。ジョン・キング・フェアバンク（費正清）氏主編の『ケンブリッジ中華民国史（剣橋中華民国史）』の中国語版が出版されて以降、レオ・リー（李欧梵）氏の提唱した「現代性の追求」という文学的立場が様々な学者に支持されることとなった。近年、メディアと交流関係の変化の立場から厳家炎氏が、「いわゆる中国現代文学史とは、主として白話文で書かれて、現代的特徴とゲーテやマルクスがいう「世界的文学」とも似通った性質を備えており、ここ百二十年来の中国文学の歴史のことである」と明確な見解を述べている。換言すれば、中国現代文学と古典文学の内実は、次の三つの点において相違している。第一に主として白話文で構成されており、文言文ではないこと。第二に現代性を顕著に窺うことが出来、しかもこの現代性というのは民族性とも通じ合っていること。第三にその文学的背景は世界文学と相互に交渉していることである(1)。

厳家炎氏が注目したのは、一つには言語の変化であり、もう一つは文学の場としての中国と世界の関係における変化である。この着眼点は文学史研究が思想史研究の枠から解放された歴史的進展を現している。またこれは朱自清が早くから『中国新文学大系』詩集・導言において、「啓蒙期において中国新詩人達が力を尽くした痕跡は、如何に伝統の束縛から解放され、如何に新しい言語を学び、如何に新しい世界を見つけ出すかなどの点に窺える」と述べていたのとも呼応していると言える。(2)

一、二十世紀初期の中国の「新詩」運動

中国詩歌の伝統的な想像方式と文学ジャンルを変革した二十世紀の中国現代詩歌は、歴史的慣例に従えば、中国新詩と称するものである。しかし、「新」という言葉は近現代の中国語からいえば、名詞的性質もあれば、心理的意味としての動詞とも取ることが出来る。「新詩」という名称の由来は、清末の黄遵憲らが提唱した「詩界革命」まで遡れる。黄遵憲は若い頃に既に「別創詩界之論」(3)を表している。丘逢甲も「新築詩中大舞台」(4)という主張を提出している。また梁啓超は『飲氷室詩話』において、「新詩」という名詞を直接使用したことがあり、「蓋当時所謂新詩者、頗喜撏撦新名詞、以自表異」(思うに当時のいわゆる新詩とは、しばしば新しい名詞を愛用することで、独自性を強調するものである)と述べている。もっとも、ここにおける「新詩」は、まだ五四運動の後に普及した「新詩」の概念とは異なっており、当時の「新派詩」の別の言い方に過ぎない。その性質から言えば、ただ伝統的な中国詩歌を「改良」しただけで、その後に新たに「革命」的に出現したもの

ではない。かつての、梁啓超らの「古い風格を保ちながら新たな境地に至っている」[5]という主張にしても、また、南社の柳亜子らの「思想的革新」[6]の主張にしても、本質的には同様で徹底されておらず、ただ「撏撦新名詞，以自表異」（しばしば新しい名詞を愛用することで、独自性を強調した）という程度の「革命」に過ぎない。勿論、こういった革命にも意義はあって、これは二十世紀に起こった中国詩歌革命と文学革命の前触れと言えるであろう。

清末の戊戌の変法を主張した同志達が、実践面においても理論面においても「新詩」運動の開拓者である。彼らはいち早く自由な発想を束縛する文言文、及びそれとイデオロギー権力構造との関係性を見抜いており、自覚的に、あるいは非自覚的にであれ、文学に「白話」を取り入れることで、国民を啓蒙するための道具にした。この大変革の時代はまた大いに言語変革を呼びかけた時代でもあり、言語変革における重要な主張は、殆どこの時代に提出されていたのである。例えば、口語を基礎とした「新文体」の創立、全国各地で推進された「言文一致」、中国語のローマ字表記の試みなどがそれである。またよく知られている厳復や林紓の翻訳活動、梁啓超の政論、及び、様々な小説なども、凡そ言語変革と関連している。とりわけ伝播メディアの変化は顕著な動向であり、たとえば、一八七六年に上海申報館は、「字句すべて日常の会話文」で構成された『民報』を発行した。一八九七年に章伯初・章伯和らが文芸性に富む『演義白話報』を編集した。一八九八年に裘廷梁は『無錫白話報』（第五期から『中国官音白話報』と改名）を創刊した。さらに裘廷梁は同年において「論白話為維新之本」という理知的な文章を発表した通りである。

詩歌変革の先駆者の中で最も注目すべきは黄遵憲であろう。この「人境廬」の主人は、既に一八八七年に『日本国志』において、「話し言葉が文字を離れれば、即ち文章に通じる者が少なく、話し言葉と文字が一致していれば、即ち文章に通じる者が多くなる」(7)と述べている。詩歌の創作において、伝統的な詩歌における高潔的かつ自画自賛的、しかも自己中心的な小さな世界に陥るという癖害を打ち破って、「詩の外に事があり、詩の中には人があり」という創作領域にまで到達しなければならない。なお、ここにいう「詩の外に事があり、詩の中には人があり」とは、詩歌の創作は現実生活と結びつけながら、個々の独自性を出さなければならないということである。換言すれば、題材や雅俗を問わず、方法や技巧も様々な方面から取り入れるのが良い。すなわち、「人境」の境地の作品であれば、「我が詩である」となるのである。黄遵憲の詩は、当時の「新派詩」の代表である。このような作品の追求は、従来の意味における詩歌美学ではなく、詩歌の現代性に作用するものである。その創作は、伝統的詩歌の山林や廟堂から、賑やかな人間世界に移行させて、詩文の「今に適用し、俗に通じる」ことの重要性を提唱している。黄遵憲の『日本雑事詩』は「中華以外の所を吟ずる」ということになる。そこでは、異国の政治や風物、また民俗などを記しており、彼の『日本国志』の一つの補足となる。そして、黄遵憲の『人境廬詩草』については、多くの人々に近代中国社会の「詩史」と称されている通りである。

当然ながら、黄遵憲の詩歌作品は、根本的には社会と文学の転換期における過渡的創作であり、矛盾に満ちた創作でもある。こういった未成熟かつ矛盾を孕んだ作品に対しては、銭鍾書らが提唱した新しい名詞と「性理」、古い風格と新しい内容といった矛盾もあれば、古いイメージと現代的な生活、口語と古い形式といった矛盾も抱えている。その最も顕著な矛盾として挙がるのは、一方で「自己の思いをそのまま写し、従来の形式に拘るべきではない」と述べ、その一方では従来の詩歌の伝統的形式を踏襲していた点である。そうであるとはいえ、このような実践に生じる矛盾こそ、黄遵憲に根本的な詩学問題を考えさせる契機となったのである。

そして、黄遵憲は、大きく次の三つの主張を提唱した。第一に言語と文語が統一されていない矛盾であり、その解決に有効な方法として言語と文章の一致を追求することである。「今に適用し、俗に通じる」という意向に従って、常に新しい言葉と文体を作らなければならない。第二に、題材の革新を求めて、「古きを捨てて、近きを取り入れる」と主張するとともに、従来の詩形に拘らない方法を構想していく。それは、詩歌の革新を追求するために、豊かな説唱と歌謡文学の中にヒントを得て、蘇州の弾詞、広東の粤謳といった芸能までも斟酌しながら、三文字、或いは九文字、七文字、或いは五文字、また或いは長短句、その中から新しい詩体を探り出すべきことを主張した。第三に、詩人として長期的な創作実践を行い、詩歌の芸術の規則を理会しなければならず、詩歌の伝統的な弊害や、詩歌革新の方向についても、一般の人に比べてより一層把握した上で、文化と詩歌革新の規則を尊重すべきであると主張したのである。こうした方面において最も代表的なのは、一九〇二年の詩界・文学界で、黄遵憲の革命のスローガンがもてはやされていた際において、文学は「革命無くして維新あり」という観点を堅持したことである。黄遵憲はこの点においては厳復の「文学界に革命無し」という保守的思想を明確に切り離したのみならず、梁啓超の急進的・社会化的な文学観点とも相違している。黄遵憲は古典詩に抵抗し、「別に詩界を創る」と主張をして、「新派詩」を提唱した。詩歌の実生活との密接な関係性を強調し、詩歌の「世界を左右する力」を望んでいたのである。黄遵憲の詩歌の立場は終始一貫しており、自覚的に現実世界における形而下の物質性を取り入れることで、古典詩の形式重視を打ち破ろうとしており、社会的・政治的なニーズを詩歌に反映させることはなかった。黄遵憲の「革命無くして維新あり」という文学観は、実のところ、文学と現実世界の有機的な連関が意識されており、また、文学それ自体の歴史も考慮していて、一種の文学の規則を尊重した革新的な主張と言えるであろう。

黄遵憲をはじめとする改革者達が明らかにした危機と逆説的真理こそが、胡適に文学革命の「新しい潮流の到来はもう止めることができない」[8]と意識させたのである。また胡適は「思想的にも新たな根本的覚悟が必要であると自覚した……中国文学史はただ文字形式（道具）の更新の歴史に過ぎず、生きた文学が死んだ文学に取って代わるばかりの歴史である。文学の使命は、その時代の生きた道具として、その時代の感情や思想を表すことである。しかし、その道具が使用しづらくなったならば、常に新しく活きたものに取り変えられていかなければならない。これがいわゆる『文学革命』である」[9]と述べ、しかも明確に「具体案として、口語で文章・詩歌・戯曲を創作する」[10]との見解を示した。こうして「白話詩運動」が生まれてきた。白話詩運動とは清末に起きた「詩界革命」の延長であり、五四「新詩」運動の発端でもある。それは清末の詩歌変革との区別として、一つには明確に「白話」を表現の媒介とすること、もう一つは、「維新」を捨てて、「革命」を主張することである。従って、急進的と捉えられ、さらに大きな論争を引き起こしたのである。

白話で詩を作れるか否か、或いはどのように白話で詩を作るか、これは当時しばしば議論された問題である。これについては今日でもなお詳細な分析を要するものであり、中国現代詩歌の創作の試みと併せて考えることで、更に議論を加えることが出来るであろう。ここでまず指摘すべきは、胡適の白話文・白話詩運動が、清末の文学改革の風潮とも相違して、社会的影響力とその実践の現実味が備わっていたという点である。それは、清末以来の社会変革、及び文学変革の両者への期待が同一線上にあったということ、さらには有効な「見解」と「具体案」を見つけたからである。胡適は「死んだ文字からは如何にしても生きた文学は生まれない。生きた文学を作るならば生きた道具がなくてはならない。これまでの白話小説・詞曲などにおいても白話こそが、中国の生きた文学道具に相応しいことを証明している。我々はまずこの道具を重視して、中国文学の道具として普遍的に認められるようにして、死にかけた、あるいは完全に死んでしまった古臭い道具を完全に取り替えなければならない」[11]。また「まず、文字の体裁を大いに解放してこそ、新たな思想や精神を運輸（伝達）し得るであろう」[12]と述べている。ここにおける「死んだ文字」と「生きた文学」の問題は、「道具」と「運輸」に喩えたものであり、単なる理論と言語の問題、あるいは文学の問題の中ばかりに答えを追求すべきでないことに自覚的であったのであろう。当時の文学が活力を欠くという問題は、黄遵憲が主張していた「話し言葉が文字を離れれば、即ち文章に通じる者が少なく、話し言葉と文字が一致していれば、即ち文章に通じる者が多くなる」という問題だけに止まらない。また、梁啓超のいわゆる古い風格を保ちながら「新たな境地」に至っているという問題でもない（全く無関係ではないが）。その言語と表現の方式は、民族の歴史と文化、遊戯と娯楽、信仰と偏見の問題にも関わってくるであろう。この点から考えれば、胡適の言語本質に対する理解の程度に関わらず、彼が言語と文体から着手しようとした改革案は、その問題の本質に突き当たっていたと言えるであろう。言語、即ち存在という事実は、チョムスキーの観点から見れば、ある種の「心智状態」(mentalstate)である[13]。

現在、胡適の『嘗試集』と『分類白話詩選』などを読み返してみると、読み手に一種の強い印象を与えるであろう。一九二〇年以前の白話詩の主な成果は、詩作それ自体ではなく、強烈に現代性を追及する意識の支配下で、白話文運動の一部分として言語革命に対する貢献にある。胡適の文学革命の核心的な内容は、「素朴な表現を以て、修飾的文章の弊害を救う」[14]ことである。しかし、彼の具体的な方途は、「作文のように作詩している」[15]に過ぎない。胡適の白話詩創作の試みの過程を見てみると、この「作文のように作詩している」の初期から、既に「修飾的表現を故意に避けない文字」と「文章の内容が充実している」という二つの側面が含まれていた。つまり、大量の白話と事柄・道理を詩歌に取り入れることである。彼が最も早くに賞賛した白話詩の試作は、楊杏仏の「寄胡明復」詩と、趙元任がそれを唱和した詩で、主として五言形式の叙事詩である。それは朱経農に「作詩は手紙を書くように、下書きもせず韻を調べることも無し」と称されたような伝統詩歌形式の散文である。そして、胡適の白話詩の処女作の「梅覲荘に答える――白話詩」は、改行を取り入れた議論文となっている。次はその中の一節である。

梅さんは愚痴をこぼす。胡さんはゲラゲラ笑う。
「どうか気持ちを落ち着けて、これは何の論調か。
文字に古今の区別は無いが、死んだものと生きたものがある。
古人は『欲』と言うが、今の人は『要』と言う。
古人は『至』と言うが、今の人は『来』と言う。
古人は『溺』と言うが、今の人は『尿』と言う。
もともとは同じ意味だが、発音が少し変わった。
雅俗の問題もなく、何であれこれ議論するものか。
古人は『字』と言うが、今の人は『号』と言い、
古人は首つり自殺を『懸梁』と、今の人は『上吊』と言うのに至っては、
古い称がよくないわけではなく、今の称も悪いということではないだろう。
また古人は『輿』に乗って、今人は『轎』に座り、

古人は髪を結って幘を束ねるが、今の人はただ帽子を被るに至っては、昔になかったものを後人が創造したものだ。もし無理矢理に『帽』を『巾』と、『轎』を『輿』と呼べば、張の帽子を李に被せて、虎を指して豹と呼ぶということと何が異なるものか。……[16]」

実際、白話詩の試作時期は、白話それ自体を中心とするもので、詩であることを主眼に据えるものではなかった。当時、最も作品数が多く、影響力の強い詩人は、胡適と康白情であった。彼らの主な功績は口語を詩歌に取り入れたことであるが、形式的には、伝統的な形式をそのまま踏襲したものであった。胡適は過剰なまでに「大伝統」の律詩と詞の形式を利用しており、康白情は民間の「小伝統」の謡曲の形式を採用していた。これはまだ「道具」の新奇さはあるが、形式的に真新しさはなく、「新詩」の境地まで到達していない[17]。このように考えられるのは、当時の白話詩の「原則」に合致しているためである。つまり、「白話詩の『原則』は、『単純』で『粉飾的』ではなく、『遊戯的』でもない。『真実』を重んじ、『虚構』ではない。『自然』で、『わざとらしく振る舞う』ものでもない[18]」。この三つの原則と関係するものはすべて言語と内容のことで、形式ではない。

「新詩」と白話詩の相違は、まさに形式上の新奇さにある。「新詩」は言うまでもなく白話で構成されているが、白話詩のように伝統的な形式を打ち破ることなく、「詩体の大解放」こそ――新詩の「地位」の確立と「紀元」なのである[19]。実際、胡適が「新詩運動は一種の詩体大解放と言える」と判断した前後において、多くの人々は、「新体詩」とも称していた[20]。従って、「詩の創作と批評の基準[21]」とされる胡適の「談新詩」においては、「新詩とは、五言七言の詩体を打ち破るだけではなく、詞調曲譜の種々の束縛からも解放され、格律にも、平仄にも、長短にも拘らない。何らかの題目があれば、それに関する詩を作り、思うままに好きなように詩を作ればよい」と述べている。[22] 併せて康白情の「新詩底我見」も参照すべきであり、彼はそこで、「新詩における古典詩との相違について言えば、古典詩は概ね格律を守り、音韻に拘る。彫琢を重んじて、なお典雅的である。新詩はそれに反して、自由に表現して、一定の格律もない。しかも自然な音節で区切り、音韻にも拘らない。素朴を貴んで、彫琢を重んじない。白話を用いて行を分けて、典雅さを追求しない。新詩は人間性を束縛するすべてのものを打ち破って、詩の精神に背かないことだけを追求するのである」[23] と述べている。

「新詩」の「新」とは、詩形の面から言えば、形式的や創作方法が自由であり、詩の内実の面から言えば、「人間性を束縛する桎梏《しっこく》」を打ち破り、独自性豊かな表現を追求することである。前者の形式的側面は、次第に「自由詩」というジャンルを確立した。後者の内容的側面は、「自我」を中心に据えることで、新奇な主張を行うようになった。しかし、朱自清の見解に拠れば、「新詩の隆盛期」については一九一九年から一九二三年までの四年間に定めることが出来る。[24] そして、初期の「新詩」に関する理解では、白話詩と「新詩」の間、ひいては胡適の『嘗試集』と郭沫若の『女神』の間に至っては、皆な形式的側面からの更なる解放や自由の追求以外にも、大局的にいえば現実的な表現と感情的な叙述を必要としていた。「具体的な作り方」と「純真な自我表現」について、かつて胡適は「詩は具体的に作るべきで、抽象的になってはならない。およそ優れた詩作であれば、皆な具体性を備えており、さればこそ、詩味が表れてくるのである」[25] と述べている。これは、主体とテキストの美的要求が弁別されており、詩の題材を規定しなかったのである。郭沫若に至っては、詩の根本的な機能はおよそ抒情や自我を表現することにあり、詩は作り出すものではなく、ただ書き写すものであるといった主張をしている。また彼は「我々の精神世界に詩意・詩境から生じた純真な表現であれば、それは生命の泉から本性が溢れだし、心の琴線からメロディーを生み出すように、生き生きとした感動や魂の響きが生じてくるであろう。それこそ、真の詩であり、優れた詩である。また、我々人類の喜びの源泉であり、陶酔の美酒であり、慰安の天国でもある」と述べている。(26) 興味深いのは、胡適には「我が『新詩』設立の紀元」と称される「関不住了」(閉められない)という作品があり、それは、アメリカの詩人であるSaraTeasdaleの"Over the Roofs"(屋上にて)の翻訳詩である。胡適がこの詩を重視していたのは、作中の強烈な自己感情、及び極めて率直な表現力であろう。これが、まさに郭沫若が『女神』を創作する際において重視したものである。『女神』は一貫して自我の欲望とエネルギーの転喩表現、華美にして模糊、その感情・体験・想像は、詩の構成と密接に繋がり、即興性と自由自在の言葉遣いの特徴を備えているのである。

郭沫若の詩歌観と『女神』の美的成果の評価は、数十年にわたる論争を引き起こした。白話文運動が勝利を勝ち取り、「道具」としての観点が確立されてから、郭沫若は確かに中国詩歌の「換骨奪胎」を果たしたものといえ、「自我」は「新詩」と「旧詩」を弁別するシンボルとなった。「純真な自我表現」が、「自由詩」に理論的な根源的基礎をも示したのである。ここにおいて、「新詩」の基本的な原則が確立されたのである。

「新詩」の基本的理念は、まさに歴史的ないし時代的要求を反映しながら確立されたものであった。「新」の追求こそ、詩人の尽力すべき視座になったのみならず、詩歌の鑑賞と批評の基準にもなったのである。朱自清が新文学の初期十年の成果として、『中国新文学大系』を編纂するに当たり、その採録基準について「作品を選定する際において、時代性をよりよく表現するために、少なからず新奇さを含む詩のみを採録する」「新奇な作品というのはいうまでもなく、新しい材料・観点・表現などを備えなければならない。要するに、古典詩には欠けており、或いは散見されないものである」と述べている。[27] また伝統的な中国詩歌との相違としては、大きいものでは美学的功能から、小さいものではイメージの範疇に至るものである。例えば、古典詩歌は言志を強調しているが、「新詩」は、経世済民を目指している。古典詩人は自然を好み、現代詩人は社会生活を特に好んでいる。言語と形式の側面については、これまでの分析によって、歴史的にも共通認識となっていることが分かる。しかし注意すべきは、現代詩歌の革新の過程で、「白話詩」の時期には「白話」を求めるものであったが、「新詩」の時期においては、「新」を求めていたという点である。この二つの時期は、いずれも詩の表層に重点を置いており、詩歌それ自体の価値を追求するものではなかったのである。

まず、言語の観点から見てみよう。文語文は、長期にわたって文人と官僚世界ばかりで用いられ、書き言葉と話し言葉が乖離しており、大衆言語から新たな活力を得ることはなかった。それ故に、清末に至ると、漢語の変革が求められるようになり、必然的に白話（日常言語）に新たな活力を求めることとなった。そして、胡適は決起して、白話で書くことを文学革命の突破口にすべきと提唱し、現代の「言文一致」の形成に貢献したのである。しかし、白話を至高の地位に押し上げ、その新しい意義と価値を肯定するとともに、白話文と文語文を「生」と「死」のように対立させていた。これは言語の本質から背いており、詩学的意義も全くない。民族の言語は、その民族の長年にわたって形成してきた歴史と文化の符号として、あるいは記号システムとして様々な社会的要因によって変化していくものであろう。だが、その変化が「習非成是」（非を習って是と成す）だったとしても、または自覚的に改革しようとしたとしても、まずは言語の本質と法則の研究から始めなければならない。著名な言語学者の趙元任は、「漢語社会には根強い習慣がある。文字を読めない人と知識人の間においても、相当の交際があるが、文字を読めない人の言葉を一つの言語集団として分離することは容易ではない。一方で知識人は、複合詞の音節構成から、その言葉の古い時代の意味に遡ることも可能であり（最古のものでなくても）、また自身の学んだ音節詞を自在に運用して、新しい複合詞を作ることが出来る[28]」と述べている。実際、五四運動前後の言語革命は、主に知識人達によって主導されたものであり、実は真の「白話」を用いて、詩や小説を書くことは誰にも出来ないのである。何故なら、「白話」は煩雑であり、かつ手狭なところがあり、話し言葉と書き言葉は、いくら接近しても区別があるわけである。「書いた白話と話した白話は、全く同じものではない[29]」。ましてや、新聞と文学における言語、また文学と詩における言語などに至っては、さらに区別があることは言うまでもない。従って、「白話詩」という概念は、理論と実践上において成立せず、「言文一致」という主張でさえ、ある程度可能であるが完全には出来ない。銭玄同らの「漢字廃棄」という急進的なスローガンとなると、もっと幼稚的で可笑しいことであろう。

「白話文」、「白話詩」の運動における数多くの急進的な、二元対立の主張については、論理的な角度から見れば、当時の言語に対する認識の限界が見て取れる。実際、胡適は言語の問題を説明する際に、常に語体と語用の区別を混淆しており[30]、言語が任意に使用される道具と見なしており、言語それ自体が主体を超えた、歴史的変遷の現象であることを見逃していた。歴史の進化論という単純な理念から、全てのものを二分して、「新」と「旧」、「活」と「死」など、二つの相容れない対立する世界に分けた。

これは勿論、胡適らが思想や学識を欠くというわけではなく、近代以来、内憂外患の中で形成された「解放を求める」感情とも関係している。こうした認識上の限界と「解放を求める」感情の両者の働きが相俟って、胡適にアメリカの写象主義（イマジズム）を含む新詩運動を「誤読」させることになった。その結果、詩歌改革を「言文一致」を提唱する文体改革運動の一部分のみとしたのである。アメリカの写象主義の影響を受けた詩歌改革では、古典詩歌の散文的表現のばらばらで重苦しい弊害からの脱却を目指した。胡適は「白話で詩を作ることは私が主張する新文学の一部分に過ぎない」と述べており、その目的は旧文学を打倒して、白話文を提唱することである。また内容的側面では、言葉は具体的で、古人を模倣せず、いたずらに感傷的になったり、過度に飾り立てない。形式的側面では、文法に拘るが、俗字や俗語を避けず、対句・常用表現・典故を用いない[31]、などを目標とする。また言語の運用において、エズラ・パウンドはイメージの表出の原則を出発点として、「余計な言葉を使わない」、「抽象的な言葉を取り入れない」と主張したのに対して、胡適は「文法を重んじる」ことを強調し、「文を以て詩を作る」といった方法を目指した。詩の作法において、胡適の提唱した「具体性」は、エズラ・パウンドにおける直接的な「表出」という観点と、表面的には類似している。胡適はしばしば『詩経』魏風・伐檀や杜甫「石壕吏」を例に取って、それらの叙述は、情景の具体的な描写であることを説明しているが、写象主義の詩歌における瞬間的な視覚イメージの具体性とは明らかに相違している。

論理的認識の限界や「解放を求める」感情、あるいは詩の形式の軽視などは、白話詩運動に実用主義的な色彩をもたらした。「道具を高める」こと、それは「運輸（伝達）」のためであるから、「運輸道具」となることも免れ得ない。これはまさに「新詩」の逃れ難い運命であった。事実上、白話文が確立されてから、「白話詩」という呼称は、次第に「新詩」に変化していった[32]。そして、「新詩」は確かに「人間性を束縛する桎梏《しっこく》」を打ち破り、個々の独自性を表出し、新たな思想と精神を「運輸」しなければならない使命を担っていた。当時の「新詩」で最も流行していたのは、愛情を歌う詩（広義と狭義の両方とも）と印象・イメージを重んじる短詩であった。その中で当時においても、後世においても称賛されたのが、郭沫若の『女神』であり、聞一多は「芸術上、旧来の詩詞と相当に相違しているのみならず、もっと肝心なことは彼の精神が完全にその時代の精神となっている」[33]と絶賛した。この時代精神の顕著な特徴は、つまり、「汎神論」の流行、「流動と反抗精神」の「自我」である。[34]『女神』は、「自我」の複雑な内面を示しており、「自我」の転覆をも含め、内部から古典詩歌の言語秩序を取り壊した。「新詩」は白話詩のように符号システムを交換するだけでない（「白話」で文言を取り替える）。しかも、古典詩歌では言い表せない新たな内容を表現すべきである。すなわち世界を打ち破り、新たに建造し、自我と言語も更新しなければならない。それと同時に「自我」の確立に従って、個人の立場、感覚と想像の仕方は、詩歌創作の前提の条件となっている。これらは、一つの新しい詩歌時代のシンボルとなるであろう。ただし、さらにテキストの分析をしてみると、その「自我」は無秩序で捉え難くもあり、どこに居るのか分からない。多くの詩作の中には、語り手すら限定できず、誰の言葉なのかも安定しないため、その意義と美的構成が成立しておらず、自我という記号の複製だけに流れてしまう。「自我」のない状態が反映されているのである。聞一多・梁実秋・朱自清らは、『女神』が主に西洋の影響を受けたと指摘しているが、実際、この種の影響については不確実であり、根本的には「彼が一体何を主張しているのかも分からない。……ただ、想像・破壊・反抗・奮闘の声を上げているばかりのように感じられる」[35]。

二、「新詩」探究の二つの段階

二十世紀の中国の「新詩」運動は、その歴史変革として中国詩歌における運行の軌跡を塗り替えた。これは、新たに作者と読者を育成する歴史的な過程である。また絶えず紆余曲折しながら探求した足跡であって、実践的な創作を通じて、共感し、修正していく試みであった。

現代詩歌への試みの第一段階は、清の末期の「詩界革命」から、五四運動前後までの「新詩」運動の時期であった。それは、古典詩歌の体制に対する破壊段階と称することが出来、あるいは、詩歌言語とスタイルの解放段階とも言えるであろう。その大きな特徴は詩歌を世界の近代化に取り入れるという視座に立ち、詩歌変革を近代的民族国家の構築における一要素とすることであった。まず黄遵憲・梁啓超などの先駆者が、「詩歌を人境」に引き入れることで、そうした「新意境」、「新詩語」は、古典詩歌の記号、形式の関係に矛盾を生じさせた。その後、胡適は友人との討論やアメリカの写象主義派から着想を得て、言語の形式から革新していく方案を探求した。「白話詩」から「新詩」までの運動は、古典詩歌の存続のための二つの土台を徹底的に揺るがした。中国詩歌の千年来の閉鎖的な言語形式の自我循環という局面を変え、詩歌創作に関して長らく無視されてきた口語表現と、馴染みのない西洋言語の表現形式に目を向けるようになった。しかしながら、第一に「白話」の現代的言語システムの運用は、まだまだ未成熟であった。「白話」自体が、如何に発展するか、また如何に「白話」で詩を書くか、皆な長期的な実践を経なければ証明できない問題であろう。第二に胡適の革新案は、直ちに結果を求めるような急進的に過ぎるものであって、急進者というのは創立者に為り難いものである。宋詩の影響を深く受けた彼の「作詩は作文の如し」という案は、白話文運動を推し進めたが、詩歌と散文における言語運用上の文学ジャンルの境界を混淆していたため、完璧な詩歌創作方法の案とは言えない。第三に「時代精神」の強力な牽引、早急に「解放を求める」こと、及び社会の現代へと転換していく要求などによって、中国伝統詩歌の表現を様々に再生することを無視していた。また皆な西洋に目を向けたが、情緒的、かつ表層的に西洋文化の精神・形式を理解したため、それらを過剰に浪漫化することになった。郭沫若の『女神』、及び彼の詩歌主張は、こういった浪漫化と表層化の代表である。その中の「自我表現」の精神と「自由詩」の形式は、「五四運動」を至高としていく近現代史の言語環境の中では、既に「新詩」を評価する二つの基準となっていたようである。しかし、それは二十世紀における中国詩歌の創作と鑑賞を簡略化することとなったものとも言うことが出来、「新詩」の言語と形式的美の深化を阻害した根源でもあるものと思われる。

清末から五四運動時期（一九二三年頃）にかけての「新詩」を「破壊時期」と見るのは、この時期の詩歌に反省すべき点が多く含まれているのを強調するものである。とはいえ、その意義を低くみようとする訳ではない。一つ一つの荘厳雄大な歴史記念碑と対峙し、千年余り続いた詩歌への志向と創作習慣に挑戦して、新たな詩歌創作を開拓することは、なんと困難なことだろう。要するに「新詩」の創作は、既存の固定的観点に留まらず、様々な方法を参照することで、新たな企画と創造を可能としたのである。言語形式における「西洋化」と詩歌観念とが浪漫化する傾向などは、勿論、五四運動の急進的主義の思潮の反映として、一定程度、否定的な影響をもたらしたが、その貢献もまた大きなものであった。特に、「新詩」は詩歌と実生活との距離を縮めて、中国詩歌の言語と形式の規則を変え、詩歌の感受性と想像力を解放した。それ以来、中国詩歌の観念・言語・イメージ、及び形式的な技巧性などが、閉鎖的なシステムの中で理解し難くなったのである。

破壊時期の功績は、主に中国詩歌の言語、形式を開放し、西洋の詩歌精神と芸術方法を取り入れたことである。しかし、主に言語・形式・自我の解放のみに集中しており、詩歌の想像世界における芸術的規則ではなかった。自覚的に本質的立場から現代詩歌のジャンルの創設を取り上げるようになったのは、二十年代から四十年代にかけて続いた「詩形」と「詩質」を探究した時期であった。この時期は現代詩歌の成立時期と称することが出来るであろう。

「建設時期」と「破壊時期」の関係は、前代の詩人が伝統に反抗した理想的な「新」詩を継承した上で、西洋詩歌から革新と創設の手段を探究するものである。これは前代の詩人が古典詩歌らしくない詩歌を書こうと努めていたのと大きく相違している。彼らは早急に「旧詩」から脱却して、「時代精神」が備わり、言葉は白話を使用し、形式上は格律に従わなければ、およそ「新詩」と見なしたのであった。しかし、この時期の詩人たちは、詩歌がこれ程単純で、露骨的表現であることを否定してもおり、感情を抑えながら、自覚的な芸術・形式、及び詩意の矜持を備えるものを創るべきと主張した。

建設時期の詩歌は、改めて詩歌の特殊な説話方式を重視し、詩の形式と言語へ関心を向けた。まず、陸志韋が「リズムのある自由詩」を探究した。続いて、「新月詩派」の詩人たちが聞一多や徐志摩の提唱に応えて、梁実秋が「初めて誠心誠意、新詩の試作を集めた」と述べ、詩歌の行・節の設け方の規範化を推進したのであった。これがすなわち朱自清が『中国新文学大系』詩集・序論において「格律詩派」と称したものである。彼らは視覚と聴覚の両側面において、詩歌の形式を整えることを目指していた。視覚的には詩歌の節や句における調和を追求しており、聴覚的には音節・平仄・押韻のリズムを重視した。初期の「格律詩派」には、一定の限界もあり、一つは詩語のリズムを強調し過ぎた結果、詩情に内在されるリズムを見逃すこととなったことである。もう一つは視覚形式と聴覚との調和を強調する際において、それらのバランスのみを重視し、音声（リズム）を優先しなかったことである。従って、現代詩歌における形式上の柔軟性と緊張感を妨げることとなり、「乾豆腐詩」と嘲笑された。ところが、「格律詩派」の実践と理論は大きな意義を備えている。その代表作や理論、及び数多くの専門用語（例えば、「音楽美」、「絵画美」、「建築美」、「音節」、「音尺」、「音組」など）は、卞之琳の現代詩歌に対する「話の調子」に対して留意すべきことを啓発したものである。また、馮至の西洋の十四行詩の改造と転用、林庚の九言詩の試作、呉興華の固定化した形式構造の追求、さらに詩歌翻訳の形式とリズムの配慮などに対して、大きな影響を与えたのであった（梁宗岱・卞之琳・孫大雨・呉興華らの翻訳詩は、原作の形式とリズムを忠実に伝えるように工夫していた）。とりわけ詩歌における具体的な節や行の設け方に対する探究によって、現代中国語のリズムへの認識が深化したことは重視すべきである。それから概ね十年ばかり経過して、一九三七年に至ると、葉公超の「論新詩」は既に理論上において、明確に現代中国語と文言文の相違を分別出来るようになった。葉氏は、現代中国語における複音詞の大幅な増加という現象に基づいて、「音組」から出発現代詩歌のリズムの構成に留意すべきものと提唱した。リズムは詩歌の魂であり、その基礎は言葉の音節であり、現代漢語における音節上の特徴を精確に把握すべきである。そして、詩歌の形式的無秩序な状態から抜け出して、初めて自覚的に詩作できるようになる。

詩歌形式秩序の探求とともに、現代詩の「特質」への探究もおこなわれ、これが後に大きな影響を及ぼした。前者は現代中国語から詩歌言語の運用方法を探究し、詩歌の創作を形式的束縛、あるいはそれに伴う混乱から脱却して、創作と鑑賞の共通の架け橋とすることを目指した。後者は固定化された言語の運用によって生じた現代的感性の欠落を補填し、感覚や意識の真実を探求し、詩歌の象徴的体系を調整し、現代詩歌の想像の仕組みを探求することで、「新詩」の内実を革新しようとした。このような試みは、魯迅の『野草』や象徴派詩歌を代表とする李金発に遡ることが出来る。魯迅の「新詩」はそう多くはない。彼は「白話詩」のような稚拙な感情や単調な韻律を嫌っていた。『野草』の中では、個人的経験を内省して、隠喩と象徴的情景を通じて言語を改造し、「白話」の透明性と文言文の美しさのほかにも現代詩意の獲得の可能性を示したのである。ところが、魯迅の用いた詩語は散文詩の形式であり、まるで流動的で鋳造されていない金属のようで、詩歌としての緊張感や安定感に欠けていた。それに対して、フランスに留学経験のある「詩怪」と称される李金発は、象徴派詩から直接影響を受けたが、母国語の基礎力が弱く、いわゆる「文字の障害」があったため、新奇のイメージを大量に創造したものの、大系立てることは出来なかった。

実質的に西洋の象徴主義の創作方法を取り込み、中国詩歌の想像方式に導入したのは、戴望舒・何其芳・卞之琳・艾青・馮至・穆旦などである。戴望舒・何其芳らは中国の叙情表現の伝統と西洋の象徴主義詩の方法を融合することで、詩歌の現代化の道を見出した。それは象徴主義における内外呼応の本体論の啓発のもとで、「写実」から内なる感覚と記憶の表現に迫り、古典詩歌の情景に基づいた叙情表現を用いたのである。卞之琳・艾青・馮至らは、このような創作方法をさらに中国化、現実化したという面で貢献した。卞之琳は『距離の組織』を通して、詩歌の戯曲性を増し、形而上的効果を帯びさせた。艾青は優れた詩才を発揮して、現代詩歌の境地を盛り上げ、西洋の象徴主義を高度に中国に取り込んだ。彼の実景を詩的言語に転換する能力の面においては、高く評価された『十四行集』を書いた馮至のみが匹敵する。両者の相違は、艾青が「抒情的」で、馮至が「思索型」であるという点である。馮至は一粒の砂から世界を望むことが出来、平凡な現象から存在の神髄を見付けだす。題材の選択のみならず、その想像方法は、美的境地、及び構成と技巧の面において、外来詩歌を巧みに中国化したのである。このほか穆旦を代表とする四十年代の「中国新詩」の詩人たちは、「新たな抒情」方式で、西洋の自我を中心としない現代主義詩学の方法を用いて、矛盾し分裂する「自我」の探究と「現実、象徴、観念論の統括」を通して、詩歌が時代に介入し、時代を超える可能性を示したのである。

現代詩の「内実」の探究は、「自我の詩」から「本体の詩」への美的変遷の過程である。それは詩歌それ自体の独立性を強調し、「詩的想像」に頼り、詩のリズムの追求を主張するもので、形式的側面を重視しなかった。

それは、社会の重心が農村から都市部へと移り、現代中国語がほぼ成立した背景のもとで、中国詩歌の現代性が表層から深層へと進歩したということである。内容面では、都市部の現代的な生活体験を「新詩」に導入することで、古典詩歌の自然のイメージを主とした象徴体系を変えたのである。表現面では、イメージの暗示性と多義性、品詞の活用、具体と抽象との結合、構成の複雑さと情景の斬新さなどが、主な表現手段と情景の構成となった。それは五四「新詩」の表現力を深化させて、その時期に形成された詩歌観念と鑑賞の習慣を改めたのである。詩の「形式」と「内実」の二つの方面から自覚的に探究することで、現代の「生活体験」、「中国語」、及び「詩歌ジャンル」の三者を詩歌の創造に取り入れたのである。この時期は現代詩歌の形成と発展の一つの重要な段階であり、大勢の重要な詩人が現れ、重要な詩歌理論も多く提出された。またこの時期は、都市部が発展し、現代的な生活の確立を達成した。そのため、様々な伝統的風習が棄てられ、新しい文化が受容されるようになった。そして、現代中国語が体系化されたため、現代詩歌の完成を求めるようになったのである。一方でこれに伴って問題も生じ、社会的変動のストレス、加えて抗日戦争と内戦の暴動が起こり、詩歌は芸術的側面よりも「社会の実用的価値」を求める風潮の影響を受けた。すると現代詩歌の確立は、五四運動以来の内容を優先する傾向が受け継がれた。詩は本来「形式」と「内実」の両方を兼ね備えなければならないのに、それを別物として、対立させることすらあった。形式と音節を重視する「格律詩派」、あるいは音楽性を強調する「現代詩派」の「詩は是れ詩なり」と主張することにせよ、皆な内容と形式の二つの密接な関係を見落とすことになったのであろう。

三、「新詩」運動の基本問題

古きを改め新しきを樹立し、新境地の創造を提唱する黄遵憲、「詩界革命」を呼びかけた梁啓超、「白話詩」を試みて新天地を切り拓いた胡適から、詩の「形式」と「内実」を探求する格律詩派と現代詩派に至るまで、現代詩の変遷の二つの方向を示した。中国の「新詩」運動は、現代的な生活体験、現代中国語と本体の三者を融合するなかで、破壊と再構築、自由と秩序、流動と凝縮、新奇さを備えて優れたものを制作するという矛盾と対峙し、必死に探究する過程において、数多くの優れた詩人が現れ、多くの傑作を世に残した。これらの作品は、現代中国人の精神生活、及び現代詩人の感覚と想像力を示し、現代中国語の美しさと表現力を強化することも出来た。またそれは中国が現代性を求める過程で、最も急進的で「前衛」的、活発的で複雑な文学実践であろう。

中国現代詩歌は様々な矛盾と問題を抱えながら成長し、変化していく中で、詩歌の秩序を探究したものである。それが直面した最大の試練とは、如何に新しい言語形式で分裂した現代的体験を統括するか、変動する時代と複雑な言語環境において、如何に詩の美的要求を堅持するか、如何にまだ不安定な現代中国語で現代詩歌を完成させ、中国詩歌の象徴体系とジャンルを確立するか、ということであろう。その逃れ得ない矛盾は、現代性を強調すれば歴史と遮断されて、急速に未来へと向かうということになる。しかしながら、詩歌は、ゆったりと精神性と想像力を育んでいく必要性がある。現代の時間は、未来へと向けて延び、加速し、広がりをみせるが、詩歌の美学構築は自己の経験を顧みて美しい記憶を反芻して、体験と言語を融合することによって、美的凝縮を得るものである。

こういった矛盾は中国現代詩歌発展の活力であり、多くの詩人がその中からヒントを得て、中国詩歌の抒情と境地を新たに構築した。しかし、そこには幾つかの検討すべき問題も現れている。

歴史的観点から見れば、言語変革と「時代精神」を求める二十世紀において、中国の「新詩」運動が起こったのは必然である。さらにいえば、胡適と郭沫若が居ようが居まいが、白話詩と「新詩」とは倶に生まれたのであろう。だが、改めてそうしたものについてしっかりと考えておくべきである。今になってみてみれば、白話運動は顕著な実用主義的傾向と「新詩」の「内実」との間には、対応と強化という密接な対応関係が存在していた。言語革命に対する認識上の局面は、個性主義時代の実用化された詩歌、及びその理念の形成における基礎作りをした。また、実用化された詩歌の社会的影響力の確立は、当時の探求を歴史の堆積に埋もれさせた。「新詩」は「白話」を表現の手段とし、その内容は「時代精神」を反映しなければならず、形式上において自由詩を主体とするといった理念が次第に規範化されていったのであった。詩歌を擁護する立場からみれば、「新詩」の発展過程において、有効な実践が多くあり、様々な建設的な理論が提出された。形式上においては格律を追求した徐志摩・聞一多・朱湘、十四行詩を制作した馮至から、林庚の九言詩と呉興華の新古典詩歌への模索に至る。その詩の内実は「現代詩派」の「詩は是れ詩なり」という提唱から、『中国新詩』の詩人群の現代的体験、現代美への注目、及び言語と技巧において、口語と白話詩文との区別を意識して、イメージ化・隠喩・象徴・戯曲性を通して豊富な詩歌内容の追求などが、「新詩」の発展を促し、多くの優れた作品を残した。しかし、「新」と「旧」、内容と形式、「大我」と「小我」、伝統と現代、民族化と西洋化、理解と不理解といった混乱が終始存在していた。

これらの混乱は根本的にやはり朱自清の『中国新文学大系』詩集の序文に提出された「如何に新しい言語を学ぶか、如何に新しい世界を見付けるか」、という問題であろう。しかし、硬直化した「新詩」の理念は、事実上、二十世紀に用いられた現代語と現代的体験の形而下的認識に即して、詩それ自体の構築を妨げることになった。朱自清は一九二七年の文章で「一九一九年以来の新詩が盛んになったのは、主に『時代的要求』の産物によるものであろう」と述べたことがある。[36] この観点は梁啓超と聞一多ら多くの詩人の考えを表しており、「新詩」の抱える根本的な問題に行き着いた。こうした「時代の風潮に迎合すること」は認識論から言えば、「進化史観」が伝統的な「循環史観」を取り入れたことに弊害がある。実践上においては、伝統的な独裁に反抗し、解放を求めるという五四運動精神を活力にして、「新詩」の基本原則の体制化における過程から、次第に「新」であれば評価すべきだ、という情況になった。その顕著な特徴は「時代精神」に対する盲目的な崇拝であろう。現代性を求める中で、二種類の表面上の対立があり、実質的には相通じる現象が引き起こされた。一つは新しい世界に混乱し、詩歌は二十世紀の中国の革命を反映するのみならず、直接的に革命の歴史的過程に関わり、その中で詩それ自体が転向を果たした。すなわち詩の批判的効果と抒情的効果を分離することで、詩歌革命からその内実が革命的な詩歌へと変化したのである。もう一つの現象は、「現代化」への混乱から、西洋のイデオロギー、言語形式と表現方法を取り入れる際に、自身の経験と言語特質について深く内省せず、一方的に内容と表現の複雑性を強調したことである。こうした現象は、五四運動時期において伝統を喪失した自我が「新詩」の現代性を追求する過程で、混乱に陥ったことを物語っている。具体的には、自我や社会的価値を強調する一方で、独自性と詩の美的追求が喪失したことであろう。また、自我を「国際化」する過程で西洋文化と言語形式に対して内省する力が欠如し、現代詩歌の真実性が喪失した。従って、四十年代に陳敬容は、「中国新詩の歴史は、僅か十数年のみであるが、いつの間にか二つの伝統が形成されてしまった。即ち、二つの極端なことであり、一つは、『夢とか、バラとか、涙とか』と歌うばかりで、もう一つは『怒りとか、熱血とか、公明とか』と叫ぶばかりである。結局、前者は人生に、後者は芸術になった。人生と芸術を総合的に歌うべきはずの神聖な任務を放置してしまった(37)」と述べている。あるいは、鄭敏の詩句で説明すれば、「深遠な黒い瞳／悟りかけた意識は／また本世紀の初期に西洋の困惑に催眠された／呆然とした垂れた視線／しかし、瞼は緩んでいない／時間の隔たりが肌のきめの失調を引き起こしてしまった」(『ネックレスを掛けた女(38)』)となるであろう。

このような「肌のきめの失調」という現象は、「時代精神」を追求する中で、真実の体験と中国語の特質の追求から遙かに隔たっていたことを反映している。近代以来、現代化の過程で、伝統文化と西洋文化の両方に牽制されており、詩歌それ自体の「新」しい姿を作り上げる中で起こった諸問題に対する認識については、感情的なものとなってしまった。そのために、「新詩」は革命終息後に、支離滅裂な空間の中で追求されることとなった。何故ならば、支離滅裂な詩は、美的観点からも認めることが出来ないため、本土の新しい現象と西洋の新たな思潮を取り入れることを目標に掲げつつも、実際には表層的な幻像のみを捉えるばかりであった。それはまるで舞台俳優と同じで、真実の姿ではない。ある詩人の話を借りて言えば、彼らが様々な役を演じるのは、まず他者に評価されるのを望むものである。実はその時代の流行に乗るばかりで、自我の直視、その探究の苦痛から逃れようとしていることに過ぎない。しかし代表的な現代詩歌は流行に乗るものではなく、自覚的に現代的体験と現代中国語との対立に直面し、「詩の思想」と詩語を以て、内心の矛盾と文化的不安感に反抗して創作したものである。魯迅と穆旦の詩歌における複雑な現代的体験の把握、艾青の現代中国語による現代の生活とその情緒を表そうとする試み、馮至の十四行詩の伝統詩歌から出発して西洋詩歌を超越したことなどがそれである。また聞一多・呉興華・林庚などが新しい形式、新たな関心の面において有益な試みを追求することで、現代中国人の精神世界と言語経験を巧みに描き出したが、このような蓄積は重視されなかった。前述したように、「新詩」の探究は往々にして、経験と言語の真実から遊離し、二元対立という悪循環に陥ってしまったのである。

「新詩」が新しい感情・主題・内容・趣旨を表し、新しい言語・技巧・形式を用いることで、「旧詩」を突破しようとすることは自然なことである。しかし、新しい経験とは何であろうか。如何にして、新しい言語（定着した現代中国語）を用いて、詩を書くのか。単なる「新詩」を書くのみでよいのか、それとも、現代的な体験に基づいて、現代中国語でよい作品を書くのか。「旧詩」と異なるような「新詩」を書くのみならば、非常に簡単に出来るであろう。何故ならば、「自我」、実生活、或いは西洋の新思潮を取り込めばよいのだから。だが、優れた詩を書こうとすれば、上述の諸要素の全てを受容した上でそれを超越し、詩それ自体の規則によらなければならない。

以上を要するに、中国の現代詩歌の変遷の過程を振り返ってみると、次のような啓発を得ることができる。

（一）胡適らの言語、形式の面において詩歌を改革する方策は正確であるが、言語に対する認識上の限界と早急に「解放を求める」時代背景のもとで詩歌創作はイデオロギー上において混乱し、詩それ自体から乖離して、新奇さのみを追求することとなった。「新詩」と「旧詩」とは相対的な概念であって、詩の本質と価値を示すことが出来ないものである。従来の実践から見れば、「新」と「旧」、現代と伝統というのは、対立するものではなく、古典詩から創作技巧を吸収すべきである。（異同互換、受容転化も出来、「通変」を求めることも出来るのである。）（二）中国の現代詩歌の変遷過程において多くの問題が生まれた。現代中国語の規則の不安定さ、及び言語における発展の方向性も商業主義の影響を受けている。（詩人の創作は露骨過ぎるのに、その背景は模糊としている。）これらの問題をみる場合、簡単な意境・形式・言語の欠点を以て、現代中国詩歌を否定してはならず、詩歌の実用性との現代的美感の特徴を理解し、現代的体験、言語及び詩歌それ自体の規則に即して、現代詩歌の新奇さを発見し、現代詩歌で中国語の美しさを保ち、表現力を豊かにしていくべきであり、伝統と反伝統の対立関係を超えなければならない。（三）現在と将来の中国詩歌の創作に当たっては、まだ不安定な現代中国語の形態に直面せざるを得ない。また、外在的形式と内在的形式との両方の規則に即して、適切な現代中国語の特質と表現力を見付け、詩歌の創作規範及びその手段を詩歌ジャンル（それは多種類であるかも知れないが、）として定着させ、詩人と読者の間に架け橋を作ろうではないか。

注

（1）厳家炎「中国現代文学起点在何時」（中国文学の起点は何時からか）『社会科学辑刊』二〇一〇年、四期。
（2）朱自清『中国新文学大系』「詩集系・導言」、上海良友図書印刷公司、一九三五年。
（3）黄遵憲「与丘菽園書」、『中国歴代文論選』第四冊、上海古籍出版社、一九八〇年、一三二頁。
（4）丘逢甲「論詩次鉄盧韻」、『中国歴代文論選』第四冊、一三二頁。
（5）梁啓超は『飲氷室詩話』（『中国歴代文論選』第四冊、一三六頁）において、「能以旧風格含新意境、斯可以挙革命之実」（古い風格を以って、新たな境地を表現することは、実に確信的なものである）と述べている。

（6）柳亜子は「寄楊杏仏書」（『胡適留学日記』［三］、上海商務印書館、一九四八年、一一六三頁）において、「文学革命所革在理想、不在形式。形式宜旧、理想宜新」（文学革命の革新すべきものは理想にあり、形式ではない。形式は伝統の形式の方が良く、理想は新しい方が良い）と述べている。
（7）黄遵憲『日本国志・学術志二・文学』、光緒富文斎初刊本『日本国志』巻三十三。
（8）胡適「送梅覲庄往哈仏大学詩」（ハーバード大学へ赴任する梅覲庄に送る詩）、上掲注⑥、七八四頁。
（9）胡適「逼上梁山——文学革命的開始」（追い詰められて梁山に上る——文学革命の始まり）、『中国新文学大系』建設理論集、九頁。
（10）前掲注（9）、十三頁。
（11）前掲注（9）、十九～二〇頁。
（12）胡適『嘗試集・自序』上海亜東図書館、一九二〇年。
（13）Noarn Chomsky, Rules and Representations, New York; Columbia UP. 1980, P.48.
（14）前掲注（6）、八四四頁。
（15）胡適嘗在詩中写過「詩国革命何自始、要須作詩如作文」。又在早年日記中写道「然不避文之文字、自是吾論詩之一法」（胡適はかつて詩中で、「詩国革命は何から始まるか、作詩は作文であるべきだ」と記している。また、早年の日記の中で「文における文字を避けなければ、これこそが私が詩を論ずる方法である」と記してもいる）。前掲注（6）七八九～七九〇、八四四～八四五頁。
（16）『胡適全集』第二八巻、安徽教育出版社二〇〇三年、四一二頁。
（17）胡適自身も、彼の早期の白話詩は「ただ、変形しただけの旧詩である……自由変化する詞調時期である。それ以後、私の詩は徐々に「新詩」の地位にたどり着いた」（『嘗試集』「再版自序」、上海亜東図書館、一九二〇年）と述べ、また、「まるで纏足して、後に拡大された婦人のようである……やはり纏足した時代の雰囲気である」（『嘗試集』「四版自序」、上海亜東図書館、一九二二年）と述べている。

（18）許徳隣「自序」、『分類白話詩』上海崇文書局、一九二〇年。

（19）胡適は『嘗試集』「再版自序」において、「私は白話詩を書くのが比較的早かった。しかし、私の詩の変化は最も遅い。民国六年の秋から七年の末まで、まだまだ、自由変化の詞調時期である。それ以後、私の詩は徐々に『新詩』の地位にたどり着いた。『閉められない』という詩は私の『新詩』成立の紀元である」と述べている。

（20）胡適の「談新詩」（一九一九年一〇月）の前には、兪平伯は「白話詩の三大条件」（一九一九年三月）の中で、「ただ新体詩だけが人々から最も反対された」（『中国新文学大系』文学論争集、中国良友図書印刷公司、一九三五年）と述べたことがある。その後、宗白華は「新詩略談」（一九二〇年二月）の中で、「最近、中国文芸界では大きな問題が起こった。それは、新体詩をどのように書くかという問題である。即ち、我々はどのようにして、より良い新体詩を書けるのか」等々と述べたこともあった。

（21）前掲注（2）。

（22）胡適「談新詩」、『中国新文学大系』建設理論集。

（23）康白情「新詩の私見」、『中国新文学大系』建設理論集。

（24）朱自清「新詩」『朱自清全集』第四巻、江蘇教育出版社一九九〇年、二〇八頁。

（25）前掲注（22）。

（26）田漢・宗白華・郭沫若『三葉集』、上海亜東図書館一九二〇年、六頁。

（27）前掲注（2）。

（28）趙元任「漢語詞的概念及其結構和節奏」（漢語語彙の概念及びその構造とリズム）〔『中国現代語言学的開拓和発展——趙元任語言学論文選』（中国現代言語学の開拓と発展——趙元任言語学論文集）〕、清華大学出版社、一九九二年、二四二～二四三頁。

（29）朱経農「致胡適信」、『新青年』第五巻、第二号。
（30）例えば、胡適は一九一七年一一月二〇日に「銭玄同に答えて」の中で、「白話」の言語特徴について、「口語体」、「なまり」（語体）、「分かりやすい話し言葉」、「あまり修飾などない」（語用）ということを区別なく述べている。
（31）胡適「文学改革の卑見」、『中国新文学大系』、『建設理論集』。
（32）一九一九年以後、「白話詩」は始めて「新詩」という言い方に取って変わる。胡適の「新詩を言う」もこの年に書かれた。
（33）聞一多「『女神』之時代精神」、『創造週報』第四号、一九二三年、六月三日。
（34）前掲注（24）。
（35）聞一多「『女神』之地方色彩」、『創造週報』第五号、一九二三年、八月一〇日。
（36）前掲注（24）。
（37）黙弓（陳敬容）「真誠的声音」、『詩創造』第一二期、一九四八年、六月。
（38）鄭敏「戴項錬的女人」、『詩刊』一九八四年、第八期。

第十章　政治に影響される現代詩歌

中国は五千年の文明歴史を持つ詩歌大国と言えるであろう。詩歌の発展のあり方は中国の地理や伝統文化、民族独特の美意識が密接に絡み合っており、それは世界的にも独特である。中国詩歌は西洋文明と拮抗する東洋文化精神の鮮明な体現と言える。中華民族は厳しい大地に生まれ、この地に対して情熱を抱き、真善美と偽悪醜を表した崇高な気風、文化の骨格はすべて詩人の創作により表現されてきた。新詩は「五四運動」の前後、[1]西洋文化から強烈なインパクトを受けて誕生した。新詩は思想感情のみならず、外部形態から見ても古典詩歌とは明らかな差異が存在している。しかしながら民族心理の固定観念や詩歌文化の固有の伝統、歴代詩人の意識と潜在意識における美意識の共有により、新詩と古典詩歌は依然として密接な関係を持ち、その精神を貫いてきた。一九四九年に、中華人民共和国が設立されて、中華民族の歴史は斬新な一幕を迎え、かつ中国文学芸術事業の発展においても深遠な影響を与えた。四九年以降の新詩は、社会環境から発展形態、また伝える内容から表現手段まで、独特の時代の跡を残している。現在、二十一世紀を迎え、中国の政治と文化は大いに変化した。その背景の下、中国新詩が二十世紀後半に歩んできた道を振り返り、その時期の新詩の創作・理論・流派・思潮などを整理して振り返り、詩歌の創作中に提起された規則的なものについて基本的な検討を加えることは、当代の詩歌研究者の責務であろう。

一、政治との絶えない交錯

中国詩歌における古典詩歌から現代詩歌への転換は概ね二十世紀の十年代から二十年代の間に発生した。新詩は古典詩に囚われない自由な文学ジャンルとして自由に飛翔しようとしている。新詩は「五四運動」以降の特殊な社会環境と時代の雰囲気において、常に政治や伝統と拮抗しており、まるで一対の重い羽のように絡み合うのであった。この点は四九年以降の詩歌に顕著に窺える。当時の詩歌が政治と深く関係を持つのはその運命であるだろう。第一に政治が新詩に対して制約をかけ、詩人は権力の誘導と圧制の下で、詩歌を政治的奉仕の手段としたのであった。また八十年代以降の一部の詩人は「純詩」という理想のために、あるいは詩歌が政治的手段に成り下がったことに反抗して、意識的に詩歌と政治を遠ざけようとした。これもまた一種の政治への接近と言えるかも知れない。

新詩の誕生と成長の過程は、国家の興亡や民族の運命とも関係している。それ故に依然として純粋な芸術変革は為されなかった。民族が国難に直面した際に、詩人は自覚的に自己の責任を民族の解放・興亡と関連づけた。詩人達は書斎を出て、前線に向かって進む。詩歌は「広場芸術」に接近し、ロマンチックな抒情的表現のみならず、「五四」以降の新詩創作である「純詩」の試みや音律美の探求なども放置せざるを得なかった。これは詩人の政治に対する主体的な呼応と捉えることが出来、古の詩人の国家と民衆生活への関心の継承でもある。この点については天安門詩歌運動においても、またそれ以降の詩人の反省のなかでも現れている。

詩人は国難や社会の重大な変革時において創作活動を自覚的に調整した。その意味で政治が詩歌にもたらす影響は、権力と主流のイデオロギーが強く関わっている。戦時期の解放区[2]の詩歌は、現実的な政治需要を出発点として、一種の攻撃手段となり、啓蒙の道具としても扱われ、その実用性が強調された。文芸整風運動[3]は、詩人の知識人としての身分を捨てさせた。田間[4]は「我要使我的詩成為槍――革命的槍」（私の詩を銃としようとする――革命の銃）と言った。[5]また厳辰[6]は「未来の新社会、及び今日の新しい環境は、既に完全な集団意識となった。集団こそ力を持ち、発展できる。個人がそれに取って代わることはない。詩歌で個人的感情、美酒や婦人などを題材とすることは流行らない。時代の風潮に身を投じて革命的大衆の立場から、彼らを謳うことこそ好まれる」[7]と述べる。こうした集団主義を喧伝する風潮は、詩人の自我を追放して、詩歌は芸術的本質から離れていった。その後、革命戦争が勝利を重ねるに連れて、いよいよ政治的詩歌が重視されるようになった。このような詩歌風潮は、新たな思潮と理論を断固として拒み、それは新中国成立以後まで続いたのである。

五十年代から七十年代まで詩歌は、政治による厳しい制約を受けていた。これは詩人の関心・イメージ作り・抒情方式・言語スタイルなどにおいても、また詩歌の伝播的効果、及び詩歌批評などにおいても窺われる。この時期の詩歌は、絶えず政治的イデオロギーと同化し、賛歌と戦歌が主流になったので、詩人の自我は消え、その創作のあり方は単一化されてきた。「文化大革命」[8]に至ると、「小靳荘民歌」や「批林批孔」（林彪批判・孔子批判）[9]などの政治化された詩歌が凄まじい勢力を持った。詩歌は「四人組」[10]の傀儡となり、党の権力を奪い取るための世論道具にまで落ちぶれた。この歴史的教訓は極めて重い。

「四人組」の失脚後、「実践こそ真理を検証する唯一の方法である」という主張が生じ、これが思想上・政治上における一連の混乱を鎮め、詩人達は悪夢から目覚めた。「長き冬の夜に春を待ちわびる物語」[11]が述べられて以来、前代の詩歌創作と理論に対する反省が行われるようになり、極端に政治化された偽の現実主義やロマン主義に対して鋭い批評が加えられた。詩壇には長らく賛歌と戦歌しか存在せず、詩人達は「詩はつまるところ詩であるが、革命詩歌でも革命スローガンでもなくて、時代精神の単純なメガホンになってはならない」と述べ、また「詩人は本音を言わなければならない」、「自分の良心を咎めるべきだ」と提唱した。[12]このような背景のもとで、「五四」運動以来の新詩の自由精神に再帰し、新しい詩壇の繁栄が現れたのである。

詩歌は依然として政治との交錯から離れることが出来なかった。政治がくしゃみをすると、詩歌は咳をする。政治的な祝日詩・態度表出詩・宣伝詩・教化詩などは依然として存在しているが、こうした詩歌は次の世代に大きな影響を及ぼさなかった。ただし、これもまた政治的詩歌の延長と捉えるべきであろう。八十年代の中期に至ると、一部の若い詩人が政治を等閑視する傾向が出てきた。彼らは詩と政治とを切り離すべきものと捉えており、個人的創作をこそ重視して、感覚・本能・欲望、及び日常生活などを表現するようになった。これは自我への再帰と見なすことが出来、史的変遷の必然性を備えている。加えて、詩歌が長らく政治的に利用されてきたことへの反発でもある。しかし、表現対象を個人の周辺に限り、極端に時代・社会・他人との関係などを拒絶した。本来的には多角的な詩歌を敢えて限定的に捉えることは、その本質を見誤っている。詩歌の美的要求は単純であるが、多方面に展開する可能性を秘めている。凡そ人文領域の哲学・政治・宗教・倫理などにおいて、詩歌が介入し得ないものはない。勿論、そうした領域が詩歌に直接的に明示されるのではなく、それらが詩歌の認識世界と融合し、詩人の生命それ自体が加わることで、一つの有機体になるわけである。詩歌の道は無限の宇宙を無視してはならず、個人の狭い空間に限定すべきでない。真の詩人が才気と創造力を発揮すべきは、如何に個人の叙述の中に歴史と哲理を組み込み、さらに自由精神やヒューマニズムを表現するか、という点である。

九十年代に入ってから、中国社会の政治文化は重大な転換が発生した。広告などを収入源とするマスコミが、次第に影響力を持った。それに伴い、知識人層は疎外されて、詩歌の道は厳しい局面を迎えた。高尚な詩人達は詩壇を去り、ビジネスの世界に活躍を求め、低俗な文学や企業の書き手になってしまった。一部の詩人は、一時的ないし永久に詩歌から離れたが、詩歌を追求し続けた詩人もいた。彼らは自由精神に立脚した価値判断により、商業や低俗な文化と対峙して、詩壇を堅持しようとした。彼らは詩人としての立場、あるいは人格を守り、「五四運動」以来の新詩の自由精神を追求したのである。彼らの詩歌には、その未来と希望が描かれている。

二、伝統的美意識との衝突

中国の現代詩歌の困難な背景には、強固な伝統的美意識がある。古代の詩歌は悠久たる史的背景を持ち、多様な形態を持つ。古代の詩人の様々な名篇は、現代の詩人も継承すべき精神性を備えているのと同時に、詩歌の革新の重い圧力となる。現代詩人にとって伝統と対峙することは複雑である。「五四時代」における新詩の開拓者達は、伝統に真っ向から立ち向かった。その圧力を突破するため、彼らは異国文学に発想を得て、詩学革命の炎を燃焼したのである。ただ、これと同時に彼らに備わる民族としての遺伝子、すなわち古代詩歌の形態とそれに対する愛着もまた現れることもあった。伝統への複雑な心理こそ、彼らが「影響による不安」から脱出できない所以である。Harold Bloom は「詩の影響はメランコリア、あるいは不安の根源になった」「『詩の影響』の歴史――つまりルネサンス以来の西洋詩歌の主な伝統でもある――すなわち一部の、不安と自己救済の劇画的歴史である」と述べるように、[13]こうした詩人は不安を抱き、実際に苦しい現実に直面した。このような不安を払拭するため、詩人は伝統に立ち向かい、それでいて「全く異なる行為も一種の形式の真似」であり、「偉大な傑作に対しては、粗探しをせざるを得なかった」。[14]「五四時代」における新詩の創立者達の伝統詩歌への非難は感情的なものもあり、「五・七言八句の律詩は豊富な材料を取り入れることができない。二十八字の絶句では精密な観察を書くことができない。長短が決まった七言・五言は決して繊細で、深い理想と複雑な感情を表出することができない」と述べる主張などは、無益に[15]近体詩の形式を非難したものであるし、古典詩をただの貴族文学と捉えるのも近視眼的である。胡適[16]が提唱する詩体の大解放は、詩歌の美的欲求・認識世界、個々の芸術性や言語的特徴などといった、多方面と関係しているが、胡適は文字的側面ばかりに注目している。彼は白話詩の創立を求めたが、詩人の主体性や芸術性は希薄となり、「何かの話があれば、それを話すとよい。話したいことを、そのまま話せばよい」[17]というのは、詩と文章の相違点や詩歌創作の技巧性を等閑視している。こうした創作態度の新詩は、浅い感情やただの実録に過ぎないものとなる。胡適の主張は、却って彼自身の業績をも否定することにもなった。その批判は新詩草創期の詩人の創作にまで影響を及ぼした。結局、一部の作品はあまりにも想像性に欠けていたため、芸術性が希薄となった。詩歌は自由な文学ジャンルであり、精神の解放、個性の現れ、深遠な思想を表現することが重要であろう。また詩歌は形式などの制約があり、形式もまた必要なものであるにもかかわらず、自由詩の詩人達は形式的束縛を脱しようとするばかりである。具体的な詩歌の創作では、新しい内容のために、創意工夫を凝らし、斬新で独特な形式を設計する必要がある。T.S.Eliot[18]が「詩を上手に書きたい詩人にとって、自由詩には何一つ種類もない。拙い散文が自由詩と称して書かれたことを、私よりもよく知っている人は誰もいないであろう」と述べている通りである。[19]実際、多くの「五四」時期の詩人は、自由詩の困難を自覚しており、「言語や表現形式の解放を説き、一方では束縛され、また創作しやすいと説き、一方では創作しがたいものである」と述べ、[20]兪平伯[21]もまた「白話詩の難点はまさにその自由にある。それは赤裸々であり、固定された形式も模範もないが、無闇に書くのはだめである。つらつらと書き連ねていたら、とんでもないことになる。白話詩の難点は白話にあるわけではなく、詩そのものにあるわけである。白話詩を作ろうとするのは、ただ白話だけを話そうとするわけではないことを自覚しなければならない」と述べている。[22]

なお、新詩と伝統の衝突は、詩人と読者の間にも表れており、新詩が生まれた途端に反感の声が起こった。これは、おそらくは他の文学ジャンルの誕生時にはみられない事象であった。たとえば、いくら金を積まれても新詩を読む気はない、といった言い草などは、新詩を極端に拒絶したものである。というのも、新詩が古典詩の伝統に背いたことで、読者の嫌悪の情を引き起こしたのである。七十年代の終わりから八十年代の始めにかけて、朦朧詩が現れた。その際の詩歌の論争が起こったのは、年若い朦朧詩の作者の芸術探索と伝統を重んじる評論家の衝突にほかならない。現代の認知心理学から見れば、詩歌の鑑賞は情報交流と捉えられる。詩歌の情報は読者の審美構造と合致し、また読者に心地よい美的体験を生じさせるか否かも重要である。巨視的観点からいえば読者の審美構造の形成は歴史の積み重ねである。微視的観点からいえば、個々人の長年の審美体験の積み重ねでもある。アメリカの美学学者であるThomas Munroは、「根本的に言えば、人々の芸術作品への反応は他の物事への反応と同様で、幼少期の習慣によって決まる」と指摘している。[23]中国の詩歌に対する審美構造の源は、古典詩歌の現れた三千年前に遡る。遥か秦代以前に完成した「風、雅、頌、賦、比、興」——つまり、詩の「六義」——の影響は今日まで続いており、古典詩は唐代に完成をみた。それ以来、古典詩はその形式が確立されていたため、新詩が登場してからも常に多くの作者と読者を獲得しているのである。

三千年にわたる輝かしい歴史を持つ古代詩歌と比べると、新詩は歩みを始めた赤子のようである。新詩の芸術上の革新とそれが完備されるためには、詩人の日々の進歩が必要であるが、読者側の美意識の変化も必要である。新詩、とくに自由詩と伝統的な審美習慣との間の距離を縮めるために、新詩の詩人も工夫を凝らした。例えば、何其芳・林庚らには、古典詩の格律につなぐ新体格律詩の開拓への努力が見られる。それはあまり効果が無かったが、その開拓者としての精神それ自体が尊い。新詩の歩みから見れば、草創期においてその開拓者達は、まず西洋詩歌の導入に着目し、新詩の拠り所が強固になると、現代詩学は古代詩学との接点を考えるようになった。卞之琳[24]は、「白話新体詩が確かな拠り所を得た後、詩人達は我が国の伝統的な芸術遺産を利用するようになった」[25]と述べた。二十世紀の九十年代以来、新詩人達は伝統文化の軽視や劣等感などを取り除き、その優れた伝統を掘り起こし、民族文化に定着した詩作を生み出すようになったのである。

三、現代詩歌発展の脈絡

悠久かつ豊富な中国詩歌の発展史には、現代詩歌（一九四九〜二〇〇〇年）の貴重な断片が残されている。各時期における詩歌の内容や芸術形態の変化に注目すると、中国の詩歌発展は以下のような段階に分けられる。

第一段階は五十年代から七十年代であり、詩歌が賛歌と戦歌を基調として、政治化した時期である。

新中国成立の直前に示された毛沢東の『延安文芸座談会での講話』では、文学芸術活動は労働者・農民・兵士のために奉仕し、プロレタリア政治のために奉仕するという方針が重視された。これが、現代新詩のために詩学規範を確立した。この方針は、知識人への断続的な思想改造運動でも重視されており、建国以前に活躍した郭沫若・艾青・臧克家・田間・馮至・何其芳・胡風など、建国以後に文壇に地位を得た郭小川・賀敬之・李季・聞捷など、さらに李瑛・未央・公劉・顧工・邵燕祥などのような若い詩人達も、全て積極的に、あるいは消極的にであれ従っていた。この時期の詩壇は、絶えず政治的イデオロギーに同化することを求められた。そうすることで詩人の主体性が取り除かれ、表現する感情も単一に向かい、賛歌と戦歌が主流になったのである。

一九五六年に「双百方針」(26)が提唱されて、詩壇の創作活動が自由になりつつあった。一部の詩人がタブーの領域を突破して、社会生活における人間の複雑さと秘密を露呈した詩歌を作り出した。しかし、一九五七年に全国で展開された反右派運動が詩壇の自由な活動を奪い、一部の詩人はその運動で身を潜めた。詩人達は一層慎重にならざるを得ず、或るものは筆を擱き、或るものは政治運動のために創作するようになった。

一九五八年に大躍進運動[27]が始まり、毛沢東が「新民歌運動」を提唱して、各共産党委員会と政府によって宣伝された大衆運動が展開された。この運動は「共産主義文芸の芽生え」とされているが、この時期の新民歌については、実は芸術の本質に背き、大躍進を嘯く大法螺に過ぎず、現実から外れた偽のロマンチシズムが示されたに過ぎない。

文化大革命は現代詩歌に壊滅的な影響を与えた。多くの詩人は「ヤクザ」や「反革命」として打倒され、迫害されたものもあった。このように極端に政治化された状況において、詩歌は文化大革命に奉仕すべきことが強調され、また「様板劇[28]」を学ぶべきことが強調された。「小靳庄民歌」や「林彪批判・孔子批判」などの政治的詩歌の影響で、一時的に詩歌は「四人組」が権力を奪い取るための世論手段となり果てた。体制からの圧力と政治的封鎖にも拘わらず、一部の若者は黙々と心との対話の方法を求め、文化大革命の主流とは異なる新しい新型詩歌も生じていた。

一九七六年四月の「天安門詩歌運動[29]」は、新たな詩歌の時代の幕開けを象徴し、それらの詩歌が人民の本音を露呈させた。ただし、「天安門詩歌運動」が現代詩歌に与えた影響は、その政治と社会学意義には遥かに及ばない。

第二段階は七十年代末期から八十年代前期であり、啓蒙と「五四運動」精神の再帰が主な特色となる。

一九七六年十月に発生した「四人組」の失脚は、中国の政治動向を変えたのみならず、現代詩歌にも深い影響をもたらした。新詩は思想解放運動の到来に伴って、旧来の詩壇の束縛を突破し、強い生命力を獲得した。新詩は「五四運動」時代の伝統を受け継いで、新たな発展期を迎えたのである。新時期の詩歌は、啓蒙趣向と現実主義精神に再帰した。解放を取り戻した歓びと独裁暴政の傷みを表現するのが、その時期の感情表現の主流である。それと同時に詩歌創作の詩壇が編成されるようになり、主として以下の三つのグループを形成した。

　第一のグループは「帰還詩人群」である。これは、中華人民共和国の設立に伴って、二十年以上前に詩壇を追い出された詩人達を指す。彼らは四人組の追放後において憂鬱で物寂しい詩歌を、あるいは情熱を燃焼させた詩歌を詠じた。そこには、一九五七年に反右翼闘争のために沈黙を迫られた詩人達がいた。例えば、艾青・公劉・邵燕祥・流砂河・白樺などである。また一九五〇年代前期に「胡風反革命集団」事件に巻き込まれた「七月派」の詩人もいる。例えば、曾卓・牛漢・緑原・魯藜・彭燕郊などである。さらにまた建国初期にはその個性が拒絶され、冷遇されてきた詩人達もおり、例えば、「中国新詩派」のメンバーの辛笛・鄭敏・陳敬容などである。そのほかにも蔡其矯のような特殊な芸術志向のために、長期にわたって批判されてきた詩人もいる。これらの「帰還」詩人達は、自己の信念を貫き、出鱈目な歴史を否定することで、読者を驚かせた。民族全体と個々の悲劇が交錯することで、詩歌は悲哀の情緒溢れる風気を獲得したのである。これはまた賛歌、戦歌が主流の時期には、一切見られなかった光景であった。

　第二のグループは、開放的リアリズムの詩人達である。年若い彼らは、帰還詩人の受けた迫害や朦朧詩人の「上山下郷」[30]も体験していない。彼らは頭脳明晰で激情に満ちており、その独自性を保ちながら執筆活動を続けた。彼らは長期にわたって極左的な政治的圧力の下での生活を余儀なくされ、文化大革命に傷ついた国家と人民の苦しみを目撃した。そうした彼らの鬱屈が思想解放潮流に伴って噴出したのである。それは人民全体への、欺瞞的文学への抵抗であった。とりわけその矛先は左翼政治に向かっており、陳腐で堕落した現象の暴露や批判が際立っている。そのうちの雷抒雁の「小さな草が歌を歌っている」、李発模の「呼び声」、葉文福の「将軍、そうしてはならない」、熊召政の「森のような手を上げて、制止せよ」、曲有源の「入党動機について」と「いびきをかく会議」などは、文化大革命の悲劇、及び醜い現実を暴露したものと言えよう。それと同時に未来への憧憬を描き、四つの近代化を表現してもいる。そのうちの駱耕野の「不満」、張学夢の「近代化と我々自身と」などは、とくに大きな反響を呼んだ作品である。

最後のグループは朦朧詩人達である。「文化大革命」の中で、宗教的狂信と猜疑心、全て打倒するといった過激な行為は、一部の若者達に猜疑心と反逆心を生じさせた。それに次いで起こった「農村下放運動」は、これらの若者を絶望のどん底に陥れた。その時期に彼らの一部は、詩―心の奥底の気持ちを吐き出す、心と心で対話する方法―を発見した。その時期の彼らには発表手段も金銭的援助もなく、仲間同士で互いに鑑賞するばかりであった。しかしながら、名声や利益といった目的性が皆無であるからこそ、詩人達の精神は清廉であり、詩もまた詩それ自体に還ることが出来た。そこで、将来活躍する詩人達が育まれていったのである。四人組の打倒に伴って思想解放の潮流が生じ、これらの無名の若者達は文化大革命を断じて許さないと決意した。そして、強烈な社会批判精神と使命感を担いながら、長きにわたって抑制された自我意識とヒューマニズムの解放を求めて詩壇に登場したのである。その際には、賛美と呪詛、喝采と排斥の声が同時に投げられるような状況であった。彼らの詩歌には、過去への明瞭かつ直裁的否定が表現されており、それでいて叙情性を持つ。さらには民衆生活の隠微なイメージもまた加えられており、複雑な感情と意味深長な象徴的表現がみられる。現実的秩序に囚われることなく、詩人の感情の流れと虚構的論理によって、詩的世界を構築していったのである。詩歌のイメージは客観的事物を直接的に投影するだけでなく、詩人の内面世界のフィルターを経て、曖昧的・象徴的・変質的表現が行われた。「朦朧詩」という諧謔的な非公式の呼称は、これらの若い詩人の作品の代名詞となった所以である。朦朧詩は数年間にわたって一世を風靡して、とくに若い詩人の創作に大きな影響を与えた。白洋淀[31]の地を中心に活動していた朦朧詩人達は、詩歌群落、及び非公式刊行物の『今日（今天）』の作者の主要な作者である。そこには、例えば、食指・北島・多多・芒克・舒婷・江河・顧城・楊煉・根子・方含・林莽・厳力・暁青などがいる。別の若い詩人は、白洋淀詩人達や『今日』と直接的には関係していないが、彼らは朦朧詩人と似通った人生経験や価値観を持っている。そのうちの影響力のある詩人は、梁小斌・王小妮などである。無名の新人達の新鮮な詩歌は、批評家の間でも大きな論争を巻き起こした。一九七九年十月に公劉が「新たな課題─顧城君の数篇の朦朧詩を中心に─」を発表して以来、朦朧詩を巡る論争は五年以上に及んだ。全く異なる芸術観念の交戦もあれば、新詩の開拓や美意識に関する論争もあるが、謝冕を筆頭とする年若い批評家達は、新たな動向を柔軟に受け入れた。彼らは朦朧詩という新参のジャンルを肯定的に捉え、多大な援助を与えたのである。この論争には賛否の声が起こったが、朦朧詩人を詩壇の最先端にまで送る役割を果たしたことは確かである。詩人達は、非難を受けて姿を消したわけではなく、寧ろ、影響力を拡大していったのである。

第三段階は一九八〇年代中後期であり、このときの詩壇は騒々しさと焦燥に満ちている。朦朧詩の文学運動は、一九七〇年代末から八十年代初期まで勢力的に活動していたが、八十年代半ばに至ると衰退していった。あたかも立身を果たしたかのように外国へと向かう者、あるいは筆を擱く者もいた。勿論、その中には地道に執筆活動に励む詩人もいたが、要するに混乱した状態に陥っていたのである。それと同時に朦朧詩人の風気を継承した若い詩人達が登場した。厳密にいえば、朦朧詩人の活躍した八十年代の初頭に、彼らに影響を受けた詩人達が新たな道を追求していたのである。その新世代の詩人達は、未熟で不調和な作品が目立っていたが、八六年頃から脚光を浴びるようになったのである。

彼らは文化大革命の悲劇を受けることなく、開放的な時代を生きた。彼らの眼前には様々な思潮と理論、作品それ自体が広がっていた。朦朧詩人よりも集団意識は低く、個人の感情を重視し、旧来の英雄意識や審美意識への関心は希薄である。その関心は具体的には庶民意識や詩歌鑑賞に向かった。彼らの詩はいわゆる「生活流」で口語体を強調する。また「超語義」といった試作を行い、新たな詩壇を築いていった。その詩壇は様々な主張を発しており、「新世代」「第三世代」「ポスト新詩潮」と呼ばれる潮流になった。詩人達は既に朦朧詩人のように詩人の使命感や悲劇性、宗教的な国家の構築を求めなかった。彼らが探求したのは深層心理であり、俗世心の神秘的な秘密―伝統的な倫理観とは異なるそれ―を追求し、その全体性の構築を求めたのである。彼らの作品は旧来の功利的で教条に対する憤懣を契機として、平易な口語を用いて深層心理をさらけ出した。主義的、また非芸術的な創作態度を一掃した。そして、朦朧詩に至るまで戦いを挑んだのである。

この時期の主要な詩人は彼們・非非・莽漢などであり、その他の影響力ある詩人としては、韓東・于堅・李亜偉・楊黎・欧陽江河・海子・西川・駱一禾・翟永明・伊蕾などである。彼らの主張は実験と探求、また破壊と反逆などの特色を持ち、その詩歌も規範的・統一的・限定的・保守的ではなく、任意的・多様的・臨機的・流動的である。一見すると詩壇の隆盛と考えられるが、その背後には理論的混乱も起こっている。こうした彼らの詩歌理念を画一的に捉えるのは不可能に近いが、各人の主張を概観することで、何らかの共通性が見出されるであろう。

第一に個人の生命を重んじる傾向である。ポスト新詩潮の詩人達は朦朧詩人の集団意識や経世済民の使命感に比べて、さらに個人の生命的価値を強調している。彼らの見方によれば、詩は生命それ自体を表すための形式であり、詩人は直接には観察し得ない生命力の流動を、一定の言語形式に転化することで、生命の奥底に隠されたエネルギーを発見しなければならない。またそれを通じて読者の生命的体験を刺激し、喚起することを重んじる。彼らが崇拝する生命とは、個々の潜在能力と潜在能力を発揮しようとする欲求であり、自覚的に生命それ自体を表現する。詩歌の起源を生命として、生命それ自体を表現する詩人達は、詩歌の伝統的風習や欺瞞的役割のために、自己の信念を放棄しない。こうした朦朧詩から新世代の詩歌までの一連の変化は、たとえば崇高から平凡へと、英雄から庶民へと、悲劇的色彩から喜劇的色彩へと、自我崇高から自我冒涜へと、理性から荒唐無稽へと、上品なものから下品なものへと変化していったと捉えることが出来る。

第二には言語それ自体を捉え直し、復帰するという傾向である。二十世紀前半のロシアの形式主義、英米の新批判、あるいは構造主義や記号学などから、下記のような理論が示された。

文学研究は、文学を文学たらしめる要因こそ検討されるべきであり、また文学を文字の一つの集合と看做さなければならない。文学はあくまでも言語活動であることを自覚しつつも、単なるコミュニケーションツールと捉えるべきではない。人間存在の一つの様式となるはずである。人間は言語を介して世界を把握するのに対して、世界は言語を介して人々にその姿を現す。言語は文学活動における殆ど全ての分野を網羅できる。

こうした文学研究の言語論的転向は、新世代の詩人達に大きな影響をもたらした。彼らが伝統的な詩歌理念に与えた衝撃は、確かに言語に注目したことから始まる。彼らは詩歌の表層と深層の意味が一致すべきという伝統的な見方を打ち破った。言語それ自体に復帰することで言語を単純な媒体と捉えず、流動性ある感覚を重んじる。読者にそうした感覚を伝えることは困難であるが、文学を通じて自己の生命を体験することが出来ると考えたのである。

第四段階は一九九〇年代である。その時の詩壇は、ある程度に伝統と現実に戻る傾向が現れた。九十年代に商品経済と大衆文化が拡がっていくと詩人達の中には一時的に、あるいは永久に詩歌と離れるものが目立った。勿論、執筆活動を続けた詩人達もおり、彼らは人間の最後の精神性を守るために、詩壇を維持しようとした。彼らは自身の美意識と原則を貫き、俗世に囚われることなく、心の浄土を保持していた。彼らは虚無的な精神状態のなかで、八十年代の詩歌風潮であるロマンチシズムや狂喜的色彩を排し、個人的な創作に尽力して、詩壇に新たな縁を結んだ。

歴史には一定の法則があり、それは個人の主観的意志によって変わることはない。従って、中国詩壇が九十年代に欧米の詩歌理念を導入し、九十年代にある程度伝統に回帰するという動向にも、何らかの史的必然性があるだろう。実は一九八〇年の中頃、一部の若い詩人に復古主義の兆しがあり、それが九十年代に明瞭化してきたのである。九十年代の詩壇には、とくに青春期の焦燥と熟年期の沈思的傾向があるだろう。欧米の現代詩歌を学び、さらに伝統文化に注目するようになったことで、八十年代とは異なる詩歌の創作の光景が現れた。たとえば、個人的創作も開拓の熱意も希薄となった。その一方で大衆的詩歌が台頭し、伝統と結合を求めている。それに伴って表現手法が変化（例えば、叙述要素の強化、劇的な要素の加入など）した。全体から見れば軽率で空虚なものから、思慮深く充実したものへと変わり、また熾烈な感情から温和な感情の表出へと向かったのである。現代の詩歌の創作に大きな転換が生じたものと考えられ、これらの転換については詩人と批評家のより一層の観察と研究が求められる。

四、中国・台湾、香港、マカオの詩歌についての概観

以上、概括的に一九四九年から二〇〇〇年までの中国現代詩の展開を論じた。中国・台湾、香港、マカオ地区の詩歌についてはそもそも中国大陸の政治制度や文化的雰囲気と一線を画しているので、本章でそれぞれ大まかに紹介することにしたい。

中国・台湾の現代詩は、一九四五年の日本の降伏時から検討を加えなければならないが、中国・台湾では民国政府に奪還されて以来、日本語と閩南語・客家《はっか》語の使用が禁止された。台湾の詩人は、日本語から中国語に変わるという事態に直面し、しばらくは順応し得ず、多くの大陸詩人もまた台湾の地を踏まなかった。それ故、この時の台湾の詩壇は荒廃期と考えるしかない。

五十年代の台湾は戒厳体制に置かれ、経済や教育・芸術にしても、その発展方針はすべて「反共復国」であった。台湾と大陸はイデオロギーの明確な対立が見られるものの、台湾海峡両岸の詩壇はいずれも詩歌の「道具論」を信奉していた。大陸では文芸が政治のために、階級闘争のために奉仕すべきものと主張する。台湾においても文芸は「反共抗露」のために奉仕するものと主張されている。この時期の台湾詩壇は、軍人と亡命学生が主要層であり、全ての詩誌が国家や民族の困難、あるいはその興亡を表現すべきものと標榜していた。要するに「反共復国」をスローガンとするのである。しかしながら社会情勢の変化に伴って、「反共」的主張も希

薄となっていった。洛夫・張默・瘂弦・商禽・辛郁・碧果などの詩人は超現実主義の手法を導入して、現実の政治的圧力を突破した。つまり、外的要因を契機に自己の内面を探求し、当世の詩風の開拓に貢献したのであり、この段階は台湾現代詩の萌芽期と捉えるべきであろう。

六十年代の台湾新詩は、西洋の現代派の詩歌に影響を受けており、現代主義が主流的地位を占める。換言すれば「西天から経文を取り入れた時期」と言っても良い。この時期の台湾は西洋化が優勢であり、五十年代詩壇の「戦闘文学」の勢力も虚弱化し、反抗精神が生じていたからである。とくに海外から台湾に来た若者の多くは離別の苦難を乗り越えていくうちに、台湾の戒厳制度に幻滅し始めた。これによって、彼らは内部的転回を求めて、個人の精神世界、潜在意識や夢の世界を探求するようになった。そのような心理状態は、西洋の現代主義詩歌と合致したため、西洋の現代主義の暗示・象徴・隠喩・風刺などの手法を導入し、彼らが閉鎖的環境に抱く恐怖と不安、および生命に対する荒唐無稽、死の魅惑などといった、複雑な感情を表現するようになったのである。創世紀詩社は、まさに六十年代に台湾現実主義的詩風の創造の本拠地というべきものである。ただし、現代主義詩がネガティブな感情を詠じている中で、温和な感情を詠じる詩人も登場した。たとえば、余光中は、中国新詩が西洋理念を取り入れる際においても自国への復帰を強調した。それと同時に、一部の反現代主義の勢力も成長しつつあり、とくに「笠」詩社は現代主義を排して、新詩もまた伝統的真理を備えるべきこと、それでいて平易であるべきことを主張している。これは郷土文学の再出発を意味していよう。

七十年代になると現代主義は激しい批判を受け、台湾の新詩は改めて現実主義に復帰した。「笠」詩社の郷土詩人は盲目的な西洋化に反抗し、台湾の社会と大衆にこそ関心を向けるべきと主張する。一方で新たな世代の「龍族」詩社は、中国大陸文化への接近を主張している。こうした一連の変化は、台湾の新詩が個人本位から社会本位へと、政治的奉仕から大衆への奉仕へと、西洋から東洋ないし台湾へと復帰すべきという意識が現れたものと捉えられる。これらは、台湾の詩人がより高い次元で文学に目覚めたことを示し、加えて、社会全体への認識が深くなったことも示している。それ故に台湾の七十年代の新詩は復帰期と言ってもよいであろう。

一九八〇年代の台湾新詩は多元的な発展期と捉えられる。八十年代の台湾には、新しい社会環境と人文環境が整ってきた。戒厳令の廃止に伴い、社会は空前の開放と民主主義を獲得したのである。様々な政治的勢力が論争を重ね、経済的発展が企業家に発言権を与えた。また新しい情報手段が文化の多元化を促進し、社会団体が一斉に立ち上がり、新たな詩誌も次々と出現したのである。こうした社会的要因の全てが文学の多元化的発展を促し、様々な主張の発信に有利な条件をもたらしたものと言えよう。八十年代の台湾新詩は、大きく二つの時期に分けられる。前期は八七年以前であり、その特徴は現代主義と郷土詩の対立と融合である。後期は八七年七月に戒厳解除から八九年までであり、その動向は、本土詩とポスト現代詩の共存であろう。

一九九〇年代の台湾は、李登輝元総統が「両岸に国と国の特殊性がある」と打ち出し、いわゆる「両国論」によって社会が激変し、統一と独立の闘争を促して、本土化、あるいは脱中国化が激しく主張された。台湾詩壇もまた商業的発展やマスメディアの影響を受けて、次第に読者からも冷遇されるようになった。新旧の詩誌らが主流的地位を争い、一部の詩人は文学史に名を残そうと躍起になり、一部の若い詩人は遊戯的かつ前衛的な創作活動を行った。具体的にはネットワーク詩・艶詩・超短詩・バス（bus）詩・隠題詩・宗教詩・台湾語詩・原住民詩・新文語詩などである。この時期の台湾詩壇は、秩序もなく、混沌とした状況である。

以上、台湾詩歌について社会風潮やその変遷、詩のスタイルの変化と詩誌といった観点から概観した。台湾現代詩の文学史は、詩誌の歴史、または詩誌の興亡を中心に据える見方があるが、一概に詩誌・詩社の盛衰ばかりを論じるべきではないものと考える。

香港の新詩には、地理的位置と政治制度によって、中国大陸と台湾の影響を受けており、それでいて独自の発展の跡が窺える。

一九五〇年代の香港の詩歌には、強烈な「難民文学」の色彩がある。四九年に中国革命の勝利と中華人民共和国の誕生した際に、多くの左翼人士が中国大陸に戻って建設事業に参加した。それに対して新政権に疑念を持った詩人達が大陸から香港に亡命したので、それに乗じて「難民文学」が生まれた。だが、左翼的詩歌もまた滅びたわけではない。五十年代の香港は、基本的に「ドル文化」に覆われており、「難民文学」と左翼文学が対峙した。また写実主義とロマン主義が共存する一方で、現代と伝統が対立している。さらにまた香港と台湾の詩壇が激励し合うなどして、香港が詩壇の自由を象徴する港となったのである。

一九六〇年代の香港詩歌は、左翼や右翼という両政治の隙間に、新たな道を模索していた。その頃には既に国民党と共産党の内戦、朝鮮戦争などは終結していたが、左翼と右翼には依然としてイデオロギーの対立が窺える。この争奪戦に対して英国香港当局は基本的には介入しない方針を貫いたので、左翼と右翼の政治勢力、及びその文化的活動は自由な言論を推し進めた。また情報の獲得手段の発展は、香港に新しい思潮をもたらした。六十年代の香港の新詩は、西洋の現代詩歌の影響を強く受け、詩人達は深層心理の探求に尽力した。台湾の現代詩には比肩し得ないが、極右と極左の隙間に新しい道を追求していた点は重要である。

香港は一九七〇年代に至ると、金融産業・不動産業・旅行産業などが急速な成長を遂げ、社会福祉の改善と言論の自由を求めた。加えて、香港人としての自覚が強くなっていった。香港の詩人達が自分達のアイデンティティを探し、若い世代が大陸に愛着を抱くようになった。政治的刊行物は次第に衰微し、香港の詩誌や詩社は急速に成長した。七十年代の香港の新詩は五十年代の「難民文学」とも、六十年代の現代主義的風潮とも異なっており、香港自体を立脚点に中華民族の運命に関心を向けたため、大陸意識の詩誌、及びその詩作が勢いよく発展したのである。

一九八〇年代の香港は国際金融都市として、名実ともに東洋の真珠となった。香港の経済神話は、詩人達の自国意識を強くした。その際に生じた都市詩は、香港新詩の主要なジャンルとなったが、メディア社会はポスト現代主義をも育んでいた。八四年に中英両国が「香港問題に関する共同声明」に仮調印したことで、香港は返還され、一国二制度の実施、香港自治などの局面を迎えている。それによって香港の詩人達は祖国の運命を意識せざるを得なかった。詩歌には中国の歴史文化が浸透しており、香港詩壇が台湾海峡両岸、及び中国と西側との詩壇の架け橋となった。

一九九〇年代以来の香港詩壇は、九七年の香港帰還で主体性の消失や自由な創作活動の欠落を引き起こしたわけではない。香港新詩は、中国大陸の体制に乗せられることなく、図書審査制度が実施されなかったので、詩人達は独自に創作活動を行うことが可能であった。その上、九四年に創立された「芸術発展局」の支援もあって、詩誌・詩集の出版が多様となり、新たな詩歌ジャンルの創設も促された。香港の新詩は特別な姿で新世紀の両岸四地(32)の詩壇に聳え立っている。

マカオは四百年間にわたってポルトガルからの入植者の支配下にあり、西洋文化の影響を色濃く受けている。とはいえ、中国文化の影響力も多大で、マカオの公用語にポルトガル語が指定されても、華僑の学校には浸透し難い。マカオの詩人達の創作は、香港の全面的な開放とも異なって、半開放半閉鎖の状況であった。それ故に中国の影響として現実主義が主流であった。マカオの詩歌は香港の詩歌に類する側面もあれば、異なる側面もある。マカオ詩壇の主な特徴の第一は写実詩と現代詩の両立である。第二は新詩と旧詩がいずれも流行したこと、第三には中国語を用いる詩人とマカオの方言を用いる詩人の共存である。一九九九年にマカオが中国に返還された後、マカオ文学は「マカオの自治制度」、「一国二制度」の背景のもとで、中国大陸との交流が強化され、新詩が隆盛した。詩人達は強烈な自主性を保持し、家庭や愛情、風景や個人の運命などを表現する。他方では時代精神を象徴するような憂いの情を表現している。マカオの詩歌には、地域的特色が備わっており、多彩な詩的世界を見ることが出来る。

注

（1）一九一九年五月四日に起こった反帝国主義・反封建主義の護国運動のこと、中国新民主主義の始まりとされる。
（2）抗日戦争とその後の、中国国民党と中国共産党との国内戦争の時期に、中国共産党が解放・支配した地域。
（3）一九四二年二月〜一九四五年四月に行われた中国共産党の延安整風運動の一部分で、労農兵のために奉仕する文芸方針が確立され、新文芸の発展に対して重大かつ深遠な影響を与えた。
（4）一九一六〜一九八五、有名な中国現代詩人。
（5）田間「一人の詩人の志願書を起草」、『抗戦詩抄』、新華書店一九五〇年三月発行、一二五頁。
（6）一九一四〜二〇〇三、有名な中国現代詩人。
（7）厳辰「詩歌の大衆化について」、一九四二年十一月一日『解放日報』。
（8）一九六六年五月〜一九七六年一〇月の十年にわたる中国の政治運動である。
（9）小靳庄は中国のある村のこと。民歌は民謡のこと。
（10）文化大革命期の後期に大きな影響力を持っていた、中国共産党の指導者であった王洪文、張春橋、江青、姚文元のこと。
（11）白樺「詩に関する五つの感想」、『詩刊』一九七九年第三号。
（12）『詩刊』記者「『四つの近代化』のために放歌しよう――当誌が開催した詩歌創作座談会を記す」、『詩刊』一九七九年第三号。
（13）Harold Bloom『影響による不安』、徐文博訳、三聯書店、一九八九年、六頁、三一頁。
（14）前掲同三二頁。
（15）胡適「新詩について論じる」、『曜日評論』双十祭記念号第五面、一九一九年。
（16）一八九一年一二月一七日～一九六二年二月二四日。現代中国の著名な学者、詩人。本名は嗣穈、就学名は洪騂、字（あざな）は希彊である。後に改名し、胡適を名とし、適之を字とした。中国安徽省徽州績溪県人で、「白話文」を提唱し、新文化運動を指導することによって世間に知られる。
（17）胡適「『嘗試集』自序」、『胡適文存』巻一、黄山書社、一九九六年、一四八頁。
（18）一八八八年九月二六日～一九六五年一月四日。フルネームはThomas Stearns Eliot（トマス・スターンズ・エリオット）。イギリスの詩人、劇作家、文芸批評家である。代表作には、五部からなる長詩『荒地』(The Waste Land　一九二二年)、詩劇『寺院の殺人』(Murder in the Cathedral　一九三五年)、詩劇論『詩と劇』(Poetry and Drama　一九五一年）などがある。
（19）T.S.Eliot「詩の音楽性」、『Eliot詩学文集』、王恩衷編訳、国際文化出版社公司、一九八九年、一八六頁。
（20）康白情「新詩についての私見」、『少年中国』第一巻第九号、一九二〇年三月一五日。
（21）一九〇〇年一月八日～一九九〇年一〇月一五日。本名は兪銘衡、字は平伯。中国浙江省湖州市人。
（22）兪平伯「社会における新詩についてのいろいろな心理観」、『新潮』第二巻第一号、一九一九年十月。
（23）Thomas Munro『科学に向かって歩む美学』、中国文芸聯合出版社公司、一九八四年、一〇七頁。

(24) 一九一〇年一二月八日~二〇〇〇年一二月二日。中国江蘇省南京市人。著名な中国現代詩人、文学評論家、翻訳者、シェークスピア研究者。かつて季陵をペンネームとした。
(25) 卞之琳「『戴望舒詩集』序」、『戴望舒詩集』より、四川人民出版社、一九八一年、三頁。
(26) 「百花斉放、百家争鳴」のこと。一九五六年に公式に発表された、毛沢東によって提示された、「芸術の発展と科学の進歩を促進する方針」。
(27) 一九五八年から一九六一年までの間、中華人民共和国が施行した農業・工業の大増産政策である。
(28) 文化大革命の中で模範劇と指定された芝居のこと。
(29) 文化大革命末期、一九七六年四月の清明節の際に、逝去したばかりの周恩来総理を悼むために、天安門広場の人民英雄記念碑前で、人々が花輪や詩歌を捧げた運動のこと。
(30) 文化大革命期において、毛沢東の指導によって行われた青少年の地方での徴農(下放)を進める運動のこと。
(31) 中国河北省安新県にある大きな湖及びその周辺地。観光地として有名。
(32) 両岸は台湾海峡両岸のことで、四地は中国大陸、台湾、香港、マカオのこと。

第十一章　中国少数民族の詩歌の特徴

中国の少数民族の詩歌は、歴代に受け継がれてきた言語芸術の結実である。古い時代に漢民族と混合した少数民族または嘗て中原の地で生活していた民族の作品もあれば、現代の少数民族の作品もある。漢語で書かれた作品もあれば、民族独自の言葉で作られた作品もある。ここにいう「少数民族の詩歌」とは主として「作家詩」を指している。そうした作家の詩歌には水準の高い民歌と民間の長篇詩が多くみられるので、概略的に紹介することにしよう。

一、少数民族の詩歌の発展における五つの段階

少数民族の人々は古くから自族の美意識の従い、多種多彩な詩歌を創作した。これらの作品は各民族の韻文文学の主体であり、貴重な文学遺産として中華詩壇を彩っている。

少数民族の詩歌の発展は、概ね以下の五つの段階に分けられる。

第一段階は、秦・漢から隋に至るまでの成立期である。この時期、少数民族自らの言葉で詠じられた原始的歌謡が民謡に変化し、詩歌の形式も成立した。また民間の長篇詩も出現し、彝《イ》族のような体系的な詩歌理論さえもあった。そのうち、少数民族の詩人たちが漢文で詩歌を作るようになったことが最も顕著な変化と言える。東晋時代になると、氐族・羌族・鮮卑族・匈奴の末裔・ツングース族などが相次いで中原地区の地に進出し、政権を立てた。十六国のうち、十三ヶ国が少数民族に立てられたのである。これらの少数民族が権力を掌握すると治国のために漢語を学び、徐々に漢文化を熟知するようになった。一部の人は漢文詩歌の形式を習得し、政権交替・権力闘争に関わる詩歌を多く創作し、少数民族の作家詩の基礎を定めた。

第二段階は、唐から元までの成長期である。この時期、中央政府は一部の少数民族地域の府・州・県において学校を設立し、科挙試験で人材を選んでいたため、漢文教育が大きく発展した。それと同時に、チベット・ウイグル・モンゴルなどの民族が独自の文字を作って詩歌の創作に応用し始めた。またタングート族・チワン族は漢字の偏旁部首を用いて文字を作り出し、それによって詩歌の創作も行っていた。古チワン文字・彝族文字、ナシ族のトンパ文字は主に原始的な民間宗教の経文を記録するのみで、民族通用言語としては用いられなかった。しかし、これらの韻文が多く含まれる経文は、各民族の詩歌にとって不可欠である。独自の文字が生まれ、漢文詩歌の影響の下で、有名な詩人が生まれ、少数民族の文字で作られた詩歌と漢文詩歌が並び詠じられ、『烏古斯可汗伝説』・『魯般魯饒』・『召樹屯』・『蘭嘎西賀』・『艾爾托・什吐克』などの民間長篇詩も作られた。このように、少数民族の詩歌は成長期に入ったのである。

第三段階に当たるのは、明から清末以前（一八四〇年）までの繁栄期である。政府が科挙制度の実施のために、少数民族の各地域に学校を設立したことで少数民族の詩人が多く現れ、チワン族・トン族だけで百人以上にも達している。また、中原の地に進出した満貴族は、皆な詩歌を作ることができる。その上、詩集の出版も行われた。

また、この時期の詩歌作品は技巧的で著しい進展を遂げ、各少数民族の詩壇において歌手・歌師・歌王が輩出し、長篇詩が大量に作られ、「歌海」が形成され、民間詩歌も最高潮に達した。これらの長篇詩は、創世史詩・英雄史詩・叙事長篇詩・叙情長篇詩・倫理道徳長篇詩・宗教経詩・書簡長篇詩・歴史長篇詩・文論長篇詩・連作詩などの十種がある。

第四段階は、一八四〇年からの清朝末期であり、少数民族の詩歌の古代から近代へと転換していく過渡期である。これ以前は古代詩歌が生命力を保っていたが、後期になってから徐々に衰えていった。後期の白話詩の出現は民族詩歌の新たな時代の到来を示している。十九世紀後半における詩歌改革の先駆者である黄遵憲は「別創詩歌」の道を探し、「新派詩」は詩歌の新たな意境を開拓した。その後、譚嗣同らが新詩学を提唱し、詩歌の改革を推進した。さらに梁啓超・丘逢甲によって「詩界革命」、その後には「革命詩潮」も始まった。この革命の中で特に南社が重要な役割を果たしていた。「詩界革命」が終結して以来、「文学革命」が起こり、「五四運動」を経て、現代文学の道が切り開かれた。こうした中国文壇における一連の革命は、少数民族の文学にも大きな影響を与え、彼らの文学は古代文学から現代文学へと変化したのである。

この過渡期は文学に様々な影響を与えた。反現実的な措辞の激しい愛国詩が流行し、文学思想において反帝国主義・反封建主義の資産階級民主革命へと移って行った。その形式は古典律詩から白話詩の自由詩へと変化した。また、主流であった民間文学の代わりに作家による文学が盛んになった。創作の主体が民間から作家に、権力者から平民詩人に移り変わった。この時期の変化は、現代の民族文学の発展に重要な意味を持っている。

第五段階は、現代詩の形成期であり、民族文学の新たな時代の到来である。この新たな時期については、「新民主主義革命」と「社会主義革命と建設」という二つの段階に分けられる。前者は一九一九年の「五四運動」から一九四九年十月一日の中華人民共和国の設立までである。後者は中華人民共和国の設立から現在までである。この時代の顕著な特徴は、詩人結社の拡大であり、五十五の少数民族がそれぞれ作家文学を持つようになり、その内容や形式、運用方法は全面的に革新された。少数民族の詩人の大半は白話詩を修得したので、現代詩が完全に主流となり、漢文の定型詩は概ね詩壇から退いた。それと同時に民間詩歌の民謡にせよ、長篇詩にせよ、いずれも活気を失った。特に九年制の義務教育制度の実行に伴い、書面文学の創作方法を習得した少数民族の若者が増加し、作家文学の創作がいよいよ盛んになった。

上記からみれば、少数民族の詩歌には独自の発展の筋道と軌跡、その衰亡と隆盛がある。その発展過程では漢文学や周辺の民族文学との交流などにも影響を受けたのであろう。

二、中国少数民族の詩歌の特色

中国の少数民族の詩歌は以下のような特色を持っている。

1、全体的構成の多様性

本稿では現代中国の五十五の少数民族に限定せずに、より多くの少数民族も視野に入れており、古代に中華の地で活躍した、越人・匈奴・西夏・巴人・契丹・鮮卑なども対象としている。

全体的な構成から見れば、少数民族の韻体文学は漢文学と同様に民間詩歌と作家詩で構成されている。やや相違しているのは、少数民族の主流が民間詩歌（民謡・民間長篇詩・民俗芸能）であったために作家詩の登場が遅れた点にあるだろう。独自の文字を持つウイグル族は、六世紀から十世紀においてはチュルク語を用いていた。八世紀から十五世紀は回紇（ウイグル）語を用いており、一一世紀になるとアラビア文字を基に作られたウイグル文字を用いるようになった。つまり、六世紀前のウイグル族は文字を持たなかったので、作家文学もなかったのである。チベット文字は七世紀にソンツェン・ガンポ王の時代に作られたと言われているが、確認できる文献は明代のものである。モンゴル族は十三世紀になってからウイグル文字に基づく文字を創造した。とはいえ、ある民族が独自の文字を有しているからといって、必ずしも作家文学が生ずるものとは断じ得ない。また一部の少数民族には秦・漢以降においても作家詩が存在したが、基本的には唐代以降に生じたのであろう。中華人民共和国の創立以前の多くの少数民族が独自の文字を持たなかったために作家詩が無かったのであり、それ故に民間詩歌が少数民族の主流を占めていたと思われる。建国以後は、少数民族の韻文において民歌と民間長篇詩の比率も低くなり、作家詩が飛躍的に発展してきた。一九八〇年代に至ると教育の発展によって、一部の少数民族にも民族的作家詩が登場し、大いに隆盛したのである。

詩歌形式からみれば、少数民族の詩歌は漢語の定型詩や民歌、民族の民間長篇詩や「説唱」（謡物）などが含まれている。民歌はその初期から存在していた。始めは古い歌謡であったが、形式化されていくなかで、徐々に「歌海」を形成したのである。既に指摘したように少数民族における民間長篇詩は十種あるが、各文化圏によってその状況は一様ではない。中国の英雄史詩は、北方の遊牧文化圏の影響を受けている。英雄史詩はジャンルも豊富で、モンゴル族の作品に限っても三百首以上あった。その構成は壮大で、巧みに展開されている。中国西南高原の農業、牧畜産業地域では、創世史詩の創作が非常に盛んである。これらの作品はチベット・ビルマなどの民族が高原の響きを伝えたものである。南方・稲作文化圏における長篇詩は、民間の叙事詩が最も多い。たとえば恋愛と結婚・道徳・農民の蜂起・反戦などの叙事詩がある。「説唱」(謡物)はその表現方法も多様であり、実は「長篇説唱」は長篇詩を歌や台詞の形で表すのである。史詩は長篇詩の一種であり、それも少なからず伝わっている。

詩歌の題材は社会形態ごとに分けることが可能で、原始社会や封建農奴制、地主制などの題材がみられる。少数民族の日常生活をモチーフとする作品も多く存在し、『史記』などの歴史書から題材を取るものも多い。外国の題材といえば中央アジア・アラビア・エジプトのものを取り込んだものが最も多く、その次に多いのは、チベット族とタイ族がインドから持ち込んだ仏教思想などが挙げられる。そこには、時代や社会生活がよく反映されているものといえる。

なお、言語的側面からいえば、少数民族の詩歌は少数民族の言葉や漢語などで構成されている。外国語詩歌は主に西北文化地域で生まれたもので、歴史上においては新疆の詩人がペルシャ語・アラビア語・シリア語などを用いて創作した。ウイグル詩人の法拉比(八七〇~九五〇)は、三十歳頃にバグダッドに行ってからアラビア語で詩歌を作ったことで世界的にも著名である。

2、内部構成の多様性

少数民族は漢詩も取り入れており、それは漢民族の詩歌とそれほど違いはない。特徴的なのは少数民族独自の詩歌の構成が多様性であり、表現様式がそれぞれの言語と密接に関係している点であろう。一般的に言えば、その構成は幾つかの音節で言葉を作り、いくつかの言葉で音歩（意味を形成する音節のまとまり）を作り、いくつかの音歩で詩行を作って、それが一つの段落、一首の詩歌となる。ただし、具体的には各民族の言語に即して分析しなければならない。

たとえば、アルタイ語族のテュルク系民族であるカザフ族の詩歌は、言語の母音と音調の性質で、文字ごとには数えることが出来ず、音節を数えることになる。そうした詩歌は音節構成と言われ、音節が音歩を作り、音歩は行を形成する。一行が△△△△／／△△△である場合は、前の一音歩が四音節、後ろの一音歩が三音節であり、これを七音節・二音歩・四三式と数える。一行が△△△△／／△△△△の場合は八音節・二音歩・四四式であり、△△△△△／／△△△は八音節・二音歩・五三式である。また八音節・二音歩・三五式は△△／／△△△△△、十一音節・三音歩・三四四式は△△△／／△△△△／／△△△△、十一音節・三音歩・四四三式の構成は△△△△／／△△△△／／△△△である。

以上は各行の音節構成である。行が段落を構成し、最も短いのは二・四行であり、最も多いものでは十数行に至る。

また、チワン・プイ・ムーラオ族の「勒脚歌」については、一番目の音節でその基調を形成するものである。その構成は複雑で、特殊なリフレインのルールがある。最も基本的な法則は、八行を一首として、七・八行目が一・二行目を繰り返し、十一・十二行目は三・四行目を繰り返して押韻する。こうして三小節十二行の歌になる。長篇詩「梁山伯と祝英台」其一を例として、その様式を確認すれば以下の通りである。

（1）嘉慶四年王、　（2）照情由來講、　（3）繫前時故事、
號中元甲子。　　　村與村傳揚。　　　歌在己未年。
在廣西無事、　　　嘉慶四年王、　　　在廣西無事、
講英台故事。　　　號中元甲子。　　　講英台故事。

これは「勒脚歌」においても最も単純なものであるが、二十四行で構成される複雑なものもあり、さらには七十二行で構成されるものもある。その反復のルールは詩歌に通暁しているものでも、はっきりとは分からない。

チベットの詩歌における「魯体民歌」は多くの段落で反復しながら詠じられており、甘粛省・青海省、チベット族の地域で流行している。一行が七・八音節で、少なくとも一段落が三行、多くは一段落が十行で構成される。詩歌によって異なるが、概ね三段落以上詠じられる。具体的に次の例をみてみよう。

①　要　唱歌　就対　藍天　唱
　　対　藍天　不去　攪擾　它
　　使　日月　聽了　心情　暢
②　要　唱歌　就対　紅峰　唱

対　紅峰　不去　攬擾　它
使　雄鷹　聽了　心情　暢
要　唱歌　就対　村鎮　唱
③
対　村鎮　不去　攬擾　它
使　情人　聽了　心情　暢

これは一行が八音節・五音歩、三行で一段落、三段落で一首が構成されている。三段落の第一・二・三行の字句やリズムは殆ど同様である。ただし、「勒脚歌」とは相違して、第二・三段落の第一・二・三行目ではそれぞれ新しい発想を詠じるので、二文字は異なっている。

詩歌のまとまりも各民族によって相違している。民歌は一つの詩を「首」や「章」の単位で数えるが、長篇詩の場合は数首のまとまりで構成することもあり、各首の行数も各民族間で異なっている。たとえば、「瑪納斯」は八部で構成されており、世代と部が対応している。『格薩爾王伝』はそれとも相違して、戦争を単位としているので、数十部（数十回の戦争）で構成されている。チワン族の五千行超の『唱唐皇』は三十二章で構成されているが、写本では改行されていない。それぞれの章末で「講到這裏先歇息、再説鳳嬌難臨身」（今日はここまでで終わり、次回は胡鳳嬌が遭った災難を述べる）と区切っており、その次の一行で新たな内容を提起する。このような詩歌構成は「排歌体」と呼ばれており、主として右江地区に伝わっている。紅水河の下流域のチワン族の民歌は、主として「勒脚歌」であり、一首が八句、反復表現を含めれば十二句になるのであるが、これは譜面に八句のみを記して、実際に歌い上げる際には十二句になるということであり、民間の暗黙のルールである。一部の長篇詩は百首・数百首で構成されている。このように少数民族の詩歌の構成は多種多様である。

3、民族の社会形態の多様性

中華人民共和国の建国以前では、少数民族の社会形態はそれぞれ異なっている。たとえば、一九五〇年代の経済改革が起こった頃は、少数民族には地主制や封建農奴制度がまだ存在していた。ある少数民族に至っては原始社会末期の状態で、私有財産制といった観念がなかった。中央慰問団は、ある村の酋長に一枚の毛布を贈呈すると、この酋長は毛布を村民の人数分に小さく切って分け与えた。これはまさに氏族社会における典型的な共有観念に合致する。また各地の社会構成も相違しており、中原地域では「土官」、「山官」、「頭人」、「王様」（元・明・清の時代、西南地区の少数民族の首長で世襲の官職を与えられた者）のような肩書きが存在しなかった。

少数民族の経済基盤は、稲作・農業・水産業・狩猟・遊牧・半狩猟・牧畜・定住畜産・高原農業などである。歴史的問題としては、各民族における内部紛争、近隣諸国との対立や中央政権との紛争などがあった。要するに複雑な歴史背景、自然環境の地域差、各民族の社会進化、多彩な民族の風情、積み重ねてきた美意識、漢文圏や近隣諸民族との頻繁な交流などの要素は、いずれも様々な形で民族詩歌の創作に反映され、詩歌の多様化を促したのである。また、各少数民族は類似した社会形態であったとしても、それぞれ特色的である。例えば、チベットの農奴制度は奴隷制を残しているが、華南地域の農奴制度と大きく異なっている。遊牧民族の生活は、無論のこと稲作民族とは相違している。異なる文化の背景にはそれぞれの宗教や伝統があり、イスラム教は西北地域の十ヶ所の民族の間で伝わっている。チベット仏教は主にチベット族とモンゴル族の間で伝わっている。シャーマニズム・トンパ・畢摩教・麼教・師公教などの民間宗教は世界的な宗教とも異なる色彩をみせる。これらの民族言語と文字で創作された民族詩歌には大きな包容力があり、異なる時代と境遇、それぞれの善悪や愛憎、理想が表されている。社会の開発、民族の存亡に関わる戦い、幸福な生活への憧れ、自由の追求、愛する人への忠誠、醜悪への非難、国家統一と民族団結の称賛などは民族詩歌の題材の主流である。少数民族の漢文の詩歌作品には、中原の地の歴史、及び辺境と中原の関係、経済文化の交流などがある。

少数民族の詩歌の表層的側面と深層的側面は、それぞれ民族独自の特色が保持されている。表層的側面から言うと、詩歌のモチーフとなるのは、森林・草原・砂漠・オアシス・高原・カルスト山や谷・水田における民族の生活である。しかし、民族文化の深層にあるのは、民族的コンプレックスであり、これは栄格（Carl Gustav Jung　一八七五～一九六一）のいわゆる集団的無意識に類似している。ユングに拠ると、集団的無意識というのは歴史の中で民族独自の経験や感情などから形成されるもので、人格と生命それ自体の象徴である。栄格の集団的無意識が生理的に遺伝するという観点については疑問視されているが、しかしながら民族の有する集団的無意識の見解は首肯される。それは、少数民族の詩歌の民族的コンプレックスの表出といえる。

少数民族の言葉で創作された詩歌には、民族的コンプレックスが凝集されており、そうした感情は漢詩においてもみられるが全体的には希薄である。中原外で生まれ育った詩人、及びその子孫などは常に作品で故郷を懐かしむ。一方で少数民族は詩歌に託して辺境の風物を懐かしみ、祖先が堪え忍んだ苦難、辺境の自由奔放な恋愛や豪放な生活への憧憬を詠じる。元好問は「癸巳五月三日北渡」詩の中で「紅粉哭随回鶻馬」（紅粉 哭して随ふ 回鶻の馬）と詠じているように、しばしば辺境への思いを表現している。祝注先の『中国少数民族詩歌史』は、「広々とした雄大な北国の風貌、幽州・并州における武勇的精神、拓跋氏鮮卑族の民族的特色、災害に見舞われた際などに、詩人の一生の詩歌創作の傾向を決めた」(1)と述べており、辺境の住民としての心情を表現している。回鶻人（ウイグル）である薛昂夫は中原で生まれたが、「我は本《も》と是《こ》れ東西南北の人」と嘆いている。つまり、彼は中原文化に馴染むことが出来なかったのであろう。劉禹錫は朗州（今の湖南省常徳市）に左遷されたが、当地の巴人の俚曲を好んだ。彼は「上淮南李相公啓」において、「吒謠俚曲、可儷風什」（民歌・民謡は、詩人の詩歌創作に匹敵するようになった）と詠じている。この詩は直ちに竹枝詞として詠じられ、全国で流行した。また彼が広東連州の壮謠地区に左遷された際にも、その土地に対して直ちに共感して、そこの風土や人情に魅了された。劉禹錫とは相違して、柳宗元は「寄韋珩」において柳州への恐怖心を記して、「桂州西南又千里、漓水門石麻蘭高。陰森野葛交蔽日、懸蛇結虺如蒲萄。到官数宿賊満野、縛壮殺老啼且号」（柳州は桂州の西南千里にあり、その周辺にはよく茂った藤蔓が生えている。太陽を覆い隠し、林や草むらの大きな蛇・毒虫などは葡萄のように木から垂れている。社会秩序も不安定で、何処にも強盗がおり、成人を縛り上げ、老人を殺害し、至る所で泣いていた）と述べており、また「郡城南下接通津、異服殊音不可親。青箬裹塩帰峒客、緑荷包飯趁圩人。鵞毛御腊縫山罽、鶏骨占年拝水神。愁向公庭問重訳、欲投章甫作文身」（柳州の南には四方八方に通じる渡し場があり、渓峒人の衣服は一様でない。言葉が通じないので、彼らと親しくなれない。帰省する人々は塩を竹の葉に包み、市場に集まってきた人々は食品を緑の蓮の葉に包む。ガチョウの羽毛が詰まった布団で冬を凌いで、鶏の骨で農産物の出来を占って、水神を祭る。訴訟事件の判決をする時は、翻訳に頼るしかない。いっそのこと官服を脱いで、墨を入れた渓峒人になりたいものだ）『柳州峒氓』と述べて、現地の習慣に馴染めない心情を表した。その後、柳宗元は現地の人々の素朴さに感動し、善政を施したことは、現在でも美談として伝わっている。少数民族の詩歌は、単に題材や言語だけで民族文学であると判断すべきでないし、民族学的な文化や心理から探求するのも必ずしも適切ではない。だが、以上にみた漢文学に現れた心理もまた詩人の出生と密接に関係しているのである。

とくに留意すべきは、少数民族の詩歌には民族独自の意識が内在されており、少数民族の心理や性質の研究に大きな価値を持つという点である。彝《イ》族の『指路経』では、死者の魂を祖先の移住経路に沿って、祖先の発祥地まで辿ることが可能である。『指路経』[2]路南篇では葬送の儀礼を簡潔に示しており、「天与地之間、有四堆青石、四堆青石上、住着糟孟家」（死者の魂が神々の住む天国へ向かい、天と地の間で四つの塊の青石があり、青石の上に、「糟孟家」が住む）とある。糟孟家とは、すなわち天神様である。また「格茲家女兒、左手拿鑰匙、右手開天門。登上東山頂、先開陰陽門。打開陰門時、陰間亮堂堂。陰門四方開、八方亮堂堂」（格茲の娘は、左手で鍵を持ち、右手で天界のドアを開けた。東山の頂上に登り、先に陰陽門を開ける。陰陽門が開くと、黄泉の国がきらきらと輝いている。陰陽門を四つの面に開け、八方に煌々と明るい）とあり、さらにまた「門前喜鵲聞、喜鵲喳喳叫、叫聲遍山寨。屋内雄雞聞、雄雞展開翅、頻頻扇翅膀、雄雞喔喔啼、啼聲傳四方」（門前にカササギが鳴き、鳴き声がカチカチ、カチカチと山村に響きわたる。オスの鶏が部屋の中で鳴き、翼を広げながら羽ばたかせ、コッコー、コッコーの鳴き声が隅々まで聞こえる）と詠じられている。これらの詩句には彝《イ》族の重要な理念が含まれており、すなわち生への願い、死への冷静な態度、つまり生老病死は自然の法則であり、悲しみに暮れることもあるが、それと平然と対峙すべきことを伝えている。そして、天国への道のりに様々な風景が見られ、その悲壮感は払拭されるのである。目的地に着いた際には、「忘掉人間事、放心去陰間。安居於冥世。蕎葉變蒿葉、稲葉變草葉、穀穗變燕麥」（この世を忘れ、心置きなく冥土へ行きなさい。安心してそこに住みなさい。蕎麦の葉がヨモギの葉になり、稲葉が草の葉になり、粟の穂が麦の穂になる）とみられる。改めて確認しておけば、彝《イ》族の死者の魂は雲貴高原から、祖先のいた青海チベット高原へと移りゆくものである。『指路経』双柏篇において、祖先の魂が戻る際には、「在一座山上、松柏青又綠、杉樹灰褐褐。斑鳩咕咕叫、雀鳥喳喳嚷。石岩做山眼、草莽當山衣。大山像桌子、深箐似躺椅。地勢像撮箕、三山似鎖攏。四河彙集流、四梁來圍攏、中央地理佳」（ある山で、松柏が翡翠のように輝き、モミが暗い茶色を呈している。キジバトがデデッポーポーと鳴いて、雀がカチカチと鳴く。石岩は山の目であり、草村が山の衣服である。山はテーブルのようで、深箐が寝椅子のように見える。地勢はちり取りの形で、三山はロックの形である。四つの川が大河に合流し、四つの山に取り囲まれていて、中央の部分が一番よい）とみられる。目的地に着いてから、「山頂雪皚皚、山腰鋪満霜。鳥雲籠罩山、山風颼颼刮、不生一棵樹。惟有一棵樹。白天乗涼風、夜間樹遮露」（山の頂上は雪が積もり真っ白になり、山腹は霜で覆われている。山は暗雲に覆われ、風がビュウビュウと吹いているので、木は一本もない。ただ、一本の木がそこにある。日中の時に日除けのいいところになり、夜になると屋根の代わりになる）とあり、青海チベット高原に戻ったことが示されている。これらの詩歌には、数千年前に青海・チベットに住んでいた氐《テイ》族・羌族が、東から南へ移行し、四川南部と雲貴高原に到着したという重要な情報が隠されている。彼らは現在の西南地域に住んでいる藏・緬語民族の祖先である。考証によれば、死者の魂が祖先の故地に戻る途中で通過する各駅は、今の地名と対応している。これも改めて西南地区の藏・緬語民族は確かに青蔵高原から南下したことを裏付けている。

『チワン族麼経ブロー陀影印訳注』[3]の経詩は、チワン族祖先の氏族部落社会の「清明上河図」のような存在である。古代生活の描写は、生き生きとしたロマン主義に満ちており、人々の心を惹きつける。当時の人々は、長い間に山間部の洞穴に住んでいた。チワン族の地区は典型的なカルスト地形なので、山は様々な形に富んでおり、住んでいた場所には珍しい山の洞穴がある。これらの山の洞穴に、祖先の住む場所があり、首領のブロー陀もそこの山の洞穴に住んでいた。経詩に、「祖公の家は山の洞穴にあり、祖公の村は山の麓にある」とあることから、祖公は山から降りにくいことが分かる。また、「祖公が傘を差して露を遮ってくれ、扇子を使って汗をあおいでくれる」とあり、人々の難問を解決してからまた再び山の洞穴に戻る。『呅兵全巻』には、「昔、欄干を設けていなかったから、牛みたいで坂で寝るも人いたし、チョウのようにダムの下、鳥のように木の上に寝る人もいた」とあり、その後、欄干や家が作られ、火もできた。「明かりを母屋に飾り、軒下にぶら下げる」。山の洞穴は陰気でジメジメしているが、人々は「カラスのように生肉を食べ、川獺のように生魚を食べている。雨がシトシトと、雪がカサカサと降る」ので、みんなは布洛陀と麼渌甲の指示に従い、力を合わせて火を作った。火があれば、食べ物を加熱し、体を暖めることができる。しかし、肉体にかぶる衣服はまだないので、とりあえず木の葉で体を蔽う。『呅請布洛陀』には、他業王という造物の神様は、人間に四角の高床住居の建て方を教え、それから織機、及び布の製造方法を教えたということが書いてある。そこから初めて厄払い・厄除け祈願をする時に「かごに服を入れ」という風習があったのである。

人々は、高床住居に住み、衣服を着用し、火も使うようになった。ただし、社会的な規則はまだ作っていなかった。『呅請布洛陀』の経詩には、「始祖が六カ国を巡回してみると、世の中は全く話にならない。天と地が交わり、殿様蛙と蟇蛙を娶せた。夫の父と息子の嫁が一緒に寝て、叔父さんと弟の嫁が一緒に寝ている」という話がある。その混乱振りが最も窺えるのが『呅兵布洛陀』であり、そこでは「黄色い鹿が母屋の扉で鳴いて、ムササビが中庭で鳴いている。蝉は蚊帳をつり上げる柱で鳴き、雉鳩は軒下で鳴いており、ヤマウズラが回廊で鳴く。稲も籾米も急にしゃべり始めた。アヒルは鶏のひなになり、鴨の卵は二つの黄身があり、雌鶏が鳴き声で時刻を告げる。他人の豚がうちに来て子ブタを産む。他人の鴨がうちで卵を生む。人の鶏がうちにきて卵を孵える。鴨卵一個でなんとか二羽のひなが生まれ、生まれた子犬には二つの頭があり、ガチョウのひなには猫の毛がつく。ネズミが食器の棚でけんかする。ミズチが豚小屋で遊ぶ……」などとあるように混沌たる世界が描かれている。そこで布洛陀と麼渌甲が世の中を秩序立て、多くの規則を定めた。たとえば、夫の父と息子の嫁は一緒に寝てはならず、蛇が道を遮断してはならず、虎が平原には来てはならず、豚が一匹だけの子豚を産んではならず、犬が一匹だけの子犬を産んではいけない。こうして、世界に秩序があって、人々は人間らしく生活を送るようになったのである。

当時の婚姻状況については、経文にも書いてある。神話に登場する布洛陀は麼渌甲の息子であり、それと同時に麼渌甲の夫でもある。これはチワン祖先の近親婚時代を反映したものであろう。こういう人物関係の話は、ふさわしくないので、『麼経』の中では一切書いていない。また『布伯』では兄妹で結婚したくない場合も、仲人のカラスや竹・亀の力で、兄妹は嫌々ながらも結局は結婚してしまったという。世間はもう「子孫の結婚相手は必ず自分の兄弟にする。そうすると、兄弟でもあり、夫婦の関係でもある」という近親婚観念を嫌がっていたのである。つまり家庭組織においては「二つ目の勝利は兄弟の間でのこのような結婚悪習を排除することだ(4)」。

「姑は息子の嫁と一緒に寝る、兄は弟の嫁と一緒に寝る」。これは全く異族結婚制度である。姑と息子の嫁、兄は弟の嫁とはもう同じ部族の人ではない。この結婚制度の特徴は、A部族の男性が全てB部族の女性の夫になり、B部族の男性がすべてA部族の女性の夫になるのである。ABCのようなリング式の結婚制度もこの規則に従っている。『吆兵布洛陀・禳解麽経』の第八章の中で、「夫は妻の家へ行かず、父親は息子の家へ行かず、兄は弟の家へ行かない」と書いてある。なぜかというと、異族間の結婚制度によって、夫側と妻側がそれぞれ所属の部落があるので、だから夫が妻の家へ行かれないのである。それに特定の時間しか会えないので、親子、兄弟の見分けができなくなった。その後、厄払いを通じて、社会の気風もよくなり、「夫がはじめて妻の実家を訪れる」「父親が息子の家を訪ねる」「兄が弟の家を訪問する」ようになった。

『麽経』は強い秩序意識を備えており、初期の倫理道徳はその核心理念である。経詩では多くの倫理と道徳が一致していない行為をあげている。たとえば、「或是犯三祖、或是犯五代。兄弟錯相吵、父子錯相爭、夫妻錯相罵、妯娌錯相吵、火灶邊相罵、錯坐伯父前、錯蹲祖父前、錯喫水芋葉、公婆前擤鼻涕、錯喝蘆葦葉水、話得罪公婆、都得要修正、也這次禳解。」（三祖に対して無礼を働き、五代に対して無礼を働く。兄弟で喧嘩して、親子で喧嘩して、夫婦で喧嘩して、兄嫁と弟嫁が喧嘩して、かまどのそばで喧嘩して、座席を間違えて伯父さんの前に座って、祖父の前にしゃがんで里芋の葉を食べ、夫の両親の前で鼻水をかみ、竹の水を飲んで、夫の両親に向かって涎を垂らして、野生の里芋の葉の水を飲み干して、夫の両親に非常識な話をして、葦の水を飲んで、夫の両親の機嫌を損ねる話をするのは、全て改めるべきであり、これも厄払いであった）。また「好話謝三祖、好言謝五代、壞話丟下塘、狠話丟下河、丟下河給魚、當水散灘頭、兒輩萬代有喫、兒輩歡樂自在。代代讓你好、沒有哪代壞。」（良い会話で三祖に感謝し、良い会話で五代に感謝し、悪口は池に捨て、執拗な話を川に捨て、何代にもわたって子供に食べ物があり、息子は悠々自適で、何代も幸福で、不幸な世代は無い）。このような深い哲理を含んでいる経文は、人間の人格育成や倫理道徳の教養に大きな影響を与えた。

以上述べたように、少数民族の詩歌はまるで民族の「百科事典」である。その豊富な内容は、少数民族の歴史及び文化を知るのに大きな価値があると思う。

4、表現の特徴

少数民族の詩歌について、言語の構成には少数民族の言語詩歌、漢語詩歌と外国語詩歌がある。少数民族の漢語詩歌の作者の多くは辺境に住んでいるため、また、各文化圏や文化区が漢語方言の影響も受けているが、母語に制限され、彼らの漢文詩の言葉遣いには地方の特色がある。たとえば、馬祖常の『河西歌効長吉体』には、「賀蘭山下河西地、女郎十八梳高髻。茜根染衣光如霞、卻招瞿曇作夫婿。紫駝載錦涼州西、換得黄金鐵馬蹄。沙羊冰脂蜜脾白、個中飲酒聲澌澌。」（賀蘭山の河西地区で、十八歳の若い娘が髪の毛を高く束ねた。茜で服を赤く染めた様は、まるで夕焼けのようであり、但しお坊さんに嫁いだ。パープルキャメルが錦をのせて涼州のさらに西へ行き、黄金を取り換えてもらうと、ゴールデンホースシューを鋳造した。マトンはグリース・アイスのように白い、ある人が酒をごくりと飲んだ[5]）。この詩の「十八梳高髻」、「茜根染衣」、「紫駝載錦」、「沙羊冰脂」などには、中原の地と異なるような西北の風土が強く感じられる。また、一部の漢詩は少数民族の言語を巧みに取り入れている。たとえば、元代の雲南大理の段功がモンゴルの梁王に密かに殺されて、段功の妻の阿蓋が悲憤して詩を作った。「吾家住在雁門深、一片閑雲到滇海。心懸明鏡照青天、青天不語今三載。欲随明月到蒼山、誤我一生踏裏彩。吐嚕吐嚕段阿奴、施宗施秀同奴歹。雲片波粼不見人、押不盧花顔色改。肉屏独坐细思量、西山鉄立霜瀟洒。」（うちは鴈門関の奥地に住んでおり、心のゆったりとした生活を送っている。月のような心扱いなのに、あなたへの愛はまるで曇りのない鏡のようであり、父親が本当にあなたを殺したい、一緒に大理に帰ろう、あなたはわたしの忠告を一顧だにしない。あなたに従って蒼山に戻りたい、きれいな布団が私の一生をむだにした。あなたって、残念だね。私は施宗・施秀に似合ったよ。空に雲が相変わらずかかっている、青々とした水が相変わらず澄んでいる、但し人がもうなくなって、起死回生という草が色を変えた。一人でラクダの背に座ってよく考え、西山の松林に霜が飛んでいた[6]。

詩の「踏里彩」はペー語で、布団を意味する。「吐噜」の意味は残念である。「押不盧」は北方にある起死回生の草であり、「肉屏」はラクダの背である。さらに、民歌では漢語と少数民族の言語が併用されることは多く見られる。『粤風・壮歌』における二首の例を見てみよう。

「高山放石落底埇、只見水流石没容。今夜得娘同相會、不得成雙人笑依」(高い山から転がり落ちた石がザブンと水の中へ落ち、川は変わらず流れているが石はバラバラにならない。今夜ようやくあなたと会うことができるが、会わないと世間に笑われる)。「高山放石落底卑、只見水流石不移。蜘蛛結網娘門口、擾路來也妹相思」(石が高い山から川の底に落ち込んでおり、川は流れても石を動かさない。クモが彼女のドアの前に巣を張り、恋人との出会いを妨げる[7])。山から転んで来た石が川底まで落ちるというのは恋人に対する想いを喩えるのであり、逆転的発想の比喩表現である。この二首の詩歌には必然的な関係を持っておらず、意境も違う。前者は、男性が意中の人に会って、彼女と恋人になることを歌っている。後者は、男性が彼女の家に着いたが家に入ることはできなかった。しかし彼はどうしても彼女に会いたかった。「底埇」はチワン語の擬声語で、チワン語の発音はDijdungh（ti3tuŋ6）であり、大きな石が水に落ちた音である。チワンで「容」の発音はyong（joŋ2）で、（漢語の）rong（roŋ2）ではない。これは漢字音でチワン語の発音を表記するものである。「容」は古いチワン語で、発音はyung2（yuŋ2）である。「容」はチワン語では、壊れる・割れる・溶けるなどの意味で、ここで山から転がり落ちた石が水の中へ落ちたが、石は頑丈で崩れなかった。愛はまさにこの石のようである。「底卑」も擬声語で、チワン語の発音はdihbeih（ti6pei6）で、小石が水に落ちる音である。「蜘蛛結網」（クモが巣を張る）は愛情の永遠性とその背後に潜む危険性を喩え、チワン族がよく使う表現である。

花児（一名は少年）は明の時代に成立した主に河煌地区の漢語方言で作られた詩歌であり、青海を初めとする西北地区の諸民族の間で流行っていた。河煌地区の漢語方言には古代漢語の語彙、地方風物の語彙、及び諸民族の語彙が含まれる。「花児」は表現が奇抜である。杌溜・着気・難悵・素順・瘫拉拉のような独特な言葉を多用することで、音楽性・色彩感・躍動感がよく表出されている。例を挙げてその表現の特徴を見てみよう。「青青的烟瓶双穗児、水灌著涼涼児的。維下的妹妹一个儿、心想著長長児的。∥進去個大峡走小峡、金晶花、它開著兩面落下。中等身材麼人贊麻、人情話、你説著心裏麼垛下」（青い煙草瓶に二つの房がついている、それには水が入っていて冷たい。ひざもとにいもうとがいるんで、早く大人になってほしい。∥大きな峡谷に入ってから小さな峡谷があり、金晶花、その花びらが両側から落ちた。体つきは中等で頭も切れるし腕もよい、好意を示す話しで、あなたが注意を払っている必要はない）。この詩は「起興」の手法を用いた花児であり、その詩型は漢民族歌とは違う（詩の斉言体と異なっている）。「贊麻」は方言で腕利きの意味であり、「垛」は積み重ねの意味であり、方言は二回しか使っていない。次の作品は、「尕手尕脚尕指甲。尕手上包的是海納、抓住尕手儿問一句話、尕嘴儿一抿笑下」（小さな手、小さな足、小さな爪だ。手がヘナリンにくるまれて、小さな手をつかんで、ひと言を聞いて、口をすぼめて笑う）とあり、方言が比較的に多く用いられている。「花児」の詩歌では者・哈・們・啦を多用している。たとえば、「清溜溜児的長流水、噹啷啷児的淌了。熱吐吐児地离開你、淚漣漣児地想了」（澄みきっていて底まで見える水が、さらさらと流れる。いきなり君と別れ、涙がずっと流れて君のことを思い起こした）。「千思萬想的難團圓、活拔了尕妹的心肝。遭難的馬五哥（哈）見一面、死

（者）蘭州也心甘」（どんなに君のことを思い起こしても、一緒になれない、無残に娘のこころを痛める。災難にあう馬五哥と遭うと、蘭州で死んでもよい）。これらの花児は地域性が強く、西北高原の風土や人情をよく表出している。

少数民族の言葉で創作された作品の用語はバラエティに富んでいる。これは少数民族の言葉遣いの複雑な特徴から生まれたものである。歴史的にみると、上古時代の言葉で作った作品には、たとえば匈奴・越人の詩歌などがある。中古時代の言葉で創作された作品には、たとえば突厥・西夏・鮮卑・チャガタイ語の詩歌などがある。最も多いのは近代の言語で創作した作品である。ウイグル族の詩は前後に古代の突厥語（七〜十世紀）、ソグド語に起源したウイグル語（九〜一五世紀）、アラビア語に起源した近代のウイグル語で作られたものである。西夏の人々は既に漢民族、及びその他の民族に融け込んでいたが、その詩歌はまだ存在した。全体からみると、少数民族の言語は八十種以上に達するが、一般的な詩歌の創作は各民族の方言、サブ語や土語などで書いたものである。

少数民族の地方用語は百十種以上に達し、サブ方言と土語は数百種以上がある。またチベット語にはラサ方言・康巴方言と安多方言が含まれている。民族によって、方言の種類の数が違う。たとえば、チベット語には拉薩・康巴・安多三つの方言がある。ミャオ語は湖南東部方言、貴州東部方言、四川・雲南・貴州の西部方言を含む。四川・雲南・貴州の西部方言だけは七つのサブ方言があり、土語はさらに多い。たとえば、彝語の方言は二十五種類があり、瑤語が十種類。チワン語はただ北部の方言と南部の方言だが、紅水河・桂北・柳江・邕北・右江・桂辺・丘北・邕南・徳靖・硯広・文麻・左江など十二の土語がある。サブ方言地区はもっと多い。ほとんど各県のチワン語はすべて隣りの県と違っている。人口が比較的に少ない民族も方言を持っている。たとえば、タジク族には二つ、オッシュ族には二つ、エヴェンキ族には三つあり、ダフール族には四つもある。文学は言語芸術で、一般的に地方言語、サブ方言と土語で創作を行う。その作品は必然的に発音、単語の選択、センテンスの構成、ローカル言語の習慣、民俗、格言、ことわざなどで、さまざまな特色を持たなければならないから、作品には色とり取りがあって、いちいち目をとめる暇もないほど素晴らしいのである。

外国語と少数民族語で作られた詩歌は主に西北地区でできたものである。ウイグル詩人の魯提菲（一三六六～一四六五）は三百首以上の叙情詩と四千二百行もある長篇詩「Guli と Novruz」を創作した。彼はペルシア語とウイグル語で創作し、「バイリンガル詩人」とよばれている。また、ヤルカンド汗国時代のウイグル詩人の賽義徳（一四八五～一五三三）は、チュルク語・ペルシア語・アラビア語に堪能で、三種の言語で詩歌を創作することができた。ほかに、ヤルカンド汗国の有名な詩人である米児咱・海答児（一四九九～一五五一）は、喀什葛爾（今の喀什）で生まれ、散文と韻文を組み合わせた『拉失徳史』はペルシア語で作られたものであり、その中に長編詩が含まれている。さらに、西北地区の少数民族はペルシア語とアラビア語で創作するだけでなく、古代にはまたペルシアからのソグド語を取り入れたことがある。ソグド碑銘作品が残されており、仏教体（標準体）・古代シリア体・マニ体など三種の文字がある。

少数民族の詩歌の押韻方法は下記の通りである。

①頭韻。アルタイ語系の満‐ツングース語派・モンゴル語派・チュルク語派によく見える。その特色は第一音声で韻を踏み、その形態はAAAA、AABB、ABAB、ABBA、AABAなどを含め、たとえばウィグル族の『マニ教賛美詩』は一百二十段、四百二十行で構成されており、qaralar・qarmu・qajrutaのように全ての頭韻で qa を踏んでいる。

②首韻。アルタイ語系の満–ツングース語派・モンゴル語派・チュルク語派によく見える。その特色は頭や首、又は首部で韻を踏む。たとえばタジク族の詩歌であれば、五～十三段からなり、いずれも奇数で、首韻を踏んでいる。即ちＡＡ、ＢＡ、ＣＡ、……

③一行に頭韻。尾韻を踏むもので、このタイプのものはそれ程、多くない。満–ツングース民族の詩歌でよく見られる。たとえば、オロチョン族と満族の民間詩歌であれば、その様式は一行に頭韻・尾韻で踏む。満族の『摩爾根巴図魯陣歌』の様式はＡＯＯＡ、ＢＯＯＢ、ＣＯＯＣ、……である。

④尾韻。比較的多いもので、様式は、ＡＡＡＡの全尾韻、ＯＡＯＡの双尾韻、ＡＡＯＡの三尾韻、ＡＡＯの半尾韻など、多くある。全尾韻は「花児」のように、「花児本是心上的話、不唱是由不得自家、刀刀拿来頭割下、不死還是這個唱法」。花児は方言で歌う詩なのに、標準語の韻を踏むのが理屈である。方策としては、四句末尾の「話・家・下・法」はすべて押韻している。

⑤頭・尾の連続韻。チワン語・トン語・タイ族の民族詩歌によく見える。その様式は句目の最後の字が句目の最初の字と押韻する形である。そして句目の最後の字が句目の最初の字と韻を踏む。このように順次類推していく。プイ族の一首の民歌であれば、その様式はＯＯＯＡ、ＡＯＯＢ、ＢＯＯＣ。

⑥尾・首韻で押韻。チワン語・トン語の民族詩歌によく見える。その様式は第一行の最後の一字と第二行の第二字で韻を踏み、このことから類推できる。プイ族の「相思歌」を例に取れば、ＯＡＯＯＢ、ＯＢＯＯＣ、ＯＣＯＯＤ、……

⑦腰脚韻。チワン語、トン語の民族詩歌によく見える。その様式は第一行の最後の一字と第二行の中央部の第三次で韻を踏む。即ちＯＯＯＯＡ、ＯＯＡＯＯ。

⑧回環韻。チワン族・トン族の民族詩歌によく見える。その様式は腰韻と脚韻が相互に使用されるもので、上記で引用した『梁山伯と祝英台』の第一首を例として、その構成を示す。

1、○○○○A、
○○A○B、
○○○○B、
○○B○C、

2、○○○○D、
○○D○A、
○○○○A、
○○A○B、

3、○○○○E
○○E○B
○○○○B
○○B○C

第一節の第一行の最後の一字と第二項の中部の第三字で押韻する。第二行の最後の一字と第三行の最後の一字で押韻する。第三行の最後の一字と第四項の第三字で押韻する。第二章節と第三章節の韻律は第一章節で押韻する。ただし、第二章節の第二行の最後の一字と第一章節の第一行の最後の一字で押韻する。そのようにしなければ、回文の修辞様式に合わない。第三章節も同様で、第二行の最後の一字と第一章節の第三行の最後の一字で押韻する。そうすると「鉤連」様式で繋がることができる。

⑨複合韻。一首の歌に同時に尾韻、腰韻・尾韻、行内韻と同音韻を取り入れること。トン族の詩歌は最も典型的であり、一首の詩歌で正韻（偶数の句の尾韻）、勾韻（単数、偶数の腰韻・尾韻）と内韻（一行は二節に分け、第一節の最後の字と第二節の第一字で押韻する）がある。

○○○A、A○○B、B○C
○○○C、C○D
○○○E、E○F、
○○○F、F○D

AA、BB、CC、EE、FFは内韻で、DDは正韻で、第三行のCと第四行のCは勾韻である。このように韻律は相当に複雑であり、他民族が学んでも習得することは非常に困難である。

⑩回環韻。ミャオ族、ヤオ族の詩の中でよく見られる。ミャオ族の民歌を例に取れば、各行の最後の二つの音節が同じ調であることもあるし、単双行はそれぞれ一つの韻を押韻することもある。また詩歌の全体から見ると、同じ箇所で一つの調を踏み、もしくは「変調相押」などの形で、結構面白い。

⑪ピーズ式。多くの段で、繰り返し韻を踏む様式で、チベット・ビルマ語でよく見られる。たとえば、ペー族の雲龍麦郷の詩歌であれば、段落が多いタイプで、最も多いのは一段落には七つの行がある。それに次の段落の最初の六つ行はただ前の段落の最初も六つ行を写すだけで、七行目のみが新しい内容で、このような構成はとても奇特である。

前の段○○○○A、	次の段○○○○A、	第3段○○○○A
○○○○B、	○○○○B、	○○○○B
○○○○C、	○○○○C、	○○○○C
○○○○D、	○○○○D、	○○○○D
○○○○E、	○○○○E、	○○○○E
○○○○F、	○○○○F、	○○○○F
○○○○G、	○○○○H、	○○○○L

他にはナシ族詩の倒装句重韻また排比句重韻、チワン族詩の冒頭の句の襯詞重韻文、カザフ族の多音節脚韻、リス族の同位重韻、ミャオ族の多行多音節の重韻など、二十種以上に達する。こうした複雑な押韻方法は、各

言語の語族に属する音素配列構成と緊密な関係がある。多様な種類で、斬新なパターンで、しかもリズム感のいい少数民族の詩歌は漢民族詩歌ともに中華詩壇のために絶妙な韻律的な交響曲を演奏している。これも言語の多重な彩りを現している。

5、芸術手法が多様である

中国は詩歌の国といっても過言でなく、特別な芸術手法を追求する。すなわち作品の表現能力を高めることを希求しており、少数民族の詩歌もまた例外ではない。古代の人々は「作詩本乎情景、孤不自成。両不相背」（詩の創作は情景を見て、一種の気持ちが生まれる。こんな気持ちがなければ、詩の創作はできない[8]）と主張した。また「予謂総其大綱、則不出情景二字」（その概要を総括すれば、情景という単語を離れない[9]）と述べて、少数民族の詩歌は景色・情調に応じて、多くの感興と意境を創作した。完顔亮（一一二二～一一六一）が雪を詩に詠む「念奴嬌」では、「天丁震怒、掀翻銀海、散乱珠箔。六出奇花飛滾滾、平填了、山中丘壑。皓虎顛狂、素鱗猖獗、掣斷珍珠索。玉龍酣戰、鱗甲滿天飄落。誰念萬裏關山、征夫僵立、縞帯占旗脚。色映戈矛、光搖劍戟、殺氣横戎幕。貔虎豪雄、偏裨英勇、共輿談兵略。須拚一醉、看取碧空寥廓」（空を覆う大雪は、神兵神将が怒りを抑えることができない場合に、銀色の海を投げ飛ばしてから生まれた。空の雪を箔のように、次々と落としていく。雪が転がり落ち、すぐに庭に散ってしまう。渓谷も飛ぶように落ちた雪によって覆われる。浮き沈みの痕跡を見ることがなく、雪はまだ空をぐるぐる回り、二匹のタイガーと麒麟のような真っ白な猛獣が空で苦闘しているようであった。それから雪がどっと注ぎ、二獣が戦う時に、ビーズを引き裂くようであった）と書いてある。前の段落では空中に舞う雪を取り上げているが、しかしながら暗示的でもあり、寧ろ、世界の戦いのようである。後の段落では人を描いており、大雪を下地として、軍人の強く勇ましい気性を引き立て、彼らは雪で手足が硬直しても、依然として殺気だっている。これはなんと豪邁な気概であろう。この詩は奇抜な才能を備えており、字句は冷厳である。我が物顔で振る舞い、その意境は雄大で、山河を呑み込む勢いがある。「敕勒川」には広々として果てのない草原の雄壮で美しい意境を生き生きと描き出している。これは、北方森林・草原文化圏の詩人にしか創作し得ない。稲作文化圏の詩歌より詩の意境はもっと柔く美しいと思われる。「風吹雲動天不動、水推船移岸不移。刀切蓮藕糸不断、我倆明丢暗不丢。」(風が吹いて、雲が動いても、空は動かず、水が両岸を押して、船が動いても岸は動かない。包丁で蓮根を断ち切っても、その蓮の糸が断ち切れない。私たちの関係を断ち切ったように見えるが、実際はまたつながっている)という歌は歌仙である劉三姐が歌った歌である。この歌では江南地区の山紫水明の意境を伝えている。西南高原文化圏の意境は、江南文化圏に比べて、冷厳としている。たとえば、宗客巴が述べた観音菩薩様は、「少女輕盈的腰肢輕輕向左傾斜、玉立蓮臺上向右神韻荘嚴綽約」(少女のしなやかな腰が少々左に傾いて、蓮台に立って右を向いて厳粛で優雅な魅力がある)という描写があるが、彼女は「左邊斜掛著柔軟馴獸皮的腋綬、烏黒髮辮猶如蜜蜂臉似皓月」(左にソフトスキン・リボンを斜めにぶら下げて、真っ黒なお下げがミツバチ、顔が明るく光る月のようである)。これは江南文化圏とは相違している。とにかく、少数民族の詩歌は、各文化圏の自然環境、及び民族生活と緊密な連関性を有しており、そこに民族感情が一体化しているのである。それ故に各詩歌における意境は、多様多彩である。

意境を作るには言葉を通じて実現しなければならない。特に賦・比・興は詩歌の不可欠な手法である。総合的にみると、少数民族の詩はあまねく賦、比、興を用いている。但し各文化圏はある程度偏りがあり、使い方も一様でない。たとえば、比喩は直喩・隠諭・借諭を含め、チベット詩歌は『詩鏡』の影響を受け、その詩歌は大量に直喩と借諭を用い、『格薩爾王伝』での「霍嶺大戦」では、作品は次のように大将軍の玉龍（唐沢）を述べている。「猛虎王斑斕好華美、欲顯擺漫遊到檀林、顯不成斑紋有何用。野耗牛黝褐好華美、欲舞角登上黑岩山、舞不成年輕有何用。野駿馬白唇好華美、欲奔騰徜徉草原上、奔不成白唇有何用。霍英雄唐澤好華美、欲比武來到嶺戰場、比不成玉龍有何用」（猛虎の体には美しいしま模様があり、はでやかで美しく、森でその美しいしま模様を他の動物に見せびらかしたく、見せびらかすことができなければ、その美しいしま模様はどんな意味があるか。ヤクのどす黒い毛がはでやかで美しく、その角を振り回し、黒岩山に登っていこうと、その角を振り回すことができなければ、若くても意味があるか。良馬の白い唇がはでやかで美しく、草原で飛ぶように駆けたい、駆けるのができなければ、白い唇を持っても、意味があるか。霍英雄の唐沢が華美が大好きで、武芸の試合をやりたく、霍嶺の戦場に来た。玉龍に及ばなければ、意味があるか）と歌った。この詩句では相次いで猛虎・ヤク・良馬など三つのイメージによって比喩を行い、これは一つの排比手法（修辞法の一つ、構成が似通い、意味が密接に関連し、語気がそろった三つ以上の句または文を並列する修辞法）であるが、同時にそれも起興・繰り返し・対句などの手法を総合的に使用しているので、興味津々である。北方の森林・草原文化圏も多く排比手法を用いている。但しチベット詩歌のような厳かな反問構成ではない。たとえば、モンゴル族の長篇詩の『阿布日勒図罕』では、次のように一人の奥さんを歌っている。「彼女の顔が太陽のように明るい。彼女の体が木の葉のように柔らかい。彼女の頬が月のようにやさしい。彼女の肌は氷・雪のように汚れがない。彼女の歯は美しい玉石のように白い。彼女の目は竜眼のように黒くて円い。彼女の眉毛は柳の糸のように曲がっていて薄い。彼女の手は真綿のように柔らかい」と歌っている。この詩歌は一連で八つの直喩、排比を用いて、各角度からこの仙人のような女性を描いており、おっとりしていて美しいイメージである。このような手法は少数民族の詩歌でよく使われる。

稲作文化圏は直叙を多く使うので、質朴簡素なイメージがある。清の時代のチワン族詩人の農賡尭は田舎の少女を讃えた「村女赤脚行」を書いた。「村婦有女太嬌頑、打扮天然赤脚仙。阿母有綿（一作帛）不肯裹、卻憐佳人畦歩艱。自言田婦本椎魯、由來不學西施舞。薄命大抵出紅顏、多抹胭脂嫁商賈。商婦不知田婦樂、跣足蓬頭去雕琢。綠荷包飯上山樵、樵罷池中采菱角。采菱爭采並頭菜、水濁水清憑洗淚。不穿繡鞋不纏絲、贈芍采蘭任己之。有時跌坐勾郎誇比翼、有時從夫田畔披荊棘」（田舎の娘がたいへん腕白で、自然な装いを行い、素足を出して、母親のところに綿布が有っても、纏足はせず、逆にお嬢さまの歩きが難しいことを軽視する。田舎の娘はもともと無学の者で、西施の舞いを学んだこともない。薄命であったが、その自然の美しさを保持し、商家に嫁いだ。商家の婦人は田舎の婦人の自然のままの楽しみを知らない。蓮の葉でご飯を包んで山へ柴刈りに行き、柴刈りの後で湖へ菱の実をとりに行く。菱の実をとり、同時に野菜もとり、水でそれらを洗う。刺繍をした婦人靴を履かない、纏足しなく、恋人は彼女を放任してかまわない。ある時に欄干にかけて愛の物語を語る。ある時に旦那さんと一緒に耕作に行く）と歌った。詩人は形容詞で彼女の姿を描いていないが、彼女のイメージは腕白で、可愛いらしい。その姿が目の前に生き生きと浮かんでくる。

対偶法、対句は少数民族の詩歌で広く用いられて、単語の対句も、構成の対句もある。かつ常に一連の対偶法を用いている。ジノー族の「上新房歌」の例を見てみよう。「背著過了十座山、背著過了十條河、背著進了老山林、背著上了大箐溝、背著進了三層柵欄門、背著上了九層高樓梯、背著到了宰殺野味的曬臺邊」（それを背負って十の山を越えて、それを背負って十の川を越えて、それを背負って森に入り、それを背負って谷を越えて、それを背負って三重のフェンスゲートに入り、それを背負って九階に登り、それを背負って獲物を殺す物干し台に到着した）と歌っている。この詩で七行は同じ三段構成であるが、動詞は動詞と対応し、形容詞が形容詞と対応し、名詞は名詞と対応する。対句が整然として、すらすらと口から出てくる。それ以外、聯珠・設問・誇張・転諭・掛け言葉などの手法もよくお互いに使用している。作品には濃厚な民族スタイルと芸術的な魅力がある。

6、多彩な表現

少数民族の詩は表現が豊富である。清新、和やかなスタイルは稲作文化圏の華南文化圏におけるフォークソングでよく見られる。ここでは一年中春のようで、山は緑したたり川は水清らかであり、野原で数多くの花が美しさを競う。稲作農業が比較的に安定していて、人々の比較的に内向的でおとなしい民族性格を形成したために、その作品はきれいな湧き水が吟唱するようで、柳が風になびいているようである。このような環境で作った作家詩には荒々しい作品があまりない。

北方森林・草原文化圏の作品のスタイルと明かに違う。それらのスタイルは多く豪快、堂々として力にあふれ、度量が大きく、大胆で細かいことにこだわらない。天地をくつがえす勢いもある。民間詩歌であれ、詩人の作品であっても、すべて長白山森林の息吹、モンゴル大砂漠以南の草原の奔馬、西北砂漠の轟音、万里の氷原の厳寒が反響した。狩猟民族と遊牧民族の砂漠での風雪に鍛えた性格は、北方の詩歌に雄壮で美しい魂を注いだ。それ故、古人曰く「北方の音調は心地よい。雄大で勢いよく、奥ゆかしく、力強い。南方の音調はやわらかで悲しく、穏やかでおとなしい」(10)。「北方の音調はたくましく、雄大で、南方の音調はうるわしく、柔らかい」[11]。北方の恋歌もたくましく、「山の峰を揺るがすのは黒い馬の蹄である。人々の心を混乱させていたのは韓密香（伝統な民謡である）の目である」[12]。南方と北方は柔和と剛健の対応を形成した[13]。

ただし北方はただ剛健ではなく、正直な剛健で婉曲含蓄な面もある。南方も単に柔和というわけではなく、隠微でかつ率直であり、無邪気さも含まれている。

西南文化圏の詩の剛健さは北方のものよりも少し見劣りがし、南方の詩よりもやや上手である。その柔らかさは北方の詩よりも上手だが、南方のものよりは少し遅れを取る。

少数民族の民謡は、また端正、優雅であり、奇麗で威厳に富む作風がある。それは多く政権及び宗教と関係がある。一般的に言えば、宗教と関係のある詩歌であれば、北方の詩は豪放である。たとえばモンゴルの祝祷詞の『祭火歌』を見ると、「杭盖罕山は丘しか残らない時に、洋々たる大海は水たまりしか残らない時に、高くそびえた樹木が苗木の大きさにしかならない時に、空中を旋回する鷹がひな鳥にしかならない時に、可汗は発火石で火をつける。きさきは唇で盛んに燃えるまで吹いた」、それから火が人間に温かみをもたらし、その勢いは強くなった。

また、彝《イ》族の畢摩経・ナシ族の東巴経・チワン族の麽経と師公経はいずれも経詩であり、表現は典雅荘重で、修飾が少ない。それに対して、少数民族地域における地方政権宮廷の詩歌は大量に美辞麗句を使って皇室の貫禄を表す。このような作品は主として西北文化圏によく見られ、華南地区では極めて少ない。要するに、少数民族詩のスタイルには多様性がある。

7、多文化の受容

少数民族詩の発展では、長く漢文学からの影響を受けている。その影響力は文学の題材・ジャンル・言語・表現技巧・風格・美意識・思想など多岐にわたり、少数民族の詩歌の発展を促した。

少数民族は概ね辺境に位置し、中原地域からの漢文化の影響を受けると同時に隣国の文化要素をも摂取する。上述したとおり、少数民族、特に民族文字を持たない少数民族の詩は漢字で創作されたものが多い。また、漢民族の文献の引用が屢々見られ、漢民族の題材をも広範に取り入れている。例えば、チワン族の詩の大半は、漢民族の題材を用いている一方、隣国の詩歌から要素を摂取することで少数民族の詩歌の表現力が充実された。たとえば、チベット族がインドから導入した『詩鏡』は、チベット詩人の改造を経て、チベット族の詩歌の代表作となり、長期に渡ってチベット族の詩壇に影響していた。また、ウイグル族ではペルシアとアラビアから導入した、音節の長短変化によって組み合わせる阿魯孜韻律詩が挙げられる。著名な『福楽知恵』はこのような韻律による作品である。

ただし、このような影響関係は相互的で、少数民族の詩歌も漢民族の詩歌に影響を与えた。北方民族の長短句は宋詞の成立に大きな影響をもたらした。五胡十六国時代にツングース・氐・羌など北方の少数民族は中原で活躍していた。唐の時代に西北地区の芸能人・僧侶・商人が絶えず長安に入り、西北地区の音楽・詩を大量に中原の地に持ち込み、庶民と知識人の間に流行るようになった。これは詞の成立に大きな影響を与えた。(14)

8、宗教の重層的影響

漢文学は「子《し》は怪力乱神を語らず[15]」の影響で、隠遁の意を示す作品があるものの、宗教についての詩歌が少ない。しかし、少数民族の詩はそれと異なっており、宗教と緊密な関係がある。その成立からみると、宗教は詩歌にとっての温床の一つであった。

その影響の第一段階は詩歌から見られる神様への畏敬であり、仙境へのあこがれ、祖先への祈念は各民族の詩歌でよく見られる。モンゴル族での祝詞と賛詞はこのような作品である。たとえば、「三十三人の神様、七十七人の始祖母神様、私に福禄とめでたい兆しを下賜してください[16]」とあるように、自然発生の祈りである。さらに深い段階はイスラム教を信仰する民族とチベット仏教を信仰する民族である。イスラム教を信仰する民族の作品はすべて宗教を褒めるものではないが、コーランに違反してはならない。チベット族の伝統的な詩と宗教の関係は緊密である。まず伝統的なチベット族の詩人は、ほとんど宗教の上層部または主導的存在である。彼らの目的は明らかで、教義を伝えることである。「甘単格言」、「水樹格言」はこのような作品である。ただし、これらの作品が教義を宣伝しても、チベット族の精神の世界と溶け込んだために、民族の生産経験、生活経験がよく反映されている。

少数民族の詩の一部は経詩と神歌であり、宗教の構成部分でもある。東北文化地域と内モンゴル高原の文化地域ではすべてシャーマン神歌があり、『満族シャーマン神歌訳注』には、大神神歌（三十首）・家神神歌（十首）と神を送迎する歌六首が収められている。それはそれぞれ祝辞・祝祷詞と神詞であるが[17]、すべて満族語の長短句の詩歌である。『チワン族麼経ブロー陀影印訳注[18]』には古チワン語で書かれた腰脚韻五言詩歌麼教経典、二十九部が収められている。これは麼公が吟唱した経巻であった。師公の経巻はもっと多く、一つの師公組が約一百種を持っている。トンパ経文はトンパ語で書かれた教典で、トンパ教の聖職者によって宗教の儀式で吟唱された。トンパ教典は約二万部以上に達し、一千五百種以上に達している。天をまつり、延寿、祖先を祭るなど二十四類を含め、その韻文はほとんど五言詩である。

畢摩経は彝族の主要文献で中国国家図書館収蔵の五百余部の畢摩経のうち、三百余部は教典である。畢摩経は祭祀、済度、占い、邪気の追い払い、祈りなどの儀式に応用され、ほとんどが五言詩である。

9、詩の機能の拡大

一般論から言えば、美的機能は文学の最も重要な特質である。しかし、中国の少数民族は主に辺境にあり、多く民族文字を持っていない。交流は便利ではないため、民謡と長篇詩などの民間詩歌はコミュニケーションのツールとして機能が拡大された。実用性は民間詩歌の大きな特徴である。実用性を具体的に言えば娯楽機能・教育機能・政治機能・伝達機能・祈祷機能・交際機能がある。そのうち経詩・薩満神歌・藏伝仏教大藏経の長短詩は祈祷としての役割を果たし、宗教儀式で神様に願望を表する時に使われる。また、南方の少数民族には大規模な歌合戦がある。

たとえば、チワン族の歌垣祭、プイ族の査白歌祭・跳花祭・歌会、トン族の行歌坐夜・歌会・趕坳・趕坪節、ムーラオ族の走坡祭、リー族の三月三日の祭り、ミャオ族の麻坡歌祭・塀辺花山祭・坐花場、彝《イ》族のラ・ルー賽歌会・那坡風流祭り・朝山会祭りなどが挙げられる。これらの歌会を通して、若者たちは配偶者を求め、恋人又は夫婦になることができる。また、チワン族の「伝揚歌」、トン族の款詞、ミャオ族議榔詞と理詞、ヤオ族の見合いの歌詞と彩話などの詩は、人間関係を調和する機能がある。昔からチワン族の地域で、庶民の中で村に住む長老がさまざまなもめごとを仲裁する時、常に「伝揚歌」を裁判の判例として、その是非を判断していた。交流の手段としては挨拶、道を尋ねることなどに運用された。

10、特有の伝承方法

漢詩の伝承方法はほとんど漢民族詩人と同様に、書物として纏められて流布した。しかし、少数民族の詩人の作品は、地方志及びその他の書籍にしか見えない。一部の地方官は自分の詩が上等のものといい、口承を許すが、転写は許さなかった。そのため、結局は失われてしまった。民間詩歌は昔から口承に頼り、内容の異同が比較的に大きい。『格薩爾王伝』のような一二〇万行ほどもある長編詩は、記憶力を必要とするために、誰でもできるというわけではない。そこで各民族で強い記憶力を持つ人が登場した。たとえば、タイ族の民間歌手ザンハ、カザフ族の阿肯（アクン）、キルギス族のマナブラスキ、モンゴル族の好来宝（ハオライボォ）、チベット族の『格薩爾王伝』のラッパー、彝《イ》族の畢摩（ビモ）、ホジェン族の伊瑪堪（イマカン）、ナシ族のトンバなどが挙げられる。

タイ族の民間歌手ザンハは一千三百人に達したことがある。これらの歌手の中にも創作才能のある人が輩出した。その他、民間の写本と石碑に彫り込んだ文字や図画は一種の伝承方法である。碑銘はウイグル族の回鶻可汗国の時期によく見られ、ペー族にも山花碑がある。チベット族は仏経ような写本と摺本がある。チワン族は経文を唐紙に写して製本し表紙に桐油を塗装した。タイ族は経文をコウリバヤシの葉に刻み、貝葉経とも呼ばれる。各民族は、みな自らの伝承方法を有するのである。

三、中国少数民族の詩歌の四大分野

少数民族の詩歌は濃厚な地域性と民族性を備え、孤立したものではない。少数民族文学の内部であれ、漢民族文学と少数民族文学の間であれ、そこには緊密な関係がある。これは中華文化構成と関係がある。秦の時代に中華文化の四つの分野がすでに形成された。それは、①黄河中下流域農耕文化圏。②東北地方、内モンゴル高原と西北地方の森林草原遊牧狩猟文化圏。③チベット高原、四川盆地、雲南貴州高原の西南高原農業、牧畜産業文化圏。④長江中下流域、珠江流域の南方稲作文化圏である。

四つの分野はそれぞれ明確な特徴を持っている。石器時代から言うと、北方の森林草原遊牧狩猟文化は細石器文化であるが、江南文化圏は有肩石斧、有段石斧であり、華南文化地域はさらに石シャベル文化によって世に名を知られる。全体的な発展水準からみると、中原文化圏が最も高く、中国の主流文化となった。民族の分布からみると、中原文化圏は華夏族の主な居住地で、漢語の発祥地でもある。北方の森林草原文化圏はアルタイ語族・ツングース語族・モンゴル語族・チュルク語族の主な居住地である。西南文化圏は漢語・チベット語、チベット・ビルマ語などを用いる民族の主な居住地であり、江南文化圏は越人と武陵蛮人の居住地である。四大文化圏で中原文化圏を主として、他の三つの文化圏における九つの文化地域は互いにつながるトラップチェーンリングのように東北から西北・西南・華南を経て、華東までをつなげた。三大文化圏は九つの文化地域によって「匚」の形を呈している。『尚書』旅獒では華夏族と四夷族の関係を描いた際に「四夷賓服」とある。

『説文解字』では、「羌、西戎、羊種也、從羊兒、羊亦聲。南方蠻、閩從蟲。北方狄從犬。東方貉從豸。西方從羊…唯東夷從大、大、人也」と解説し、トーテムで民族を示している。『春秋公羊伝』成公十五年では、「内諸夏而外夷狄」とあり、辺境に居住した少数民族の祖先はそれぞれの生活地域と習俗を持っていたことを説明している。特定の社会生活があれば、特定の文学が生まれ、特定の詩歌も詠じられる。この構えはずっと後の時代に延長し、今でも変わっていない。唯一の変化は、主流文化が絶えずに周辺地域にある各民族の文化圏に拡大して各民族の文化と融合したことである。各文化圏、文化地域、民族、族群の間では、政治統合・経済相補性・文化交流・血縁の相互浸透の四つのつながりがあった。中国史上では、多くの地方政権が存在した。その一部は少数民族によって設立されたものである。中国の地方政権には一つの特徴があり、それは、首領は二重の身分を持ち、自分の地域で王と称して、一方では自己の統治領域において単于・可汗・賛普・君・王などと呼ばれる。

このような独特な政治体制によって、中国は統一された多民族国家となっている。経済相補性においては、最も有名なのは茶馬貿易である。茶馬貿易というのは、遊牧民族は馬・肉・牛乳・毛皮などの原産物で中原地域の米・茶・金属などと交易を行うことである。宋代から朝廷は秦州・成都などの地域で茶馬司を設立した。明代に至ってはまた洮（今の甘粛省臨洮県）や河（今の甘粛省臨夏県）などの地域で茶馬司を増設した。清代では、茶馬司大使を設置して、茶馬貿易に対する管理を強化した。少数民族と中原民族は長期にわたって経済的往来が頻繁で、戦争が起こっても、民間貿易は絶えなかった。陸上のシルクロードと海上のシルクロードは中原地区と辺境地区とで繋がっていた。文化交流の歴史は悠久である。中国では、主流文化の漢文化は政治、法律制度、科学、哲学、教育体制、宗教信仰、礼儀、民間風俗、言語文字、芸術、文学、医学、生産技術、天文、地理などの分野で少数民族に大きな影響を与えた。同様に、少数民族の文化も漢民族にある程度の影響を与えた。古代の越人の稲栽培技術は全国に広まった。一方、「胡服騎射」の導入によって中原地区では戦車戦法を変えた。紡績技術は、元朝の黄道婆が海南島の臨高人（チワン族の分枝）とリー族から学んだという。胡人の楽器「二胡」は現在の中国民族楽器の代表となった。文化交流は各民族の関係を強めた。これは儒家思想と大きな関係がある。儒家は「遠人不服、則修文徳以來之、既來之、則安之」（遠人服せざれば、則ち文徳を修めて以て之を来たし、既に之を来たせば、則ち之を安んず）[19]、また「與人恭而人有禮、四海之內、皆兄弟也」（人と恭しくして礼有らば、四海の内は、皆な兄弟たり）[20]と提唱した。『爾雅』釈地では、「九夷、八狄、七戎、六蠻、謂之四海」（九夷、八狄、七戎、六蠻、之を四海と謂ふ）[21]とあり、どんな文化地域の少数民族であっても、儒教の理論を受ければ、兄弟として扱うべきだと述べている。各民族の血のつながりは、自然的な人口の移動、戦争による難民の移動、各王朝（地方政権を含む）の大規模な移住・駐屯開墾・官吏の移動、戦争、通婚など多くの要因がある。四つのつながりの影響で各文化圏は独自の特色を持ちつつ、他地域の文化とも通底している。すなわち少数民族文学の間には共通性があり、少数民族文学と漢民族文学との間の共通性があるということである。

少数民族の詩歌は高い価値がある。漢民族は豊富な文献資料があることに対して、多くの少数民族は自分の文字を持っておらず、その歴史的文化は文学作品から探究するしかない。少数民族の文学は韻文が主流であるため、民族の詩歌は多大な研究価値がある。

要するに、少数民族の詩歌は文学作品のみではなく、民族の歴史をも記している。少数民族の詩歌の歴史的役割としては、これまでの各民族の歴史を記録し、各民族の優れた人材と歴史上の人物の業績を賛美している。

また、各民族の情感、価値観を表している。言語学、文芸学、民族学、歴史学、文化学、風習学、人類学、倫理学、民族関係などは詩歌の中から貴重な材料を探し出すことができる。

注

（1）祝注先『中国少数民族詩歌史』、中央民族出版社、一九九四年、八二頁。
（2）果吉・寧哈、嶺福祥主編『彝文　指路経　訳集』、中央民族出版社、一九九三年。以下に引く『指路経』はすべてこの本から選び出している。
（3）張声震『チワン族麽経ブロー陀影印訳注』（八巻）、広西民族出版社、二〇〇四年から引用。
（4）エンゲルス『家庭、私有制と国家の起源』、『マルクスとエンゲルス選集』第四巻、人民出版社、一九七二年、三三頁。
（5）王叔磐『元代少数民族詩選』、内モンゴル人民出版社、一九八一年、一〇九頁。
（6）孫宗吾校正『滇載記』、『雲南史料丛刊』第四巻、雲南大学出版社、一九九八年、七六三頁。
（7）梁庭望『粤風・壮歌訳注』、広西民族出版社、二〇一〇年。
（8）謝榛『四溟詩話』巻三、人民文学出版社、一九六一年、六九頁。
（9）李漁『閑情偶寄』詞曲上・詞采、『李漁全集』第三巻、浙江古籍出版社、一九九一年、二二頁。
（10）李開先「喬龍渓詞序」、『李忠麗閑居集』巻五、『李開先全集』、文芸出版社、二〇〇四年、四三六頁。
（11）王世貞「曲藻・序」、『中国古典戯曲論著集成』（第四冊）、中国戯劇出版社、一九五九年、二五頁。
（12）モンゴル民謡「韓密香」、馬学良、梁庭望、李雲忠編『中国少数民族文学比較研究』、中央民族大学出版社、一九九七年、一四九頁。

（13）梁庭望『粤風・壮歌訳注』、広西民族出版社、二〇一〇年、一一一頁を参照。
（14）「朝廷と民間で喧騒になり、薫陶を受け、風習となり、文人及び文才のある人たちは、芸能人の演奏したメロディーによって、長短句を書き、それからよこしまな詞、きれいな戯曲が全国各地にあまねく分布していた。」（兪文豹『吹剣三録』、『吹剣録全集』、古典文学出版社一九五八年版、四六頁）。詞の形成は三つの段階があり、第一段階は導入の段階である。楽府では西北地区からの芸術家が多い。彼らは西北地区の歌劇を演じる芸術を持ってきた。その長短句の芸術魅力は中原芸能人の注意を引き起こした。第二段階では、唐代中後期に中原地区の芸能人は試しに長短句を書き、それは中原宴会の演劇と一体となった。かつ戯曲から抜け出し、初歩的な詞を形成した。ただしその時は唐詩を作る真っただ中であったので、詞の発展はあまりできなかった。宋代に至って唐詩の最盛期が消えて無くなり、詞を作るチャンスがやってきた。詞は戯曲からぬけだし、新たな詩体を形成した。それによって、中国詩壇が再び最高峰に上がった。詞はもともと恋愛話を中心に作るという軽い詞だったが、いつの間にか徐々に上品なものへと変化した。だが、詞を作る権利は上層部の文人たちに独り占めされたために、その後、北方からの俗文学の散曲が宋代の末年に詞の地位を奪い、元曲の出現のための条件を作り出した。元曲は散曲のメドレーに過ぎない。少数民族の詩歌はこのように漢民族文学とのインタラクションによって成長した。
（15）「論語・述而」、劉宝楠『論語正解』、中華書局、一九九〇年、二七二頁。
（16）栄蘇赫等主編『モンゴル族文学史』第一巻、内モンゴル人民出版社、二〇〇〇年、十四頁。
（17）宋和平『満族シャーマン神歌訳注』前書き、社会科学文献出版社、一九九三年、一頁。
（18）張声震『チワン族麽経ブロー陀影印訳注』第八巻、広西民族出版社、二〇〇四年。
（19）「論語・季氏」、『論語正義』第十九巻、中華書局、一九九〇年、六四九頁。
（20）「論語・顔淵」、『論語正義』第十九巻、中華書局、一九九〇年、四八八頁。
（21）郭璞注、邢晟蘊『爾雅注疏』第七巻、上海古籍出版社、二〇一〇年、三三七頁。

訳者あとがき

日本語訳『中国詩歌史通論』は、中国「二〇一四年度国家社会科学基金中華学術外訳項目」（批准号14WZW001）に拠るものであります。翻訳に用いた中国語の底本は、北京における中国教育部人文社会科学重点研究基地―首都師範大学中国詩歌研究中心主任、首都師範大学国家級重点学科中国古代文学学科リーダーである趙敏俐教授主編『中国詩歌史通論』（北京・人民文学出版社二〇一三年）であります。この『中国詩歌史通論』は趙敏俐主編『中国詩歌通史』十一巻（北京・人民文学出版社二〇一二年）と姉妹関係にある学術著作ということができます。つまり『中国詩歌通史』十一巻の「総序」と各巻の「緒論」をまとめて、単一の著作としたものが『中国詩歌史通論』なのであります。ちなみに、姉に当たる『中国詩歌通史』十一巻は、相次いで「二〇一四首届全球華人国学奨」（嶽麓書院・鳳凰網・鳳凰衛視主催二〇一四年九月二九日）、「北京市第十三届哲学社会科学優秀成果奨・特等奨」（北京市人民政府主催二〇一四年一二月）、「第七届高等学校科学研究優秀成果奨・一等奨（人文社会科学）」（中華人民共和国教育部主催、二〇一五年一二月一〇日）というそれぞれの最高賞を受賞しました。妹に当たる『中国詩歌史通論』は、中国「国家哲学社会科学成果文庫」（二〇一三年五月一四日）に選ばれました。

日本語訳『中国詩歌史通論』を企画した目的は、中日学術交流のためにこの優秀な学術著作を日本の読者に紹介したいというものであります。

日本語訳の主編は李均洋（首都師範大学教授）、佐藤利行（広島大学教授）、小池一郎（同志社大学名誉教授）であります。日本語訳各章の執筆者は、以下の通りであります。

前書き　広島大学・佐藤利行訳
序論　首都師範大学・李均洋訳
第一章・第二章　東京学芸大学・木村守訳
第三章　首都師範大学・張立新訳
第四章・第五章　首都師範大学・李均洋訳
第六章・第七章　東北大学秦皇島分校・張璇訳　濱田亮輔校正
第八章　首都師範大学・李均洋訳
第九章　首都師範大学・張立新訳　筑波大学・谷口孝介校正
第十章　天津科技大学・閻金鍾訳　筑波大学・谷口孝介校正
第十一章　天津職業技術師範大学・金国敏訳　筑波大学・谷口孝介校正

二〇一七年は中日国交正常化45周年（一九七二年から）、二〇一八年は中日友好条約締結40周年（一九七八年から）にあたります。この記念すべき年に、謹んで拙訳『中国詩歌史通論』を以て祝賀の気持ちを表したいと思います。

最後に、白帝社の佐藤康夫社長と小原恵子氏のご厚意に感謝申し上げます。また、原稿の整理や索引の作成に当たった広島大学大学院文学研究科の張錦君にも感謝致します。

李均洋

二〇一九（己亥）春節

索　引

（事項は章の順序によって並べており、各章のキーワードを含む）

序章

第一章

第二章

第三章

第四章

第五章

第六章

第七章

第八章

第九章

第十章

第十一章

中国詩歌史通論（日本語版）

2019 年 4 月 5 日　初版 1 刷印刷
2019 年 4 月 10 日　初版 1 刷発行

主　編　趙　敏俐
発行者　佐藤康夫
発行所　㈱白帝社

〒171-0014　東京都豊島区池袋 2-65-1
TEL 03-3986-3271　FAX 03-3986-3272
E-mail: info@hakuteisha.co.jp
http://www.hakuteisha.co.jp

印刷　倉敷印刷株式会社
製本　有限会社　カナメブックス

　ISBN 978-4-86398-348-9